Noche tibia

Federico Reyes Heroles

Noche tibia

NOCHE TIBIA
D. R. © Federico Reyes Heroles, 1994

ALFAGUARA

De esta edición:
D. R. © Santillana Ediciones Generales, S.A. de C.V., 2007
Av. Universidad 767, Col. del Valle
México, 03100, D.F. Teléfono 54207530
www.alfaguara.com.mx

- Distribuidora y Editora Aguilar, Altea, Taurus, Alfaguara, S.A.
  Calle 80 No. 10-23. Santafé de Bogotá, Colombia
  Tel: 6 35 12 00
- Santillana S.A.
  Torrelaguna, 60-28043. Madrid
- Santillana S.A., Avda. San Felipe 731. Lima.
- Editorial Santillana S.A.
  Av. Rómulo Gallegos, Edif. Zulia 1er. piso
  Boleita Nte. Caracas 1071. Venezuela.
- Editorial Santillana Inc.
  P.O. Box 5462 Hato Rey, Puerto Rico, 00919.
- Santillana Publishing Company Inc.
  2043 N. W. 86 th Avenue Miami, Fl., 33172 USA.
- Ediciones Santillana S.A. (ROU)
  Javier de Viana 2350, Montevideo 11200, Uruguay.
- Aguilar, Altea, Taurus, Alfaguara, S.A.
  Beazley 3860, 1437. Buenos Aires.
- Aguilar Chilena de Ediciones Ltda.
  Dr. Aníbal Ariztía 1444.
  Providencia, Santiago de Chile. Tel. 600 731 10 03
- Santillana de Costa Rica, S.A.
  Apdo. Postal 878-150, San José 1671-2050, Costa Rica.

Primera edición: marzo de 2007

ISBN: 970-770-835-2
      978-970-770-835-8

D. R. © Diseño de cubierta: Miguel Ángel Muñoz Ramírez

Impreso en México

Todos los derechos reservados. Esta publicación no puede ser reproducida, ni en todo ni en parte, ni registrada en o transmitida por un sistema de recuperación de información, en ninguna forma ni por ningún medio, sea mecánico, fotoquímico, electrónico, magnético, electroóptico, por fotocopia o cualquier otro, sin el permiso previo, por escrito, de la editorial.

A mi padre

Capítulo primero

I

Alguien tocó mi espalda y señaló por dónde deberían de ir mis pasos. Caminé fingiendo seguridad. Subí unos cuantos escalones. Volví la cara y de nuevo se me indicó el rumbo. Atravesé una primera sala. Los muros eran color ladrillo. En uno de los costados, resaltaban varios cuadros. Estaban perfectamente iluminados por haces de luz que salían de la penumbra. Era una serie de desnudos femeninos. Trazos burdos, la mayoría en carboncillo. Mujeres esbeltas, algunas reclinadas, mostrando sus torsos y redondeces o envueltas en sus propias piernas. Caras desdibujadas, mujeres cabizbajas e intrigantes. Parecían gobernar silenciosamente aquella escalera que desemboca en un pequeñísimo corredor. Nunca he sabido a dónde conduce. Entré después a la gran sala, *lanai* dirían en el Pacífico, yo la recordaba aún más espaciosa. Miré el frente abierto hacia el jardín y la chimenea al centro en la que ardían unos enormes leños cuyos tronidos se confundían con el estrépito del agua que no dejaba de caer, como arrojada desde un cielo furioso. A la derecha, en el fondo del salón, reconocí a Valdivieso, cenaba con su esposa. Unos hombros muy delgados pero aún atractivos salían de un vestido blanco que refrescaba esa mesa. La plática era poca y mucha la observación. A él lo vi más canoso, su cara un poco abotagada con esos ojos claros que siempre recuerdo cuando leo *Río abajo*. De algunos rincones se venían encima las imágenes de niños pintados en la más clásica academia, salvo que se encontraban como suspendidos, sin proporción, gigantes frente al paisaje de algún poblado empequeñecido arbitrariamente, fuera de cualquier perspectiva. No sabía uno si el niño con sonrisa siniestra era amorfo o acaso una elaborada imitación de una pintura infantil fuera de lugar, como una broma pictórica que no venía al caso. Vi tres parejas, probablemente de estadounidenses, de pelo cano y portando atuendos coloridos, platicar con voces graves mientras los meseros les servían abundantes verduras. De platones de barro salían zanahorias enrojecidas, espinacas pesadas a la vista y rociadas de mantequilla, granos de maíz uniformes y brillantes, casi redondos, trozos de blanca coliflor de los cuales se desprendía vapor desvaneciéndose en un instante. Por los muros del jardín subían hiedras y bugambilias enredándose unas con otras. Trepaban árboles iluminados cuidadosamente desde el piso, rodeados de helechos que parecían caerse por la humedad prendida a ellos. Un extraño vapor que todo lo cubría resaltó por las hogueras encerradas en fierro ennegrecido y oxidado. Calentaban las mesas regadas del jardín. Vi el vapor brotar silencioso de entre las plantas, los árboles y el pasto perfectamente recortado. La mayoría de los comensales era gente de edad, de movimientos apacibles. Estaban sentados con la placidez dolorosa de su condición. Se les veía cruzar palabras tranquilas. Las mujeres portaban un ánimo tropical contrastante con la palidez de sus rostros. Había ropa clara en los caballeros. Dos ritmos se hacían evidentes: el de los visitantes con sonrisas de calendarios vitales lo suficientemente avanzados como para dejar iras y entusiasmo y entrar en esa serenidad que propicia pláticas alargadas sin esfuerzo, esa cadencia de involuntario seguimiento de detalles casi imperceptibles que son muy importantes a ciertos ojos. El otro ritmo se hacía presente por un brincoteo controlado de los meseros, a punto siempre de derramar algo de sudor. Mi guía se detuvo en el último de los escalones cubiertos por la teja. Solicitó un paraguas con un gesto un poco violento. Un hombrecito, con una sonrisa incrustada en su rostro abrió una enorme sombrilla con gajos anaranjados y blancos. Estiró al máximo su corto brazo para afirmar después "a la hora que quieran". Yo sentí dos, tres gotas particularmente grandes sobre la espalda. A tientas comencé mi descenso tratando de no quitar la mirada de una figura. Me atrapó entre las luces centelleantes. Era una mujer solitaria, sentada en una de las mesas del fondo, cercana a una cajonera con incrustaciones de marfil. Alcancé a mirarla acompañada exclusivamente por una hielera metálica que parecía sudar de manera incontenible. La cabeza de una botella de vino descorchado rebasó el borde. No vi alimentos en la mesa. Ella bebía un sorbo de una copa de boca ancha cuando tuve que dejar el cuadro por miedo a resbalar entre los recintos que insinuaban una vereda poco clara. Yo había sacado mi saco de lino, ése que rara vez uso. Consideré que la ocasión lo merecía. Nada más apropiado que unos pantalones de gabardina beige y una popelina delgadísima. Encima había sentada una *foullard* quizá demasiado juguetona. Cruzamos una alta reja enclavada en unos muros de roca que lloraban agua y parecían de una sola pieza. De pronto lanzaron brillos intermitentes. A nuestros pies los amenazaba un barro negro. De él vivían todo tipo de flores, aves del Paraíso, una especie de orquídeas silvestres pero de tallos largos que parecían mirarme y seguir mis pasos. Azucenas combadas y unas, pequeñitas rojas que llevaron mi mirada a las grandes hojas quebradas de un plátano. Más allá unos margaritones golpeados por el agua servían de entrada a unas hortensias que siempre miro sólo por error desde que ella me dijo que traen mala fortuna. Flores, una tras otra, sacudidas por el incesante chubasco, lastimadas, resistiendo el embate. Al fondo de este jardín, un farol iluminaba una puertecilla que se fue agrandando conforme atravesábamos el enorme prado que me pareció infinito. Mi guía sacó una llave mucho antes de lo necesario y también un billete para el hombrecito, que para entonces sudaba entre su cabello negro. Sin quererlo, mostró con cierta temblorina el cansancio del brazo que sostenía la sombrilla. Mi guía abrió la puerta con agilidad. Notó mi mirada sobre una escuadra prendida del cinto y quizá por ello aceleró el "pase usted". Entramos a un pequeño patio. Nos atajó un tejado, "aguarde usted un momento" fue la próxima expresión. Traté de dar algunas sacudidas fuertes a mis pies para deshacerme del exceso de agua. Con la yemas repasé mi saco en previsión de la entrevista. Oí cómo una puerta se deslizó. De pronto allí estaba yo frente a él. La sorpresa me invadió. Enfundado en una bata de seda con grecas orientales, me extendió la mano. Vi su pijama de algodón con bordes en bies y unas desgastadas zapatillas de cuero claro. "Bienvenido" creo que fue la primera expresión, que de seguro recibió alguna respuesta despersonalizada de mi parte. De inmediato dio la vuelta pidiendo a mi guía, con una seña cargada de desdén, que cerrara la puerta. En aquella suite todo era desorden: libros y periódicos tirados en el piso, la cama abierta con las sábanas arrugadas, las dos almohadas sobre el mismo lado, una sobre otra, para dar servicio a un lector de cama. A la izquierda miré algunas botellas junto a un arma negra sobre uno de los burós. Agravó mi desconcierto. ¿Por qué tanta intimidad compartida conmigo, un perfecto extraño? Miré de lleno su rostro. Estaba a unos cuantos centímetros. Nos habíamos sentado esquinados en un lado del terno tapizado con una cretona en ocres. Comenzó entonces con una densa síntesis explicativa de los problemas de la región, de lo urgente de evitar más violencia. Ambos sabíamos que esas palabras eran amabilidad, preámbulo. Articulaba con tal velocidad y agudeza que parecía repetir una oración. Sus labios se mecieron uno sobre el otro y de ellos emergieron palabras de una dureza que no correspondía a la atmósfera de la suavidad, al trato casi cariñoso, de hermandad, en la cual me encontraba inmerso. Capté de pronto algo de su vanidad cuando llevó su mano con ligereza a lo largo de su cabello cano, echando al instante un reojo hacia la ventana. Su figura se reflejaba en ella. Lo gozó. En verdad no hubo nada nuevo de lo que se me había informado en la ciudad. Sin embargo, allá el asunto resultó abstracto, cercano a la inexistencia. En contraste, frente a él todo cobró una realidad incuestionable, de compromiso ineludible. Sus palabras le daban ese sentido. ¿Radicaría acaso en ello su gracia o encanto? Interrumpió el monólogo para ofrecerme whisky. Lo acepté sin reparo. Hizo una señal para que el silencioso pero pendiente guía y acompañante procediera a sacar hielo y servir sendas porciones de whisky claro. La violencia se había apoderado una vez más de San Mateo. Más de dos decenas de muertos, hombres acribillados en las calles en plena montaña, tropas medrosas de entrar a la sierra. Como familias ofendidas se perseguían oficialistas y oposición. El conflicto tomaba carices muy riesgosos, me dijo. Yo asentí en una actitud de reconocimiento de su autoridad más que por comprender lo que decía. Quizá estaba de acuerdo con su versión, no lo sé. No lo recuerdo. Después vino ese "dialogar, dialogar, dialogar". Terminó la conversación exaltando lo mucho que para el partido significaría esa silenciosa colaboración mía. La chimenea estaba apagada. Varios troncos preparados parecían esperar cualquier chispa para encenderse. Sólo dos lámparas iluminaban la habitación. La penumbra generalizada no me importó demasiado. Un avión me trasladaría por la mañana a San Mateo. De pronto detuvo lo que parecía interminable. Yo, como acto reflejo, agradecí la confianza. Me paré de inmediato tratando de evitar la pena de que fuese él, la autoridad, quien lo hiciera primero para finalizar la plática. Salí con elegancia del asunto. Quise dar un último sorbo al whisky, pero resultó imprudente. De nueva cuenta miré la bata y su pecho encanecido que brillaba. Le estreché la mano y observé el rostro tantas veces retratado, dibujado, imaginado, comentado con burla y no sin razón. Mi guía tomó el teléfono y solicitó el servicio de la sombrilla para la suite A. Yo lo rechacé argumentando que el aguacero había cesado, lo cual en buena medida era cierto. Quizá en el fondo lo hice para evitar la penosa situación de cuasi servidumbre que había presenciado. Elía sabe que ello es cierto, que de verdad me incomodan esas situaciones. Crucé de nuevo el jardín entre charcos y árboles goteantes, jacarandas abultadas en sus copas, añejos laureles que ahora podía contemplar con calma. Vi una hilera abundante de papiros que ocultaba una alberca. La descubrí por cierto olor a químicos que me alcanzó por un instante. Un silencio fresco se había apoderado del jardín y sólo era interrumpido por algún sonido leve que me recordó ese pequeño caos de efímeros riachuelos y charcos existentes a la altura de los pies. La humedad había penetrado todo. Se palpaba en los troncos y arbustos. No sabía si sentirme orgulloso o desgraciado por la conversación. Este tipo de honores eran los que menos me agradaban y mi convicción partidista hacía tiempo había perdido su fervor. Entregué mi equipaje y solicité la llave de mi habitación. Al cruzar por el primer comedor noté entre las mesas de gruesa caoba barnizadas generosamente al estilo marino, algunas ya descubiertas, que la mujer de la hielera había pasado a una de las alas de la sala abierta. Vestía de negro. Era delgada. Miré el chongo que volvía los rasgos de su cara aún más interesantes. Extendí una propina. Pedí llevaran mi equipaje a la habitación. Me percaté entonces, mientras me dirigía hacia ella, que los techos se encontraban sostenidos por anchas vigas de una madera rojiza. Se arrojaban de un pilar a otro, en notorio esfuerzo constructivo. Caminé lento, pretendiendo aplomo, entre aquellos rostros, de extranjeros en su mayor parte. Nada me decían. Ello en cierta medida me generó confianza. Me atraen los bares donde nadie lo conoce a uno. El trato despersonalizado en el exterior del país de alguna manera me embruja. No hay nombres ni apellidos. Números y solvencia, eso es todo lo que vale. Un hombre de modales femeninos me saludó con la cabeza. Yo había detenido imprudentemente mi mirada en él. Observé sus anteojos de marco grueso. Se encontraba acompañado de un individuo de pelo cano que vestía con pantalón blanco. Lo recordé, Ruiz Téllez, arquitecto, cuya presencia allí era habitual. Él inició un saludo suponiendo que yo sabía quién era. Caminé hacia la mujer. Mi propuesta de compañía fue bien recibida, aunque con sólida frialdad. Al tomar asiento percibí una firmeza en la mirada que en nada llamó a una conversación frívola. Comprendí entonces que se trataba de una mujer sin ánimo de aventurillas que yo a mis cuarenta tampoco debería andar buscando. Aceptó otra copa de vino blanco. Le sirvieron. Encendió un cigarro particularmente largo. Lo hizo con un elegante y delgado encendedor. Lo manejó sin enseñarlo, con la destreza del hábito, rechazando con gestos amables mi pretensión de allegarle fuego. Escuché el golpe preciso de la cubierta del aparato que regresaba al hermetismo de su posición original. Allí estaba yo, frente a esa mujer, sin saber qué pretendía. Nunca he sabido bien a bien el porqué de ese afán donjuanesco que surge al dejar de oler a hogar, al enfrentarse la posibilidad de una noche, ¿por qué no día?, de novedad, de aventura. Lo cierto es que lo hago y lo evito sin estar nunca plenamente convencido de dejar de hacerlo o seguirlo haciendo. Ella entendía el español sin problema. Lo hablaba con lentitud, pero con elegancia. Hacía un esfuerzo evidente por hacer vibrar su lengua con el paladar y no en la garganta. Miré sus brazos cubiertos de una pelusilla güera que resaltaba sobre su piel oscurecida por el sol. Al frente el vestido tenía un escote prolongado y estrecho, que mostraba sólo una pequeña pero muy insinuante tajada de su cuerpo. La conversación se desvió hacia su profesión: representante de varias revistas de moda. Lancé dos o tres preguntas, puentes declarados. Ella tomó la iniciativa y comenzó a tratar asuntos de los que nada sabía yo. Tardé tiempo en percibir sus discretas alhajas. Un broche estrellado y unos aretes de pequeñez notoria. Con elegancia la conversación se fue acomodando rápidamente. Su tranquilidad me llamó la atención. Mis ojos iban de esos extraños niños que parecían salirse del marco a los muros rojizos de la sala abierta y regresaban a su belleza tocada ya por los años. No había ningún aire juguetón, quizá por eso me pareció aún más interesante. De pronto escuché un "veo que ya se conocieron". Levanté la cara y allí estaba él, Gonzaga, el ministro del Interior, vestido elegantemente, todo en azules claros, con la camisa un poco abierta y un enorme habano entre los dedos. Tomó asiento. Nos ofreció otra copa mientras ordenaba la suya. Por segundos anhelé que el tiempo transcurriera con mayor velocidad. El diálogo fue suyo. De inmediato mostraron intimidad. Gonzaga pidió disculpas por su retraso. Lo hizo de manera quizá un poco exagerada y artificial. "Asuntos de Estado. El señor Meñueco es testigo." Asentí sin reírme. Después me arrepentí. Estaba desconcertado. Di el último trago. Era excesivo. Me levanté argumentando el viaje del día siguiente. Me despedí de ambos. Ella mantuvo su rostro impávido. Él sonrió con la amabilidad burlona de quien nada teme.

II

Aquella tarde comimos en la terraza. Sería la última ocasión antes de tu partida. Yo no sabía. Los leños no se quemaban a pesar de mi insistencia. Tuve que ponerlos sobre la hornilla de gas unos minutos. Eso lo recuerdo bien. Frente a trozos de carne y leña para asar de manera natural, montados en un ánimo de búsqueda de sol, tuvimos lluvia y leños encendidos artificialmente. Yo anduve con el pecho al aire y miré insistentemente tus piernas, también ventiladas. Lo hice para que lo sintieras. Hasta allí llegó mi enorme intención. La lluvia nos sorprendió sin sorpresa, pues se había anunciado con tambores y luces frente a nuestra terquedad. ¿O sería sólo la mía? Después fuimos, quizá un poco húmedos, a tu recámara. Me abrazaste y escuché tu voz con calor sincero. Lo admito: no recuerdo tus palabras, pero estoy seguro que no lo anunciaste. Sentí tus manos, las siento ahora, frotando mi espalda y creí, supuse, que amaneceríamos en lunes o despertaríamos en un domingo de noche, después de habernos amado, quién sabe qué tan exitosamente, para continuar con un intento de recuperación que hoy creo no tenía sentido. Poco a poco, en la oscuridad, un vacío se hizo presente junto a mí. Duré algún tiempo extendiendo manos y piernas en busca de un contacto casual que en el fondo era toda mi intención. Tu cuerpo nunca estuvo para asirme a él, a su figura en paralelo. No estaban las piernas un poco dobladas y las manos incrustadas en algún lugar donde desaparecen, donde no están presentes. No hubo el calor sobre una sábana que me indicara una presencia escapada momentáneamente. Poco después, con el pretexto de cualquier cosa, fui más allá de la cama, del cuarto, del vestíbulo a oscuras, a tientas, sin saber si eran las nueve, las once o las dos de la madrugada. Jamás me lo había dicho, tuve miedo, ahora lo veo, mucho más que leve, inmenso, profundo miedo que en algo arrojó sobre mi mente un sabor a infancia. Mi estómago se encogió anticipándose a tu aviso. Creo que quise llorar. Te había perdido perdiéndome. Fue entonces cuando pensé por primera vez en venir aquí, regresar quizá. Lo miré pueril, con algo de vergüenza. Una sonrisa de madurez que quiere ocultarlo todo dándole una explicación mundana se me fue del rostro. Sentí su falsedad sobre mí. No funcionó, no hubo quien la festejara. Estaba solo. Después llegué a ellas, a explicarte, a explicarme. Hoy las miro brotar sin pedir permiso, ¿de donde salen?, se plasman y, quién lo dijera, llevan mucho de mi poca esperanza.

III

"De niña gocé mirar a mi padre lavarse las manos. Caminaba pesado y gustoso hasta el lavabo. Allí parecía olvidar todo aquel complicado asunto que era su trabajo. El agua corría mientras se miraba en el espejo. Entonces daba inicio el espectáculo. La una frotaba a la otra, la cuidaba, la envolvía, la penetraba. Después la beneficiada correspondía produciendo en todo aquello un sonido amable, a piel y agua. El jabón era el suficiente para permitir una espuma moderada pero cercana al juego. El flujo de agua duraba sólo mientras tenía sentido para arrastrar, en acto mágico, algo que nunca percibí. Después, juntas, se lanzaban como hermanas, se sacudían al aire disparando gotas. Yo lo miré como queriendo entender. Él las secaba con cuidado y después, aparentemente, caían en el olvido. Muchas veces traté de imitarlo y me regocijé con un agua y un jabón que siempre habían estado allí. Ahora lo recuerdo. Igual miro aquellas sacudidas y la espuma precisa, el agua controlada, un goce sencillo, la mirada al espejo. Todo aquello era sereno."

IV

Las hélices del bimotor produjeron un gran estruendo cuando las máquinas hicieron su mayor esfuerzo con el aparato detenido en la cabecera de la pista de terracería. Las vibraciones se apropiaron del pequeño avión, que se soltó de pronto, corrió levantando tierra y brincoteando de más a menos. Vino entonces esa extraña sensación de quien admira y teme, esa dualidad entre asombro repetido y algo de terror. No duró más de unos cuantos segundos. Pronto llegó la distracción de ver pasar las techumbres de las casas, los automóviles silenciosos y empequeñecidos, la ropa tendida al sol. Allí quedó aquella ciudad incrustada entre los oyameles, pinos y ese subtrópico de helechos y ranas, de aguaceros y truenos nocturnos.

—Dos y media.
—¿Perdón? —respondí.
—Cuatro y media horas —dijo el piloto, con lo cual comprendí la lentitud del aparato y el tiempo de obligado silencio del que disponía. El hombre era pulcro, de pelo corto, con un rostro moreno y una mirada que se ocultaba detrás de unos vidrios verdes enmarcados en delgado oro. El aparato se zarandeaba de un lado al otro conforme ascendíamos. No había yo querido pensar en ella. La comisión negociadora, semi impuesta, de alguna forma venía a ocupar mi mente, me facilitaba ignorar el último mes de mi vida. ¿Qué había ocurrido? ¿Qué se interpuso en lo que habíamos sido, en lo que debíamos seguir siendo? ¿Por qué no lográbamos expulsarlo para recuperar esos ratos de pasión e inconciencia que se habían alejado cada vez más? No podía quedarme postrado y contemplar cómo sus caricias se convertían en compromisos, cariñosos y sinceros pero que nada tenían que ver con esa pasión que nos arrastró y sin la

cual me sentía vacío. El aparato zumbó con ritmos variantes, como con un compás secundario que en ocasiones se perdía en un auténtico atropello de ruido sordo y sin sentido. A nuestros pies el paisaje se transformó rápidamente. Allí quedó esa verde planicie con caña, cruzada de riachuelos y canales de riego. Llegó rápidamente una zona montañosa en la cual alcancé a mirar pequeños caseríos sin más muestra de vida que cultivos vecinos y el claro de los caminos que mostraban tierras de distintos colores. Contemplé los sembradíos desordenados. Surcos que corrían en un sentido y en otro, divididos arbitrariamente por montículos con algunos arbustos. Poco a poco fui perdiendo de vista la gran cantidad de rocas, que aparecían por dondequiera. Allí estaban. Incontables, como derramadas entre los surcos y campos de labradío. La tierra se miraba despeinada, sin orden. A lo lejos vi unas torres de cableado de alta tensión que se erguían retadoras. Por un momento me recordaron una hilera de hombres con los brazos abiertos, unos detrás del otro. Miré unas casuchas de debilidad evidente. Teja grisácea y desacomodada, fuera de ritmo, pequeños patiecillos poblados por animales que no alcancé a distinguir. Las calles polvorientas se hermanaron en el color a la teja, haciendo del paisaje una planicie ocre. Volamos sobre una angosta carretera incrustada entre cerros cubiertos de arbustos descoloridos que se veía desnuda y sin vida. Un camión atrapado en una lentitud pasmosa y arrojando a una notable humareda tras de sí trepaba por ese camino. Muy poco a poco el aparato ascendió, siempre entre tumbos, hasta regularizar su esfuerzo. Rebasó un techo de nubes desvanecidas e incorporadas en el horizonte a una bruma. Nacía de las columnas de humo que brotaban de sembradíos arrojados a la quema. Atrás, a unos cuantos minutos, había quedado ese ambiente de subtrópico exuberante plagado de verdes oscuros. Ahora los únicos manchones verdes que alcanzaban a distinguirse eran producto de unos cuantos árboles que, de vez en vez, aparecían al centro de un villorrio. Las parcelas, sin rumbo o coherencia, igual iban a derecha e izquierda, eran rectangulares o cuadradas, o sin forma, o parecían colgar de los montes de manera irresponsable. La más altas enseñaban un color calizo y con él la impotencia de sus tierras. Los cerros se convertían en peñascos desnudos y deslavados. Alguna nube proyectó una pequeña sombra, pero en general nuestro horizonte era dominado por un sol inclemente. Los nubarrones cargados de lluvia no se veían aquella mañana. El chubasco del día anterior había sido sólo un aviso de lo que llegaría indefectiblemente. Tomé la almohada. Recliné la cara arrullado en mucho por el constante zumbido. Iba rumbo al ojo del ciclón sin siquiera intuirlo.

V

Fue en lunes, aquel lunes, que recibí el dictamen de la Corte Suprema. Las mayúsculas por aquello que siempre te causó risa y creo que en el fondo cierto asombro. "Formalidad de abogadillo", dijiste muchas veces, pero yo me sigo poniendo de pie cuando escucho el Himno Nacional, así sea por la radio y a solas; Corte Suprema, no corte suprema, la Corte, la única en nuestro país, la máxima instancia, en fin. Sensacional el documento, la Corte, enojada porque un gobernador había establecido mil pesos como pago mensual para el cumplimiento de una sentencia millonaria. Ciento cuarenta años era el cálculo de la Corte para que quedara saldado el adeudo. Venía después el disfraz de vocabulario jurídico para que no se viese el enojo, algo así como: son hechos y consideraciones que ponen de manifiesto el propósito deliberado de burlar la sentencia… Y vaya burla, varias generaciones para pagar el total del adeudo. Aquella mañana reí tras de mi escritorio y salí en busca de algún coro de mi hilaridad. Hubo carcajadas que me acompañaron e incluso alguien haría un recorte de la nota. Escondido tras la risa y la cotidianidad, que a fin de cuentas conduce, como reflejo, así pasé las primeras horas, montado en una cierta inconciencia para cruzar una mañana que desea uno siga siendo eso y sólo eso, lo mismo de siempre, para ignorar que algo profundo ha cambiado. Hoy lo veo claro. Incluso recuerdo haberme vestido con especial esmero. Escogí con cuidado combinaciones alegres, quizá un poco en exceso. Una seda en azules y colores tierra me acompañó todo el día.

Fue por la noche cuando tuve el primer golpe de tu ausencia. El motivo: los zapatos. No pude lograr espacio para aquellos de los que en ese momento me desprendía. ¿Para qué tantos?, me preguntaste muchas veces. También estuvieron tus miradas irónicas cuando caminando por una calle me detenía, siempre frente a las zapaterías. Ninguna escapaba. Las disculpas afloraron con naturalidad. Se conservan mejor... es que así nunca los acabo, pero allá, muy escondido, yo también lo sabía, era un exceso. Duré algún tiempo tirado en el sillón, horas quizá, sin calzado, con alguna música tocando sola, para sí misma. Salía del estudio y ni con sus metales logró mi atención. Comí algo de fruta y quise apasionarme con una lectura. Lo primero me hizo sentirme solo, pero lo salvé. Lo segundo me fue imposible. Últimamente las novelas culteranas me causan un profundo aburrimiento. Lo digo porque tu petición reiterada fue de sinceridad. Comienzo, creo que ya he comenzado. Que conste en actas. Las novelas, las culteranas, por llamarlas de algún modo, allí donde aparecen calles y platillos parisinos o personajes del siglo XIV o vocabulario que consulto una y otra vez en el diccionario, todo ello por un compromiso de lectura con no sé quién, ésas, después de unos meses, las he olvidado. Por más que trato de recordar la trama lo único que sale en mi voz es un comentario sin pasión y siempre crítico, esas novelas me aburren, las siento falsas, artificiales. Ni una más. Lo prometo. ¿Te has fijado cuánto tiempo se pierde hablando mal de personas o de libros, o de películas, o de gobiernos? Esa noche me sentí pequeño, encogido, sabiendo que mucho se había quedado en el camino sin que nos diéramos cuenta, sin que por lo menos yo me percatara de ello. Miré hacia mi quehacer, ése que se lleva doce, catorce o más horas día a día, no ocho, jamás ocho horas.

¿Qué ocurriría si me hiciera a mí mismo la propuesta de trabajar sólo ocho horas? No, imposible, sería un ermitaño sin futuro. Miré mi lugar de trabajo sin todos los colgajos de apreciación política. Me vi entonces triste y encerrado, sin sol. Qué curioso, extrañé el sol y la simpleza. Me imaginé bosques y playas, gente riendo mientras yo discutía frotándome nerviosamente las manos detrás de un escritorio. Pensé en llamarte y recordé que habías buscado la incomunicación. Me contuve, ¿qué te hubiera dicho? Ese nuevo intento de encuentro o reencuentro también se había ido al barranco. Vacío, pero repleto de zapatos. Creo que comencé a entenderlo. Qué pocas palabras tenía para ti, también para mí. ¿Qué decirte? Quizá quiero afirmarlo apresuradamente: si ya lo comprendí, estoy vacío pero ya lo digo, lo digo ahora para restaurar algo, para regresar rápidamente a ese mundo sin alteraciones. Te lo he dicho pero las palabras están frente a mí. Se han adelantado por vía de una inteligencia que es amoral y fría. Esto no sirve. En plena recuperación, algo nos condujo al hastío, a unos gritos cargados de un coraje inmenso que jamás hubiera imaginado en nosotros. Te das cuenta, perdón, creo que me lo digo a mí mismo, en algo nos quebramos o quizá en mucho.

VI

Una fuerte sacudida golpeó mi cabeza contra la ventanilla. Mi corazón palpitó acelerado por el espanto. Hubo dos o tres tumbos posteriores que parecían sacar de ritmo esa vibración producto del esfuerzo de los motores. Volábamos cerca de un nubarrón enorme. Se alzaba imponente junto a nosotros. Algo de su actividad nos afectaba. Tuve temor. Cierto tono gris indicaba que había gran fuerza en esa montaña de vapores agitados. Volábamos justo por encima de una cordillera de montañas afiladas y medio rojizas. Había manchones de árboles en sus faldas. Un poco más allá se alcanzaba a ver un horizonte con montañas de menor altura. Estaban cubiertas de un verdor que después descubrí que era una flora baja. De nuevo había humedad en el ambiente. El piloto escabullía nubes cada vez más frecuentes. Las áreas amarillas y depredadas eran aquí vecinas de zonas cubiertas con una flora que llevaba fuerza. Las montañas se proyectaban hacia el horizonte y se confundían en una envolvente bruma blancuzca. Pasé la mano por mi cuello y me percaté que había sudado. Estiré el brazo para obtener un poco más de aire pero fue inútil: la boquilla estaba a su máxima capacidad. El aire salía tibio. Las montañas terminaron abruptamente frente al mar, que golpeaba peñascos y rocas, acantilados y playas pequeñas. El avión dio un giro con cierta brusquedad que no dejó de provocarme un nerviosismo momentáneo. Después miré la mano derecha del piloto sacudiéndose, como indicando algo abajo, a lo cual respondí afirmativamente sin saber bien a bien de qué se trataba. Preferí mirar hacia el mar, que se unía en el horizonte con algo de bruma. Era imponente, siempre lo es. Me generó cierto temor profundo. Pasó un instante en nuestro estruendoso silencio antes de que el aparato iniciara un súbito descenso hacia el rumbo indicado por la mano. Noté que ni el tren de aterrizaje ni los flaps habían sido activados. Tampoco había una reducción de velocidad.

—No tienen radio —escuché entre el monótono rugir de los motores—. Tengo que cerciorarme de que esté desocupada la pista.

Vi la mitad de un rostro ennegrecido que hacía un esfuerzo por hablar hacia sus espaldas. El primitivo mecanismo, curiosamente, no me causó inquietud; simplemente ver qué había y tomar la decisión del descenso. El bimotor pasó rasando frente a un mirador de palma que fungía como torre de control. Abajo observé dos vehículos con las portezuelas abiertas, rodeados por unos individuos que agitaron sus manos sin mayor excitación. El avión volvió a tomar altura, se alejó unos segundos de la pista y viró hacia el mar, a la derecha. Sentí cómo se reducía la aceleración de los motores. Los flaps bajaron lentamente, provocando una mayor fricción, y esa leve sensación de vacío en el estómago. El rugido de los motores aumentó. Después escuché una nueva vibración y un sonido metálico. El tren descendía con su inseparable breve sacudida. Miré hacia abajo, allí estaba una superficie verde, simplemente verde que comenzó a cobrar dimensión diferente. Los árboles dejaron su pequeñez, se veían de pronto trenzados unos con otros sobre una tierra caliza, blanca, rodeada de vegetación escasa de baja altura. El esfuerzo de los motores se redujo. Vi pasar una cerca y algunas vacas pastando antes de entrar en esa momentánea angustia de cuándo será el tope final, que se produjo mucho antes de lo que había imaginado y también con mayor rudeza.

—Es muy corta —me gritó aquel hombre mientras impulsaba con firmeza el timón hacia el frente y el aparato ingresaba a un nivel terrenal de vibración. Cierta tranquilidad imperceptible penetró en mí. Vinieron un rodar lento pero con sacudidas por una pista que quizá nunca vio mejores horas, un silencio que resultó extraño y después me produjo cierta sensación grata, una polvareda que esperamos se asentara para descender del aparato. Se abrió la pequeña puerta. Hubo unos saludos poco corteses. Vi mi valija introducida con rapidez en uno de los automóviles mientras yo me percataba de la avidez del sol y procedía a quitarme la delgada chamarra y asentar los anteojos oscuros en la nariz. Me despedí del piloto quizá sin demasiada cortesía y subí en la parte posterior del vehículo, como se me indicó. Dos individuos se sentaron al frente del ancho vejestorio. Uno de ellos permaneció en silencio todo el trayecto. El otro exponía:

—Nos pidió el señor gobernador que de inmediato lo condujéramos a usted con el señor Horcasitas —las ventanas del auto se mantuvieron abiertas. Con cierta premura circulamos por unas calles que parecían abandonadas, las de una ciudad sin vida. ¿Sería acaso la hora, el calor? A los lados no tardaron en aparecer los muros de casonas pueblerinas viejas pero dignas, elegantes pórticos de madera, tejados volados que se arrojaban sobre la calle para proteger de la lluvia y del sol a posibles peatones. Se conservaban algunos grandes portones al centro de esas construcciones que vi pasar una tras otra, encaladas en blanco, alguna en azul. Después comenzó un empedrado que parecía no terminar. Un sol sin piedad caía sobre mis piernas y mi hombro. Por fin el auto se detuvo súbitamente y descendí como por acto reflejo. Tiempo después comprendería el verdadero rumbo de mis pasos.

VII

"Hoy me bañé con el sol. Es curioso reconocer en el propio cuerpo cierta belleza, verlo aún con gracia y creo que con algo de atractivo. ¿Debía decir aún? Las mujeres tenemos un tiempo diferente. Nuestros días no aceptan otro calendario que el suyo propio. Guardo por ahí un estremecimiento que no logro explicar. Te quiero, Salvador Manuel. Pero lejos es mejor. No pudimos, de nueva cuenta fracasamos, admítelo. Ese estremecimiento está guardado, tan sólo guardado, Salvador Manuel. Pero de haber una fricción, por leve que sea, un contacto auténtico de piel a piel, ardes, ardes mucho más allá de la piel. Aquí suenan las campanas. Creo que son coloniales, no lo sé, ¿imitación acaso? Suenan con una regularidad que no comprendo. Son distintos llamados, en un lenguaje ajeno a mí. Muchas vidas aquí siguen los tiempos de esas campanas, Por momentos creo que borran a los relojes, los opacan por lo menos. Veo por mi ventana mujeres presurosas, caminando angustiadas por el llamado de su fe que lanzan esas campanas. Tú no debes recordar las campanas, Salvador Manuel. ¿Por qué habrías de hacerlo? ¿Qué te dicen a ti esos sonidos? Yo he tardado en incorporarlas a mi vida. Son por lo pronto una incógnita. A veces me pregunto, Salvador Manuel, sin beatería, ¿cuál era nuestra fe? La laja cubre el piso y por ella recuerdo a mi abuelo. No puedo evitarlo. Aquí te deslizas entre las sábanas con un cierto miedo a lo fresco, frío que no quiere serlo. Después, lentamente, se desvanece, no así la soledad. Aquí el calor es diferente, no como en el pueblo. Es extraño, sólo llega con el cuerpo. ¿Qué hacer si te es ofrecido, si es sólo presencia y no compañía? El calor allá en el pueblo envolvía. Lo encontrabas por todas partes. Te invadía por las manos, por los pies, por el rostro. El sudor llegaba siempre con él. Huía uno de los cuerpos por huir del calor. En el amor el sudor nos abrazaba y llevaba al agua, a un baño que arrastraba sensaciones, más que olores. Compartir el cuerpo era compartir sudores. Aquí hay que buscar el calor. Hoy suenan las campanas y algún perro las acompaña. El sol iluminó por la mañana mis pechos húmedos y por ello brillantes. No hay engaño, fueron brillantes y los acaricié sabiéndolos bellos. Siempre fueron pequeños. Yo los creo coquetos. De haber estado aquí, a pesar de todo creo que los hubieras tenido. Quería darlos. Endurecidos se ven diferentes. Las mujeres gozamos, yo gozo verme cuando el cuerpo se encuentra en plenitud. Me da escozor pensar qué será de él cuando lo cruce aquello que seca, cuando el tiempo llegue trayendo sólo tristeza sin explicación y un cierto cansancio. Qué sentiré cuando llegué a mi piel ese amarillo que todo lo destruye. Elía, me digo, eres tú y lo que habrás de ser dentro de un mes no será diferente. Pensar en mí en un tiempo más remoto últimamente me angustia. El otro calendario sigue sus propias cadencias. Tiene poco que ver conmigo, me digo. Sin embargo por momentos, odio decirlo, me gobierna, arrastra mi ánimo a sus territorios. Yo sólo soy un testigo de mí misma. Hay aquí paz y un desayuno frugal que, si lo buscas a tiempo, estará siempre por allí. Recibí algunas líneas tuyas. En primera persona, quiere decir que me hablas de ti. Yo estoy en el tú que en ocasiones lanzas. Prometes otras que no han llegado. Yo no sé si éstas habrán de ser enviadas. No sé qué hacer, Salvador Manuel. Por eso no me despedí aquel domingo. Hay veces que te quiero de vuelta, al instante, pero después te veo despreciándome una tarde de risa porque no quieres telefonear e inventar una gripe o un problema familiar. Ahora vas allá todo el día, a dejar la energía que te queda, a regresar agotado trayendo una cantidad de intriguitas y comentarios que te han llenado la mente. En ella no hay espacio para mí. No gozas la comida. En ocasiones ni siquiera la miras. La introduces sin saber de qué se trata. Te ofendes porque no leí el diario o no tuve interés en una noticia. Pero mi día no hubiera cambiado en nada por tales lecturas y esto te lo expliqué mil veces. Por no leerlo podía tener tiempo y espacio para esculpir un torso con mil golpes. La pareja exige, demanda y a la vez limita. Por eso me quieres a mí hecha en tu forma, sabiendo que destruyes, sin quererlo, lo poco que yo puedo ser. Eso, por menudo que sea, lo quiero para mí. Tú decías proyecto común y yo te decía vivir al día. Dame tiempo, una tarde grata en la cual no te mires en relación con nada. Quizá debería mandarte éstas. Porque hago lo mismo, en el tú te encuentro. Escuchándome, sin que respondas te digo. Quizá será porque todo quedó trunco, será que queremos hablarnos. Hablemos, pero no volvamos a aquello del sacrificio mutuo, del interés común. Sacrificio no hay en mi horizonte, no quiero que se dé. El sol está radiante, todo brilla, tengo deseos de tomar un poco de café de acá, sentada, con tiempo, gozando que hoy me siento bella y quizá sea verdad. Estas líneas me están llevando a ti en demasía. Por lo pronto, la distancia no es capricho y la ausencia no es presión. Yo tengo que estar donde realmente esté. Tú debes seguirte y comprobar si mi egoísmo ciega."

VIII

Viernes por la mañana; un simple viernes por la mañana que no pudo resultar un viernes más. El periódico y un solitario desayuno allá en nuestro lugar. Este ánimo de querer inventarnos como país no cesa. Ahora se llama electrificación total, energía nuclear. Queremos crecer, podemos crecer, pero nunca tanto como queremos. En este país no hay esfuerzo cotidiano, no hay trabajo de hormiga, hay invenciones y reinvenciones: llámense plata o azúcar, petróleo o turismo. Esto empieza a aburrirme. Ahora electrificación total, energía nuclear. ¿Por qué vengo aquí? Quisiera saberlo. ¿Cómo es que desnudan? ¿Cómo me miras tú? Me intriga. Pero no quiero escucharlo de tu boca, pues tu voz por lo pronto me altera, la verdad sea dicha, me molesta. Pediste sinceridad; esta separación nos obliga. Ya no pudimos decirnos. Te das cuenta: hemos perdido el habla. Pediste líneas y cumplo. Viernes por la mañana no tuve la menor concentración para el diario. Difícilmente podría recordar las principales cabezas y desde temprano cargo uno de esos corajes que no entenderías, coraje por las invenciones y reinvenciones latinoamericanas, aunque, pensándolo bien, no exclusivamente latinoamericanas. Éste es un buen ejemplo de lo que tú criticarías, simplemente no lo comprenderías. *Ficciones*, dirías tú, *que te amargan*, me arrojarías a la cara. *Que más te da. Mira el sol, la luz, ésa es tu vida*, me decías, *no lo otro*, y en ocasiones lo lograste, me sacudiste, me sacaste de mi encierro. Gozo y te veo gozar y trato de gozar como tú lo haces pero no sé cómo agitarme aún más, cómo llenarme con esas simplezas, con esos pequeños asuntos que tanto te satisfacen. Lo otro me altera. Me viene de las vísceras. No sé cómo evitar que me apasionen y me enajenen (*ent fremdt*, se diría en alemán, hacerse otro), asuntos que tú miras tan abstractos e intangibles, tan de poca importancia cuando afectan a millones. Será la condición de mujer, te lo he dicho y veo que no te molesta del todo. Pero claro, no aceptas una definición de género de nuestra discordia. ¿Cómo nos miras a ti y a mí, Elía? ¿Hacia dónde crees que voy? ¿Qué más hay? Es cierto, en algún sentido llevo una vida miserable. Hoy es viernes y me angustia una nota en el diario sobre un proyecto de generación de energía nuclear que veo como una reivindicación artificial de nuestro destino nacional, una falsa banderola que quiere guiarnos y eso me lleva a otro abstracto que se llama Latinoamérica y con ello cae sobre mí la formación universitaria que no permite alternativa. Veo a Latinoamérica de una forma. Tú hablas de Lima y recuerdas siempre la elegante habitación de El Bolívar con una cama alta, de madera tallada, que crujía sin que esto le impidiera ser cómoda. Recuerdas también una botella de champaña que estaba allí por regalo y que descorchamos un poco sin sentido. Después viniste a mí quitándote tu traje sastre, arrastrando tu mascada con desdén teatral. Te fascinan las películas de época y las intentas revivir a cada instante. ¿Ves? Arrastras tu mascada por un tapete del hotel El Bolívar y recuerdas una cama victoriana cuando te dicen Perú. Yo recuerdo dependencia, recuerdo miseria, recuerdo un desarrollo popular que es más cercano a la nueva miseria urbana que en nada me agrada y que, además, es poco estética, horrenda para ser sinceros. Qué cosa digo de esa miseria, me molesta su carencia de estética. Nuestros indígenas son miserables pero son estéticos. Forman parte de nuestro orgullo nacional. Qué absurdo. No eres frívola, tampoco superficial, pero vives en tu yeso que a todo da inicio, que todo lo permite según tú; vives de las plantas, a las cuales inventas biografías, se convirtieron en personajes con los cuales convivíamos. Recuérdalo. Una mata de café en pleno comedor, de la cual desprendíamos unos cuantos granos, pero que recibía apapachos cotidianamente. Las violetas que entraban a respirar los vapores de mi regadera como en terapia intensiva, la invasión de fin de semana de delfinios en varios azules que requerían de tus caricias, las exuberantes azaleas de la terraza a pleno sol, invadidas de flores provocadas por algún químico aplicado con certeza. Vives también de un silencio que para mí está quebrado desde la mañana. Vives de una cierta irresponsabilidad y lo sabes, y la usas, y con ella te proteges. Hoy es viernes y lanzan un proyecto de energía nuclear que me molesta porque es reinvención, síndrome latinoamericano de inmadurez política.

Con Perón hubo reinvención súbita de un país, reinvención con fuerza, con jefe, con claridad, también con riqueza. Riqueza tienen pero lo demás era invento y fue aprobado por muchos. No son rebuscamientos intelectuales, Elía; de hecho es aprobado todavía. La persona se hizo institución. Lo del cadáver de Evita nunca lo he podido olvidar. Pero también Alemania se reinventó o quiso hacerlo. Así que las reinvenciones no son defecto exclusivo de los subdesarrollados. El reloj, tengo poco tiempo. Lo de Alemania fue similar. De la noche a la mañana solidez, rumbo y fuerza. Líder además. Atrás quedaban los años tristes de Weimar. Democracia plena en el Parlamento, pero carencia de mando. Entonces apareció el invento apoyado por millones. Hacia allá vamos de nuevo nosotros. Vivimos entre tierras que se van al mar año con año porque nadie las detiene, sabemos de los bosques que son talados a diario hasta liquidarlos y nada hacemos. Allí están las causas verdaderas de nuestra miseria. Nos admiramos de la capacidad de generar riqueza de nuestros vecinos. Pero casi nos regocijamos en nuestra cultura de destrucción. Así somos, lo decimos con orgullo. Depredadores con la frente en alto. Pero, eso sí, a partir de mañana, fin al desempleo y país industrial. "Los destinos inventados" no suena mal como título de ensayo, sobre todo para esta hora de la mañana. CRECIMIENTO con mayúsculas (inflación en minúsculas). Por ahora funcionará hasta que poco a poco se invierta y sea INFLACIÓN y crecimiento. Pierdes el tiempo, ya vete a lo de siempre. Eso para mí, por escrito. Para un viernes por la mañana está bien esta confirmación de tesis eclécticas. Ecléctico, mírate sin pretender otra cosa. Ecléctico: si no puedes gozarte por lo menos no te sufras, que de verdad has devenido en ello de manera sincera. ¿Te fijaste? Habrá que escribirlo: viernes por la mañana que lleva a viernes en la noche. Sí, ésa es tu ropa, sí, estás ausente y quiero sobreponerme. De reunirnos de nuevo, ¿por cuántos días sería? Porque también debo decirte que tus reclamos de tiempo atrás en ocasiones me parecen inconscientes, quiero creer que no te das cuenta de la importancia de ciertos asuntos. Afectan a miles, a centenares de miles, a la nación. Un dictamen de una cuartilla o una sutil noción en un discurso puede ayudar. Creo en ello, sí creo en ello. Habré de decírtelo, Elía. Pero si te estoy hablando. ¿Qué hacer con las líneas? Hay un egoísmo que apoya todo proyecto vital, estoy de acuerdo. Ese egoísmo te lleva a observar esas pequeñeces que también reclamas. Cómo amaneces, cuál es tu humor, cómo comes, qué gozas, qué platica prefieres, *¿te agrada tu trabajo?, ¿tienes calma, hora con hora?*, me preguntas. Es cierto allí está toda esa intrascendencia que termina por ser la vida misma, dirías tú. Debes acordarte cuando, hace años, todavía soltero, te platicaba que mi mayor goce era una lectura de mañana, con café y en silencio. El café podía enfriarse, cuestión que siempre te repugnó. Ya en casa tú lo calentabas. Por cierto, habré de decirte que no todas las veces que lo calentaste me dio gusto. Hubo por ahí algunos cafés calientes que me molestaron. La cama sin arreglar, sin tender como la de hoy, por dos días, tres días, cuatro días, no recuerdo, eso te irritaba más a ti que a mí. Yo leía muy tranquilo con sábanas arrugadas, por lo menos eso recuerdo ahora. Y te preguntarás cómo devine en un delicado de los pies que atesora zapatos. Yo también me lo pregunto. Dirás que era otro, ése que dices que se fue acabando, aquel que leía e incluso, sin quererlo, arrojaba saliva cuando platicaba sus lecturas. Hoy de nuevo lo estoy tolerando. Sábanas arrugadas y café frío. Creo que lo gozo. ¿Estaré mintiendo? Tú también llevas parte de la culpa en mi cambio. Nuestro egoísmo brota de un profundo amor a mí, no me cabe duda, pero sobre todo hay un profundo amor a ti. Para quererme has de quererte. También hubo posesión. Elía, tú me dijiste, mirándome no sin un dejo de desprecio. ¿Lo aceptas?, ¿cancelas tu proyecto vital, me cancelas?, y lo acepté. Viernes por la mañana y yo con estas líneas. Ni el diario terminé. Por hoy ganas. Mi proyecto vital en este día es, concedo, cuando más, ponerme la corbata que combine bien en tonos y texturas con el traje, que habrá de ser oscuro: hay ceremonia. Luego me vestiré como no quiero vestirme. No soy libre desde allí. Ambicionar un tráfico fluido al Ministerio en una ciudad envuelta en grises, donde los colores se han ido porque el sol no penetra, quizá también algún contacto importante, breve por supuesto, pero bueno para mi nivel. A los burócratas nos emociona la cercanía con el poder. Es un abstracto que se personifica en el funcionario, por eso las alabanzas y la morbosidad sobre el caído. Vendrá después una comida, engordadora, para continuar con una tarde que quiero corta, para poder regresar a casa a no encontrarte. Lo último es un recuerdo-visión. Ganaste. Estas líneas lo comprueban. Viernes por la mañana es tuyo, no tengo mejor cosa que hacer que pensar en ti. Y comencé con una nota de importancia. Añoro poder quedarme en el silencio de mi estudio o quizá ver los dedos de tus pies o escuchar a Sibelius y sus ordenadas cuerdas y metales o hacer el amor sin importarme nada. Tú dirías, ¿por qué no? También yo lo llevo dentro. Hay en mí un hereje reprimido, un burócrata repleto de dudas. Hoy viernes llevas la victoria contigo. La corbata nunca rimará perfectamente, la comida será mala, no veré a nadie que me estremezca. Te extraño.

IX

Un par de policías con uniformes luidos y apoyados en armas largas se movieron a derecha e izquierda sin que una señal fuera necesaria. Caminé a lo largo de un zaguán antiguo, de techumbre de madera, oscuro y sucio. A un lado vi a un anciano con la mirada al suelo, delgado, delgadísimo con un sombrero entre las manos y vestido de blanco. Se encontraba sentado en el extremo de una vieja banca de madera que hacía notoria su soledad. En el piso había suciedad de pájaros. Miré hacia arriba quizá para buscar algún nido cuando de pronto entramos en un patio luminoso en el cual una vegetación fuera de control, exuberante, rebasaba por todas partes lo que algún día se pensó como límites arquitectónicos a la parte jardinada. Un murete bajo, cargado de macetas, se había ya incorporado a un verde generalizado de helechos trepadores que se arrojaban hacia tres o cuatro grandes árboles que mecían sus copas por encima de la construcción, haciendo que la luz tuviera un movimiento extraño. El piso de barro era totalmente irregular por un desgaste natural provocado por los muchos que por allí habrán andado. Mis acompañantes giraron a la derecha, y al pasar por la primera puerta, ambos miraron hacia el interior de lo que me percaté era una oficina lúgubre con escritorios viejos de madera. Después dieron vuelta a la izquierda y se enfilaron al fondo del andador. Yo los seguía tratando de adivinar sus pasos. En la esquina del patio vi el letrero sobre una puerta de dos hojas con vidrios pequeños. Se encontraban cerradas. Al llegar a ellas el hombre que caminaba a la derecha se adelantó y empujó suavemente la que correspondía. Una pequeña mujer de ojos hundidos se levantó del inevitable escritorio y extendió un "pasen ustedes" después de un toquido leve a la puerta alta que se encontraba al centro. Un hombre moreno, de rostro redondo, levantó la vista por encima de sus papeles y con una calma que contrastó con la premura de los demás movimientos, se paró y dio vuelta a su escritorio después de aventar una mirada rápida a mi vestimenta, a mi persona.

—Bienvenido —dijo.
—Manuel Meñueco —fue mi respuesta.

Con algunos movimientos tensos procedimos a sentarnos en unos amplios sillones de madera rojiza y mimbre en el respaldo. Fue cuando me percate de que nos habíamos quedado solos. El cuarto olía a humedad o a viejo, no lo sé muy bien. Por unas altas ventanas se colaba algo de luz que principalmente iluminaba el propio muro de quizá un metro de espesor. Yo observaba cuando escuché:

—Se matan unos a otros, Meñueco. Ni siquiera podemos ya tener suposiciones sobre quién o quiénes cometen los asesinatos. Todo se calla aquí, se oculta, se lo traga la tierra. Las mujeres también están involucradas, se protegen por bando. Se dispara por las noches desde las casas, o se acribilla desde un auto que escapa sin que nadie nos dé una descripción. Viene la respuesta del agredido unos cuantos días después, de nuevo alguien cae. La tropa no ha venido más que a agravar la situación.

Ahora se dispara regularmente a soldados dispersos o en grupo. La verdad es que la tropa ha atropellado desde que pisó San Mateo. El camino al norte es intransitable para ellos; al sur la frontera y lo demás es el mar.

—Su silla, señor Horcasitas, eso es lo que quieren —acoté tratando de parecer informado. Lo lacónico buscaba una seguridad que en realidad no tenía.

—Eso fue hace tres años, Meñueco. Hoy la oposición ha perdido la esperanza de obtener la alcaldía. Ahora se trata de revanchas sobre revanchas, de venganzas que son respuestas a venganzas. No, Meñueco, aquí se ha roto mucho más de lo que frecuentemente creen en el centro; aquí se ha roto la esperanza de que la legalidad algún día impere, y de ilegalidad a ilegalidad, quizá tengamos más tramo recorrido nosotros. Ellos simplemente desconocen ya todo, tienen sus propias normas de solidaridad, de compañerismo, su propio proyecto y expectativas sólidas que los llevan a morir si es necesario. Nosotros dudo que lo hiciéramos.

Duró poco más de una hora. No pude más que escuchar. Por momentos mis ojos viajaban al escritorio con patas de tigre elegantemente tallado, aunque con mucho de descuido como vestimenta. El mueble resistía con dignidad los embates del tiempo.

Después regresaba yo a la voz de Horcasitas, que con un vientre excesivo y una pequeñísima sonrisa de incredulidad general despertó en mí cierta confianza. Me pareció honesto. Creí en lo que decía. Él no era más que la quinta banda, el último eslabón de una cadena de dos décadas de violencia abierta que de leve e imperceptible pasó a ser crónica. Comencé de pronto a sentir un calor profundo y los pies hinchados. Apreté mis manos y miré el color del cansancio que produce el arribo al mar. Él hablaba de familias, de grupos, no de partidos o de periodos.

Algo de pesadez se había apoderado de mí y el bochorno de mediodía, además de lo enredado del relato, hicieron que perdiera capacidad de respuesta. Me sentí irresponsable. Deseaba ir a tomar una cerveza y quizá dormir un momento, un café al menos. ¿Por qué me encontraba allí? Por momentos todo me pareció francamente absurdo. ¿Cómo era posible, en plena era de pretensión atómica, regresar a pleitos pueblerinos entre Capuletos y Montescos, a asesinos sin cuartel que ya no encontraban explicación o solución en las instituciones? Miré con algo de lástima a aquel hombre que había llegado a su sitio por ser el conciliador entre las facciones y que ahora simplemente no gobernaba. Miré sus zapatos de arrugas profundas y polvo, percibí su desesperación fundada en que yo pudiera hacer algo y dejé de dar atención al relato. Su rostro suspendido, sobre una enorme papada, no era más que una caricatura de los rasgos étnicos de la zona: pómulos regordetes y saltados, labios anchos, ojos negros y pequeñísimos, pelo quebrado y manos redondas de dedos cortos. La luz se transformó lentamente en un resplandor que permitió que algo de penumbra invadiera la oficina de mayor jerarquía política en San Mateo. La conversación tuvo un final precipitado por la hora de la comida y quizá por mi rostro desinteresado, debo suponerlo, y cansado con incertidumbre. Horcasitas esperó algún comentario final de mi parte. Algo dije, pero evidentemente no indicó ningún rumbo de acción posible. Me despedí de la mujer baja cuyos ojos ya había olvidado para entonces y volví a ser transportado por aquellas calles desiertas. Circulamos con una inevitable vibración como acompañante que invitaba a una modorra que no tuvo suficiente tiempo para penetrarme. El automóvil se detuvo poco después frente a un portón de varios metros de altura en cuya ala derecha colgaba, a través de un pequeño hoyuelo, casi imperceptible, un cable fibroso ennegrecido por el uso. Uno de mis acompañantes jaló de él y empujó con el hombro el portón, que se abrió con una suavidad inimaginable por su dimensión. Vi aparecer mi equipaje, en el cual no había vuelto a pensar, después de recibir un saludo más que amable de una mujer empequeñecida por los años y de tez blanca que apareció sin que pudiera yo establecer su origen. Noté un suelo de cantera rectangular cuatrapeada.

Caminé por un largo pasillo de grandes columnas que provocaban una sombra regular. Eran inicio y fin de unos arcos rematados en un barro escurrido por los años. Vi jaulas oxidadas con pájaros encerrados en ellas que revoloteando lanzaban algunos cantos y miré un jardín alargado y repleto de pequeñas macetas, sin ritmo ni uniformidad, botes recortados que funcionaban como continentes a plantitas que para mí no tenían nombre. Un perro de tamaño regular y nariz ancha olfateaba juguetón sin que nadie le prestara atención. Tuve cierto impulso de acariciarlo, quizá jugar con él, pero me detuve por seguir a aquella mujer enjuta que no podría visiblemente ir a más, pero que nos guiaba con gran seguridad en sus pasos. Escuché "es el número ocho", después miré el abrir de una puerta chillona. Alguien extendía una mano para colocar en mi palma una llave antigua, de las que encuentra uno como adorno o pisapapeles pero que allí se encontraba en funciones. Vi entonces una colcha pulcramente colocada, de rayas entre violetas y anaranjadas, sobre una cama ancha con una notoria pendiente en el centro. A los lados la acompañaban unas altas mesas de noche, quizá de encino, y sobre una de ellas miré una jarra de vidrio con agua emblanquecida de tanto hervir. Un vaso se erguía a su lado. Lo deslumbrante de los muros se impuso en mí. Unos objetos resaltaban provocados en sus colores por un par de ráfagas de luz que entraban a la habitación para apoderarse de ella. Se cerró la puerta tras de mí y entonces me percaté de mi solitaria y extraña condición.

X

El chofer de Alfonso es brusco y grosero. Otra sacudida. "No podremos salir ahora con el milagro de que la recesión era producto de una mala estrategia de financiamiento. Hay muchos más. Mira esas tiendas..." Él voltea la cara, lo hace lentamente, claro, pretendiendo no alterarse, "compran y consumen refrigeradores, televisores o un par de zapatos de moda", qué suerte que el Ministerio esté rodeado de zonas así, de comercio popular, por lo menos ello permite cierto acercamiento con la cotidianidad del pueblo del que tanto hablamos. "El hombre se identifica con su moneda. Las dudas sobre ellas son como dudas sobre uno mismo. Ahí está, en Canetti. Recuerda a Weimar", ojalá funcione, las citillas culteranas lo golpean, "el despeñadero inflacionario es, antes que nada o lo peor de todo, un quebrantamiento interior. Todo se vuelve volátil, no tiene sentido conservar, menos ahorrar." Está dejando que mis palabras se deshagan solas. Mejor me callo, el silencio fortalece. Ha cambiado desde que sus ingresos aumentaron tanto, desde que se siente parte del poder. Se ha aislado, con el pretexto de una cita o un trabajo urgente; lo demás, entre ello nosotros, de hecho todo, cobra un sentido menor. En las comidas habla de manera hosca, grosera a los meseros. Me apena. Ahora este silencio. Me siento incómodo en esta situación de asiento trasero, de rigidez que no se explica por la simple apariencia. La gente que te mira seguramente tendrá la duda de si tu cargo es de tal importancia que amerite esta postura y displicencia, hasta la mirada cambia uno. Además, aquellos que manejan, y nada más manejan, cobran un ritmo distinto del común de la gente, de nosotros los que manejamos y aparte pensamos, o miramos, o señalamos, o platicamos. En fin, los que sólo manejan tocan para apresurar la marcha, tocan a medio segundo de que el verde aparece, ocupan apresurados espacios exactos, asustan a la gente. Lo peor de todo es que no se puede hablar con soltura, se tiene que actuar guardando el rol de jefe, acentuando el de subordinado en la contraparte. Por la otra vía destruyes el respeto al tratar de ser franco. No hay salida. Pero si hablas como jefe en demasía, oh paradoja, agotas y destruyes tu papel. Alfonso sólo piensa en cumplir la misión que, según cree, se le ha encomendado en exclusiva. "Mira...", vaya se ha dignado romper su artificial silencio, "si de creer se trata, nosotros no podemos ser los primeros incrédulos". Por ahí se va a ir.

A las 3:30 cargo un hambre que me consume. Quizá lloverá. La temporada se viene encima. La reunión con el ministro en verdad que en ciertos momentos me aburrió. Aquí voy en el metro rumbo a casa, habiendo dejado el carro en el Ministerio, lo cual me ocasionará molestias de transporte mañana, y todo con tal de no volver a hacer uso de la limusina disminuida. Hasta el comentario sobre el bombardeo me pareció artificial. No lo comprendo por más que trato de imaginármelo. No ha logrado dejar de ser simplemente una noticia. Todavía no es mío. No lo he vivido. Estoy alejado. Ni siquiera la cifra sobre los muertos me ha alterado. Va a haber una generación distinta allá. Las revoluciones me atraen y a la vez me dan miedo. El autoritarismo, las dictaduras de cualquier signo me aterran. Por eso hay que estar en la lucha. No se puede dejar los espacios vacíos. Vivir una guerra marca, transforma. Vivir un pueblo en revolución, en guerra civil, debe estrujar la conciencia. Una lluvia de fuego no puede ser un comentario de pasada. Menos en una reunión donde se supone que hablas del interés popular. Pero ¿qué otra cosa hubieras deseado Manuel? Es otro tiempo, es otro ritmo. Me siento extraño con mi seda francesa a bordo del Metro. Eso es algo de lo mucho que ambicionamos del Imperio y de Europa, poder confundirnos en una masa de consumo que integra, que permite que los consumos de lujo calculado no cobren tanta importancia comparativa. La niña de la izquierda lleva zapatos a punto de pasar a mejor vida y aquel individuo de enfrente seguro trabaja en la construcción, esa mano, qué cerca está esa mano, lleva caparazón de cemento. Debe proteger. No lo sé, nunca lo sabré. Es curioso ver cómo se modifica el pasaje. En el centro hubo trajes luidos y zapatos pasados de moda. Todos iban serios. El ánimo era de incorporación forzosa. Se ha sustituido el taxi, se le añora. En cambio ahora debemos ir por debajo de las colonias de apartamentos y casas habitación condenadas a un uso más eficiente del suelo. Aquella mujer requeriría bastante menos peso para portar con dignidad esos pantalones. La verdad, las pieles, el cutis en la ciudad, se miran cada día menos sanas. Si supiera la de allá que tendremos más del sesenta por ciento de inflación, quizá saldría a gastar todo lo que carga en el monedero que tanto cuida entre sus manos. ¿Qué le sugeriría yo?, ¿qué le podría yo sugerir? Total electrificación del país a cualquier costo en los próximos cuatro años será el anuncio siguiente. El dinero para tan venerable objetivo habrá de correr habiéndolo parido en algo así como un acto de fe o magia. Todos guardamos una extraña esperanza de ser ricos, de vivir en la abundancia, y más si es de forma súbita y gratuita. Así sea por artificio. La riqueza como creación, no como fortuna concedida por el creador omnipotente, ésa no nos interesa. La moneda al aire como subconsciente nacional. No hay acto cotidiano, hay tómbola. Por lo pronto, el de finanzas trae lo suyo: nada de recaudación y todo articulado alrededor de las tesis del que en realidad manda. Estoy cansado a pesar de lo poco que he hecho en el día. Extraño a Elía. Dos y media semanas y sólo un par de cartas que quieren reconocerse. Hora de bajar; lo próximo son los pasos en la ciudad que hoy está triste, se fue al gris. Tengo un hambre feroz y no creo en lo que dije allá que creía. Hoy saldría muy mal en una evaluación frente a Sincerote. Por lo pronto iré a buscarme, a conseguir un perdón sobre mí mismo, aunque sea pasajero.

XI

"Hoy tomé madera. Roja, seca, gustosa de cobrar formas nuevas. Tengo torsos en mente. Un niño, adolescente quizá, enseñó el suyo. Qué serían, ¿catorce, quince? No lo sé. Se desnudó con timidez. Todos lo mirábamos sin hacer su pena evidente. Casi flaco, con las costillas marcadas y la piel pegada a su interior. Un costillar ordenado brincó a mi vista. Pensé que quizá su delgadez sería por hambre, de allí su disposición a posar. Le pidieron varias posiciones. Yo sugerí que enseñara más allá de su torso, que no ocultara con sus piernas y miré un cierto enojo o sería excitación vergonzosa. Lo toqué. El cuello se mantenía tenso. No se reclinaba con suavidad. Negaba mucho con sus piernas entre dobladas, con la unión entre codo y rodilla. Fue grato tocarlo. Me miró inquieto. Lo volvería a hacer con gusto. La pieza apenas comienza. Los dibujos se acabaron. El carbón es de instante, el lápiz un poco más demandante. La madera espera. Allí el error no tiene justificación. Por lo pronto son cuando más unos cortes que insinúan. Veremos después."

XII

Una muchacha bajita, todavía con timidez de niña, de vestido colorido y un pequeño delantal blanco se acercó. Escuché un "buenas tardes" de tal suavidad que mi respuesta sonó brusca aunque mi intención fuera de amabilidad. Poco después, sin preguntar, puso frente a mí una sopa de pasta con algo de verdura. Un olor a pollo llegó mí. Tomé un trozo de pan que se encontraba en un pequeño cesto al centro. Noté su forma irregular, alargada, no como el homogéneo y perfecto que se produce en la ciudad. En aquel comedor había varias mesas dispuestas. Nadie más se encontraba allí. Pensé que era tarde para las costumbres del lugar. La niña se desvaneció de nuevo. Miré su trenza de un cabello negro con gran brillo, grueso y abundante. Al centro de la habitación había una mesa rectangular. Observé un lugar en la cabecera con varios frascos de medicina. Las sillas eran diferentes unas de otras. Sin embargo, todo había caído en una hermandad de edades y propósitos que envolvía también al viejo armario y a algunos cuadros pequeños, desproporcionados frente a los altos muros que los sostenían. Me supe observado desde algún cuarto solitario cuando no pasó arriba de un minuto después de haber terminado con aquella sopa, que quizá comí con prisa y sin cuidado, para que mi plato fuera retirado sin que tuviera siquiera tiempo de inquietarme por ello. Mordisqueé un pan que por su calor me había atraído. Untaba sobre él un poco de mantequilla cuando vi entrar un enorme platón de arroz brillante, blanco, grande y de grano entero con zanahoria y algunos pequeños trozos de carne blanda entremezclados. Me encontraba en los primeros bocados cuando apareció de nuevo la niña. Ahora llevaba varias cazuelas sobre una charola de madera oscurecida por el uso. Mi primera mirada fue a un vaporoso puerco entomatado. Otro platón cargaba pequeñas papas con cebolla y perejil. Otro, alguna verdura clara sin mayor personalidad. Le pedí una cerveza a aquella niña y vi en sus ojos de asombro y pena que se escabulleron detrás de la puerta, que no cesaba en su ir y venir, aun no habiendo quien la empujara. Un absoluto silencio y la novedad me presentaban todo de manera atractiva. La comida me sabía deliciosa quizá por el apetito, quizá porque de verdad estaba cargada de sabores intensos y frescos. El silencio de la soledad impuesta me resultaba grato. Al calor húmedo comenzaba a acostumbrarme. Estaba con la mirada en el plato cuando de pronto, sin dar aviso, una voz suave pero firme lanzó un "buenas tardes". Levanté la vista para ver a un hombre con el pelo totalmente blanco y perfectamente peinado. Delgado, con los pantalones un poco altos. Puso de inmediato sus manos sobre el respaldo de la silla frente a mí para no dar pie a un saludo de mano.

—Disculpe usted que no le hayamos ofrecido algo de tomar; por aquí pocos lo hacen. Tenemos cerveza y también vino que se guarda en el estante —lo señaló con la cara. Tenía los ojos claros, azules, de mirada tranquila. Fue entonces cuando recordé haber visto sobre la puerta del portón de la entrada un nombre extranjero, Michaux, Quinta Michaux. El viejo tenía una sonrisa prendida a sus labios, leve pero permanente y natural. Cierta seguridad brotaba en sus ojos para contrarrestar su figura un poco frágil. Insistí en mi cerveza para no incomodar más. Llegó de inmediato traída por aquella niña cuyos pasos y miradas eran imperceptibles. El viejo se retiró con una discreción ya muy acomodada en su persona. Salió por la puerta de entrada y no por aquella por donde aparecía la niña de la trenza y la comida. Terminé con café en taza grande con olor a hierba todavía, fuerte. Supuse era de la región. Poco tenía que ofrecer a aquella gente que no fuese un ánimo conciliador y la confianza del ministro. Pero en realidad todo aquello me era ajeno. Quedé solo, sin interrupciones con el pretexto de comida que entrara y saliera. Miré los techos altos de aquella casona y me vi llamado a entender mi debilidad, mi única opción de no ser nadie en ese pueblo, de sólo tener saliva, ambición y buenas intenciones para seguir adelante.

XIII

"Viniste a mí a contarme una historia monumental de familia. En ella inventaste personajes nacidos de personas que yo misma había conocido. De tu padre, jugador y aventurero, casado con rica y buen hombre, edificaste un portento de sabiduría mundana. Jugaba dominó por las tardes y vivía en un comercio mal llevado. A todos fiaba agitando el coraje de tu madre, que veía dineros irse en beneficio de otras familias. Tuvo sus enredos y dejó por allí una media hermana de la que nunca me platicaste. Yo lo supe hace tiempo. Benigno Meñueco no hizo fortuna, pero habló demasiado de ella por donde pudo. Vivió de sus inventos, pues se dijo inventor. Todos ellos fracasaron. Exportar camarón en tinajas metálicas fue uno de ellos. Benigno Meñueco, que por inmigrante lo sé sufrido de origen. Ella era rica. No te confundas, era rica además de bella, no lo niego. Pero la verdad es que de toda esa riqueza que trajeron los barcos nunca resurgió ninguna fuerza. Yo festejé tus sueños familiares. Todos lo intentamos en algún momento. Es una glorificación que oculta, que disfraza realidades. Velo bien, Salvador Manuel, tuviste una formación cristiana que negaste con tu llegada a la ciudad. Quizá todo comenzó, Salvador Manuel, desde que gritaron "Espantamuertos". Lo hicieron porque enterraron a tres críos que te antecedieron y se fueron a la muerte. Todo lo multiplicas, lo conviertes en una fantasía que deseas explique lo que de tu propia vida no comprendes. De pueblerino a burócrata; de andar descalzo en la ribera hoy sucia, a la falsedad que alcancé a comprender hace muy poco tiempo; de colorear a tus parientes como personajes ultramarinos y mágicos, a burócrata ambicioso que confunde tiempos personales con los tiempos de su pueblo. Como profesionista asciendes y quieres confirmarlo a diario. Como personaje de tus propias fantasías pierdes con unas costumbres adulteradas, empequeñecidas, ultrajadas por una cadencia que no te pertenece, a la cual no pertenecemos. ¿O sí? Sobre eso estoy meditando últimamente."

XIV

Amanecí en un sábado sin itinerario. Tuve la sensación de estar retrasado. Lo citadino parecía molestar, alterar cuando menos, los ritmos de aquella casa de huéspedes. Todo en ella se hacía a través de rostros de amabilidad sincera, no por ello menos extrañados del comportamiento de uno. Aquel sábado desayuné como siempre. Fui el último en el comedor. Las medicinas del señor Michaux eran el único objeto sobre las mesas. Para las diez me encontraba dispuesto a todo, menos a otra conversación con Horcasitas, a quien había insinuado una tregua, por lo menos el fin de semana. Un viejo vehículo estaba a mi disposición. Tomé el volante y me encaminé por los empedrados a un pequeño almacén en busca de una trusa de baño que resultó fuera de moda y de coloridos que en nada me agradaron. Una cierta libertad de ser desconocido me facilitó hacer lo que estando atrapado por la propia personalidad y biografía hubiera resultado imposible. De nuevo al auto. Pregunté por el rumbo al mar, a la playa, llevando conmigo mi gruesa y realista novela y una toalla sin gracia de la Quinta Michaux. En alguna de las entrecalles alcancé a mirar un mercado al final de la cuadra y decidí detenerme. Caminé hacia aquel lugar sin saber bien a bien por qué. Me dije que debía comprar algo de fruta para el camino. De pronto me encontré entre la gente. Me vino aquella vergüenza de la que me hiciera consciente Elía: ser más alto que la generalidad de la población y también de otro tono de piel. Guajolotes y pollos amarrados de las patas yacían sobre un hilado de cordel fino. Marranos husmeaban entre el polvo del piso, gordos y cebados, otros pequeños, de ridículo rabo que meneaban sin cesar. Moscas pululando por todas partes. El hombre frente a mí tiró cáscara verde de una extraña fruta de carne blanca y largos huesos negros. A lo lejos me llamaron la atención un par de mujeres ataviadas con amplios faldones. Se tomaron de las manos como en un juego infantil. Lo hacían sin pena y sin que a nadie le llamase la atención. En el pelo vi una suerte de coronas floridas que parecían pesar mucho. Sentí la mirada de una mujer que me observaba a poca distancia. Su pelo colgaba por mitades en dos gruesas trenzas. Un medallón antiguo, de oro muy llamativo, atrajo mi atención. Era una figura religiosa. Mi mirada fue a él huyendo de la suya. No pude evitar caer en la silueta de sus dos enormes pechos, que se sacudieron bajo un blusón a rayas cuando recibió un empellón al que no le hizo caso. Unos pasos más adelante topé con una anciana casi recostada en un rincón, con el pelo totalmente blanco y endurecido por un descuido prendido a él. Su mirada de cansancio me recorrió lentamente de arriba abajo. Sus brazos enseñaban unos huesos envueltos por un pellejo renegrido. Las uñas de sus pies parecían curvearse hacia el suelo con un grosor que asemejaba una garra. A su lado un hombre rumiante sostenía entre las manos un par de pollos muertos y desplumados. Se veían desnudos y ridículos con su cresta colgando hacia abajo. Junto a él vi a dos frágiles niños. Su oferta eran unas enormes papayas, anaranjadas, casi rojas, de las cuales se ofrecía un trozo como prueba. Mameyes cobrizos, brillantes e incluso grasientos junto a grandes limones que me provocaron salivación se arremolinaban ante la vista. Había también plátanos un poco golpeados, ciruelas y durazno criollo. Observé perplejo varias moscas caminando por el rostro impávido de una mujer. Cables detenían las mantas que tapaban a las mercancías; se entrecruzaban por todas partes. Capturado por las miradas entre clientes y mercaderes tropecé varias veces para acentuar aún más mi confusión, agravada por no entender una palabra de la lengua que hablaban aquellos hombres y mujeres. Me sabían observador y no cliente habitual. Mis ojos se fueron a una mujer que con un pecho al aire amamantaba a un niño de edad escasa. Su pezón deforme, agigantado, parecía pellizcado por unos extraños granos que me resultaron desagradables. Mucho de placidez había en su rostro. Su mirada fue a la mía para detener una observación quizá excesiva. El niño dormitante sobre el regazo de la madre movía, insistentemente, la boca y empujó el pecho con una pequeña mano. Un par de moscas acechaban el pezón sin que la madre se inmutara. Fue cuando pasé por las legumbres que en verdad me percaté de los vestidos de las mujeres. Elía los habría señalado mucho antes. Llevaban un gran pectoral bordado con rojos, anaranjados, violetas y algún verde tropical. Simulaban flores y aves, también pequeñas cabras que parecían tocarse entre cola y boca para hacer de aquello un rompecabezas.

Una tras otra las mujeres, descalzas, de uñas terrosas, de manos descuidadas y pieles resecas, portaban un lucidor atuendo. Faldas de coloridas mantas sobre unos encajes de trabajo muy fino y blusas bordadas con elegancia. Su vestimenta y actitud eran dignas. Incluso cierta altivez se desprendió de sus ojos. Algunas iban con cintas de colores, sedosas, enredadas en el cabello. Muchas mordisqueaban pedazos de fruta en sus enormes bocas abiertas en exceso. Enseñaron dentaduras fuertes pero descuidadas, piezas amarillentas o sarrosas que no dejaron de provocarme un rechazo cercano al asco. Pensé que comer con la boca cerrada era otra de mis arraigadas costumbres urbanas. Muchos olores cruzaron por instantes. Sudor, fruta, verdura, grasa hirviente, carne salada, madera podrida, manta. Eran dulces al exceso, humanos. Provenían de animales, perros tirados dormitando en medio del ajetreo, gallinas amarradas de las patas, guajolotes encerrados en cajas de vara. Un hombre me tomó el brazo para ofrecerme unos pequeños halcones de mirada desesperada por el maltrato. Pisé una bosta de burro. Tropecé con una anciana pequeñísima. Ella exclamó de mal modo algo inentendible para mí que atrajo miradas. Vi después verdura sobre el piso. Colindaba con las herramientas, azadones enteros o el simple metal, igual las palas y los picos por piezas, junto a todo tipo de abrazaderas y pinzas, brillosos alambres frente a un hombre que mostró un rostro ladino con bigote recortado y un reloj ostentoso de baja calidad. Llegué después a una mesa con pequeños montículos de extrañas yerbas. Alguna leyenda estaba clavada entre semillas y flores secas: para los riñones, jaqueca, dolor de ojos, vientre inflamado, hinchazón. Una lista amplia enumeraba males inimaginables y proponía remedios a casi cualquier cosa. Los letreros, sólo en castellano, enmarcaban un rostro que no tardó en mostrar su incredulidad sobre mi compra y también su clara molestia por mi curiosidad fuera de lugar. Juntó a mí pasó una mujer con ambos brazos estirados alrededor de infinidad de gladiolas blancas. Llevaba unos aretes largos de oro y con filigrana. Su mirar era adusto y su caminar cargado de hastío. Anduve unos pasos más, un poco por la presión de los ojos de aquel yerbero. Me topé entonces con una larguísima mesa en que se vendían granos de café en todas las tonalidades, claros y perfectos, sin golpe o hendiduras, casi negros y también en cereza con su delgadísima cáscara como queriendo quebrarse. Tomé la billetera y adquirí al tanteo sin saber, bien a bien, por qué escogía de uno y no del otro. Sin saber tampoco cómo habría de usarlo. En ese momento sentí que algo me tocaba el zapato. Bajé la mirada con susto. Un escuálido perro olfateaba mi pie. Se espantó con mi reacción y se echó a correr en una acción que mostró las muchas veces que había caído en el maltrato. Sentí lástima. Con el pequeño paquete en la mano me encaminé de regreso al automóvil entre olor a sudores, a polvo, a humo, a gente. Miré mangos y guayabas, carnes grasientas que colgaban con cierto aire a muerte. La gritería era constante entre carretillas que iban de un lado a otro, hombres con bultos sobre la espalda abriéndose camino con trabajo, ofertas y contraofertas cuyo contenido en ocasiones suponía por los números indicados con los dedos. Niños correteándose se atravesaban entre las piernas. Poco a poco fui saliendo de aquella agitación, entrando en cierta tranquilidad que fue reconfortante. Arrojé el café al asiento trasero con una displicencia y seguridad que me llamó fuertemente la atención. Fue un arranque de recuperación juvenil. Me quité la camisa y observé algunas canas en mi pecho. Sentí un dejo de sensualidad solitaria, quizá provocada por la temperatura o por un ánimo de rompimiento que yo mismo no había logrado descifrar totalmente. Inicié la ruta que me fue indicada. Topé a pocos minutos con una terracería que anunciaba sesenta kilómetros a Cayo Bajo. Lentamente salí de San Mateo, perseguido por el golpeteo de piedrecillas en las salpicaderas. Manejé pendiente de las sacudidas de la dirección. Puse el codo sobre la ventanilla en actitud de espera sin prisa. Había unas llanuras alrededor del poblado que en nada correspondían a la exuberancia de sus jardines y la generosidad de su mercado. Algunos espinos se encargaban de mal cubrir aquellas tierras erosionadas por un cultivo sin cuidar deslaves, sin trabajo de conservación como ocurre en todas partes del país. Rocas compañeras de extraños arbustos, cactos y basura fueron el paisaje durante un buen tiempo. El auto pareció acostumbrarse, o fui yo, al golpeteo y la vibración constantes. Después procedió a mecerse como resultado de lo que yo sabía era un exceso de velocidad quizá propiciado por una actitud irresponsable hacia el auto y hacia mí mismo, por un ánimo juguetón lanzado a una playa con el torso al aire. De pronto todo se vio interrumpido por un vado en el cual el auto se arrastró súbitamente con cierto dolor trasmitido por los metales. Me incorporé de inmediato sobre el asiento para tratar de conducir con mayor cuidado, pues la misma soledad que invitaba al desfogue también me provocó temor de quedar arrojado al lado de aquel camino poco transitado, a merced de no sabía uno quién, salido de aquel pueblo que por sus muertes me había extendido una invitación irrechazable. Fue justo entonces, al empezar a ascender, que el paisaje cambió con rapidez. A lo lejos se veían algunos eucaliptos llevados allí por una mano humana, esa que deja rastro en su orden. Al final de la hilera noté una pequeña casa que en algo me tranquilizó. Más adelante vi un aguaje a la derecha con ganado criollo abrevando. Sombras casuales invadían la ruta. Miré largas alambradas sin indicación alguna. En el punto más alto, unos encinos aislados y sin continuidad generacional llamaron a mi vista. Comencé el descenso, todo en despoblado. Entre a una cañada que de arriba se veía honda. Poco a poco se fue volviendo sombría. Traté de buscar a lo lejos el mar, pero una bruma casi imperceptible proyectada por kilómetros extendió un velo sobre el paisaje. Sin darme cuenta e incrustado en un paisaje cambiante había ascendido varios centenares de metros que se multiplicaban visualmente al mirar las tierras calientes a las que me encaminaba. La costa debía estar por allí, entre la bruma. El ascenso había sido monótono, cruzado por vientos calientes que no tenían dónde detenerse. Los colores amarillentos predominaban. Las tierras mostraron su triste desnudez. Algunas cabezas de ganado en convivencia desordenada se habían encargado de entretener mi mirada. Descendía con rapidez. La humedad aumentó. En un momento que recuerdo bien, la terracería empezó a topar con yerbas. Algunos helechos extendían sus raíces en busca de un pequeño hilo de agua. Allí comenzaron a aparecer las matas plantadas regularmente y sombreadas por enormes xalahuites. La temperatura había aumentado por instantes. Aquello me mostró una riqueza dormida, escondida por una soledad en la que mejor no quería pensar. Descendí varios kilómetros cuidando los quiebres de la brecha, que se habían vuelto más cerrados. A los costados vi cafetales perfectamente cultivados, limpios en su base, miles de matas que llegaron a aburrirme por su monotonía y perfección digna de halago. No fue sino hasta que salí de la parte montañosa que los primeros cítricos aparecieron, unidos por la misma cerca que custodiaba a los cafetales. El paisaje se volvió menos rectilíneo para terminar en unas montañas verdes que de lejos no daban más información. Continué mi descenso cada vez más despacio, pues algunos deslaves transformaron el recorrido por la terracería en un verdadero acto de divertido equilibrio. El auto derrapaba con cierta irresponsabilidad que mantenía en mí la suficiente tensión para no arrojar un bostezo por la falta de plática y el bochorno. Por fin desaparecieron las curvas y poco a poco el camino se fue volviendo escarpado y recto. Entre unas praderas sobresalieron los lomos de algunas reses pardas, marcadas por un perfil de cebú, que rumiaban tranquilamente. Los pastos se alzaban con verdes tenues. Se movían con el muy escaso viento, o quizá ya era brisa. A lo lejos alcancé a percibir la silueta de unas palmeras dibujadas contra un horizonte brumoso. Los pantalones me comenzaron a molestar. Un calor excesivo se había apoderado del asiento y de la lámina expuesta al sol sin pausa. La polvareda detrás de mí nacía como una agitación en el paisaje que moría conforme las ráfagas levantadas se transformaban en más lentas, como torbellinos adormilados, y se asentaban en segundos para permitir que la vista pudiera cruzarlos. De pronto todo terminó. Las praderas remataron en un montículo de arena. Las palmeras no tuvieron continuidad. Unas pequeñas casuchas de palma aparecieron ante mis ojos. La velocidad del automóvil me pareció excesiva cuando algunos niños desnudos salieron a mi paso. Vientres inflados, cabelleras sucias y algunas de ellas quemadas por el sol resaltaron en lo renegrido de sus cuerpos. Salían señalando, no sabía yo si ofreciendo o pidiendo. Tuve una pena auténtica cuando los vi bañados en una tolvanera que era producto inevitable de mi paso. Detuve el auto sin saber bien a bien a dónde dirigirme. Un hombre con un pantalón de manta indicó algo que no logré percibir sino hasta que llegué al sitio. Era sombra lo que ofreció.

Dejé mi libro en el auto. Bajé sólo con aquella pequeña bolsa en que cargaba la trusa. La toalla la arrojé sobre el hombro. No pude dar sino unos cuantos pasos cuando ya estaba rodeado de infinidad de escuincles que me gritaban por aquí señor, pescado fresco señor, refrescos y cerveza señor, y como a alguno debía de atender seguí a un pequeñín que sentí indefenso frente a los demás, que no dejaron de insistir sino hasta que vieron que mi decisión era definitiva para satisfacción plasmada en el rostro de aquel niñito de unos ocho, quizá diez años. Él fue quien me sacó de la terracería para conducirme por entre varias palapas. Se miraban todas iguales. Mis pies comenzaron a hundirse en la arena. Me resultó grato en un principio y molesto unos instantes después. Cruzamos entre sombras movedizas provocadas por palmeras que iban de un lado al otro y otras estáticas, resultado de las palapas. Varias mujeres salieron de entre paredes de hoja de palma, de lugares oscuros de los que no supe más. Su ansiedad se desvaneció al ver el rostro del niño que me adelantaba, tan sólo unos pasos míos y muchos de él. Entonces miré a una mujer que se frotaba las manos apresurada para sacarlas después de su delantal. Mantuvo la mirada en nosotros con una felicidad particular. Comprendí que era la nuestra y mis pasos atascados tuvieron un rumbo cierto. Sus brazos gordos salían de un vestido de pretensiones citadinas y sus pies anchos se levantaban uno después del otro.

—Buenas tardes señor —me dijo antes de que yo pudiera pronunciar palabra, ni siquiera pensarla.

—¿Cuántos días se va usted a quedar? —yo permanecí mudo.

XV

La noche anterior había llovido fuego, que escurrió del cielo, se desprendió de negros pájaros que rasantes pasaron en estruendoso vuelo. Todo moría a su paso, entre gritos y aullidos que salieron de árboles y yerbas, de animales con extraños trinos. Aquello doblegó su vida derramando sangres y savias multicolores de las que brotaron nubes color entraña. De ello él sabía sin conocerlo, tenía noticias por lo ocurrido años antes, tiempo atrás, allá del otro lado del mar que está a la izquierda. Pero ahora se vivía lo mismo cerca de allí, a unas cuantas fronteras, en pieles un poco más oscuras, sobre pueblos hermanos. Aquella mañana él viajó por las calles de La Ciudad, leyendo de paso en paso, sin poder siquiera imaginar lo que la lluvia de fuego haría sobre los humanos, sobre iguales que él veía en ese momento descalzos entre las muchas cortinas de su memoria.

Fuego que cae, sin ser líquido, o sólido, o gas, sobre las pieles frescas y sudorosas de villas y villorrios, en los que probablemente se corría en ese momento sintiendo esa lluvia que se escurre por los pechos, llevando a su paso cabelleras y rostros. Si hubiese sido sólido se arroja o patea, si líquido quizá se sacude o seca, pero al ser fuego en sí, removerlo duele y desgarra aún más: condena repentinamente sin posibilidad de gracia o huida, instrumento de muerte que causa el orgullo de imperios que están mucho más allá de las colindancias malformadas de los países que también son nuestros hermanos. Y entonces se miró a sí mismo vestido de gris y con la rigidez de los días de niebla, que son ajenos cuando se creció entre fruta que nace de pronto y cuelga de árboles generosos que tienen nombres que cambian de pueblo en pueblo. Y son los mismos y son otros. Pero en ese momento él no debía tener la mente en aquello, así le doliera el recuerdo de la descripción punzante del intrépido testigo que con voz delirante repitiera escenas sin nombre. Él viajaba entre la lluvia deseando la serenidad. Sin embargo, las palabras se desprendieron del papel y se incrustaron en sus oídos, y sin tener ya frente a sus ojos las líneas proseguía escuchando: "la operación duró cuando más un suspiro, pues el estruendo se fue al cuerpo en dolor antes de ser pensamiento..." Allá estaba aquel que narraba desde esa ciudad que seguía siendo pequeña. Quizá estaría bebiendo un colado de grano o algún aguardiente de las mieles robustas de aquellos lugares. "Primero el asombro de los negros y silbantes pájaros que descienden en picada para parir lumbre que cubre los cuerpos y los tejados y los hilos que unen las hileras de hogares; hilos que quedan encendidos como también las calles que siendo tierra arden con furia inexplicable.

Después aquello persigue a los que descalzos por allí corren. Las enciende primero por los hombros y cabeza, por los pies y pantorrillas..." La voz en grito que él no sabe si imagina o escucha y ya sentado piensa que podían ser réplicas de sus primos o hermanos, también nacidos en algún pueblo como el suyo, y él allí, vestido con una formalidad ajena, discutiendo los pasos de ese país que era el suyo.

XVI

"Hay noches en las que te extraño, son ésas en que te veo torcer mis cabellos, esa noches en que muerdes con besos y con furia encajas. Te extraño y huyo a tus ojos para encontrar lo que te llevas, pero que el tiempo, ese compañero indeseado y querido, te ha quitado, eso que hoy sólo araño en el recuerdo. Te miro a los ojos entre los velos de mi memoria temiéndote ido y queriéndote de regreso. Porque estás prestado, nada más, sólo eso, a una turbulencia que te arrastra y que quise quebrar, primero con sonrisas, después con espinas y ahora sólo con un silencio de pieles que jamás provoqué, con un vacío de caricias que tuvieron mejores días en su sinceridad oculta. Te extrañé en la peor de las penas. Te extrañé en plena presencia."

XVII

¿Por qué decidí escribir, escribirte, escribirme, escribirnos? No lo sé todavía. ¿Las enviaré? ¿Llegarás a leerlas? Lo hago de noche. Quiero que sirvan de algo. Porque ¿en dónde quedó todo aquello? Fue real y sincero, de esto estoy seguro. Mírame ahora, antes te hubiera bañado de comentarios sobre política financiera, sobre el riesgo de la hiperinflación, sobre la dificultad de incrementar el ahorro interno y por ello el crédito, sobre la posibilidad de generar políticas de bienestar social de mayor cobertura. Todo ese asunto que fingías seguir hasta que dejaste de fingir. Alguna cita, quizá. Concepciones del *welfare-state* hubieran estado presentes. Recuerdo ahora tu mirada que nunca desengañó mi esperanza de que también creyeras en todo esto. Pero después, siempre allí, asomaba una carcajada que no tenía sentido o alguna broma, como guisar un omelette con caviar que había sobrado del día que pretendiste cultivar nuestra relación familiar haciendo *blinies*. Tenías en mente el *Turkish Cafée* de Nueva York. Lanzaste cucharadas de beluga en lo que de otra forma no hubieran sido más que unos huevos revueltos. Supo a omelette de caviar. Distinto. No hubo huevos revueltos ese día. En esos momentos me daba cuenta de que todo esto nada te significaba. Quieres a tu país, de eso no me cabe la menor duda. Si en alguien he visto paciencia es en ti. Lo quieres con la aculturación indígena que odias. No presentas alternativa. Lo quieres con la ineficiencia que va de sol a sol, la misma que ha construido este país. Nunca olvidaré el día que gritaste a un amigo. Él despotricó sobre una marcha funeraria que impedía la circulación. Había costos para el país, dijo. Allí estaba el culpable: el pueblo. Montaste en ira. Te vi una pasión patriótica que no te conocía. Quieres a tu país a pesar de la basura, porque de verdad que este país se está volviendo sucio. Latas de cerveza, plásticos, perros con el vientre reventado son el paisaje cotidiano. Qué burgués me escucho. ¿Será que la revolución trae mugre? No lo sé. Espero que exista alternativa. ¿Seré un reaccionario? Con todo ello tú eres paciente. ¿Paciencia? Quizá aceptación. ¿Realismo acaso? No lo sé. Hay lucha en ti. Pero tú puedes sacarla del cajón y regresarla a su lugar. La puedes controlar. No te conduce. ¿Qué te conduce?, me pregunto. Aquel día, primero estuvo el baño de tina, fue un solitario domingo, eso lo tengo en la mente seguido. El mismo día en que fuimos a hacer ejercicio entre risas de coqueteo. Pretendimos llegar a la terraza a tener una comida al aire libre. Ése sigue (seguía) siendo objetivo constante de fin de semana. Pero se atravesó un olor o un beso con sudor en tu piel que yo miro cada vez más color madera clara. Te reíste y te desnudaste. No te importó que los leños se fueran a la ceniza. Antes de cualquier cosa, con pretexto de algo absurdo, me frotaste con el pie allí donde jamás lo hubiera pensado. Todo con risas. Tapaste tus pechos y los arrinconaste con tus manos, como si posaras para una fotografía. La cara de lado y sonriendo fijamente. Permitiste que lavara tu cabello. Terminó por rechinar entre mis manos. Para entonces ya éramos uno en el deseo, dos cuerpos empapados. Ese día fue el mismo, sí, el mismo en que te dio por mantener una sonrisa expresando todo sacudimiento por la respiración. Zumbaste, abrías las fosas nasales con fuerza. Nos quedamos dormidos. Horas después tuve que volver a encender los leños. Era tiempo de estiaje. Hubo cena con cerveza clara, que sabemos me engorda. Tú llevabas el pelo húmedo. Por la noche me apretaste el cuello con fuerza. Me dolió un poco. Eres brusca por naturaleza. Gritabas no sé qué. Ahora recuerdo aquellos gritos sin sentido. Eran de felicidad, los añoro. Tuve que callarte, pues me daba gusto y pena. Pero en ti brotaba un ánimo de continuar con aquella alegría que yo había liquidado hacia rato. No hubo nada más. Quizá un beso de cariño y un "nos vemos mañana". Creía darte suficiente, de verdad. No conozco la dimensión de tu saciedad. De esto ya hace tiempo. Y, es cierto, después viene una laguna sin abrazos y brusquedades cariñosas. ¿Por qué escribo? No lo sé todavía. Quizá porque ahora no puedo buscarte. Nada tengo que ofrecerte. Tienes razón, Elía, me he quedado sin mí mismo, solo, en mi triste compañía, ¿tú qué crees, me ayudarán las letras? No sabré tu respuesta. No sé el sentido de ellas. Éstas tampoco te llegarán. Primero habrán de cruzarme. Te quiero.

XVIII

"Últimamente he pensado en tus fantasías; en tus exageraciones, en tus biografías sencillas y pueblerinas que siguen una línea, fantasías que sólo aplicas para explicar o velar tu propia biografía, fantasías que te remontan a tu infancia, en donde todo lo recuerdas trenzado con suavidad. Eres injusto. Sólo caminas en ese sentido para revivir bondades y para olvidar caprichosamente. Has construido un castillo de anécdotas y mentiras que platicas largamente y que son tu refugio. Pero sólo miras así al pasado. Olvidas, creo que por voluntad, los tiempos que en verdad vives. Ésos se explican para ti en otra forma. No te miras en tus cuentos. En tus invenciones no hay presente. No usas la misma medida para contar el mundo que te rodea. Ni siquiera la aplicas por igual a todos. Unos reciben el beneficio, tú en particular, de tener un pretérito exaltado, lleno de recovecos y misterios que crees te explican. Pero todo lo dejas siempre en el pretérito o en la tierra de nadie o en la nación sin nombre. Tu abuelo entonces cargaba una tenacidad sobrehumana y las mujeres parían ahí entre climas en que todos los dolores parecieran menos. ¿Y cómo saldrías tú en tal lectura? ¿Qué color le pondrías al país que vives? ¿Cómo se miraría tu pueblo en el presente, con la misma lengua que usas para borrar crueldades pasadas? Sé honesto y no interrumpas la narración. Que llegue a ti, a tus acciones. ¿O habrá acaso fantasías tristes?"

XIX

No había fechas ni horarios, ni prisas ni citas. Cualquier acontecimiento era un invento. Huella se llamaba aquella mujer que de inmediato había procedido a mostrarme mis espacios. Una maltrecha mesa de madera enclavada en la arena. Un par de bancas junto a ella, limpiadas con trapo húmedo, y una hamaca sacudida sin razón aparente. Me coloqué la trusa en un cuartucho oscuro. Dejé los pantalones y cartera, no sin cierta desconfianza que pronto desaparecería. Caminé hacia el mar. Fue durante el trayecto al agua que me percaté de encontrarme en una pequeña bahía tranquila y hermosísima, de aguas azules, de aguas de ritmos firmes, pero sin agresividad. A la izquierda remataba en unos peñascos que le exigían al mar un acto vital para lanzarse al aire sin sentido. Algunas aves grandes y en conjunto, probablemente pelícanos, se habían asentado allí, lejanas al caserío. Sólo unos botes enfilados introducían cierta referencia obligada a la playa. Me recosté sobre la arena. La imposibilidad de hacer más y una parsimonia marina me llevaron a un brevísimo sueño que no pudo ir muy lejos por una desconfianza, temor, casi natural a lo desconocido. Levanté la mirada hacia la izquierda, a unos cientos de metros, un par de figuras humanas brincoteaban en el agua con una alegría poco natural. Recargué los codos sobre la arena y pretendí no mirar fijamente. Pero había algo que me llamaba la atención. No alcancé a percibir su vestimenta. Me pareció que eran mujeres y que estaban desnudas. Después lo negué. No lograba definir edades, pero por la forma de moverse se trataba de unas adolescentes, quizá mujeres jóvenes. No supe qué hacer. Me atraía enormemente ir a mirarlas, pero a la vez me sentía ridículo de estar emocionado por un par de cuerpos lejanos que prometían, cuando más, una mirada quizá por debajo de los hombros, pues dudaba que sacasen los pechos del agua. Quedarme allí fue mi segunda reacción. Por ello volví la cara hacia el sol en una aparente negación de lo que en realidad me llamaba. La playa no permitía salida. No podría disimular un caminar solitario hacia ninguna parte, con ningún fin aparente. Nadie me observaba, por lo menos eso creí. Una cierta excitación se apoderó de mí. Quería ir a mirarlas. Algo me daba energía y curiosidad. Decidí hacerlo. Me levanté. Lentamente caminé hacia ellas. Conforme me acercaba unas palpitaciones se extendieron por mi cuerpo, aunque me repetía que era ridículo, pero era real. Nadie me conocía en el lugar. Nadie habría de saber quién era y en ese momento aquellas siluetas me habían provocado algo que hacía tiempo no sentía. La sensación de desconocimiento, de reto, de novedad, me atrajo. ¿Qué podían hacer? De salir ellas corriendo conforme me acercara resultaría más excitante. Las vi que revoloteaban con mayor intensidad. Lanzaron miradas hacia mí que no querían descubrirse, o por lo menos eso aparentaban. De quedarse en el agua yo habría de sentarme a una distancia prudente para verlas salir. Sí, estaban desnudas. No eran unas niñas. Eran un par de mujeres de unos 23 o 25 años, de piel renegrida que se tomaban las manos una y otra vez sin mayor preocupación. De pronto brincaron y mostraron unos pechos curvados, quizá por el ascenso del brinco. Formaban, sobre todo en una de ellas, una figura de media luna que al instante me produjo aún más palpitaciones. Había algo que me gritaba que todo aquello era un absurdo. Pero me intrigaba cierta agresividad, cierto desplante de valentía que nada tenía que ver con aquel poblado miserable. Merodeaba erotismo burdo, que nunca había vivido. Bueno, quizá en mi adolescencia. No salieron del agua, así que hube de detenerme y sentarme sobre la arena con las rodillas tomadas por los brazos. Ellas se separaron. Pasaron unos minutos en que sólo alcancé a oír algunos susurros inentendibles. Una de ellas comenzó su salida. Sobre su cabeza miré un pelo chino que escurría agua. Caminó sin ninguna pena. Lo hizo lentamente, hacia la playa. Vi aparecer sus hombros y poco después sus pechos continuados por una cintura pronunciada que se volvía aún más evidente por un ombligo alargado. Después venía un pubis poblado y unas caderas bajas sobre unas piernas quizá un poco cortas. Los pasos de la segunda fueron un poco más acelerados. Noté en ellas ciertos tintes negroides que por principio me alteraron. Ambas se cubrieron dándome la espalda. Una se introdujo en un vestido exageradamente floreado que revoloteaba por la brisa. Tuvo trabajo en hacerlo. La otra se tapó el dorso con una camisa que con dificultad logró ser abotonada. Se puso una falda. Enseñaba de lejos su baja calidad. Cuando pensé que todo había terminado y hervía como un adolescente, una volteó la cara y emprendió la marcha seguida por la otra, que parecía ser siempre segunda en todo. Caminaron hacia mí.

XX

"Mujeres, mujeres al trabajo" cuentan que gritó de niño, lejos, en el pueblo que está frente al mar. Y, como todas las mañanas, las mujeres salieron, pero en aquélla lo hicieron riendo. Salieron a despojarse de lo inútil al paso de un caballo acalorado que por instinto se detenía al sonido de la campana a la voz de quien lo acompañaba en su ceguera obligada. Se arrojaban huesos, se tiraban también el mordisqueado pan. Pan como cáscara de huevo que algunos todavía llaman bizcocho. Al de dientes muy blancos y tez color playa, al principio lo nombraron "El Espantamuertos", pues antes de él había habido una hermana a la que mucho todavía se le reza y de la que se dice fue hermosísima y de piel muy clara. Pero ella murió con algunas decenas de semanas de vida. Se escurrió de la vida, se fue convirtiendo en agua en pleno verano, durante las lluvias. Al principio lloró incontenible. Después fue callando hasta que un día se deslizó entre los brazos y nada tuvieron que arrullar. Antes de ella hubo un varoncito que lo logró tan sólo unos días y que, recordado siempre, es razón de duelo recurrente. Él, dicen los que lo vieron, hubiera sido más valiente e inteligente que "El Espantamuertos". Llevaba el ceño fruncido desde el momento del parto hasta aquella tarde en que mostró lisa la frente, después de no comer, ni llorar, ni dormir por días. No se sabe cuántos fueron. Antes del valiente había habido un dolor intenso, de vida, sin explicación. Un dolor que atormentó a Carmen en el silencio: se trataba del vientre. Sin decir a nadie, salió corriendo hasta llegar debajo del enorme árbol del que brotaban frutos color sol, llegó sudando más de lo del diario, y allí en una sombra tibia sintió carne entre las piernas. Llena de espanto del que se cura con yerbas, y casi sin pensarlo, ocultó aquello bajo la hojarasca, junto a las raíces que por ahí se enredan. Jamás se supo nada más de aquello. Carmen contaría la historia hasta mucho después de que susurrara a todos y gritara nada más a él en el mismo susurro: "Espantamuertos". Al crío se le escondería durante semanas que quizá fueron meses, pues aquella mujer que ayudaba en el dolor que está antes de que llegue la vida y que sabía lo de la nena hermosísima y blanca que se había escurrido, y también lo del valiente del ceño fruncido y sin lloridos hasta la muerte, ella pidió guardar silencio sobre el tercer nacimiento hasta confirmarlo en vida. Lo de Vivo vendría de sí. Al preguntar por el nombre aquel que lo presentó al pueblo y que llevaba el crucifijo, la respuesta explosiva de Carmen saldría, sin que se sepa si fue por error, por ansia o miedo. Vivo, dijo en voz más que fuerte, lo cual asombró a algunos y tranquilizó a otros cercanos. Ellos pensaban, por las pocas palabras de Carmen, habría de llamarse "Espantamuertos", así que cuando Vivo decidió, ya en La Ciudad, por acto voluntario y sin correr aviso alguno, darse a sí mismo el nombre de Salvador Manuel, conservaría la intención de su madre. Salvador Manuel, que fuera Espantamuertos y vivo tardío frente a todos.

XXI

Marcha de la angustia, la llamaron ayer. *Caravana de campesinos* dice la nota de hoy. Sequía tras sequía. Fue demasiado. El estiaje este año en ciertas zonas parecería no tener fin. En otras en cambio llueve ya en exceso. Marchan, caminan hacia el norte. Regresé al jazz canadiense. Los ejercicios para cello de ayer llegaron a molestarme. La música culta tiene su límite. Mejor algo ligero, aunque los pianos de ese bárbaro se tejen agresivamente. Disonancias casuales y después armonías casi clásicas. Ritmo sin percusión. La lectura va mal de nuevo. Es termómetro. Ni siquiera me distraigo. ¿Dónde habré dejado ese cuento de parto de montes? Voy a la fruta para regularizarme. Leo el diario durante el desayuno. Es del día anterior. ¡Cómo lo criticarías, Elía! La financiera habla de auge en la bolsa. No tengo nada en ella, pero quizá con un pellizco por aquí, otro por allá, en fin, sueños. De que habrá auge, lo habrá. ¿Qué sucedería si nos habláramos, si yo escuchara de nuevo tu voz? No, no podría con ello. Hoy tu ausencia es parte de mi vida. Porque no estás estoy siendo. Esto nunca me hubiera atrevido a decírtelo. Aquí, en pleno silencio, yo impongo el ritmo. Por cierto, nadie me llama. No lo hace tu madre, ni tu hermana. La pareja es terrible: cuando me hablo te hablo como si yo no existiera con independencia. Decirle a ella sin hablarte, sin hablarme, es casi imposible. Te llevo dentro. ¿Dónde quedé yo? Ese yo independiente que creí nunca haber perdido. Tu ausencia, la ausencia tuya, la ausencia, era necesaria. Concedo, tenías razón. Cómo luchamos porque tú fueras Elía, porque ella fuera Elía y Manuel, él mismo. *Caravana de campesinos*, ni una línea logro cruzar y de nuevo en el aire. Cada mañana lo mismo. ¿Qué se intentará ahora en Centroamérica? Cuándo se comprenderá lo que es tener diferentes orígenes históricos, impulsos nacionales ceñidos a otra energía. Nuestras ciudades son destiempos. Nuestro desarrollo industrial un contratiempo. Vivimos hoy en Londres dickensiano que a diario acepta a miles que salen de pueblos miserables para incorporarse a una nueva forma de vida. La expulsión agraria es drama presente y no remembranza. Hay una conquista de lo que dicen somos nosotros mismos, que no ha terminado. Somos nuevos heraldos de una civilización que decimos nuestra, pero tampoco lo es. El castellano tiene su peso y su propio ritmo. Es la principal arma de esta conquista inmisericorde. Conquistar el habla es conquistar el sentimiento. La piel distingue más allá del color. Nuestro mestizaje en el fondo es una lucha racial sorda pero sin causa. Los campos de batalla declarada pero no admitida son igual una oficina que un restaurante o el trato callejero. La Nación todavía no termina por nacer. ¡Vaya parto!, difícil y esperemos que consistente. Cómo explicar que también la limpieza y orden urbanos tienen una razón de ser en nuestra historia contrahecha. Me preocupa que sólo podamos crecer en el desorden, con depredación y suciedad, como si esta tierra no nos perteneciera, como si estuviera allí para que la devoráramos. Hacer algo nuestro es acabar con su mañana. El oro y la plata fue de quienes los sustrajeron, las selvas de quien sacó las maderas preciosas, las tierras de quien obtuvo las mejores cosechas y nos dejó los despojos. Por eso el país no tiene propietario, porque ya fue de quien mejor uso hizo de él. En algún sentido tampoco tiene futuro, porque devorar es un acto instantáneo. No se trata de obtener el máximo aprovechamiento sino de engullir nuestros mares, el petróleo, los bosques. Cómo explicar que la urbanización además es un feroz proceso educativo, es transformación cultural que rompe las raíces. ¿O será acaso para bien? No queremos admitir que nuestro campesino depreda, que cultiva lo que nunca se debió haber abierto al cultivo. Comemos cabras y ovejas en todas las formas posibles después de permitirles que engorden con retoños de oyamel, que se lleven a la panza pinares. Por lo menos el régimen empieza a ver de frente y a entender que en esa inmigración dolorosa está su razón de ser. De campesino a mesero. Estoy molesto, muy molesto. La depredación me atiza el coraje. Contemplar sin disculpa nuestro retrato es el reto. La disculpa es el gran vicio nacional. Disculpamos al funcionario frívolo arguyendo que todos tienen defectos, disculpamos al indígena alcohólico porque su padre lo fue y también su abuelo y otorgamos a la par nuestro aval al alcoholismo del hijo, disculpamos la informalidad porque todos queremos poder usar ese margen algún día, disculpamos el desorden porque decimos está en nuestras venas, disculpamos la destrucción porque algún rebote que creemos benéfico tiene en nuestras vidas. Yo tuve orígenes diferentes. ¿Lo será realmente? Elía también. No he leído una línea del diario y ya me lanzo con peroratas infinitas, producto de un sorbo de café. Lo peor es que me agrada, aunque no lo confiese. La marcha campesina de ayer, la de la ANGUSTIA con mayúsculas, tiene su razón de ser. La miseria campesina en nuestro país no tiene ya hacia dónde orillarse. Permitimos la depredación porque venía del campesino. Destrucción que avanzó, por cultivos tradicionales y parcelas con arraigo familiar. Los arraigamos tolerando que devoren. De qué nos asombramos hoy, cuando ya poco verde queda, cuando ya ni las nubes más fuertes pueden penetrar sin desvanecerse con esos calores de desierto que buen trabajo nos costó lograr. Vaya complicación de primera plana: abajo a la izquierda, el bombardeo, arriba al centro, miles de campesinos huyen en busca de agua. Al centro, en nuestra malformada convivencia política, se concluye que la riqueza es inventable, que se puede garantizar la luz urbana en breve plazo y que el caudal de dinero podremos soportarlo sin costo. Y yo, aquí, redactando líneas que poco vienen al caso y que por lo menos no llevan forma. Tú, Elía, lejos. Allá en ese pueblo fantasmal, señalando, no sin verdad, que hay mucho de falso en mí y que me he perdido, que no hay metales de Haendel que me crea y que tú gozas una calma que te vuelve feliz. Me dejas aquí, por lo pronto con un periódico que habla de una marcha de la angustia, que de marcha tiene todo y de angustia aún más, de la cual no he podido leer una línea. Tomar el teléfono es una opción. La otra, de nuevo quedar en silencio, pensar en esa segunda persona de tus líneas que tanto me amarga.

XXII

La que siempre estuvo delante se aproximó con paso rítmico. Calculaba el efecto aletargador de la arena. Cuando la logré ver, el sol le daba de lleno sobre el rostro pintándolo de amarillos, lo hacía brillar con la humedad. Vi en él sus ojos negros, fríos. Una sonrisa inmutable. Dobló sus rodillas cerca de mí. Sin mayor introducción me lanzó:

—¿Eres nuevo aquí?, ¿es la primera vez que vienes? —el tuteo me molestó de inicio y me pareció cómodo e impersonal un poco después. El viento era suave pero le sacudía la ropa hacia la espalda. La agitaba produciendo cierto ruido que hizo los primeros silencios menos evidentes. Quise mirar sus pechos por alguna rendija de las que provocaba el viento. La segunda llegó unos instantes después. Tenía los pómulos saltados y una sonrisa que quería ser valiente pero que no podía ocultar algo de timidez.

—Sí, es la primera vez que vengo a San Mateo —para escuchar de inmediato la respuesta de la primera:

—Esto es Cayo Bajo —la segunda había doblado sus piernas estirando los pies hacia su espalda. Ambas me miraban fijamente. De pronto, la primera puso la mano sobre mi pierna. Me provocó de nueva cuenta una sensación de desconcierto. El contacto al principio no fue grato. Todo lo comprendí cuando dijo:

—¿Por qué no vienes con nostras, para que no te aburras en Cayo Bajo? —yo dejé correr la situación. Mi ánimo no era de rechazo. Hacía tiempo no me enfrentaba a la brutalidad. Menos aún por partida doble y con el aliciente tropical. Entonces me fijé en el rostro de la segunda, me agradaba más que el de la primera. Fue ésta la que tomó mi brazo para conducirme hacia adentro de la playa, alejándonos del mar en perpendicular.

—Aquí en Cayo Bajo —me dijo— somos muy amables —pasó una mano por mi pecho, deteniéndose con sus dedos en mis tetillas. Los sentí un poco rasposos. La segunda se mantuvo silenciosa pero extendió su brazo por mi espalda. Ellas me conducían con pasos que tenían un ritmo contenido. Me conducían supuse que ya sabían a dónde. Sin embargo, no pude dejar de mirar a mi alrededor. Hacia atrás quedaba la playa solitaria con un mar que comenzaba a dar tumbos de bravura de tarde. El caserío se ocultaba detrás de algunos arbustos que no identifiqué. Había en mí algo de temor ante lo desconocido, por lo que siempre será nuevo, ante lo exótico, ante lo crudo, ante la ausencia total de significado. También estaba allí una cierta atracción que me empujó a una ansiedad, a una prisa sin mucho sentido. Yo contraía mi cuerpo, no podía relajarme frente a esas manos que me alcanzaron. Ninguna condena púdica caía sobre ellas. Me lo hicieron saber, lo cual facilitó el arrojo mío necesario para preguntar nombres sin que de verdad hubiera interés.

Fue entonces cuando miré esa pequeña choza, ladeada y decrépita pero que no llegaba al peligro, cuando más a amenaza futura. Pronto habría de encerrarme. A los lados, entre cierta pestilencia de agua estancada, la arena terminaba para convertirse en tierra caliza. Alrededor se quedó una sensación de playa con montículos que sólo se quebraba hasta llegar a una cerca en que aparecían matorrales. Unos instantes después aquella choza hubo de absorbernos en una sombra que hizo evidente nuestro encandilamiento. Vendrían entonces unas serie de olores fuertes y manos un poco bruscas que sentí jugaron conmigo, manos que en ocasiones me jalaron el cabello y en otras se frotaron con aspereza que no dejó de dolerme. Rechacé la cercanía de los rostros y sólo impulsé las cabezas hacia abajo. Allí tendido en una camastro caliente que recibió tensiones y risas pardas, reviví bromas de mal gusto y una autenticidad corporal que por mi parte todo lo conducía. Las carnes tuvieron que cruzar la sal para poder llegar a un sudor fresco e inoloro, a unas pieles que podían resbalarse unas con otras en lugar de tallarse como fue en el inicio. Ellas se mofaron una y otra vez. Lo hicieron en dueto por demás sincronizado que no permitió escapatoria. Para donde la mirada fuese aparecía un pecho renegrido coronado con mayor oscuridad o una pierna entregada y dura. Hubo risas producto del viaje de una mano que llegó a donde la sorpresa lo es todo. Estaban allí para jugar profesionalmente. Provocar la risa era parte del juego. Yo pude responder sólo después de vencer una vergüenza adquirida y reiterada que por supuesto me llevó a ella y trató de establecer comparaciones sin posibilidad. Me molestaron algunos pensamientos. Los quise ver como atavismos que me impedían seguir los pasos de aquellas manos. No cesaban en su ir y venir como misión independiente de otros ritmos que les parecían ajenos, que no tenían pares. Pero claro, todo condujo a un mismo sitio en que la memoria se desvanece. Después se avivará la añoranza que sólo encontró explicación tardía.

XXIII

"Dime, Salvador Manuel, que nunca participaste, que jamás supiste lo que ocurriría. Tan sólo eso quiero saber el día de hoy. Quiero oírlo de tus labios o verlo de tu pluma, en líneas o palabras que serán como un juramento de verdad a lo nuestro, eso que por momentos, cuando te leo, creo que todavía sobrevive. Un juramento que me permita, con gozo y orgullo, recordar cuando te incrustaste entre mis dobleces y arrojaste anarquía y vehemencia justiciera. Dime, Salvador Manuel, que tus desbordadas locuciones, que siempre venían después de que te hundías en mí, a veces todavía desnudo sin percatarte de tu desnudez, caminando de arriba a abajo, que esas intenciones llevadas casi a los gritos no han desaparecido del todo, que están quizá guardadas o arrinconadas, pero que siguen vivas y que son tuyas y mías, de los dos. Dime, Salvador Manuel, que puedo recoger en mi vientre al mismo de hace años cuya semilla preciada cultivé con mi sangre para reproducir su entraña. ¡Dímelo!

Ahora suenan por cuarta vez en el día las campanas. El pueblo se cubre de niebla, guardando a todos de nuevo en sus recovecos. Como si mordiera, como si extraviara, sin ver que es sólo niebla que cuando más moja la laja sobre la que me paseo por las noches, cuando humedecida brilla y refleja sin dar forma. Por lo pronto acá quedo y espero lo que quiero reconocer como respuesta que evapore cualquier recelo que por desgracia reconozco."

XXIV

Hoy regresé aquí. Es claro que algo encuentro de lo cual todavía no soy consciente. Lejanía y empalme en otro ritmo. Son lentas y de sinceridad agobiante. Escribo y me duele, pero unos espacios más allá las líneas me tranquilizan. Hay diálogo conmigo mismo. Me hablo. En ocasiones digo en impersonal, en otras digo diciéndote sin que en realidad me escuches. Las palabras suenan, me dicen. Las veo cómo caen, cómo quedan allí con pretensión cuando más de ser yo mismo. Leo, releo y escucho cómo se plasman en un nivel de conciencia que me lleva a los sueños. Últimamente allí es donde me intranquilizan. Son sueños que se registran en la hora temprana de la noche, cuando todavía algún calor queda en la casa de la que ha salido Elía. Tomo agua en aquel vaso de plata. Lleva mis iniciales S.M.M. Lo uso a diario. Lo he tirado sin querer, como anoche, entre frasquillos de las píldoras que ingiero porque los ojos se me irritan. Debo tomarlas a diario para abrirme también a una respiración tranquila. Encontré ropa tuya. Es de colores. Estaba en mi cajonera. Es un calzoncito a rayas, pequeño. Recordé cómo se mira en ti y supe que se habría quedado por olvido. Elía, tú nunca guardas más allá de lo que controlas. Fue un domingo por la mañana. Puse música incidental. Metales que se aventaron al aire en ritmo de marcha, un poco deslumbrantes en momentos. Para ser un domingo en la mañana logré imponerme bien a tu ausencia. Incluso la gocé sin más, soy sincero, fue un instante. Disfruté, con algo de artificio, la pieza aquella en cuya primera audición el público tuvo que correr por un súbito incendio que acabó con todo. También con el autor de la obra. Gocé ciertos silencios, permanecí recostado por varias horas en una lectura que no llevaba rumbo. Escuché la casa vacía. No hubo entradas tuyas para decir cualquier cosa, entradas que me molestaban sin que jamás lo dijera. ¿O sí? Creo que sí te lo dije. Las lecturas son celosísimas. Regresar los ojos a un mismo párrafo perdido por una interrupción es tanto como sacudir toda la obra. Odio que me interrumpan al final de una lectura. La intimidad castra muchos espacios. Verse juntos de mañana, con luz, si es que el sol entra reflejándose por el amarillo de la barda, puede ser quizá reconfortante. Pero aquello de estar bien y no estar juntos como meta sigue teniendo su razón de ser. Llamó Alfonso. Fue poco antes de que me lanzara sobre un Brahms dominical. Apuros, como siempre, muy importantes, como siempre. Se ve en la necesidad de presentar un documento que concilie nuestras opciones reales de ahorro interno con el impulso económico que se desea. Desea, observa. Vaya opción ajustar la posibilidad, mejor dicho las limitaciones históricas, a la voluntad humana. "La crisis es de financiamiento, no de salud económica, así se deberá manejar…" y me arrojó un río de asuntos que, la verdad, me alteraron. Llegó por fin la hora, la audición cumbre, aquella música incidental del Prokofiev que es dulce por un juego de violines en armonías clásicas pero con una tensión ascendente lograda a base de vientos cada vez más presentes. Entró Samuel por el teléfono. El licenciado había muerto. Todos lo esperábamos. Yo ya tenía café servido y quería tomarlo caliente. Tuve que expresar dolor que creo sonó un poco falso. Samuel no me provoca sinceridad. Después me percaté de lo mucho que en verdad me dolía. Quise beber pero temí llegar impropio. El licenciado, el que se dio a sus amigos hasta el último momento y en unas semanas un páncreas canceroso lo llevó a la muerte. Lo vi dos veces antes de que muriera. La última quise evitarla; temí una última imagen de su desgracia. Terminó sin embargo por ser grata. Conmigo fue vida y risa con dientes amarillados con oro. Fue generosidad que iba del pagarme la comida cuando estudiante al abrazo que aprieta más allá de los hombros. Los sientes por los dedos, por la palma, por la fuerza, por la extraña combinación que se produce. Sientes que te quieren. Muy amigo de sus amigos y del dominó de los martes. De verdad lo lamento porque se fue antes, tú ya sabes, siempre antes en impersonal, siempre antes. Vizarretea de apellido, viajaba mucho y nunca cedió a la frivolidad por su riqueza. La logró por medio de la cerámica.

XXV

Aquella mujer se aproximó a mí sin pronunciar palabra y limpió la superficie de madera de la mesa. Quitó algo que para mí resultaba imperceptible. Ella no tenía por qué preguntar y sin embargo yo me sentía con cierta vergüenza. Cargaba una condena a mí mismo que no podía encauzar. Aquellas mujeres me habían acompañado hasta mi lugar de hospedaje pasajero. Fueron por su recompensa, amables y juguetonas, pero sin permitir escapatoria. Estuve tentado de dar explicaciones que nadie me estaba pidiendo. Entonces me percaté de que la arena bajo mis pies se encontraba como peinada hasta los límites de aquella techumbre. Quizá aquella mujer lo había hecho con algunas varas o algo similar. Era una señal de higiene que se mostraba por las formas logradas más que por la ausencia de basura. Cuando puso el plato sobre la mesa miré una gordura excesiva que le colgaba de los antebrazos. Se hacía más evidente al llegar a su axila. Su mirada seguía a su mano. Ésta no cesaba en un movimiento de fricción sobre la madera. Apareció un lustre resultado de la humedad, la arena y la tela que la habían frotado en infinitas ocasiones como lo hacía en ese momento.

—¿Cerveza? —fue la palabra con la cual rompió el silencio.

—Sí, claro —dudé que hubiera escuchado mi respuesta, pues aquella mujer había vuelto la cabeza con un brusco ademán para ahuyentar un par de cabezas infantiles que habían asomado del cuarto vecino, donde había dejado mis pertenencias.

Tomé el primer sorbo con desconfianza, acostumbrado a un frío adherido a las botellas que no estaba presente, pero después de algunos sorbos el líquido se deslizó sin que yo tuviera mayor reparo. A lo lejos, la tarde lanzaba ya los primeros grises y plateados sobre el mar. Perdí mi vista hacia el horizonte. Cerca de aquel espacio formado con bambúes encajados en la arena se desprendió un olor a pesca más que a pescado, a humedad y a sal. Oí el sonido de un hervor de aceite, breve y agudo, que resultaba agresivo, transmitía peligro. Volví la cara. Miré cómo la que para mí era improvisada puerta se abría para permitir a un hombre con el torso descubierto salir con cierta fatiga. Su rostro era adusto, enmarcado en unas cejas oscuras pero ya quemadas y unas largas arrugas enclavadas en la frente, arrugas de quien mira por horas bajo el sol.

—Buenas noches —fue la expresión que de alguna manera sentí como frontera. Aquel hombre tomó una camisa descolorida y ya ligerísima de tanto uso. Yo no había notado su presencia. Colgaba de un madero. Se la echó sobre los hombros sin más intención que portarla, como una costumbre más. Tomó un objeto largo que estaba en la habitación donde se encontraban sus vestimentas y caminó hacia la playa. Yo tenía la mirada puesta sobre su perfil cuando un ancho platón de madera con varios pescados enteros fue puesto frente a mí. Lo acompañaba otro plato de arroz con verdura y una taza, cuarteada, que contenía sal en su interior. Piezas de masa, pequeñas y abultadas, llegaron de inmediato para permitirme iniciar lo que después recordaría como una gran comida. Quité la piel del primero. Abajo se encontraba una carne oscura, lo cual me desconcertó. No había olor, sí en cambio dureza suficiente para desprender trozos empujados por un tenedor encorvado que sirvió a la perfección. El sabor era suave, la frescura evidente. No distinguí variedades y quizá lo mejor de todo fue poder destazarlos arbitrariamente rompiendo fórmulas y maneras, brincando de uno al otro sin preferencia ni orden, respetando impulsos. Los trozos cargaban una gran humedad. Al principio la sal me pareció demasiado gruesa pero después descubrí la forma de dejarla caer en su justa medida para obtener mordiscos amparados de un exceso o una carencia. Vinieron más cervezas. Terminé, para mi propio asombro, alumbrado por un quinqué y con platos vacíos frente a mí. Huella esperaba en la oscuridad. De vez en vez se aproximaba con más piezas de masa o cerveza. Ya sin la pena que me había acompañado los primeros minutos pregunté a aquella mujer, que sería mi compañía silenciosa por esa noche, qué variedades de pescado eran aquellas y me contestó con palabras ajenas para mí: agujón, jurel y villajaiba. Puse los pies sobre la banca de madera con una naturalidad que de inmediato sentí había herido la visión de higiene de aquella palapa.

—¿Y los escuincles son suyos?

—Sí señor —fue la respuesta, que no dio pauta para otra mía. Quizá lo que yo buscaba era obtener una especie de disculpa por lo que había ocurrido en la tarde. Lancé, en corto, para forzarla.

—¿Y a dónde van a la escuela?

—A San Mateo, señor, sólo están aquí sábado y domingo.

No pude pronunciar otra expresión que no fuera gracias cuando aquella mujer retiró los platos. Debí haber dicho más, debí haber sido generoso. Volvió después a frotar la mesa y me dejó solo con mi cerveza en un anonimato que no extendía credencial de moralidad. Pensé en esa mujer enviando a sus hijos a San Mateo; desde allí se miraba como referencia al mundo, como primer peldaño para llegar a un sitio del que sabían de su existencia por sus enviados, por las visitas frívolas, como la mía, que llegaban a comer pescado y tomar cerveza, visitas que ayudaban a aquella mujer, de la que después confirmaría yo estaba casada con un pescador callado y trabajador. De él al día siguiente no podría yo desprender más que monosílabos. Caminé unos pasos y me dejé caer sobre la hamaca. Desde allí podía mirar a Huella en su soledad nocturna, tendiendo sus manos generosas y apacibles sobre un par de críos que revoloteaban sin cesar pero que no necesitaron ninguna amonestación para ir al sueño. La luz de los quinqués aumentaba la calidez de nuestros espacios. Sin extrañar mayor lectura me sentí un poco atormentado por la carencia de alguien a quien asirme en Cayo Bajo, una conversación que me permitiese entender lo que había ocurrido con aquellas manos oscuras que me habían frotado como por mandato, también a aquella mujer apacible que había establecido todo un mundo de esperanza en unos cuantos metros de arena. Una rigurosa confesión se apoderó de mí aquella noche.

XXVI

"Hoy vino de nuevo. Se encontraba recargado con suavidad sobre un muro. Trató de mantener su rostro con una serenidad impuesta, como si posar le resultara lo más común. Todos sabíamos que no lo era. Al principio me miró con algo de coraje. Entendí su mirada como producto de una sensación de ultraje. ¿Quién no reaccionaría así? Se quitó las ropas en el rincón y volvió a nosotros. Creo que todos pensamos en el frío de mañana, que todavía invadía el estudio. A unos cuantos metros encendieron un calefactor eléctrico. Caminó hacia la tarima. Mientras tanto miré un yeso alambicado de mi vecina. No di mayor importancia a su presencia. Subió con los hombros echados para atrás mostrando un pecho limpio, impúber y unas tetillas perfectas. Subió el peldaño que lo separaba de nosotros. Se quitó una toalla como si no tuviera emoción en ello. Sus pies son grandes y anchos. Trabajé en él con menos concentración. Atrapé su mirada huidiza en varias ocasiones. Me dejé mirar, como él lo hacía. Él clavaba su mirada en mi busto, del que difícilmente algo se podía perfilar detrás del delantal y una blusa holgada. Eso lo pensé con vanidad que admito. Me sentí entre halagada y absurda. Lancé con frecuencia mis ojos a él. No es un niño. Hace tiempo que dejó de serlo. Su pubis lo muestra. Su pecho limpio y sus rasgos infantiles engañan. Desviaba su mirada cuando me sentía aproximarme o capturarlo. Nunca fue a mi cara. Quizá le pareció severa para su nivel de aprehensión. Lo vi más blanco. Admito que quise tocarlo por el puro goce de la frescura de su piel suave y con esa energía que lo cruza, según recuerdo. Me lo cuento porque de sinceridad se trata, según yo misma dije."

XXVII

Ayer por la noche leí poesía. Ando buscando. Esas naves las quemé hace tiempo, pero quizá la soledad me permitió quebrar la pena. El libro vino a mí. Allí estaba, abierto, tirado con cierto descuido, sobre el escritorio de Mari José, allá en el Ministerio. Parecía pedir auxilio. Me intriga: ¿leer poesía y trabajar en el frío archivo legislativo? Ella lo hace. Por lo menos eso parece. Del caso había escuchado. Murió a los treinta y tres, al volcarse su auto en el extranjero. ¿Sabes?, de esos proyectos que nunca se logran y por ello se mitifican rápidamente. A James Dean le ocurrió y creo que en la figura de Cristo hay algo de lo mismo. ¡Vaya herética comparación! Schubert murió a los treinta y uno. De la "Inconclusa" unos dicen que es obra mal acabada. Bien pudo Dean hacer mala película y humanizarse, o a Cristo fallarle de vez en vez su capacidad redentora. Por cierto, hoy subí al estudio. Se escuchaba el sermón de la iglesia. Llegó sin eco, directo. Catolicismo electrónico, de magnavoz. Cumple su cometido, pero no deja de ser extraño: ir a la más profunda intimidad en pleno estruendo. Sí, hoy es domingo, y aquí me tienes de nuevo. Bueno, estábamos en la poesía. Lo que más me atrajo fue en parte eso mismo, esa mitificación de lo que alguien pudo haber sido. Los consagrados en ocasiones me suenan más a respeto a su propia figura, la pública, que a entraña poética, si es que algo así existe. Pero en éste hubo poesía auténtica. Uno era sobre el napalm, allí incrustado entre muchos otros, pequeño como para no encontrarse. Fue con ése con el que me topé. Date cuenta, ahora sí que te hablo. Murió en setenta y ya vociferaba contra el napalm. "Imágenes de tiempo pondrán marco a las ruinas de la casa incendiada después de la escaramuza / cuidando que los niños sufran sus quemaduras sin que sus ojos crezcan en el fuego." De nuevo el enfrentamiento con el norte, ese norte que parece hablar otro idioma cuando se dirige hacia fuera. Al interior no se lo pasa uno mal. El buen consumo, el de calidad, siempre es un atractivo. Crecimos en referencia hacia el norte, crecimos como con la mirada bifurcada. No estrabismo, porque eso es ver por duplicado, no, dividido, esquizofrénico, tajantemente distinto en sus dos objetivos, en los dos mundos que se rastrean, ése es nuestro caso. Y desde dentro ¿cómo se verán a sí mismos? Deben verse sin referencia terrenal, he allí la diferencia. Ellos miran a partir de sí, con tropiezos ocasionales en otras yoidades. Pero nosotros vemos nuestro hoy y nuestro ayer, y claro, el mañana, en relación con algo. El yo en nosotros termina por disolverse cuando a diario se te confirma que eres en función de algo. He gozado estos silencios. No sé si a ti te ocurra lo mismo con mi voz, con mi presencia, que sin agredir simplemente, en ocasiones, existió, existe, en demasía. Deberá ser así. Por eso corres a esculpir. ¿Será la pareja la que cansa? Lugar común, ¿verdad?, o ¿quizá tú y yo somos egoístas consumados que quieren a los demás sólo después de quererse a sí mismos? Viene el aniversario de mis padres; he pensado hacer lo que nunca hago: visitarlos en silencio. Hace tiempo llegué a la conclusión de que la mejor fecha para ir a visitarlos era ésa, una, la de su unión. El pueblo está lejos. Así que unificar fechas facilita el transporte, lo reduce a una vez por año. ¡Hasta mis duelos economizo! ¡Qué horror! Pienso llegar a estar en silencio, frente a ellos. Esta vez quizá habré de preguntarme cómo lo lograron. Tiempos diferentes, de ello no me cabe la menor duda, pero como unión, ¿hasta dónde llevaron el sacrificio personal para salvar el nosotros?, ¿hasta dónde crecimos en eso que fue real o irreal? No lo sé. La separación hubiera sido tragedia. Quizá, no lo sé. Samuel es callado, de él poco conoceré al final. Sabes que nunca nos hemos comunicado más allá de una risa superficial. Hay algunos que incluso pierden capacidad para odiar y odiarse. Vaya, por lo menos eso no lo hemos perdido tú y yo. Es demasiada esa presencia que intenta posesionarse lentamente, sin quererlo, no en especial tú, pero tú también, posesión que sientes, yo siento, que penetra hasta donde no quiero. Yo salía diez, a veces más horas día a día, y tú reclamabas por mis ausencias excesivas. Hoy extraño menos tu presencia que cuando comencé a venir aquí. No está mal que estés lejos. No te quiero menos. Hasta hoy comprendo que soy bastante más iracundo cuando estás aquí. Sobre todo cuando interrumpimos eso que en verdad nos une (unió) por ver gente. A mí me altera y a ti más. ¿Sabes?, no tener pareja reduce la vida social en más de la mitad. La que es resultado de los dos desaparece. Aquí ya lo hizo. Pensándolo bien la tuya también traía su ruido. La mía, sólo mía, es en verdad escasa, me preocupa. Así que pareja es institucionalizar las relaciones de una tercera dimensión que no te pertenece. Es esa compañía forzosa y garantizada la que lleva, después de años, a un infinito respeto a la institución, a eso que ambos cultivan sufriéndolo. Pero también lleva a un enorme desprecio personal. ¿Sabes? Nosotros, tú y yo, tampoco supimos abrir nuevos caminos. Por más que criticábamos sorbiendo restos de café endulzados con gente, por más que nos burlamos de amigos atrapados por los estereotipos o anclados como personas en su relación, tú y yo creamos nuestros propios grilletes. Algo me duele ahora que te lo digo. Modernidad para muchos es entendimiento en aquellos grados de comunicación prohibidos antes. Pero no estoy seguro de que eso por sí mismo libere. Claro, hablar las cosas es ponerlas frente a ti, pero hay algo mucho más grave: las costumbres. Todos establecemos costumbres, hábitos. En ti y en mí, en nosotros hasta las herejías las convertimos en costumbres. Nuestra carne en la terraza con los cuerpos descubiertos, los desnudos fotográficos tuyos, nuestras noches en que nos refugiábamos en algún hotel pretencioso tan sólo para alejarnos del peso del hogar, de la responsabilidad de actuar en los papeles que te corresponden, yo el de señor de la casa, funcionario, esposo, patrón del portero, amigo del ministro. Tú el de la buena hija o sobrina, ama de casa, esposa, escultora, artesana. Sabes mejor que yo que también te pesaba. Todo eso lo convertimos en costumbre, en hábito. Costumbres, ¿cuándo deja uno de ser para convertirse en costumbres? Pero ¿cómo vivir sin ellas?, ¿o acaso será vivir para destruirlas? Últimamente reflexiono mucho sobre las costumbres, sobre las nuestras, pero también sobre las mías, las mías sin ti. ¿Qué, cómo y por qué lo hago? ¿En verdad lo gozo? ¿Cómo duermo, qué leo, a quién veo por gusto o por obligación, a quién encuentro en mi vida por descuido? El otro día un amigo me dijo que debía uno de ver al alimento como la medicina diaria. Luego entonces de nuevo a los hábitos, necesarios. ¡Cuántos hábitos no construimos tú y yo! Los beneficiados: nuestro intestino, nuestra piel, nuestro hígado. La fruta como deber, la cerveza descartada, las grasas con gotero. Construimos una fosa alrededor de nuestro mundo y después ya no podíamos salir. Fue tan profunda que nos impidió gozar sin mayor cálculo. Muchas cosas quedaron fuera. La comida popular por sus excesos de todo, las fiestas interminables porque tú no podías esculpir a la mañana siguiente, ni yo pensar con agudeza. Todo entró bajo control, a todo le dimos un cauce perfecto, hasta a la diversión le construimos un margen. Pretendimos administrar nuestra vida, nuestros tiempos. Aún suena razonable. Tú querías tiempo para ti y yo para mí. Ahora que te has ido lo tenemos, por lo menos yo lo estoy teniendo. No hay llamadas y aquellas que entran las corto de tajo o simplemente dejo sonar el teléfono con la campanilla bajísima. Para ti tengo ahora, estas notas lo demuestran, un tiempo, un espacio vital que de estar tú presente no sé si tendría. Qué absurdo. Ahora hablo mucho más de nosotros, como tú lo pedías cuando estabas frente a mí. Ahora me doy cuenta de que te hablo, y de que me importa hacerlo. Elía, he tratado de alejar todo aquello que nos rodeó, que nos invadió. Busco en cambio lo que nos hizo falta, nuestras carencias. Nunca me dio ni me ha dado por susurrar en las noches, en el silencio de tu recámara o la mía, cerca, cerquísima de ti, de tu oreja. No guardo visiones de extrema cercanía tuya, esa cercanía que permite absorber hasta el espanto. Esa intimidad de susurro nocturno no la busco, tampoco creo necesitarla. Pero hay otra intimidad que estoy descubriendo en estos silencios que me permiten cavar en los días que guardo en mi memoria. Creo que la voy encontrando paso a paso, o debiera decir línea a línea. No he huido. De eso no podrás culparme. Atendí a tu petición. En esta ocasión no hay falsos escapes. No te escucho, es cierto, pero he estado contigo. Vamos, ya ni el argumentar en contra del proyecto general de electrificación me importa mucho. Antes hubiera buscado el tiempo necesario para hacerlo y en ello te negaba mi tiempo. El departamento está alterado y la basura me ha llegado a rebasar. He pedido a la *femme de chambre*, con la pretensión de ocultar lo que no deja de ser verdadera servidumbre, que no venga a diario. Su presencia por la mañana me molesta e incomoda. El encontrar por las noches manos que han caminado por la cama de uno, por tus camisas, tus libros y papeles, en cierta medida me parece violatorio de algo. El orden, o el desorden quizá, es, piénsalo, una defensa del yo. Tú siempre me criticaste mi excesivo orden. Hoy yo también escudriño en mis mañas. Lo otro, lo primario para darle un tono gélido, la necesidad de que alguien vea por una comida fresca y abundante, no riñe con cierto desorden que no fomento pero tolero, incluso creo que me agrada. La recuperación de mí mismo es lenta. En el napalm trato de medir por dónde camina mi sensibilidad, hasta dónde he llegado en mi cerrazón. Como ves, trato, por lo menos, de entender tu reclamo. Napalm arrojado sobre el pueblo hermano y yo ni siquiera me percaté de lo que ocurrió. Hoy por lo menos leí un poema de alguien que murió a la edad de Cristo para pasar a ser un mito, no muy conocido, pero referencia obligada si dices leer de lo nuestro. Olvídalo, fue importante porque hablaba del napalm y pude sentir pesadumbre y horror. Hoy estoy tranquilo. Veo por la ventana jacarandas y eucaliptos, alguno que otro cedro alargado y de figura triste. Debes de acordarte de ellos. Creo que podré comer en la terraza. Las lluvias no se han establecido, pero las nubes merodean amenazantes. De aquí a las cinco habrá un sol colado entre ellas. La ciudad estará a mis espaldas. Miraré de frente a la montaña. Por la tarde te extrañaré, pues habrá sido suficiente soledad.

XXVIII

"Se habla de miles que huyen, con familias colgando de sus hombros, en carretas que penden de escuálidos caballos. Ellos responden al límite de sus fuerzas. Lo hacen de noche —era la voz del que manda, o sea la cabeza de los siete que allí estaban reunidos—. No hay lluvia y las tierras se secan, se absorben y devoran unas a otras. Ellos, los campesinos, se yerguen en marejadas que buscan un horizonte en el cual sus vidas no dependan de las nubes..." Todo ello a una semana o un mes de que el Imperio anunciara que una de sus diminutas naves lanzadas al firmamento había abandonado el umbral del sistema en el cual se encuentra todo esto que se ve. La navecilla viaja a velocidades sorprendentes y, según afirmaron los sabios, sobrevivirá a la aventura humana. La única posibilidad de su destrucción radica en el azaroso encuentro con un cuerpo celeste perdido, sin destino, que escoja en su desvarío el curso de la navecilla. En la nota se lee "de acuerdo con las previsiones de los científicos, el Viajero debe salir del sistema solar a las ocho y media de la mañana, culminando de esta forma la primera etapa de un viaje de muchas vidas de largo..." Pero allá en el país de la marcha, las nubes no llegan, las nubes a las que esperanzadamente se espera para la siembra del grano nacional. Por eso ellos huyen en busca de otros granos o quizá también de otras nubes. ¿Acaso al norte las siembras no necesitan las nubes? ¿O quizá siempre las tienen y son oportunas? ¿Por qué será? Allá la fortuna no es dueña de la siembra. Ese año, al igual que el que llegó antes y el que le antecedió y otros más, no hubo nubes. Ellos nunca pudieron derrotar los calores furibundos, sin misericordia, que subían de las tierras ardientes y desnudas y desvanecían cualquier humedad que hubiera logrado ascender de los mares. Las nubes nunca llegaron, haciendo de la espera un acto de fe defraudada. Por eso ir allá, al Norte, a quebrantar ese espacio que es llanura de artificio, territorio rascado de arriba abajo y de derecha a izquierda por canales que conducen agua que incluso en ocasiones de tan pura pareciera bajar de las montañas intocadas, ir allá es ilusión que cala el alma. A aquel lugar van los nuestros y en aquel lugar los que mandan nos exigen se detenga lo que es un río humano. Después de la escalinata, Salvador Manuel discutía cómo hacerlo.

XXIX

Los días transcurrían en San Mateo con una regularidad embriagante. Por las mañanas en la Quinta Michaux tomaba un almuerzo pesado. Pan salado, pan dulce, huevos en salsas multicolores, carne en ocasiones. Después comenzaba mis pláticas. A manera de improvisado despacho, recibía a mis entrevistados e informantes en una de las esquinas del corredor que circula al patio. Una mesa de madera lustrada por los años y cuya función original era sostener un tablero de damas me sirvió para interponer entre ellos y yo algún punto de referencia oficinesca. Incluso Horcasitas llegó a ceder en su pretensión de siempre recibirme en su sitio. Cayó en la trampa de invitarle una cerveza en la Quinta Michaux. Había obtenido la versión oficialista de manera muy detallada. Pero la contraparte no se acercaba. De los buenos oficios de mi misión había dejado saber por todas partes. Búsquelos, búsquelos, me dijo con cierta brusquedad Gonzaga por teléfono. ¿Cómo que no ha podido hablar con ellos? ¿Pues entonces para qué está allí? Queremos saber sus verdades, no las nuestras, Meñueco. Ya estábamos sordos de tanto escucharlas. Sí señor, de nuevo salió de mi boca. Fue Michaux, después de pasarme la segunda cuenta semanal, quien me dio la salida. Hable con Zendejas. Miró mi cara de asombro e insistió: Con Zendejas, el ceramista.

Toqué una puerta. Estaba a punto de abrirse por sí sola. Era una casa que parecía incorporarse al fuerte declive de la calle empedrada. Fue después de la comida. Cierta pesadez se había apoderado de las calles vacías de San Mateo. Se abrió mientras yo miraba unos enormes almendros que sombreaban la acera formando un techo casi hermético a lo largo de la cuadra. Una mujer baja con el pelo desarreglado, de ojos pequeños y negros y con una mirada fija, lanzó un:

—¿Sí?
—¿El señor Zendejas?

—¿Quién lo busca?

—Manuel Meñueco —surgió de mi boca como buscando protección. Ella abrió la puerta un poco más. Noté que iba descalza. Sus tobillos eran muy delgados. Sus pies me parecieron descuidados.

—Un momento, por favor —dio unos pasos y abrió con el brazo izquierdo otra puerta situada a mi derecha. Bajé dos escalones. Vi un cuarto sin luz y algo me obligó a detenerme en el exterior. El sitio se comenzó a iluminar a saltos con luz fría. Miré largas hileras de vasijas grandes y pequeñas, jarras con picos inclinados, vasos o floreros, perros de cerámica con hocicos alargados, parecían puercos. Aves multiformes que se tocaban con las alas formando platones observantes. Ciertos colores hermanaron todas las piezas con arbitrariedad que después percibí no era tal. Había perros anaranjados y color tierra, algunos burros en rojos encendidos con tiras negras que los atravesaban, ovejas verdes, una tras otra, pastando pero con los ojos hacia el cielo. A un lado, unas vacas sonrientes, azules todas. Una enorme guacamaya con mirada pícara y parada sobre una sola pata se erguía al centro de la mesa. El fondo de todas las piezas, cientos, grandes y pequeñas, era de un gris claro y uniforme que las unía en lo que después sabría yo era resultado de la misma tierra, el mismo horno calentado siempre con madera de encino, según se me dijo. Vi un caballo garañón con un miembro desproporcionado montando a una hembra en forma de rueda, de tal manera que la yegua se volvía garañón y viceversa con sólo cambiar de ángulo. Después distinguí un loro que era a la vez muchos loros colgados sobre la pared, con un terminado especialmente burdo. Se me vino a la mente la portadilla de la edición príncipe del *Leviatán*: muchos hombres pequeñísimos que conformaban un ser de proporciones inauditas. Los muros terminaban sobre unas vigas delgadas y avejentadas que sostenían un techo de gran altura rematado en unas madrinas. Los ventanales eran altos y con enrejado exterior, custodiados por un par de oscuros de madera. En el piso había más piezas, las mismas pero diferentes, los mismos conejos, las mismas aves, pero con rostros pintados de otra forma. Estuve a punto de tropezar con un lagarto casi irreconocible que se mordía la cola, mirándose a sí mismo complacido.

De pronto escuché una voz tipluda. Volví el rostro. Frente a mí estaba un hombre bajo, de piel cobriza y rasgos indígenas. Su pelo lacio llegaba casi hasta sus hombros. Vestía una camisola de manta arremangada. Me extendió, mostrando cierta obligación, una mano fibruda y endurecida. Hice algún comentario sobre la cerámica que sonó sin sentido. Él quedó en silencio. Me miró a los ojos haciendo evidente mi ignorancia sobre su mundo. De inmediato percibí que debía darme prisa, que su franqueza superaba a la mía.

—Michaux me sugirió que hablara con usted sobre lo que ocurre en San Mateo —lancé con cierta timidez disfrazada. Su respuesta fue sencilla.

—¿Quiere usted un café? —lo dijo lentamente.

XXX

"He comenzado un cuento. Si leyeras mi cuento, Salvador Manuel, quizá por un rato te olvidarías de tus intriguitas y complicidades para mirarte en el espejo de la fantasía. He tenido tiempo, Salvador Manuel, hasta para releer y recordar las historias que nos platicaba la tía Consuelo. Ella pareció especializarse en eso, en recordar las anécdotas familiares con colores y sabores aumentados en su memoria. Era el suyo un deseo incontrolado de revivir y amar sin fin a esos personajes que, para ella, eran extraordinarios, de ésos con los cuales ya no se topaba en los últimos años de su vida. Quizá de ella lo heredaste, ¿será un mal de familia o un escape común? No lo sé. Ése es tu escape, eso lo sé y para mí es lo que importa. Ahora que releo las notas, siento que en sus últimos años ella vio al presente de pequeño a mediano, en el mejor de los casos. Tiempos buenos y hombres grandes, los pasados. Pero aun en su decrepitud, porque ella tuvo esa justificación que no tienes tú, en cierta medida tenía la razón. Las valentías sin mesura, como deben serlo todas, ya no parecieran frecuentes. Las grandes aventuras vitales a las que ellos se enfrentaron se miran crecidas cuando se las compara con lo que nos ocurre. Quizá en mí también ya está incrustada cierta decrepitud, prematura por lo que al cuerpo se refiere. La vanidad no me permite decir otra cosa. Me conoces bien, Salvador Manuel, conoces todos mis pliegues, pero no mis entrañas. O será acaso que quiero vernos en ese código de tu admiración. Quiero leer mi vida y también la tuya en el registro tranquilo de nuestra única memoria, ésa que enseñas cuando hablas de los tuyos, ésa en la cual no necesitas justificar a nadie, ésa en la que sólo leo los grandes trazos de la vida. La bondad cruzó todas las palabras de la tía Consuelo, ahora lo veo. Yo tomé notas, ¿lo recuerdas? Lo hice con cierto ánimo antropológico que no cobró mayor seriedad. Deben estar allí en el librero, creo que están en el último nivel a la izquierda, medio escondidas. Ya te oigo, como muchas otras cosas que has señalado, tampoco las notas recibieron mi constancia. Hoy lo lamento. Cuánto no habré olvidado, cuántas anécdotas se habrán perdido para siempre. ¿Serán anécdotas o algo más? Quizá retratos en líneas burdas, caricaturas nobles, exaltación de rasgos y virtudes. Sin embargo ya ves, quién te lo diría, mi viejo proyecto del árbol genealógico narrado puede convertirse en realidad. Es casi una amenaza, Salvador Manuel. *Bondad* es la palabra para los recuerdos de la tía Consuelo, deseo de olvido calculado y de que todas las personas fueran queridas de una vez y para siempre. Así los ingenuos se pintan como idealistas, a los bebedores de ron como inyectados permanentemente de una alegría sin par. Bisabuelos y bisabuelas salen de las páginas convertidos en caballeros de batallas notables y mujeres de entereza absoluta. Al principio sólo quise contar tu historia en las propias palabras que se han convertido en tu lenguaje, con las que valoras sobremanera a los tuyos. Quería contarte tu historia con los mismos ojos con los que cuentas las de los tuyos, de los que quieres. ¿Por qué contar sólo las vidas ajenas convirtiendo las tragedias y desventuras en incidentes que se absorben en ocasiones en la belleza de un paisaje, o en lo agreste de una montaña, o en la mirada de un bebé, pero detenerse siempre al llegar a la propia biografía? La estrategia es, antes que nada, una infidelidad de la memoria, un acto de amor que ciega, un caminar obnubilado para sobajar los pesares porque, seguramente, fueron muchos. He empezado mi cuento. Con frecuencia me asombro de cómo tu historia, maquillada diría yo por tu deseo, quizá también mío, de sólo recuperar aquello que se merece estar en el almacén de lo que quieres conversar para explicarte, me lleva a lugares que no pueden recibir nombre, con climas que sólo encuentran descripción justa en la mentira bondadosa, me lleva a personajes tocados por un viento celestial que caminan en un limbo en el cual toda acción humana cobra un sentido. Todos se vuelven personajes, ¿nos volvemos? Me divierto, Salvador Manuel, me divierto mucho con mi cuento que seguramente para ti resultaría tiempo malgastado, botado por la vida. Para mí es sólo una forma de vivirnos."

XXXI

Treinta, treinta y uno, treinta y dos. Cuentan los tanques. Se caerán de la verja. Cuentan y cuentan, vaya diversión. Y ¿por qué los miro? Día libre, Manuel. Vete de saco sport y camisa abierta. Cielo despejado de nuevo con unas lluvias prometidas, pero que se pavonean de contradecir al meteorológico. Tú parado aquí después de espléndido y solitario desayuno, mirando el desfile que recordabas sólo por su imagen televisiva. Haciendo lo que jamás hiciste con ella, sacrificar una mañana de lectura y olvidar tu música clasificada cronológicamente. Sacrificar esos ratos tan tuyos por lo que hace poco hubieras calificado como pérdida de tiempo. Miras a esos niños que van en el quién sabe cuántos. Míralos. Mañana serán ocho semanas. Dinero tiene suficiente. Vendió algunas piezas antes de irse. Llamarla es ceder. Regresar a tus paginitas de recuerdo, bastante inútil. Unas las envías, de otras te arrepientes. Cursi e infantil. Parado mirando el desfile, quién te viera. Podrás comentarlo en la oficina. Tú mirando el desfile desde la barrera, como en los toros, con criterio social, observando la pasión expresa de tu pueblo. No suena mal como experiencia extraña que te arraiga y demuestra que sigues compenetrado. La verdad estoy entretenido, los avioncitos, aquellos, hacía tiempo no los miraba. Más bien nunca los había mirado y escuchado. Vaya estruendo. Aburrido también, pues ¿y qué haré más tarde? Buscar a un amigo te lleva a una plática que sólo inicialmente se promete a sí misma genial. Después vienen las limitaciones. Las personas nos cansamos unas de otras. Los tanques hacen mucho ruido. No lo había registrado. Muévete un poco, quizá más allá puedas mirar mejor. Aquella señora de verdad se ve entregada al espectáculo. Mejor camina unos pasos, busca un café. A algún acuerdo habremos de llegar. Vaya jueguito este de las cartitas. ¿Qué deseará para regresar?

XXXII

Salvador Manuel se despidió de los seis y del que manda el día de la lluvia que no mojó. Fue sin duda a aquel gran jardín cubierto que se calienta durante el invierno y se enfría en el verano. Caminó por los pasillos de cristal y pidió flores. Pidió que fueran muchas y de colores, pidió que hubiera alegría y mucho amor. Se las acercaron húmedas. Fue por ella y extendió sus brazos. La tomó con fuerza e insinuó cariño. Elía, sin ver motivo para el perdón, rió como siempre y acepto la invitación a negar la noche, a ir donde hubiera luz y siguiese el día.

XXXIII

Michaux me acompañó aquella mañana. Subimos silenciosos al vehículo. Habíamos almorzado cada quien en su mesa. Noté que vestía mejor, pero igual. El mismo color de saco, pero un poco menos viejo. Los mismos pantalones de algodón, pero sin manchas. El mismo tipo de camisa blanca cerrada hasta el último botón, pero no luida en el cuello. Michaux no pronunció palabra. Quizá el conductor lo había inhibido. Mi mirada se fue a lo largo de las calles y remató en alguna montaña pequeña. Salimos del empedrado. Nos encaminamos al este. Yo no conocía la ruta. Atrás quedó San Mateo, rodeado por una cordillera que pareció abrazarlo. Aquella mañana la luz entraba por los cristales del auto logrando una luminosidad casi cegadora. Comenzamos a ascender en medio de unas tierras erosionadas, calizas y blancas. Algunas reses de raza indefinida intentaban arrancar el poco pasto sobreviviente. Por momentos todo se incorporaba a un amarillo resultado de una resequedad profunda, de las lluvias escasas del año anterior, de una humedad que nada ni nadie había retenido. Vi basura a los lados de la carretera. Bolsas de plástico junto a llantas viejas entre frascos de aceite, latas, botellas. El auto atravesó la hedionda columna con rapidez. Vi a unos perros huesudos rascar, hurgaban con sus hocicos en aquel basurero. En el ascenso comenzaron a aparecer algunos eucaliptos cada vez más grandes, con cortezas, partidas como siempre, colgantes como pedazos de piel que están en permanente tránsito del tronco al suelo. Se movían de un lado a otro inclinándose al grado de provocar posiciones preocupantes al sentido del equilibrio. Unas casuarinas tristes entremezcladas zumbaban al paso del viento. Comprendí entonces que en San Mateo no todo era exuberantes jardines y pájaros cantando. El ascenso se volvió más pronunciado. Las arboledas fueron siendo cada vez más nutridas. Aparecieron fresnos regados sin sentido y álamos lanzando plateados en intervalos a los ojos. En lo más alto unos espléndidos encinos de troncos altísimos y copas anchas, centenarios sin duda, cubrían los cerros con gran densidad. A lo lejos una bruma blanquecina impedía la total nitidez. Michaux a mi lado había entrado en un sueño ligero, quizá por los constantes ruidos de la marcha del coche o el sol que caía sobre sus piernas. El descenso fue más lento que hacia Cayo Bajo. Cierta humedad empezó a sentirse en el ambiente. El conductor dejó el asfalto y se desvió. El automóvil dio un brinco. Despertó a Michaux, quien cabeceaba provocándome cierta risa. Empezaron a aparecer variedades de árboles que no conocía. Había unos con algo de gris, árboles de follaje escaso. Otros en cambio recordaban el follaje de los cedrales, pero eran más bajos y de una delgadez no juvenil en sus troncos. La marcha del auto era cada vez más lenta. El aire corría con dificultad al interior. La temperatura aumentó con rapidez. Hacia atrás, a lo lejos, se alcanzaba a mirar la silueta de los cerros que acabábamos de cruzar. Pronto desaparecieron tapados por las altas copas de unos muy tupidos árboles delgados cuyos troncos parecían trenzarse a sí mismos. Pregunté al conductor el nombre.

"Se llaman…" y lanzó una palabra en la lengua de la zona que no pude registrar. Contestó con un dejo de orgullo por mi ignorancia.

Las sombras pasajeras hacían sentir cierta frescura momentánea en el auto. Era cerca de mediodía. Llevábamos más de hora y media de trayecto. Debíamos estar cerca. Por fin, llegó algún indicio. Vi frente a mí la simetría inconfundible de un plantío. Un par de terrones sin más pretensión anunciaban el inicio de la propiedad. El conductor detuvo el auto lentamente y un pasmo acompañado de polvo entró en la cabina. El chofer descendió con rapidez. Se acercó decidido a la puerta metálica y miró a un lado y a otro. Después se reclinó para abrir la reja. De pronto un hombre apareció. Salió de entre los arbustos y matas de café y lanzó un "buenos días" poco amable.

—¿Aquí es El Mirador? —preguntó el chofer incorporándose.

—Así es —fue la fría respuesta.

—El señor Michaux y el señor Meñueco vienen a ver a don Nicolás.

El hombre, sin prisa alguna, se acercó a la reja y abrió la puerta. El chofer puso el auto en movimiento. Al cruzar junto a la puerta una mano cayó sobre la ventanilla.

—Siga la brecha, tome siempre a la izquierda y llegará a la casa.

El auto siguió lento su marcha. Noté de nuevo las generosas copas de esos enormes árboles que provocaban una sombra regular, pero no fría. Nos acompañaban de un lado y del otro. Las copas se abrían sobre nosotros. Debajo de ellas estaban los cafetales. Formaban un horizonte verde que no permitía distinción. Infinidad de matas de altura regular con hojas estriadas en verde oscuro y retoños en verde más claro. Una tras otra hasta donde la mirada podía llegar. Había tulipanes plantados entre mata y mata; por ello algunos colores rosas y amarillos saltaban a los ojos. También blancos de limpieza desubicada. El coche debía avanzar con lentitud. Algunos rayos de luz se colaban entre los árboles. Recordé mi última visita a un cafetal. Fue en los últimos meses del año. Mis ojos se fueron en aquella ocasión a lo largo de las hileras de cafetales. Todas las matas estaban unidas por telaraña. Eran miles de figuras romboides, algunas con presencias negras que supuse eran los arácnidos. El recuerdo no fue agradable. Pregunté a Michaux.

—¿Cuándo llegan las arañas?

—Después de la cosecha —dijo sin titubear— es la temporada.

Recordé aquellos miles de telarañas que unían un cafeto con un arbusto, con un árbol. Cierto escozor me cruzó por un momento. Recordé la presencia de Elía en aquella ocasión. Una sensación de soledad me invadió por un momento. Preferí distraerme. Las matas estaban plantadas con regularidad perfeccionista. Se les veía cuidadosamente cultivadas, desyerbadas al pie, lo que destacaba su erección de la tierra. Una tras otra, en hileras inacabables, me provocaron confusión. El grano se encontraba seguramente allí, todavía diminuto. Eso pensaba cuando de pronto, de entre lo verde, apareció una vieja casona. El conductor disminuyó la velocidad y miró a un lado buscando el lugar pertinente para detener el auto. Vi la casona un poco despintada, de un anaranjado que algún día había sido fuerte y ahora lucía deslavado. Daba impresión de vejez más que de descuido. Unos prados la rodeaban. Una pareja de weimaraners color miel salieron ladrando y se acercaron al coche. Una escalinata de piedra negra marcó el centro. Una fuente formaba un hemiciclo frente a la casa. Arriba había teja medio enmohecida. Miré al final de la escalinata a un hombre ataviado a la perfección en color beige claro. El conductor se detuvo. Abrimos las portezuelas a la par. Aguardé un momento a que Michaux diera la vuelta al automóvil. Cerré con cierto nerviosismo mi saco de lino y noté de pasada las múltiples arrugas de mi espalda y costado. Subimos las escalinatas, Michaux se adelantó a las palabras:

—Nicolás, me da mucho gusto saludarte. El señor Meñueco —me señaló con la mano.

—Mucho gusto —me lanzó de inmediato y extendió su mano. Saludé a Nicolás Almada.

XXXIV

Hablemos del fracaso. Me aterra la palabra, como pocas. Ahora me doy cuenta. ¿Quién no es un fracasado? Que sirva para algo la lógica. En mi campo sólo quien tiene el poder, quien lo conserva, se salva de sus garras. Claro, ya te escucho: el poder es para algo. Sí, admito, hay degeneración. Habla uno mil veces del pueblo y en realidad cada día te alejas más de él. Tener poder y conservarlo es la consigna. ¿Soy un fracasado? Sí, creo que sí. Para muchos el poder es la personificación del mando. Yo no personifico nada. Algo horrible del poder es que te conjugan en pretérito cuando ya no estás en el mando. Fue viceministro, fue ministro, dicen. Una vez que dejas el mando, en algún sentido dejas de ser. Es pintora, es escultora, es jardinero, aunque no tenga jardín es muy diferente. En fin, algo hay de las conjugaciones hacia los políticos que no me gusta. En mi propio código soy un fracasado con ánimos de dejar de serlo. ¿Quiero tener poder? No me lo había cuestionado. Un poco, tengo que ser consecuente, el fracaso me aterra. Aquí estoy otra vez, un miércoles por la noche frente al blanco. Todo en el día salió mal. Discutí con Alfonso. Perdí en la argumentación. Tomé un café y me alteré. Me hace daño, antes no me ocurría. No debo tomarlo. Por la tarde se me mojaron los pies. La lluvia acababa de bañar la ciudad. Caminé cerca de media hora. Los sufrí toda la tarde. Comí mal, como de costumbre. Por hoy cuando más fui una resistencia burocrática contra la barbarie. ¿Será escapismo? Llegué a casa, ¿a mi casa? No había queso ni jamón, tampoco leche. De acuerdo, no tienes que señalarlo. Son los costos de mi desorden. Me esperan unas uvas avejentadas en el refrigerador, frías y pocas. Voy de nuevo. Fracaso es el tema. Es tu turno. No eres Rodin. Exposiciones pequeñas, llenas de amigos y familiares, en lugares pequeños que muy pocos conocen. La venta está parcialmente comprometida. Amigos y parientes creo que sienten cierto compromiso. Nunca te lo había dicho seriamente. En broma sí. Tus piezas son bellas. No me malentiendas. Pero también está lo otro. No quiero herirte, pero debo decírtelo. Objetividad pediste. Tú lo intuyes. A pesar de todo, tu orgullo no se desvanece. También es cierto. Quizá ésa sea la diferencia. Subjetiva, para que quede claro. Yo soy un fracasado subjetivo y objetivo. Tú nada más una fracasada objetiva. Ya te escucho responder. El arte es vida. Por lo menos algo queda detrás de uno. En cambio a mis espaldas sólo quedan chismecillos, que si el partido hizo esto o aquello, que si creen que el presidente opina tal o cual, que si la trampa la tejió este o aquel. Me opuse al proyecto de la electrificación desde el principio. Consta en nuestras actas. Escapismo, ya te oigo. Me opuse a través de Alfonso, del cual dudo que se oponga a algo. Debo recordar a mi padre, tú siempre lo clasificaste como fracasado, salvo que él nunca se quejó. No sé qué tanto le importara la clasificación, qué tanto le hubiera incomodado el atributo. Creo que igual hubiera seguido su vida, nada alteraba su forma de sobrevivir, ni siquiera su realidad, igual hubiera parloteado otra tarde más. Lo veo riendo de sí mismo. Llevó sus fracasos no sólo con la frente en alto sino, además, entre risas. En cambio yo soy también un fracasado, pero ni siquiera puedo admitirlo. Tu vida cotidiana es mejor, Elía, por fin lo admito. Qué duro es todo esto. No puedo más. *Pequeño ensayo sobre el fracaso. Parte primera.* ¿Qué te parece?: hasta título le encontré. ¿Por qué primera? Por lo visto no he terminado.

XXXV

Ella era quién más lo conocía, si alguien lo conoció. Al fin y al cabo había visto también morir a la madre de Carmen y llevaba el Meñueco en tercer o cuarto puesto. De ahí que la desconociera sabiéndose su pariente. En el pueblo que está en el mar cuentan que la vieja Flor murió de triste. Otros dicen que se apagó. Se sabe con certeza que Flor llegó con Vicente cuando jóvenes. Al principio la pensaron su asistente, pero el porte que adquirió después del primer crío no dejó duda de que era su mujer. Vicente llegó al pueblo por el mar. Como todos, alejándose de las tierras secas que están a la derecha, detrás del Atlántico, del otro lado del mundo. Llegó, eso sí, seguido de Flor, que baja y harapienta se guardaba a sí misma con una mirada que al ir al piso tendía un velo casi inviolable. Vicente jamás supo leer y de su primera y, quién sabrá, quizá su última intuición vivió hasta morir. Descendió de abordo y sufrió el trayecto que del barco lo llevara al pueblo, que era isla. Olas sin dirección confiable iban y venían, como siempre, en uno y otro sentido. Mar de sombras profundas, de oscuridades y negruras que permitían a pocos llegar al pueblo. La promesa de quien conducía la barcaza con sacrificio interno y llevando al miedo como piel era que más allá las aguas se volvían de calma y tibieza sin igual. El generoso río las espera, decía. Nadie sobre la barcaza, a punto siempre de naufragar, creía en sus palabras. Las olas sin destino llevaron a muchos a las sombras, de ahí que quien salvaba el trecho del gran barco al pueblo fuese recibido cual si llegará al Edén. Los del pueblo, que llaman De los Conejos, esperaban durante horas, desde que partía algún arrojado con barcaza vacía de lo tibio hacía el frío hasta su regreso, que podía ser decepción. Muchas veces el regreso era una barcaza vacía. Ése era todo el fruto de un esfuerzo al borde del abismo de la vida. Entonces la recepción era hecha sin solemnidad. Ninguna mercancía del otro lado del mar, ni aceite, ni queso o jamón, ni barricas de vino, ni aceitunas en vinagre, ningún saludo o caricia escrita llegaba cuando la barcaza corría en las aguas o era importante el hombre. El pueblo entristecía resbalando en una incredulidad general. Una barcaza pérdida no sólo era un hombre más al mar, sino la confirmación de soledad infranqueable.

 Vicente lo vio claro. Temiendo al verde aún más que al océano, lo intentó por el mar. Primero sobrevivió cargando sangre. La llevó en recipientes de madera que salían del matadero. También animales colgados del pescuezo y a los cuales se degollaba de tajo para verlos arrojar sangre por minutos. El líquido que por algunos todavía es bebido y por otros amasado con calor para ser enrollado en tripa y comido con masa, se asemejaba en peso a la arena. Vicente sobrevivió al matadero. Después preguntó por los caminos al pueblo. Todos le dijeron que sólo uno y miraron sobre el agua juguetona y caliente. Hacia atrás solo el verde. Algunos habían intentado cruzar el verde, negando así que aquel lugar fuera isla. Los que de alguna manera sobrevivieron a esa aventura se volvieron creyentes de deidades diversas. Ese pueblo era una isla, pues para entrar o salir sólo estaba el mar. Repetían haber caminado por días entre troncos y humedad, en el calor que todo lo envolvía, cortando y arrancando, de una tierra que escupía raíces, árboles inmensos, arbustos que se extendían en minutos. Caminaron cercenando plantas que, al voltear hacia atrás, habían de nuevo ocupado su lugar. Los que encontraron el regreso sabían de los que allá habían quedado que, poco a poco, se convertían en verde. Primero quizá como algo curioso sobre una mano o mejilla, después en un pie hasta que, finalmente, también encajaban raíces y se negaban en palabra para pasar a crujir y enredar.

Vicente jamás lo intentó hacia el verde, creyó en el mar y por largas noches imaginó un puente. Flor se casó con Vicente antes de llegar al pueblo. Nadie sabe en dónde. Tan sólo que fue más allá de la barcaza y del barco que de los olivos venía. Vicente y Flor llegaron para construir una familia y cultivar mucha riqueza con un puente hacia el mar. Nunca lo gozaron.

XXXVI

"¿Recuerdas al miserable del barrio, Salvador Manuel? Lo has mirado en muchas ocasiones. Casi estoy segura de que has soltado algo de morralla sobre sus manos para gratificar el cuidado de tu auto, que muchos cuidados necesita. Es un hombre contrahecho Salvador Manuel. Una pierna la arrastra y por ello complementa su andar con un palo. Lleva siempre un sombrero redondo, de palma renegrida y unos andrajos que lo cubren irregularmente. ¿Lo has mirado a la cara Salvador Manuel? Tiene poca barba, blanca ya. Dormita en la panadería, en la que lleva adelante su única actividad posible: hacer como que vigila los autos. Todo el barrio lo apoya, lo sostiene. Yo he visto cuando le regalan bolillo o pan dulce. Las propias mujeres pobres de nuestro pueblo, las bajitas y regordetas que cubren y esconden sus rostros con rebozos grises, ésas también le dan una pieza de pan o una moneda. Don Tomás, el hombre de la recaudería, le permite, de vez en vez, dormir frente al mostrador, allí en el suelo, donde nos paramos a pedir latas o tus cigarros. Los cristianos de la iglesia, que salen después de lavar su conciencia y van tranquilos y dispuestos a volverla a ensuciar, también extienden la mano desde sus autos. Terminada la ceremonia todos salen a la vez con cierta prisa contenida y aquel hombre brincotea trabajosamente entre los autos repletos con niños bien peinados, con vestidos domingueros. Va de un lado al otro con todas sus fuerzas porque toda su razón de ser se justifica en un minuto. Los autos se le van. Hay manos que no esperan. Otros que lo miran atareado piensan que a la próxima le tocará y se van. Los autos se echan para atrás y él hace como que los dirige en sus maniobras, pero no tiene ya la energía siquiera para indicar el rumbo. Cuando más, mueve la mano con cierta regularidad. ¿Sabrá conducir? Por supuesto que no. Él hace como que indica y algo sopla. Los otros hacen como que reciben las indicaciones y dan una recompensa, todo para ocultar lo que sólo tiene un nombre, miseria. ¿Lo tienes en la mente, Salvador Manuel? Es un miserable de los que hacen que me rebele contra tus abstracciones insensibles. No puedo dejar de mirarlo, de observarlo. No quiero dejar de ver las cosas como son. Es un solo miserable. No hay cifras ni promedios. Es él, de carne y hueso, la miseria frente a mí. Quizá hay morbo, quizá sea una reacción infantil. Dirás: sensiblerías de mujeres. El hombre me da verdadera pena, me lastima. Me entristece. Lo he visto varias noches bajar por la calle que va a la iglesia. Seguramente la recaudería estaba cerrada. ¿Dónde dormirá esos días? Camina lento. Una mano va en la bolsa. Está totalmente escoriada. La he mirado cuando él está acurrucado en la farmacia. Uno entra y el hombre se arrastra para permitir que el cliente se acerque. No huele. ¿Será que no he estado lo suficientemente cerca? Yo siempre le doy monedas. Incluso cuando sólo me dan billetes, pido monedas para darle algo. Dirás que es una fuga. Para ti un grano de arena, uno más de los que caben en tus estadísticas. Para mí es una triste emoción que no puedo ni quiero contener. Lo mismo me pasa con las madres que enrollan niños a sus espaldas, esos niños que lloran entre los coches o dormitan en un canasto junto a un poste. No puedo dejar de mirarlos. Sufro, Salvador Manuel. Ésos son los rostros de los miserables. Tres años transcurrieron y nunca lo comentamos, nunca hablamos de ese hombre. Un silencio gobernaba sobre el tema de la miseria, esa miseria. Hay otros temas, muchos más temas quedaron pendientes. Me impresiona la miseria, pero más me impresiona que hayas logrado volverte inmune a ella. No la sientes. No finges. La ignoras. Me pregunto si todavía te percatas de ella. Claro, tú hablas de los abstractos, de la inflación, de la capacidad adquisitiva de los salarios. También por ahí ronda una preocupación auténtica. Pero te has enfriado. Ya no puedes estremecerte, ya no lo quieres hacer. Lo consideras una debilidad, explosiones de mi romanticismo trasnochado. Ilusa, me dirías. Para hacer algo por ese viejo hay que estar en la maquinaria. Yo no creo en la maquinaria porque te vuelve insensible. Yo tolero tus frivolidades, las gozo, pero también me sacuden esos hombres y mujeres, las personas de nuestro pueblo. Hace tiempo te lo quería decir. Me gustaría verte llorar de cuando en cuando, y también reír sin medida. Nunca olvidaré cuando entraste a la habitación en el hospital. Venías de la oficina, allí te llamó Elena. Me diste un beso breve y tocaste mi mejilla. Hablaste de nosotros, de lo mucho que teníamos por hacer, de viajes y libertades en las que creo que de verdad pensaste. Habíamos perdido un hijo, Salvador Manuel, y no lloraste. Administraste la pena. ¡Qué horror!"

XXXVII

Estaba frente a él mirándolo fijamente. Caminó por delante. Nos condujo a un largo porche rodeado de verdes. Unos amplios sillones de estampados claros encuadraban una pequeña mesa. Sólo un cenicero se encontraba al centro de ella. Almada llevaba una pipa entre los dedos. Estaba apagada. Se detuvo y señaló al sillón central con un gesto de invitación. Se acomodó en uno de los laterales del terno viendo hacia lo largo del porche. Michaux quedó frente a él.

—Preciosa finca —le dije.

—Muchos años de trabajo —respondió en un acto de defensa a una agresión que no había pretendido serlo. Puso la pipa en su boca, extendió el brazo y apretó un timbre que se encontraba en la mesa lateral.

—Los tulipanes son muy hermosos —dije tratando de suavizar las cosas.

—Es de los lujos que puede uno darse aquí, señor Meñueco, tener flores casi todo el año.

Un hombre con filipina blanca había aparecido de quién sabe dónde. Llevaba en la mano una charola de maderas rojizas. Sobre ella una preciosa cafetera de plata, muy elaborada, con un mango de madera oscura.

—¿De qué es el mango? —pregunté para suavizar el tenso ambiente.

—De ébano —contestó de inmediato don Nicolás y continuó lanzándose a Michaux, marcando así una distancia evidente frente a mí:

—Me da gusto verte, Benigno

—A mí también, Nicolás.

—¿Y tú de que lado estás? —le preguntó de inmediato.

—De ninguno —contestó Michaux. Yo había quedado fuera de la conversación.

—Tú fuiste alcalde y no hubo sangre. ¿Quién tiene hoy la culpa? ¿Horcasitas? ¿El partido? ¿Los cafetaleros?

—Todos, Nicolás —respondió Michaux con una confianza entre ambos que no me imaginé. El olor a café invadió el ambiente. Guardé silencio hasta que se me diera entrada. Tomé café. Estaba muy caliente. Crucé la pierna.

—Horcasitas debe renunciar. Es un ladino incapaz —me dolió que Almada dijera eso—. No ha podido controlarlos. Por eso tenemos que protegernos. Berruecos fue demasiado lejos. Yo nunca armaría gente. Tú lo sabes. Pero tampoco dejaría que me arranquen lo mío así como así. Aquí hay riqueza, Meñueco —se dirigió por fin a mí—, pero ha costado mucho trabajo. Yo traje las primeras matas de esta variedad hace casi cuarenta años, véalas hoy… —y movió la mano con brusquedad—. Allí está mi vida, Meñueco, como la de tantos más, incluido Berruecos, a quien no defiendo —permanecí en silencio. Jamás pensé que la conversación fuera tan abierta—. ¿Quiere mi opinión, Meñueco? Allí la tiene: Horcasitas debe renunciar y que llegue un nuevo Alcalde.

—¿Así sea de ellos? —pregunté, un poco sarcástico.

Me miró a los ojos, mordió la pipa sin quitar la mano del rostro.

—Mire, Meñueco, nosotros aquí hemos lidiado con ellos desde la alcaldía o desde fuera. Ustedes, los del centro, son los que no toleran un punto en el mapa nacional en el que no se den los colores patrios. Pero eso sí, Meñueco, respecto a lo nuestro, en eso sí no cedemos. Que por conciliar se permita el despojo a nadie ayuda. Póngase en mi lugar, yo no tengo miedo a que me maten. No ando armado como Berruecos. Pero de El Mirador ni un metro. Yo vine aquí a trabajar dentro de la ley. Rompí con la ciudad e invertí todo en estas tierras. Las jacarandas tienen la edad de mi hija. Pero vienen araucarias y cedros que sólo verán mis nietos. Nuestro pueblo no cultiva la tierra, arrasa con ella. No la cuidan. Ya sé lo que está usted pensando. Viejo reaccionario. Meñueco, la tierra es otra cosa. Es pasión.

Estaba atrapado por su mirada. Observé sus canas. Bajaban hasta el cuello, tocaban sus orejas, que eran grandes. Su calzado era fino y estaba lustrado. No era de moda. Se siguió solo. Habló de campesinos iletrados, de promesas lanzadas al aire con facilidad.

—Esas tierras fueron suyas hace más de un siglo, por Dios —se hizo un silencio por la expresión—. No eran nada. Sembradíos mal llevados de frijol o maíz. Ah, pero en este país todo lo que provenga de ellos está bien hecho. Quisiera verlos administrando El Mirador. Lo he imaginado muchas veces. Es una pesadilla frecuente. Se dice fácil plantar la mata, esperar más de cuatro años, revisar que no se enyerbe, que no se plague, que no le sobre humedad, hacer las canaletas, muy fácil. ¿Por qué los cafetales están en nuestras tierras? Respóndame, Meñueco.

Miré a aquel hombre sin alternativa. Tenía las manos sobre mis piernas y sentía el nerviosismo propiciado por el café. El olor del tabaco seco me agradaba. La arcada de hierro colado de aquel porche me llamó la atención. Los perros, silenciosos, se habían echado en semicírculo frente a nosotros. Sus pelajes caían como terciopelo en color chicle que de repente clareaba. El hombre se abrió de capa. No habló ni de derechas ni de izquierdas. Era creyente, eso había quedado claro. El partido no le importaba más allá de la alcaldía. Su argumento era el trabajo y la tierra. Habló de las elecciones.

—Los iletrados —dijo con desprecio— igual votan para acá que para allá. Dígame, Meñueco: ¿es eso democrático? Quien les ofrezca más recibirá el voto. Pero las promesas son nuestras tierras. ¿Por qué no les prometen otra cosa? —Michaux cabeceó. Almada y yo lo miramos.

—Benigno, te estás durmiendo —Michaux abrió los ojos y miró la mesa, no mostró pena alguna. Cierto sopor también me había atravesado. Almada de seguro lo había notado.

—Vamos a la sala, allí estarán más frescos —los perros se levantaron al primer movimiento y caminaron silenciosos, como sobre cojines, frente a nosotros. Llegamos a unas puertas torneadas, un poco hinchadas por la humedad. La casona tenía los techos muy altos cruzados por viguería bien conservada. Un gran bargueño apareció frente a nosotros. No pude evitar el comentario.

—Precioso —dije.

—Herencia de familia —lanzó sin más Almada.

Se detuvo de inmediato con orgullo a flor de piel. Levantó el chapetón y bajó suavemente la cubierta. Un frente repujado en plata apareció frente a nosotros. La gran imagen, que sólo se apreciaba desde lejos, era el nacimiento de Cristo. El pequeño pesebre con los rostros de María y José mirando al niño. Pero de cerca infinidad de pequeños cajones, cuyas separaciones eran casi imperceptibles, descomponían el cuadro en celdas de madera oscura. Abrió varias. Noté su gozo por mi comentario. Michaux permanecía inmutable. La apreciación del mueble tendió un puente entre Almada y yo. Tenía un camino hacia aquel hombre. Elogié después un par de fraileros de madera muy labrada con cuero sobre el asiento.

—No son incómodos —dijo en tono un poco burlón.

El piso era del recinto estaba abrillantado por los pasos y sobre la piedra había tapetes persas antiguos, disminuidos por los años. Uno en especial me llamó la atención. Tenía un ave al centro rodeada de palmeras. Un motivo extraño en esas piezas. Entramos a la sala. Un gran óleo, un paisaje tropical, estaba al centro. Era un río que atravesaba tranquilo por entre una selva abrasante. En la más clásica escuela europea dejaba salir unos haces de luz de un amarillo caliente. Un caminante se veía al fondo. Almada notó mi aprecio. Duré unos instantes mirando.

—Tracy —dijo Almada sin más explicación—, 1851. Es el puente de la capital del estado. Ahora se pierde entre camiones repletos de verdura y autobuses sucios que bajan de la sierra. Una copa, Benigno, para que no te nos duermas.

El hombre de la filipina colocó una hielera sobre un arcón habilitado de bar.

—Tómate un gin conmigo. A usted, Meñueco, ¿qué le puedo ofrecer? —había suavizado en su trato hacia mí. Lancé mi mirada sobre las botellas. No distinguí ginebra, pero en cambio una botella de Barbancourt me brincó a los ojos. Hacía años no veía ese ron haitiano. Grueso, oloroso, dulzón.

—Prefiero del ron aquel.

Almada sonrió. Después, sin voltear la cara, dijo:

—Que vayan preparando. Avise usted a la señora y a la señorita Mariana —fue la primera vez que escuché su nombre.

XXXVIII

¿Qué ocurrió, Elía? Me lo sigo preguntando. ¿Recuerdas cuando montamos la casa? Fue entonces cuando por primera vez sentí la ruptura. Trabajamos semanas en lo que seguramente para otros es un gran evento. Nos invadió una presencia que no era ni plenamente mía ni plenamente tuya. Fue algo ajeno a los dos. Jueves, por si quieres anotarlo. Hoy es jueves y el valle está despejado. Lo recuerdo bien. Yo saqué gozoso mis suéteres de cashmere Ballantines, siempre Ballantines. Los fui acomodando uno sobre otro, los cerrados de color vino, los beiges con botones al frente, los mostaza en varias versiones. Tú tendrías por fin tu espacio y yo rescataría el mío. No me toparía más con tus collares de concha o piedras extrañas sobre algún libro importante. No tendría ya que tolerar tus siempre tempraneros despertares, ni tu agitación nocturna. Tu inseparable pequeño desorden tendría un coto perfectamente delimitado.

Fue una decisión de ambos. Eso no lo puedes negar. Yo también sufro tu desorden. Pensándolo bien, cada quien tiene su propio orden. Hacerlos compatibles es sueño de opio. Hoy lo veo con mayor claridad. Jueves por la mañana y estoy en un desorden que para ti sería gravoso. No habrás de creerlo, pero inventé una mentirilla plausible y no fui al Ministerio. Lo que tanto me pediste vine a hacerlo sin ti. Huía entonces de una presencia sofocante, la tuya, aunque caiga como piedra. Debo ser sincero, lo mismo debe haberte ocurrido a ti. Hoy, jueves, estoy gozando tu ausencia, aquí solo con mi café frío. Es esa presencia obligada la que destruye. Así lo siento ahora. Recuerdo que llegó el momento de decidir sobre la estancia. Allí el proyecto tenía que ser conjunto. Error de nuevo. Estaba en juego cómo queríamos ser presentados o presentarnos ante los otros. Yo deseaba una elegancia en grises con toques negros. Tú la versión acogedora en ocres y maderas, ese rústico francés o tipo campiña que no compromete con la elegancia. Pasaban los días y no decidíamos ni lo uno ni lo otro. Por fin accediste, quizá más por rechazo a la discusión que por estar convencida.

Me impuse y lo pagué caro. Tú estabas en otras temperaturas. Tenías en la mente regresar a tu simpático estilo, ese término medio que permite la informalidad. Yo en cambio buscaba la sofisticación, una elegancia que demostrase carácter. Pretensiones mías. Impuestas en mucho. En esos actos trabajamos para otro, para algo que se fue interponiendo entre tú y yo. Llámalo la pareja, la unión, el proyecto en equipo, eso que se asentó entre nosotros y que hace nuestro rescate imposible hasta ahora. No he mirado el diario. Sé que hubo una caída súbita en la bolsa. Las cifras me alterarán cuando las vea. ¿Podré acaso dejar el diario allí, sobre el desayunador, como una bomba que pierde peligrosidad conforme pasan las horas? ¿Podré contener la tentación de abrirlo, de introducirme en la ráfaga de noticias, en la agitación mundana que te hace sentir interés por el Medio Oriente que no conozco, por los precios de un crudo que no he tocado, por la caída de un gobierno en el continente africano? Lo leo por una especie de obligación adquirida con no sé quién. Quizá con todos. Llegar con la nota en la boca, ésa que después de dos días no tiene la menor importancia y que incluso has olvidado. Es como una droga que te reanima en lo inmediato y a la larga te va aniquilando. La unión nos llevó a edificar un obstáculo; mejor: a cavar un abismo. Entre más trabajamos por el abstracto, por él, sea lo que sea, más lejos nos encontrábamos uno del otro. Claro, llegó el día en el que él nos conducía. Se adueñó de nosotros. De criatura a domador sin pedir permiso. Podríamos regresar a la versión herética, lo he pensado, la que nos hizo amantes, la que nos llevó al matrimonio. Podría ser en la propia ciudad. Tú con collares y harapos típicos, mantas, botas y faldas holgadas por un lado, contigo misma hasta tu saciedad, que es el momento donde se inicia la búsqueda del otro. Yo, enfundado en mis suéteres o mi vieja bata de lana inglesa, sin límites a mis noches musicales que se convierten en madrugadas que destrozan cualquier regularidad laboral. Acabemos con él, sea lo que sea, con ese recuerdo que fue nuestra jaula invisible. Creo que lo estamos haciendo o ya lo hicimos. No lo sé.

XXXIX

Él regresó sabiendo que un día antes había llovido fuego sobre pieles oscuras y hermanas. Regresó sabiendo también que una navecilla que por mucho tiempo navegó en el firmamento había dicho adiós, a las ocho treinta de la mañana, a eso a lo que dicen pertenecemos en el cielo. Regresó sabiendo, se llamaba Salvador Manuel seguido de Meñueco por padre y Perullero por madre, apellidos, eso sí, que jamás había negado. Regresó a decirle a ella, que también llevaba el Meñueco y que se había hecho en el pueblo que está en el mar, que un río de hombres se deslizaba sobre la tierra de su país tratando de olvidar lo seco que no da grano. Iban buscando la cuadrícula de riego que les cuentan está más allá. Regresó a decirle que el que manda reunió a los siete y había ensordecido con sus propias palabras al leer lo que del Norte se demandaba: contener al río humano o derechos sobre la pesca de los mares nacionales. A esto se le contraponía la aceptación del río de hombres. Lo uno por lo otro. Ella había llorado como en la soledad de un templo repleto, en una tarde larga entre armaduras y recuerdos sinceros, en espacios que no llenaba ni con hijos ni con visitas de risa temporal. Lloró anhelando el humor de Salvador Manuel, ansiosa de aquel que ahora veía pájaros diminutos, negros y veloces descendiendo a velocidades sin número a dejar, en espectacular entrega, lumbre que prende en pueblos como aquel en el que la conoció. "Imagina —dice— que ocurriese en el pueblo que está en el mar", y ella, que viene del llanto que se ha ido al aire o a la piel, tiende una mano que en la palma se ve blanca pero envuelta en eso que tiñe a madera y que lleva a un hombro que se muestra redondo y sin más voz que el ansia. Poco a poco unos dedos libres provocaron la que fue al principio fría respuesta. Pero más dedos brotaron y trazaron sobre un vientre y sobaron sobre una tetilla e incitaron un suspiro hondo e indagaron un poco más allá, sabiendo lo que había y dos pieles primas, casi hermanas, se frotaron y de la madera se vino una risa de olores que llevan al cafeto y al mamey, y mostró, al descubrirse, que después de la madera había carbón ardiente entre piernas que se abrazan a sí mismas, que terminan en uñas limpias, uñas que se veían blancas también en las manos, que flotaban como mariposas y se escabulleron por un cuerpo que se encendió hasta irse en una tensión momentánea, que se transmitió en sudor como expresión, en un abrazo que prensa pechos firmes y opacos contra un vientre que por ese momento olvida que le duele que se prenda fuego a villas y villorrios y a pueblos hermanos con veloces pajaritos que fabrican en el Norte, y le duele que un río de hombres con brazos color barro crucen a buscar cualquier cosa que sustituya al grano nacional, que no se ha dado más. Pero por lo pronto se frotaron ella y Salvador Manuel Meñueco, por padre, Perullero por madre que se llamó Carmen, a su vez hija de Flor que casó y enriqueció con Vicente, que lo único que hizo fue facilitar un camino a un pueblo que estaba frente al mar.

XL

"No sé qué pensarás de mi cuento. Si mi idioma no te alcanza utilizaré el tuyo, ése con el cual te refieres al pasado ignorando la humanidad que tanto te molesta, pero de la que tanto hablas. Es ese mismo lenguaje, pero lo quiero llevar presente. Quiero descomponer nuestra existencia en sus partes últimas, ésas que podría leer un niño. He notado que los nombres aturden. De tanto nombrar terminamos por esconder lo que está detrás de la palabra. Quizá necesitaríamos renombrar todo, caminar entre las palabras usadas y reemplazarlas. Ellas se han vuelto dueñas de las cosas, de nuestras propias vidas. Es curioso ver lo que les ocurre. Algunas se desmoronan, se fracturan en veinte que de verdad anuncian de lo que se trata. Ésas fueron deshonestas, engañaron. En cambio hay otras que sólo son lo que son. A la sangre sólo le puedes llamar así, sangre. El que sea un cuento me da distancia. No es la vida de nadie y es la de todos. Es intentar mirarnos de lejos. La lejanía en una actitud. En este caso ignora las razones, ésas que van y vienen y nos hacen creer que tenemos rumbo. Muy seguras de sí mismas dan fe en lo inmediato. Por ellas tenemos certezas para afirmar tal o cual. Son esas razones las que, miradas de lejos, no existen, desaparecen las muy pillas. El cuento me lleva a contar nuestra historia sin clasificar, sin hacerla un pasado de etiqueta. No lo sé, Salvador Manuel, pero algo queda claro: tampoco las gobierno. Las palabras me llevan a sus territorios. Hay ocasiones que me aterra ver crueldades que suenan a ensoñación. Tus familiares se convierten en héroes míticos. Soportan la explicación burda, que no deja de ser fiel descripción. Se me van de las manos. Algunos tienen más vida de la que imaginé cuando decidí invitarlos al cuento. Algunos se invitaron solos. Ya no son ni mis parientes ni los tuyos. Su único territorio es el cuento. Allí me los encuentro y me llevan con ellos a jalones. Hasta los que desaparecen poco a poco no los puedes retener, no tienen vida en mi ficción. Carmen, la del cuento, salió silenciosa, tú sabes que hablaba mucho. Pero decía poco. Lo importante nunca nos lo dijo. ¿Te das cuenta?: en verdad hablaba poco. También son chapuceras. Me han llevado a recordar anécdotas a las que jamás llegaría, de no ser por la tinta. Ahora cultivo un potrero de la memoria que tenía muy descuidado. Allí río y lloro al recordar los inventos y negocios de tu padre. De ellos jamás hablamos. Sé que la vergüenza se te ve en la cara. Pero más allá de lo chusco, tu padre vivía de esas ilusiones que encuentran lugar en mi cuento. Mi memoria familiar tampoco es la que te he platicado. Los míos también tenían refugios que no quise ver, ¿qué no pude ver?"

XLI

Una orquesta tocaba con suavidad. Las percusiones medidas, de escobilla y mucho aire, iban y venían acompañadas de una trompeta con sordina. Un individuo arrastraba la voz siguiendo los compases de "Mona Lisa", explotando un timbre de voz parecido al de Nat King Cole. *You're so like the lady with the mystic smile.* Las mesas iluminadas con una pequeña vela tintineante sin nunca arriesgar la flama. Tú habías pedido una terrina de tres pescados. Llegó con colores que iban del blanco al rosado. Yo atravesé unas setas con perejil como primer curso. Tú comenzaste con vino blanco, seco por supuesto, yo con mi tradicional J&B en las rocas. Creo que vestías en un amarillo muy suave. Lo que sí no se borra de mi memoria es un escote en V pronunciado al centro que confirmaba tu desnudez íntima. Echaste los brazos por detrás de mi nuca. Rascaste el cuello sabiendo lo que eso me provoca. Olías sin dulzura, que sabes me desagrada. Yo no llevaba 4711, que te recuerda a tu abuelo. Eso sí me lo dijiste hace tiempo. Desde el principio me dejaste sentir el pequeño bulto de tu pubis. No seguías ni al cantante, ni a Cole, ni a nadie. Quizá sólo a ti misma. Fuimos a la mesa a continuar con el lenguado y un Mersault que nos esperó en una hielera. Miramos los cuadros en anaranjados y lilas que sólo pueden llevar un nombre: Sorrento. Grandes ojos sobre cuerpos que se descomponían en triángulos y esferas que nunca llegaban a ser tales. Pies descalzos de burdos dedos. Brazos cruzados que se insinuaban por un par de líneas. Ocres mezclados con algo de grises que en ocasiones tocan el negro. Sorrento es un tipo sincero cuyo único error para nuestro nacionalismo fue haber buscado el éxito en el exterior. Lo logró. Lo condenamos por el camino. Pero tenía razón, ahora lo reconocemos. Dicen que su esposa lo complica todo. Puede ser, pero también es quien lo organiza y vende su obra por decímetro cuadrado. Él sigue experimentando en plena vejez. Eso siempre me ha admirado. Volvimos a la pista de parquet para continuar con una versión de "Moon River" muy acompasada. "Moon River" no pertenece a nuestra generación y sin embargo me llama. Quizá me recuerda el esplendor capitalista que tantos añoran en las cintas de Hollywood. Las grandes orquestas tocando para unos comensales envueltos en elegancia que presenta un mundo frívolo. ¿Sabes?, me atrae cada vez más. Para mí Astaire-Rogers son añoranza inculcada a través de la pantalla. Quizá por esa añoranza te llevé allí aquella noche. En eso eres más madura. Tú sí aprecias desde hace tiempo la elegancia como una disposición y te dejas ir en cada uno de los ambientes. Después de "Moon River" vinieron otras hasta que la orquesta se fue a su descanso programado, que rompe cualquier inspiración. El individuo del contrabajo casi nos pidió disculpas por tener que descansar. Así nos habremos visto tú y yo entre aquellos marcos de yeso perfectamente conservados que introducen un toque de delicadeza necesaria. Lo creo, hoy lo reconozco después de haberlo criticado. En algo me agradan esos yesos. Sobre la mesa encontramos las fresas cubiertas de azúcar, frías y duras. Sustituyeron el postre. De pronto tomaste mi cabeza y lanzaste tu boca sobre la mía, sin importar comentarios o críticas esperables. Pedí la cuenta tratando de disimular cierta vergüenza. Frotaste mi mano con insinuación y recordé de nuevo "Mona Lisa"... *for that Mona Lisa strenghtness in your smile*. Logramos cruzar el lobby con una prisa que sólo tú y yo entendíamos. Pusimos los abrigos sobre los brazos y estábamos a punto de iniciar la marcha cuando decidimos regresar y pedir una habitación. Nos miramos con tranquila elegancia en la recepción. Nos preguntaron el nivel, la altura deseada y nos fuimos al piso 25 o 30, sin equipaje, con un voucher abierto. Pensé pedir una botella al cuarto. No recuerdo por qué no lo hice. Tú llevaste la iniciativa. Me dejé caer sobre la cama y aflojé la corbata. Iba de oscuro, de eso me acuerdo. Fuiste botón por botón hasta que quitaste mi camisa de popelina. La dejé caer sobre la alfombra con cierta preocupación que hoy veo mezquina. Besaste mi pecho introduciendo tus labios en una pequeña jungla de vellos que antes me avergonzaban y ahora, con algunas canas, me enorgullecen. Tú no habías cedido una prenda cuanto tocaste el cinturón con cierta brusquedad. Jalaste para después aflojar. Una vez lograda mi desnudez, desprendiste de un golpe tu vestido y quedaste con tu pequeña prenda blanca y tus piernas apiñonadas. Jugamos aquella noche. Quizá el Mersault ayudó a una prolongación del goce. De pronto, rompiendo todas las reglas, decidiste que yo iría primero, que tuya sería la última palabra. Tomaste la batuta en aquel concierto y dejaste que me fuera en un breve acto de contracción involuntaria pero deseada. Me dejaste ir por tus pechos que te mostraban contenida. Me desprendí. Fui a abrir las cortinas. Nada dijiste. Me lavé y regresé a ti en ánimo de cariño. Me quedé dormido. Hubo un golpeteo y sentí cómo te levantabas. Tomaste una gruesa bata de baño y abriste la puerta. Entró un hombre que saludó sin mover la cabeza. Colocó la hielera sobre la pequeña mesa de la habitación. Sólo entonces comprendí tu capricho. Pediste que la abriera mientras yo preparaba una propina. Cayó el plomo dorado. Serviste una copa que no sé si goce y de pronto comenzaste de nuevo a frotar mi pecho. Tardé en recuperarme de un sueño que quería prolongarse, pero habría de cumplir mi misión, que primero me resultó trabajosa. Después llegó el ímpetu. Yo llevaba ahora la batuta y tú eras la sacrificada. Invoqué mil demonios y degradaciones que no dijiste te molestaran. Verte como una puta, prestarte, ser testigo de tu infidelidad y por fin, simplemente, narrar el hecho. Llegaste, después yo con algo de tardanza. Era la madrugada y no sabía si el champán me agradaba o prefería un cepillo de dientes que no tenía. Vimos a la ciudad amanecer. Nuestra casa por allí estaba en un horizonte brumoso pero tranquilo. El silencio del cuarto ayudó a confirmar esa sensación de lejanía y desprendimiento, casi de aislamiento, que gocé. Esa casa nos personificó, nos castró en algún sentido. Ésa era la lejanía que buscábamos: la impersonalidad. Desayunamos bajo un sol filtrado que vimos diferente. Las ojeras nos cruzaban el rostro... *or is this your way to hide a broken heart*, zumbaba en mi cabeza. Subimos al automóvil. La ciudad volvió a ser la de siempre. Quizá nosotros volvimos a ser de ella. Brotó algún asunto de la vida cotidiana. Estábamos de nuevo atrapados. Atrás quedó un recuerdo de un Cole usurpado. *Mona Lisa, Mona Lisa, men have named you. You are so like the lady with the mystic smile. Do you smile to tempt a lover Mona Lisa, or is this your way to hide a broken heart...* Eso, Elía, también fue cierto.

XLII

Todo sucedió en un instante. Cambiaría mi vida. Entraron mientras Almada lanzaba una risotada y dejaba caer su cuerpo sobre un bergere orejón de cuero negro. De inmediato se levantó, arrastrándonos al mismo acto a Michaux y a mí.

—Mi esposa y mi hija —dijo Almada.

Vi una mirada seria y toqué una mano delgada. Después escuché una voz segura.

—Mariana Almada, mucho gusto —me miró a los ojos, algo respondí. Vi un rostro dulce y una mirada firme envuelta en una gran madeja de pelo negro rizado y brillante, juguetón y quizá un poco excesivo. Ella deslizó su mirada a las canas en mi cuello. Llevaba unos pantalones de montar. Sobre ellos una blusa azul pálido y una ligerísima chamarra de gabardina. Vi sus ojos de cerca, negros, grandes y chispeantes. Su rostro lo recuerdo fresco. Cruzamos nuestras miradas mientras ella saludaba con cariño a Michaux. Sentí una sensación extraña en el estómago. Traté de no mirarla más. Hubo un pequeñísimo silencio que estuve a punto de romper, pero Almada se me adelantó.

—¿Pasamos a la mesa, señores? —creo que algo percibió. La señora vestía una falda color chocolate y unas botas finas. Era distinguida. Entramos al comedor. Una larga mesa de gruesos tablones estaba al centro. Unas sillas habían sido retiradas hacia las paredes. Al fondo había un gobelino, flamenco quizá, en verde cedro y grises opacos. No lo comenté; me pareció excesivo. Me indicaron mi sitio a la izquierda de la señora. Michaux quedó a su derecha. Bajé la mirada en espera de que Almada y ella se situaran. Me atravesó una vaga esperanza de que quedase frente a mí. Cuando levanté la vista vi el rostro cada vez más amable de Almada. Algo me instó entonces a intervenir en la conversación con ánimo pujante. Una espléndida alcachofa verde y carnosa fue la entrada. La vinagreta venía aparte. Había también una salsa casera de perejil, por la cual pregunté. Ella aprovechó el puente y lanzó desde la otra esquina:

—Es muy sencilla y… —y entonces pude mirarla a los ojos. Era una mujer joven, pero lejana de la adolescencia. Alta y de una fortaleza física inocultable. Su piel había recibido sol. Su maquillaje remarcaba unas cejas tupidas. Unas pestañas negras hacían ver sus ojos más vivaces. Creo que incluso alargó la explicación para poder mantener nuestro subrepticio contacto. ¿Sería mi fantasía, o realmente algo había ocurrido? Pensé que era infantil, que me engañaba. Traté de contener lo que de verdad había sentido. Elía me atormentó un poco en la memoria. Hablé de la necesidad de negociar, de la consigna recibida de Gonzaga. Exageré la familiaridad con él. Almada me miró con cierta curiosidad. Hablé de los errores del partido de imponer a personajes extraños a la comunidad. Michaux permaneció en silencio. Retiraron la alcachofa sin error. Dos mujeres jóvenes y pequeñas, de uniforme amarillo, acompañaban al hombre de la filipina. Él apareció por la puerta de abatir con un vaporoso platón. Lo colocó frente a Almada con un esfuerzo que denotaba la tensión en sus brazos. Transpiraba un poco. Era un lomo de cerdo con ciruela.

—¿Usted come cerdo, Meñueco? —me preguntó Almada.

—Sí, claro —respondí pensando que era falso. Almada continuó:

—Dígame de dónde viene el Meñueco —desvió la conversación hacia lo personal. Comencé mi relato. Mis abuelos venidos de España que hicieron fortuna con unas pequeñas barcazas que llevaban mercancías y hombres al puerto. Les hablé de mi niñez frente al río. Mencioné a mi padre, con esa chispa de ingenio que lo llevó a mil inventos que nunca se lograron. Pinté mi pueblo aislado del resto del país, salvo por la vía marítima, hasta hace unas dos décadas. Platiqué de los ciclones y huracanes que se llevaban casas, y de cómo quizá fue esa niñez de confusión sobre lo propio la que me llevó a estudiar derecho. Aquello de establecer año con año de nueva cuenta los vestigios de una casa fue una manera extraña de adquirir identidad. Llegó mi plato. Lo sirvió la señora. El orden me pareció inquebrantable: el invitado, el señor de la casa, la hija y finalmente ella. Mariana escuchaba mirándome con curiosidad evidente, pero sin descuidar el ritmo de sus manos que servían otro alimento. Llegó una verdura caliente que no reconocí. Pregunté su nombre.

—Chayacastle; es la raíz del chayote —intervino Mariana con cierto protagonismo aceptado sin reparo por la madre. Supuse se trataba de una explicación frecuente. Tuve cierto rechazo, pero probé. No me causó aversión. Apareció de nuevo el hombre de la filipina con una enorme ensaladera. Era palmito fresco. Hacía años no lo comía. Seguí con mi historia. Vi a Mariana observarme cuidadosamente. Almada tomó la botella de vino del centro y lo cató. Vi cierto color oro amenazante en aquel vino tinto y una transparencia un poco opacada.

—¡Qué bueno que la abrimos! Ya iba a pasar a mejor vida. Aquí nos duran muy poco, es demasiado el calor —el hombre de la filipina sirvió las copas. Nadie dijo salud. La señora bebió un sorbo, después lo hizo Almada. Lo probé. Un suave ajerezamiento, agradable, agraciaba al vino. Era un burdeos de buena cepa. Pedí la botella sabiendo la pretensión implícita y dije:

—No lo conocía —lo cual era cierto. Chateau Gloria, St. Julien 1975. Lo elogié. Continué con mis historias y finalicé quizá un poco abrupto. Sentía que el relato se había prolongado más de lo debido—. Bueno... pues me he metido en estos menesteres. San Mateo es hoy mi mayor preocupación —centré de nuevo el tema. Mi plato estaba casi lleno. El hombre de la filipina inició la segunda ronda. Almada se sirvió un poco más de palmito. Mariana puso sus cubiertos en definitiva junto al plato y con una seguridad que me causó asombro lanzó:

—Y usted, abogado, ¿que opina sobre los problemas de San Mateo? —miré sus ojos y entendí que había algo de reto intelectual, de declaración de principios que jamás supuse me reclamaría esa mujer joven, que imaginé una ingenua encerrada en la finca. Expliqué que mi mayor preocupación era la pérdida en la confianza de un Estado regido por una normatividad:

—…constitucionalmente se le conoce como rebelión. No se acatan las disposiciones de las autoridades locales, tampoco federales e incluso se incide en el delito. Hay una serie de asesinatos y desapariciones que hablan de un territorio sin control. Los campesinos no aceptan conciliación alguna y las autoridades locales han perdido la posibilidad, no se diga ya de mantener un orden y encauzar las demandas, sino incluso de tender puentes entre las partes —mi argumento sonó conciliador, pero firme.

—¿Conoce usted los reclamos campesinos? —preguntó aquella mujer que comenzó a intrigarme.

—Sé que hay reclamos sobre tierras cuyos linderos no están claramente establecidos —caminaba al filo de la navaja. Ella me había orillado. Supuse que quería conocer mi posición respecto de las invasiones. Almada escuchaba desde la cabecera. Permitió que la embestida la diera su hija y él se reservó para una intervención final—. Creo que habría que definir con toda claridad cuáles son las propiedades que incurren en alguna irregularidad y cuáles demandas proceden; por lo tanto, cuáles están sujetas a posibles…

—Reparticiones —me interrumpió Mariana con una risa franca en que nadie la acompañó—. Abogado, hace años que ellos dejaron de creer en las reparticiones. Hoy es invasión, acción directa. No hay paso atrás. ¿Cree usted en los derechos de las poblaciones? Porque permítame comentarle que hay reclamos basados en documentos del siglo XVIII —guardé silencio. Esa mujer me había desconcertado y creo que ello se hizo evidente. Respondí después de una breve pausa.

—Hay un corte que se realiza, formalmente hablando —me defendí con esa expresión que sé a algunos arredra; miré, sin pensarlo, los pechos de Mariana y moví rápidamente de posición mi cabeza—, que se traza con expedición de las leyes vigentes —me volvió a interrumpir:

—Esa ley reconoció derechos históricos por parte de las comunidades, abogado. Con base en ellos se llevó adelante el reparto —me sentí acosado—. La pregunta entonces es ¿hasta dónde se van a reconocer derechos previos a la ley vigente? —esa mujer tenía una estructura de pensamiento, tenía una forma de mirar al mundo y me había atrapado en un relajamiento provinciano que podía tener un alto costo frente a Almada, cabeza evidente de la contraparte. Mariana se dio cuenta de que quizá había ido demasiado lejos y en plan de retirada dijo—. Es un problema muy complejo.

Almada intervino, como conteniendo a una caballería:

—Es historiadora y maestra universitaria, pero además se ha especializado en historia agraria —comprendí entonces la dimensión del juego y la altura del reto. Ella continuó con tono suave:

—Si me permite, podría enviarle algunos estudios sobre la zona. Yo le digo que hay que encontrar soluciones viables para la realidad que vivimos. Sería imposible encauzar demandas fundadas en documentos de hace dos siglos —su tono pausado aumentó mi confusión. Partí del supuesto de que Mariana defendía sus intereses familiares. Ahora no sabía cuál era su posición. Vi su rostro, la miré diferente, había crecido. Cierta nobleza se desprendía de sus ojos. Por momentos me parecieron agresivos.

—Meñueco —dijo Almada; lo miré con atención tratando de disimular un bocado de carne un poco excesivo. Limpié mis labios y me percaté de que los individuales y servilletas eran de lino almidonado—, aquí hay falta de honradez de parte de ustedes —me quedé quieto—. ¿Por qué permitir que se lanzaran contra las tierras de Berruecos? Es cierto, no siempre ha respetado los mínimos salariales y ha acumulado una enorme fortuna con su beneficio de café. Pero ¿por qué contra él o contra mí y dejar intactas las tierras de Silvestre Fuentes? ¿Qué, el haber estado en la gubernatura lo exime? —Mariana me miró serena, estableciendo una frontera frente a su propio padre—. Nuestros cafetales, los de este valle, están cruzados por brechas. La gente saca sus productos. Los camioncitos llegan con mercancías. Damos trabajo. Pero ¿y qué con Fuentes?, ¿qué, por haber sido de los suyos goza de inmunidad? Su finca está abandonada. Vive en Nueva York, con su artistita, y cuando más manda para San Mateo los caballitos caros que ya no le sirven en la pista. Comencemos por allí, Meñueco —se hizo un silencio. Yo apresuré el bocado en mi boca. Cuando la tuve despejada, dije:

—Disculpe don Nicolás. No sé de qué me está usted hablando.

—¿Cóoomo? —lanzó exagerando la expresión—. No me diga que nuestro amigo Michaux no le habló de Fuentes. Pero Benigno —y volteó la cara—, tú sí que conoces San Mateo. O será que como Fuentes te hizo alcalde… —la señora de Almada miró la pared. Mariana seguía con los ojos la conversación. Michaux levantó la cara y con calma dijo.

—Tú sabes, Nicolás, que soy amigo de Silvestre. Sabes también que lo que ha hecho de su vida me parece un desastre. Soy primo de Lilia y las frivolidades de Silvestre me duelen. Hace años que no piso Las Araucarias. Admito que hay descuido.

—Comiencen por allí, Meñueco —las mujeres bajitas recogieron los platos. Terminé el mío con premura. Quise decir algo que fuera definitivo, que mostrase que había comprendido el asunto.

—¿Cuál sería su propuesta, don Nicolás? Yo la transmitiré a Gonzaga.

—Creo que Horcasitas debe renunciar. Se debe convocar a elecciones. Gane quien gane, comunistas o el partido. Eso para comenzar. Que sea alguien de aquí y que conviva a diario en San Mateo. Pero lo que traería paz a este pueblo es otra cosa. El acuerdo entre unos y otros debería traer respeto a las propiedades limpias y un compromiso de no violencia de ambas partes. Para esos miserables —me dolió la expresión— pueden ser las tierras de Fuentes. ¿Quieren justicia y tranquilidad? Quítenles las banderas, procedan de acuerdo con la ley —guardé silencio. Apareció una nieve frente a mí. Guanábana. El movimiento de los platos rompía un poco el silencio. Intervino la señora con suavidad.

—Y dígame, señor Meñueco. ¿Tiene usted familia?

—No —respondí con un poco de brusquedad—. Vivo solo —mentí y dije la verdad. Quería abrir una puerta hacia esa mujer que estaba del otro lado de la mesa y que fingió comer la nieve sin pausa.

—Creo que fue por eso que me enviaron a San Mateo, señora.

—¿Y qué le ha parecido?

—Muy interesante. No podría decir que agradable, pues el asunto es penoso, pero, por ejemplo, he conocido, gracias a don Benigno, a Zendejas. Me parece un hombre honesto, además de gran artista —miré a los ojos de Almada. Lo provoqué.

—Zendejas es un comunista que ha causado muchos problemas. Incita a los enfrentamientos y eso, Meñueco, a nadie beneficia. Su cerámica casi es pornográfica. A mí en lo particular no me llama —volví la cara como en espera de que alguien terciara. Era Mariana la aludida.

—En eso mi padre y yo no coincidimos. Para mí Zendejas es un artista valioso y un hombre íntegro. Está convencido de la autenticidad de su lucha —creí tener la oportunidad de una última palabra.

—Comparto su opinión, Mariana —nuestras miradas se encontraron una sobre la otra—. Zendejas es un hombre honesto y puede ayudar a que Torre Blanca se ablande. Yo traté de convencerlo, pero no sé qué tan buen resultado haya obtenido.

—Hable con Fernández Lizaur —dijo Mariana—. Usted lo debe conocer. Ese viejo puede ayudar. Él tiene una enorme influencia sobre Zendejas —el nombre me trajo de inmediato la imagen de un viejo maestro especialista en asuntos precolombinos. Honesto y duro, fue lo que recordé en ese instante. Venía el café. El hombre de la filipina entró de prisa, dejando su suavidad muy lejos.

—Señor, hablan por el radio desde San Mateo. Piden hablar con el señor Meñueco. Parece que hubo otro enfrentamiento. Hay muertos.

XLIII

"¿Has pensado en Petrita, Salvador Manuel? Aquella mujer pequeña que atendía en casa de mis padres y después vino a ayudarnos. Es enjuta y delicada. Se movía sin cesar silenciosamente, de un lado al otro de la casa. Lavaba una pijama, cosía un botón de tus camisas o limpiaba la vitrina deslizando los objetos para que no hubiera el menor peligro de un accidente. Ella planchó tu ropa mucho tiempo, colgó tus sacos de pelo de camello, tus gabardinas y abrigos. Por supuesto, también lustró tus zapatos. Aprendió a separar tus corbatas por colores. De un lado las rojas, azules y negras, del otro las cafés o verdes. Cepillaba tus blazers y sacos de lana mientras no estabas en casa. Lo hacía con tal suavidad que parecía que los acariciaba. En la primavera los sacaba uno por uno y los ponía en algún sitio para que les diese el sol y el aire. Después los regresaba a su lugar, al mismísimo lugar, de forma tal que tú ni siquiera notabas el movimiento. En su bondad llevó su condena. A esas manos les debo mucho, Salvador Manuel. Te lo digo para que lo tengas en los pendientes. Tú que tanto hablas de justicia, allí tienes una misión propia. No es un gran molino de viento. Es una pequeña batalla casera. Son esas manos las que nos han ayudado desde siempre para que tú puedas hacer lo que haces. Petrita siempre llegaba de negro o casi. Largas faldas muy planchadas con una blusa de florecitas luida. "Buenos días, señor", y tú casi no respondías. Salías después montado en una cólera burocrática mientras ella preparaba todo para que a tu regreso volvieras a tener en los cajones calcetines que aventar, las toallas en los baños, ésas que a diario dejas sobre el piso. Todavía no lo entiendo, ¿qué te costaba extenderlas? Ella fue tu soporte durante años, sin que jamás le reconocieras su esfuerzo. Limpiaba tu mesa de noche, ésa siempre repleta de libros, anteojos, medicinas, vitaminas, plumas, lápices. Dejaba todo como si nadie lo hubiera tocado, pero limpio. Petrita nunca se sintió en la casa, era como si no estuviera. Se deslizó entre los muebles y la ropa, entre nosotros mismos, haciendo su presencia casi imperceptible. Tenía setenta y nueve años y todavía trepaba a tu estudio para lavar ceniceros y vasos que dejabas regados sin el menor cuidado. Ese es el pueblo que nos sostiene, Salvador Manuel, al que te debes. Ojalá te acordaras de Petrita cuando cobres tu sueldo, o cuando hables del pueblo, así sin más. Petrita cumplió ochenta y dos años en febrero. Un día me dijo que se sentía cansada, que quería ya descansar. La abracé, más bien pegué su cabeza a mi cuerpo y la moví de un lado a otro, "Petrita, Petrita", le dije y lloré. Cuántas veces había yo pensado que ese día nunca llegaría, que seguiría tocando la puerta regularmente a las 7:30 después de tomar el metro y el autobús, ésos que igual podían arrollarla. Todo por ayudarnos, Salvador Manuel, por ganar una pizca de dinero. Petrita ya no puede caminar más. Sus ojos ya tampoco le permiten coser. Dejó de ir a la casa desde febrero. Te lo comenté y contestaste con frialdad: "Es una buena mujer." Treinta segundos después, todo lo habías olvidado detrás de tu periódico. Nunca preguntaste de qué viviría, quién la sostendría, nada preguntaste. Años pasando sus manos por tus casimires y preparándote tu hielera, y ni siquiera preguntaste por su futuro. Yo la he visitado. También ha ido a casa nada más a saludar, y por supuesto termina ayudando. Acepta una merienda a regañadientes. Una pieza de pan dulce y un vaso de leche. Nunca más. La sombras de sus ojos todavía le permiten bordar carpetitas y servilletas. Yo le doy trabajo porque Petrita sólo sabe trabajar, es su vida, lo que le resta de ella. Te pedí y te pido sinceridad. ¿Tú crees que es justo?"

XLIV

Pequeño ensayo sobre el fracaso. Parte segunda. Jueves, las nueve de la noche. Creo que de nuevo te vas a regocijar. Hace un mes mi ministro, Alfonso, me pide un documento. Inflación por demanda excesiva, luego necesaria contracción o, por el contrario, ampliación del mercado interno impulso a los salarios y por eso disminución de costos. La vieja discusión. Llevamos tres años con lo mismo. La gente en la oficina trabajó duro. Insertamos una nueva variable: consumo eléctrico. El Banco Central dice que el país decrece, pero con inflación. Sin embargo, el consumo de energía crece en los hogares, en el comercio y, oh sorpresa, también en la industria. Aquí me tienes de nuevo, Elía, no sé si burlándome de los otros o de mí mismo. En fin, el documento se pone sobre el escritorio del ministro, quien, con aire inspirado, pasa las hojas como para simular interés y afirma un "lo leeré" que supuestamente debe causar satisfacción en *mi gente*, perdón por la expresión, que estaba presente. Palmaditas por aquí y por allá, buen trabajo. La gente, mi gente, sale. Alfonso me pide que quede con él. Pasamos al escritorio. La secretaria reacomoda los asientos de la sala de juntas. Me ofrece otro café. Muevo el dedo en sentido negativo. Alfonso camina a la ventana y como iluminado lanza un "la difícil situación". Cometo el error, quizá por hartazgo, por incredulidad, por un cinismo que últimamente me visita con frecuencia, de decirle: "Por favor léelo, Alfonso. Es un buen documento. Para la documentitis que cargamos, yo diría que excelente." Alfonso se voltea. Me espeta un "Qué te pasa, Manuel", después viene el "¿me crees un irresponsable", "no de ninguna manera", de mi parte. Me preocupo, me doy cuenta de que está en su papel de Gran Jefe que de verdad ya cree en su poder, cuando no gobierna más allá de su antesala. "¿Documentitis?", me pregunta, "¿te parece que trabajas demasiado?". No, Alfonso, le digo que no es por allí, me trato de escabullir pero viene su coraje, así se hacen las cosas, te noto raro desde hace tiempo, se me hace que lo de Elía te llegó muy hondo. Me duele en el momento que lo dice. Últimamente cometes imprudencias. Cómo se te ocurrió reírte en el desayuno del Banco Central, además andas poco atildado. Yo llevaba ese día un tweed y unos bostonianos que vi muy elegantes. Él vestía, como siempre, de traje entero, oscuro, zapatos de agujeta y corbata discreta. Qué te crees el hereje del Ministerio, te gusta epatar a la burocracia, si no te agrada lárgate. Me empiezo a sentir muy incómodo. Entra la secretaria, me da pena. Él continua con su regaño, así no alientas a *tu equipo*, ellos tienen que mirar entusiasmo en ti. Sí, es cierto, documentos van y documentos vienen, pero así es como se establecen los criterios. Yo tengo que convencer al presidente de que podemos con el proyecto hidroeléctrico y nuclear. Para eso están tus asesores, para hacer los documentos. Ellos sí pueden venir de claro, pero tú no, Manuel, ¿o qué pretendes? Va demasiado lejos, lo siento. Voy a tener que contestarle. Adiós, amigo. Te estás volviendo un frívolo, son cosas muy serias, yo necesito colaboradores que crean en su papel, deberías de reconciliarte con Elía, tener familia. Mira, ya basta, le dije. Tú, Elía, te podrás imaginar lo que sentí. Había dormido muy mal, todo por terminar el documento. Tuve que tomar pastillas porque estaba tan preocupado por dormirme, porque tenía tan poco tiempo para ello, que no podía dormirme. Tú sabes que a veces me pasa, por eso odio los desayunos, porque tienes que forzar tu sueño. La represión empieza por los tiempos, los espacios, la ropa, todo te condiciona y va contra tus impulsos. Bueno, olvídalo, el hecho es que le dije que era un vanidoso. Di un sorbo al café tibio, le dije que también había cambiado mucho, él me refutó lo mismo, le dije que ya se había creído todas las tonterías que decíamos, que ya no era una persona sencilla, se sentó sobre su silla y apoyó la rodilla sobre el escritorio. Le dije que ahora hablaba diferente, de las secretarias para arriba, que incluso a mí me trataba con displicencia. Le recordé lo que me dijo cuando me llamó a colaborar, aquello de "necesito personas de confianza que me hagan críticas permanentes". El ruido de la plaza seguía entrando por la ventana. La verdad es que mi oficina es más silenciosa. Claro, pero ésta es la del ministro. Le dije que ahora hacía esperar a las personas en la antesala, que su chofer era una pequeña amenaza urbana, que ya no se fijaba en los precios de los restaurantes, que cambiaba de traje con excesiva frecuencia, que eso todos lo comentaban, que sus viajecitos familiares en el avioncito del Ministerio con el pretexto de que es más rápido eran desplantes de megalomanía cuando a la vez tomaba tres horas para comer. Le dije que estaba harto de desvelarme en espera de que llamara desde su casa para ver si estaba todavía sentado allí. Le dije que también me molestaba que me llamara a la casa que era *mi* casa, subrayado, y que allí *yo* gobernaba, este subrayado sólo es exterior, Elía. Vaya, vaya, me contestó, ¿conque todo eso traías guardado?, hasta ahora me doy cuenta, si no quieres ser financiero ¿qué haces aquí?, nos criticas hasta las corbatas. Le dije que trataban de imitar Wall Street pero que aquí hacía calor y no había aire acondicionado, que andar vestido de oscuro era un absurdo. La verdad me hirió mucho cuando habló de ti. Siguió adelante, me dijo que no había comparación entre mi trabajo de ahora y el de hace tres años, que yo había aprendido finanzas pero parecía que todo lo demás se me había olvidado, que quería era hacerme notar, que en ocasiones le hablaba en un tono que no correspondía a un subordinado. Eso me molestó mucho, Elía, era la petición abierta de deferencia incondicional. No sé por qué no te había contado todo esto. El hecho es que aquí estoy de nuevo. Hace un mes que vengo pensando si en realidad soy un burócrata. Se me quedaron clavadas como espinas algunas de las frases de Alfonso. Creo que no lo soy a pesar de que te pedí muchas veces que vieras la importancia de una línea, de una expresión, que leyeras tal o cual columnista. Hoy todo lo pongo en duda y no puedo dejar de venir aquí a sentarme. Ellas me ayudan, las vomito. Bueno, aquel día todo terminó en un abrazo y una petición mutua de que hiciéramos un esfuerzo. Pero yo sé que Alfonso ya está pensando que le fallé, que se desencantó de su amigo. Me da coraje decírtelo, pero me he vestido últimamente más serio. Alfonso ya lo comentó en plan de guasa, qué bien vestido vienes, me dijo enfrente de otros. Me molestó. Estoy regresando más temprano a la casa. Quiero estar solo, después me sobra soledad. Pongo a Haydn y me acuerdo de que se le cayó un candil en pleno concierto y que por eso le puso "La araña", pero mis emociones andan por otro lado. El jazz tampoco me hace vibrar. Todo está patas arriba. No sé si quiero seguir en el Ministerio. Los pasillos de palacio hace tiempo que tampoco me emocionan. A veces me pregunté qué me emociona. La palabra *fracaso* atraviesa frente a mí con frecuencia. La odio. De nuevo un pequeño ensayo sobre el fracaso. Espero que no sean muchos ensayos. ¿Te enviaré algún día todo lo que he escrito? No lo sé.

    P.D. Por cierto, lo que quería contar es que hoy me llamó Alfonso para decirme que revisará con mucho cuidado la tesis del documento del Banco Central. Me lo dijo por teléfono. Llegó el documento a mi escritorio, lo tomé con interés. ¡Oh sorpresa!: era la tesis de lo de la electricidad. Como en el ping pong, fue y vino. Fui a la oficina de Alfonso. No dije una palabra. Le llevé nuestro documento y el otro, los abrí en sus narices. Le dije me prometiste que lo ibas a leer, me salí moviendo la cara. Debería yo de estar feliz, creo. ¡Qué mezquindades! Discúlpame, no debería llenarte la cabeza de tonterías. Te extraño.

XLV

Muchos dijeron que ese día llovería. Las nubes habían cubierto todo el país. Entraron por la izquierda dejando al Pacífico en lo que pareció sería un huracán, o ciclón, o vendaval que trae agua. Este pueblo festeja los ciclones y huracanes y vendavales, siempre y cuando traigan agua. También los hay secos, sin gota que entregar. El pueblo baila con los ciclones, huracanes y vendavales que de verdad traen agua. Baila a pesar de que a su llegada muchos ríos no reconocen madre y atropellan árboles, casas, hombres. Pero este es un país tan sediento que incluso cuando se ahoga festeja el agua. Con ella llegan muertos y extraviados para siempre. Y, sin embargo, todo se perdona cuando la causa es el agua. A ella se le tolera hasta la muerte misma. Será porque después del agua todo cobra vida en cuestión de instantes, todo reverdece por temporadas de calor que brindan la fruta, la siembra y la cosecha. Por unos meses parece el Paraíso. En este país todo se excede, no hay equilibrios. Cuando la tierra se seca no hay nube que cruce el firmamento. Sólo el sol que brilla todo el día y penetra tan hondo la tierra que la cuartea y cuartea a sus hombres. En esa temporada todo muere y se vuelve del mismo color de la tierra, de un amarillo que tiende al blanco y en sí lleva el nombre de la sequedad. En el estiaje los animales desaparecen. No hay fuerza humana que pueda reverdecer lo seco que hermana a la hierba, al pasto, a un árbol envolviendo todo en un mismo tono. Montañas y cerros, colinas y montes. Pero allí mismo, en esos sitios, cuando llueve no llovizna. Caen gotas que parecieran permanentemente ligadas a un cielo que chorrea porque no puede contenerse más. Todo truena. Los muros, muchos de piedra que salió de las montañas como líquido, se cimbran con inacabables relámpagos. En algunos lugares lo llaman chubasco, pero en realidad llueve con fuerza de dioses y pasión de hembra. Tal es la fuerza de esa lluvia que no hay pequeño declive que no se convierta en río que arrase con la hierba y con la tierra. Esa lluvia es la que año con año lava al país de arriba abajo en doloroso enjuague. Lleva a los riachuelos todo aquello que se encuentra medio débil, no cogido de la tierra o de algo más. Por allí van animales sorprendidos sin asidero, grandes y pequeños, ramas quebradas que fueron árboles gigantes, hojas que se gritan unas a las otras antes de desaparecer en trocitos de nada, vida toda que corre hacia los pocos ríos que van con rumbo al mar. No hay planicie que contenga. Todo se va de menos a más. Es por ello que el país está lavado del centro hacia sus mares. Amarillo cada vez más perdurable al centro, rodeado todavía de verde. Creciente mancha amarilla que lleva el desierto al mar. Este es un país que se lava año a año perdiendo su color y su vida por falta de equilibrio de su cielo y raíces en sus tierras y en sus hombres. Aquí la tierra está para acabarse, para que acabemos con ella. Aquí la tierra, por el agua, se va al agua. Aquí ni la tierra perdura, ni ella tiene garantía de un mañana.

Aquel día muchos juraron que llovería. La lluvia es cuestión nacional. Cuentan que el juramento lo hicieron los que dicen que saben. Los que saben son los que afirman tal cosa. Los que realmente saben dijeron ese día que no iba a llover. Unos porque la nubes estaban muy altas. Otros porque las nubes estaban muy bajas o porque esas nubes no eran, a pesar de lo gris y amenazantes, de lluvia. También se afirmó que había viento como causa suficiente. Otros en cambio dijeron que no había el suficiente. Aquel día no llovió. La lluvia siempre permaneció a unos cuantos dedos de lo que hubiese podido mojar. Allí estaba sobre los secos pastos, sin dejar gota, a un instante del suelo, como aureola sobre los árboles, como cobija sobre los perros, como tejado sobre las casas, como presencia para los encerrados. Se le podía tocar con extender la mano y sin embargo nada humedecía. Se le podía respirar, pero al fin todo quedaba seco. Aquella agua que en ocasiones cae del cielo como si algo quebrara, ese día se contuvo siempre momentos antes de iniciarse como líquido palpable. Ese día que no llovía, el que manda había hablado una vez más a los siete de cómo el país se desmoronaba en su gente y en sus tierras. Eso era lo que obligaba. Era el hambre por las nubes que no llegaron el año que fue ayer, y el que fue anteayer, y el que estuvo antes. Ausencia que había sangrado a millones de hombres que sin grano nuevo morían lentamente o huían sin correr. Pero ese día ya miles dejaban villas y poblados con su fe rasgada, incrédulos al fin de que las nubes llegasen. Emprendían la marcha con mujeres, con padres y madres, con abuelos. Ésos eran los que todavía conservaban esperanza. Los otros, quizá muchos más, subían a La Ciudad escalando por caminitos para descender después allí, donde la lluvia ese día se tocaba sin mojar. Llegaban a buscar panes y el grano almacenado. Lo hacían creyendo que quizás allá las nubes habrían hecho una visita. Porque a La Ciudad la lluvia no deja de visitarla para coraje de los que miran hacia el generoso valle desde el perpetuo estiaje.

En La Ciudad se hacían oír gritos de demanda que se convirtieron en clamor o trágico canto. Muchos tenían miedo de sus hermanos que llegaban en busca de pan. El reclamo venía a la vez del Norte, que vociferó amenazante por los miles que iban a la cuadrícula. Advertía, por fuera, que quien cruzase sería enjaulado. Pero, por dentro, a los siete y al que les manda, el Norte amenazó con el dolor ajeno. La caravana hacia la cuadrícula debía ser detenida. Ese día, Salvador Manuel estaba con ellos. Quizá recordaba los dedos que lo frotaron, el color madera, los olores espesos que había penetrado. Quizá también lo negro, en el que su mente se había hundido.

Fue entonces, sí, justo ese día en que todo mundo el agua entre sus puños apretaba sin mojar un dedo, ese día lo consintieron. Algunos han dicho después que conocían las consecuencias. Otros que lo hicieron sin saber lo que ocurriría. Cuentan que ese día se aprobó inventar la riqueza.

XLVI

Me habló Gonzaga. El propio ministro del Interior al teléfono. Era urgente. Fui de inmediato al Ministerio. Subí emocionado los cursis mármoles blancos, esos escalones gastados de tantas prisas burocráticas. Me recibió el viceministro, García Tamames. La oficina, cosa extraña, estaba limpia, no había libros y papeles amontonados que se ve nadie lee. Debe ser ordenado. Podía verse la madera del escritorio. Me llamó la atención. Me impresionaron los teléfonos. Eran muchos. Es militar, pero abierto. Había comido con él en dos o tres ocasiones. Te debes acordar. Lo comenté, estoy seguro. Un militar culto, sensible, no se olvida. También los hay. De primera. Misión muy importante, del más alto nivel. Yo no entendía. El gobernador un incompetente, el alcalde sin poder. La violencia era casi cotidiana. Había desaparecidos con frecuencia. Cada vez más reclamos mantenían un ojo sobre San Mateo. Por ello también cuestión de soberanía. Los ataques sorpresivos a la tropa eran cada vez más. Descontrol era la palabra. El presidente lo había comentado con Gonzaga. Alfonso era testigo. Sugirió mi nombre. Conciliador, culto, abogado, sabe escuchar. Qué te parece, Elía, me despidió con elogios. Que quede en el anecdotario. Miré a García Tamames preocupado, auténticamente preocupado. Lo auténtico entre burócratas es cada vez más extraño. No fingía como Alfonso, ¿será recelo? Yo no comenté la astucia de mi jefe, exjefe para entonces. Por el contrario, dije, gran honor. Se paró y me dijo acompáñeme. Abrió una puerta. Entramos a un cuarto sin ventanas, con una luz fría en el techo. De un lado, sin estética, una mesa sencilla llena de libros abiertos, marcados, doblados, leídos o consultados, en fin, con huella de que tenían alguna utilidad. Un militar que lee, hay que apuntarlo. Más allá un sofá que, se ve, sirve de camastro. Una silla, un televisor a mitad del muro. Tomó un fajo de papel. Era amarillo, como el de periódico. Estaba doblado en pliegues, en acordeón. Lo comenzó a jalar y noté una redacción extraña. Renglones cortos, de vez en vez un párrafo. Mire, me dijo, lea aquí. Leí unas frases entrecortadas, unidas por puntos suspensivos: *es lo que conviene… así caerá la máscara… pero puede haber mucha sangre… ellos quieren, será cuestión de una hora después a ver quién nos saca, el hambre no espera, Horcasitas se va a sumir...* Me interrumpió García Tamames, son los ultras me dijo, a ésos ya no los controla ni el propio Torre Blanca. Yo sabía de las grabaciones, pero nunca las había visto. No escuchaba lo que García Tamames me decía. Sentí palpitaciones en todo el cuerpo, el cuello seguía un ritmo interno, fuera de mi voluntad. No debe haber más sangre, me dijo hablándome muy cerca. Alcancé a percatarme de su cutis liso, de su barba cerrada. La tropa ya no quiere ir porque les tiran desde los árboles. Además, ahora todo se lo imputan a la oposición, hasta delitos del orden común y eso tampoco lo creo, Meñueco. La confusión es el peor caldo de cultivo. Yo simplemente asentía y fingía estar concentrado. Pero había demasiadas cuestiones. El pase de Alfonso, la llamada de Gonzaga, las grabaciones y estar involucrado de lleno en un asunto del cual una hora antes no tenía la menor idea.

Gonzaga lo recibirá mañana por la noche en el Parador del Sol, de allí a San Mateo, me dijo, con una sonrisa sincera. Me acompañó hasta la antesala, ridícula por cierto. De altísimos techos, pero mal cabían un par de sillones. Fui a ver a Alfonso. Entré de inmediato y con qué te imaginas que me recibió. Felicidades, me dijo, tu primera designación presidencial. Vaya que si ha cambiado. Lo miré a los ojos y traté de centrar mi embestida. Qué hábil eres. Creo que le dije. Pero por qué, es un gran honor, te das cuenta la confianza..., será una gran experiencia, es ir al oficio, dejas las finanzas que te aburren. Ahora vas a tratar con la gente, el pueblo, del que tanto hablas recientemente, en fin, eludió la discusión. Me daba una salida elegante. Yo mismo tuve que cubrirme con ella. Bajé a mi oficina, llamé al *equipo* y también manejé la sorpresa. Todo cambiaba de un momento a otro. Un ascenso no oficial. Espero que no hayan sabido de lo que ocurrió entre Alfonso y yo. Tú sabes, Elía, por éstas que ahora me acogen, que yo mismo no sé muy bien el rumbo de mis pasos. Cada vez vengo aquí más ansioso. Me recupero. Viernes por la noche, estoy solo y pienso en ti, pero hoy no te extraño. Una absurda emoción me invade. Dejaré atrás todo. Quiero terminar con algo y comenzar a la vez, abrir un paréntesis, dejarme caer, despeñarme hasta topar conmigo mismo.

Capítulo segundo

I

Entré a un vestíbulo redondo, todo en amarillo canario. Una mujer joven que salió de no sé donde se acercó y pidió mi abrigo. Miré encima una cúpula con algunas pinturas laterales. Flores ridículas coronaban el salón. Luz blanca caía sobre aquel enyesado, creando una atmósfera que quería ser primaveral. Recibí una ficha. Era el número 22. Sentí un alivio al dejar el abrigo. Acomodé mi traje. Bajé un par de escalones y penetré en una penumbra controlada. De pronto escuché un *May I help you?* Pregunté por la mesa del señor Fuentes. *He hasn't arrived yet.* Me senté sobre un cuero guinda. Se me ofreció una copa. Advertí que quería esperar a mi acompañante. Frente a mí quedó una larga barra latonada con columnas se madera labrada. Infinidad de copas colgaban sobre las cabezas de los cantineros, alargadas, champañeras, para jerez, para coñac, para martini, vasos cortos, largos, todos centelleaban por una limpieza atractiva. Atrás se multiplicaban las imágenes de botellas de licores de todo tipo. Bourbons de marcas desconocidas, los principales whiskies, coñacs, ginebras, oportos y jereces, divididos por una frontera invisible y acomodados por un sutil orden de calidad y precio. El mesero puso sobre la mesa un pequeño plato con unas enormes aceitunas negras. Tomé una y no supe qué hacer con el huesillo. Lo puse en el cenicero. Él llegaría en cualquier momento. Volví la vista hacia la entrada. Un hombre afable entró y saludó con camaradería a uno de los meseros principales. Los dos eran altos y de porte distinguido. Uno atildado en su levita modificada, en función de uniforme. El otro dejó caer sobre su brazo, con descuido natural, una gabardina arrugada. Hubo alguna palmada y después el recién llegado pasó a sentarse detrás del piano. Vi que el barman asentía e iniciaba la preparación de alguna bebida en copa coñaquera. De pronto escuché:

—Conque usted es el enviado del infortunio —vi una mano grande lanzarse hacia mí.

—Manuel Meñueco —respondí y traté de incorporarme, pero ya era tarde. Me encontré con ese rostro que en ocasiones todavía aparece en algún periódico, cuando se hace historia de la llamada "etapa del despegue".

—¿Qué quiere tomar? —me dijo con seguridad poco acostumbrada. No esperó mi respuesta lo suficiente—. *Chivas for me* —volvió la mirada. Me agredió un poco la marca.

—*Manhattan, straight up please* —lancé en busca de seguridad.

—Los hacen muy bien aquí. Pero yo el Manhattan ya lo echo por los codos —dijo. Vi entonces que llevaba el pelo pintado. Un cierto color rojizo despuntaba de lo que debería ser una cabellera castaño oscuro. Miré por un instante un enorme vientre que salía desde el final del pecho, abriéndose paso entre un traje oscuro de calidad. Traté de no observarlo demasiado. Levantó la mano. Sacó una cajetilla de cigarros Camel y un encendedor Dupont. Me ofreció y tomé uno. Lo hice quizá por mantenerle el paso. Di al cigarrillo unos golpecillos sobre la mesa. Mojé con la lengua el papel e incluso fue consciente de que él me esperaba. Entonces noté que llevaba una camisa de puños dobles que abultaba al final de su saco. Unas mancuernillas con piedras claras incrustadas colgaban suavemente de ellos. Al acercarme vi que sus uñas estaban esmaltadas, lo cual me repugnó.

Dimos una bocanada y llegaron las bebidas. El mesero puso con prontitud la suya. El vaso le permitía mayor velocidad que el de mi Manhattan, que descendió lentamente con su cereza de rabo al centro.

—Conque dígame, Meñueco, ahora la revolución me exige otro sacrificio, se llama Las Araucarias. Ya me llegó el rumor de que estuvo usted por allá.

—El ministro del Interior —trepé a un aire formal como defensa— me ha pedido que lo visite personalmente para exponerle la situación por la que atraviesa San Mateo —Fuentes se echó para atrás en el asiento y comprendió que yo quería cobrar distancia. Lanzaba lentamente columnas de humo. Dejé que mi cigarro se consumiera en el cenicero. Allí estaba el huesillo imprudente. Le comenté cómo la oposición había ido logrando obtener apoyo campesino. La demanda era tierra. No pude hablar de la miseria, pues me miraba con un aire de incredulidad y cinismo que me molestó. Le hablé de la violencia fuera de control, de la tropa asesinada.

—Usted mejor que nadie conoce ese estado —dije para tender algún puente. Le hablé de la terrible sequía que azotaba al país y de la preocupación oficial por una marcha campesina que comenzó como un rumor más, pero que cobraba día a día mayor fuerza. Le dije de los ataques a la tropa y cómo la situación en San Mateo se había convertido en un punto altamente observado por unos y otros, y por supuesto también del exterior. Dramaticé un poco con lo de las desapariciones de las cuales nadie era responsable. Creo que le molestó. Sonrió con ironía. Me interrumpió.

—No me diga que con Las Araucarias se van a conformar. ¿Cuánto me van a dar?, ¿qué ofrecen? —cuando escuché por segunda vez el nombre de la finca se me vino a la mente el largo recorrido que Michaux y yo habíamos hecho en jeep más allá de El Mirador. Habíamos detenido el vehículo en lo más alto y desde allí lanzamos una mirada larga sobre unos cafetales descuidados que ascendían por lomas empinadas y cuyos límites me describió Michaux en la lejanía de lo verde.

—La proposición que el ministro Gonzaga quiere formularle es que usted acceda a una cesión o venta de una fracción de la propiedad, que se encuentra casi en abandono —de inmediato respondí.

—Mire, Meñueco, yo fui adquiriendo esas tierras para cuando saliera del gobierno —dejó que un silencio ampliara su fuerza—, para refugiarme, para tener en qué ocuparme. Quise prevenir tiempos difíciles, que creí pasajeros. No fueron pasajeros. ¿Qué ocurrió? No dejaron de vapulearme en la prensa local. Mi sucesor se encargó de hacerme pedazos, de acusarme de mil infamias. Fue injusto y cruel, Meñueco. Nadie lo detuvo. No puedo ya ni caminar por San Mateo sin exponerme a que alguien me insulte. Eso jamás lo toleraré. No hay abandono de las tierras, pero tampoco puedo vivir en el encierro permanente. Tengo que salir. ¿Usted que haría? —permanecí callado—. A Las Araucarias no llegan más que los invitados. Por eso es un misterio, pero no hay nada que ocultar. Treinta y cinco años estuve en la vida pública Meñueco, ¿para qué?, para terminar no en el olvido, bueno fuera: en el ostracismo, en la persecución. Aquí tengo mi pisito. La gente me respeta porque respeta esto —y movió índice contra pulgar—, dinero Meñueco. ¿Qué tal si no tuviera yo mis centavitos? Hace treinta años que soy un paria político. *Two more* —indicó al mesero con cierta grosería—. Fui gobernador a los cuarenta. Llevé industria, abrí caminos, la agricultura creció y nuestros indios estuvieron tranquilos. No había desmanes como los que se permiten los comunistas hoy —se hizo un silencio. Me molestó lo de los *indios* y también la expresión *comunistas* lanzada con desprecio. Volvió la cara hacia la barra.

—*What's happening?* —el mesero elegantemente tomó de la barra los vasos y repitió la maniobra.

—Eran otros tiempos Meñueco. Ésos que ahora los jovencitos, y me perdonará, jovencitos como usted, no vivieron. Yo tuve que romper con Benjamín Arredondo. Él sí era cacique. Tenía todo el apoyo del expresidente y siguió metiéndose en el gobierno. Construcción de puentes, cementera, autobuses. Claro, por eso hicieron banquetas hasta donde ni calles había. No exagero, hay un tramo de río con banquetas. Lo mío está en Las Araucarias, yo planté esos cafetales, yo inicié la cuadra con un par de potritos. Tengo 77 años, Meñueco. Cuando no aguanto ya más el invierno aquí, me voy a Las Araucarias. Duermo bien, como bien, y, algo que creo no entendería, tengo espacio.

Jamás me han probado nada. No hay irregularidad en Las Araucarias. Mis nietos son los que van más allá. Ellos lo están gozando, sobre todo una nieta que, quién lo dijera, revivió la casa. Y ahora, después de décadas de inversión y trabajo, ustedes deciden que los problemas de San Mateo se van a resolver con mis cafetales para repartirlos a la chusma —yo escuchaba al hombre, reflexioné. Miré una piel que cargaba un blanco de encierro.

—¿Quién abrió el estado a la ganadería? Fui yo, Meñueco. Yo llevé los primeros Gyr, los Indobrasil y los Brahman. Los miraban como si fueran jirafas. Pura vaca pinta andaba por allí, muriéndose de sed y calor. Claro, ahora lo ven todo ya establecido y se les antoja. Los cafetales creciditos, los animales gordos y alimentados —miró su reloj de sofisticada carátula negra que contrastaba con la gordura excesiva del brazo. Sacó una billetera de la bolsa trasera del pantalón. Me sorprendió. Tomó dos billetes de veinte dólares. Los puso sobre la mesa.

—Acábese eso. Vámonos, lo invito a cenar —apresuré mi Manhattan y tomé una aceituna más que pensé inoportuna. De nuevo el huesito. La invitación a cenar resultaba precipitada, como precipitado era él. Yo tenía que obtener una respuesta y la conversación apenas iniciaba. Con un tipo como Fuentes las excusas falsas no tenían sentido. Caminó frente a mí. Me detuve en el vestíbulo para recoger mi abrigo. Vi el 22. Noté cierta inquietud en él. Después caminamos a lo largo de los mullidos tapetes con grecas en rosados y azul claro. A los lados una serie de aparadores mostraban artículos de piel perfectamente colocados, bolsas de tirantes largos, sacos con un gazné en el cuello, cinturones, portafolios. Venían después relojes, por pareja, para dama y caballero, sobre terciopelos verdes entre flores artificiales. Pasamos al lado de lociones y perfumes. Yo no podía dejar de mirar a pesar de saber que mi curiosidad debilitaba mi posición. Para él todo aquello era común. Fuentes no lanzó siquiera un reojo. Caminaba con cierta prisa. Había mirado el reloj en dos ocasiones más. Se detuvo frente al elevador de puertas latonadas. Esperamos un momento en silencio hasta que se escuchó la campanilla. Un muchachito con chaqueta roja y pantalón negro deslizó la segunda puerta de rejilla. Me llamaron la atención sus guantes. Hacía mucho no veía guantes blancos en uso. Fuentes no dijo nada. Comprendí que el elevadorista conocía el piso y sentí el pequeño vértigo de un ascensor apresurado. Foquillos confusos anunciaban el movimiento. Yo sabía que Fuentes vivía allí con la artista de la que habló Nicolás Almada ¿Por qué invitarme a cenar a mí, a un desconocido?

—Espero no le importe que pasemos por mi esposa.

—De ninguna manera; será un honor.

Se abrieron las puertas y vi exactamente la misma alfombra de pared a pared que corría por todos los pasillos, eran idénticos, confundían el rumbo. Caminó seguro hasta la puerta dando quiebres para mí irrepetibles. Sacó la llave, abrió la puerta.

—Pase usted.

Entré a una sala toda en colores crema. Me pidió que me sentara. Él desapareció un momento. Miré entonces a través de la ventana la mancha oscura de Central Park y el contorno bellísimo de los edificios. Me paré y caminé hacia ella. Pasé frente a una chimenea sencilla pero de mármol blanco, que arrojaba un calor suave sin que hubiera llamas. Sobre todos los ceniceros se abría una carterita de cerillos y se leía The Pierre. Varios ejemplares del *New Yorker* servían de adorno a un escritorio blanco, con cuero al centro a manera de escribanía. De pronto escuché un "buenas noches" y volví la cara. Una mujer alta de pelo totalmente negro y recogido en chongo caminó hacia mí. Llevaba un saco de piel clara que traté de no mirar y un vestido ligeramente morado. Fuentes tomó un teléfono y algo habló.

—Manuel Meñueco —fue mi autopresentación. Miré unos ojos excepcionalmente grandes perfectamente pintados en sus contornos, más allá de lo normal. Olí un aroma fuerte y seco. Cerré el botón de mi saco y sentí mis vestimentas avejentadas en relación con la elegancia de ambos. Todavía era una mujer excepcional.

—¿Nos vamos?—dijo Fuentes en tono de afirmación.

II

"¿De qué murió la tía Flor? Nunca me lo has dicho, ¿dijiste? No se llamaba cáncer, tampoco diabetes. ¿Ves cómo no miento? En mi cuento se muere de triste. Es lo que recuerdo. Alguien me habló de sus dolencias. Mi memoria sólo guarda su tristeza. En mi cuento se apaga conforme aparecen sus hijas. Mal destino fueron ellas para la fortuna de Vicente y Flor. Yo pensé que Flor sería gran personaje en mi cuento, pero por donde aparece lleva una cruz de silencio. Mi padre lloró detrás del pozo, Salvador Manuel. Nunca te lo dije. Hoy veo por qué. Es real, Salvador Manuel. Nunca te lo dije. Flor murió de tristeza. Vicente de verdad fue un hombre extraordinario, ¿o habré caído en las trampas de mi personaje? Mira que hacer tal fortuna con unos pequeños barcos fue una odisea. Sólo sabía firmar con una X. Tú dirías analfabeta. Yo quisiera imaginarme todo lo que aquella X, muy suya, eso sí, significó para él. Tú darías cifras de analfabetismo. Yo te recuerdo a Vicente. Lo miro de una tenacidad inagotable, construyendo sus barcazas. ¿Habrá sido carpintero antes de emigrar? No lo sé. Y Flor, ¿cómo pasó de ser la humilde recogida a su mujer? Qué poco nos hemos ocupado de nuestra propia historia. ¿Quién seguiría con todo aquello? No hubo nadie. Flor murió de triste y Vicente la siguió poco tiempo después, muy poco tiempo después. Ahora dirían depresión. Mejor soledad, profunda soledad. ¿Te das cuenta que la nación es tan joven que muchos de sus registros todavía no encuentran sus palabras? Nadie en nuestra familia dejó un diario, o notas siquiera. Ni los inmigrantes que son tus ancestros, ni los míos. Las palabras nacen en el territorio de nuestros recuerdos. La memoria es un cedazo implacable. La gente cuenta, dice, explica sin conocer, se explica a sí misma. ¿Será una necesidad? Ciertas palabras quedan. Otras desaparecen. Dicen que los recuerdos se asientan. Esa gente, nuestra gente, todavía no cree en la ciencia. Quizá Carmen murió de diabetes: terminó gorda y comiendo mucho.

Después se sentía muy mal. Pero al final la invadió la soledad, no el azúcar. Comencé mi autorretrato. Aparezco después de mirar tu niñez. Tengo mis propios mitos. No salgo mal en la aventura. Mi padre queda como un terco sin igual, maderero noble, lo era. ¿Hasta dónde? No lo sé en verdad. Los olores tú los viviste. Eso de llamarme Elía sólo tiene una explicación en su capricho. Me duele, hoy lo admito, el cuento me lleva a eso. Mi padre lloró detrás del pozo, Salvador Manuel. Nunca te lo dije. Quería un varón y lo cantó por todas partes. Yo sin embargo tardé años en averiguarlo. En cambio, en el cuento yo sólo puedo aparecer por la explicación del capricho. Cuántas veces mentí a nuestros amigos dando explicaciones de palabras árabes. Creo que la técnica me agrada, aunque no todo sale dulce, Salvador Manuel. Nuestro retrato es muy gris. El pueblo en cambio se mira casi como producto de ángeles endemoniados. ¿Será que nosotros estamos aquí y ese pueblo ya desapareció? ¿O acaso está allí todavía? Pero las inundaciones son ciertas, incluso hoy, y la desaparición de casas y terrenos también, Salvador Manuel, tú lo sabes, fue una verdad que duró décadas. Tú viste a tu abuela cruzar montada sobre su ropero llevado por la creciente del río. Suena a ilusión o a artificio. Pero no hay mentira. Algunos tambores me acompañan en el relato, no sé por qué. Quizá nunca lo sabré. No sé a dónde me lleve, pero tengo que seguirlo. Escuchar sus propias verdades que en parte son nuestras. El país se mira lánguido. Así sale. Extraño, contrahecho, de chubascos y desiertos, de fuerza y holganza que mata. La leche de mi madre, esos pechos que sólo miré una vez y por accidente saltaron a mi memoria. Ahí estaban, era un recuerdo fresco del que sin embargo nunca hablo. No pude explicarme sin explicar los pechos de mi madre. Tú de seguro sabrás de ellos. Nunca me lo preguntaste. Jamás hablamos del asunto. A veces, Salvador Manuel, las letras me sangran. Siempre te imaginé, entre nubes, entrar al cuarto blanco y gritar es un niño, es un niño. No puedo ver a la Elía de mi cuento sin un crío. ¿Será ése mi más íntimo deseo? ¿Será a esa Elía a la que ando buscando, la que verdaderamente soy, pero sólo en las letras? Nunca pensé que fueran confesoras tan poderosas."

III

Nunca se supo verdaderamente por qué la llamaban Elía. Algunos aseguran que fue por una apuesta. Durante la gestación tuvo el padre tal seguridad de que sería varón que, tras beber del agua que quema y aletarga y que él frecuentaba, apostó su nombre. Apostó rascarlo en la piedra del arco del cuarto que habitaría el crío. El nombre sería Elías. Elías al centro para que quien entrase lo mirara sin alternativa. Con ello se confirmaría el carácter del viejo papelero que en aquel entonces ya rezaba a los árboles. El trabajo demandó meses, pues pensando en perpetuidad y no en escultura, Omar seleccionó una roca, casi verde pero siempre blanca, de dureza incomparable. Dicen que el papelero personalmente adquirió los instrumentos y realizó aquella labor que mostraba su visión. Rascaría la piedra durante las horas que van de la madrugada a la mañana. Apostó su trabajo. Lo pagó con una temblorina en la mano izquierda, que se vio agitada para siempre por la infinidad de vibrantes golpeteos. Pero el hecho es que el nombre se contempla todavía fuera del centro, como esperando una última letra que jamás llegó. Elía, que frotó a Salvador Manuel, conservó lo teñido en la piel del padre papelero. De él, Omar de nombre, se sabe con certeza que vino también en barcaza afortunada mucho antes de que Vicente construyese su puente.

Del papelero siempre se recuerda que dejaba gratos olores. Allí donde comía, el sitio donde había pasado la noche, por el pasillo que recorría mañana tras mañana, también allá donde buscó aguardiente durante años, por donde pisó, allí, algo quedaba en el aire. Quizá un poco fuertes, y algunos dicen que dulces, olores a las maderas con las que trabajó por años, que fueron muchos. Omar distinguía a la perfección aquellas maderas de dureza incuestionable de las que traicionaban con el tiempo. Se incrustaba de mañana en lo verde, no muy profundo, con carreta y hierro y sus otras herramientas. Volvía cuando el sol ya calienta sobre caliente. Atrás venía una carreta llena de grandes troncos siempre distintos, pero todos valiosos. Legaban tendidos tras la espalda del orgulloso hombre. Nunca se le vio árbol joven. Jamás nadie lo acompañó. Pero todos afirman que rezaba hincado antes de lanzar un golpe, que tenía pavor al verde, que siempre lo respetó, que le venía de origen. Pero lo que más asombró a los que vivían entonces en el pueblo fue cómo un hombre y dos caballos podían elevar los enormes troncos. Se le conocía una herramienta que, como tenaza, abrazaba los troncos. Pero ¿cómo elevar más de cinco a diario?

Omar deseó un hijo. Se llamaría Elías. Pero una hembra venía en el vientre, con la firmeza del padre y sus mismos ojos negros, delgada, de tez color madera. Llegó marcada como inconfundible hija de Omar. Él lloro las primeras noches, a solas, detrás del pozo que en el patio todavía se encuentra. La madre lo supo. Jamás lo miró, menos aún hablo de ello. La cría, chiquita, llegó cargada de feminidad. Reía, incluso para pedir, con un poco de llanto el pecho. Éste llegaría a tiempo. Era moreno, frondoso y fresco. Eva se llamó la madre. De ella se recuerda que guardó silencio, sin pena, toda su vida. Que hablaba poco, y cuando lo hacía, allí siempre estaba Omar. "Yo creo que Omar no querría…" "A él siempre le ha agradado…" "Desde jóvenes me lo ha dicho…" Eva crió a Elía con infinidad de leche que no dejaba de salir de sus generosos pechos. La niña creció prendida más de lo que se acostumbraba a esa leche, que de tan abundante por los vestidos oscuros se colaba. Escurría gratuita y constante, cremosa, tibia. Elía bebió y bebió siempre riendo y satisfecha, de leche en sueño y de sueño en leche. Muchos bebieron de esa misma leche. Todavía hoy se le recuerda. Mientras Omar derribaba algún árbol, seguramente con el hierro, tras su rezo consuetudinario, Eva extendía sus pechos sin cobro alguno. Muchos eran los críos de madre seca en ese pueblo. Los que allí estuvieron, padres que acompañaron a sus mujeres, los que supieron cuentan que sin pudor, y quizá con orgullo oculto, vieron a Eva enseñar sus pechos. Desabotonaba los oscuros vestidos que llevó siempre. Bajaba la mirada. Más allá algún algodón de pequeña botonadura descubría el calor de hembra. Muchos guardan todavía un recuerdo moreno y firme de esos pechos que al desbordar la prenda antojaban en su círculo aún más moreno. Entre una sonrisa débil y una erótica confesión, los que cuentan estiran un poco sus labios. Hubo envidia de los necesitados críos. Elía creció color madera. De ojos negros y bella, de dientes blancos. De entrada fue más alta que quienes la rodeaban y anduvo con el torso al aire cuando niña. Creció, los vecinos protestaron. La madre la reprendió. Pero la niña, que recibía de Omar palmadas bruscas y sinceras y durante todo el día una educación con resabios de anhelo masculino, no vio en su feminidad obstáculo para liberar el torso del calor. Niña, todos lo sabían, de brillante pelo negro que colgaba cada día más hacia la cintura. Femenina y graciosa. Quizá demasiado alta. Omar nunca obtuvo el hijo deseado. Eva conservó en secreto la leche hasta un día en que Elía dejó el cuarto de la piedra esculpida. Fue de mañana. Apareció con el torso cubierto.

IV

Caminamos por los pasillos. Los tres en silencio. Yo tuve que enderezar el lomo, pues aquella mujer era verdaderamente alta. Cruzamos frente al lobby. Fuentes simplemente volteó para saludar con la mirada. Lo miraron amables pero distantes. Unos pasos antes de la puerta se detuvo y se colocó el abrigo. Lo mismo hice. Salimos por la puerta giratoria. Sentí el aire helado por entre las piernas y el cuello. Cerré la boca. Una limusina negra de inmediato se apareció frente a nosotros. Un hombre de gran bigote descendió apresurado. Abrió la portezuela trasera. Ella subió doblando el cuerpo con agilidad. El chofer bajó una pequeña banca frente al asiento. Fuentes me indicó mi lugar, así que me introduje y quedé sentado frente a ellos en una posición extraña. Fuentes tomó el mejor lugar. El chofer cerró las portezuelas, subió y de inmediato movió el automóvil. Salimos de la rampa del hotel y sin que mediara pregunta, simplemente moviendo la cabeza de lado, el conductor logró la afirmación de Fuentes.

—A la Grenoille.

El auto caminó unas cuantas cuadras. El conductor debía hablar español. Eso supuse: tenía aspecto latino. Miré a la gente protegido por un anonimato que no lograba quitarme la incomodidad que me producía aquella limusina. Unos caminaban de prisa y se introducían a pequeños bares o restaurantes. Todos iban con el pelo agitado, revuelto. Pasé una mano por mi cabello. Casi ningún niño. Gente de edad con pasos alargados. Todo mundo con gruesos abrigos o elegantes gabardinas. Mujeres solas, parejas de jóvenes sonrientes. Muchas personas con anteojos. Del fuerte viento sólo tenía la apreciación visual, bolsos que se movían sin control, abrigos cuyos frentes se metían entre las piernas. Fuentes y su mujer comentaban algo. Un aire caliente me llegaba de todas partes. Abrí mi abrigo. Miles de luces de neón se venían a la mirada, dos hileras multicolores que parecían unirse en el horizonte. Anuncios de televisores, de bancos, de pantalones juveniles, de perfumes, viajes a playas prometedoras. Aparadores enormes con maniquíes a punto de dar un paso. Seres inertes sin pelo, pero sonrientes luciendo los más sofisticados atuendos, pantalones de gruesa lana que se introducían bajo sacos de cuero con los cuellos alzados. Cierto ruido de cláxones nunca desbocados nos acompañó. Incontables taxis amarillos nos rebasaron por derecha e izquierda por lo que comprendí era una excesiva cautela en el manejo de la limusina que molestaba a los automovilistas. El tamaño del automóvil no permitía agilidad. Lentamente se desvió de la Quinta Avenida y se detuvo con suavidad poco después. Miré otro automóvil frente al nuestro. Tres muchachas rubias de cabellos lacios brillantes y perfectos descendieron con risas que se veían estruendosas. Quizá era nuestro silencio lo que las remarcó. Detrás de ellas bajó un individuo de maneras femeninas con el pelo prestado de derecha a izquierda. Llevaba un entallado saco de terciopelo negro y una corbata llamativa en amarillo. Movía la boca con exageración y pegó un par de nalgadas a las chicas, que lo permitieron aunque las luces de la limusina iluminaban perfectamente la escena. Me excité. Quise reírme, pero me contuve. Fuentes no comentó nada. El chofer abrió la portezuela.

—Usted primero —dijo Fuentes. Obedecí atento a las normas de la limusina y como reacción al sorpresivo acto calculado por él. Sentí un aire helado que se colaba por mi cuello y agitó mi cabello. Fuentes bajó después y cerró su abrigo de inmediato. Hice lo mismo. Por fin bajó ella, apoyada elegantemente en las manos de Fuentes y del chofer. Dimos media vuelta y entramos. Apenas habíamos cruzado la doble puerta y sentido la tranquilidad de la protección cuando ya una señora con distinción de primer mundo pedía nuestros abrigos. Un capitán con seriedad invariable recibió a Fuentes llamándolo por su nombre y agregando un *don* tan artificial que sonó amable. Nos dio nuestra mesa. Ella caminó al frente seguida de Fuentes. Pasamos junto a las muchachas. Escuché la voz terriblemente afeminada de un hombre que cruzó las manos sobre la mesa. Las tres eran rubias. A través del escote de una alcancé a ver un pecho perfecto, recogido y abotonado. Me estremecí. Mi mirada fue atrapada. Miré a los ojos de aquella mujer en medio de cierta confusión de sentimientos, entre pena e intriga. Ella sonrió. Creo que lo mismo hice. Me sentí turbado. Caminamos por un muy pequeño salón que, sin embargo, se sentía amplio. Me percaté de que grandes espejos cubrían el muro del fondo. La alfombra era de un morado claro y en varias esquinas había generosos arreglos florales en colores pastel. Observé unas cuantas mesas vacías. La mayoría iban de salida. Vi platos por ser retirados, panes ultrajados, migajas que demandaban una última limpieza para invitar al postre. Dos paisajes de largo aliento, de escuela europea, en grandes marcos dorados remataban el salón. Nos sentamos. La mujer de Fuentes pidió un kir imperial, yo un Manhattan. Fuentes suavizó el tono. Me sugirió como entrada tres patés diferentes presentados en el mismo platillo y como plato principal un pescado muy ligero del que no supe mucho más. Atendí a sus sugerencias sin pensarlo demasiado. El pesado menú, del cual me deshice de inmediato, ayudó a la decisión. Me inquietaba volver a ver la cara de la muchacha que había quedado a un costado.

Sin más, Fuentes me pidió que hablara con Gonzaga. Nada se ocultó a la mujer. Ella partía un diminuto croissant y untaba lentamente algo de mantequilla verde sobre el trozo.

—Yo estoy dispuesto a cooperar, pero no voy a dejar que ahora el Leviatán se lance sobre mi último refugio. Yo sé cómo se manejan esas cosas, Meñueco —permanecí en silencio—. Los están dejando para presionarnos. Ahora inflan comunistas para continuar con la pseudo reforma.

—No es así y usted lo sabe —respondí—. Hay miseria, la situación se puede salir de control, de hecho la violencia ya se dio. Entran a las tierras y se posesionan de ellas... Hace apenas... diez días estando en El Mirador nos enteramos de un nuevo enfrentamiento. Gente armada disparó contra dos familias dentro de la propiedad de Berruecos. Hubo seis o siete muertos.

Sin reparar en el hecho, Fuentes preguntó:

—¿Y que dice Almada. Debe estar muy nervioso, aunque, claro, tiene su pisito en Madrid. ¿Está enterado de su viaje acá? —me miró con severidad.

—No, por supuesto que no —de Almada había nacido la idea, pero yo tenía que mentir. Fuentes podía imaginar una confabulación. Contesté demasiado rápido. No sé qué tanto me creyó. La mujer permaneció en silencio. Observaba con frecuencia a lo largo del salón, fijando su mirada en los arreglos florales. Aproveché el movimiento de su cuello para volver a mi costado fingiendo naturalidad—. Señalan irregularidades en todas las propiedades, y en particular en Las Araucarias...

—Mire, Meñueco —me respondió secamente mientras un elegante mesero de saco blanco deslizaba las bebidas—, si de encontrar irregularidades se trata, van a encontrar las que quieran. Es una zona donde no hay mojonera que resista una década. Pero depende de qué cabeza desean —noté que mi tono lo había disgustado. Dio un sorbo a su whisky—. Estoy dispuesto a vender parte de los cafetales. Quizá con ello me compraría otro refugio aquí o en algún lugar tropical. ¿Queda claro?

Se hizo un largo silencio y comprendí que el tema había terminado. Pasamos a una conversación frívola sobre lo delicioso de los patés. Él pidió un La Tache atendiendo a un *carré d'agneau* ordenado por ella. Me lo hizo notar. Comentó, para resaltar mi desconocimiento, que se trataba de botellas numeradas de la Romaneé-Contí. Sirvieron un vino muy aromático y claro, pero con cuerpo. Mi pescado estaba perfectamente limpio y fresco, acompañado con una especia que se me dijo era *dill* y un poco de puré de papa. Recordé que Elía lo llamaba eneldo. En dos ocasiones crucé miradas con aquella muchacha que no medía sus risas, en lo que pensé sería un comportamiento de grupo y no exclusivamente personal. Se hicieron dos o tres silencios. El postre quedó descartado por lo escaso de la conversación. Fuentes pagó en efectivo. Vi cierta molestia por parte del mesero, que tuvo que acomodar los billetes dentro de la pequeña cartera de cuero que estaba allí para tal fin. Salimos entre caravanas muy profesionales y yo volví la cara. Ella me miró fijamente. Creí comprender la señal. Me puse el abrigo y tomé la iniciativa.

—Aquí me despido, don Silvestre —el *don* se me ocurrió sin que fuera un deseo—, me gustaría caminar al hotel —extendí la mano a la señora—. Encantado de conocerla —él me miró a los ojos creí que algo intuyó. Le escuché decir:

—Ya sabe dónde localizarme, y por cierto, un detalle, para que se lo diga a Gonzaga, el pago es en dólares y aquí —sentí la mirada del chofer, que fingía no escuchar.

—Yo transmito su mensaje —apreté su mano—, muchas gracias por todas sus atenciones —él subió a la limusina. Por la ventanilla me dijo:

—Tenga cuidado, porque aquí por todas partes asaltan. Camine en sentido contrario al del automóvil unos instantes. La duda me asaltó de nuevo. ¿Querría acaso mostrarme su forma de vida o a su mujer? ¿Por qué invitarme? Calculé que el auto hubiera dado la vuelta. Regresé al restaurante. Pedí al capitán, parado junto a la lista de reservaciones, pluma y papel. Desde ahí no podía mirar a la mesa. Tardó un poco con el papel. Me lo dio sin gran amabilidad. Anoté *I'll wait for you at the bar of The Peninsula*. Doblé el papel mientras aquel hombre miraba al aire, imperturbable. Le pedí me acompañara, entré al salón y señalé a la mujer.

V

"Tú y yo siempre pensamos que lo mejor de la vida estaba allí, que era cuestión de tomarlo. La música entró por nuestros oídos, el barro atravesó las manos. Los tiempos serían nuestros porque nosotros queríamos gobernarlos. Todo a la vez. Nada podía quedar fuera. Pasión sin compromisos, ser ligeros pero estables, con tradición pero negada. Profundos y sensibles pero bañados a veces de irresponsabilidad. Allí estuvieron entre tú y yo esas pasiones que quizá en realidad inventamos. No se dónde quedaron las otras emociones, las que la vida trae sin preguntar. Ser joven como actitud, eso fue. Lo gritamos a los cuatro vientos, cegándonos frente al paso del tiempo. Actitud que habla por los colores que cargas, por la forma de acomodar tu pelo. Los ejercicios forzados, la condena de las dietas era obligada para lograrlo. Hasta eso debía quedar bajo nuestro mando: el propio tiempo. Al tiempo, a él, tratamos de someterlo. Y ésas que creíamos pasiones crecieron en los muchos rincones de nuestra solitaria compañía. Un lenguaje era el de la madera y el barro, otro el de las peripecias del gobierno. Respetamos cada quien su espacio, creyendo que ese acuerdo nos mantendría unidos. Nunca tocábamos las zonas de nuestro egoísmo de invernadero. Allí crecieron esos extraños seres que paran sinfonías, una junto a otra, en un orden inalterable y vuelven vecinos a literatos que caen en una arbitraria clasificación sin que lo sepan. Se nos olvidó que la música cimbra al espíritu, que las letras estremecen el alma. De las otras emociones, de ésas que no conducen a ningún sitio, ésas que no resisten orden, que llegan sin preguntar, pero que nutren y que quizá nos hubieran mantenido vivos uno junto al otro, de ésas nunca nos ocupamos. Salían de nuestro catálogo, sacudían nuestra vitrina. Allí estamos ahora unidos por un lugar que ya ni hábito puede ser, que dice ser nuestro cuando en verdad le pertenecemos. Eso era lo mejor de la vida, encontrar a las cosas y a las personas a su hora y en su lugar. Jamás permitir que algo o alguien se saliera del cauce de unos ritmos que hasta a la agitación ponían fronteras. También es cierto que nos amamos. Al principio nos amamos porque nos amamos, en una explosión para la cual ahora ya tenemos casillero en nuestra memoria. Después nos amamos por la cercanía hasta que ese amor dejó de acercarnos. Nos amamos también por costumbre hasta que se volvió excepción. Nos amamos por fechas hasta que las olvidamos. Nos amamos por compromiso hasta que lo intuimos. Nos amamos por casualidad hasta que nunca la encontramos. Nos amamos por un recuerdo hasta que desapareció. Nos amamos por energía que nos sobraba, hasta que nos cansamos. Nos amamos por cansancio hasta dejarnos de amar."

VI

Regresé de San Mateo y aquí me tienes. El café se ha enfriado y hoy sí me molesta. La casa también está fría y no logro romper el silencio que la invade. A uno de tus mapas antiguos le salió humedad mientras no estuve aquí. Es uno precioso de gruesas tintas negras que muestra el Caribe visto a mitad del siglo XVIII. Lo descolgué de inmediato y limpié por atrás, pero la humedad ya pasó al frente. Lo llevaré a reenmarcar. No sé por qué te digo esto. El mapa me llevó a ti. Es curioso ver cómo las cosas nos llevan a los vivos. También a los muertos. El paisaje de Lohr me recuerda a mi padre. Él lo atesoró. Uno se va y ahí quedan las cosas. Tú estás aquí en tu viejo chifonier de caoba que todavía cruje. Allí está, igual que siempre. Arriba de él los retratos de familia. Me quedé mirándolos. Nuestros rostros sonrientes en no sé cuántos restaurantes, y de verdad que estuvimos alegres. Tu cómoda con espejo me recordó nuestro departamento. Sigue repleta de pulseras y collares que vi solitarios. Era el mueble más grande y ahora se ve pequeño. Tú estás aquí, tienes una presencia de la cual quizá no eres consciente. ¿Cómo mirarás mis cosas? Nunca me lo has dicho. ¿No se te imponen demasiado? Ahora en soledad me percato de tus múltiples presencias. En pareja absorbes sin darte cuenta. Todo se disfraza de unión. Pero en realidad los objetos son fronteras tuyas y mías. Tu pequeña escribanía francesa, esa que sabes me gusta, ayer la miré ajena. Pensé que podía salir de mi vida, que pasaría a ese almacén que se llama memoria. Hoy soy distinto. De honestidad se trata. Me olvidé de ti por cerca de un mes. No ocupaste todos mis días. Pude hacerlo, no fue trabajoso. Conocí nueva gente. En realidad lo que te quiero decir es que conocí a Mariana. Sentí una emoción que hacía tiempo no me visitaba. Por allí, en el estómago, una vibración al tocar su mano, una ráfaga de tensión al mirar sus ojos. Fue en una comida en la finca de sus padres. Allí no hubo nada. ¿Cómo podía haberlo? Sin embargo, supe que algo había cambiado en relación contigo. Vi a Mariana un par de veces más en el pueblo. Una ocasión en el mercado. Creo que fue una auténtica coincidencia. Iba sola y nos detuvimos a platicar. Ella con un cesto, yo con un par de bolsas de fruta. Es historiadora, agresiva. No sé muy bien qué piensa. Pero en algún sentido lleva las riendas en El Mirador. Su madre es opaca, su padre cauteloso. Aceptan su liderazgo. Tiene unos ojos negros y un pelo rebelde hermosísimo. No debería decirte esto, sé que te lastima, pero de honestidad se trata. Su piel es tersa. Sí, ya te escucho, es más joven. Siempre tuviste miedo a las amenazas de la juventud femenina. Mujeres jóvenes que traicionan a otras mujeres. Tu miedo era fundado. No es ninguna jovenzuela. ¿Debo decirlo? No lo sé. Regresó a la ciudad una semana antes que yo. Nos hemos buscado, sin insistencias. Ella ha correspondido. Me intriga y emociona, Elía. Te mentiría si te dijera otra cosa. Me reta con sus comentarios, es muy crítica y eso me aguijonea. Todo es nuevo. No sabe nada de mí, eso es quizá lo más atractivo. Conocer destruye. Hay una incógnita propia que debería uno reservarse. Nunca estrujarse totalmente, nunca decir todo. Quizá este intercambio de líneas nos esté destruyendo aún más o destruyendo a la pareja. ¿Qué será? Mariana tendrá que descubrirme. Ahora me protejo, me doy de poco en poco. Ella hace lo mismo. No es juvenil. Tú sabes mucho de mí. Me conoces desde que salí del pueblo. Con ella todo será nuevo. Eso creo.

Sí, claro, le platicaré de la familia. Por cierto, tengo aquí varias cartas tuyas. Las que he leído me han dolido. Quizá por ello te cuento lo que sé te duele.

Me pintas como un excéntrico que niega las miserias de su familia. Todos lo hacemos. Tú a Omar lo sigues viendo, siempre lo has visto, como un idealista del trabajo. Hizo fortuna y quiso que fueras niño. Sólo falta que termine yo leyendo cuentos. Los míos no son cuentos, son los recuerdos que tengo de mi familia. Así los quiero conservar. ¿En qué ayuda destacar sus pequeñeces? Dime. Voy a ver a Mariana, deseo ver a otra mujer. Por ahora no quiero saber nada de ti, por lo menos no quiero verte. Es duro decírtelo, escribírtelo. Nunca te he mentido sobre mi conducta y tú lo sabes. Saldré a Nueva York unos días. Después pienso buscarla.

VII

De lo primero que se recuerda fue el anuncio de la luz perenne para La Ciudad. Porque allá, después de subir y descender de nuevo, allá la luz de pronto muere. Nadie sabe en el momento por qué ocurre. Puede ser un vendaval a la derecha o fuertes vientos sobre el trópico, o un ciclón sin nombre que cruza por una orilla. En La Ciudad lo que se vive, desde que comenzó su vida súbita, son espantos por las muertes de la luz. En ocasiones empieza por un pico en el norte o una mancha al centro. Después, como en explosión de sí misma, la muerte de luz se extiende, llegando no pocas veces a ser una muerte total. Es en esos ratos en que La Ciudad vive sus peores momentos. Las familias se dividen, pues ante la oscuridad los individuos mejor se retienen en ejercicio de protección. Cuando la muerte de la luz visita, nadie sabe dónde queda la madre o un hijo o la compañera cuya caricia todavía se siente. Uno de los grandes miedos de La Ciudad siempre ha sido que la luz muera un día para no volver. La oscuridad llega sin aviso, cuando menos se le espera, llevando todo a sus tinieblas. En La Ciudad la gente reza cuando los árboles crujen movidos en sus alturas por vientos que anuncian agua o vientos que anuncian más viento. Así en La Ciudad, que es joven pues todos ahí son de nuevo arribo, han brotado miedos comunes que son motivo de plática cuando los habitantes pululan por las calles, que en ocasiones son largas hasta el horizonte o esquinadas y de unos cuantos metros. De las primeras noticias que recibieron los de la caravana fue que se terminaría con las muertes de la luz. El fantasma sería eliminado con una gran obra anunciada por el que manda hacía poco días. La labor era por demás ambiciosa y demandaría miles de hombres a la vez, cuyos brazos trabajarían incansables hasta lograrlo. Se construirían grandes techumbres apoyadas sobre inmensos muros. Todos aquellos sitios donde la sangre de la luz brota tendrían que ser enconchados para protegerlos de vientos y lluvias de tierra y agua. La sangre se conduciría por debajo de la roca, por larguísimos tubos que no podrían tener debilidad alguna. A todos se había anunciado lo que sonaba a sueño pero que permitiría desterrar el gran miedo de La Ciudad, llevando calma a los de allí. El que manda leyó por varios minutos el anuncio que incrédulos escucharon los que se sabían hijos de lo seco y fortuito, dependientes siempre del grano nacional, ése que justo entonces faltaba. Los corifeos habían llevado después el mensaje al Sur y al Norte, a derecha e izquierda, y especialmente a los oídos de la caravana. Allí, de hombre en hombre y de familia en familia, se platicó del gran proyecto de asegurar la sangre. Hubo fiestas donde se mostraron planos sopesados hasta el último detalle y que garantizaban el éxito. El anuncio provocó un gran festejo que de individual pasó a ser de todos los que La Ciudad habitan. Muchas noches fueron negadas en el magno festín que llevó una anticipada quietud a La Ciudad, que antes clamaba. Hubo algunos que preguntaron en voz baja de dónde salía la riqueza para la obra y por qué no se le había utilizado antes. Algunas de las respuestas fueron que el calor del trópico se vendía muy bien, que el azul de los mares tenía buen precio, que ahora se cobraba por la visita a los santuarios. La idea de riqueza común recibió rápida justificación.

Pero a pesar del aviso la caravana siguió hacia la cuadrícula. De nada sirvió que la noticia fuera de los últimos a los primeros en cascada de voces. Una pregunta había cruzado la caravana de regreso. La lanzó uno de los que iban por delante. Él rugió: "Y a nosotros qué con el festín en La Ciudad."

VIII

Me había dejado caer en un sillón en semicírculo. Valoré la fortuna de conseguir asiento por casualidad. La euforia recalcaba mi soledad. Vi el lugar repleto. Hombres altos y robustos se arremolinaban alrededor de la barra con vasos helados entre las manos, algunos fumando. Había mujeres acompañadas. Ninguna sola. La mayoría sentadas alrededor de mesas con amplios sillones tapizados en cuero verde. Alcanzaba a mirar a un par de hombres con delantales blancos que se movían agitados sirviendo licores, lavando vasos. Nadie se acercó a mi mesa a ofrecerme un trago. Cruzaron frente a mí varias meseras con faldas muy estrechas de tela escocesa y chaquetillas de terciopelo. Levanté la mano sin que ellas siquiera voltearan la cara. Por fin una, con cierto desgano cubierto de eficiencia, se acercó a mí. Empalagado de Manhattans y con las manos heladas pedí un coñac. Tuve antojo de fumar. Pregunté en la barra y me remitieron a una máquina por la salida de emergencia. Fui a un rincón alejado del ruido. Regresé a la mesa y sin muchas esperanzas me fui resbalando por el asiento circular hasta quedar mirando a la puerta. Un par de parejas en la mesa de junto parloteaban en un tono que en nada se parecía a un lenguaje familiar. Uno de ellos estaba excedido de peso, descuidado, sudoroso, con una ancha cara rojiza que me molestó. En cambio una de las mujeres vestía un ajuar de pantalones amplios y un suéter holgado. De pronto mi mirada se fue a la puerta circular. Era ella. Caminó segura hacia mi mesa. Llevaba puesta una gabardina beige con un cinturón que remarcaba su cintura. La abrió con agilidad. Vi debajo el forro típico de Burberrys. Llegó hasta mi mesa. No me miró. Se quitó con elegancia la gabardina. La dobló suavemente sobre el asiento. Su pelo pasó cerca de mí. Era brillante y rubio. Un olor seco y penetrante me envolvió. Por fin pude mirar su rostro. Lanzó un nombre que no entendí. De inmediato se dio cuenta de que yo era extranjero. Preguntó por mi nacionalidad. La dije con cierta pena absurda. Su elegancia y soltura me incomodaban. El dominio del lenguaje jugó a su favor. Tenía los pómulos saltados. Iba maquillada con varios tonos suaves, sus labios brillaban y alrededor de sus ojos había pasteles en morados y rojos. Se hizo un silencio. Me reclamó sonriendo si no le iba a invitar un trago. De inmediato traté de parar a una mesera. No lo conseguí. Levantar la mirada me permitió un escape frente a sus ojos, que no dejaban de verme. También pidió coñac y escogió entre las marcas que recitó la mesera. Tuve que volver a preguntar. "Joan", logré entender. Se hizo un nuevo silencio.

You wanted to see me, it's going to cost you two hundred and fifty dollars an hour what ever it is. Asentí con la cara como por acto reflejo, entre humillado y ofendido. Después comprendí lo que estaba sucediendo. Dimos sorbos largos a las copas. Pedí la cuenta y extendí un billete sobre la mesa. Me paré y tomé su gabardina. La coloqué sobre sus hombros. La toqué por primera vez y sentí un estremecimiento con algo de angustia. Caminamos. Era de mi estatura y llevaba unas zapatillas muy elegantes.

—*Where is it going to be?* —preguntó

Señalé hacia el lobby. Cruzó su brazo por detrás de mi espalda. Me percaté de la mirada del hombre de la recepción. Lo ignoré. Se abrieron las puertas del elevador. Entramos. De pronto sentí cómo ella se volteaba y apretaba su sexo y sus piernas contra mí. Me besó. Su boca me causó extrañeza. La sensación me resultó al principio desagradable. Olía a licor. Su lengua era dura y la movía sin reposo. Pasó sus manos por mi pecho. Subían y bajaban cuando sonó la campanilla del elevador. Fueron unos cuantos segundos. Noté mi excitación y caminé descontrolado. Saqué la llave del cuarto. Me detuvo del brazo.

—*Sorry* —dijo—, *but first you should show me the money, my dear.*

En broma le dije:

—*Do you accept travellers checks?*

Y para mi sorpresa dijo:

—*Sure, I do.*

Mostré las tarjetas y el efectivo. Lo tomó de mi billetera con elegancia después de mirar el contenido. Lo guardó rápidamente en un bolso que le colgaba a la altura de la cadera. Vi un pequeño tubo de gas lacrimógeno en él. Cierto desconcierto me invadió. Entramos al cuarto. Sentía palpitaciones por todo el cuerpo. Pensé que hacía años no caía en estas tropelías internacionales. Me puse un poco temeroso. Preguntó por mi edad. Le dije que adivinara. No sé si por halagarme dijo 35 años. Le contesté que más o menos. Se quitó sus zapatillas mientras colgaba mi saco. Se acercó a mí. Miré unos pies muy cuidados con las uñas pintadas de un carmín que se traslucía por unas medias blancas.

—*Let me do it.*

Me empujó suavemente sobre la cama. Me quitó los zapatos. Yo no sabía qué hacer. Me quedé quieto. Después los calcetines. Se fue a la corbata, la desanudó con cuidado. Comenzó a besarme el cuello. Lo hacía rítmicamente, con suavidad calculada. Tuve un escalofrío cuando de pronto sus manos caminaron por mis botones, quitando uno a uno con rapidez. Se levantó el vestido y subió a la cama, entre mis piernas. Me quitó la camiseta china de algodón y empezó a besar entre mis vellos. Las uñas de sus manos pasaban por mi pecho con una dureza extraña. Dio vueltas a mis tetillas. No quise besar de nuevo su boca. Lo notó. Llegó al cinturón. Lo aflojó con agilidad. Bajó de la cama y sacudiendo mis piernas sacó mis pantalones. Caminó hacia la puerta. Los colgó con rapidez. Encendió la lámpara de pie y apagó la central, que yo había encendido. Fue a la silla y de golpe se sacó el vestido, que acomodó con gran cuidado. Vi su espalda desnuda. No alcanzaba a ver sus pechos. Me intrigaban. Se quitó las medias. Llevaba una prenda ligerísima con pequeños encajes. Salió la prenda y por fin se volvió. Primero vi un costillar marcado y me fui con la mirada a los pechos de una redondez generosa y abotonados en pequeño. Caminó hacia mí sonriendo.

Sus olores se quedaron en mí por unas horas. Tuve insomnio. Me bañé en la madrugada. Fui al parque. Era muy temprano. Quise caminar. Hacía frío, pero no me importó. Pinos, oyameles, sauces en verdes muy claros, tilos de gruesos troncos y hojas amarillentas, olmos enormes de follaje escaso, robustos pero parcos en su verdor sobre amplias superficies, nunca demasiado juntos. Robles añosos entre arbustos regados con natural elegancia. Los encinos se lanzaban al cielo, retadores. Vi un enorme arce de tronco retorcido. Había dormido un par de horas. Por la madrugada cayó sobre Nueva York una lluvia que humedeció el pasto y las veredas del parque. Nunca preguntó si era yo casado. Será quizás otra rutina más: nunca preguntar. Creo que estuve esperando la pregunta. Se duchó rápidamente y volvió a sus elegancias, que resultaban delatoras en un amanecer que se aproximaba. Se despidió diciendo *It has been very nice* —y después bromeando—, *it's the first time I do it with someone from your country*. Lo dijo para complacerme. No lo logró. Miré largos senderos y pensé en Elía. Caminé algún tiempo. Aparecieron hombres y mujeres haciendo ejercicio sobre los prados. Pasaban corredores lanzando vapor por la boca. Me recriminé. Cargaba cierta culpabilidad que todavía no entiendo. Vi caer hojas de arce y encino. Miré troncos tirando corteza con generosidad, troncos que se encajaban en un pasto que se acercaba a ellos, que los rodeaba sin trepar. Faltaban algunas horas para que partiera mi avión. La muerte pasó por mi mente. Caminé junto a un hombre de edad que barría con parsimonia. Me comparé. Me vi afortunado y desgraciado a la vez, solo, navegando sin destino en un mar de frivolidades. Mi padre vino a mi mente. Caminábamos por un parque y yo comentaba desaforado no recuerdo bien qué suceso. Mira qué bello fresno, me dijo. Miré con rapidez y regresé a la conversación de inmediato. Guardó silencio. Eres demasiado joven, me dijo, todavía no aprecias los árboles. Fue de las últimas pláticas.

IX

"Cuando te conocí —o quizá te conocí antes—, cuando recuerdo haberte conocido, todavía por allí te gritaban 'Espantamuertos'. Como respuesta tus flacas piernas zumbaban en el aire, lanzaban patadas que causaban risa. Me debes haber mirado con el torso desnudo, aunque quizá no lo palpes ahora en tus recuerdos. Yo sabía que tu madre era Carmen, a quien se le quería. De tu padre se dijo aventurero y a veces medio gitano. Aventurero, dijeron, pues se había unido a la hija de Flor y, por lo tanto, había vivido de lo que quedó del puente que iba al mar. Yo sé que lo has negado. Simplemente dices que de haberlo conocido sabrían que tuvo *jettatura*. Defiendes su mala fortuna para lo que él decía que es redondo y va y viene, el dinero, eso que Carmen había heredado de Flor, que moriría de triste antes que Vicente. Quizá eso arrojó mi primera mirada sobre aquel flaco que se miraba serio y que en el fondo yo creía —¿creo?— inteligente y tierno. Los empujones al aire los entendí en una mirada con un dejo de tristeza que permaneció un segundo después de la cara de furia. El decir 'Espantamuertos' te hería, pues veías en eso un dardo contra la madre Carmen, un dardo enorme contra ti mismo, pues sabes que antes, ese antes que encierra meses, quizá años, había habido primero una bella sin igual, que se escurrió en el calor y antes, o después si se mira para allá, un valiente insuperable de ceño fruncido cuyo mito volvía como oleaje. Todavía más allá está el dolor de una vida que se ausenta antes de llegar a serlo. Mira, Salvador Manuel, sobre los muertos se construyen mitos que muchas veces no tienen raíz profunda. Pero la muerte los hace sobrevivir, todo lo crece. Aturde a los vivos. La muerte abona los recuerdos. De los muertos sólo crecen las que fueron flores, pues lo otro, eso que muchas veces abunda más que las flores, se perdona por la muerte misma. Ella se viste de tinieblas y a todos causa miedo. Tal es este miedo que al que llega a ella siempre concedemos un perdón generoso y amplio que negamos a los que viven. Por eso a veces se rescatan héroes a los que se les buscan nuevas flores cuando de verdad fueron malvados. A ti te colgaron tres muertos a los que con la vida viniste a ahuyentar. Por eso duele en tu entraña el oír 'Espantamuertos', que en realidad es un espléndido halago a quien con su vida espantó a la muerte. Pero peleabas con tus pies que volaban, peleabas por estar vivo, como si ello te desmereciera. Fue por eso que un día decidí hablarte. Fue justo después de que brincaste a los maderos unidos que a tus pies se mecían. No recuerdo bien si mi torso se aireaba, pero sí el tuyo desnudo contra el río. Oí tu respuesta a mi valiente entrada que fue algo así como '¿Me cruzas contigo?' Oigo ahora, '¡Pero niña, si apenas puede con uno', 'Me llamo Elía', que era una sinrazón como respuesta, y tu cara que se puso firme y de la cual salió '¡Yo, Vivo!'."

X

Di con el lugar a tiempo. Descendí del auto. Miré el enorme edificio frente al bosque de eucaliptos y mimosas de hojas largas y delgadas. Concreto y cristal encaminados hacia el cielo en formas retadoras. Hacia allá iba yo. El portero me detuvo con su mirada. Estaba sentado detrás de un fino escritorio de maderas claras. Vi un teléfono colgando a sus espaldas. Pregunté por el departamento de Gonzaga. Dije mi nombre. Guardó silencio. Observé el piso de mármol grisáceo y unos macetones modernistas con aralias perfectamente cuidadas, brillantes y de hoja generosa. Recordé que mi madre lustraba sus hojas con leche. De los macetones colgaba lágrima, esa menuda presencia verde que todo lo cubre con uniformidad, dando la sensación de fina tapicería. La miré. Parecía peinada. El hombre cruzó palabras por el auricular.

—Adelante —me dijo—, nivel 19.

Las puertas se cerraron sin ruido. El interior estaba cubierto de espejos. Había poca luz. Sentí un vértigo controlado. Fue un momento de soledad. Acomodé de nuevo mi corbata. Sonó una campanilla. Se abrieron las puertas. Di un paso adelante. Miré a dos hombres robustos a la entrada. Empujaron suavemente la puerta. Estaba abierta. Algo nos dijimos en forma de saludo. Lo primero fue un pasillo con iluminación indirecta. Una serie de litografías con figuras geométricas lo adornaba. No alcancé a distinguir al autor. Eran frías, de triángulos acerados cruzados unos sobre otros. Caminé unos pasos por una alfombra gris claro. Entré a una estancia con un par de sillones blancos frente a una mesa metálica con un grueso cristal extendido sobre ella. Al centro observé un bello arreglo floral con hojas resecas y enceradas. Era perfecto. Poco natural, con seguridad de florería. Recordé sin quererlo la pasión de Elía por las flores de tipo campestre. Traté de sacarla de mi mente. Tardé un poco en lograrlo.

—Tome asiento —me dijo uno de los hombres—. ¿Un café? —me ofreció con amabilidad artificial. Lo acepté. Aproveché la soledad de segundos para contemplar la vista sobre el bosque. La bruma se extendía sobre la ciudad. Los colores se habían ido. Era una de esas mañanas frescas en las cuales los interiores de oficinas y comercios muestran más vida que el exterior nebuloso. Fui a uno de los ventanales de amplios cristales oscurecidos. Miré el contorno de los edificios. Las nuevas torres destacaban por su limpieza y sencillez. Enormes superficies espejeadas reflejándose unas contra otras repetían las siluetas de algunos de los pocos edificios antiguos que sobreviven en la avenida. Miré la ciudad inmensa. Quizá como producto del silencio que alejaba el ruido del tránsito sobre la calle o quizá por el control de la luz que se filtraba por unas elegantes persianas, sentí estar fuera del país. Noté un movimiento a la derecha. Vi cómo un hombre de filipina blanca abría una fina puerta corrediza, era de madera laqueada en tono crema. Alcancé a ver un comedor y al fondo un muro en anaranjados y rojos. Regresé la mirada al horizonte. Escuché el ruido de la taza sobre el cristal. Fui a dar un sorbo, más por acto reflejo que por antojo. Había tomado jugo y café en casa. Al centro de la habitación se encontraba una gran vitrina en maderas oscuras. Me acerqué. Destacaban tres largas figuras de marfil, dos inclinadas a la derecha, una a la izquierda. Recordé haber visto piezas similares y que tenían algún simbolismo. No supe cuál.

—Buenos días, Meñueco. ¿Cómo le ha ido? —volví el rostro, extendí la mano. Me llegó un fuerte olor a loción. Llevaba el cabello perfectamente acomodado y todavía húmedo. Lo miré a la cara.

—Bien por fortuna, señor ministro. Preciosas piezas —le dije.

—Los tres deseos, Meñueco. Chinas compradas en Tailandia. Trescientos cincuenta años, más quizá, no lo sé —guardé silencio. Señaló la primera.

—La paternidad —dijo. Observé la cara de la figura. Era un viejo tierno, con una sonrisa dudosa. Cargaba un bebé en el brazo—. El poder —continuó Gonzaga señalando al centro. La pieza presentaba un hombre también barbudo, pero de expresión adusta. No pude observar más—. Y la sabiduría —era otro hombre, todavía mas viejo, también barbado, con la cabeza ladeada y las manos cruzadas al frente.

Sonaron unas campanas. Miré buscando. Gonzaga daba un sorbo a una taza de café. Había un Grand Father Clock en una de las esquinas del apartamento. Gonzaga no quiso hablar más de objetos. Fue directo.

—Buena sugerencia, Meñueco. Fernández Lizaur tiene influencia en San Mateo. Dicen que Torre Blanca lo escucha. Tiene autoridad moral. El propio ceramista ese… —dio un par de pasos hacia el sillón.

—Zendejas —dije mientras escuchaba en sus labios la explicación que yo había dado para que él convocara a Fernández Lizaur.

—Exacto, hasta Zendejas tiene respeto por Fernández Lizaur. Es un hombre de edad…

—Lo conozco —acoté.

—…pero puede sernos útil. La propuesta será la renuncia de Horcasitas, cabeza ineludible. Tregua. Alcalde interino de conciliación, concertado. Después elecciones. Paralelamente habrá que efectuar algún reparto, sean las tierras de quien sean, de Berruecos, de Fuentes, de Almada o de Arredondo. Por cierto, ¿cómo reaccionó Fuentes? —Mariana estaba en mi mente. Escuchar "Almada" me lo había provocado. Una sensación extraña en el estómago. Vería a Mariana por la noche.

—Podrá usted imaginarse que Fuentes se siente perseguido —dije para lanzarle mi verdadera impresión.

—Fue un pillo —vi molestia en Gonzaga, que frunció la frente y se recargó bruscamente sobre el sillón.

—Acepta, pero quiere dólares, allá.

—Claro, de él no podía esperarse otra cosa. Los necesita para poder mantenerse en Nueva York. Debe estar ya muy viejo.

—Pues sí, trae el pelito pintado, pero se siente rejuvenecido con su nueva señora —recordé que Gonzaga era divorciado. Inició la gestión separado de su mujer y se había hecho oficial su divorcio ya en el cargo. ¿Cómo reaccionaría frente a la situación de Fuentes? Sentí haber cometido un error. La mujer con quien platiqué en El Parador del Sol vino a mi mente.

—¿La conoció usted?

—Sí —contesté, con la sensación de cierta ventaja para mí.

—Y qué, ¿realmente es muy guapa?

—Sí, es una morena atractiva, alta, con personalidad.

—Pues de usted hay que andarse cuidando, Meñueco —me sonrojé un poco. La sangre calentó mi cabeza. Lo miré. Allí estaban esos ojos negros con una chispa de picardía. Desenvolvía un habano.

—Perdón —me dijo—, ¿desea uno? —tenía una sonrisa prendida a la boca.

—No, gracias —traté de buscar una salida.

—Son Cohiba, de los que fumaba Castro. Tabaco entero, largos, no demasiado gruesos —me puso su purera enfrente.

—Me llevo uno para más tarde —lo acomodé en la bolsa del saco. Simplemente pensar en el olor me había provocado repugnancia. Era demasiado temprano. Levantó la cara. Lo seguí. Vi a un hombre entrar, era García Tamames. Llevaba un traje oscuro, abotonado. Venía seguido de Fernández Lizaur, al que vi más viejo. Gonzaga lo saludó mientras yo extendía la mano a García Tamames, quien me dio una palmada en el brazo. Después me dirigí a Fernández Lizaur.

—Maestro —dije. No supo de quién se trataba. Miré sus pequeños espejuelos y los ojos claros del que algún día fue gran conquistador. Después saludé a un hombre alto que caminaba con desparpajo en un traje un poco claro para la situación. Llevaba el pelo alborotado y miraba con unos ojos demasiado pequeños y movedizos.

—González Arteaga —y lanzó su mano hacia mí. La tomé, fría y huesuda. Era el otro viceministro. De él sólo tenía referencias.

—Hablábamos de mujeres —vociferó Gonzaga exhalando humo.

—Buen tema —dijo Fernández Lizaur. Le brillaron los ojos. Algo de exageración saltó. Una taza de café le fue colocada en frente. Se sentó en una esquina del sillón más pequeño.

—En eso usted tiene una larga historia —dijo Gonzaga.

—Pues usted es un aprendiz precoz —lanzó el escritor con una confianza que sólo la edad podía darle sobre el ministro del Interior. Quise reír, pero me contuve al igual que los demás.

—Yo cometí un gran error en mi vida —dijo Fernández Lizaur. En ese momento me sentaba cerca de él. Vi pequeñas pecas en sus manos que se agitaban—, me casé a los cincuenta con una mujer a la que le llevo veinticinco años. Debía llevarle treinta y cinco —todos reímos. La frase está hecha, pero funcionó.

—Comentábamos la vida de Fuentes, el exgobernador. De seguro lo recuerda usted.

—Es un bribón —lanzó Fernández Lizaur en un tono que denotaba verdadero rechazo—, mejor: ladrón. Ésa es la palabra que se merece —entró Gonzaga para evitar la furia:

—Ahora anda con una exartista. Dice Meñueco que está guapa —asentí con la cabeza. Gonzaga no perdía el tiempo.

—¿Pasamos, señores? —se levantó y dejó su habano sobre un cenicero de onix que se miraba muy pesado y un poco fuera de lugar. Pensé que en esa casa no habitaba una mujer. Miré a mi alrededor. Algo de frialdad se desprendía de aquel sitio. Todos nos pusimos de pie. Fernández Lizaur lo hizo con lentitud. El hombre de la filipina abrió apresuradamente las puertas. Vi entonces un óleo de gran dimensión. Ocupaba casi la totalidad del muro del fondo. Pensé que era un Santiago. No me atreví a decirlo, sentí que sonaría pedante o pueril. Eran curvas que se encajaban unas en otras. Algún morado se mezclaba entre los rojos, amarillos y naranjas. Alcancé a distinguir pequeñas lunas entre un velo color ceniza que corría de un lado a otro. Mucha fuerza brotaba del colorido.

—Precioso cuadro, señor ministro —dije.

—Es un Santiago.

—Eso pensé —acoté con cierto arrepentimiento por mi inútil modestia.

—Borracho espléndido —dijo Fernández Lizaur y provocó otra risa general. Quedamos cada quien en nuestro sitio alrededor de aquella mesa de trazos simples y modernidad calculada. Nos esperaba un cuarto de melón perfectamente cortado, con gajos de toronja circundándolo. No era comida de casa común. Sin mayor formalidad Gonzaga inició el almuerzo. Fernández Lizaur, al que vi más pequeño y enjuto, se colocó la servilleta colgando del cuello de su camisa. Noté que llevaba una corbata con cintas azules y oro, de buena calidad pero demasiado ancha, fuera de moda. La movió sin congoja. Contrastaba sutilmente con la vestimenta de todos nosotros, enfundados en esa formalidad burocrática que tampoco puede ser demasiado al día.

—Mi querido maestro... —dijo Gonzaga.

—De usted no lo fui —replicó Fernández Lizaur de inmediato—, no nos saldrían las cuentas —agregó. Gonzaga mutó la expresión de su rostro y con seriedad evidente para expulsar el tono festivo dijo:

—Lo que ocurre en San Mateo a nadie beneficia.

Fernández Lizaur lo retó.

—Cómo no, a los Fuentes, los Arredondo, los Almada.

Gonzaga puso el tenedor sobre el plato.

—Usted sabe a lo que me refiero. Hay sangre de uno y otro lado —vi como García Tamames movía la cara—. Cuénteles —dijo Gonzaga y señaló con la mano a García Tamames. Gonzaga aprovechó para comer su fruta con rapidez.

García Tamames terminó el bocado. Se limpió con prisa la boca. Repitió información que todos conocíamos. Se dio cuenta de su error y resumió.

—En las últimas dos semanas han caído ocho miembros de la tropa acribillados en las calles y caminos vecinales. El grupo de Torre Blanca, por su parte, reclama la desaparición de tres individuos y dos familias, incluidos cinco menores.

Gonzaga lo interrumpió:

—Por allí ustedes no van a ninguna parte —Fernández Lizaur mordía lentamente su melón. Yo terminaba con el mío. El "ustedes" quedó en el aire.

—¿Ustedes? —preguntó Fernández Lizaur en tono guasón. Gonzaga siguió de frente.

—El ministro de Defensa pidió autorización al presidente para mandar más efectivos y habló de llegar a la madriguera —Fernández Lizaur escuchaba atentamente. Aparentaba cierta distracción. Levantó la mirada. El silencio obligó al ministro.

—Pero tampoco nosotros vamos a ninguna parte —continuó Gonzaga en lo que fue un preámbulo. Fernández Lizaur asintió insistentemente con la cabeza—. Por su conducto y de una manera oficial ofrecemos, con la autorización del señor presidente, la renuncia de Horcasitas...

—Ese hombre ya no existe en San Mateo —interrumpió Fernández Lizaur. Gonzaga continuó sin permitir que su planteamiento fuera cortado.

—Un alcalde interino de mutuo acuerdo y un total respeto a las elecciones. Pedimos, eso sí, tregua —se hizo un silencio. Sólo el hombre de la filipina provocaba ciertos ruidos al recoger los platos. Un segundo hombre entró con un platón humeante. Todos lo miramos huyendo del tenso silencio. Venía Fernández Lizaur. Tenía el tiempo en sus manos. Dio un último bocado con cierta parsimonia que se vio senil y quizá no lo era.

—Es un problema de justicia. No nada más de trueques —dijo Fernández Lizaur. Sonó demagógico, casi hueco. Los demás cruzamos miradas—. Hay miseria junto a opulencia, hay hambre. No se han ido a la marcha, pero bien podrían sumarse. Torre Blanca tampoco controla todo. Nadie le puede garantizar tregua, señor ministro —Gonzaga escuchaba con una expresión adusta—. Además, las elecciones limpias son un derecho, no una concesión —Gonzaga había cometido un error.

Fernández Lizaur lo atrapó. Los movimientos lentos de pronto encerraron astucia.

—Si Horcasitas quiere renunciar es cosa suya. Le recuerdo, señor ministro, que se trata de un cargo de elección popular en el cual no tiene ninguna injerencia el Ejecutivo Federal —Gonzaga bajó la mirada. Había sido blando. Quizá confió demasiado en la apariencia casi inofensiva de Fernández Lizaur. Junto a él esperaba un platón. Se veía un omelette que olía a queso, adornado con rebanadas perfectas y muy delgadas de jitomate. Gonzaga aprovechó.

—Estamos también dispuestos a revisar los límites de algunas de las propiedades y, en caso de haber irregularidades, se procedería conforme a la ley —cobraba distancia, fue más precavido. Fernández Lizaur tomó un trozo de pan y comenzó a comer sin esperar a los demás.

—La sangre a nadie beneficia —repitió Gonzaga.

—La sangre, señor ministro, no es capricho o voluntad, es resultado de la pasión, es la energía que provoca el hambre. Como dijera Chesterton, es un vehemente deseo de vivir que toma forma de estar dispuesto a morir —la cultura de Fernández Lizaur tuvo su efecto. Era auténtica, oportuna. Recordé sus clases. Él notó el nerviosismo general y el rostro severo de Gonzaga. Utilizó la tensión que había generado. Fernández Lizaur se recargó en el respaldo y dijo:

—Sale Horcasitas y entra un conciliador. Ni de allá ni de acá. Tregua, no más tropa muerta, ni tampoco más desaparecidos. Absoluto respeto en las elecciones. Terminar con esa puerca tradición del fraude sistemático en San Mateo y, señor ministro, nada de revisión, reparto de un mínimo de mil hectáreas. Son cerca de doscientas familias las que andan errantes. En la ilegalidad hay mucho más terreno —se hizo un silencio. Gonzaga movió la cabeza afirmativamente. Fernández Lizaur abrió bien los ojos, subió la barbilla y, con su voz un poco cascada pero firme, terminó:

—Es su palabra, señor ministro, y la mía —todos quedamos callados.

XI

A las ocho y media de este lunes, el primer artefacto terrestre saldrá del sistema solar

WASHINGTON. A las ocho y media de la mañana de este lunes, por primera vez un artefacto producido por el hombre abandonará el sistema solar y continuará el viaje que se supone lo conducirá a otras galaxias. La misión del cohete Pionero 10 es encontrar vida inteligente... si es que existe en alguna parte y el ingenio fabricado por los laboratorios espaciales de Estados Unidos se cruza con ésta en su camino.

De acuerdo con las previsiones de los científicos, el Pionero 10 debe salir del sistema solar a las ocho y media de la mañana, culminando en esta forma la primera etapa de un viaje de miles de millones de kilómetros, que lo llevó a la órbita de Neptuno tras una larga peregrinación que le consumió 132 meses.

El Pionero 10 fue lanzado en 1972 y ni siquiera el director del proyecto, Charles Hall, esperaba que llegara tan lejos. Sin embargo, el cohete superó todos los obstáculos y logró atravesar las diversas órbitas de las masas planetarias que le salieron al paso. Ahora se cree que hay muy pocas probabilidades de que sea detenido, a menos que choque contra algún cuerpo celeste errante. Charles Hall está casi seguro de una sola cosa: es muy posible que el Pionero 10 continúe su peregrinación mucho después de que la vida humana se haya extinguido sobre la Tierra. En todo caso, Hall sabe que será imposible que él y sus colaboradores conozcan el fin de la aventura.

Al cruzar los confines del sistema solar este lunes, el Pionero 10 se encontrará a 3,640 millones de kilómetros de distancia del sol y habrá viajado ya más de 4,550 millones de kilómetros desde que despegó de la Tierra. Su velocidad es de 39,000 kilómetros por hora, la que posiblemente se vea reducida a unos 32,500 kilómetros por hora al iniciar su recorrido por las galaxias de esa inmensa bóveda que conocemos como el Universo y de la cual tan poco sabemos, aunque en unas pocas horas, por vez primera, habremos intentado una tímida exploración.

"Allí están los hechos. Tú estás dentro de ellos, Salvador Manuel. Depende de cómo los mires."

XII

Tengo miedo a la pobreza, qué decir pobreza: a dejar de tener lo que ahora tengo, mis pequeños lujos, ésos que pretenden darle cierto sentido a mi vida. Comprar sinfonías o whisky o pagar un buen casimir y sus hechuras son hábitos que me conforman. Comenzaron como excepcionales, hoy son rutina. Me altera imaginar que tuviera que desprenderme de ellos. Para mí sería estrechez. Sé lo que pensarás cuando leas estas palabras. Ya lo sabías. Además, casi te escucho decir hay millones que nunca probarán un escocés ni se harán un traje a la medida. Pero ellos tienen otros hábitos. Todos cargamos esos pequeños escapes. Tú el barro y las espátulas, la cerámica de calidad, tu tiempo que no cedes a nadie. Ése es tu mayor lujo. No se ostenta pero se porta. En tu catálogo de miedos, Elía, deberías comenzar por tu tiempo. Tengo miedo a perder mi paga, que recibo con puntualidad y me hace sentir útil y recompensado. No quiero vivir como vivieron mis padres, que permanecieron en un bienestar pueblerino en que cómodamente se ignoraba cuando un vino es bueno o pésimo. No, no quiero regresar a ese consumo mediocre de pan de pueblo y cervecita, de guisado que se recalienta y café que se estira. Eso me preocupa de la carrera pública. Lo admito. El final siempre es triste, solitario, de desprecio. El poder es como un perfume pasajero que a todos embruja. Nacen amistades que después se desvanecen. Aparecen duendes que todo lo facilitan. Pero son prestados. Pronto tendrán otros amos. Ocupas espacios pretenciosos que provocan megalomanía, pero te son arrancados de un minuto a otro. Te rodean sonrisas tan moldeables que llegan a convencer de su sinceridad, cuando de verdad son parte de un trabajo, de un oficio que exige sonrisas. Dijimos sinceridad. Cumplo. Tengo miedo de perder una posición significativa en una sociedad en la cual sólo hablan el poder y el dinero. Tengo miedo de caer en una vida cotidiana que te absorbe hasta transformarte, lentamente, en un mediocre que sólo habla de los precios de la lechuga y el huevo. Tú argumentas vida cotidiana como gran experiencia de realidad. Yo te digo vida cotidiana como sendero seguro a un valle en el cual todo es planicie, no hay relieve, planicie para ser pisoteada por los que organizan su vida cotidiana para hacer otras cosas que poco tienen que ver con la cebolla y el pollo deshebrado. Tengo pánico a ser ese típico marido avejentado que camina de la mano por un parque escuchando los mismos chismarajos que se vuelven infinitos, inacabables, en una relación conyugal de décadas. Hablar de lo mismo para poder hablar. Odio esa calamidad aceptada de ser como todos. Para comenzar está no querer serlo. Tengo miedo, es cierto, a la soledad incontrolada, a terminar mi vida rodeado de mí mismo, inundado de mis objetos y recuerdos, sin que nadie llegue a agitarlos, a dar un significado nuevo a mis viejos hábitos, a buscar en mí lo que no encontraron en otros. Quiero ser un viejo solicitado. Nunca te lo había dicho. Ellas lo permiten. Quizá si te estuviera mirando me atormentaría esa pequeña vanidad que te acabo de contar. Quizá mirarte me hubiera impedido decírtelo. Algo tiene la lengua que castra, que intimida. Algo llevan los rostros que orillan a la fuga. Se construyen verdaderas murallas, enormes, sólidas, allí en plena presencia y entonces estás sin estar. En cambio éstas obligan a un silencio de confesión. Te encuentro al escribirme. Me dolió no tener descendencia. Imaginaba un postre de la vida platicando con algún hijo (abogado, no lo dudes) al que pudiera enseñarle simplemente con transpirar. No pensé en las etapas previas. Los pañales y pechos lactantes, con honestidad, no son parte de mis fantasías. Tengo miedo, Elía, a no ser nadie. Es quizá por eso que no puedo retirarme del poder, mi pequeño poder. Hay en el mundo público un regocijo, una agitación que gozo. Allí sí suceden cosas y más puedes especular sobre lo que hubiera podido o puede ocurrir. ¿Te das cuenta?, magnificas el pasado por lo que no sucedió y el presente por lo que quizá ocurra. Al leer ésta debes de estar riendo. Me lo has advertido ene veces. Me da miedo perder la vida sexual. Sé que a todos les ocurre, pero para mí ha sido un condimento imprescindible. Ahora me río. ¡Cómo gocé (¿gozaré?) de nuestras travesuras! En ellas perdía cualquier inhibición. El sexo, además de cualquier otro atributo, es divertido. Me divertí mucho contigo. No lo tomes a mal, quizá por eso nunca cesó. ¿Y si hubiéramos tenido un niño? No niña, recuerda que hubiera sido hombre, abogado. Vienen meses de interrupción, varios, no sé cuántos me lo han platicado. No lo soportaría. ¿Qué hubiera hecho? No lo sé. ¿Nunca lo hablamos, verdad? Me imagino tu vientre en expansión hasta colgar entre tus piernas, enorme. No me agrada la idea. Te prefiero así. Por cierto, te he recordado en situaciones digamos que no novelables. Siempre me agradó que te prestaras a todo, a casi todo. Eso funcionó, Elía, ¿o no? ¿Te cansaron mis juegos? No lo dijiste. ¿Puede la vida sexual cansar? ¿Se puede uno aburrir de hacer el amor? Tú siempre llegabas, por uno y otro medio, pero lo lograbas. No se diga yo, que tenía que pensar en aviones y en la potencia de las turbinas para distraerme y no ser inoportuno. Hablando de aviones, también me dan miedo. Eso sí lo supiste, incluso las manos me sudaban. A nadie se lo dije. Imagínate, a mí, declarar que ha habido sacudidas que me provocaron auténtico espanto. Viéndolo bien, últimamente he volado sin alteración. Tengo miedos catalogables de más a menos. Este es un catálogo de miedos. Creo que apenas comienza.

XIII

Sin más, todo el país se agitó. Se llamó a cubrir las venas y cuidar la sangre, a espantar el miedo de la luz que muere sin aviso. Para todos había sitio en la cruzada. Pocos fueron los que sólo quedaron mirando. Porque unos cavaban para cubrir las venas, otros levantaban muros y la techumbre ya también se venía. Hubo quien bajó de La Ciudad y fue a donde aquello brotaba. Pronto fueron más y más. Unos tras los otros: los que fruta arrancan, los que legumbres sacan, los que animales exprimen. Así que pronto, allí junto a los manantiales, donde la sangre brota, nacieron nuevas pequeñas ciudades. Pero para vigilar aquello, el que manda y los que le acompañan hubieron también de buscar más hombres. Porque unos cavaban o techaban, otros debían cuidar a los que techaban y otros, más cercanos al que manda, cuidaban a los que cuidaban. Nuevas ciudades surgieron alrededor de los manantiales. Como todo el país, para comenzar, necesitaban vestirse. Por eso manaron los que vendían los zapatos. Por allá, asentados en corredores infinitos a lo largo de las venas, los que ofrecían ropajes de vida corta y colores en permanente estruendo. Los arrebataron los recién empleados. Brotaron los que vendían alimentos. Masa de grano frita con rapidez. Miles de mujeres afanosas detrás de pequeños comales tratando de atrapar a los que gastaban el dinero nuevo. Junto a ellas, y también en hilera, las telas colgaron en ofrecimiento permanente, color hierba, color cielo, color flor, color agua, color hoja. Todos se volcaron sobre lo que anhelaban. Para comenzar individuo por individuo, algunos también ciudadanos, después familia por familia. Con las familias llegaron los recovecos como hogares que también se ofrecían, cual epidemia incontrolada. Los había muy pequeños y de papel que toleraban tan sólo unos vientos y un poco de agua. Los hubo de hoja seca con esqueleto de árbol, frescos y bellos, pero también para un tiempo corto. Eran pocos los de piedra. Casi siempre fueron para los que cuidaban a los que cuidaban. El que manda habló mucho del avance de la enorme y explosiva obra. Primero por semana, después por mes. Se colgaban, allí donde las miradas tenían que cruzar, telas grandiosas con imágenes dibujadas del quehacer que a todos traería beneficio. Las nuevas ciudades, todavía sin nombre, se identificaban por la distancia viajada desde La Ciudad para llegar a ellas. Se comenzó a hablar entonces de los moradores de Un Día, o de Tres Días Dos Noches, Cinco y Seis, Diez y Diez. Por horas nacían nuevas poblaciones a las cuales había que atender y cuidar. Con la invención de la riqueza aparecieron nuevos peligros. Muchos colgaron el dinero de su cuello. Los miserables sin empleo arrancaban sin piedad la ostentación y huían a esconderse en alguna casa de papel. Por ello el que manda y los que le acompañan tuvieron que buscar vigías, fuertes y altos, que montaron animales enormes. Con ellos se vigiló a los que peleaban a lo largo de las venas. Las noticias nacían por minuto. Todo eran buenas nuevas. El país, en unos cuantos días, mutaba de desnudo a vestido, de campesino a cavador de venas, de ahí a vendedor de alimentos para los cuidadores de venas, o a vendedor de vestido para los cavadores de venas o para los vendedores de alimentos, de cavador de venas a cuidador de cavador de venas, y así hasta el infinito. Se decía adiós por fin a las muertes de luz. Se desvaneció el miedo. Todo fue agitación eslabonada por dinero. El que manda, en uno de sus anuncios semanales, avisó a los que pedían justificación de la riqueza que tal era la magnitud de la obra que se demandaba calentar un poco más el aire tropical para ser vendido. La noticia, sumergida en el estruendo, parece que se perdió. A la riqueza todo mundo se acomodaba con facilidad. El festín inicial trajo nuevos festines, cada vez más pequeños y egoístas. Por allá, en los Seis Días, festejó el que fabricaba cunas. Festejó la venta en remolino. En Nueve bailaba el que llevó la madera al que fabricó las cunas. En Cuatro y Medio brindó un entusiasta por la venta jugosa de una desvencijada carreta que hacía falta a uno que transportaba madera. Festejos trajeron festejos. El país entero se embriagó con la riqueza anunciada.

XIV

"Amanecí ansiosa. Era más temprano. Las manos me temblaron. Me las vi mientras bebía jugo. Me metí a la bañera. Limpié axilas y piernas. Tomé las tijeras de baño y repasé mis uñas con cuidado. Me acordé de ti cuando llegué a los pies. Siempre te excitaron los pies limpios. Decías que se podía conocer a una mujer por sus pies. Las corté, no demasiado. Subí la cutícula con la lima. Las volví casi redondas. Quité esos pequeños bordes que quizá sólo uno mismo se siente. Sudé un poco. Lo palpé en mi frente. Vacié la bañera. Dejé caer agua fresca sobre mi cabeza. Lavé el cabello. Me ha crecido. Roza mis hombros y en las puntas es irregular. Lamenté no haberlo cortado para la ocasión. Tomé después una gran toalla y me froté todo el cuerpo. Con el cepillo dirigí el cabello hacia atrás. Dejé caer la toalla y me vi desnuda en el espejo. Dudé. Primero fueron los hombros. Habría de echarlos un poco para atrás. Lo hice. Mis pechos tomaron otra posición y quizá por el frío se recogieron al centro. Los miré directamente. Vi esas pequeñas arrugas que tanto besaste, lamiste. Bajé la mirada en el espejo hasta la cintura. Me detuve. Apreté un poco el estómago. Las caderas se reacomodaron. Miré mi pubis. Lo sentí despeinado. Lo acaricié un poco sin notar cambio. Me dio risa. La contuve pensando en el momento. Mis piernas necesitaban crema. Fui muy generosa con ella. Unté mi espalda hasta donde pude, también los codos que siempre olvido. Los brazos fueron uno sobre el otro y viceversa. Apoyé una pierna en la silla y la recorrí por el frente y por detrás. Lo repetí con la otra. Unté crema en mi vientre, también sobre las caderas. Nunca lo hago. No siento necesitarlo. Cuidé que los dedos de pies y manos no se viesen secos. Volví a cepillar el cabello. Cobró un sentido. Qué fortuna que sea natural. Vi mi cara lavada y acepté la ayuda. Sólo las pestañas y poco, como a ti te gusta, a mí también. Quizá en un principio lo hice por ti. Ahora es un hábito. Después un azul muy ligero sobre el párpado. Quité el brillo de mi piel. Me volví a mirar en el espejo. Un estremecimiento me recorrió. Se mostró en mis pechos. Me excitó pensar lo que vendría y me vi sonreír. Tomé un calzoncito calado. Era lo más coqueto que tenía. Se transparentaba mi pubis, Me coloqué un faldón, tú sabes de cuáles, tomé el rojo. Después nada más una blusa holgada y un cinturón con bronce al frente para marcar la cintura. Me vi de nuevo. Hacía falta algo. Me colgué un collar de conchas y cuentas, uno largo, lo reconocerías. Me puse unas sandalias ligeras. Volví a cepillar el pelo. Quedaba poca humedad en él. Eché atrás de nuevo los hombros y sumí mi estómago un poco, lo necesario. Mis pechos se insinuaron por la blusa. Abrí un botón más. Di un paso y miré cómo se colaba la silueta. Me excitó. Reflexioné en ti y tuve miedo. Un enojo me invadió. Mi mirada se había entristecido. Eché de nuevo los hombros para atrás. Tomé mi herramienta. Cerré la puerta y caminé al taller."

XV

Entró con cierta timidez, pero sin soltar la firmeza de sus pasos. Un mesero de inmediato fue a su encuentro. Me paré para que me viera. La servilleta cayó al piso. Fue nuestro primer encuentro en la ciudad. Tuve tiempo para mirar su vestido en morados, ligero y vaporoso, con escote. Topé con su mirada. Seguía al mesero. Llevaba las manos tomadas al frente. Tuve pena. No sé por qué. Su juventud no era suficiente para delatar. Miré el muro detrás de mí en verde olivo mate. Por momentos sentí que todo mundo me observaba. El arpa había callado unos minutos antes. Lo lamenté. Pensé que quizá me hubiera protegido de cierta vergüenza que se había apoderado de mí. El salón regresó poco a poco a su bullicio natural. Dijo "buenas noches". Por un momento pensé que iba a darme un beso. No lo hizo. Un perfume fuerte y seco llegó a mí. Lancé un "estás preciosa" en un tuteo que no fue fácil. Noté que el halago había llegado. Fui sincero.

No sé si logré transmitirlo. Sus ojos negros brillaban con fuerza. Ningún cansancio asomó. Sonrió con seguridad mientras se sentaba acomodando con elegancia su vestido bajo sus piernas. Sobre los labios tenía bilé, muy claro, casi imperceptible. Brillaban. Su piel lucía asoleada. Pidió una copa de oporto blanco. Llegó con rapidez. Brindamos sin decir palabra. Después me preguntó por Nueva York. Yo no quería hablar de Nueva York. La simple palabra me recordaba a la mujer de doscientos cincuenta dólares la hora. Mi imagen con ella encima me molestaba, me alteraba. Cierto olor de aquella noche se quedó en mi memoria. Recordarla me generó angustia. Lancé algún pie para que hablara de la universidad. Pude guardar un silencio que me permitió ocultarme en su presencia. Miré su pelo. Era hermoso, negro y brillante, ondulado naturalmente pero con gran fuerza, un poco excesivo en su volumen. Ella tomó la entrada y me habló brevemente de sus rutinas con cierto desprecio. Yo la escuchaba pretendiendo interesarme cuando, de pronto me hizo una pregunta sobre los bombardeos y sobre la política de intervención. Di alguna salida rápida, pero en realidad no dije nada de importancia. Ella seguía comentando las notas periodísticas, la gravedad de las medidas, habló del bloqueo y de la población civil masacrada. Me preguntó por un reportaje espeluznante aparecido ese día. Yo lo había visto por la mañana, pero sólo eso, no lo había leído. Me acordé de Elía, de su reclamo por mi frialdad. Recordé el poema del napalm, mis horas de soledad impuesta. Quedé en silencio. No sabía lo que cruzaba por mi mente. Me atraía su vestido y los movimientos de sus manos. A pesar de la pasión con la que Mariana platicaba, no pude imaginarme el bombardeo, la sangre. Los cuerpos mutilados que había visto en la televisión y en fotografías no lograban estremecerme. Era lejano a los hechos. Puso el dedo índice sobre el borde de su copa y me dijo:

—¿Me invitarías otro? —me percaté de que la había descuidado; la copa de oporto no había sido un simple compromiso femenino, sino un gusto verdadero. Vi que su escote era muy estrecho, pero se prolongaba y entreabría en cuanto al caer en ciertas posiciones. De nuevo mi pensamiento me traicionó. No podía llevar pasión a mis comentarios. Estaba frente a una mujer muy atractiva pero que, además, se sabía tal y lo explotaba. Vi un reloj antiguo colgado de una cadena de oro, notó mis miradas. Lo tomó en sus manos y lo abrió. Era un viejo Omega que corría al minuto. Tenía inscrito un nombre en letra garigoleada.

—Fue de mi abuela —dijo y lo cerró con cuidado—. Trato de usarlo con cierta frecuencia. Dicen que es mejor. Es un buen pretexto mecánico para lucirlo.

Pensé que mi mirada al reloj había sido un desatino frente a la importancia de su plática. De pronto me lanzó a San Mateo. Me preguntó por Fuentes.

—Cuéntame primero cómo vive.

Era una buena oportunidad para reivindicarme de mis deslices frívolos. Le platiqué lo de la suite, la limusina, y le dibujé a su nueva señora, aprovechando la oportunidad para hacer una descripción de su belleza que indirectamente la retara. Traté de ser muy crítico en mi narración sobre aquel hombre que pinté decrépito, decadente. No tuve compasión. Mariana me había llevado a eso. Le platiqué después sobre las instrucciones telefónicas que había recibido de Gonzaga y eso me dio cierta distancia poder hablar de mi misión, ese ámbito en el que me sentía protagonista, de nuevo esa droga del mundo público. Ella me escuchó con cuidado, pero no mostró asombro. De pronto me vino a la mente:

—¿Pero cómo sabes que estuve con él?

—Silvestre Fuentes es un hombre que se siente perdido desde hace muchos años. Yo no lo estimo, pero llevo buena relación con su nieta. Ella es sencilla, sensible y ha revivido Las Araucarias. Ha logrado ganarse a los habitantes de los caseríos vecinos, que no toleran al resto de la familia. Hay un tío suyo, Silvestre junior, un frívolo que sólo tiene caballos de carreras en la frente. Julieta, en cambio, se ha ocupado de los cafetales hasta donde sus fuerzas alcanzan y ha sido amable, por decírtelo de alguna forma, con los trabajadores. Su madre murió en una absurda operación y su padre es un pusilánime sin nada qué hacer en la vida. Vive permanentemente alcoholizado en un condominio en Miami. Fue Julieta quien me lo dijo. Yo te había mencionado —sonrió—, y por algo pensó que me interesaría saberlo. ¿Es cierto que propusiste oficialmente la compra de Las Araucarias?

—No fue así —respondí de inmediato. Me sentí ofendido por la simplificación. Entonces le repetí paso por paso el razonamiento. En ese momento me di cuenta de que Fuentes me había puesto una trampa muy hábil. De hecho, él había propuesto la venta y condicionado el pago.

—Me pareció patético —le dije—, casi ochenta años, con el pelo pintado y una mujer cuarenta años menor que él —cuando pronuncié esas palabras pensé en el triste final de aquel hombre que había servido al ogro y ahora veía sus fauces.

—Es un hombre cargado de tragedias —repuso Mariana para suavizar los términos—. Dicen que volvió loca a su primera mujer. Ella sufría ataques de histeria. Se volvieron cada vez más frecuentes, hasta que su estado se tornó crítico —Mariana humanizaba el caso, pero no cedía en su versión de las cosas—. Vive todavía en una clínica. Nunca se habla de ella. Después viene Silvestre, su hijo, que no ha sabido qué es el trabajo y ha dilapidado el dinero en avioncitos, caballos y mujeres como adorno. Formalmente está casado y sus dos chiquillos son una clara muestra del drama familiar. Julieta es quizá el único cariño sincero que le queda a Fuentes. Pero Julieta lo acepta sólo a él. A ella la mira como una compañía indispensable para su abuelo, compañía que lo ordeña en dólares a diario. Por eso te pregunté cómo lo habías visto porque, digamos lo que digamos, esa mujer lo ha mantenido vivo.

Al escuchar la palabra apareció en mi mente esa sensación que no se ha ido desde entonces. Me miré a mí mismo allí sentado con otra mujer, admirando su frescura y energía, su pasión. Yo que tanto lo había criticado en amigos y conocidos, allí estaba, en un flirteo que a la vez me atraía y me angustiaba. ¿Qué tenían aquellos encuentros que se hacían significativos? ¿Por qué no intentarlo con Elía, por qué no recuperar esa emoción que nos unió? Los años se habían interpuesto. A Elía la conozco toda. Simplemente con mirarla sé de sus intenciones o humores. Pero esa noche estaba capturado por las palabras severas, por la mirada profunda de esa Mariana que me inquietaba y no podía negarlo. Pidió vichisoise y un filete a las tres mostazas. Yo comí lenguado con uvas y pedí un entremés que no pude cruzar. Ella terminó su sopa sin hacer comentario. La diferencia de edades se plasmó en el apetito. Por lo menos eso pensé. No puedo ya comer carne por las noches si quiero tener un sueño tranquilo. Pedí un riojano que sentí demasiado ligero. El servicio era tan eficiente que resultó apresurado. Panes recién horneados en piezas pequeñas y mantequillas diversas llegaron a la mesa de inmediato. Mientras nos servían el segundo tiempo medité sobre qué quería con aquella mujer de pómulos saltados y gran cabellera. ¿Quería ir a la cama? Me respondí sí. Me excitó la simple idea. ¿Quería involucrarme y desplazar a Elía? No supe qué decirme. Me pregunté si me gustaría pasar mi vida con ella. Imaginé unos años repletos del goce de aquel cuerpo. Debajo del vestido noté un busto ceñido pero grande. Me imaginé su ombligo. Me alteró hacerlo. Al retirarse los brazos que se cruzaron profesionalmente frente a nosotros ella regresó de inmediato.

—Fui agresiva en aquella comida en El Mirador, ¿verdad? —me quedé callado un momento.

—No diría agresiva, pero sí incisiva. Me hiciste reflexionar.

—A mí el tema me apasiona. Será porque lo he vivido de cerca. Me refiero a la propiedad rural, a la convivencia entre la propiedad comunal y la privada, a las modalidades que ha adoptado la propiedad rural en el mundo moderno.

—No me hables con abstractos, no soy tu alumno, ahora soy yo el que quiere ser incisivo. ¿Qué hacer en San Mateo? —pregunté con sequedad calculada. Vi que movió el ceño.

—No sé cuál sea la solución en San Mateo, si a eso te refieres —la miré como pidiendo disculpas—. Creo en la propiedad rural, he crecido en ella, Manuel —fue la primera vez que pronunció mi nombre, Manuel, sin más—. He visto a mi padre cuidar esa finca desde que nací y lograrla por un cultivo apasionado que tarde o temprano brota. Pero esa pasión es de propiedad, Manuel, no de administración. Mi padre quiere morir en El Mirador y eso es legítimo, quiere pensar que le sobrevivirá, sólo así te explicas su pasión, ésa que está en las hileras de árboles, en los cafetos bien cuidados, en los tulipanes a la entrada, en la tierra limpia y trabajada.

—¿Tienes hermanos?

—No, soy única —todo quedó claro. Los dos mostramos comprender lo delicado del asunto por un instante de silencio. Dio un bocado más que sentí la resguardaba del tema. Pensé en Omar y en esa condición de herencia masculina. Comía en trozos pequeños, pero con cierta rapidez—. Sé muy bien que la miseria en la zona es insoportable. Los extremos hacen la vida muy difícil en San Mateo. Hay irregularidades en algunos predios, Manuel, pero lo que nos inquieta es si en verdad la situación se resolverá repartiendo la tierra o con una invasión para que esos cafetales terminen convertidos en un erial. Eso a nadie conviene. No me hables de justicia.

—Yo no he dicho nada —lancé un poco burlón.

Miraba a Mariana empezando a entender un compromiso que tenía con sus padres. El compromiso era la continuidad. La escuché sin comentarios hasta que terminó su platillo y acomodó con elegancia los cubiertos en paralelo. Los míos habían quedado regados sin cuidado sobre el plato. Los acomodé con discreción. Hizo algún elogio de la carne que sentí cumplido. Pidió después una nieve de naranja y un café. Elía sabe que el café por las noches ahora me quita el sueño. No di explicación a mi negativa. Dejé que ella hablara como acompañándola con un silencio respetuoso hasta que dijo todo lo que tenía que decir. Salimos despacio cuando notamos que éramos una de las últimas mesas. Cierto sueño se había apoderado de mí. Lo oculté lo mejor que pude. Caminamos entre las mesas vacías, observados por unos meseros de chaquetines rojos que amablemente se despedían sin poder disimular que nuestra partida les agradaba. Recogió un saco blanco de piel muy delgada. Sugerí que camináramos un poco. Una sonrisa triste fue a su cara. Cruzó su brazo por debajo del mío. Cierta emoción regresó a mí para despertarme. Caminamos primero a la derecha, después a la izquierda. El portero del restaurante sonrió en dos ocasiones con la misma falsedad. Nos paramos en la galería en la que alguna vez Elía y yo tratamos de comprar una litografía de no recuerdo bien quién. Oculté mi nostalgia. Elía ocupó mi mente. Eso me molestó. Allí está el lugar, sin cambios, no vi ninguno. Bellos libros de ediciones americanas y europeas con coloridas láminas. Temas de lo más diverso, no para especialistas. Seguramente los selecciona ese estadounidense que siempre está sentado detrás de un escritorio de encino en color natural. Por el día ese hombre de edad lee en calma absoluta. Sólo gasta su amabilidad y tiempo cuando ve posibilidades de venta. Una señora regordeta, que quizá sea lo único que sale de una estética calculada entre folclor refinado y decoración, sigue a los clientes con los ojos desde que la campanilla los anuncia y hasta que marca su salida. Todo lo platiqué a Mariana, que seguramente intuyó algunos recuerdos más en mis palabras. Había un libro sobre el té que me llamó la atención. Mariana comentó uno sobre la mano y su lectura, que me llevó a pensar que creía en esas artes esotéricas. Allí estaban los mismos cuadros, más bien decorativos, árboles de follajes difusos en texturas suaves. Había también esculturas acomodadas con desenfado. Un niño tirado sobre el piso, leyendo con un pie al aire que sale de un pantalón amplio con arrugas marcadas. El pie descalzo muestra los dedos como jugando en inocente expresión. Atrás resaltaba un bronce con iluminación de fondo, casi de tamaño natural. Era una pareja que se fundía en un solo cuerpo. Miré las cabelleras trabajadas en una textura diferente, rugosa y grisácea. Pensé comentar la técnica, pero eso sólo hubiera tenido sentido con Elía. Ese día miré aquel salón con mayor detenimiento, pensando que lo había visto en infinidad de ocasiones y que seguiría allí. Pero ahora algo había cambiado, yo era diferente. Al fondo observé un caballo de madera oscura iniciando un salto sobre algo que queda en la imaginación. Mariana comentó cierto desorden que yo no percibía. Acercamos nuestros rostros al cristal para mirar de cerca un precioso globo terráqueo en miniatura, de marinero seguramente, con su funda de cúpula celeste, cubierto de barniz quemado. Pensé para mis adentros que no estaría a la venta. De pronto sentí el calor que salía de su cuerpo, de su cara. La miré muy de cerca y me fijé que tenía una dentadura perfecta, de dientes grandes y blancos. Sonrió con un dejo de tristeza, se había desnudado en la conversación. Ahora le pesaba. Se incorporó, me miró a los ojos y con aire mundano preguntó:

—No eres casado, ¿verdad?

—Estoy separado desde hace algún tiempo —me sentí arrinconado y pregunté con tono burlón e inclinando la cabeza—. ¿Me podría decir usted su estado civil?

—Soltera en recuperación.

—Perdón, ¿cómo es eso?

—Viví varios años con alguien. Me separé hace poco más de un año —bajé la cabeza como dándome por enterado. Pregunté por su auto. Caminamos de nuevo en silencio. Fue ella quien lo rompió.

—¿Me acompañarías a Aguajes el sábado? —habló entonces de unos amigos plateros. Permaneceríamos una noche con ellos. Asentí Llegamos a su automóvil. Insistí en acompañarla a su casa, pero se negó con firmeza. Vi libros y periódicos regados en el asiento trasero. Algunas imágenes mías de estudiante se me vinieron encima. La despedí de lejos, parado formalmente, sin saber que nunca más podría olvidar Aguajes.

XVI

Elía tu cuento me lastima. Hoy me duele donde ayer no sentía. No sé qué sea más cruel, si pintar la miseria entre nubes, olvidarla o decirla tal cual es. Creo que lo primero. Me lastima porque me recuerda asuntos que he querido borrar de mi memoria. Se llamaba Mireya la bebita que perdieron mis padres. Vivió unos cuantos meses, tal como tú lo cuentas y todo mundo dijo, y los que viven dicen todavía que era hermosísima. Allí está ese recuerdo de su hermosura. Ése está vivo. Años después me enteré de un personaje provenzal llamado Mireya que muere. Perdón por el desplante culterano, pero no puedo olvidarlo. En tu cuento Mireya se escurrió de la vida, se fue convirtiendo en agua en pleno verano. Es una manera de decirlo, de velar lo desgarrador de la realidad que vivimos. En algo tienes razón, así sea por medio de las palabras dulces resucitaste a Mireya. Ella murió, como muchos otros, miles en nuestro país, de diarrea, de deshidratación. Se escurrió, para decirlo en tus palabras que son casi crueles para quien conoce la realidad, en un verano por la ignorancia y abandono en que vivía mi familia. No supieron atenderla, nadie pudo salvarla. Mi madre nunca la olvidó. Hablaba de Mireya con frecuencia, como si cada día de su existencia hubiera marcado su vida. A mí me dolía que hubiera otro cariño en ella, me dolía mucho. Hoy te lo digo por primera vez. El cuento me obliga. Lo veo como un absurdo, como un trauma, sobre el cual nunca pude platicar con mi madre. También es cierto que del otro bebé decían que tenía una mirada muy fuerte, que se veía en ella su gran carácter. Creo que lo nombraron Antonio, no lo recuerdo bien. Lo he olvidado, quizá quiero olvidarlo. Los dos muertos aparecían en escena cuando menos lo esperaba, me desplazaban sin estar allí, lo cual creo que es peor que la presencia. Tu cuento me lastima. ¿Será que nuestra historia me duele? Lo del aborto de mi madre lo sabes tú. A mí nunca me dijo nada, como si hubiera sido un acontecimiento vergonzoso, como si dañara su imagen de mujer. Me hubiera servido saber cómo miraba su pena. Para tu personaje fue determinante. Me explicas con fantasías algo de mi propia vida que debiera saber. Y pensar que ella repitió con gran seguridad que tú y yo tendríamos muchos hijos, muchos, decía. Me lastima tu cuento porque no son hechos que agraden a la memoria. Nunca lo comentamos, pero pensé que era un mal agüero que mi madre nos vaticinara con tanta seguridad una gran familia. Admito también algo que sabes de mí, quizá seas la única y espero que así quede: soy supersticioso. Mi modernidad y conocimientos no han erradicado mis miedos sin explicación. Por eso no hablo de ellos. Para nadie puede ser orgullo que te nombren "Espantamuertos", que te registren con el nombre de Vivo. Mi madre era una mujer ignorante y me avergüenzo de ello. Creía en la religión católica con derivaciones propias, con agregados suyos. Es ignorancia, Elía, y a ella no puedes presentarla como una historia que halague los sentidos. Falseas, ocultas. Nunca pensé que mis mentiras fueran tan injustas. Tu cuento retrata mi ceguera. Tuve que consultar a mi madre para hacer el cambio de nombre. Era ridículo llamarse Vivo. Sólo aceptó la doble versión de Salvador Manuel. Insistí en que sólo fuera uno. Hasta la fecha me molesta cuando veo escritos los dos nombres y me acuerdo del capricho de mi madre, de su terquedad inaudita, de su desconocimiento y fanatismo. Pensándolo bien, cómo me irrita que me llames Salvador Manuel. Con ello arrojas en mi cara, día a día, algo que sólo tú sabes y que deseo olvidar. Sabes que en el pueblo todavía hay quien me nombra Vivo y con ello me provoca un rencor contra mis padres que no puedo contener. Recuerdo cuando llamé a mi madre para comentarle que había recibido una mención especial en la Facultad y me preguntó si eso era una reprimenda. No supe por dónde comenzar. Ves por qué he querido olvidarlo. Mi padre festejó esa noche, ofreció brandy en pleno verano y se dirigió a mí como "señor facultativo". Mi padre era jugador y borrachín. Era un fracasado, Elía. Esa es la palabra que tú y yo usaríamos para los otros. Vivió de la fortuna de mi madre. Todos los negocios que emprendió desbarrancaron. Siempre creyó que haría fortuna de un día al otro. Con el matrimonio salió de la miseria, aunque nunca nos lo confesó. El matrimonio le ayudó. Para él todo era ganancia. Vino de Andalucía, de un pueblucho aún más pobre que el nuestro. La miseria y no otra cosa hizo emigrar a tus padres, a mis abuelos, a mi padre. Eso no lo cuentas. Miseria es la que empuja a nuestros campesinos a cruzar la frontera. Por cierto, lo del cielo sin equilibrio me pareció justo. La sequía es hoy dramática. Hay zonas del país que, de seguir los cielos así, no verán cosecha. Van cuatro años sin interrupción. ¿Qué está pasando? Veo que lo de la caravana de campesinos te ha servido de material. Suena muy amenazante en tu cuento, es de hecho un protagonista central. Ojalá y nunca lo sea en la realidad. Me gusta verme como ministro. Me invita a imaginar cómo actuaría de llegar a una situación similar. Me gusta verme donde no estoy pero quisiera estar, haciendo lo que tendría que hacer hoy de estar allí. Mi madre nunca quiso comentar nada de su madre, de Flor. Es posible que haya sido la criadita de Vicente, su acompañante de servicio, para quitarle las reminiscencias feudales a la expresión. Eso jamás lo hubiera reconocido mi madre. De mi abuelo Vicente había olvidado su trabajo en la carnicería. Pero cuando lo leí por primera vez lo imaginé llevando media res sobre el hombro. Por eso era tan duro, por eso odiaba a mi padre, porque no conservó la fortuna que él logró. Las tres hijas perdieron todo. Eso también me duele. Poner en palabras que mi padre perdió dinero que no era suyo, que lo jugó, lo apostó o se lo bebió, duele. Sinceridad dijimos, hago un esfuerzo. Nunca te lo hubiera podido decir a la cara. Acepto que las letras me transforman. Tu cuento simplifica, no permite matices. En eso creo que es injusto, pero admito que la selección es correcta. Es un ejercicio doloroso. Nunca vi tan claro cómo la selva trae sus propios miedos, sus propios mitos. Recuerdo cuando de niño decían que a alguien se lo había tragado la selva. De muchos no se sabía si habían muerto por mordedura de serpiente o caído en algún canal con lagartos, o simplemente habían perdido el rumbo hasta desfallecer. Era muy frecuente. La gente temía a la selva. Era un miedo sólo compartido por los que entendían a la selva, sus ruidos y ritmos, sus amenazas. Los marineros son iguales, mañosos y supersticiosos. Quizá mis propias supersticiones se expliquen así, son cicatrices del pueblo.

    Me duele que sepas lo de mi media hermana. Me avergüenza. Todavía no lo he superado. Tienes razón: de pueblerino a burócrata. Tu cuento me retrata. Creo que sólo lo entendemos tú y yo: un pueblo que se sabe isla, repleto de inmigrantes que rellenan quesos holandeses, guisan con aceite de olivo y comen jamón serrano que llega del otro lado del Atlántico, pero no consiguen medicinas de la capital. Un pueblo miserable rodeado de riqueza suena a ridícula fantasía. Hoy te puedo hablar diferente. Creo que el tiempo me está ayudando a entenderme. Por lo pronto, hay dos o tres dolores que veo claros. Tienes aquí sentado a un burócrata, lo cual no es extraño, escribiendo, lo cual tampoco es extraño, pero no hay sello ni referencia para el oficio. Eso ya es victoria tuya.

XVII

"Acá también llegan noticias, Salvador Manuel. Las leo recordando tus reclamos. Hay algunas que no puedo digerir. Quizá tú me ayudes."

UN ALCALDE MURIÓ EN LA RUEDA DE LA FORTUNA
El comandante de policía se salvó

    El presidente municipal de El Caserío murió ayer en la tarde al desprenderse la silla de la rueda de la fortuna en que se divertía. El comandante de la policía municipal se salvó al atorarse en uno de los estribos de dicho juego mecánico.

    La noticia se dio a conocer hoy en el palacio de gobierno del estado, cuando el gobernador pasaba la lista de presentes de los presidentes municipales de la entidad, quienes se hallaban reunidos para integrar los comités de precios.

Los funcionarios municipales se divertían en la feria del pueblo y decidieron subirse a la rueda de la fortuna. Al encontrarse en funcionamiento, y en su silla arriba, sobrevino el accidente.

XVIII

Mariana se sentó a mi lado después de un beso preñado de sospecha. Los primeros minutos hicimos comentarios absurdos sobre el tránsito pesado, sobre las distancias. Había entre nosotros un silencio extraño, producto de la atracción y el desconocimiento. Tendríamos todavía tres horas de sol para la ruta. Ella había prometido por teléfono una sorpresa. Yo imaginé algún objeto. No había visto más que un gran bolso de cuero y tela color vino que arrojó con desparpajo en el asiento trasero sin permitirme auxiliarla. Llevaba unos zapatos bajos. La vi diferente. Quizá fueron ellos los que lo provocaron. Nos dirigimos hacia el oeste de la ciudad. Tuvimos que atravesar aquella extraña colonia construida alrededor de calles en semicírculo y poblada por ridículas casonas adornadas con marcos de piedra rosada, trabajada en forma de flores, de racimos extraños y desproporcionados que imprimen un ambiente cursi y empalagoso. La lama prendida a esos marcos, el descuido inocultable de las casas, los cortinajes delgadísimos, amarillentos y percudidos o ennegrecidos y a punto de rasgarse, delatan que hubo mejores tiempos, que los recursos no fluyen. Los ojos que las cuidan ya no se percatan de su estado. Mariana guardó silencio sentada junto a mí. Observé cómo miraba un pequeñísimo jardín público con una palmera crecida. Un par de palmas a punto de venirse al piso llamaron nuestra atención. Unos arreglos de jardinería descuidados, pretenciosos, malogrados, la rodeaban. Al centro había dos bancas en forma de ese para supuestos encuentros románticos, de los cuales dudé en mi imaginación. Sin embargo, alcancé a ver una pareja de ancianos. Lentamente se encaminaban hacia aquel jardincillo. No supe si habrían de sentarse en los vejestorios que imaginé fríos y húmedos. Cruzamos la avenida y de pronto estábamos ya en medio de aquellos edificios metálicos, de cristales brillantes con entradas pretenciosas, de porteros con uniformes y carros costosos frente a las puertas. Uno junto al otro impedían la circulación. Había más movimiento en las calles. Algunos jóvenes platicaban con amplias carcajadas y desparpajo casi grosero con unas jovencillas de pieles frescas y maquillajes exagerados debajo de cabelleras erizadas. En una de ellas vi un cuerpo de mujer oculto tras modales de niña. Llevaba un vestido negro entallado y su busto se perfilaba perfectamente. Mariana se percató de que la miraba. No dijo nada. Tampoco sonrió. La miró. Pensé en Nueva York. Las mujeres negroides de Cayo Bajo atravesaron mi mente. Dejamos los edificios atrás. Cerramos los cristales cuando tomamos la vía rápida. Poco a poco el tránsito se volvió fundamentalmente de carga. Los vehículos de pasajeros cada vez fueron menos. Los ruidos de las esforzadas máquinas pasaban junto a nosotros y el olor a combustible penetraba por instantes. A nuestros lados aparecieron infinidad de establecimientos. Anunciaban todo tipo de reparaciones y refacciones para autos, había restaurantes y fondas, bares sucios. Hombres con enormes vientres y camisas desabotonadas, de brazos gruesos, entraban y salían. Vi a un grupo tirándose golpes a la cara. Después comprendí que todo era parte de una guasa boxística que por segundos me había desconcertado. Las casas y establecimientos parecían estar siempre en proceso de construcción. El cuadro era de una ciudad inacabada, no terminada porque la pintura de las casas sólo abarcaba la mitad de un muro o la estructura de acero insinuaba una posible continuación de una esquina. Vi a unos niños asomados por el hueco de una ventana sin marco. Nuestra velocidad poco a poco se incrementó y por fin tomamos la autopista para un ascenso rápido. Empezaron a aparecer algunos campos de sembradío mal cercados, con animales de tamaños irregulares y sin sangre clara. Comían las pocas pajas que todavía se erguía en aquellas tierras. Las casas se volvieron cada vez más miserables, dispersas y desordenadas, sin sentido. Alcancé a mirar un desvencijado tractor con una de sus enormes llantas tirada. Un hombre sentado sobre ella miraba al piso. Recordé que llevan agua y lo comenté a Mariana, que me respondió con un "¿ah sí?, ¿y tú de dónde lo sabes?", a lo que respondí "no lo recuerdo". Tuve resquemor de decirle que Elía lo había descubierto un día que reparábamos un neumático de nuestro vehículo. No quise que Elía entrase a mi mente, menos aún a nuestra conversación. Pronto estuvimos en medio de esos bosques de oyameles avejentados, de pinares despoblados, de altos cedros de copas pequeñas que muestran una enorme desproporción entre la madera endurecida y el poco follaje. Las miradas atraviesan esos bosques sin que exista flora alguna, ni baja ni intermedia, que prometa algún tipo de sustitución.

—Son bosques que anuncian su muerte —dije.

Mariana comentó en voz baja la tragedia de carecer de una cultura del árbol. Me volví para ver su rostro. Cruzamos una mirada de resignación. Me percaté de que sus labios eran elegantes y delgados. Tenía la barbilla partida ligeramente. La temperatura descendió con rapidez. Mariana cerró el zíper de la delgada chamarra de gabardina que ya le conocía. A lo lejos, varias columnas de humo blanco se levantaban hacia el cielo. Se desprendían de las faldas de los cerros, de entre el bosque y de los sembradíos irregulares, esparcidas por todo nuestro horizonte. Una neblina ligera, por momentos imperceptible, cubría el extenso valle a nuestra izquierda. Era esa neblina que durante el estiaje todo lo cubre con un velo azul grisáceo, restando colorido y nitidez al paisaje, y que no desaparece sino hasta que las lluvias se generalizan. El país se incendia una vez por año frente a los ojos de todos. La transparencia nos era negada esa tarde. Hablé a Mariana de la arraigada costumbre de las quemas, de pensar que propician un enriquecimiento de las tierra, de lo brutal de acabar con todos los retoños que puede generar el propio bosque. Manoteé con pasión auténtica. Me di cuenta de ello segundos después. Ella veía a través de los cristales hacia el horizonte, guardaba un silencio sólido pero no agresivo. Lancé una explicación que me he escuchado mil veces sin que me parezca reiterativa. Dudé si mis palabras eran excesivas. Encendí la radio. Entre zumbidos molestos capté una emisión de música orquestal. La escuché con agrado hasta que ella, con una sonrisa, me pidió mejor regresar al silencio que tolerar estridencias y ruidos sin sentido. Comenzamos el descenso por unas curvas muy amplias. Poco a poco la temperatura se apoderó de los cristales. Pasados unos minutos el frío había salido de nuestros cuerpos. Algo de encierro y un calor incipiente se dejaron sentir. Abrí el cristal unos centímetros y noté cómo entraba un aire grueso y tibio que me produjo una sensación grata. Entonces me preguntó:

—¿Qué quieres conmigo? —me sorprendió. Recibió como respuesta una mirada con algo de ofensa. Suavizó el tono. Me contuve unos instantes, no pude ni sonreír, ni cambiar el gesto de concentración al que me obligaba el volante. Quise ser sincero con ella y conmigo.

—Para comenzar, me atraes. Fue primero tu pelo, tu figura, tu presencia, después fue tu carácter, la agresividad con la que me hablaste, tu seguridad quizás. Fue también tu visión de San Mateo, del país del conflicto.

—Eso es cultura. No sabes todavía lo que pienso, pero ¿qué quieres, qué esperas de mí?

Le hablé sin quererlo de Elía, del frío que se había apoderado de nosotros, de las emociones perdidas, de sus reclamos de intensidad, de concreción, de humanidad, de pasión. Quise ser breve, no lo logré. Le hablé de mis reclamos a Elía, del mundo público, del Ministerio, de mi ocupación, de esa actividad embriagante que ahora diría también era superficial y falsa, sin pasión para ser honesto. Le dibujé la pérdida de mis pasiones y al momento de decirlo me di cuenta de lo que estaba viviendo. Sentí por instantes que todo se acababa entre Mariana y yo. Que ella comenzaba a saber y que eso destruiría.

—¿Qué vi en ti?, una emoción, eso es, una emoción que hacía tiempo no tenía, eso es. No sé más por ahora —caímos en un silencio que me ayudó a digerir mis palabras, hasta que ella dijo:

—¿No vas a preguntar qué veo yo en ti? —abrí las manos como esperando la respuesta—. Creo en lo que me dices. Yo tampoco sé bien qué quiero. En el mercado vi una mirada triste a pesar de los desplantes juveniles, vi un hombre solo, arrojado, sin rumbo, que se dejaba arrastrar por una fuerza. Yo también vibré cuando una mujer me dio un empellón y rocé tu cuerpo, era una sensación que casi había olvidado, después me dije por qué no, veamos qué hay detrás, yo tampoco sé qué vendrá, dejémoslo en esto.

Traté después de continuar y de inmediato lanzó entre sus labios un "sssss", y reclinándose puso sus dedos sobre mi boca. Me estremecí, me percaté de mi distracción sobre el camino. Volvimos al silencio. Pronto estábamos cruzando unos amplios cañaverales que se mecían con suavidad al ritmo silencioso de un viento que parecía acariciarlos. El paisaje se dividió en cerros y montañas desnudos y deslavados, en los cuales los espinos se apoderaron de la poca capa vegetal que aún estaba prendida a ellos y las planicies de verdor delimitado perfectamente por los alcances del riego. Comenté que todas esas regiones debieron haber sido boscosas. Vi alguna escuálida casuarina y alguno que otro eucalipto que habían sobrevivido a la masacre que quedó en mi imaginación. Mariana se encerró aún más en sus pensamientos. ¿Me habría acaso orillado a desnudarme como lo había hecho ella en el restaurante? ¿Por qué no quería continuar? Asomaron a lo lejos chacuacos que competían con las líneas erectas de la caña. Se veían rojizos, anunciaban su desuso por la carencia de hollín en sus bocas. Vimos miles de pájaros volar hacia el interior de uno. Se precipitaban dando vueltas, una y otra vez, en una espiral descendente que parecía absorberlos sin consideración.

—¿Te imaginas cómo estarán dentro? —dije.

Ella tomó mi brazo con una mano y lo apretó fuerte, escondiendo su rostro hacia la ventanilla. No supe qué sucedía, no supe qué decir. Poco después dejamos la autopista y tomamos una pequeña carretera local que empezó bruscamente un ascenso muy curveado por una serranía que en pocos minutos nos rodeó de abismos. Me obligaron a poner más cuidado en la conducción. Sentí los ojos de Mariana, que me observaba silenciosa sin compartir sus pensamientos. Miré sus ojos negros un instante. Llevaba una cola de caballo de fuerza descomunal. Le daba a su cara un marco de mayor seriedad. Los cerros mostraron sus perfiles sin que un arbusto o árbol los rompiera. Las rocas empezaron a aparecer brillantes, como brotando del interior, rompiendo la poca vida que todavía se resistía a dejarse ir. Escuchamos un zumbido agudo que se repetía cada cierto tiempo. A la par, Mariana y yo abrimos las ventanillas. El aire se volvió fresco y delgado. La velocidad obligada del camino me permitió volver el rostro para mirar unos extraños árboles, los últimos. Esparcidos, aparecían en el paisaje rompiendo su perfil rectilíneo. De ellos colgaban unas vainas de casi medio metro. Parecían estar repletos de insectos, invisibles para nosotros, que zumbaban. Vi aparecer, frente a mí, a un chiquillo mal vestido detrás de un rin de bicicleta, y quizá por la sorpresa toqué el claxon con agresividad. No dijimos nada. Atravesábamos un poblado cuyo nombre no alcancé a ver. Se encontraba enclavado en una pequeñísima área de cultivo, cinco o seis parcelas resecas con algo de rastrojo avejentado. Las parcelas trepaban por unas laderas inhóspitas. Múltiples piedras asomaban de la capa vegetal, condenada a dejar de existir en poco tiempo. Tuve que disminuir la velocidad por un pequeño puente. Cruzaba un cauce sin una gota de agua. Presentaba un aspecto desolado, salpicado de grandes piedras que creí sentir todavía calientes. En el lecho había basura. Vi botellas y manchas blancas que seguramente eran bolsas de plástico. Mariana volvió a mirar su plano y me previno de una desviación que debíamos encontrar del lado izquierdo con la palabra "Aguajes". El camino se prolongaba; amenazaba la noche inevitable. Por fin encontramos aquella palabra, escrita en un letrero oficial. Allí comenzó un empedrado que provocó mi asombro. Mariana dijo que serían veinte kilómetros. La miré fijamente y la hice reflexionar sobre aquel camino perfectamente alineado que permitía al auto deslizarse con una vibración para nada molesta. Traté de imaginarme en voz alta el esfuerzo humano para construir esa entrada. Recordé que Aguajes había sido un pueblo minero de gran importancia, pero aquel empedrado me anunciaba una dimensión inesperada. A los lados, los cerros mostraban un aspecto casi lunar en color amarillo blancuzco, sin que algún espino pudiera ya retar tal grado de aridez. Al dar un quiebre aparecieron frente a nosotros dos cerros negros, cubiertos de ceniza. Disminuí la velocidad tanto como pude. No había sitio para detenerse. Algunos troncos arrasados por el fuego yacían en medio de aquel escenario de muerte.

—¿Para qué? —pregunté—. No lo entiendo. En esas laderas no puede haber cultivo.

—Para limpiar.

—¿Para limpiar qué? —repliqué.

Dejó la batalla, que no era suya. Para entonces la luz del sol caía desde un lugar al cual nuestras miradas no podían ir. Se encontraba a nuestras espaldas. Viré a la derecha y apareció una zona baja rodeada de cerros. Se alcanzaban a distinguir sombras en formas geométricas, se desprendían de lo que después logré ver eran muros derruidos, arcos de puertas, techumbres como golpeándose en la mirada unas con otras, en confusión arquitectónica. Tuve que frenar con cierta brusquedad, pues frente a nosotros, sin dejar alternativa, se encontraba un arco que daba entrada a una oscuridad total. En un instante estuvimos rodeados por una montaña. Prendí las luces del auto y las proyecté. Mariana miró de nuevo su plano y confirmó:

—Por el túnel está bien.

Sentí cierto temor que no disimulé y emprendí de nuevo la marcha con la celeridad que el camino permitía. Nos mantuvimos en total oscuridad unos momentos. Desapareció la luz de la entrada a nuestras espaldas. Segundos después alcancé a ver un pequeñísimo punto claro. Anunciaba el final. Para mí tardó mucho en llegar. Cuando por fin dejamos atrás la oscuridad para salir a una penumbra reconfortante, miré de nuevo aquel paisaje, sin poder comentar nada. Muros y puertas con marcos de piedra, ventanas que permitían que la vista cruzara de lado a lado por habitaciones iluminadas por la escasa luz, grandes portones con herrajes oxidados, chapetones en desorden que se incorporaban casi totalmente a los colores de esas maderas resecas, una tras otra. Nadie se asomó por una ventana o caminaba por aquellas calles. Las miradas iban hasta topar de nueva cuenta con un pedazo de muro o una acumulación de piedra sin sentido aparente. Seguimos la única ruta transitable entre calles destrozadas donde algunos espinos crecían retadores entre muros y piedras. El auto dio varios tumbos que me obligaron a reducir la velocidad. Ello acentuó una soledad agrandada por la inminente entrada de la noche. Pasamos por una pequeña plaza siguiendo una rodada, apenas perceptible sobre la piedra, que nos fue sacando por un angosto cañón en donde los vestigios arquitectónicos fueron cada vez más escasos. Noté que un pequeño cauce de río nos acompañaba casi al mismo tiempo en que mi mirada cayó sobre un conjunto de árboles ocultos, de entre los cuales destellaba una luz que sirvió para que Mariana dijera:

—Debe ser allí.

Pronto unos enormes laureles de la India plantados a intervalos regulares y cuyas copas se tocaban nos indicaron una entrada. Di vuelta y sentí cómo el aire frío y delgado se filtraba por aquella cortina de árboles arrastrando olores a humedad, a hoja, a tierra mojada. Pude aumentar un poco la velocidad por un empedrado en perfectas condiciones. A los lados el camino remataba en un pasto criollo crecido y con espigas, verde en algunos sitios, según lograba ver. Mariana tomó mi mano sobre la palanca y sin romper el silencio que me intrigaba sonrió como gratificando un esfuerzo. Entre los laureles se distinguían otros troncos y mucha hojarasca que yacía plácida, esperando su putrefacción. Vi una luz del lado izquierdo. Al volver el rostro me encontré una casona enorme y bellísima, con una fachada colonial perfectamente iluminada desde la base de varios árboles. Sobre ella crecían unas bugambilias peinadas que rodeaban una ventanas de rejas sencillas, de barrotes que mostraban orgullosos una edad inocultable. Al centro se erguía un enorme portón abierto a la mitad. Un hombre parado al frente me indicó con una mano en un sentido, que después me percaté era el de un gran arriate de piedra. Detenía la tierra que daba vida a un fresno. Una tranquilidad y cierto cansancio me invadieron cuando dejé de sentir la vibración del motor. Pude mirar a Mariana; serena mantenía sus ojos lanzados a mí, resguardada por un silencio que yo comprendería horas después.

XIX

Mi padre descubrió ya adulto que el papel se fabricaba de la madera. Lo supo por un libro que llegó todavía por barcaza. Llegó húmedo y pidiendo a todos los vientos que lo llevaran a un lugar seco. Dicen que Omar enmudeció cuando por primera vez pudo ver coloridas láminas de árboles, hermanos de aquellos a los cuales él a diario rezaba antes de acostarse. Omar nunca supo leer. Ello no cambió su idea de conseguir un libro sobre la madera. Un libro enorme que dijera de dónde venía y a dónde debía de ir. La lectura, por lo que me dijo Eva, la hacía un amigo de los que siempre están allí y se van cuando te vas. Era un hombre mayor, de los pocos que habían salido por el mar y regresado al pueblo. Mi madre también me dijo que ese amigo jamás separaba sus labios, había advertido que después del verde venía más verde. Pero mucho más allá de la selva había una planicie seca y tibia. A ella iba cada vez más gente de todas las villas. El pueblo no era isla, ni lo había sido jamás. Nadie creyó tal historia, pues quien hablaba del verde tocaba la muerte. Quien hablaba de mucho más allá del verde sólo podía estar hablando de más allá de la muerte. Gozoso, aquel amigo emprendió las primeras sesiones de lectura. Pero fueron tantas y tan agobiantes las explicaciones que Omar exigía que aquel amigo terminó por esconderse cuando por allí aparecía Omar con su libro.

"¿Verdad que no digo mentiras, Salvador Manuel? Mi padre era un iletrado y su ignorancia tan vasta que averiguó lo del papel cuando se acercó a los cuarenta años. El amigo que le huía era Carballo. Debes recordarlo. Fue de los pocos que pudo ir a una escuela. Pero no lo hizo en el pueblo. Se fue al Puerto. Mi padre me contó, eso no lo he puesto en el cuento, pero es real, que los barcos que salían del pueblo fueron por décadas sólo dos. Uno se llamaba 'Esperanza' y el otro 'Perseverancia'. ¿Sabes por qué no les di esos nombres a las barcazas del cuento? Porque suenan demasiado fantasiosos. Eso de sólo poder salir del pueblo prendido de la esperanza o la perseverancia suena a ficción. No sé si el cuento lo era. Por lo menos no nació como tal. Quería ser un retrato, a grandes pinceladas, de nuestras vidas. Ahora me ocurren cosas curiosas. Omar como personaje ha resultado bastante entretenido. Tú sabes que de verdad mi padre se hincaba antes de tirar un árbol. Él me lo confesó un día. Perdió o negó su origen árabe. Pero le tenía un gran respeto, casi miedo, a un dios al que no le ponía nombre. Guió su vida por esas creencias de las cuales nunca habló. Me queda la duda de si creía en la vida posterior. Nunca se lo pregunté. A ver qué dice Omar, el del papel. A mi padre le daba pena que la gente supiera que era religioso. ¿Por qué sería así? Lo ocultó toda su vida. Omar en mi cuento cree en una cosmogonía. Ésa ya es de él. A lo mejor mi padre de verdad tenía una visión amplia, una que nunca contó y que ahora las letras hacen aflorar. Allí no sé si el cuento se ha desbocado y este Omar ya no resulta un retrato sencillo de mi padre, o si las pinceladas principales de su vida fueron ésas y sólo el cuento me permitió verlas con claridad. En ocasiones siento que estos personajes están jugando conmigo. ¿Qué diría un lector ajeno a nuestras confesiones? Para comenzar, que exageramos, que edificamos en mitos a nuestros ancestros. Tú en las peroratas y yo en mi cuento. Yo lo critiqué en ti y ahora caigo en la misma trampa. Pero contar que ese pueblo vivió aislado del resto del país hasta hace un par de décadas y que la gente, los muy afortunados, sólo podían conocer el mundo saliendo por barco porque la selva lo cercaba hacia atrás, parece increíble, pero fue nuestra historia. Eso tú y yo y otros muchos lo sabemos. Sólo regresando al pueblo en mi memoria puedo explicar a ese otro Salvador Manuel que anda ahora por La Ciudad. Dime si no invita a la fantasía el que un iletrado se enterara de cómo se hace el papel a los cuarenta y haya logrado con el papel esa fortuna. Este es un país en que las riquezas aparecen y desaparecen de un día al otro. Por eso ahora se pudo inventar tan fácil la electrificación total. Algo de Salvador Manuel también va saliendo en el cuento. Esas palabras me divierten, pues si contar el pasado a grandes zancadas resulta apasionante, el presente me causa escalofríos. Recordar nuestro encuentro en el río me provocó una emoción que creo sólo la había sentido aquel mismo día. ¿Te das cuenta?, allí las letras reviven, para mí, por lo menos. En ti no sé que ocurra. Para otro parecerá cursi: dos chamacos, qué decir, mejor niños que tejieron sus vidas juntos por un encuentro que casi era obligado. Piénsalo. Éramos tan pocos los que vivíamos en el pueblo, quizá no fue casualidad sino fatalidad. Elía no encontró a Salvador Manuel ni éste a aquélla. El pueblo los unió. Y en eso no sé si mis personajes, es decir tú y yo, no tenemos otra salida que seguir juntos, por lo menos en mi cuento. Sólo puedo explicarme contigo y, sin embargo, la realidad hoy es otra. La voy a contar, pero entonces quizá mis personajes se quiebren. Acaso el presente me llevará a decir mentiras. Cómo contar que tú y yo ya tenemos poco qué decirnos, que la ciudad nos enfrió, que aquel pueblo nos embrujó y nos mantuvo embrujados por años y que eso es hoy sólo un recuerdo. ¿Podremos amarnos en la ciudad? Voy a ver qué ocurre en el cuento. Espero con ansiedad saber a dónde voy yo, por dónde caminarás tú. ¿Sería acaso el nuestro un amor de villorrio que no soportó que te volvieras internacional?, por lo menos eso crees y quieres ser. ¿Será que no tuve la madera para crecer y hacerme a tu nuevo mundo? Hablando de madera, cada vez que presento a Omar lleva sus olores. Así era mi padre, pero en las palabras no logró hacer que los olores se vuelvan costumbre, que dejen de ser novedad, que dejen de llenar la escena. Cada vez que aparece los trae consigo.

Dime, Salvador Manuel, ¿no te hiere que hable de mi padre?, pues en realidad de quien quiero hablar es del tuyo, que quizá no leyó sobre maderas multicolores y de durezas diversas. Nunca habló tampoco de hojas tiernas ásperas. Omar no me deja hablar de tu padre. Pero tu padre, al que recuerdo en imagen vagamente, me dio a ti. Con tus piernas largas de niño y tu cuello cercano al negro, cuando seco y rojizo, cuando húmedo por el río. Y esas piernas y ese lomo yo los vi engrosar como un árbol y anhelé sin saberlo frotarme en ellos. Lo anhelé allá en el pueblo y, tiempo después, también allá arriba, en La Ciudad. Tú mis pechos los viste por primera vez de madrugada y los frotaste y besaste diciendo: "Deja, quiero verlos y saber si son tan bellos como dicen". Lo que de los míos decían era reflejo, tan sólo imaginación y fantasía, reproducción y deseo de aquellos hombres que vieron los morenos y firmas y grandes pechos de mi madre.

No sé hasta dónde me lleve este jueguito. Dime, ¿mis pechos son chicos, verdad? ¿Te gustarían más grandes? Todo mundo se fijó en mis pechos cuando era adolescente. Yo sentía las miradas. Me desnudaban, por lo menos eso recuerdo. Mi torso, Salvador Manuel, siempre lo elogiaste. Elía tiene esa salida en el cuento, no lleva los pechos pero sí el torso, que es realidad. Ojalá y sea una cantera tan buena como los pechos de Eva. Quizá todas sentimos, en cierta época, que nos miran allí con insistencia que no es tal. Crecieron, dejé de ocultarlos. Salí de una pena que en parte era esperanza en muchos de que tuviera yo los pechos de mi madre. De eso fui consciente después. En esto el cuento resulta triste porque no tuve los pechos de mi madre. Los pechos de mi madre, como los olores de Omar, sólo los pensé como circunstancia, pero se hicieron protagonistas. A Elía en el cuento le podré buscar otra salida, de hecho ella misma me la va dando. En la realidad la tristeza es por otro motivo. Esos pechos no se reprodujeron, pero además no hubo a quién amamantar. Ve, Salvador Manuel, cómo nos miramos en mi cuento."

Mamá Eva perdió la leche cuando Elía tapó un torso que sería femenino sin más. Hubo pena y después excitación envuelta en vergüenza. Omar siempre deseó, callado y oculto, un Elías. Pero ese deseo se adormecía cuando esa niña entraba, encendida en sus músculos a lazarse a sus brazos. Sus manos inquietas se abrazaban del largo cuello de Omar para doblegar un oculto deseo que nunca se hizo palabra. Él la bañaba a diario. La paraba en el pozo. La desnudaba con brusquedad cariñosa. Elía miraba el cabello de Omar y se dejaba rociar por la tibieza. Elía mostró en la risa que gozaba aquellas manos viajeras que sobre todo su cuerpo caminaron, aquellos olores a las maderas que nunca dejaron a su padre. Por años Omar la llevó al río. Fue por las tardes. Desnudaba a Elía y la echaba a jugar. Detrás de las palmas, plátanos y arbustos, salían unas vocecitas. Ella, desde siempre color madera, se enseñó sin pena. Se incrustaba en el agua por largos instantes para dejar ver después sólo una cabeza y un pelo negro, que caía sobre la cara y los hombros. Muchos pequeños jugaron por allí con ella. Eran niños que se hicieron hombres. Dicen que Omar lo hacía por mostrarla hembra y bella como una ceremonia de aceptación de su feminidad. Elía de pelo negro y brillante, de tiernas piernas morenas, retó al hombre en rabia y sagacidad.

"¿Sabes, Salvador Manuel? Recordé aquellas tardes con verdadero erotismo. Me daba pena que me vieran desnuda pero lo he recordado con fruición. Quizá mi padre también lo gozaba. Pero es curioso, en el cuento la sexualidad de Omar sólo aparece allí, en esas tardes. No lo recuerdo junto a mi madre. Jamás lo vi haciendo el amor. Me cuesta trabajo imaginarlo. No lo puedo describir. No está ni en mi memoria, ni en el cuento, creo que tampoco en la vida real. Yo sé que muchos me miraron desnuda. Me excita saberlo. Ambrosio siempre sonríe cuando me saluda. Extiende su mano, me da un beso en la mejilla, me mira y en un instante sé que recuerda mi desnudez infantil. Eso me estremece. Hasta ahora lo reconozco. Qué dicha poderlo sentir de nuevo. Fue Elía la que me llevó a eso. Hoy gozo saber que eso me excitó. Por cierto, te confesaré, tengo ganas de posar. Hace una semana dejamos la figura masculina. Octavio consiguió una modelo, quizá 37, 38 años, demasiado voluptuosa para mi gusto. Trabajamos sobre ella un par de días. Vi cómo mis compañeros miraban su pubis y dibujaban con gran cuidado sus pechos. Se enfermó. Regresamos al chamaquillo que no me quita la mirada de encima. Ayer, Octavio, quizá con tono de broma para no acorralar, preguntó si ninguna de nosotras desearía posar. Varias se rieron. Mujeres regordetas que imaginaron sus carnes sobre la sábana blanca. No se dijo nada. Yo me alteré. Jamás lo había imaginado: excitarme por posar. Pero como acababa de contar lo de Elía en el río, la idea de posar, de gozar con las miradas de ellos, entró a mi mente durante el resto del día. No tengo cicatrices de qué avergonzarme, tampoco gorduras. Eso debes recordarlo por lo menos. Ellos no saben lo de los pechos de mi madre, así que no harán comparaciones. Nadie me conoce aquí. Ahora mismo me altera pensar que mañana podría dejarme ver, ser observada meticulosamente por seis o siete hombres desconocidos que pasarían sus miradas por mis brazos, por mis piernas, por mi vientre, por mi sexo, por mis axilas. Las axilas son muy íntimas, ¿no lo crees? Nada más de imaginarlo me ruborizo. He gozado mi cuerpo últimamente. Ahora es diferente. Hay mucha luz en el lugar donde me baño. Puedo mirarme con detalle todo el cuerpo. Lo he acicalado mucho. Tengo el tiempo. No sé para quién lo hago, quizá para mostrarme mañana o simplemente gozarlo. ¿Tú qué dirías? No eres celoso. He recordado cuando me fotografiaste desnuda. Lo hicimos varias veces. La primera fue en una playa solitaria, cuando tomamos aquel buque en el Caribe. Comenzaste por desabotonar mi blusa. Te miré excitado. Me recargué sobre una roca viendo al mar. Me fuiste quitando prenda por prenda. Volteábamos constantemente para confirmar que nadie observara, pero eso era justamente lo que nos incendió. Terminé desnuda, tirada sobre la arena. Se te acabó el material fotográfico y llegaste a mí con una furia que gocé muchísimo. Sentí que me usabas, que no podías contenerte, que te había llevado a eso simplemente por mirarme. Recordarlo y escribirlo me sacude. Enseñaste esas fotografías a Sebastián. Me dio coraje cuando me lo contaste. Pero después vi en ti tanto gozo que comencé también a gozarlo. Cuando volví a encontrar a Sebastián sentí que me miraba distinto. Eso provocó en mí una actitud hacia a él, sí, creo que de coquetería, de pacto secreto porque me miró desnuda. Todo viene de la mente Salvador Manuel. Eso lo perdimos. Dejamos de jugar con nosotros mimos. Nos tomamos demasiado en serio uno al otro. Tomamos nuestras vidas con una seriedad constante. Quiero gozar esas miradas. Quiero posar. Creo que he cambiado."

XX

Puso en marcha obras de infraestructura
CUATRO HORAS CAMINÓ EL GOBERNADOR PARA ENTREVISTARSE CON LOS INDÍGENAS
SANTA ALOTEPEC. A desatar el nudo de los veinte cerros, a exorcizar a diablos y chaneques del caciquismo y la marginación, de la injusticia y el agravio de siglos, llegó a esta comunidad el gobernador después de subir a pie más de cuatro horas, bajo la lluvia y la neblina, por el espinazo de estas montañas que se pierden en las nubes a más de dos mil metros sobre el nivel del mar, donde fue recibido por la Asamblea de Autoridades (ASA) y por cientos de indígenas que alumbraron con lámparas de gasolina el último tramo de los trece kilómetros caminados de la escarpada vereda.

La caravana, encabezada por el gobernador e integrada por los delegados federales y funcionarios estatales, presentaba un espectáculo inusitado al llegar altos personajes empapados y ateridos por el intenso frío, por primera vez a este pueblo con más de 400 años de fundado.

Catalina Gregorio Emeterio, con el atuendo tradicional y bajo un arco de flores, dio la bienvenida: "¡La palabra cumplida es oro para nosotros. La palabra vale más que los papeles, según la enseñanza del rey Condoi —último e indoblegable soberano—, estamos satisfechos de que hayas cumplido tu palabra, de llegar hasta nosotros caminando por esta vereda que es el único hilo que nos comunica con nuestros hermanos de raza!"

El gobernador, al iniciar esta jornada calificada de histórica por el ASA —nueva organización indígena independiente y combativa que lucha contra el caciquismo, la marginación y el burocratismo oficial—, había dado el banderazo en el pueblo de entrada a esta región, para el inicio de la pavimentación de la carretera de 238 kilómetros, que rompe el nudo de los veinte cerros y cuya primera etapa se cubrirá con un costo total de 15,500 millones de pesos.

Igualmente, ya en el centro de esta zona, donde no hay ni teléfono ni telégrafo, al iniciar su caminata el gobernador dio el banderazo a las máquinas que romperían estas montañas, comenzando la construcción del camino de San Isidro a este lugar, con una longitud de 17.7 kilómetros y que tendrá un costo de 1,200 millones de pesos.

Ayer encontré esta nota. Pensé en ti, pensé cómo sería la memoria de ese pueblo, qué historias contaría. Ya sé lo que piensas; antes no lo hubiera yo ni siquiera leído. Me parece escucharte. ¿Me sigues reclamando?, o ¿serán tus reclamos una invención mía? Qué locura. Martes, hoy no tengo cómo hablarte. Ya no sé quién eres. El tiempo se vuelve algo sólido entre tú y yo. Qué barbaridad, aquí estoy de nuevo en el escritorio atendiendo a tus fantasías.

XXI

El hombre de bigote y cara redonda se acercó sin prisa y dijo "señorita Almada", en tono de pregunta, después de un "buenas noches" más bien austero. Creo que Mariana y yo pensamos en ese formalismo provinciano que quiere etiquetar a las mujeres. El hombre me pidió las llaves de mi auto y extendió la mano acompañando el gesto con un "por aquí". Mi espalda tronó un poco. Aproveché para mover los hombros y estirar las piernas mientras Mariana daba la vuelta hacia la entrada. Pisé sobre piedra de río pequeña y muy regular. Producía un sonido suave con los pasos. Mariana cruzó el portón. Yo iba atrás. Vi cómo levantó la mirada hacia arriba dejando su boca abierta con cierto asombro. Lo disimuló de inmediato. La seguí y entré a un cuarto en donde la humedad se respiraba, olía. Estaba iluminado desde las esquinas y tenía un techo arqueado. Los muros ennegrecidos daban idea de una construcción austera, muy antigua, ahora presentada con gran orgullo y modernidad. Desembocamos en un corredor con recinto irregular en el piso. Unas columnas redondas de piedra nos condujeron hasta una escalera con huellas marcadas que mostraban un desgaste paralelo en cada uno de los niveles. La arcada y los muros lucían libres de objetos, salvo unos macetones de piedra y un enorme mortero de madera porosa agrupados en una esquina. Una frondosa mata de hule con sus hojas brillantes parecía coronar un ascenso muy preciso de plantas. Eran aralias y otras de hoja pequeña y gruesa que caían generosamente. Subimos la escalera hasta el descanso sin hacer ningún comentario. Levantábamos la vista, de paso en paso, para mirar aquel techo alto de bóveda en forma de estrella construida de ladrillo pequeñísimo y sin ningún otro elemento que contuviera su peso, como retando a la gravedad. Al terminar el ascenso del segundo tramo repetimos la perspectiva sobre la arcada, pero ahora en sentido inverso. Las mismas columnas de piedra, de trazos simples, cuando más de dos piezas, nos encaminaron. Al final del pasillo se veía una puerta antigua que conducía a un cuarto de donde salía una luz tibia. Pasamos junto a un cuadro en tamaño natural de algún religioso de mirada severa. Sujetaba un libro y un rosario entre las manos. El fondo era oscuro, igual que su vestimenta. Resaltaba el tono rosado de la cara y las manos. El hombre se adelantó unos pasos y golpeó con suavidad la hoja de la puerta, que se encontraba abierta, anunciando a la señorita Almada. Lo miré entonces de cerca. Tenía unos brazos muy gruesos y un mirar tranquilo, sin muchos horizontes. Entré después de Mariana. Me encontré en una estancia muy amplia de techos sumamente altos con pisos de barro y cubiertos de espléndidos tapetes orientales. De no sé dónde salió un precioso labrador que corrió hacia nosotros en silencio hasta que un grito lo hizo frenar el paso y bajar la cabeza apaciguado. Comprendí que aquello hubiera podido ir más lejos. Gruesos tablones de madera rojiza a manera de libreros con infinidad de objetos nos rodeaban. Vi a tres personas. Mariana saludaba primero a una mujer con unos pantalones de pana y un suéter con grecas. Me recordaron los usados en algunas regiones de la Sierra del Norte. Junto a ella estaba un hombre también joven, robusto, con el pelo corto y la piel asoleada. Unos pantalones beige a la moda y un suéter azul rey de alegría artificial se le imponían.

—Buenas noches —dije a la mujer y al hombre, después de pronunciar mi nombre y escuchar de mí un Salvador Manuel que arrojó una serie de recuerdos a la mente. De pronto vi cómo Mariana circulaba alrededor de la mesa construida a partir de un viejo portón. Cuando volví el rostro detrás de mí había quedado un hombre de edad, con su poco pelo totalmente cano, largo y descuidado. Estreché una mano enjuta y miré unos ojos claros, profundos, acompañados de una sonrisa apacible pero nerviosa. Aquel hombre se dirigió a nosotros y dijo:

—Los estábamos esperrrando —escuché una erre alemana al momento en que Mariana me lo presentaba como don Guillermo von Eichstedt. El hombre apretó mi mano y observé su delgadez. Lo recorría de pies a cabeza. Enfundado en una camisa de algodón que no ocultaba ni su calidad ni el uso al que había sido expuesta, el viejo me recorrió con la mirada. Unos cuellos largos fuera de moda y una suavidad que se transmitía hablaron por la prenda. El anciano llevaba un saco que había cobrado la forma de su propio cuerpo. Era de una lana delgada. Para mí resultó demasiado gruesa para la ocasión. Vi cómo el labrador se acercó a nosotros. Olió primero a Mariana, después a mí, dio unos pasos y fue a echarse junto a una silla alta que se encontraba a la derecha, un poco retirada, tapizada con una extraña tela de cortinaje antiguo con figuras de amibas redondas, en rojos vivos, ocres y grises claros. Tomaban un oporto que nos fue ofrecido. Lo aceptamos de inmediato. Era un Sandeman semiseco. Los tres hombres nos dejamos caer en unos sillones de lana cruda. Yo lancé una exclamación de cansancio que fue comentada por ellos. Mariana iba ya detrás de la mujer rubia en lo que entendería después fue algo más que la conducción al sanitario o a las recámaras para convertir aquello en escenario ideal. Mientras ellas se alejaban intercambiando saludos que mostraron un cariño añejo, aquel hombre de edad comenzó una plática que se transformaría en monólogo. El asunto resultó de inmediato cansado para el que descubrí era su yerno. Se trataba de un viejo arquitecto, aristócrata alemán, llegado al país hacía décadas, después de estar como diplomático en Estados Unidos, en Cuba y algún otro sitio en el Caribe. Yo sólo pude dirigirme a él como don Guillermo, a quien vi mover sus manos con gran energía mientras me comentaba cómo era el país cuando él llegó a ese lugar: maravilloso, dijo. No sólo admiraba su arquitectura colonial, sino sobre todo lo espontáneo y vasto de sus expresiones artísticas, según alcancé a entender. El otro hombre fingía cortésmente seguir la conversación mientras aquel viejo enjuto, cuyos huesos de las manos saltaban entre unas carnes venidas a menos, me iniciaba en la plática de lo que comprendí era su más profunda pasión, que en ese momento me percaté brincaba de todos los muros. Allí estaban una serie de rostros de figuras precolombinas de barro, piedra y otros materiales. No parecía haber un hilo conductor que las cruzara a todas, que les diera una explicación de conjunto. Dos me llamaron particularmente la atención. Eran las más grandes que tenía a la vista. Estaban asentadas directamente sobre el piso. Era una pareja boca arriba, ella con el vientre abierto, él con la mirada al infinito. Aquel hombre me invitó a seguirlo en un tour. Tomé mi oporto y lo llevé conmigo en un acto de comodidad al cual sentía habría bienvenida. Mariana regresó con la mujer rubia de ojos café claro. El otro era el encargado de atender las demandas de aquel hombre de vejez indefinida que entremezclaba términos alemanes y después los explicaba en español o en inglés de perfecta pronunciación. Comenzó por señalarme la nariz de alguna pieza precolombina encerrada entre libros de uso auténtico. Era una nariz recta que poco llamó mi atención. Después dimos unos cuantos pasos más y aquel hombre extendió su mano hacia la chapa de una pequeña puerta de la cual no me percaté a mi entrada. El labrador nos siguió, silencioso. El viejo abrió la puerta y se detuvo frente a la oscuridad total. Buscó con su mano el interruptor. Lo accionó. Apareció entonces en un gran salón un enorme candil de hierro con decenas de luces en forma de flama. Colgaba al centro de la habitación. Miré al fondo una mesa muy amplia. Sobre ella infinidad de libros sin orden alguno, también como un planetario metálico en miniatura y una lámpara de mesa hecha a partir de un viejo sifón. Comprendí que era su estudio cuando pude mirar los muros. De ambos costados, repletos de cientos de figuras precolombinas, algunas reposaban sobre repisas; otras, colgantes, eran iluminadas deficientemente, muchas más simplemente estaban allí sobre el piso, sobre pequeñas mesas, sobre los repisones de piedra de dos grandes ventanales por donde sólo se miraba la noche. Al centro había unos sillones de cuero negro labrado. También tenían libros encima. Había una obsesión evidente que el viejo no tardó mucho en delatar. Algo de polvo estaba presente en todas partes. A ese sitio lo gobernaba un orden que sólo conocía el anciano. Lo escuché vociferar frente a mí sin percatarse de lo poco que seguía sus palabras. Comencé a darme cuenta de la dimensión del cuarto, también con bóveda restaurada; logré mirar de nuevo los anchos muros de casi un metro que habíamos cruzado por aquella pequeña puerta, cuando ya ese hombre había trepado en una escalerilla de biblioteca. Colgaba de unas ruedas que facilitaban su traslado de un extremo al otro del librero. Vi cómo el perro fue a un rincón. Denotó su hábito. Entendí de las palabras que escuché que debía acercarme. Alargó su brazo para dejarme tener entre mis manos otra pieza en perfectas condiciones. Me dijo que debía mirar de nuevo la nariz. Era aguileña y nada tenía que ver con la recta que acabábamos de observar. Me intrigó la observación. Con sus gestos me demandó devolverle la figurilla. Puso la pieza de nuevo en su lugar para terminar con lo que comprendí entonces había sido un acto muy osado de su parte. Bajó lentamente, me acerqué a detener la escalera y vi que llevaba unos zapatos de ante viejísimos. Encerraban una comodidad que sólo él podía entender. Tomó un libro, lo abrió con seguridad, y entonces me señaló muchos más rostros. La suya era una conversación más que tenaz cuya meta no lograba todavía entender totalmente. Miré sus manos cuando movía las páginas. Vi unas uñas descuidadas, llenas de tierra; junto a ellas las mías se veían cuidadas al extremo. Me sentí incómodo. Lo cerró y al momento de leer Wilhelm von Eichstedt me percaté de que el autor era él.

—Léalo hoy en la noche, no se lo pueda rregalarr pues es el último que me queda, perrro fuerrron muchas las rrrazas, nunca una sola, eso no lo han querrrido entenderrr.

Miré de cerca sus ojos; la carnosidad de una catarata llamó mi atención. Me sonrió apresurado y cerró su saco. Tuve que seguirlo con prisa después de escucharlo decir que era tarde para la cena. Salimos acompañados del silencioso perro, que permanecía para mí sin nombre. Los tres, Mariana y la pareja, me sonrieron como insinuando compasión por haber tenido que tolerar una larga explicación que de seguro ellos ya conocían. El anciano desapareció al fondo del cuarto cuando ya Gustavo, según supe era su nombre, servía de nueva cuenta oporto en mi copa, lo cual le agradecí.

—Es su pasión —dijo Lilian, la rubia amiga de Mariana—, es toda una teoría sobre la existencia de varias razas antes de la conquista. La antropología oficial siempre lo ha negado.

—Lo leeré por la noche —dije por compromiso pero también por interés—, por lo menos lo hojearé —lancé en un desplante de honestidad frente al grueso volumen. Eso decía yo cuando apareció de nuevo aquel anciano mordisqueando un pedazo de pan cuyas migajas caían sobre los tapetes. Entró con pasos cortos seguido por el labrador, que brincoteaba con las orejas alzadas y una mirada achispada. Perseguía las manos del arquitecto, quien dijo con tono serio:

—Lilian me muerrro de hambrrre.

Para evadir la tensión momentánea, volví la vista a una extraña figura religiosa, de madera, con una altura de medio metro. En una de las manos vi una paloma desproporcionada, muy grande y blanca, La talla era burda pero atractiva. Se trataba de algún santo de rostro deslavado con una llamativa capa azul. Von Eichstedt lanzó con algo de enfado unas palabras que no alcancé a comprender. Recordé lo que decía mi madre: los ancianos terminan como los bebés. El desarreglo del horario por nuestro retraso había alterado los hábitos de aquel hombre. Lilian caminó apresurada mientras Mariana incorporó a la conversación a don Guillermo. El anciano de inmediato empezó a hablar de no sé cuántos centenares de árboles que había plantado en la temporada de lluvias, como todos los años, y de cómo ahora los pájaros se refugiaban en sus laureles, en sus cedros y eucaliptos, en unas enormes casuarinas que protegían a los pequeños encinos que él ya no vería crecer. Su última pasión estaba a flor de piel. Lilian apareció de pronto. Noté su altura y sus anchas espaldas. Todos la seguimos a un comedor estrecho y altísimo donde un par de naturalezas muertas de gran tamaño marcaban las cabeceras. Las sillas de respaldo alto daban una formalidad que al principio me impactó. Al fondo estaba un trinchador con un par de Menorahs que me trajeron una imagen religiosa a la mente. Sobre la mesa había un platón con embutidos: salami, jamón cocido, jamón serrano; otro pequeño plato tenía paté y sobre un tablón de cedro rojo se veían varios quesos, desde queso fresco que me enteré se conseguía en la zona, hasta un brie que anunciaba su madurez por un escurrimiento. Había dos botellas abiertas, sin etiqueta. Era vino rojo. Don Guillermo tomó una de ellas y se sirvió sin mayor protocolo. Lilian se incomodó por la descortesía. Mariana y yo le sonreímos. Gustavo tomó la otra botella y sirvió nuestras copas. Yo gozaba el lugar. Mariana se dio cuenta. Cruzamos miradas presurosas para no bajarnos de la conversación, en la cual don Guillermo explicó su verdadera razón de estar allí: la plata. El arquitecto Von Eichstedt patrocinó sus inquietudes arqueológicas aplicando sus conocimientos al diseño de la plata. Había invertido parte de su patrimonio, de cuyo origen nunca habló, en rescatar un filón inundando de una de las minas de Aguajes. Varios siglos de abandono fueron los constructores de su actual paisaje. Llegó allí tras de alguna nariz, no recuerdo si judía o negroide o asiática. Entró a aquel pueblo desolado para no salir de él. Durante su primera visita se había topado con una mujer del pueblo, de edad, cuyo esposo vendía piezas de plata, artesanías anticuadas y sin futuro comercial. Fue él quien le comentó que trabajaba en un filón de la mina todavía accesible a pesar del agua. Don Guillermo encontró en Aguajes su última, su gran aventura vital. Compró los derechos de aquella porción de la mina a una familia que nada sabía de minería, consiguió equipos modernos para extraer el agua y contrató mineros de otras zonas que no se arredraran a entrar a la mina, a la que no sé bien qué mala fortuna se le asignaba en Aguajes. Ese filón corrigió su rumbo y en lugar de continuar incrustándose hacia las profundidades resultó una excelente veta, perfectamente explotable con la tecnología de la época. Los diseños iniciales habían sido del propio arquitecto. Sólo uno de sus ocho hijos,

Lilian, había heredado la facilidad para el diseño, aprendiendo el oficio. De la comercialización se encargaba Gustavo, quien intervino al final de la conversación para hablar de la complejidad de su área. Noté que la explicación había sido efectuada en varias ocasiones. No le restó autenticidad. Al principio permanecí quieto, protegido con el pretexto de la copa de oporto que debía terminar antes de comenzar a comer. Don Guillermo había puesto el ejemplo de la mecánica con la mayor naturalidad. Primero lanzó su tenedor por una rebanada de pan negro que se encontraba al centro de la mesa, en un cesto, y después su cuchillo por un poco de mantequilla que untó sobre el pan. Puso encima una rebanada de jamón y una tira de queso gruyer. Las combinaciones eran múltiples. Lilian ejecutó una que no dejó de asombrarme cuando untó paté sobre la mantequilla. Debo haber puesto alguna cara poco propia. Mariana se contuvo con una sonrisa y una mirada que me invitó a elevar la mía. Una vez preparados los panes, que no se tocaban con la mano, eran cortados con cuchillo y tenedor, lo cual no sólo resultó incómodo sino novedoso. Mariana conocía las reglas y yo, para que no quedara duda, dije que en algún viaje había cenado en esa forma, lo cual era cierto aunque creo que sonó falso.

—Aufschnitt —me dijo Lilian mientras don Guillermo comía sin pausa.

Cuando Gustavo daba la explicación de su quehacer, don Guillermo lanzó un bostezo y algo dijo en alemán a Lilian, quien se paró y trajo una canasta con galletas. Don Guillermo pasó de la sal al dulce y la leche sin mayores trámites. Nosotros seguimos inventando combinaciones de nuestro Aufschnitt. Justo después de que sus ojos parpadearon dos veces seguidas con excesiva lentitud que aquel viejo se paró y lanzó un "buenas noches" que respondimos con uniformidad. Salió seguido de su acompañante silencioso. Roto el silencio de la partida regresamos a una conversación aligerada de alguna manera. Mariana se sirvió en varias ocasiones vino y dio pretexto a Gustavo para que sacara otra botella, que también hubo de acabarse. Era la producción familiar de algunas amistades que año con año sacaban de 2,500 a 3,000 cajas de vino puro, sin gran vejez, elaborado con caldos comprados en la zona vitivinícola del país. Había años mejores, pero no servía de nada poner la etiqueta o separar las botellas físicamente para no caer en confusiones, pues no había indicación alguna que diera la añada de origen. Era un vino grueso y noble sin mayor pretensión, grato y homogéneo. Lilian y Mariana se trataban con una familiaridad de ésas que sólo se logran cuando hay puentes que unen las infancias. Relataron anécdotas de su adolescencia y de su juventud. Siguieron adelante en una especie de recorrido biográfico que me explicó su compenetración. Apareció en una de ellas el nombre de Imanol. Comprendí que había sido el acompañante de Mariana durante varios años. Un extraño sentimiento me recorrió. Mariana me miró con un poco de inseguridad contenida. Sorteó con rapidez el episodio. Yo traté de mantener inmutable mi rostro. Rodeados de aquellos muros de terminado rústico, frente a aquella gran mesa de gruesos tablones que supe eran de árboles caídos de la propiedad, al igual que los de los libreros, entramos en un sopor que permitió que un agradable cansancio brotara en mí. Los silencios nos llevaron a percatarnos de la gran soledad en que nos encontrábamos. Reíamos de alguna anécdota que platicó Gustavo, quien destapó su ingenio al desaparecer don Guillermo, cuando me topé con una mirada de Mariana que me lo dijo todo. Cruzó su mano por encima de la mesa y volteó la palma hacia arriba en espera de la mía. En ese momento supe que Mariana me deseaba.

XXII

"Miré a Octavio a los ojos. Recibió mi mirada con extrañeza. Caminé sobre las baldosas de barro sin volver la cara. La luz era todavía amarilla y fría. Sentí cómo mis pechos se movían paso a paso. No me encorvé. Le dije: ¿me aceptas como modelo? Se quedó callado, sonrió con picardía. Noté en sus ojos cierta excitación. Un compañero de barbas, parado junto a él, volvió el rostro con asombro y me miró a la cara. No respondí con mis ojos. Él continuó acomodando su caballete. No es sencillo, me dijo. La inmovilidad cansa. Yo no lo había pensado. Lo notó. Lo reté: ¿crees que no sirvo? Por supuesto, dijo, eres muy bella e interesante, ¿de verdad quieres posar, Elía? Sentí cierta intimidad entre él y yo cuando pronunció mi nombre. Sí, dije. Adelante, respondió, ya te diremos la posición. Elía va a ser nuestra modelo hoy, dijo a los demás. Se hizo un silencio. Trabajaremos con carboncillo, bosquejos rápidos para que no se canse. Me pareció escuchar algunas voces. No distinguí palabras. Estaba nerviosa. Caminé de frente. Miré junto a la tarima el banco y el perchero rústico de tres ganchos. Me senté y miré de frente al salón. Eran alrededor de quince. La mayoría hombres, los estudiantes regulares de la Academia más los casuales. Capturé varias miradas de intriga entre ellos. Levanté la barbilla como para darme seguridad. Vi que Octavio se frotaba las manos y fingía revisar los materiales. Permanecí con las piernas juntas y las manos tomadas al frente. Octavio me dijo: adelante, estamos listos. Me paré, me volví a la pared. Primero desenganché el collar de cuentas y conchas. Sentí a Octavio cerca, vi su mano: yo te lo guardo, dijo. Después me quité las sandalias, las acomodé junto al banco. Mis manos temblaban. Las moví y en acto reflejo desenganché el cinturón. Extendí el brazo y lo colgué en el perchero. Sentí que me esperaban y que todos me miraban. Pensé en mostrar calma. Dudé si primero debía quitarme la blusa o la falda. Deseaba que mis pezones estuvieran recogidos como a ti te gustan, pequeños y endurecidos. Busqué un escalofrío. Comencé por el cuello. Lo logré. Desabotoné la falda; eso me daría tiempo. Saqué una pierna después la otra. De seguro mirarían mi calzoncito. Doblé la falda y la puse sobre el banco. Fingiendo seguridad desabotoné la blusa. Recordé que debía echar los hombros para atrás. Se recogió mi vientre. Había un gran silencio. Colgué la blusa. Pensé en la forma de quitarme el calzoncito con elegancia. Nunca me fijé cómo lo hacían las modelos. Tuve que encorvarme y escurrir los calzoncitos por entre las piernas y los pies. Los recogí con rapidez. Por fin los miré a todos de frente. Estaban serios. Con discreción me recorrían de arriba abajo. Capturé la mirada de Lorenzo, que observaba mi pubis. Sentí raro, después pensé que me excitaba. Intentemos primero una posición sentada, oí de Octavio, que extendió la mano para ayudarme a subir. Sudaba. Noté la madera áspera bajo mis pies. Siéntate, me dijo; comprendí que debía ir al piso. Lo hice con tanta gracia como pude. Elía tiene unas piernas largas, esbeltas y bellas, dijo, veamos qué podemos hacer con ella. Abracé las rodillas con mis brazos, ocultándome. Octavio pidió: la cabeza para atrás. Se acercó mucho, con suavidad tocó mi hombro y mi pierna izquierda; de frente, me dijo. Comprendí que estaba de lado hacia las miradas. Vio mis pechos de cerca. Supo que yo sentía su mirada. Mi cuerpo quedó frente a ellos. Mis piernas se habían abierto por el movimiento. Tuve una extraña sensación en el estómago, estaba muy emocionada. Octavio tocó mi barbilla y la empujó hacia atrás, después acomodó con suavidad mi cabello. Sentí sus ojos en mí. Una gota de sudor bajó por mi costado. Después recogió una de mis piernas doblando un poco la rodilla. Vio mi pubis. Tomó mi pie derecho y lo cruzó hasta tocar el muslo izquierdo. Me alegré de haberme acicalado. En voz baja me dijo: tranquila, eres muy bella. Nuestras miradas se cruzaron. Lancé mis ojos al techo de ladrillos y vigas. Nunca lo había observado. Otro escalofrío me vino sin desearlo. Noté sus efectos sobre mi piel y mis pechos. Creo que sonreí. Mi olor subía por mi vientre, suave, me agradó. Creo que a todos nos agrada nuestro olor. No bajes la cabeza, escuché. Miré de frente. Octavio estaba parado detrás de un caballete. Él mismo dibujaba, me miró justo de frente, me tenía expuesta. Por un momento los demás desaparecieron. Me importó que él me mirara. Sería el comienzo."

XXIII

"Fue tu memoria la que provocó a la mía. Yo sólo quise contar tu vida en tu propio idioma, el que es válido para ti, en el de tu memoria, con el que contaste la historia de los demás, de los tuyos. La dejé correr, arrojarme imágenes sin preguntarme mucho su sentido. Hoy es diferente. Miro las palabras, en ellas busco, hurgo, desentraño. Son la fragua de mi memoria. Me admiro de sus formas, de sus recovecos, de sus profundidades, de lo que no está allí, de lo que no recuerdo, de lo que no encuentra palabra para ser. Hoy las miro, Salvador Manuel, y trato de comprender cómo se hermanan, se entrelazan y cruzan, se persiguen. Paran cuando menos te lo imaginas. Corren a sitios donde no gobierna la voluntad. Ahí juegan unas con otras y establecen sus reglas. Tú dices que falseo, que traiciono, pero no traiciono a nadie. Cuando más me alejo de tu memoria. Ellas lo hacen. Hoy el cuento tampoco es tuyo. Es cierto que las palabras agitan lo que sin saber he ocultado. Por ello son verdaderas exploradoras de territorios, territorios de nuestras vidas que están allí, pero ocultos, guardados, dormidos. No son de nadie todavía, no los han conquistado. Tengo que dejarlas hablar, que me cuenten mi historia en su colorido y muestren las imágenes que quedaron en su registro. Sólo así serán totalmente mías. Sabré por fin qué guardo sin conocer, qué llevo de cada quién, qué soy yo misma."

Fue después de que la leche en los pechos de Eva se secó cuando Elía, con rechazos débiles, con huidas de explicación y con el torso cubierto, negó al padre el baño en el río. Omar iba de un lado a otro sin comprender qué ocurría. Hasta que una tarde, con el cansancio prendido a su cuerpo, montó en cólera frente al permanente silencio de Eva. Señaló a Elía indicando enojo. Elía quedó en silencio, lo miró a los ojos, lo tomó del brazo (lo recuerdo ese día con olor más seco), lo llevó al río sin decir palabra, pero ahora ella fue por delante y sin brincotear (lo senté en una roca, lo tengo claro). Después, con pasos lentos, se alejó hasta ese lugar desde donde él la podía ver entera. (Lo miré a los ojos y desprendí de arriba aquel que parecía gran blusón.) Omar mantuvo su vista en los ojos de su hija, pero la traición de un instante, de un parpadear lo llevó primero a la cintura estrecha, de ahí y en un paso al vientre y aún más allá. (Esperé su mirada. Cuando la volví a encontrar comprendí su ira, su encanto y su parpadear incontrolado. Después me incrusté en el agua.) Un buen tiempo, con aparente olvido, nadó Elía mientras el hombre sentado en la roca la miraba indefenso, sin moverse. Como todas las tardes, llegaron los que algún día fueron niños y lanzaron hilos para pescar en espera de un jalón de aventura y quizá de alimento. El río esa tarde fue terso. Allí estaban junto a Omar. Miraron tras los hilos las aceitadas formas que en el agua iban y venían provocando sin distinción. Dicen que salió por la orilla, entre el aire grueso, lenta, espigada, cubierta sólo en los hombros por su propio pelo. Salió a unos cuantos metros de donde había sentado a Omar. Todos los ojos dejaron el río y fueron hacia ella. El padre fue el primero en irla a arropar.

"Recuerdo con claridad aquella tarde, Salvador Manuel. La tenía guardada, quizá porque nunca lo hablé con mi padre. Esos asuntos nunca los hablé con él, tampoco con mi madre. Supe de su molestia ante mis huidas. Mi madre con suavidad lanzó un reclamo. Su molestia había crecido mucho, eso no lo puedo quitar de mi mente. Pasaba las tardes sentada en una vieja poltrona de mimbre que ponía en la calle para recibir el fresco. Recuerdo que me lo dijo en la cocina, aprovechando el momento a solas. Fue rápida y precisa. Primero hubo enojo de mi parte, después comprendí qué tenía que ver con los ojos de ese hombre que era mi padre. Lo decidí sin saber bien lo que quería. Salí y con naturalidad le pregunté si me acompañaba al río. Primero fingió desdén, después me argumentó no tener tiempo. Estaba herido. Insistí. Tomé su brazo, lo jalé y salí, creo que con una alegría retadora. Guardo varias emociones de esa tarde. Llegamos al río. Lo llevé a la roca. Me desnudé como siempre, pero sin brincotear. Él acomodó mi ropa, bajó la vista y movió las manos con una prisa que tenía otros motivos. Me lancé al agua porque vi venir a los muchachos. Allí no dominé mi pena. Creo que no eran pechos lo que tenía. Cuando más un abultamiento. Algo me causaba una gran pena. Sería mi pubis. No logro recordarlo. Ellos aceleraron el paso, pero fue demasiado tarde. El agua me cubría hasta donde quise. Sabía que me esperaban, que estarían allí fingiendo una pesca apasionante. Así que me sumergí y saqué las piernas, brinqué de espaldas a ellos lo más alto que pude. Me di poco a poco. Jugué con ellos. Era mi padre quien siempre me llamaba, ya es tarde, vámonos decía. Esa tarde guardó silencio. ¿No quería que yo saliera? Nunca lo he sabido. Lo pensé cuando escribí la escena del cuento. ¿Quizá tuvo pena? El Omar del cuento seguro la tiene. Supe que había llegado el momento. El sol se iba y yo no podía prolongar más aquello. Peiné mi cabello con el agua, lo eché para atrás. Oscurecía, pensándolo bien. Me dirigí a la orilla. Entonces comenzaron a salir incontenibles los nervios de mi padre. Lo vi voltear hacia los muchachos, que platicaban lanzando vistazos continuos, primero a mis hombros, mi padre se paró, después a mis pechos, que creo que eran ya algo más que una insinuación. ¿Sería así?, ¿o quizá yo lo magnifico ahora y soy presa de mis propias emociones capturadas en una engañosa memoria? Caminé lentamente, no con la prisa habitual de la pena que sólo era mía y no de mi padre. Esa tarde la prisa fue de él. Tomó la toalla, caminó rápidamente hacia mí. Los últimos pasos me sacaron. Apareció mi vientre y lo demás. Los muchachos miraron. Mi padre estuvo a punto de caer al río en su afán de ocultarme. Me hace gracia recordarlo. Tomé la toalla y me sequé sin importar qué parte era primero. Sin jerarquía. Sacudí el cabello. La toalla fue de un sitio a otro mientras escuchaba a mi padre decirme apresúrate, sécate. Los muchachos perdieron todo disimulo, olvidaron sus cordeles y dejaron de cuchichear. Me vestí con lentitud exagerada. Mi padre se paró entre los muchachos y yo, buscando formar una barrera tardía. Terminé. Regresamos en silencio. No dijo una palabra. Mordisqueó su lengua, como acostumbraba cuando los nervios se apoderaban de él. Lo hizo sin cesar. Caminamos por las calles. Un saludo nervioso, un buenas tardes por aquí, un adiós por allá. Mi madre tejía en su poltrona de mimbre cuando llegamos. Nos vio venir. Regresó su mirada al tejido y preguntó cómo les fue; bien, respondió mi padre. Mi madre me miró a los ojos. Creo, Salvador Manuel, que nunca supo bien a bien lo que ocurrió, ¿lo intuía? En mi memoria la tarde del río ocupa un lugar muy especial. No recuerdo si algún día te lo platiqué. No lo creo, porque fue el cuento quien me llevó allá."

XXIV

Hay mucho de invención de la riqueza con el proyecto de electrificación total. Tienes razón. El presidente está empeñado. El país tiene un gran proyecto que lo sacude y le hace pensar que el final de sus miserias está cerca. Es un anhelo colectivo frecuente. No creo en él, pero por lo pronto la expectativa de riqueza todo lo ha invadido. Es como un gran torbellino, mientras estés arriba todo va bien. Me reí mucho con tu descripción de los burócratas cuidando a burócratas. Es un retrato exacto de ciertas zonas del sur del país. Poblaciones medianas, sin sabor ni color, pero cercanas a las zonas petroleras y por ello repletas de tiendas donde se venden refrigeradores, televisores, estufas, mesas, ropa de plástico, zapatos, muchos zapatos, ¿me escuchas? Vestidos de novia junto a materiales de construcción, cemento, cal y tinacos, que son vecinos de rústicas peluquerías, neverías. Creo que predominan los muebles. Es cierto, este país apenas se está amueblando. La gente está aprendiendo todo, desde calzar y vestir hasta poner sus hogares, guisar en estufas y dejar los fogones. Pero en esos mismos poblados ya están altos burócratas que se quejan de la lejanía con la ciudad. Para remediar tan penosa circunstancia se trasladan con un séquito que les garantice los finos servicios que, consideran, merecen. Se ven a sí mismos como colonizadores internos en ardua labor civilizatoria. ¿Haría yo lo mismo en su lugar? ¿Tú que piensas, Elía? Cierta sofisticación en mis gustos no deja de preocuparme. En tu cuento no aparece el automóvil. Este es un país que crece con el automóvil. Todos los pueblos están rodeados de kilómetros de servicios para los automóviles. Allí están siempre los que reparan llantas, los que hacen hojalateado, los que componen lo eléctrico y lo mecánico. Hay pueblos que se forman en meses porque donde hay petróleo habrá dinero. Pero también está la marcha, no lo olvides, Elía. La presión de nuestros vecinos para detener la inmigración a como dé lugar es pan de todos los días. Como ya me hiciste ministro, cuestión que te agradezco mucho, compartiré contigo mis preocupaciones ministeriales. ¿Cómo detendrías la marcha? Espero los capítulos venideros con verdadera inquietud, mejor que en un seriado de televisión, sin duda. Por cierto, me empiezan a llegar los recortes de periódico, y aunque no puedas creerlo, poco a poco me han hecho ver al diario desde una perspectiva diferente. Se vuelve uno insensible a las notas trágicas, a las realidades desgarradoras. Me lo dijiste muchas veces: "Ya no sientes lo que lees, pareces autómata, a mí con una nota me basta, no puedo soportar leer tanta atrocidad." Eso decías. Eres muy severa. También te disculpas de no leer noticias diariamente pretextando esa sensibilidad. Si me lo aceptas podría engrosar tu expediente. Te enviaré las notas que he leído intentando estar consciente de su dramatismo. Elía, no sé qué ocurre, pero te siento cercana. El no haber escuchado tu voz, el sólo recordarte por las fotos que están encima del chifonier me ha hecho reflexionar en lo que significas en mi vida. La cotidianidad crea una nube de tal espesor que te ciega. La distancia ha sido dolorosa por momentos, para ser sincero. Siento deseos de verte. Tú no has insinuado nada de ello. Sé de ti por tus notas, y de tus pensamientos por el cuento. Le tengo pavor a romper esta comunicación que es sólo nuestra y que nos ha acercado. Estoy confundido, déjame pensar.

XXV

Nos levantamos de la mesa. Empujé mi asiento y agradecí a Lilian como una última formalidad del día que debía ser cumplida, a pesar de la confianza espontánea estrechada por aquel vino tinto. Mariana se paró a mi lado y cruzó el brazo izquierdo alrededor de mi cintura, poniendo su mano sobre la mía. Ella llevaba la iniciativa. Yo tenía que responder. Sentí extraño al principio. Una caricia suave de Mariana sobre mi mano me obligó a continuar con aquello que creía saber hacia dónde quería ir. Yo no impulsaba, estaba retraído. Gustavo se despidió cuando salimos al pasillo. Bajó la escalera. Lilian caminó con nosotros un trecho, como brindándonos una compañía necesaria para encaminarnos a nuestras habitaciones. Suavizaba el cuadro rompiendo los silencios con amabilidades:

—Lo que se haga falta, por favor pídanmelo. Estamos abajo, en la recámara correspondiente en la plata baja. Hay garrafones con agua en los cuartos, no beban de la cañería. Hay cobertores extras en los closets.

Me di cuenta de que Lilian llevaba el orden de aquella casa, y lo hacía con eficiencia. Llegamos a una puerta de doble hoja de madera apolillada, pero con un mantenimiento evidente. Lilian extendió una mano y dijo:

—Buenas noches, que duerman bien —me miró a los ojos. Vi otra puerta un poco más allá, también iluminada, lo cual me tranquilizó.

—La puerta de tu cuarto está amañada, pero con un poco de fuerza cierra —dijo Lilian.

Eso me tranquilizó aún más. Me sentía nervioso por lo que creí ver en las miradas de Mariana, desprender de sus caricias, entender en sus gestos, pero que sólo ahora sabría si era real. Había decidido aguardar, no forzar nada. Pregunté:

—¿A qué hora se desayuna?

—Mi padre se levanta desde el alba, duerme poco, para él hay café caliente y algún pan desde temprano. Gustavo y yo lo hacemos alrededor de las ocho de la mañana, pero ustedes descansen —Lilian fue muy clara y amable. Se despidió de Mariana dándole un abrazo prolongado y cariñoso—. ¡Por fin te veo en Aguajes! Hasta mañana.

    Mariana y yo quedamos parados frente a la primera puerta mirando cómo Lilian caminaba por la arcada; corría un aire frío y delgado. Lilian tomó sus brazos, los cruzó al frente. Pocos pasos después apagó una serie de faroles de latón que iluminaban la arcada y el patio central. Dos quedaron encendidos, uno entre la habitación de Mariana y la mía, otro en el inicio de las escaleras. Escuchamos cómo Lilian llegó a su recámara y cerró la puerta. Comenté algo inoportuno sobre la belleza del lugar. Mariana caminó hacia mi puerta, creo que sabiendo que eso me tranquilizaría, pero no a qué grado. Bajó el maneral de hierro antiguo y entramos a un dormitorio muy amplio de techos de gran altura, con una ventana cubierta por unos oscuros de madera entintada. Al centro destacó una cama antigua de tubo latonado. Estaba abierta. Dos grandes almohadones y un edredón invitaban a ella. En el piso había unos tapetes blancos de lana cruda con borlas en las esquinas. Daban al cuarto una sensación de limpieza y un toque de actualidad. Mariana cerró la puerta, tomó mis brazos y los puso en sus hombros, me miró a los ojos y con suavidad acercó sus labios a los míos. La sensación me desconcertó. Después me di cuenta de que era muy agradable. Me besó y acarició mi cuello tranquila y segura. Logró alejarse de sí misma, de su historia, y trató de seguir los pasos que yo había iniciado. No debía resistirme, no debía ser yo quien estableciera una frontera. Nos besamos largamente. Lo gocé y pensé que lo gozaba. La froté con mis manos. Sentí su espalda, olí los rastros de su perfume, la acerqué a mí, la fui deseado cada vez más. De pronto retiró la cara, aspiró profundamente y dijo:

    —En mi cuarto hay chimenea. No necesitas salir al pasillo, esa puerta —y señaló lo que pensé era un clóset— nos comunica, visítame.

    La miré con extrañeza. Iba a pronunciar alguna palabra que extendiera una salida, tenía deseos de carne, me atraía y excitaba. Pero un resquemor se sobreponía porque Mariana no era un juego, no podía ser una simple coincidencia, un cruce afortunado. Elía estaba en mi mente, allí, preguntaba con regularidad y le contestaba para sabernos aún más. Mariana se percató de mi intención de hablar y de inmediato puso sus dedos sobre mi boca como lo había hecho en el auto y silbó su "sssss".

—No digas, no digas nada, dejemos por una vez que las cosas caminen por donde nacieron, tú dijiste atracción, fue lo primero, dijiste emoción, cumplamos con eso —me tocó la frente, el ceño fruncido—. ¿O quizá no es nada más deseo? No me conoces, sabes poco de mí, quizá demasiado ya, no nos digamos nada. Para mí tampoco será fácil porque... —entonces le puse dos dedos en la boca y silbé como ella.

—No me digas —apliqué temeroso el mismo mecanismo, quizá más por habilidad en el diálogo que por una comprensión profunda de lo que ocurría, de lo que interiormente me sucedía, de todas las dudas de las que ya era consciente.

Ella se sonrió ligeramente. Salió por la puerta que daba a la arcada. La cerró con cuidado. No supe si salió por esa puerta para que Lilian lo escuchara. ¿Por qué no utilizó el afortunado pasadizo que de seguro fue también un sorpresa para ella cuando subió por primera vez a las recámaras? ¿Lo habría comentado con Lilian? Nunca lo supe. ¿Qué tanta confianza se tendrían?, no lo sé todavía. Podría yo ir al deseo, simple y llano, dejarme guiar por una atracción fuerte y recíproca, corresponder a una soledad y a un vacío, estar allí sin que nuestras disímbolas vidas se entretejieran. ¿Qué quería Mariana de mí? Se lo había preguntado horas antes y lo que había parecido una simple salida retórica cobró sentido. Comencé a comprender su silencio en el trayecto. Para ambos era un reto, eso quedó claro. No quería yo saber en qué consistía el suyo. Apenas avizoraba el mío. Ella tendría sus causas. Yo sabía algunas de las mías con nombre y apellido, con fecha de nacimiento y ubicación. Tomé mi equipaje, lo puse sobre un maletero de madera y lona que vi a un lado de la segunda puerta, que sí era un clóset. Saqué mi estuche de aseo. Lavarse los dientes se convierte en más que una mera costumbre, llega a ser necesidad; además, en ese momento resultó una cómoda evasión de mí mismo. Saqué un pijama de algodón americano, azul claro con filo azul oscuro. Coloqué primero mi chamarra de cuero. Toqué la humedad que había dejado bajo los brazos. Había un fresco que invitaba a cubrirse. Me quité la camisa, que arrojé al maletín. El pantalón lo coloqué en un gancho de madera viejo. La temperatura me inhibía a quitarme la ropa interior. Eso Elía lo hubiera comprendido, pero no podía ir a Mariana con calcetines y camiseta. ¿Por qué dudas atravesaría Mariana allí, a unos cuantos metros, manteniéndose tan lejana como lo deseaba? No habría palabras entre nosotros. Las pocas que habían salido comenzaron a separarnos. Me quité todo y me puse el pijama. Saqué la bata de viaje que se guarda en una pequeña bolsa. Me la coloqué. Nunca la llevo conmigo. Siempre la olvido. Pero en esa ocasión algo intuí o quise intuir. Me lo señalé a mí mismo. No tenía pantuflas de viaje, las alfombras las hacen inútiles. Aquí era la excepción. El piso estaba frío. Miré al techo y vi las vigas apolilladas pero en buenas condiciones. Fui a la puerta, toqué tomando de inmediato la perilla, pero recibí por respuesta:

—Espera un momento.

Me desconcerté. Permanecí allí de pie unos instantes, los suficientes para confundirme. El piso estaba frío, muy frío. Oí y sentí el golpeteo de los pasos acelerados de Mariana, como galopando. Me pregunté qué hacía.

—Adelante —dijo.

Giré la perilla; no se abatió la puerta. Tuve que apoyarme con la otra mano. Entré. La miré en la cama, cubierta con la sábana hasta el cuello, hacía frío. Acababa de prender la chimenea, eso lo noté porque el periódico encendido todavía no lograba traspasar la llama a los leños. Las luces estaban apagadas. La chimenea debería iluminarnos, así lo entendí. Una coquetería calculada se hizo evidente. Su cama tenía una gran cabecera de madera tallada, eran flores y extrañas curvas indefinidas. Me dio risa.

—¿De qué te ríes? —lo dijo en un tono serio.

—Me siento atrapado.

—Yo soy la acosada por tus declaraciones.

Reímos. Yo tenía frío en los pies. Caminé a unos tapetes de lana, iguales a los de mi recámara. Me aproximé sin excitación; ¿dónde estaba aquella emoción de los roces, de las manos, de las miradas? Ella lo notó. Fue provocadora.

—Ven acá, Manuel.

Recordé a Elía porque no dijo Salvador Manuel. Vi sus ojos negros brillar. Su cabello cayó sobre su espalda cuando se incorporó deteniendo la sábana frente a sus pechos. Comprendí su desnudez y mi espera frente a la puerta. Me acerqué a su lado. Tomó mi cuello y dejó caer la sábana. No pude mirar sus pechos, pero me excité al saber que estaban al aire, que el acto se había iniciado. Froté su espalda; era suave, sus pechos tocaban mi cuerpo, sentí sus omóplatos, bajé mis manos a su cintura, las pasé al frente y toqué su estómago, y con precaución subí hasta llegar a los pechos mientras ella continuaba sobando mi espalda. Yo vestía mi pijama y bata. Ella estaba en desventaja. Vendría lo mío. Ella soltó el cinturón de la bata y la deslizó por los brazos, después comenzó a desabotonar el pijama hasta que mi torso cubierto de vello quedó al aire. Tuve frío, es la verdad. Tengo canas en el pecho, eso me apenó; después pensé que quizá era atractivo. Lo frotó y dejó de besarme. Me arrojó con suavidad sobre la cama. Vi que se disponía a montarme y le dije:

—Déjame mirarte.

Era real mi inquietud, quería mirarla. Se sonrió como reclamando mi astucia y sin entender mi honestidad sacó una pierna de entre las sábanas. Su piel era mucho más blanca de lo que había imaginado. Sus pies estaban perfectamente limpios. Se paró y caminó de espaldas a mí. Vi primero su cintura, muy marcada, y unas caderas amplias y firmes. Hacía mucho deporte, no me quedó la menor duda. Se detuvo como a cinco pasos y se volvió virando rápidamente. Entonces miré sus pechos. Eran grandes y colgaban pesadamente. Su centro era grande, de redondez perfecta. Caminó hacia mí con cierta premura, yo me había trasladado a su vientre, a un pubis moreno y pequeño que nunca había siquiera imaginado. La desnudez la incomodaba, dominé la situación, me incorporé y la detuve con mi mano:

—Eres preciosa —era cierto y ella necesitaba saberlo en ese instante—. De verdad —insistí.

Jalé su brazo, cayó sobre mí. Encontré una mujer muy sensible que respondía a cada avanzada, que se estremecía de vez en vez ante alguna novedad improvisada que yo traté de que se viera conocida. La convencí de subir sus brazos y apoyarlos sobre la cabecera, la convencí de girar hasta que le tuve la confianza suficiente para decirle que jadeaba y que eso me excitaba aún más. Las sábanas dejaron de parecerme frías y pronto ella encontró su cima ante mis manos, que la presionaron aparentando que la compasión no existía. Después, ella soportó haciendo de ello su instrumento. Miré sus ojos. Para entonces ya lanzaba una carga de cariño. Lo comprendió. Actuó suspirando con profundidad hasta llevarme. Caí a su lado. Ella se volvió a cubrir con las sábanas. Recargó su barbilla sobre mi hombro con inocencia, no sé si calculada o por un cariño que le conocí en ese momento. Era honesta, cruzó su brazo sobre mi pecho. Respiré con profundidad e iba a decirle algo cuando de nuevo sentí sus dedos sobre mi boca y escuché:

—Sssss, no digas, no digas.

Entré en el sueño.

XXVI

"Ese día lo llevaba yo en la sangre, Salvador Manuel, por eso ocurriría. Sentí cómo me frotaron, de mi boca a mis pies. Pasaban por mis pechos y se pasearon por mi vientre. Se untaron en mis brazos y mi torso, penetraron mis axilas, mis ingles, miraron entre mis dedos, hurgaron en el contorno de mi seno, levantaron mi cabello, resbalaron por mi cuello y cayeron en mis dobleces, rasgaron con sus dedos mis costillas, peinaron mis cejas, señalaron mi ombligo, recalcaron mis muslos y acariciaron mis entradas. Lanzaron flechas a través de mis vellos, torcieron con suavidad mis pezones, alargaron mi entrepierna, tornearon mis rodillas. Sus brazos seguían a sus manos, que seguían a sus ojos, que perseguían a mis caderas insinuando oscuridades, marcando luces y brillos. Hablaron de mis hombros, nombraron todo mi cuerpo como si fuera suyo. Tomaron la piel. La acariciaron todos a la vez. Uno estaba entre mis muslos cuando ya otro se posesionó de mi espalda y el de más allá se llevó mi pubis, mientras alguien tocaba un talón. Mi cuerpo fue poco a poco siendo suyo. Vieron cuando mis pechos se recogían, pero también cuando se relajaban. Vieron cómo se movían con independencia de mi voluntad cuando tuve que dar un paso o ir a otra postura. Les di mi espalda erecta, pero también tomaron mi cuerpo doblado sobre sí mismo. Ellos pedían y yo concedía. Sentada en la esquina de un sillón, con las manos tomadas detrás de la cabeza y las axilas expuestas. En cuclillas, apoyada en la pared. Recostada sobre una sábana blanca, con la cabeza ladeada. Sentí un escurrimiento, lo dejé ir. Me pidieron cruzara mis brazos sobre mis pechos. Sentí mi piel ir a un sudor carnoso, de ansiedad. Después quisieron mi espalda, recogida sobre mi propio vientre. Sus miradas me perforaron por detrás. Sus mentes imaginaron una dureza de carnes, una temperatura que estaba allí. Hubo dedos que acomodaron mis codos, miradas masculinas muy cercanas con pretextos excitantes. Escuché comparaciones que hacían que mis hombros fueran más elegantes y mis piernas más delicadas. Finalmente me sentaron en el banco sosteniendo mi rostro. Acepté una inclinación a la que le tenía pavor. Sentí entonces cómo mi cuerpo eran esas carnes que ellos miraban. Para entonces, quizá por cansancio, quizá porque el tiempo todo lo facilita, dejé que fuera como es. El rubor desapareció de mi rostro. Acepté con la mirada una pequeña mancha sobre la madera. Reconocí un deseo de compartirme toda. Se llevaron una sonrisa sin ingenuidad, unos torsos recostados donde los pechos se perdían, unas piernas cruzadas que terminaban en negro, unos brazos delicados que abrazaban un seno sólo mío, donde mi piel se vuelve más lisa y brilla un poco. Se llevaron líneas de carbón que arrancaban mis pechos y su culminación en carne endurecida. Se llevaron unas caderas plenas asentadas en una madera opaca. Creo que algunos se llevaron un olor a mí que fue sólo de quien se acercó. Yo me quedé con sus deseos, con sus pasiones ocultas. Las desnudó el carbón. Guardé sus miradas de intereses carnosos, de adolescencia postergada, de juventud cultivada. Conservé su fuego interno. Me lo dieron sus pensamientos. Fueron míos. Los atrapé. Una turbulencia se apoderó de mí. Estaba yo para mí misma y nada más, perdida en el anonimato de mi simple nombre, en el refugio de las distancia suficiente, bajo el amparo de no ser más que yo misma. Primero me cubrió con la sábana vieja sobre la que posé en el sillón y en el piso. Me acerqué a él sabiéndome desnuda, puse un pie encima del otro y sentí cómo el aire entraba entre mis piernas. Él pasó las hojas y los pliegues, comentando imperfecciones de trazo, fuerzas excedidas y contornos no logrados, siluetas no pulidas. Habló y habló erigiendo un escudo momentáneo que se desvanecía de inmediato con el silencio. Algunos pasaron a despedirse. Yo permanecí junto a él oyendo su voz, pero sólo escuchando los cantos de la emoción de lo que apenas comenzaba. Varios me dieron un beso de despedida que parecía sellar un acuerdo de intimidad rasgada, un secreto común que era público. Oí de lejos comentarios mientras fingía escuchar las apreciaciones de mi propia figura. Allí estaba yo, mis piernas, mi vientre, mi cabello, una y otra vez, mis pechos, mi espalda, mi cadera. El rostro era yo sin serlo, el carboncillo me ocultó. Había sido de cada uno de ellos varias veces. Ya no era mía. El último me dio las gracias mientras él acomodaba los pliegos para una revisión posterior. Me llegó su aliento impregnado de trabajo. Algo notó y fue por un sorbo de café. Me invitó de su taza. Me preguntó por qué y fue entonces cuando sentí la furia que se había apoderado de él, de mí también, sin que lo hubiera reconocido.

Acomodé con calma la sábana, permitiendo que algo de mí asomara. Le ocultaba lo que había dado a todos. Quise explicar primero con mi edad. Fue una explicación extraña, le hablé de los tiempos de la mujer, de cómo se mira el tiempo desde la mujer. Él argumentó simple curiosidad. Volvió el rostro como para no acorralarme. Fui a él y le tomé el brazo, le dije que era un privilegio. Sonó falso. Hablé de la vanidad femenina. Le dije una verdad que sólo entonces comprendí. Le hablé de la ansiedad porque el tiempo pasa y nada perdura, nada queda fuera de él. Después argumenté lo interesante de la experiencia. Él me preguntó sonriendo si yo jugaba a tener experiencias. Sentí vacías mis palabras hasta que cayó la palabra gozar. Lo gocé, quería gozarlo, me alteró simplemente pensarlo, imaginarlo, quise vivirlo sabiendo que valía por el momento, que no iría a ninguna parte. Pensé entonces que no vivía yo así contigo, Salvador Manuel. Fue claro. Contigo mi aventura en todo caso fue construcción. Esa mañana obligó a que la conjugación sólo fuera en presente. Él insistió en por qué ahora. Salió la palabra recuperación, le dije que algo había yo perdido. No hablé de ti, no hablé de nosotros. Quise guardarlo, protegerlo. A través de él me hablaba a mí misma. Pude decirle que me sentía limitada, pude decirme que algo me ató, pude saber que algo de mí se estaba muriendo. Recordé mi desnudez junto a él. Sentí que todo volvía a caer sobre mí, en mi conciencia. Él se dio cuenta de que sólo la lejanía nos acercaba. No fue más allá en sus palabras. Quise ir a mi falda, me tomó el brazo, me miró a los ojos, me pidió en silencio."

XXVII

Recuerdo haber abierto los ojos con trabajo, escuchando su voz: "Ya me bañé". Miré su rostro resguardado por una sonrisa. Utilizó la ventaja para expresar su contento. Evadió mirarme de frente, se lo agradecí. Cayó sobre mí una pena de mañana, agravada cuando recordé que estaba desnudo debajo de una sábana. En ese momento me sentí indefenso. Salió de la ducha enfundada en una gran bata. Yo corrí con rumbo a la mía, que me pareció de colorido un poco agresivo, en morados, colores tierra y azul marino. Alcancé a mirar sus pies y su pelo mojado y cierta excitación recorrió mi cuerpo. Un rápido recuerdo de la noche anterior me atravesó. Minutos después ella estaba sentada en su lugar, en esa mesa de jardín, sin duda aclarando con su presencia una separación formal que en algo la protegió. Yo salí a la terraza con cierta prisa mal disimulada. Miré sin platos pero con algunas migajas los sitios de Lilian y Gustavo, que acompañaban a Mariana. Ella tomaba un enorme tazón de café, daba unos amplios pero suaves bocados de papaya rociada de limón. Había un gran platón con pan dulce, uno alargado y quebradizo, otro en forma de bola con azúcar encima. Alguien me sirvió café. Verdaderamente lo necesitaba. Logré sobrellevar los primeros minutos de un silencio de amanecer tardío que creo fue comprendido. Era una mañana espléndida. El cielo despejado permitió que el sol calentara aquellas partes del cuerpo que alcanzaba con una luz precisa. Un aire frío se dejó sentir sobre la sombra. Pasó por mi cuello. Me recordó la altura a la que nos encontrábamos. La terraza tenía una amplia vista sobre unas montañas que se comían unas a otras. Entre líneas suaves competían por conformar el paisaje que se extendía a nuestros pies. Comprendí entonces que Aguajes era el punto más alto de una cordillera. Allí iniciaba su descenso, probablemente hacia las tierras calientes. Miré un momento a lo lejos y agradecí la caída del sol sobre mi hombro izquierdo. Salía de la protección de una sombrilla de colores que nos permitía a Mariana y a mí reguardar los ojos de una luminosidad extrema. Lilian y Gustavo nos habían cedido los mejores lugares. Por todas partes nos rodeaba barro. Ellos llevaban gafas oscuras. Un pequeño pretil al borde del acantilado daba una sensación de seguridad frente al vacío. El piso era de cuarterones de barro cuatrapeados. Se calentaban poco a poco conforme el sol caía sobre ellos. Del lado derecho había un prado perfectamente recortado con una hilera de nísperos regordetes de hojas verde oscuro. Remataba en un conjunto de bambúes muy delgados que ocultaban la entrada a la cocina. De allí salían los platones que eran llevados a la mesa. Entonces miré a aquella mujer bajita y menuda, con una sonrisa cargada de tristeza. Recordé a Petrita, de la cual me había escrito Elía. La observé como tratando de entender algo que estaba frente a mí ocultándose bajo una máscara de lo obvio que traté de destruir. Creo que se me fueron algunas miradas que ni Lilian ni Gustavo ni Mariana pudieron comprender cuando aquella mujer, con gentileza, puso frente a mí un enorme plato con huevo, carne y queso rallado. Me anunció así que tendríamos una jornada larga por enfrente. No podía mirar a Mariana, me escabullía observando el trenzado perfecto sobre un muro de piedra de dos enredaderas en flor, una en un amarillo claro, la otra en un naranja muy vivo. Los colores se grabaron en mis ojos. El muro remataba en una fuente de cantera blanca, circundada de esbeltos cipreses y tulias muy bajas. Se mecían suavemente dando una cadencia de serenidad a todo el panorama. Los diversos verdes contrastaron con la aridez en amarillos que se hacía presente a través de aquellos cerros. Mostraban una extraña belleza. Me refugié también en los comentarios de Gustavo, que en verdad apenas comencé a escuchar cuando dijo que tenía su propia escuela, a la cual acudía su hija con los hijos de los trabajadores. Hasta entonces me percaté de esa lejanía real que sólo habíamos cruzado con nuestras miradas el día anterior. De inmediato remontó mi mente a aquellos cerros desolados que habíamos atravesado, sólo habitados por uno que otro arbusto mal crecido que defendía sobre algún terrón su corto futuro. Los que miraba en ese momento debían ser iguales. Sentí los ojos sobre mi boca cuando pasé la servilleta sobre ella. Vi aquel plato frente a mí, en el cual se reproducía la imagen de la fachada de esa casona pintada con gran fidelidad. Cada plato era una pequeña obra artística. Hice un comentario sobre la loza y noté cómo Mariana había llegado tarde a ese detalle, pues permitió que su plato fuera recogido por aquella mujer que para mí representaba una incógnita, sin que ella siquiera pronunciara palabra. Fue entonces cuando nos miramos por primera vez aquel día. Vi algo de vergüenza en su rostro. Puede ser que yo enseñara también la mía, o quizá incomprensión, o negación de lo que sólo ella y yo sabíamos. Quizá todos lo intuían aquella mañana. Así lo pensé con algo de culpabilidad absurda. Volví a empujar la silla y a agradecer a Lilian. Miré a Mariana tratando de volver a establecer la comunicación, que en ese momento no encontraba expresión, ni facial ni táctil. Yo no sabía hacia dónde debía ir. Caminamos con rumbo a la salida. Entonces se abrió aquella puerta de doble acción con un pequeño vidrio al centro que estaba detrás de los bambúes. Logré ver en un instante una larga cocina en la cual varias pequeñas mujeres iban y venían con pasos apresurados. No tenían otro motivo aparente que el de nuestra presencia allí. Caminamos hacia el portón principal. Detrás había un perchero de madera, colgado en el muro junto a la puerta de cristales bajos. Aquella entrada era anunciada con una placa de cerámica como Despacho. Entramos a esa habitación en lo que comprendí era un recorrido formal. Allí estaba una caja fuerte antigua, negra, perfectamente conservada. En ella se leía en letras estilizadas de color dorado las palabras Los Plateros. Vi al hombre fornido de la noche anterior detrás de un escritorio que después me resultó demasiado moderno para el contexto del cuarto. Colgaban muchos retratos de don Guillermo estrechando la mano de presidentes, de funcionarios, de grandes plateros, fotografías que recibían su explicación resumida casi de inmediato con alternancia por parte de Gustavo y de Lilian. Entendían su papel de anfitriones y lo desempañaban con facilidad. No ocultaban cierto hartazgo natural y espontáneo. Las fotos recibieron después una explicación general. Una frase sonó en el ambiente:

—Ahora, vamos al taller.

Cruzamos el gran portón. Frente a nosotros aparecieron unos añejos laureles de la India que proyectaban sombras sobre una plaza rodeada de muros rematados en cantera. Sobre ellos crecía hiedra con retoños verde claro que daban al sitio una frescura contrastante con la aridez que aparecía ante nuestros ojos, en el horizonte, cuando alguna de las cúpulas verdes se movía permitiendo a la mirada viajar. Mariana caminó a mi lado sin marcar demasiado la pareja. Ella respingaba un poco el paso en una actitud juvenil que le sentó muy bien. Vi sus pantalones color caqui acompañados de un chaleco de piel café brillante. Ocultaba su busto, que en su momento apareció en mi memoria. Lilian y Gustavo no dijeron una sola palabra sobre la dirección. Sus pasos nos indicaron el rumbo. Entre ellos había un silencio que sólo era roto por muy breves interrupciones. Volvían a la firmeza el silencio cuanto antes, firmeza que, hasta donde alcancé a percibir, era propiciada por la severidad de Lilian. Cuando salimos de la protección de los árboles apareció frente a nosotros una enorme construcción de cantera rojiza con un gran ojo de buey al centro, arriba de la puerta. Escuché entonces la palabra "troje". Tardó un poco en significar algo en mí. Abajo una gran entrada nos mostró una oscuridad en la cual resplandecían algunos focos aislados y lejanos de los que no tenía explicación. Lilian entró primero. Una penumbra nos absorbió por un momento hasta que el resplandor salió de nuestros ojos. Fue entonces cuando empecé a ver una larga hilera de mesabancos con lámparas. Detrás de cada uno de ellos aparecían los rostros de hombres, algunos jóvenes, la mayoría de edad avanzada, muchos con anteojos, encerrados en el haz de luz que lanzaba la lámpara frente a ellos. Comenzamos por la derecha, íbamos al primer hombre cuando logré apreciar una gran bóveda catalana. Se extendía a lo largo de aquel galerón de varias decenas de metros. Algunos tubos de luz fría colgaban sobre nosotros sin lograr contrarrestar la penumbra. Nos acompañó un extraño silencio sólo roto por un cuchicheo permanente. No podían desprenderse palabras por más que se pusiera oídos a él. El zumbido quedo de las máquinas que variaban de agudeza, según el momento de la operación del trabajo, surgía de todas partes. Dimos algunos pasos más y noté que caminábamos de nueva cuenta sobre un antiguo piso de piedra, muy desgastado por la fricción de los pies, que habían suavizado los ángulos de cada pieza.

Llegamos frente al primer hombre. En un silencio absoluto, movía sus manos con una rapidez permanente. Fue Gustavo el que dijo "buenos días". Recibió respuesta gestual de aquel hombre. Se encargaba de tornear una pequeñísima pieza de concha nácar que era producida por cientos. Un polvillo muy volátil era lanzado al frente de la mesa. Me percaté cuando Gustavo dio otros pasos y salió del haz de luz en el cual mirábamos Mariana y yo un quehacer delicado que no cobraba sentido por sí mismo. En la próxima mesa fuimos recibidos con el buenos días parco de un hombre encanecido. Observamos sus manos, que eran lo único iluminado. El hombre recortaba una piedra buscando una figura que no alcanzamos a distinguir. Pasamos a la tercera mesa de trabajo. Allí se anudaba con gran cuidado un delgadísimo hilo de plata. Mariana tomó mi mano en la oscuridad, aprovechando un ruido generalizado producido por los tornos de cada mesa. Sin que yo dijera nada, me besó rápidamente, dejándome sentir su calor interno, que salió en una suave exhalación provocada por el esfuerzo de estar de puntas. Comprendí que Mariana continuaba buscándome. Lo ocurrido sólo era el inicio de algo que yo tardaría mucho tiempo en comprender. Gustavo nos fue dando explicaciones sobre los materiales utilizados y sobre la dificultad de controlar los materiales de valor, en los cuales había variaciones que impedían una métrica estrictamente industrial. De pronto volvió el rostro con rapidez. Había encontrado un revólver sobre una mesa de trabajo. Preguntó con enojo:

—¿Y esto para qué?

Recibió como respuesta un silencio total y un rostro inexpresivo. Con molestia le dijo a aquel hombre de grandes cachetes morenos:

—Guárdalo y no vuelvas a traerlo.

Aquel hombre actuó como se le pedía, pero con una parsimonia casi retadora. Los movimientos se prolongaron ante nuestra vista el tiempo suficiente para que otra reprimenda se hiciera necesaria. Vi en ese momento a un Gustavo firme y enérgico. Nos llevó sin ceder. Un viejo se encontraba sentado en la entrada, junto a la puerta, vigilante de algo que yo en ese momento desconocía. Dos pequeñas básculas iniciaban el espectáculo. Después venía una hilera de hombres de edad con manos protegidas que trabajaban oro, plata, perla y otros materiales. Aparecieron vasijas con incrustaciones de jade y madera, collares con estilos modernos, reproducciones de motivos africanos e hindúes. Pulseras y gargantillas de trazos muy sencillos en apariencia cerraban círculos en grosores diferentes, casi imperceptibles al tacto, pero gratas a la vista. Lilian intervino para explicar los diseños, los diferentes metales utilizados, los aglutinantes necesarios para combinar los materiales. Pregunté por el mercado, más que por un interés especial, por el cansancio de ser un espectador sin ninguna participación que no fuera el asombro.

—Nueva York —dijo Gustavo—, principalmente Nueva York, por eso los diseños son tan sofisticados —bajó la voz—, y los precios altísimos.

Por momentos sentí encontrarme aislado de lo que ocurría en el país, de las desgracias generalizadas, de la sequía, de la marcha campesina, del proceso inflacionario; todo ello mientras Gustavo tasaba sus mercancías en dólares a precios estratosféricos, increíbles para un nacional. Lilian no comentó nada a los trabajadores en todo el trayecto. Hubo algunas miradas que recibieron la respuesta inmediata y adecuada por parte de Gustavo. Él llevaba la relación con los trabajadores. Al final llegamos al pulido de las piezas. Allí descubrió Mariana aquella pequeña talla que habíamos visto al inicio. Era el ala de un ave a punto de iniciar el vuelo, todo ello sobre la tapa de una caja con incrustaciones de diferentes maderas, además de oro y plata. A la caja la esperaban suaves papeles para envolverla y llevarla al exterior. Vimos también elegantes cafeteras y teteras, todas de plata reluciente sobre charolas idénticas con diseños modernistas. Junto a ellas, algunas pequeñas cajas de píldoras con trabajos menudos de varios caballos pastando. Algo de frío había penetrado mis zapatos. Me había olvidado de la existencia de aquella brutal luminosidad que nos aguardaba afuera. Lo último que recuerdo de aquella gran troje fueron envoltorios de diferentes tamaños con una misma etiqueta: reproducción de la estampa de Los Plateros. La había visto en la caja fuerte, en la que se reproducía también el pórtico principal de la monumental construcción. Salimos. Tuve que llevarme la mano a la frente para cubrirme de aquel sol que me cegaba. Mariana abrió su chaleco cuando miré sus botones. Estábamos en medio de una pequeña cañada generosísima, repleta de verdes varios, desde piñanonas protegidas a la sombra de hules muy antiguos que en algún momento tocaban palmas. Uno no las imaginaba en esa temperatura. Había mucho pasto cinta, con estrías casi blancas, plantado en el piso. Pregunté por una planta de flor amarilla y me dijeron llamarla "flor de mayo"; a otra que se levantaba a la sombra la llamaban "amor por un rato". Vi enormes "hojas elegantes" por todo el jardín. Escuché un muy leve sonido de agua, como de una cascada. Lo comenté para recibir de inmediato una explicación por parte de Lilian acerca de un ojo de agua que alimentaba la casa y todavía daba para un pequeño escurrimiento que su padre había recogido en terrazas y represas de unos cuantos metros. En ellas se acumulaba una humedad permanente durante todo el año. Una vereda de piedra de río se extendía frente a nosotros y varias mimosas, junto con algunos sauces, rejuvenecían el paisaje con sus verdes frescos a la altura de los ojos. La vereda estaba custodiada por unas flores rojas en forma de estrella que después me enteré sólo aparecían en el desierto y por ello no toleraban gran humedad. Lilian respondió cuando le pregunté por el nombre de una extraña flor amarilla que llenaba una palma. Tenía unos salientes muy finos y estaba cubierta con cierta pelusa. La denominaban "carambolo". Me señaló después una mata con pequeñas frutillas color cereza.

Me advirtió que no se comían. Las llamó "pitanzas". Caminábamos sin anuncio hacia la construcción en colores ocres con ventanas de recuadros blancos y unos curiosos tejados que se encimaban uno sobre otro, cuando rocé una enorme flor en forma de campana. Era floripondio, una planta alucinógena muy bella. Era de un blanco que coqueteaba con amarillos y azules muy pálidos.

Di unos pasos más sin esperar sorpresas rumbo a lo que se me dijo era el estudio de don Guillermo. Yo no había querido preguntar por el miedo a interrumpir en alguna costumbre extraña que no pudiera tener explicación social. Escuché entonces un golpeteo a mi derecha y volví la vista. Del otro lado del arroyo nos acompañaban unos caballos juguetones e incansables. Uno era un macho alazán, cuarto de milla, con el pelo brillante. Se veía joven. La otra era un yegua retinta, también cuarto de milla, que corría frente al macho lanzando mordidas al aire, como tratando de alejarlo de lo que al fin todos comprendimos era irremediable. Gustavo sonrió y lanzó alguna afirmación frívola, indicando que en sus ratos libres caía en aquellas bestias. Levanté la vista tratando de encontrar la frontera, los límites de esa isla de verdor, tratando de localizar donde vivía toda aquella gente, dónde estaban sus familias. Fue inútil. Nuestro horizonte eran siempre cortinas de plantas y árboles. Caminamos unos minutos prendidos de alguna plática superficial. Pronto subíamos una escalera de madera encerada hacia un cuarto muy iluminado y templado. Allí estaba don Guillermo, reclinado sobre un escritorio de maderas claras y sin recato de su modernidad. El labrador se incorporó de inmediato. Jugueteó entre nuestras piernas. Lo acaricié. Después fue a recogerse en un rincón, metiendo el hocico entre las patas. El viejo, en cuanto nos vio entrar, comenzó su inacabable perorata. Miré entonces unos trazos precisos y sugerentes, salidos de un lápiz entrenado en trabajos finos, de gran delicadeza. Don Guillermo nos recibió mostrando con sus gestos y sus palabras un sentimiento ambivalente frente a nuestra presencia: nos deseaba y a la vez nos rechazó. Caminó de un lugar a otro. Lanzó entre movimientos bruscos una explicación tediosa sobre las miserias de sus trabajadores, que desaparecían por medios increíbles los materiales. Los tenía que mantener en su mayoría trabajando por pieza, pues de otra forma la producción caía notablemente. Gustavo guardó silencio. Lilian miraba sobre aquel escritorio como indagando cuáles habían sido los resultados de aquella mañana de trabajo. Mariana se soltó de mí. Se alejó después de que hice algún comentario sobre la calidad del trabajo y la dificultad de conseguir ese tipo de trabajadores. Quizá sonó poco prudente. Vi los rostros con algo de desconcierto en Gustavo y Lilian, don Guillermo simplemente movió su mano de atrás hacia adelante, en actitud despectiva. Me refutaron recalcando todos sus vicios. Don Guillermo lanzó la expresión "indios", que me hirió. De pronto quedé situado en una confrontación entre colonizadores que conocían la verdadera estirpe de los colonizados e ingenuos que hablábamos de situaciones de las cuales ni siquiera éramos medianamente conocedores. ¿Qué hubiera sido de Aguajes si no hubiera llegado don Guillermo, si no hubiera resucitado ese filón, sin sus diseños, sin sus referencias comerciales en Nueva York? Las palabras caían con un sentimiento que no podía negar. Mariana cambió su posición. Con las manos en las bolsas de su chaleco fue a una de las ventanas, desde donde se alcanzaba a apreciar esos caballos que jugaban a la vida misma. Me miró por un momento fijamente a los ojos y guardó un cuidadoso silencio. No me sonrió. Ella conocía perfectamente sus fronteras. Yo comencé a descubrirlas. Tuve que volver de inmediato a esa esgrima verbal en la cual Gustavo y don Guillermo me ponían ejemplos inacabables de los dispendios de los trabajadores, de su falta de honradez. Yo argüía ignorancia y miseria que parecían querer por momentos justificar todo y se convertían en grandes vacíos frente a los señalamientos precisos que esos individuos tiraban, asidos de una pretendida sabiduría de lo cotidiano, del trabajo, del éxito de aquel emporio oculto, de la organización impuesta, de la calidad, del grado de irresponsabilidad de aquellos hombres que se encontraban trabajando en lo que, pese a sus vicios y defectos, era un oficio heredado por generaciones.

Mariana me miraba desde un silencio de complicidad implícita, de entendimiento de una tragedia que no cabía en nuestros conceptos salidos de las aulas, de la burocracia, de la ciudad. Me miró como en un enfrentamiento entre nosotros mismos que más temprano que tarde se presentaría y nos llevaría a San Mateo y a la imagen de su padre cultivando sus cafetales. Nos llevaría también a aquella cena donde se había desnudado para caer después en una vergüenza de la cual había salido para buscarme y conducirme a su piel, que yo comenzaba a surcar. Mariana me decía con sus silencios que la realidad, su realidad, hacía tiempo había salido de su control, que sus razonamientos habían encontrado linderos en la emoción de la vivencia. Sentí mis palabras como verdaderos abstractos que se enfrentaron a las biografías que tenía frente a mí. Escuché sin entender mucho las expresiones vehementes, mitad en inglés mitad en alemán, de don Guillermo. Contemplé a lo lejos aquella troje teniendo en la mente las imágenes de esos orfebres que en más de un modo sentía se habían burlado de nosotros al enseñarnos lo que queríamos ver, eso y sólo eso, protegidos por un cuchicheo que se quedó en mi memoria como un misterio. ¿De que hablarían aquellos hombres en ese momento? Seguro de Mariana y Lilian, de sus cuerpos que mirarían con sus imaginaciones incontenibles. Seguro también de Gustavo, de mí, de nuestras vestimentas y modales, de nuestro caminar, de nuestras observaciones absurdas, de nuestro desconocimiento brutal de su oficio. Habrían de seguro regresado a un mundo inaccesible para nosotros, construido con miles de horas de cuchicheo, de pláticas entrecortadas, por minutos, por días, por semanas, entrelazadas por una miseria compartida, por una convivencia forzada con la riqueza, con ese otro mundo que se encerraba en Los Plateros y que cobraba rostro en don Guillermo, Gustavo, en Lilian y ahora en Mariana y en mí. Recordé también las preciosas cajas con incrustaciones en oro, en plata, con esmaltes en negro, en vino, también los precios mencionados. Mientras eso pensaba cayó sobre mí la mirada de Mariana. Me acorraló en la contradicción de mis sentimientos cultivados en un escritorio que ni siquiera era mío, basados en cifras que muy poco decían de Los Plateros, de aquellos hombres morenos de risas ocultas que mitificaba en ese momento dentro del concepto pueblo, nuestro pueblo, palabra que se convertía en una categoría infranqueable donde las costumbres son cuando más comprendidas, pero no cuestionadas; pueblo de virtudes enaltecidas y defectos callados en el lenguaje oficial que estos conquistadores de desiertos y minas pronunciaban sin la menor vergüenza, pues lo decían en su propia cara. El detonante fue una muestra grosera de una cultura occidental de respeto a flora y fauna, de organización y explotación de los recursos materiales y humanos, convertida en una verdadera isla de verdor y producción, encerrada en aquel desierto enmudecido por sus moradores.

Traté de defenderme de un acoso, de una verdadera lluvia de realidades. Me llevaron con amabilidad a la confrontación. Retiraban el reto, que de inmediato recibía confirmación de don Guillermo. Me invitó a que me fuera una temporada a Los Plateros, situación que ellos sabían no se presentaría, pero que quedó en el aire como apuesta a lo contradictorio e inconsistente de mis afirmaciones, como un desafío entre conocimientos profundos sobre nuestro país, ese otro país que tenía frente a mí y que no aceptaba una versión reduccionista, sencilla, de patrones y trabajadores, versión de clase. Por el contrario, mostraba lo abigarrado del enfrentamiento de culturas, una de riqueza y acumulación como acto cotidiano y otro de miseria, de dispendio y destrucción también naturales. El centro de la discusión se fue constituyendo por nuestros ires y venires alrededor de la perspectiva que cada quien guardó de esas personas que yo reunía en un abstracto y ellos en una muy concreta relación de trabajo. Quedé una y otra vez como un demagogo que, montado en el concepto pueblo, dejó entrar a una gran laguna de justificación a actitudes destructivas de la persona, de la familia, de la riqueza natural. Validé sin quererlo una acción hormiga revelada, acción que igual se robaba unos gramos de oro que destruía cercas y guardaganados o tiraba árboles, o quemaba pastos, o se perdía en el alcohol y la prostitución, esos sí muy populares, me dijo Gustavo como puntilla a una forma de expresión que había sido mía minutos antes. Mariana bajó la cabeza. Lilian movió los ojos ratificando lo que consideraron era una incomodidad necesaria que me ayudara a comprender la situación sin alternativa en la que se encontraban. Tomé con fuerza un bello lapicero, moderno y funcional, que accioné de manera un poco tosca. Los tres hombres y Mariana nos encontrábamos de pie. Nuestros constantes cambios de posición mostraron el tiempo transcurrido. Mariana se apoyó sobre una mesa antigua, con travesaño bajo. Contrastaba con la modernidad del estudio. Don Guillermo lanzó después una teoría sobre la xenofobia de nuestro pueblo. Ejemplificó con múltiples casos de aportaciones de extranjeros que eran minusvaloradas o simplemente dejadas a un lado. Mucho había de cierto en sus comentarios. Yo preferí no abrir un nuevo frente. Todos dejamos que aquel hombre se fuera a los extremos, irrebatibles por paranoicos, que obligaron a buscar una salida. Lilian, quien como expresión de cansancio se había apoderado bruscamente de la silla de don Guillermo, abrió la puerta sin mayores preámbulos y dijo:

—Vamos adelante, que todavía no terminamos.

Caminamos todos, en ánimo de reconciliación social, por aquella pequeña cañada repleta de sombras muy frescas, caladas por unas cuantas áreas soleadas en las que se erguían unos tulipanes generosos, perfectamente moldeados. Comentamos sobre un árbol que no permitía ser ignorado, de tronco delgado, cortezas claras y una copa muy abierta y redonda, repleta de pequeñas flores moradas, como orquídeas, que predominaban sobre el verde escaso y tenue de sus hojas puntiformes. Llegamos a una simpática construcción rústica. Estaba cerca de un muro muy alto, con un copete que se extendía a todo su largo. Sólo era interrumpido por unos extraños torreones que se veían pequeños en la proporción total. Don Guillermo respondió a mi pregunta, que sonó casi como una verdadera huida del tema central. Los torreones correspondían a una etapa de construcción posterior, siendo que el muro original tenía su origen en el siglo XVIII. Poco a poco se empezó a escuchar la gritería de unos niños. Entonces comprendí se encontraban en aquella construcción de un piso y pintada de colores pastel. Debía ser la escuela. Nos acercamos cruzando un patio arenoso con columpios y resbaladillas. Subimos unos cuantos escalones hasta quedar al nivel del piso. Nadie abrió la puerta. Simplemente miramos aquel espectáculo de chiquillos de pieles oscuras y dientes blancos, con cabelleras perfectamente peinadas, uniforme de cuadrillé azul en las niñas y pantalón azul y camisa blanca en los niños. Muchos iban mal calzados y mostraban esas manchas blancuzcas en sus rostros, tan frecuentes en este país. Algunos se mordían las uñas, otros platicaban intensamente a su vecino de banco, aprovechando la interrupción de nuestra visita. Al ver nuestros rostros acercarse a la ventana comenzó un bullicio que rompió el control que ejercía aquella mujer de rasgos finos y cabellos recogidos, la maestra. Ella inclinó su cabeza mirándonos, como saludando. Vi entonces a una niña con el cabello castaño claro y la tez blanca. Pensé lo dramático del contraste. Gustavo se dio cuenta de que había descubierto, por la obviedad, a su hija y se adelantó a decirme:

—Ella es Catarina.

Aprovechó con delicadeza para explicarme que aquella escuela la mantenían desde hacía años para los hijos de los trabajadores. Por la distancia, no tenían en Aguajes alternativa. Mariana siguió a mi lado, pero sin acercamientos o caricias. La vi sudar un poco y recordé las varias humedades suyas que había yo sentido la noche anterior. Una muy leve sonrisa apareció en mi boca y ella correspondió con una mirada rápida. Don Guillermo preguntó si no queríamos ir a ver los caballos. Gustavo le contestó que sería mejor en otra ocasión, admitiendo, en su forma, que la demostración de riqueza no resultaba lo más propio en ese momento. Don Guillermo accedió de inmediato y reinició sus pasos, que enseñaron su edad a pesar de todos los disfraces de energía. Caminamos de regreso. El labrador corrió de un lado a otro con una energía inusitada. Marcó así la cadencia tranquila de nuestros pasos. Observé el muro. Tenía una puerta metálica abierta, cerca de la escuela; del otro lado alcancé a ver un terreno calizo y polvoso en donde supuse comenzaría el caserío. No comenté nada. Pasamos junto a unos garambullos con sus frutillas rojizas. Estaban colocados simplemente como ornato, rodeados de una extraña hierba que se me explicó se llamaba mora y servía para lavar el cabello. Don Guillermo rompió el silencio:

—Creo que ya es hora de una cerveza.

Todos reímos y accedimos a regresar a la terraza, que para entonces se había calentado. Nos recibió con una comodidad que todos agradecimos y una sombra que no sólo se apetecía sino que resultaba imprescindible. El labrador, tranquilo y fuerte, brincoteó frente a nosotros. Luego fue a buscar una sombra. Don Guillermo no dejó que la conversación cayera. Pronto Mariana y yo nos vimos envueltos en una amable charla donde las anécdotas cumplieron su función y provocaron risas que llevaron a nuevas risas. La comida transcurrió tranquila, sin que hubiera mayores motivos de fricción. Creo que todos, por un sentido de educación, los evitamos. Mariana y yo cruzamos palabras sabiendo qué no nos decíamos. Ella fue la primera en hacer notar que la hora de partir se aproximaba. Subió por su equipaje mientras don Guillermo mordisqueó unas galletas. Yo la seguí algunos minutos después. Pronto nos encontrábamos agradeciendo a Lilian y a don Guillermo sus atenciones. Ellos reiteraron la invitación que entendí entonces como simple cortesía. Entregué a don Guillermo su libro y le mentí diciéndole que lo había hojeado. Mariana subió al coche apresurando las despedidas. Alegó un aire frío que de verdad comenzó a correr en aquel patio. Inicié la marcha. Nos despedimos desde una lejanía provocada por los cristales del auto. Quedamos en silencio. No supe bien a bien por dónde comenzar, si por lo que había ocurrido la noche anterior o por la discusión que había quedado pendiente en aquel estudio. Dije algo sin trascendencia.

—¡Qué precioso lugar!

Ella contestó de inmediato, con una voz atravesada por la autenticidad:

—Nunca podré olvidarlo.

XXVIII

"Manuel de ahora en adelante, sólo Manuel. Discúlpame. Espero no sea demasiado tarde.

Elía"

XXIX

No sabía que te doliera tanto tu nombre, Elía. Supe siempre de tu dolor de que tu padre esperara un varón. Lo de la temblorina en la mano no fue por el golpeteo. Mientes, Elía, o deformas por voluntad. No lo hacen las letras. Es una intención tuya, la de mantener a la ignorancia como romántico refugio. Eso creo. Se llama mal de Parkinson, que tu padre nunca quiso aceptar por incurable. Tu padre también era ignorante, pero dudo que haya creído también lo del golpeteo. No inventes cosmogonías o cosas omnicomprensivas. Es cierto que tiró la mayoría de las veces árboles maduros. Era como una especie de instinto, de respeto, de miedo por estar haciendo mal. Consecuencia también de la ignorancia. Ése es su nombre. Nunca lo vi hincarse, pero si quieres creerlo, si ayuda a tu personaje, déjalo, bien pudo ser cierto. La historia del río a mi también me trajo recuerdos gratos. No sabía que me miraras tan ágil, o las palabras me hicieron ágil. Quizá lo fui. Esa historia es nuestra, Elía, es bella y es real, aunque creo que quizá las palabras ya también se adueñaron de ella. Se vuelven protagonistas, por lo visto. A mí me retrataron, me construyeron, me dieron vida de una forma que no sabía que estuviera en mi mente. Nunca me lo dijiste así. Quizá es imposible. Parece, Elía, que ellas juegan ahora con nosotros. Jugaste con los demás, ahora es nuestro turno. Lo uno te lleva a lo otro. Si a Omar lo miraste con tal generosidad y lo mismo hiciste con Vicente y Flor, ¿por qué no hacerlo contigo misma? Pero te vuelvo a preguntar. ¿Cómo será tu cuento al conjugar el presente, Elía? Me intriga verlo. Tampoco sabía que le dieras tanta importancia al color de tu piel. No niega tu ascendencia. Es oscura en relación con la mía. Tú dices que color madera y cae bien en tu mito de los árboles. Es cierto, algo me queda claro, ni tú ni yo hemos rascado en nuestra ascendencia lo suficiente. El país ha absorbido tantas migraciones que creemos que ya nos fundimos. No estoy tan seguro de ello. Creo que nuestros padres y abuelos trataron de borrar sus orígenes porque la migración siempre delata miseria. Vicente pudo haber regresado a su tierra como hombre próspero, pero estaba atado a su pueblo y a Flor. ¿Podrías mandar a Vicente de regreso a su tierra, Elía, así fuera tan sólo por una temporada? No lo creo. ¿Será porque a Vicente lo atas en las palabras o será porque de verdad lo estuvo? Pero lo que quería preguntarte hoy, miércoles en que he caído de nuevo en esta locura de seguir fantasías, es por qué en tu cuento tenemos que permanecer unidos. Dices que no puedes explicarte sin mí, que el pueblo nos embrujó por años, que la ciudad nos enfrió y que nuestro amor de villorrio no acepta que yo me vuelva internacional. Dudas de poderme seguir en esa aventura. Por allí hay algo, Elía. Yo negué al pueblo y, hoy lo veo claro, lo negué, lo niego por temores y vergüenzas que la gran ciudad me impuso no sé cuándo. Pero también es cierto que tú no quieres ir en definitiva a la ciudad y crecer a su dimensión. Quieres permanecer en el territorio pueblerino, grato y sencillo, de tu memoria.

Quieres vivir en la añoranza. No aceptas que ese pueblo ha dejado de existir, que ya no puedes construir imágenes a partir de la ignorancia, que la ciudad te obliga a un raciocinio, ese abstracto que tanto te molesta y que se apuntala en cifras y no en recuerdos selectivos. A mí la ciudad me enfrió, me hizo perder el sentido de las pequeñas cosas por mirar a través de ese abstracto del cual me estoy tratando de alejar, estoy tratando de cobrar distancia. Hoy lo ves con mayor claridad. Me fui al extremo, Elía. Lo admito. Pero tú no aceptaste el reto de la frialdad por permanecer en esa humanidad pequeña que sólo trasciende en la biografía y que no puede decir las cosas por su nombre. Miseria, ignorancia, esos son nuestros orígenes. Los olores de tu padre fueron siempre fuertes, incluso molestos. Además de las resinas que le caían usaba lociones baratas, no muy finas, para que no te hiera. En donde entraba estampaba un olor. No trates de restarle olores a Omar. Es cierto, tu personaje no te miente, no miente. Sigue, sigue adelante, Elía. ¡Qué locura!

XXX

"Éstas son mis palabras Manuel. Tampoco invento a los personajes. Tú dirás que son hechos. Míralos entonces con los ojos que quieras, pero míralos."

Se niegan a aceptar la reubicación del centro
DISPERSAN POLICÍAS A INVIDENTES FRENTE A LA ALCALDÍA

No hubo violencia en las calles durante la reubicación de ambulantes; sí a las puertas del edificio de la Alcaldía.

En el primer día de reubicación de ambulantes en el centro de la ciudad, la violencia no se presentó en las calles donde se aplicó el programa, sino a las puertas de la Alcaldía donde los policías dispersaron a un grupo de invidentes.

Integrantes del consejo nacional de ciegos protestaban por el programa de reubicación frente al edificio del gobierno capitalino, al que trataron de entrar cuando aproximadamente 40 mujeres del cuerpo de policía les impidieron el acceso a empujones, jalones y golpes.

En tanto que la reubicación de ambulantes se efectuaba con la presencia de 10 notarios públicos en distintas calles del Centro de la Ciudad, los invidentes acudieron a la Alcaldía para protestar por la medida, ya que "pretenden colocarnos en sitios peligrosos, aislados y no comerciales", dijeron.

En el momento en que los invidentes trataron de entrar al edificio del gobierno capitalino, las mujeres del cuerpo de policía intervinieron, para luego rodearlos. Ellos aseguraban que nada se les había informado acerca de la reubicación.

El gobierno de la ciudad precisó que el convenio con los comerciantes ciegos era en el sentido de reubicarlos en la calle de La Cruz.

Aproximadamente 7000 vendedores esperaban en las calles, luego de que a las siete de la mañana la dirigente de la mayor agrupación del centro, Guillermina Rico, líder de la Asociación Cívica de los Comerciantes del Centro, efectuó una asamblea para informar del proceso de reubicación.

A decir de los comerciantes, fue hasta ese momento que se enteraron de los acuerdos.

Aunque en las calles no ocurrió violencia alguna, en cambio abundaron protestas respecto a la nueva reubicación, el tamaño de los puestos, el control de los giros y algunas exclusiones.

En la esquina del Correo y La Libertadora, los 14 hermanos de la familia Gutiérrez gritaban a quien quisiera escucharlos: "Aquí nos quedamos, no nos vamos a mover."

Aseguraban que durante 20 años vendieron diversos productos en ese sitio, donde tenían seis puestos. "Guillermina Rico nos convenció de unirnos a su organización, asistimos a las asambleas y ahora nos quieren dejar fuera", decían.

A través del aparato de intercomunicación del jefe de Vía Pública, se repetían los mensajes, uno de ellos: "Los ministros de la Suprema Corte protestaron por la ubicación de ambulantes en la calle de Mesones, porque no permiten la entrada y salida de vehículos al estacionamiento".

Para el mediodía los espacios en las nuevas calles de actividad comercial tenían ya un precio: Miguel Ángel Huerta, presidente da Asociación de Invidentes, decía aceptar a nuevos integrantes, a razón de 300 mil pesos el puesto y un millón en esquina.

Otro de los puntos de conflicto fue el referente al tamaño de los puestos; la alcaldía estableció que deberán medir 1.20 por 80 centímetros y los dirigentes se resisten a aceptarlo.

"Manuel, creo que en ocasiones mi cuento es ingenuo."

XXXI

Hablemos de tus pechos. Yo no sabía que su dimensión fuera tan importante para ti. ¿Quién te lo dijo? ¿El cuento? Tu madre sirvió de nodriza a muchos bebés. Todo el pueblo lo supo. No se hablaba del asunto, tampoco era vergonzante. Lo comentaban las mujeres y muy poco los hombres. Yo nunca vi los pechos de tu madre; debo decirte que ella ya no tenía edad para provocar antojo cuando yo me hice hombre, ni siquiera curiosidad. No te puedo contestar. Eran grandes, pero no sé si bellos. No sé de que tipo de belleza te hayan hablado. No sé si tú quieras hacerlos, recordarlos bellos. Para el asunto de la leche seguramente la medicina de hoy tendría alguna explicación sesuda. Debe ser curable. Estarás de acuerdo conmigo en que era anormal, jamás un deseo. En tu cuento parece casi una cualidad. El hecho es que tu madre se sintió orgullosa de sus pechos, por lo menos eso aparentó. Quizá sentía alivio regalando su leche. No lo sé, y por lo que me escribes tú tampoco. A esos pechos los eriges en todo un personaje. Por mí está bien, pero son importantes sobre todo para ti. Porque están en tu cabeza hoy, porque los tomaste del amplio registro de tu memoria y les diste vida. Ahora están allí y avanzan solos, te lanzan preguntas, te piden respuestas. En el cuento ocupan un gran lugar. Déjalos. Eres la autora. Ese es uno de tus principales recuerdos de tu madre, además tu personaje funciona con esos pechos, los generosos, los firmes y morenos, los muy grandes y de leche permanente. Yo mismo me olvidé de tu madre, seguí de frente en mi imaginación con esa mujer toda bondad que entre holanes amamantaba bebés ajenos. Creo que ya no es tu madre, es otra que lleva su nombre en la ficción. Pero hablemos de tus pechos, eso pides. Me son (¿fueron?) muy gratos. Si estás parada cuelgan elegantemente y a los lados rebasan la silueta de tu costillar. Llenan toda mi palma. Eso lo recuerdo muy bien. Tienen su propio ritmo. Cuando caminas desnuda marcan una cadencia tentadora. Están proporcionados a tu espalda. No eres de espalda ancha. Son delicados, pues se abotonan en pequeño. Eso es quizá lo que más me atrae. Son muy bellos. Mientes cuando dices que anduviste de niña con ellos al aire, desnuda y que muchos los vieron. Elía, no tenías pechos, ni siquiera ese pequeño abultamiento inicial que parece gordura infantil. Enlazas en tu memoria que tu madre perdiera la leche justo cuando tuviste que cubrirte el torso, cuando tuviste por qué cubrirlo. Ese momento no lo recuerdo bien. Yo era un niño. Pero tú resientes ser hija de una nodriza y no haber amamantado. Eso ahora me queda claro, entiendo que te lastime. Lo entiendo quizá gracias a la Eva del cuento. Recuerdas en cambio con gran dulzura las manos de tu padre. Te miras a ti misma parada en el pozo, todavía debe estar allí, y recuerdas con fruición sus manos frotando por aquí y por allá. Esa es la realidad de tu memoria. Por eso la llevaste al cuento. Te excita saber que te vieron desnuda, te excita escribir que te vieron desnuda. Te excita decírmelo. Estás cruzada de un erotismo que te conozco, pero que creo descuidé. Ahora mismo me has hecho pensar en tus pechos. Mostré las fotos a Sebastián, me excitó que no fueras sólo mía, que alguien viera esa silueta tendida en la arena, toda en grises suaves, con poco contraste. Allí estabas, con el pelo revuelto y una inquietante boca entreabierta. Que haya algo como un pacto secreto con él no me extraña, me había percatado y no me molesta del todo. Alienta tu erotismo y el mío, esos son los hechos. Sí, Elía, algo perdimos, algo se nos perdió en el camino. Me lanzas la palabra juego. No lo había pensado, la relación como juego. Nada más lejano de lo que intentamos.

XXXII

"¿Qué hizo tu abuelo Vicente? ¿Cómo explicarías su fortuna? ¿Cómo pondrías en palabras lo que llevó al pueblo? Sabemos que durante años trabajó cargando canales sobre el lomo. Sabemos que con mucho sacrificio ahorró debajo de su colchón; así lo imagino, Manuel; así lo dijeron, Manuel. Ahorró lo suficiente para comprar la primera barcaza, que según me dijeron era pequeña, muy pequeña, tanto que muchos tuvieron miedo y nunca subieron a ella. Lo imagino allí, ese primer día, sentado solo en la ribera. Flor jamás lo hubiera podido acompañar. Poco se les veía juntos. Nada hablaron de lo que había entre ellos, pero todos sabíamos, tú también Manuel, que lo de ellos era como piedra, impenetrable, el uno para el otro. Sin embargo, Flor ese día no debió de haber estado allí. Él tendría que afrontar solo su fortuna y enterrarla por la noche. Ese día Flor debió haber estado trabajando entre sábanas y camisas, trapeando esa casita que jamás les conocimos, pero de la cual nunca se deshicieron; allí debió de haber estado, también en silencio, pensando que Vicente lo haría por primera vez. A él, a quien jamás conocí, lo miro con claridad. Está sentado, esperando que el buque aparezca a lo lejos. De haber buen clima, el buque mandaría un lanchón mayor que el de Vicente y cobraría por la entrega. Sería un mal día para Vicente. Pero de haber un poco de viento, oleaje, neblina o cualquier acoso, el buque sonaría su silbato para confirmar su llegada y navegaría de frente. Con él todo se iría, según ha platicado. Se iba el mundo, las cartas de parientes lejanos en España, en Italia, en Francia, en el Medio Oriente. También los aceites de olivo que todo lo condimentaban. Periódicos, revistas, libros. Esperaban los buques con verdadera ansiedad. Hoy extraño el aceite de olivo. No sé si todavía me gusta, pero nada más de olerlo mi mente se va al pueblo y reviven en mí ráfagas de recuerdos, rostros, sensaciones, emociones que caen una sobre la otra desordenadamente. Las vuelvo a vivir. Algunas líneas han salido después de oler aceite de olivo. Imagino el buque de mi cuento y recuerdo los buques que miré de niña. No son el mismo. Al de mi cuento lo miro desgarrando al pueblo, llevándose ilusiones y noticias, además del aceite y las aceitunas que se guisaban con pescado, casi a diario, como si fueran un condimento más de la región y no hubieran navegado todo el Atlántico. Hoy me resulta increíble que hayamos crecido entre aceites, jamones y quesos europeos. Allí, en el buque, miro las bolas de queso holandés, ese queso que caía con abundancia sobre los platillos como costumbre que no debía tener fin, esos mismos quesos que todavía son ahuecados para recibir un sofisticado relleno que yo, Manuel, tú lo sabes, nunca he podido guisar. Ahora es un lujo hacerlo, antes simplemente aparecía seguido. El queso estaba allí, llegaba. En el buque de mi cuento arriban también los parientes, Salvador Manuel (perdón: Manuel), españoles, árabes la mayoría, parientes que habían navegado por semanas y no podían descender porque un capitán precavido decidía que había demasiada marejada, como la hay casi todo el año. Entonces seguían a Nueva Orleáns o Puerto Príncipe, o ve tú a saber a dónde. ¿Qué hizo Vicente, Manuel? Se paró allí junto a su barcaza y apostó su suerte a unir a paletadas, pero con regularidad, al pueblo con los buques. Apostó a la incertidumbre, a su valentía y habilidad para traer a las mujeres y hombres que regresaban o que venían de visita. Apostó, Manuel, a llevar al pueblo, sin atender a los cielos, esas cartas, y a sacar con rutina las letras del pueblo. En mi imaginación Vicente aparece remando, con manos ásperas por el trabajo, con un ritmo casi terco y una decisión que galopa sobre cualquier oleaje. No puedo verlo gozoso, Manuel. No sé si sea que nunca sonrió o es que mi personaje no sonríe. Así, como de la tía Flor se guarda un recuerdo triste y silencioso, a Vicente no puedo verlo sonriendo, ni siquiera con una sonrisa leve. Aparece severo, adusto y también callado. Creo que así debe haber sido. Hurgo en mi memoria, en las palabras de Carmen, de Consuelo, la 'Princesa del Dólar', para recordar qué se decía de él y de ellos, no aparece más que una pareja silenciosa que unió al pueblo con los buques. Ignorantes, me dices en tu última carta, sí, ignorantes, pero con una fuerza y confianza en sí mismos que cuánto necesitamos tú y yo, Manuel. Reflexiono aún sobre lo de la fe, nuestra fe. Ahora soy yo la que resbala y los mira engrandecidos, o será que crecieron en mi cuento, que los he deshumanizado, que las miserias cotidianas se pierden y se decanta lo único que puede prenderse de la memoria. Quizá por eso crecen. Debe haber sido un día terrible aquel, por lo menos para ellos dos, angustioso. De haber habido buen clima el buque mismo de seguro bajó sus lanchones y Vicente remó simplemente para hacer notar su presencia. Pero de haber habido un oleaje con cierta amenaza, Vicente remó para encontrar desde su pequeñez aquel buque y adelantarse a un silbido de despedida que sólo traía tristeza. No sé si fue el primero o el tercero o el quinto o el décimo, pero ese día, el del encuentro definitivo, se dio. Allí va Vicente remando con prisa para llegar hasta la mirada asombrada de un marinero mal vestido que corre y lo anuncia en el puente de mando. Allí lo veo, serio, remando, salpicado por el agua, con sal en la boca, hasta que percibió que el buque se detenía, que dejaba de embestir por su propia fuerza las olas, que la estela blanca se moría, que un silencio cada vez mayor lo envolvía. Alguien levantó la mano desde el buque, él siguió remando con su seguridad retadora. Quizá ese día sólo recibió un bulto y no bajó parentela, no venía nadie; sería demasiada recompensa, demasiado rápido para alguien que tuvo que sufrir lo indecible por cada paso que dio en la vida. Ese día, Manuel, no está en mi memoria, pero debe haber sido muy similar. Nunca lo sabremos. No sé si un recuerdo tan preciso me ayudaría a explicar lo que significó para el pueblo, por lo menos para el pueblo de mi cuento, la importancia de que hubiera un osado que fuera a los buques, a los otros buques. El 'Perseverancia' y el 'Esperanza' tenían obligación de atracar cuando menos una vez por mes. Eso sí lo tengo muy claro. Imagínate la soledad de nuestro pueblo, Manuel. Esa soledad que ya no la conocimos gracias a Vicente. En mi cuento Vicente no rema, pero construye un puente. Eso fue lo primero que tuve en mente, un puente, y lo vi caminando hacia los buques. No remó en mi imaginación. Va en cambio dando pasos sobre el agua, clavando maderos y resistiendo embates. Ese Vicente construyó un puente que estaba allí siempre, soplaran, vientos del norte o no, hubiera marejada o no. El puente explica la terquedad de Vicente, explica cuál era el sentido de la fuerza en los remos. Él salió por el río con su barcaza y se acercó a los buques que cada vez fueron con mayor frecuencia, pues había un hombre loco, el mismo siempre, que con regularidad salía a recoger las mercancías y a los hombres, a llevar y traer correspondencia. Vicente fue un puente que pintó al pueblo en el mapa, lo unió al mundo, lo liberó del 'Esperanza' y del 'Perseverancia'. Por eso lo querían tanto. Eso está claro en lo que recuerdo, el cariño por Vicente y por Flor no tienen duda. Creo que el puente es más fiel a la verdad, Manuel, te explica lo que ocurrió en aquel pueblo. ¿Quizá Vicente ambicionó construir un muelle? Nunca lo sabremos. Ayúdame a construir el cuento como si fuéramos a contarlo a un niño. ¿Qué le dirías a un niño? No guardarías en tu memoria un puente construido sobre tenacidad y valentía como un recuerdo claro y preciso de lo que ocurrió. Vicente construyó un puente que jamás existió metro a metro, pero que es real en algún sentido, por lo menos en mi cuento lo es. Ayúdame, tú sabes la historia y la dificultad para contarla, para contárnosla."

Vicente conoció a Vivo, que se llamaría después Salvador Manuel. (Perdóname, Manuel, pero allá en el pueblo en el mejor de los casos eras Salvador Manuel.) Salvador Manuel nunca conoció a su abuelo Vicente. Su memoria todavía no nacía cuando murió Vicente. De él dicen que se volvió viejo de un día al otro. Eso fue poco después de que Flor se fuera de la vida, arrastrada por la tristeza. Vicente construyó el puente al mar. Lo hizo allá, en ese tiempo que está en los linderos de la memoria del pueblo. Comenzó a construir sin dar explicación alguna. Al principio nadie entendió por qué el cargador de sangre acumulaba materiales que por su división sólo en la fantasía podían tener sentido. Vicente trabajó mucho tiempo bañado en sangre, entre colas y cuellos que le caían de los hombros, sin que alguien pudiese adivinar la pretensión de aquel hombre. Pero un día, después de años de cubrir de rojo su piel, cargó con buena parte de los dineros que vigilaba celosamente durante las noches. Compró maderos, los arrimó a la playa. Levantó la vista hacia las aguas templadas que terminaban en el infranqueable abismo de los oleajes sin destino. Tomó un tronco grande y comenzó lo que parecía sólo ilusión. En el pueblo se comentó primero el silencio atado a Flor, a la que se le contaron las palabras. Después la locura del cargador que quería caminar en su ilusión hacia el mar. Muchos hubo que le advirtieron el peligro de sostenerse en ideas aventuradas. Otros más lo condenaron a perderse sin remedio por su osadía. Dicen que el puente era invisible en ciertos días, que jamás peleó contra el mar, de allí que siguiese las locuaces corrientes que están más allá de la calma y de lo tibio. Vicente lo construyó poco a poco, a diario, por las madrugadas y tardes; se encaramaba en su ilusión y avanzaba un paso, quizá dos. Llegó la primera tormenta y, como si hubiera habido acuerdo de los que allí habitaban, en la madrugada todos corrieron a buscar el puente. Allí estaba y, para asombro de muchos, entero y sin daño. La ilusión flotó segura sobre la idea de Vicente, apuntalada en troncos firmes y serenos. Afirman también que el puente ascendía y caía de acuerdo al capricho del mar. Los aventureros de los barcos fueron los primeros en difamar la idea de construir un camino al mar. Decían que nada sobre ilusiones flotaría, que nada vencería a las corrientes sin rumbo. Pero Vicente caminó cada vez más lejos sobre su ilusión y asentó, pisada a pisada, su creencia. La neblina lo tapó un día sí y otro no, pero aquella idea se extendió poco a poco con un hombre sobre ella. Fue un mediodía que tocó a la marejada. Todos aseguraron que Vicente no regresaría, que la ilusión sería destronada de un solo golpe. Nada ocurrió. Pasaron semanas y Vicente continuó en su caminata al mar. Cuentan que hubo furia extrema los días que rompió la barrera de la calma hacia la tempestad permanente. Que azotaron olas aún más furiosas, aún más encontradas, que Vicente nunca fue a la soga, que nunca se tambaleó mientras avanzaba hacia el mar. Vicente se plantó en la tempestad. La doblegó por la madrugada y también al atardecer, en reto de permanencia. Hasta que un día, desde un gran barco, se le avizoró sentado, tranquilo. Vicente hizo notar como suceso la llegada del buque y no su presencia allí. Desde ese día nunca más se le vio bañado en sangre. "Vicente ha terminado", dijo Flor.

"Años después, creo que décadas, por fin construyeron el atracadero. Lo hicieron primero con maderos. Para entonces Vicente tenía enormes botes, seguros. Los barcos y la gente siguieron prefiriendo los botes de Vicente. Los buques no se acercaban. Algún día espero saber por qué."

XXXIII

Estaré en la ciudad sólo unos días. Pronto regresaré a San Mateo. El ministro ha tomado una decisión. He salido anoche de nuevo con Mariana. Estoy confundido. No sé bien lo que siento. He recibido tus cartas. Creo que hay otro avance del cuento. Por ahora no me interesa leerlas. Sé que estás bien, aunque admito que algo ha cambiado en ti, ¿o seré yo? Hoy tomé el periódico por la mañana, leí una nota y como dispongo sólo de algunos minutos decidí recortarla de una vez y enviártela. Creo que hoy no te quiero hablar. No sale lo que quiero decirte. No sé bien lo que quiero decirte. Un beso.

Pretendía huir del maltrato de sus padres
AMINADIEMEQUIEEREEE, EL GRITO DE UNA NIÑA QUE INTENTÓ SUICIDARSE

Audelino Macario, corresponsal.- El viento que soplaba suave y la pertinaz lluvia hacían apenas audible el grito de Elizabeth Ruiz. Sin embargo, con el paso de los minutos, el aminadiemequiereeee de la pequeña de 13 años fue llegando cada vez con más claridad 90 metros debajo de sus pies, que colgaban peligrosamente de la torre de microondas de la ciudad, a donde llegó acompañada de su muñeca y con la decisión, dijo, de huir del maltrato de sus padres.

Al suyo respondió otro grito tan o más desgarrador, un colectivo sí te queremos, pero bájate, que también poco a poco y durante tres horas se convirtió en consigna de empleados de gobierno y de comercio, de vendedores ambulantes, de choferes y de automovilistas.

Elizabeth Ruiz caminaba por entre la estructura de hierro de la torre mientras abajo, cientos, miles quizá de personas observaban con suspenso y con nervios sus pasos. Dijo a la policía que vivía en la colonia Pensiones de esta ciudad, en donde se encontraba con sus tíos, quienes, como sus padres, le daban maltrato.

Finalmente todo terminó con una sonrisa de satisfacción de los conductores y transeúntes, que recibían de voz en voz el informe del éxito de la policía, que logró convencer a la niña, morena, de pelo largo con calcetas de escolar, para que bajara. Y la bajaron amarrada de un cinturón de seguridad en una maniobra que duró más de una hora y entre el nerviosismo de los propios rescatistas, pues sus largas escaleras no tienen protección alguna después de los primeros 15 metros.

Cuatro rescatistas se encargaron de la maniobra y uno de ellos le entregó después a Elizabeth su vieja muñeca.

XXXIV

"Llegó a ser un tormento. Sabía que llegaría. Sabía a lo que iba. Por instantes el miedo se apoderó de mí. Pensé en no abrir la puerta. Pensé en dar una explicación. Pero a la vez me atraía esa furia que había visto en sus ojos. Nada más pensarlo despertaba y sacudía una parte de mí misma que estaba dormida, que llegué a pensar muerta. Pasó la hora precisa. Yo acomodaba y reacomodaba cojines, cepillé y volví a cepillar mi cabello, miré al espejo y él me miró sin saber si sería cierto lo que creía que iba a ocurrir. Todo con ritmo y con pausas precisas. Abrí la puerta, mis manos temblaban, ¿por qué nos tiemblan las manos? Él entro sin mediar palabra. Me miró a los ojos con mucho de valentía comprometida. Aceptó un té de naranja y comentó la vista sobre el pueblo. Me prendí de ello. Le hablé de la iglesia, de las campanas coloniales, de la laja, de la neblina, del silencio de las noches y poco a poco hablar del pueblo me llevó a hablar de la soledad, de ese frío que se había apoderado de mi estancia. Él sintió el parloteo como fuga. Lo era. Me retó en la palabra cuanto yo le contestaba en los hechos. ¿Deseas estar conmigo o no lo deseas? Sentí miedo. Apreté los dientes y no sé por qué dije que sí. Un temor profundo me invadió. Él no dio tiempo de que creciera. Pasó su mano por detrás de mi cuello, por debajo de mi pelo, seguramente sintió mis nervios contraídos. Recuerdo una firmeza que me aproximó a su boca. Sentí tocar la mía para comenzar un juego que al principio no gocé pensando en Salvador Manuel, en su forma de besar, en eso, que ya no llevó pasión y que se había convertido en frágil refugio que ya no defendía nada. Todo eso pensé en un instante en el que él se apoderó de la situación. Frotó con suavidad mi cuello, levantó mis brazos que querían parecer sin vida. Los llevó a su cuello. Después con sus pulgares trazó líneas por mis costillas. Fue entonces cuando noté que ya lo besaba con naturalidad, que lo gozaba. Había sorpresa, venía el tiempo para sorprenderme. Dio un paso y se aproximó con cautela a mis pechos. No los tocó. Dio tiempo para que yo esperara que lo hiciera. Antes dejó caer su cabeza sobre mi hombro, suspendiendo un contacto que comenzó a volverse uniforme. Entonces me dijo quiero olerte, lo cual me desconcertó. Pareció que olerme le había otorgado permiso para desabotonar mi blusa y lanzar su rostro a mi seno. Sentí su barba de horas, me raspaba sin reparo y fue más abajo. Descubrió mi torso y dejó que mi blusa resbalara por mi cuerpo. Comenzó con fuerza a frotar mis pechos. Me dio miedo tanta energía, pero supo ir hasta la frontera y detenerse en unas fricciones que encendieron mi respiración. Después me lamió con insistencia hasta conseguir un suspiro que no era trofeo ni meta, pero indicaba lo que indicaba. Siguió lamiendo en un exceso que le garantizó el peldaño siguiente, para el cual ya no tuve razonamiento. Dejé que sus manos, con rasgos de colores de óleo y uñas gruesas, se fueran por todo mi vientre. Sudé cuando llegó al sitio que tantos miedos nos provoca. Pensé que algo revivía, algo que no tiene propietario. El sólo pensarlo me remitió a ti. Él no dio pausa, siguió con un jugueteo en mi sexo que al principio me molestó hasta que terminó siendo dueño de mi aliento. Me levantó en sus brazos sin que hubiera risa. Permití que fuéramos a profundidades inexplicables que tuvieron su lógico fin en algo que ardió por instantes en mi biografía sin ir a ninguna parte.

 No he podido regresar a la Academia. He estado sentada por varios días, esperando o esperándome. Pensé en Salvador Manuel y en el peso de su historia, que era la mía. Yo fui allí, ese día, un anónimo que no sé hasta dónde puede ir. Pero también era yo misma. Octavio estuvo allí conmigo en algo que ahora también es de los dos. Él habló después, me contó cosas que no puedo olvidar. Traté de cerrar mis oídos mientras miraba de cerca sus manos con pintura y escuchaba el latido sordo de su corazón. Lo gocé, Manuel, quizá porque lo descubrí. Descubrí sus espaldas, sus brazos, sus piernas, sus olores, su fuerza y quise detenerme. Pero también descubrí parte de su pasado que brotó en explicaciones sobre su ropa vieja comprada en Europa. Supe de alguien que fue su compañera. Me intrigó y a la vez la rechacé sin saber quién era. Por fortuna no dijo su nombre. El pasado cuelga sin piedad de mí, de ti, de todos. Nos convierte sin remedio en lo que somos y sólo por él hemos sido. De mí no dije nada. Tampoco le dije que no quería decir. Preguntó y recibió medias verdades, neblinas de mí misma, invenciones que pintaron mis deseos, que ocultaron mis miedos, que silenciaron mis angustias. Cuando dije todo sin que nadie corrigiera o enmendara, nació una complicidad con las palabras. Hablé de muchos viajes, de muchos hombres que sólo eras tú, pero también otros que he deseado y que brincaron a mis palabras. Los llevo dentro, Manuel, sin haberlos tocado. Nunca te lo dije. Te lo digo ahora. Eran parte nuestra sin que lo supiéramos. Por eso espero y me espero, porque voy a mí misma, voy llegando a mí misma, vengo de ti Manuel, de nosotros."

XXXV

Apenas tuve tiempo de sacudir un poco la cara después de interrumpir la campanilla y comprender el anuncio de que Gonzaga tomaría la bocina cuando ya escuchaba un:

—Buenos días, Meñueco.

—Buenos días, señor ministro.

—La decisión ha sido tomada, usted será el vocero.

—Qué bien —dije sin que hubiera podido reflexionar.

—Lo espero por acá para explicarle, ¿diez treinta le parece bien?

—Perfecto, señor ministro —traté de controlar mi aletargamiento.

Apresuré el baño, me puse un traje oscuro que noté me apretaba. Era demasiado tarde para cambiarlo. Salí con rumbo al Ministerio. Mi mente se encontraba prendida del silencio de Mariana, de los recuerdos de aquella noche en que vino a mí, en que decidió lo que quería de mí y estableció una frontera entre nuestras biografías mientras me entregaba una de sus pasiones. El tránsito era pesado. La hora de la cita me generó angustia. Hacia frío aquella mañana brumosa. Todo se veía gris. No había color qué lucir. Vi mi piel en el espejo, me miré gris. Subí las escaleras mientras daba un ajuste final a mi corbata. En lugar de encaminarme a la oficina de García Tamames enfilé mis pasos hacia la izquierda. Varios hombres de trajes oscuros y corbatas pasadas de moda iban de un lado al otro. Una señora de edad con chongo y traje sastre esperaba en la antesala. Miré los techos con enyesados y recordé el origen palaciego de las oficinas del Ministerio. Una muchachita presurosa me interpeló:

—Buenos días —no pudo desprender el tono de obligación de sus palabras.

—Vengo a ver al ministro. Soy Manuel Meñueco —un hombre detrás de ella le susurró al oído e inmediatamente sonrió.

—El señor le dirá por donde.

El hombre abrió una puerta delgada y alta, con chapa estilizada y barniz perfecto. Entré sintiendo que su mano, en su acto de amabilidad, quedaba demasiado próxima a mí. Entramos a un vestíbulo encerado, llegamos a una segunda puerta y vi una larga mesa con dorados en las patas y dos grandes espejos antiguos que reflejaban la luz sin vida que entraba por las enormes ventanas.

—¿Desea usted un café?

—Sí, por favor sin azúcar.

Fue un acto reflejo. No hubiera sabido qué hacer con él. No supe si debía tomar asiento o esperar de pie. La cabecera de aquella mesa donde se realizan reuniones frecuentes de alguna forma se me impuso. En una esquina estaba un tibor en colores rosas y azules apastelados y la figura de un par de niños con caireles como motivo principal alrededor de una fuente, blanca y rebuscada. Arrojaba un chorro artificialmente alto. Vi que mis zapatos necesitaban lustre y recordé a Petrita, que cuidó de ellos sin que siquiera me enterara. Miré mi camisa de popelina inglesa. Pensé que pocas veces tendría oportunidad de ir a aquella tienda en Londres en que exclusivamente se venden popelinas, camisas, pañuelos, algunas corbatas y calcetines de cocoles que me pongo cuando abiertamente quiero declarar un tono informal, festivo, y no me importa que la ropa se vea de importación. Pensé en Elía, en los silencios de Mariana, en sus besos y caricias que todavía no terminaban de estar en mí con tranquilidad. Recordé nuestra diferencia de criterios, mi inseguridad oculta sobre lo que había dicho en aquel enfrentamiento de realidades que mis palabras no habían podido disolver. Pensé que quería volverla a ver, que no comprendía lo ocurrido aquella noche en Los Plateros. Me involucraba con una mujer interesante y conflictiva mientras, por el otro lado, mantenía una conversación entre sentimental y romántica con otra mujer, mi mujer. Esa discusión me arraigaba en otro sentido. Bajé la cara. Me sentí apesadumbrado. Escuché un ruido del lado derecho. Volví el rostro. Era Gonzaga, con un largo habano en la boca. Lucía un traje, como siempre, de apariencia nueva. Recordé que nunca había fumado el habano que me obsequió. Lo puse en un portaplumas de mi buró. Dije buenos días. Él extendió la mano. Percibí un fuerte olor a loción. Vi su cabello alisado sin el menor desacomodo.

—¿Cómo ha estado, Meñueco?

—Bien, gracias.

Gonzaga fue al grano:

—Mire, el gobernador pedirá a Horcasitas su renuncia. Fuentes venderá trescientas hectáreas de un predio que será formalmente cedido. El gobernador ya habló con él. Si reclaman la invasión para justificarse frente a su gente, estamos dispuestos. Pero eso hay que defenderlo hasta el final. Un exgobernador invadido es una pena para el sistema. Pero pacificar San Mateo bien vale echar al piso el escaso prestigio de Fuentes. Eso lo deberá usted ver con Torreblanca. Deben ser las hectáreas pactadas, ésas, no otras ni más. A Berruecos y Almada los dejaremos correr su propia suerte pero, claro, por lo menos uno debe de caer. La invasión no puede ser exclusivamente en las tierras de Fuentes, de un exgobernador, usted comprende —asentí sin pensarlo y teniendo a Mariana y a su padre en la mente.

—Queda pendiente quién será el alcalde interino. Usted deberá decirme el nombre pactado después de platicar allá con la gente, pero corre prisa, este asunto no puede encimarse con la marcha. Cada vez son más, Meñueco. Ya he hablado con el gobernador y con Fuentes... —continuó hablando sin que yo lo escuchara. Sentí que el tiempo para ellos no había transcurrido. Yo ya era otro, algo se había transformado en mí, había ocurrido quizá por los cuestionamientos de Elía y la presencia de Mariana. Estaba desconcentrado. Traté de contrarrestar:

—Estamos entonces en lo acordado con Fernández Lizaur —noté que el nombre molestó a Gonzaga.

—Sí, Meñueco —dijo con cierto desprecio—, ahora en verdad lo haremos —mientras Gonzaga buscaba un cenicero, comprendí que Fernández Lizaur anduvo por allí, quizá empeñando su palabra, en un acuerdo que distaba mucho de tener fundamento.

—¿Las elecciones, se está dispuesto a perder? Fue parte de lo acordado, deberán ser limpias.

—Mire, Meñueco —Gonzaga caminó hacia mí—, por lo pronto lo que necesitamos es esta tregua. Los zafarranchos han disminuido. Algo habrá logrado el viejo. ¿Usted cree que al interior del partido van a admitir un comunista en la alcaldía? Yo lo dudo mucho. Se hará lo que se pueda —observé a aquel hombre, al cual suponía de gran poder. Lo único que había logrado en tres semanas era que el gobernador pidiese la renuncia al indefenso alcalde y que Fuentes recibiera la paga que pedía—. Necesitamos que hable usted con Torreblanca y que llegue a un acuerdo sobre el nombre del interino. Después veremos qué ocurre.

—Si usted me lo permite, hablaré primero con Fernández Lizaur, que ya tenía esa encomienda.

—A Fernández Lizaur úselo. Que no lo vaya a usar a usted. San Mateo tiene que apagarse. Lo que vendrá después no está en sus manos, Meñueco, ni en las mías —se hizo un silencio. Lo vi inquieto y con ánimo de despedida—. Bueno, Meñueco, por favor apresúrese, porque las cosas se están descomponiendo y no quiero que San Mateo quede en medio de la tormenta. Tendrá usted todo el apoyo y facilidades. Tengo que regresar al despacho. Hay gente esperando, disculpe —me extendió la mano.

—Por supuesto, señor ministro, con su permiso.

Di los primeros pasos hacia la puerta mientras Gonzaga buscaba de nuevo el cenicero. Después se encaminó al otro extremo del salón. Me despedí de las personas de la entrada con una sonrisa que después me pregunté por qué llevaba. Estaba muy molesto. Empecé a entenderlo. Descendí las escaleras con una prisa que no era mía y salí hacia la avenida. Caminé en dirección del estacionamiento. Pasé frente a las oficinas de *La Nación*. Había ajetreo en la entrada. Varias personas miraban la reproducción gigante de la primera plana. Me detuve. Había dejado el diario en el auto después de una revisión de trámite. Pensé en la belleza del edificio. No pude sentirla. Seguí caminando. Mi mente tironeaba con fuerza. Me encontré con un cafecillo. Había algunos panes en el aparador. Entré. Olía a desinfectante, seguramente acababan de limpiar. Vi a un hombre sentado en el fondo fumando un cigarrillo sin filtro. Era muy delgado, llevaba un traje grueso muy usado, de solapa extremadamente ancha, chaleco y un cuello de camisa que le quedaba grande, muy grande. El botón se alejaba un par de dedos de su cuerpo. Pensé que quizá no era suya, después pasó por mi mente que el hombre había empequeñecido, a todos nos pasaría tarde o temprano.

—Un café por favor —dije a una mujer gorda de delantal blanco, que se acercó presurosa hacia mi mesa secándose las manos con un trapo—, y un pan de aquéllos.

Ella sacó una libretita. Apuntó un par de garabatos. Dio media vuelta sin decir palabra. Algo de furia se estaba apoderando de mí. Tenía hambre. Era lo primero. No había desayunado y sólo había corrido para terminar comprobando que habíamos engañado a Fernández Lizaur y que, aparentemente, no había poder en el país capaz de concertar algo. El café llegó de inmediato. Venía hirviendo. No pude dar un sorbo, lo cual me molestó. Recordé que el café ofrecido en el Ministerio nunca había llegado. Ni siquiera la parafernalia de Gonzaga lo alcanzaba en sus prisas.

—¡Un poco de leche, por favor! —dije de mala manera a aquella mujer que se encaminaba a la vidriera.

Lamenté el tono, pensé corregirlo, no vi cómo sin generarle una situación incómoda a la pobre mujer. Me admití como estaba, malhumorado. La vi venir con un vaso de leche. Me dio pereza rectificar la petición. Acepté el vaso complacido. Vacié un poco del contenido en la taza. Estaba molesto con Gonzaga por lo que en ese momento sentí como indefinición, como falta de seriedad. Pero sobre todo estaba molesto conmigo mismo. No había podido decirle a Gonzaga que nuestra actuación era vil, que de por medio iba la vida de hombres, el futuro de muchas familias, el ser justo con unos y otros. Gonzaga había apresurado todo porque frente a sí tenía un problema aun mayor. De la marcha se escuchaba a diario. Se dirigían a la capital. Eran miles. Pedían mayores pagos por sus cosechas. Ayuda frente a la sequía y, por supuesto, reparto de tierras. Había comenzado como una peregrinación más, hoy era una marcha de miles, con mujeres y niños. Venían lentamente. Se detenían en cada poblado y se les sumaban adeptos. Yo no había respondido a Gonzaga con honestidad, con firmeza. Debí de haberme resistido como lo hice con Alfonso. Pero claro, yo había reclamado a Alfonso lo que ese día no había podido hacer: mantener los pies sobre la tierra y no caer ante ese extraño mecanismo de sumisión frente a quienes encarnan el poder. ¿Qué había allí, en ellos, que con tanta facilidad desprendían los asuntos de su dimensión humana, biográfica, para transformarla en un mero asunto de escritorio, en un frío expediente de oficina? La mujer puso sobre la mesa el plato. Era una especie de pan danés que había calentado en el horno. El azúcar de encima estaba caliente. Tenía pasas y estaba horneado en forma de rollo. Lo comí con desesperación. Me molesta perder el horario de mis alimentos. Me molesta salir de mis rutinas, me molesta estar bajo los caprichos de cualquiera, así sea el ministro del Interior. ¿Podía dejar que las cosas corrieran, cayendo en esa frialdad que Elía me criticó y que a mi vez refuté a Alfonso y ahora sufría Gonzaga? Desde que dejé el trabajo en el Ministerio de Economía no me había sentido tan alterado. Terminé el pan y me vi comiendo las migajas que habían quedado en el plato. La noche anterior leí las cartas de Elía. Algo de verdad había cambiado en ella, también en mí. El ir y venir de nuestras líneas no era una simple reflexión curiosa. Ella actuó en consecuencia. Estaba en sus líneas y las seguía. Se descubrió a sí misma y era fiel a sus descubrimientos. Yo jugué con ellas, aunque poco a poco me habían atrapado. Elía posó, jamás lo hubiera imaginado. Había hecho el amor y me lo contaba. Me dolió, no lograba digerirlo. Leí sus páginas una y otra vez al regresar de Aguajes. Todo me temblaba. Coraje y resignación a la vez. Había bebido whisky en acto de venganza de mí mismo. ¿Por qué había abierto su carta, por qué no la dejé reposar como tantas otras? ¿Qué hubiera cambiado? La llamada de Gonzaga me había sacado de un sueño turbado. Nada tenía Elía que ver con la dulce y recogida provinciana que criticó mis costumbres, que veía como mundanas y yo simplemente como hábitos prendidos a mí. ¿Cómo podía haber ocurrido tan rápido, llegar tan hondo, haber sacudido lo que pareció tan firme? Elía era otra. Mi vida se dividió entre una pasión silenciosa que apenas daba inicio y una remembranza cariñosa de lo que ya no existía. Estaba solo. Elía quizá, no estaba seguro, hubiera comprendido mis palabras en ese momento. Mariana no permitía ser, no podía ser con ella. Todo indicaba que teníamos intereses encontrados, montañas de ilusiones que intuíamos en el otro, que no queríamos descubrir para que la pasión no tuviera obstáculos. Ella, además, estaría involucrada en más de un sentido en lo que yo tendría que resolver en las próximas horas, días.

No podía dejarme guiar por un sentimiento o atracción que enturbiara mi conducta. Debía tener la mente puesta en la tregua. Pero ¿era realmente la tregua la solución para San Mateo, esa repartición acordada de lo que Fuentes vendía y un cara o cruz entre Almada y Berruecos? ¿Podría creer en esa turbia negociación a sabiendas de que las elecciones limpias no era un ofrecimiento real? ¿Qué juego era ése? Había sangre de por medio. No debía caer en esa visión desprendida de Gonzaga. No tendría cara para verme a mí mismo. Mi primera ruptura me arrojó a un vacío en donde no encontré asidero.

Perdí toda posibilidad de retorno. Mis pies estaban helados. Los zapatos formales me imposibilitaron mover los dedos, calentarme por movimiento. No toleré la costumbre de andar vestido formalmente. Tanto que me lo exigió Alfonso. Lo de Elía me generó una gran angustia. La noche anterior ni siquiera había podido reconocerla entre la confusión y el coraje. En el fondo creí que podría reconquistarla, que estaría allí en una espera en la cual yo ganaría. Pero ahora estaba en medio del abismo entre una historia que me pesaba demasiado, que había logrado cancelar mis impulsos amorosos, y una atracción vacía pero vital. Quería hablar con Elía. Lo único que ella me aceptaba eran unas incómodas y en ocasiones ridículas cartas que a ella la habían transformado y a mí desnudado y arrinconado sin que me diera cuenta. Esto tendría que escribirlo. La promesa era de honestidad. Sería deshonesto negarle que atravesaba por un quebrantamiento más severo, que no sabía si me iba de ella o regresaba o por lo menos lo intentaría. Por primera vez me sentí cansado de mí mismo, de una hipocresía que en nada me daba raíces. Sentí la garganta seca. Pedí otro café. Vi movimientos apresurados. La mujer de mi vida me dejó porque yo había entregado mi energía a una burocracia que en mucho me había deformado. Ahora ya ni siquiera en esa burocracia creía. Perdí la capacidad de verdaderamente involucrarme en algo. Me había vaciado, pero en ese momento, no tenía otra vida construida. Elía sí. Se tenía a sí misma. Tenía su posibilidad de vibrar y estremecerse. Yo no me sacudía interiormente ni con la música que tanto ordené, pero de la cual me había alejado por varios meses sin siquiera extrañarla algún domingo, así fuera por costumbre. Allí estaba, en un cafecillo con migajas de pan danés sobre una mesa plástica, involucrado en un asunto en el cual se habían ido las vidas de muchos y más podrían irse. Tenía frente a mí la frialdad burocrática, que ya me era extraña. No podía negar el conocerla. El reto caía ahora sobre mí. La evasión era imposible. Pretendía conocer todos los frentes, pero ¿tendría la pasión interna para seguir su curso? La acción, el trato directo con los seres me era un territorio lejano, ocupado por otros que dejaban su vida en palabras y actitudes de las cuales quizá alguien guardaría algún rastro. Entre ella y yo se interpusieron esos documentos de los cuales me burlé por su insensatez, por su pretensión de explicar en un párrafo lo inenarrable de una tragedia biográfica, la carga subjetiva que un punto porcentual borraba, desaparecía.

La vida me jugó una carta diferente. Era un protagonista en el drama de otros, que a la vez era mi propio drama. San Mateo era un punto en el mapa, pero era un punto en el cual yo podía ejercer alguna influencia. Allí estaban esos hombres y mujeres empobrecidos que miré en el mercado, en las calles, asomándose por las ventanas, esos niños harapientos con sus estómagos de fuera, ese pueblo miserable rodeado de tierras deslavadas. También recordé a Mariana y a su padre, El Mirador, Fuentes, Michaux y el viejo don Guillermo que no dejaba de parlotear. Comprendí que con Elía nada había terminado, que de hecho todo estaba por discutirse. Nada podía reclamarle de sus acciones. Eran las mías, pero ella les daba un contenido diferente, una magnitud en la que yo debía penetrar y cuyas dimensiones desconocía, cuyos vértices y ángulos me resultaban ajenos. ¿Qué era para ella posar, haber tenido a otro hombre en su cuerpo? No era venganza. No había asomo de resentimiento. Era ella en la plenitud que no supe darle y ella no encontró. ¿Trataría de volver con Elía? La idea me resultó amenazadora, de una libertad irresponsable cuyas posibilidades y limitaciones apenas comenzaba a conocer. Esas líneas eran lo único que me llevaba a Elía y por ello a una parte de mí. Tendría que ir a ellas no sólo como forma cómoda de comunicarle mis altibajos, sino como camino de conciencia a la cual, poco a poco, había yo ido ascendiendo. Mariana quedó en mí como algo más que un deseo. Era una biografía que temió, como yo también, al careo, al enfrentamiento de las realidades. Eso no podría continuar así. No imaginé el silencio como respuesta única de aquella mujer que deseaba. Algún día todo podría cobrar sentido, darme una explicación de ella. El ciclo se iniciaría de nuevo. Lo que Elía rescataba para agitar nuestras vidas, para darles un significado, Mariana pretendía negarlo para siempre. Cierto cansancio recorrió mi cuerpo. Me sobrepuse. Miré el reloj. Eran las 11:45. Pedí la cuenta. El precio me causó asombro. Miré a la mujer e hice una mueca de resignación. Me levanté con mi cabeza dando vueltas. Mis pies helados habían caído en el olvido. Salí del café. Me detuve en la acera mientras abotonaba mi saco, vi con detenimiento mis manos cruzadas por mil pequeños pliegues, serenas en sus movimientos. No eran las que guardaba en la memoria. Eran otras. Quizá yo mismo me había dejado en alguna parte.

Capítulo tercero

I

"Sé que lo fuiste en mí cuando él viene. Te encuentro sin buscarte. Lo miro y atravieso con mis ojos sus gestos. Salgo después a perderme en una parcela de recuerdos que sólo puede ser mía. Allí cosecho ahora, en este nuevo tiempo, un fruto repleto de sorpresas, amargo en un bocado, armonioso y embriagante en el próximo. Muerdo incontenible en mi memoria con hambre caprichosa que pide más de mí y de ti. De pronto, sin aviso, el hambre lleva también a la náusea frente a un río de recuerdos de lo que también fuimos. Vivo antojos fulminantes y hastíos prolongados. Por momentos tengo sed insaciable de ti y hartazgo de nosotros. Uno sobre otro los recuerdos caen de no sé dónde. Pierden su dureza, se vuelven flácidos a la exigencia, se apilan prensados por su tiempo, se rompen en mil pedazos para ser distintos, para amalgamarse y obligarme a una rendición de silenciosas elegancias en la que soy vencida y vencedora. Mientras tanto él continúa con sus juegos. Finge que vamos juntos en palabras y en caricias, sabiendo que yo persigo, disfrazada en presencia, algo o alguien que no está en los muros, ni en las puertas, ni en los muebles que reciben mi mirada, tampoco en los libros que acompañan mis noches, ni en el lecho en que navego por el mar de mis nostalgias. Voy también en él cuando sus dedos me cruzan, cuando se talla, cuando sus manos me trasladan a un torbellino que me arroja después de una sacudida que a veces creo infinita. Entonces aparezco en una playa solitaria, aislada, en donde sólo la conciencia gobierna. Allí yacemos los dos. Él para estar conmigo. Yo para irme a través de él. Quiero recorrer un camino que tiene propietario al cual creo conocer. Quiero encontrar el desvío, la huella definitiva, la sensación de un paso sin regreso, la hierba delatora que me llevó a dejar de ser dueña de lo que creía era mi rumbo. Sólo entonces sentiré en definitiva que algo me ha tocado sin permiso para decirme lo hondo de la caverna en que dejé mi día, esa caverna que cavamos juntos. Estoy en él sin mentirle. Estoy con él para encontrar mi propio engaño, el que hice también tuyo, con el que nos perdimos dándonos. Él conoce mis fronteras. No sé acerca de ellas. Las intuye y lanza una nueva presa. Quiere una persecución compartida, presurosa, llena de respingos y volteretas que nos lleve a ignorar los horizontes que nunca serán de ambos. Tenemos ya nuestras propias costumbres. No son hábitos porque, además de simplemente estar allí, queremos que sean nuestras. Todavía la voluntad los hace. Yo lo sé tocar tres veces con brincoteo cuando viene con una fiesta interior a la que quiere invitarme. Lo sé ido cuando me habla con esa precisión que oculta. Los dos sabemos de un instante de gloria quizá al despedirnos, de esa otra intención al besarnos como al paso, sabemos de ese anzuelo lanzado por un saludo prendido a una sonrisa sin explicación en el aire. Nos imaginamos allí, de nuevo, por una respiración muda que derrumba razones. Nada debe conducirnos a ese otro territorio donde se yerguen los peñascos de nuestras vidas, los rostros, cuerpos, olores, sensaciones que pueden caer sobre nosotros y arrastrarnos a profundidades que no queremos conocer del otro. Evitarlo nos exige brincar sin mirar más que al asidero inmediato, cruzar con esfuerzo, pero sonrientes entre los vientos de nuestra memoria, arrojarse por el afán mismo de ignorar, de llegar al otro lado, de atrapar aquello que hoy nos detiene y nos conduce por un vértigo que sacude, que cercena momentáneamente lo que con obstinación inconsciente construimos y hoy pesa sobre ti y sobre mí. Pero el vértigo se acaba, de pronto se desvanece y viene una caída que pareciera infinita. Los sentidos entonces apoyan a la conciencia y ésta se alimenta de escudriñar en el pasado, de otear hacia el futuro. Él resbala y cuenta. Yo en ocasiones lanzo sabiendo que no recogerá, que no debe hacerlo, así la ansiedad por saber brote por su piel, por todo él. Lo nuestro, eso que de pronto nos corta el lenguaje a ti a y mí inundándonos de palabras, lo nuestro, ese intruso que invade recovecos y habita en nosotros sin dejar fecha de entrada, eso empieza aquí también a aparecer a pesar de los diques, de las murallas que edificamos con silencios, que levantamos con incógnitas que creímos permanecerían así. Porque es nuevo, Manuel, aquí sólo puede ser eso, un repleto vacío que gozo, una intensa compañía que permite las soledades, una necesidad que retorna pero no tiende amarres, no se eslabona. Es un estar allí que me lleva a las ausencias, a la tuya en mí a la mía en ti, a la ausencia de eso que fuimos para dejarnos."

II

Vi venir un viejo automóvil. Se detenía y zigzagueaba entre los ramales de las pistas y las calles, que se confundían unas con otras. En medio de un pavimento caliente, a lo lejos se reflejaba un resplandor inexistente. Dos pilotos de camisa blanca de manga corta con sus respectivas insignias y pantalón azul, y una muchacha de tez apiñada y ojos verde claro, esperaban impacientes parados junto al aparato. El automóvil se dirigió lentamente hacia nosotros. Recordé que todo había sido por teléfono. Lo había atrapado diciéndole: es el valor de su palabra el que está de por medio, hágala valer. Es usted un majadero, me respondió. Vayamos juntos hasta el final, maestro, le dije para suavizar las cosas. Yo tengo otros motivos. Mi palabra no es pública, pero para mí resulta crucial saber hasta dónde puedo llegar, hasta dónde me respeto. Creo que fue eso lo que lo convenció. Sólo alcancé a ver que ese automóvil ya extraño de ver, oscuro, de cuatro puertas y cromos renovados, era conducido por un hombre de anteojos y pelo cano. Por un momento dudé. El auto se detuvo muy lejos del aparato. El chofer bajó presuroso. Corrió hacía nosotros unos instantes, caminó después. Alcancé, por fin, a ver un traje viejo y una corbata corriente, discreta. Mientras se acercaba busqué en el asiento de atrás a Fernández Lizaur. Allí estaba, tomado de una correa y en actitud de espera digna. Caminé hacía él. Escuché cómo el piloto decía a su compañero ya nos vamos. Llegué hasta el coche después de responder al chofer sí, soy Manuel Meñueco. Fernández Lizaur accionó la palanca por dentro, yo jalé la portezuela adelantándome al chofer que intranquilo y curioso miraba los aviones. Se perfilaban en hilera hasta un horizonte brumoso que todo lo absorbía.

—Maestro —dije—, ¿listo?

Lo vi descender con trabajo, pero presentí que una mano de ayuda sería mal vista.

—Todo sea por los pobres de San Mateo y por su insistencia e inocencia, Meñueco —dijo mientras se incorporaba. Estrechó mi mano. La suya estaba fría. Me miró a los ojos a través de sus espejuelos—. Anda, Rafael, parece que nunca has visto un avión. Baja el equipaje. Llévalo allá.

Fernández Lizaur quería que todo pareciera un día más en su vida y la de aquel hombre a quien maltrataba con cariño. Llevaba un libro en la mano izquierda que comprendí como una defensa casi mecánica de una forma de ser, como un anuncio discreto, pero evidente e inevitable. Iba enfundado en un fino chaleco y una chaqueta de lana delgada. Prendas de calidad, pero no de reciente hechura. A pesar de la hora, Fernández Lizaur tenía frío. Un viento sucio cargado de polvo volvió a desacomodar nuestras cabelleras. Note cómo él peinó la suya mañosamente, cruzando algo de su escaso pelo de un lado al otro.

—Rafael, apúrate —lanzó en voz alta para ganar tiempo en su incomodidad. Después se dirigió a mí, en absurda intimidad, en voz baja—. Está medio ciego, más que yo, pero él necesita el trabajo y yo lo necesito a él.

Guardé silencio ante un comentario que no aceptaba agregado sin ser grosería. Dimos unos pasos más y pronto sentí el trote del chofer que pasaba junto a nosotros esforzándose. Tuve intención de ayudar a aquel hombre, pero no debía hacerlo. Un individuo parado junto a la cola del aparato le hizo una señal. Al llegar el esforzado chofer a la sombra del avión el hombre le tomó la maleta, que se miraba pesada, y la introdujo con trabajo. Cerró de inmediato una pequeña puerta semiredonda. No pudimos cruzar palabra por el estruendo de aviones que salían o llegaban. Los miré, como siempre, con algo de perplejidad, mientras en el cuerpo sentía retumbar ese esfuerzo opaco y sordo que queda en la imaginación por un aire confundido que se arremolina y revuelve por instantes las confusas imágenes que quedan detrás. Subimos. Fernández Lizaur lo hizo con lentitud casi pasmosa mientras cuidaba los tramposos escalones de la escalerilla. Yo miré el elegante avión blanco con franjas negras y doradas y el rostro del capitán detrás del cristal con su mano derecha extendida sobre el timón y una boca que se movía sin que yo alcanzase a distinguir palabra. Fernández Lizaur se inclinó y entró. Hice lo mismo. Lo escuché decir un buenas tardes dirigido a una tripulación que alargaba brazos a un tablero intrigante o movía botones en el techo. El saludo no era necesario para mí. Después miró con detenimiento los elegantes asientos altos de cuero. Se sentó en el principal, junto a la ventanilla, frente a la mesa. Actuaba con naturalidad impuesta. Yo quedé junto a él. El estruendo exterior se interrumpió. Aquella muchacha, con algún esfuerzo, cerró la puerta del aparato en definitiva. Fernández Lizaur miraba hacia el exterior. Yo tomé unos periódicos del asiento de junto y decidí dar espacio a su indiferencia. Fui rápido al reporte bursátil tratando de que el acto pasara inadvertido. No pude contenerme. Lo había escuchado la noche anterior por la radio, "brusca caída del índice bursátil, nueva devaluación en puerta". Inflación prevista más allá de los tres dígitos. Miré el porcentaje de la caída, no pude comentar nada. La economía del país seguía desbarrancando. Al centro de la escena quedó Alfonso. Regresé a la primera sección. Allí estaban algunas declaraciones del canciller sobre política internacional que no hicieron sentido en mi cabeza. Seguía atrapado en el absurdo nacional de haber previsto la catástrofe sin que nada pudiera detenerla, como una especie de fatalidad fuera de ruegos. El proyecto de electrificación total seguía adelante a pesar de las predicciones desastrosas. Se anunciaba un futuro de esplendores mientras el cotidiano empobrecimiento seguía adelante sin límites. Sentí lejanas a mí aquellas cifras, las miré ajenas y mudas. Volví la página para seguir la nota principal y a mis ojos brincaron dos cabezas: "Campesinos se apoderan de las bombas de agua." Pensé en Elía y su marcha. "Muerte en Sudán por hambre." Saqué mi pluma. Tracé un circulo alrededor de ellas. Toqué involuntariamente con mi codo a Fernández Lizaur, que de inmediato aprovechó para decirme:

—¿Qué hay, Meñueco? —comprendí que quería romper el silencio que él mismo había establecido.

—Hambruna en Sudán —le respondí—, se dice fácil, pero son trescientas mil personas, maestro.

Pensé que razonaba con Elía, que sus reclamos salían por mi boca. Fernández Lizaur lanzó una mirada al diario, a los círculos que yo había trazado. El avión se movía lentamente. Sólo un zumbido lejano nos acompañaba. Él no podía leer las notas desde su asiento, acercó su rostro. Vi su piel blanca con algunos rosados en la nariz. La edad le sacaba los huesos de su interior. Me llegó su aliento amargo. Me dijo con cierto enfado contenido:

—¿De dónde lo de maestro?
—De la universidad.
—Pero usted es abogado.
—Sí, pero usted dio cursos sobre derecho indiano en la escuela de Derecho.

—Es cierto —dijo con rapidez, como retrocediendo en la tentativa. Yo sabía que esa pregunta vendría en algún momento. Lo había reflexionado desde el desayuno con Gonzaga. En la expresión había un orgullo mío que le provocó recelo. Lo noté desde un principio. No se me venía otra expresión a la boca para dirigirme a él; además, me había permitido establecer cierta diferencia frente a Gonzaga—. Usted disculpe, Meñueco, pero han sido tantos y además de cuando en cuando se topa uno con cada patán que se pretende alumno, claro que no es su caso —reí—, eso ofende, Meñueco, porque lo que natura no da, Salamanca no presta —reímos. Quise romper su evidente liderazgo en la conversación, por lo menos evitar que creciera hasta desplazarme.

—Yo me dediqué al derecho público pero guardo un gran recuerdo de su clase, lo respeto —le dije con seriedad—, por ello no puedo permitir simplemente que los eventos nos arrollen —Fernández Lizaur se reclinó y sarcástico dijo:

—¿Podremos evitarlo, Meñueco? ¿Usted y yo? ¿Será? —iba a responder cuando sentí el jalón inicial acompañado de la vibración generalizada. Miré hacia fuera. Vi cómo Fernández Lizaur se persignaba discretamente. Sintió mi mirada. Jamás lo hubiera imaginado, me asombró—. Uno nunca sabe —y sonrió para volver a su mutismo, que tenía como pretexto mirar por la ventana. Creo que oraba.

El zumbido se volvió muy agudo y se alejó como por brincos. Alcancé a mirar los fuselajes de algunas aeronaves. Pensé que rápidamente seríamos una de esas pequeñas siluetas que se pierden retadoras entre los nubarrones. Me sobrepuse a cualquier segundo pensamiento. Me vi haciendo lo que tenía que hacer para llevarme a mí mismo al sitio donde debía estar. Yo podía entrar en el curso de las cosas. Eso creía. El tren ascendió con cierto crujido controlado. Después los flaps subieron lentamente, trayendo consigo esa leve sensación de vacío que acompaña la pérdida de resistencia. En el aire había quedado la expresión de Fernández Lizaur. Tomé su brazo sobre la codera. Intuía esa vertiente de emoción sentimental que llega con la edad. Me miró extrañado. Quise romper sus fronteras.

—Sí podremos —dije—, a usted le costará un par de enojos. A mí quizá me permita encontrar alguna razón de ser —vi que la muchacha se aproximaba. El avión seguía en ascenso.

—¿Desean beber algo? —dijo. Fernández Lizaur me miró con severidad, como indagando si valdría la pena la intimidad estimulada. Le dije:

—Tome usted algo, es poco más de una hora de vuelo.

—¿Qué tiene? —preguntó sin aminorar su distancia.

—Sólo vodka y whisky.

—Vodka solo, con hielos —me miró muy serio, como esperando mi reacción.

—Igual —dije y quedé pensando en la valía de aquel viejo al que parecía que nada amedrentaba.

Quise hablar de lo de Gonzaga. La muchacha estaba demasiado cerca. El avión lo proporcionaba el Ministerio. No era prudente. El aparato seguía ascendiendo con rapidez, lo sentí en los oídos. La muchacha puso, sonriente, dos vasos largos con raciones desproporcionadas para licor solo. Era importado y de buena calidad. Comprendí que no había otros vasos, ella no era un barman, ése era el servicio que se brindaba y lo excepcional había sido pedir un licor solo. Fernández Lizaur insinuó estar tentado a regresarlo por una sensatez que, por desgracia, era indescifrable para aquella muchacha que de seguro creía atendernos con gran finura. No hubiera comprendido en dónde radicaba su error. Fernández Lizaur tuvo más sensibilidad que prudencia. Dejó sin mayor comentario la situación y con humor dijo:

—*From here to eternity*.

El avión seguía ascendiendo entre grises que se acabaron súbitamente para permitir que un azul intenso apareciera en el horizonte y el sol límpido penetrara por las ventanillas. El aparato era espléndido, con dos enormes turbinas y alas esbeltas. Ascendía con gran rapidez entre breves golpes secos que no iban más allá. Sentí ánimo de ir aprisa.

—Gonzaga me dijo que lo de las elecciones estaría por verse. Creo que está jugando...

—No imagine enemigos, Meñueco —me desconcertó, Fernández Lizaur me había interrumpido justo después de soltar lo que consideraba información importante—. Gonzaga es un instrumento —reí por dentro. El día anterior el ministro del Interior me decía que utilizara a Fernández Lizaur y yo me había ofendido. Él a su vez no veía más que un instrumento en el ministro. El viejo era astuto, iba un paso adelante—. No podrá contra el partido, no podrá contra los hombres de allá. Recuerde que hay poderes permanentes y otros transitorios. Gonzaga es transitorio, Meñueco. Permanente es la convicción de esa gente —lo sentí demagógico. Podía darse ese lujo.

—Ellos quieren la alcaldía. Las elecciones limpias serían un triunfo para todos... —dije para dar fuerza a mi posición.

—Tan sólo un peldaño —me interrumpió— para que el gobierno central deje de estrangular a la región —manifesté asombro—. Escuelas, hospitales, carreteras, justicia, respeto Meñueco, eso es de lo que se trata en el fondo. Los rencores no se van a resolver con la alcaldía. Si se acepta la derrota y la oposición llega al poder, después les cortarán las venas, los recursos, simplemente los harán quedar en ridículo. Muchos de los que están con ellos no saben lo que es la oposición, como muchos más no saben lo que implica el oficialismo, sin embargo votan buscando un cambio verdadero. Están allí por resentimientos, por desesperación, porque al menos supone lucha, destrucción de lo que ellos creen que los oprime. No soy ingenuo ni tampoco me ha entrado un idealismo senil. Los apoyo porque ellos están abiertos, buscan a los campesinos, los escuchan. Algunos también juegan al ajedrez con la gente, como ustedes —quedé serio—, como Gonzaga, eso me consta. No tienen el concepto de partido en la mente, no seamos ilusos, son campesinos con un hartazgo hasta el cuello de no tener alternativas, de estar enraizados en la miseria. No es oposición, Meñueco. Menos aún una cuestión de ideologías. Sólo lo vemos así desde la ciudad. En San Mateo hay resistencia, sublevación, lo indigno explota por donde puede explotar. Los de abajo, Meñueco, los que mueren, ésos ni siquiera saben qué lugar juegan en el ajedrez. Han pedido agua, tierra, que les vendan lo que necesitan en precio y que les compren en precio. Quieren un trabajo digno. Son indígenas que piden justicia en la mejor de sus formas, en cuestiones tangibles, concretas —movió las manos como construyendo una caja en el aire—. Tienen hambre. No saben hacer otra cosa más que cultivar la tierra. No han podido salir de ese fango que los tiene atrapados. La oposición hace bien en trepar con sus demandas contra el oficialismo, para eso están. Pero no tenga usted en la mente el tablero porque no entenderá nada de San Mateo, del país, Meñueco —hablaba con cierto tono profesoral que me molestó, pero había sensatez en lo que decía. Lejano del dogmatismo mucho más de lo que yo había imaginado, su lucha era otra. No supe cuál.

—Por ello la alcaldía es importante —dije—, que tengan la representación que merecen.

—Como buen abogado, es usted un liberal irredento. Claro que se merecen elecciones limpias, como usted pulcramente las llama, llegar a la alcaldía, ¿y después? Lo importante —añadió con tono burlón— es encontrar salidas auténticas a la miseria, a esos hombres que nacen y mueren alcohólicos o diarreicos sin saberlo, a esas mujeres que se acaban en barrer pisos de tierra para malcriar hijos que ni siquiera tienen a dónde fugarse, lo importante, para utilizar su reduccionista expresión, Meñueco —noté que le había molestado—, en concreto, es que abran carreteras, que salgan sus productos, que los niños accedan al castellano para poder tener otra opción —vi pasar imágenes de mi pueblo—, que se perforen pozos, que consigan lanchas para pescar. Después hablaremos de posiciones, de ideología.

Pensé en aquella mujer de la playa, Huella; en su pescado, en su esposo. Recordé con vergüenza a aquellas chicas medio negroides, recordé el abandono y riqueza de aquella playa cuyo nombre había olvidado. Creo que mis pensamientos se fueron a mis ojos y me delataron. Quedé silencioso.

—Mire, Meñueco, si la alcaldía en manos de la oposición va a suponer varios años más de olvido y aislamiento, todos habremos hecho un grave mal a San Mateo. Gonzaga no puede prometer elecciones limpias. No sabe de qué habla. Gonzaga gobierna menos de lo que usted piensa, de lo que él quisiera, de lo que muchos suponen. ¿Quién cree usted que manda matar familias campesinas enteras?, ¿el ministro de Defensa? No, Meñueco. San Mateo está fuera de ese mapa político. Allí no gobiernan los ministros, tampoco la oposición, gobiernan los que no vemos.

—Fuentes y compañía, Berruecos —dije. No mencioné a Almada y pensé en Mariana. Traté de complementar lo obvio.

—Además de asesinos, ellos son los condenados históricos. Creo que no tienen salvación, pero ni aun repartiendo todas sus tierras terminaría la matanza de San Mateo.

Permanecí callado. Fernández Lizaur me había derrotado. Conocía otro San Mateo. Allí iba yo de nuevo, como al principio, en la primavera, descubriendo mi ignorancia, la superficialidad de mis juicios, la lejanía de un país que comencé a descubrir. La muchacha salió de la cabina con algo de burla en el rostro que desapareció de inmediato. La miré buscando tiempo para poder comentar algo. Se inclinó obligadamente y su blusa se separó de su cuerpo. Pude ver un brasier calado que provocó mi imaginación. Pensé que era un frívolo que ni siquiera tratando asuntos como los de San Mateo podía abstenerme de ir al sexo con la mente. Sacó un par de charolas de aluminio. Desprendió una envoltura y las puso frente a nosotros con una sonrisa impuesta, pero agradable. Eran quesos en trozos y rebanadas de carnes frías. Fernández Lizaur agradeció con amabilidad excesiva y de inmediato tomó un trozo de queso.

—Aquí nos tiene, Meñueco, con un excedido buen vodka en una mano, con gruyer en la boca, sobre mullidos cueros, volando a cientos de kilómetros por hora, pero eso sí, hablando de la miseria de San Mateo.

III

"Mi cuento me lleva, Manuel; marca los tiempos y los rumbos, sigue adelante, sólo puede seguir así:"

Ni el anuncio semanal ni el festín general detuvieron la caravana. La Ciudad vivía esa riqueza que trae más riqueza. Los que podían comprar vivían comprando. Otros vendían porque los de más allá compraban, y después salían a comprar lo que otros vendían. Pero la caravana seguía adelante sin descanso. El que manda y sus corifeos gritaban que la riqueza y la tranquilidad con la luz permanente para La Ciudad llegarían pronto. Pero aquellos hombres de la tierra no atendían al que creía mandar y seguían lentos, pero con rumbo. La caravana pareció padecer una sordera de extravío que la llevó a ignorar los festines de la riqueza súbita. Millones de pasos sonaban de día y noche en la conciencia acorralada de los que habían decidido el festín. Además, el imperio había rugido por varios días seguidos. Y aunque los ecos se acallaban tras las luces siempre esplendorosas de los múltiples festines y trueques, el enojo allí quedó. Primero resonaron los anuncios semanales de la seguridad lograda por la nueva energía, y con ello, la promesa de la luz inmutable.

"Dime, Manuel, ¿cuánto tiempo más podrán resistir en la miseria los millones de campesinos de nuestro país? Allí están, silenciosos, en sus caseríos con tejas ennegrecidas, metidos en sus casas de tierra, prendidos al piso para parir, para criar, para guisar, para embriagarse, para esperar meses enteros a que el tiempo transcurra y volver a empezar con su tragedia muda: abrir las tierras y sacar miseria. No lo sé, Manuel. Esta Marcha, la marcha que camina en nuestro país, va rumbo a la capital y en algo ha roto el silencio. En ocasiones nada se escucha de ellos, pequeñas burbujas aparecen por allí, pero a muchos ni siquiera curiosidad les produce. De esos pasos nada grave esperamos. Tú miras siempre a los militares. Me señalaste a los generales rodeando al presidente, al que manda, pero decías están con nosotros, sí, ya sé, con las instituciones. Pero de los campesinos nunca hablamos. En mi cuento ellos cobran vida y más cuando te alejas de la ciudad, del festín que tus amigos han anunciado. Mi marcha camina al imperio porque esa es la marcha que siempre ha habido. La otra se encamina a la capital, a la ciudad, lenta, muy lentamente. ¿Qué será más grave? Puedo hacerlos que vayan a la ciudad, pero entonces esta marcha caminaría delante de mí en las palabras. En ese caso debería ir a ella y retratarla. Pero mi marcha, mi caravana, va al norte en busca de esa riqueza que no podemos negar. Así ha sido por décadas. Eso me impresiona, Manuel, que los nuestros se vayan para allá todos los días, no en caravana, pero sí con la misma miseria, todos los días, familias enteras. La caravana les da forma, les da voz. Sigámoslos hacia el norte con mi cuento, a la ciudad en sus pasos reales. Recibo tus notas. Ahora ambos descubrimos las tragedias que están allí. Sé que lo del festín de la riqueza inventada suena a fantasía. Pero dime, ¿no es acaso lo que hoy vivimos una falsedad? Tú me lo hiciste saber, me lo repetías a diario. Es un engaño. Después habrá que pagar los platos rotos. Ustedes mienten, no mi cuento, que lo dice en palabras sencillas: festín. Ustedes inventaron una fiesta que se llama electrificación, quieren encender al país en unos años y alrededor de ello festejan desde ahora. Eso es lo increíble, no el ponerlo en palabras. De los bombardeos ya nada se escucha. ¿Cómo te suena así?:"

En La Ciudad nunca corrieron los avisos de aquellos pájaros mortales en batallas sin enemigo visible. Se habló en voz baja de la lluvia de fuego al Sur. Una ciudad entera se había ido al aire entre llamas y humo que se llevaron animales con berridos que se oían entre los aires también asustados. De los mismos aires salieron imágenes de templos crujiendo, templos que cargaban fieles en doloroso vuelo involuntario y sin destino. Las calles enteras se convirtieron, tras la lluvia de fuego, en pieles cuarteadas, en hombres llaga. Los pueblos y ciudades se declaraban muertos para la gloria del imperio. Desaparecían nombres y parentescos, costumbres y risas. Pero, pasado un tiempo, allá en donde se había arrojado fuego, en donde se declaró victoria, en donde los pájaros negros nada más tenían que buscar, allá, pasado un tiempo, de nuevo la vida brotó con inaudita fuerza.

"¿Cómo te imaginas un bombardeo, Manuel? Para eso la fantasía es pequeña, sólo el recuerdo es gigante. No todo crece por nacer de la imaginación. El sufrimiento se empequeñece. ¿Te imaginas unos aires asustados? Yo me imagino aires asustados arriba de una ciudad a la que le quieren prender fuego. Me los imagino flotando sobre las familias que ya cualquier estruendo lo escuchan como el arribo de la muerte.

¿Te puedes imaginar a los hombres levantarse por los aires en mil pedazos? Tratemos ambos de imaginarlo, para así intentar entender lo que nos cuentan con esas imágenes que de tanto mirarlas entran por nuestros ojos y nunca a la mente, qué digamos al alma. ¿Qué quieren las palabras de mi cuento? ¿Ir acaso a la fantasía como espejo de la realidad? Acompáñame:"

Dicen que del fuego se desprendían hombres que caían de los aires a la tierra, que de entre la tierra cuarteada asomaron incendiados, a veces sin rostro y sin piernas. Pero la muerte no logró tomarlos de una vez y para siempre. Ésos podían morir pero nacían otros, que eran los mismos, hermanos réplica de los que fueron a la nubes, pero con más rabia y la piel más gruesa para resistir el fuego. Por ello, los vuelos de los pájaros parecieron convertirse en poda, en insalvable sufrimiento que inyectó nueva vida con un reclamo enardecido. Todo ello a unas cuantas fronteras de la nuestra, del país de la fiesta, donde se enterraban las venas y se negaron las noches desde que el que manda y los siete habían decidido que se inventara la riqueza. La historia de los del Sur, de los vivían más allá, se convirtió en el relato de un sinfín de ciudades que nacían y morían y volvían a nacer, quizá con otros nombres que eran los mismos. Y esas ciudades eran habitadas por mujeres iguales a las idas, empeñadas en la misma lucha y que criaban rápidamente muchos hijos que serían adultos casi desde que nacieron y que, al poco tiempo, ya peleaban y resistían la lluvia de fuego. Crecieron con unas cuantas frutas que podían ser ninguna. Y esos niños, que nunca lo fueron, de pronto hablaban como si desde siempre hubieran sabido cuál era su razón de ser y el porqué de una lucha. Allá ni las lluvias de fuego podían traer muerte, porque la decisión era de vida y a ésa nadie la quemaba.

"¿Digo bien, Manuel? ¿Qué palabras son las que mienten? ¿Las que buscan llevar verdades al sentimiento, las que buscan sacudir o las que cuentan para que nadie sienta? Me gusta que me acompañes."

IV

El chofer conducía con velocidad excesiva, con una brusquedad inexplicable e innecesaria que hacía que Fernández Lizaur y yo nos sacudiéramos en el asiento trasero de aquel vehículo de lujos absurdos para aquella ciudad. Noté cómo Fernández Lizaur se inquietó sin que el hombre de la derecha, con el brazo colgando de la portezuela, se inmutara. Le dije al conductor:

—¿Cuál es la prisa, compañero?

—El señor gobernador los está esperando.

—Pero tengo entendido que nos quiere vivos. Conduzca despacio o aquí nos bajamos, no andamos con jueguitos.

Fernández Lizaur frunció el ceño y se incorporó a una figura erecta y digna que había perdido por las salvajadas del conductor. Atravesamos las zonas externas a la ciudad, zonas de construcciones bajas a medio terminar, con ventanas de vidrios traslúcidos y herrería de redondeces cursis que nada tenían que ver con las modernidades malogradas de los ángulos rectos y colores brillantes, de esmaltes corrientes que anunciaban reparación de llantas, mecánica en general, cigarrillos y cervezas. Se veía una hilera interminable de locales abiertos de los cuales salían hombres descamisados con vientres exagerados y tetillas colgantes. Tomaban refrescos o cervezas a pico de botella, se limpiaban el sudor con los brazos llenos de grasa. Vi decenas de mujeres descuidadas, gordas en su mayoría, caminar a lo largo de las aceras con estómagos abultados y enormes que brotaban de vestidos plásticos con florecillas despersonalizadas, mujeres con pechos agigantados tambaleantes debajo de blusas ceñidas que enseñaban las malformaciones de la gordura. Dos comían, sacudiéndose las moscas. Era piña, la comían a tarascadas, dejando que el jugo les escurriera por la boca y el cuello sin importarles que sus chiquillos semidesnudos brincotearan abajo de la acera y se expusieran al atropello de los automóviles sucios y desvencijados que corrían por aquellas calles. Infinidad de letreros de todo tipo de bebidas, de mueblerías, de pastelería industrializada, de zapaterías, saltaron de las casas y comercios en un desorden prototípico de esas zonas de crecimiento. Latas de cerveza aplastadas por los automóviles, botellas rotas junto a cáscaras de naranja y papeles que vuelan para pegarse a postes de los que cuelgan cientos de cables que salen a todas partes para entrar a casas y comercios, para llegar a otros postes en los cuales se reúnen con nuevas madejas. Mi vista se fue entonces a las techumbres de donde las estructuras metálicas de las casas sin terminar eran protegidas con sacos o botellas. Una tras otra, indicando una obra no acabada, anunciando un cuarto más que será edificado, golpes constructivos que llegarán irregularmente, pilares de cemento a medio hacer entre antenas de televisión que no guardan la perpendicular y se muestran prontas a caer. El hombre cruzó la luz roja y escuchamos atrás una bocina repleta de enojo de un auto que pasó rasante con una molestia evidente. Fernández Lizaur dijo:

—Oiga, ¿y a usted quién le autoriza a violar el reglamento de tránsito?

El chofer quedó callado, pero el hombre de la derecha le dijo en tono severo:

—Maneja con cuidado.

Fernández Lizaur me miró a los ojos y en voz baja me dijo: "Ni siquiera a esto tienen acceso los de San Mateo", y señaló aquel desorden urbano. A lo largo de las aceras se veían las hileras de arbolitos plantados, quebrados casi todos o rociados de aceite en sus raíces. Varios niños daban vueltas alrededor de una endeble rama que todavía arrojaba algo de verde en su punta, la torcían de un lado para dejarla regresar en sentido contrario, como látigo. No pude verlos más porque una pila de cascajo me lo impidió. Poco a poco el tránsito se fue volviendo más lento y pesado. La tarde caía en aquella ciudad cubierta por un cielo despejado con unos cuantos cirros alargados que indicaban un viento alto y lejano que no quitó gracia a unos anaranjados agresivos que se prendían de esas delgadas nubes para perderse en el horizonte. Los comercios mejoraron de calidad, aparecieron los enseres domésticos, lavadoras, estufas, tiendas de telas y vestidos para dama o caballero, pantalones vaqueros y camisas a cuadros intentando imitar un western. Zapatos y más zapatos, iluminados por luces frías que daban a aquellas tiendas una sensación de limpieza impuesta, de modernidad interna. Detrás de los anuncios de enormes gatos comiendo pan y de niños parecidos a Pinocho anunciando dulces, empezaron a aparecer algunas bellísimas fachadas de casas antiguas.

En ese momento sentí la mano de Fernández Lizaur que señalaba con voz suave: "Aquélla es siglo XVIII, véala". Moví la cabeza de un lado a otro, como tratando de compartir su dolor por aquel desastre que destruye en una inconciencia prepotente que cree justificar todo por el arribo de una modernidad ya caduca y sin vértebras, de apariencias. Vinieron después otras casas aun anteriores, según me explicó Fernández Lizaur, una que otra muy antigua, con fachadas de tezontle, algunas se veían inclinadas en ángulos peligrosos, recargadas sobre los edificios vecinos, vestidos de aluminios dorados y pisos brillantes, como con brotes de opulencia arábiga. El auto se deslizó cada vez más lentamente hasta que desembocamos en aquella plaza en lo que era ya una tarde cálida. Mucha gente caminaba con desenfado alrededor de aquellos laureles gigantes, adolescentes tomados de la mano o con una nieve de colores de artificialidad evidente; verdes limones tan exagerados que nada tenían ya que ver con el fruto, o naranjas tan relucientes que de inmediato anunciaban una dulzura impuesta. Empecé a escuchar el canto de miles de pájaros, invisibles para mí, que se aprestaban a pasar la noche en los pequeños rincones de los follajes, globeros y vendedores de billetes de lotería, ancianos sentados en bancas de hierro colado que aparecieron como por arte de magia, en todo el país con el mismo diseño inconfundible: símbolos republicanos al centro. Recordé a Elía en esa misma plaza cuando muy jóvenes pasamos un Año Nuevo tirando platos hacia nuestras espaldas y pidiendo deseos que deberían convertirse en realidades a partir de esos añicos que quedaron irreconocibles y confundidos entre los restos de cientos de platos más que habían sido lanzados con el mismo propósito. Eso recordaba cuando aquel hombre torció a la derecha y bajamos a un garaje cubierto. Varios autos más se encontraban estacionados, con hombres fornidos recargados en sus cofres o portezuelas. El acompañante del chofer abrió su puerta con anticipación y Fernández Lizaur y yo aprestamos nuestro descenso. El hombre nos acompañó hasta el ascensor. No nos despedimos del chofer. Cargué los periódicos bajo el brazo, quería hacer los recortes de las notas. Salimos a un pasillo alfombrado que conducía hasta las oficinas del gobernador. Olía a humedad. El hombre nos pasó después a una pequeña antesala.

—¿Un café?

Fernández Lizaur aceptó. Yo reaccioné. ¿Por qué aquel hombre de edad podía tomar café por las noches y yo no? Así que también lo acepté. Estábamos sentados en unos sillones plásticos, de imitación cuero abullonado, pero que mostraban su baja estirpe por no aceptar un troquelado natural, permanecían con una rigidez propia de tales materiales. Casi de inmediato, no sé si por haberme dado cuenta del engaño, sentí calor bajo las piernas. Fernández Lizaur aprovechó el momento de silencio y me dijo:

—Bueno, Meñueco, ahora viene el primer round. Comprenderá por qué quise venir primero aquí.

Asentí. La conversación en el avión nos había llevado a grados de franqueza acelerada pero auténtica. Fernández Lizaur sabía que ésta era de sus últimas posibilidades de intervenir por la región, que su prestigio moral bien podía ser dejado de lado en un futuro, que él era prescindible, así me lo dijo. Era astuto, comprendía sus limitaciones. Sacó una inacabable dosis de voluntad. Hablé con él de mis tropiezos en el Ministerio, de mi pérdida de credibilidad en mis actos y en los ajenos, de los últimos meses de mi vida, también de Elía. Había algo de paternal en aquel hombre. Salió a relucir después de atravesar una coraza de dureza y conocimientos, de desplantes académicos a los cuales tenía derecho. Llegó el café. Medité en que aquel viejo me había obligado a un resumen de mi vida, en el cual el último capítulo era quizá el principal. Le dije que escribía a Elía y ella me contestaba. Le platiqué de mi familia. Los recordé sabiendo una benevolencia delatada, de la cual Elía y sus líneas me habían vuelto consciente. No pude ya presentarlos como personajes de biografías envidiables. Fue una especie de confesión en donde mis propias palabras me mostraron un cambio interno del cual apenas me comencé a percatar. Él me había hablado de una enfermedad en los ojos, progresiva e incurable, por lo cual perdía capacidad de lectura. Le provocaba además que, en ciertos momentos, no pudiera reconocer a las personas. Un resplandor se prendía de ellos y le impedía ver escalones y desniveles. Lo dijo durante el vuelo con serenidad y resignación. Ahora lo veía leer una revista y pensé en su esfuerzo, en la tragedia de ser escritor y gran lector y perder la vista. Guardábamos silencio como asimilando un extraño encuentro, una conjunción forzada de biografías que hasta el momento había obligado a decir a un extraño lo que quizá no diríamos a un familiar. Fernández Lizaur vivía con su esposa. Admitió, cuidaba de él y le respetaba todos sus espacios. Me habló de su economía, de ese estatus de percibir siempre lo necesario para vivir confortablemente y con lujos que sólo pueden ser pequeños. Me platicó largo del cambio en las necesidades: casi no compraba nueva ropa, casi no podía ya viajar, en cambio mes a mes reservaba algo de su ingreso para medicinas. Me habló también de sus nuevas dependencias, del chofer que también lo acompañaba a hacer compras e impedía que su incipiente ceguera sirviera para timos que lo encolerizaban. Noté en ese hombre el deseo incumplido de haber tenido un mayor ingreso, algo más de comodidad, una casa de campo, me dijo, mi gran ilusión que nunca tendré. Honestidad ante todo, no coquetear con el poder, todo eso recordé mirándolo quizá imprudentemente. Algo del ajetreo de coches y ruidosos autobuses entró por la ventana. Aquel viejo quería unos minutos de silencio después de un par de horas de plática y yo mismo los necesitaba. Tomé mi periódico y regresé a su primera plana. Justo en ese momento se abrió la puerta y un hombre pequeño y delgado, con unos anteojos extremadamente finos, se acercó a saludarnos.

—Buenas noches —dijo con amabilidad excesiva. Fernández Lizaur hizo como que quería pararse, pero no lo intentó de verdad. Yo caí en la trampa y me levanté—. El gobernador los espera.

—Y nosotros a él —dijo Fernández Lizaur en tono de reclamo que yo ahora comprendía mejor.

Pasamos a un despacho amplio con un librero de madera trabajado en estilo inglés que no encontraba referencia en la austera construcción. Había un escritorio de dimensiones no humanas detrás del cual vi a aquel hombre gordo y calvo que nos daba la espalda balanceándose en su silla a punto de terminar una llamada telefónica. Fernández Lizaur se detuvo a pesar de que el hombrecillo de los lentes caminó hasta los sillones frente al escritorio. Yo me detuve con él. El gobernador dijo algunas palabras apresuradas para insinuar el final de la conversación y giró. Con una gruesa sonrisa, se levantó y dijo:

—Qué gusto verlo por acá de nuevo, don Santiago.

—¿De verdad, señor gobernador?

Fernández Lizaur no dio un paso. El gobernador se quedó atrás del escritorio, se hizo un silencio. El gobernador cedió. Dio la vuelta a su escritorio, caminó hacia nosotros, extendió su mano desde varios metros delante. Dio un abrazo a Fernández Lizaur, que no movió los brazos. Se dirigió a mí.

—Usted debe ser Meñueco.

—Mucho gusto —dije y pensé que era falso. Fernández Lizaur me había puesto en antecedentes de aquel hombre a quien yo sólo conocía por la prensa.

—¿Quieren sentarse por acá?

Señaló un terno del mismo tipo del de la sala de espera. Pensé en el calor bajo mis piernas. Un ventilador hacía llegar corrientes de aire que refrescaban por instantes. Fernández Lizaur caminó lentamente, comprendí que era más una actitud aunque dudé de la capacidad de sus ojos. Un hombre puso nuestros cafés frente a nosotros.

—¿Desde cuándo no venía a la capital? —dijo el gobernador a Fernández Lizaur.

—Usted lo sabe muy bien, señor gobernador, desde que la tropa y sus policías masacraron a aquella familia —el secretario nos dejó solos. El gobernador cambió de tono. Se percató de que Fernández Lizaur no accedía a sus cortesías.

—De todas formas me da gusto verlo por acá, maestro.

—Usted, con todo respeto, señor gobernador, nunca fue mi alumno.

—Está bien, señor. He hablado con Gonzaga —dijo el gobernador tratando de tomar la delantera—, parece que tenemos un acuerdo.

—Eso parece —dijo Fernández Lizaur mientras perfilaba con elegancia el chaleco que guardaba su frágil cuerpo. Contrastó con la gordura trajeada del gobernador.

—Horcasitas dejará la alcaldía y se procederá al nombramiento de un alcalde provisional. Proponemos a Aréchiga.

—¿Proponemos? —preguntó Fernández Lizaur.

—Propone usted, porque el señor Meñueco me ha informado que el ministro del Interior le ha pedido que nosotros, los aquí presentes, de común acuerdo propongamos el nombre —el gobernador me miró. Intervine.

—Así es, señor gobernador, el ministro me ha solicitado que de común acuerdo con las fuerzas de Torreblanca y a través de los buenos oficios del maestro Fernández Lizaur se le proponga un nombre a la legislatura —le mantuve la mirada. No conocía a Aréchiga, tan sólo había escuchado de él en mi estancia en San Mateo. Me pregunté qué hacía yo allí. Fernández Lizaur tomó el hilo de inmediato.

—Aréchiga no puede ser y usted lo sabe, señor gobernador. Él fue militar, lleva relaciones con el sector, es amigo de ellos. No digo que sea deshonesto, pero no lo aceptarán, está marcado. ¿Cuál es su verdadero candidato? Usted quiere negociar a la antigüita y yo no tengo tiempo.

—Proponga usted entonces, ¿o debo decir ustedes? —dejó su mirada fría sobre Fernández Lizaur.

—La Constitución del estado establece como requisito que sea uno de los munícipes, propongo a Julián Valtierra. Yo lo propongo, no sé si ellos lo acepten. Es hijo de campesinos, también fue administrador de unas de las fincas, es un hombre que tomará el cargo del interinato como un gran honor, pero no irá más allá a favor de ninguno de los bandos. Tendrá la fuerza que en conjunto se le quería dar. Es iletrado o casi, pero respetado.

—Valtierra es un mocito —dijo el gobernador—, lo van a manejar.

—¿Cómo lo llamó usted? —miré a ambos imaginándome enfrentamientos previos mucho más severos. Di un sorbo con miedo al café. Era el tercero.

—¿Mocito? —preguntó con saña Fernández Lizaur—. ¿Mocito? Este es un país de mocitos, señor gobernador. Ojalá y hubiera más mocitos iletrados, pero limpios, en algunas sillas —Fernández Lizaur aprovechó el error. Desterró de tajo una liviandad típica de burócratas. Fue duro. Se hizo un silencio.

—¿Y usted qué dice, Meñueco? —el gobernador me miró a los ojos y echó el cuerpo para atrás como tomando distancia. Jugué mi carta.

—He platicado ampliamente con el maestro. Como usted sabe, he estado algún tiempo en San Mateo. En este tipo de cuestiones, hay que escoger entre inconvenientes. A Aréchiga lo veo imposible. Valtierra no creo que encontrase mayor oposición. Creo que si ellos aceptan a Valtierra será un paso. Sólo serán unos meses, en lo que se organizan las elecciones.

—¿Y usted cree que Valtierra pueda? —me preguntó el gobernador. Yo no conocía a Valtierra, tenía que mentir.

—Ayudado, creo que sí.

—Es una imprudencia poner la alcaldía en manos de un indio —la expresión me mostró a un individuo insensible y grosero. Algo de enojo se me vino encima.

—Hablaré con Gonzaga —dijo Fernández Lizaur en tono amenazante.

—El señor ministro —intervine para contener a Fernández Lizaur— me solicitó que de común de acuerdo, repito, le comunicáramos el nombre de nuestra propuesta —el gobernador me miró molesto—. ¿Tenía usted alguna otra proposición, señor gobernador? —dije.

—Sí, Benhumea.

Fernández Lizaur soltó una carcajada forzada.

—Eso pensé —dijo.

Yo no conocía a Benhumea. Me esforcé porque mi rostro quedara impávido.

—De títere menor a títere mayor, imposible —dijo Fernández Lizaur.

Miré al gobernador con severidad calculada. No se contuvo y me dijo:

—Pues no veo solución entonces. Transmítaselo así a Gonzaga.

Intervine con cierta saña, que estaba aprendiendo.

—Me permito recordarle que el ministro piensa que esto es un asunto local que debió de resolverse localmente. Que la intervención oficiosa de la Federación sólo se da porque los hechos pueden acarrear consecuencias al país.

Me observó furioso. Clavé la mirada en su calva. Ese truco me lo había enseñado Elía, ve los defectos de las personas y se hunden, después miré su estómago, que rebasaba un cinturón esforzado. Me reí por dentro.

—Llamémosle —dije retador, pensando que individuos como ése tenían siempre una lectura sórdida—. Usted tiene red, señor gobernador.

Se levantó de su escritorio, fue al teléfono. Buscó en una libreta el número. Marcó. Esperó algún tiempo. Volvió a marcar. Volvió a esperar.

—¿Emilio?, habla Pedro Irabién. Por fortuna todos sanos, gracias. Oye, difíciles negociadores los que me mandaste —destacó el plural. Se hizo un silencio. El reproche a mí era evidente—. Pues no me presentan muchas alternativas. Fernández Lizaur propone a Valtierra, es un… viejo de la región. No es malo, pero es un don nadie… no, no es de ellos…, pero… no, Fernández Lizaur cree que lo aceptarán, eso es todo el ofrecimiento —guardó silencio pegado a la bocina. Una casi imperceptible mirada hacia abajo y una seriedad calada enseñaron enojo—. Bien, en setenta y dos horas. Saludos a tu esposa —colgó bruscamente. Se separó de su escritorio y habló en tono casi cordial—. Aceptado, Valtierra.

Fernández Lizaur, quizá yendo demasiado lejos, dijo:

—¿Quién acepta, usted o la Federación?

—Ambos —dije para evitar una confrontación innecesaria. El gobernador quedó en silencio. Se levantó. Fernández Lizaur dio un sorbo al café que no había tocado, dio otro más. Retaba.

—Nos debe el café —dijo—, porque ése ya está frío.

—Gusto en verlo —dijo el gobernador fríamente.

Fernández Lizaur fue el último en levantarse. Fue un acto de autoridad. Caminó despacio. Irabién mientras tanto, y quizá para aminorar la excesiva lentitud de Fernández Lizaur, tocó un timbre. Se abrió una puerta, también de madera, entró el muchacho de los anteojos finos.

—¿Está todo arreglado para el hospedaje de los señores?

—Sí, señor, dos suites en el Hotel Imperial —contestó nervioso el joven.

—¿Para qué suites? —dijo Fernández Lizaur en tono jocoso—, ¿qué nos van a mandar compañía? —Irabién trató de reírse.

—¿De verdad quiere un pececito? —dijo en plan de venganza el gobernador, retando al viejo.

—¿Quiere ver el anzuelo? —dijo Fernández Lizaur, que no aflojó un instante—. Allí todas mueren, y eso a pesar de que está medio oxidado... pero con una lijadita queda de primera.

—Arregle el transporte a San Mateo en el helicóptero —dijo Irabién al hombrecillo aquél en tono grosero y seco. No pudo reírse.

—No, gracias —dijo Fernández Lizaur—, nada más de vernos bajar del aparato no nos creerían una palabra. Mejor ofrézcanos un chofer decente.

—Como ustedes quieran.

Entramos al elevador. Allí nos despedimos. El gobernador me trató con desprecio. Se cerraron las puertas. Fernández Lizaur dijo de broma:

—Mire, Meñueco, si nos las mandan puede quedarse con la mía. Nada más dígame cómo se llama y cómo se ve. Tendría que dar yo la referencia. Dicen que algunos gozamos más platicarlo que hacerlo —supe que estaba contento, reí con cierto estruendo. Fue una risa que descubrí mía, sólo mía. Salimos del elevador, dimos unos pasos, se detuvo de pronto—. ¿Sabe, Meñueco?: hay un credo muy simple que sigo desde hace tiempo. Cualquier cosa que le inspire humildad a un político resulta saludable para la democracia —caminó, me reí de nuevo como hacía mucho tiempo que no me reía.

V

Mañana viajaré a San Mateo. Estoy en la capital del estado. Hoy ganaste varios puntos. Traté de verdaderamente comprender, imaginar quizá, lo que leía y me acordé de ti. Fue grato. Miento. Fue intenso y grato. No puedo hablarte más. Estoy confundido.

P.D. Algún día quizá juntemos todas. ¿Algún día? No lo sé. Te quiero

P.D.2 Hoy platiqué de ti. Lo hice sin rencor. Fue un resumen rápido. Nadie me obligó. También reí. Lo hice sin reparo, sin freno. Sentí que se activaba una víscera que también llevo. Te quiero, hoy te quiero.

Sudán
PODRÍAN MORIR DE HAMBRE MÁS DE 300 MIL PERSONAS
AFP, Jartún.- Más de 300 mil personas corren el riesgo de morir de hambre debido a la escasez de víveres en el sur de Sudán, al tiempo que siguen estancadas las negociaciones para lograr una solución política a la guerra civil que divide al país.

Cada día llegan a la capital nuevas noticias de personas muertas por inanición. Sin embargo, decenas de miles de toneladas de víveres se hallan almacenados en Jartún y otros puntos del país, pero el transporte a las zonas afectadas por la hambruna no se ha hecho debido a la falta de medios militares para escoltar a los convoyes de socorro hacia las regiones en que actúa el Ejército de Liberación del Pueblo de Sudán (SPLA).

Los responsables de los organismos internacionales de ayuda en Jartún explicaron que disponen de suficiente cantidad de víveres, pero que la inseguridad impide que sean enviados al sur del país.

El vicecomisario sudanés para el Socorro, Al Tayyeb Al Taher, confirmó que el ejército no dispone de medios militares para acompañar los convoyes. Unas 325 mil personas necesitan urgentemente ser auxiliados, afirmó Taher.

El miércoles pasado, el primer ministro sudanés Sadex El Nahdi declaró que se estableció un puente aéreo entre Jartún y Juba, capital de la provincia de Equatoria, mil 200 kilómetros al sur de la capital, para transportar 400 toneladas de sorgo hacia esta región. Sin embargo, al parecer este puente aéreo no comenzó aún a funcionar.

Recibirán agua
DESOCUPAN LAS BOMBAS DE LA PRESA ENDHÓ

Ante las promesas del delegado Julián Moreno del Castillo de que su problema de agua "será solucionado", integrantes de las comunidades de Santa María Bathar, Tepeitic, cejaron en su actitud de seguir posesionados de las bombas de agua de la presa Endhó.

El pasado día once, los pobladores de esas comunidades se habían posesionado de las citadas bombas en demanda de que las dependencias correspondientes los dotaran de canales de riego. Desde el día 20, dijeron los habitantes, "dejamos de custodiar las bombas y decidimos instalar en ese lugar un campamento", en donde los solicitantes hacen guardias "esperando alguna respuesta de las autoridades".

Integrados al Movimiento Pueblos Unidos, los quejosos indicaron que se han detectado un sinnúmero de fugas de agua y bombas inutilizadas y aun así "se nos niega el agua". Concluyeron que de no haber una solución pronto tomarán las instalaciones de la delegación.

VI

"Hoy vine a la ciudad. No sé a qué. No sé por cuánto tiempo. No estarías aquí. Lo sabía. No romperíamos esa soledad que nos hemos impuesto y que me protege de mí misma, de alguien que también soy, pero que está en reposo. Entré a la casa. Encendí la luz sin necesidad de pensarlo. Me detuve. Lo medité. Tenía las llaves en las manos. Las miré con extrañeza. Allí comienza todo, en ese pequeño objeto que tú y yo tenemos y que nos llevó durante años al mismo sitio. Primero fue aventura. Más tarde ir. Después simplemente regresar, hasta que el regresar se convirtió en parte de uno mismo. Uno es en mucho regresando. Una llave. Tener una llave te ata, te enraíza, te amarra, te ciega. Pensé en dejarla allí, en arrojarla con furia, en salir para nunca más volver. Pero en realidad quería indagar en mí misma, hurgar en mis rastros. Miré el pasillo, los cuadros modernistas que tanto tardamos en colocar, un poco más a la izquierda, no, no tanto, ayúdame con este mueble, vamos a centrarlo, necesitamos un color un poco más fuerte en la pared, la luz es demasiada. Tus objetos y los míos entraron por la misma puerta, quedaron unos junto a otro. Eran desconocidos, con pasados distintos que se fundieron, pasaron por un crisol que les dio una nueva identidad. Allí está el tapete persa que no recuerdo si es tuyo o mío o de los dos, fue un regalo. Sentí el lugar frío. Reconocí que también era mío. Di unos cuantos pasos más. Llegué a la vitrina de laca negra. Adentro están las figuras de coral, el ajedrez italiano que dices haber gozado mucho, ese extraño pergamino que en realidad nos es ajeno. Caminé a la distancia. Me detuve en silencio. Cerré los ojos tratando de recordar lo que miraría, lo que ese espacio había significado, lo que aún significaba en mí. Allí estabas tú por todas partes, en el porqué de aquel cenicero, entre los sillones, en la postura del Bergere, en el viejo incensario que está frente a la mesa sobre aquel arcón con una talla de leones de madera negra; estabas en el cristal que protege la pequeña mesa inglesa. Estás allí en cada rincón que pasó por nuestras manos, por nuestros ojos, que vivió nuestras intenciones. Miré todo en quietud, a la espera de nosotros, demandándonos para existir, para dar una razón del porqué de ese óleo de un hombre en la penumbra, explicación que te corresponde a ti como me corresponde a mí contar de dónde salió aquel viejo teléfono que hicimos lámpara. Todos ellos nos exigen presencia para contar sus historias que de pronto quieren ser la nuestra y quizá lo son. Fui a tu escritorio. Todo estaba en orden. Los recibos, los pagos con un pisapapeles de cristal encima o prendidos con esa manita de latón, pequeña y ridícula. Al verla me di cuenta: me repugna. Vi tus lápices, todos con punta, tu título en la pared, en un lugar discreto, pero allí está, imponiendo su significado: abogado. También miré el bronce del desnudo reclinado, el viejo libro chino que sé que no te gusta, pero que conservas. Fue extraño estar allí y vernos a los dos. Tú en aquella esquina, yo en este rincón. Tú en aquel color, yo en un tapiz. Es como trazar un retrato sin piedad que sólo podemos ver tú y yo. Saber el por qué de todo, eso que se viene encima cuando entras a una casa. No se delata, pero está allí. Ese por qué como tarjeta de presentación, ese por qué entra por los poros y te habla en silencio de la educación de las personas, de la delicadeza o descuido de la gente, de lo que ella quiere y de lo que puede. Allí estaba una Elía tomada por unas ambiciones que no eran mías, creo que no lo son, pero por las cuales me dejé envolver, arrastrar a un mundo ante el cual no me resistí, no supe cómo hacerlo. ¿Cómo estar contigo y acompañarte y sólo obedecerme a mí misma? Vi tus portafolios. Uno para la oficina, otro para tus lecturas, otro para no recuerdo qué. De pronto me pareciste ser un gobernado por esos delgados estuches de piel, por papeles que no conozco y creo que nunca conoceré. ¿Quién era ese hombre? ¿Qué portafolios llevará ahora? Miré tus libros siguiendo un orden y jerarquía que ignoro, tu música, allí está, esperando una severa explicación que tú darías gustoso. ¿Seguirías siendo así? Todos ellos me hablaron de ti. No necesité tu presencia para discutir. Tus palabras brotaron sin permiso en un lenguaje que sólo yo escuché y entendí o creí entender. La casa no olía a nada, o quizá huele a nosotros y no pude distinguirlo. Caminé de nuevo a la estancia. Vi los rostros de nuestros amigos allí, riendo, de madrugada, con copas y ceniceros por todas partes, también vi algunos bostezos que anuncian el final de la reunión. Todo ello se vino a mis ojos, recordé mis sonrisas y el esfuerzo que algunas me costaron, fue entre risas ruidosas que hoy creo no tuvieron sentido. Tú me reclamaste reírme sin tino ni gracia, mostrar dejadez, desgano por la conversación. Te escucho ahora. Tienes razón en parte. Pero no todo fue así. Recordé también las veces que me amaste en ese mismo sillón. Minutos después de que todos se habían ido, allí nos revolcamos desnudos, jugamos cuidando no dejar manchas en el mueble, nos burlamos de pensar la sorpresa que llevaría un invitado que regresara por cualquier objeto olvidado. Observé el ventanal que ve hacia la terraza y recordé las largas tardes que pasamos allí, mirando aquel paisaje silencioso de casas y árboles. Buscamos suspendernos, flotar por encima de todo, hacerlo quizá después de una solitaria comida en donde habíamos estado uno con el otro. La terraza me trajo recuerdos de gozo a pesar de que tu afán de orden también está presente en los leños, en pinzas y tenazas. Preferí reírme. ¿Podría hacerlo contigo enfrente? No lo sé. Fui a las recámaras. Vi tu puerta abierta. Entré primero a la mía. Mi retrato de niña, ése que pintó la madre de una amiga mía, y en el que se ve la cicatriz que tuve y que el tiempo borró no sé si de mi rostro o de mi mirada. Me vino a la mente mi actual lecho y también Octavio, sus piernas, sus tetillas, sus olores. Traté de recordar los tuyos. No pude. Son más suaves creo, menos definidos. El lugar olía a nosotros, ni a ti ni a mí. Miré la cabecera de latón y los retratos de familia. Me sentí bien, pero sola. Allí está uno de Omar, de mi padre, maduro y fornido frente a uno de sus caballos. Lo miré, cierta tristeza me invadió. Después entré a tu recámara. Sentí que en algo te era desleal. Mirar tus cosas en silencio, con otros ojos que tú no conoces, pasearme por tu intimidad sin tener oídos para tus palabras, me incomodó. Allí está el fino desnudo a carboncillo de aquel viejo pintor español, lo compraste, me lo regalaste, lo llevaste a tu recámara, yo lo vi como tuyo. Miré tu colcha negra. Yo la hice, con Petrita, un lienzo hindú con faldones negros. Tu jarra de plata no podía faltar. Fui a tu ropa. Tuve frente a mí la imagen que tantas veces se fue a mi mente en los últimos meses para destruirte, las camisas azules, una sobre la otra, las blancas por otro lado, las crema o beige y blancas para hacer deporte de otro. No, me dije, ya sé lo que es. Regresaremos a lo mismo, no debe haber paso atrás. Recordé a Octavio y la Academia. Vinieron a mi mente sus vestimentas. Lo único que había ocurrido es que ahora pude vernos a ti y a mí con distancia, separados por un tiempo sin propietario. Tu ausencia me ayudó. Pero también entendí que en Octavio no estaba yo. Tan sólo una parte de mi había florecido allí. ¿Cuánto vivirá esa flor? Quise llorar, pero no supe bien por qué. Cerré tu puerta. Vi el chifonier y recordé los días en que acomodé flores en la casa. Al principio ni las notabas, después las pedías con algo más que insinuaciones. Odié el haberte visto tanto, el haberte tenido tanto. Pensé que no habría nuevos territorios por descubrir. Una tristeza me cruzó. ¿Tendría de verdad algo nuevo que ofrecerte? Creo que sí. Pensé también lo que hubiese sido de haberte perdido, no quiero decir muerte, pero eso fue lo que atravesó por mi mente. Me dio miedo, me sentí sola. Apagué las luces, poco a poco, pero con prisa. ¿Qué hubiera ocurrido de haber habido un hijo? No creo haberlo deseado con el ánimo de atraparte. Pero mucho de nuestras vidas hubiera sido distinto. Quizá el vidrio de la sala estuviera sucio, con caramelo o aparecería una escobita sin sentido tirada junto a la vitrina o un gritillo por allí hubiera roto nuestras discusiones para quizá ir a un cariño obligado y unas noches de fiebre con preocupación mutua. Quizá hubieras estado conmigo más allá de tus camisas y sus colores. Quizá nos hubiéramos separado antes, quizá mucho después. Quizá nunca. Esta vida no habría sido la nuestra, la que vivimos, de eso estoy segura. Quizá no tendría que reclamarte todo lo que te reclamo sin saber si de verdad eres el culpable. Miré de nuevo los leones rugientes, estáticos, atrapados por una madera ennegrecida, bella, avejentada, con clase. Recordé que iba por la libreta de apuntes de la tía Amanda. La tomé del librero. No pude regresar a ese lugar. Estaba allí para irme de nuevo. No tuve fuerzas para ser por mí misma frente a eso que habíamos construido tú y yo. Tú y yo, no me excluí. Quise llorar de nuevo cuando miré el pasillo con los cuadros y la elegante puerta al final, el tapete perfecto, todo vacío, repleto de nosotros mismos. Tomé las llaves de mi bolsillo. Quise arrojarlas sobre la charola para que tú las encontraras, allí junto con las otras, donde siempre las colocas, allí donde siempre *deben* estar las llaves. Me sonreí sin quererlo de tus manías. Vi la llave en mi llavero, brillaba por el uso, esa llave que tanto froté sin darme cuenta, sin saberlo, que tantas veces me llevó a ti, a esperarte, nada más con girar, a tenerte, por haber girado, a odiarte, a amarte con un movimiento de la mano, a pedirte, a negarte, a huirte, simplemente por tenerte entre mis dedos. También me llevó a encontrarte, a buscarte, a exhibirte, a cruzarte. La miré desgastada. Ese día me había llevado a una sorpresa más, me llevó a encontrar el refugio de nuestras ausencias, a revivir nuestras presencias sin dejar registro."

VII

Los nombres de los pueblos en tu cuento siempre los pensé como una extravagancia. Hoy recibí el periódico de ayer. Fui a la nota por los muertos. Lo admito. Trato de imaginármelos. Todavía no lo logro. No pierdo las esperanzas de recuperarme. ¿Acaso será crueldad? Pero de pronto, para mi asombro, estaba allí el nombre del poblado. Lo leí varias veces. No sé si tu cuento es predicción o resumen. ¿Las dos a la vez? Ojalá y no, porque no veo muy bien cómo vas a resolver lo de la marcha de la angustia. Creo que la llamas así o como sea, ese desfile incontenible de hambrientos que es una realidad que no puedo digerir.

Continúan las labores de rescate
ASCENDIÓ A 44 EL NÚMERO DE MUERTOS EN LA MINA
María Alanís, corresponsal.- Al continuar las labores de rescate de los trabajadores atrapados en la mina de carbón Cuatro y

Medio —en la que ayer se registró una explosión—, según versiones oficiales el número de muertos ascendió a 44, entre los que sacaron con vida y murieron después en los diversos hospitales en donde se atendió a los heridos.

El gobernador del estado anunció hoy en este lugar que los familiares de los mineros caídos en la explosión del "lunes negro" gozarán de prestaciones de su gobierno, consistentes en becas, y aseguró que las investigaciones seguirán hasta las últimas consecuencias para conocer el resultado del siniestro, además de que "insistirá en que la seguridad es prioritaria en las empresas".

Añadió que su gobierno tendrá que revistar a fondo con la empresa las condiciones de seguridad, las comunicaciones de las instalaciones que se tienen, pero dijo "esto es federal", el estado no tiene injerencia directa, pero de cualquier manera "somos responsables de la seguridad y el bienestar de los mineros y somos coadyuvantes con las autoridades federales".

VIII

Con el Meñueco llegaron varios. Pero Benigno fue el único que dudó algún día ser padre. Salvador Manuel le brindó la paternidad. Durante mucho tiempo ser padre fue una más de las fantasías con las que Benigno se acomodó en la vida. Jamás tuvo cansancio, nunca se le vio caer en el desánimo porque siempre alguna gran idea le nacía de un brazo, o de la frente, o de la boca misma. Fue el hombre del futuro negocio que nunca llegó. Afirmaba con tal seguridad y aplomo las altas posibilidades de éxito de sus proyectos que al principio nadie dudó de él. Serio, todo él, siempre creyó que la fortuna también del azar venía. Lo explicó a sus amigos con números. Creó fórmulas infalibles a las que apostó su fortuna. Jugar a cuadrar los número fue para él trabajo sesudo. Hubo quien le reclamó su holgazanería, a lo cual él contestaba: "Ya verán, ya verán..." Habló de mandar peces frescos por los buques. Los peces saldrían vivos, en enormes tinajas que llegarían del otro lado del mar. Porque él, que de allá provenía, afirmó que las especies de aquí eran desconocidas en la tierra de los olivos. Construyó una tinaja de madera. La colmó de peces que sacó con las redes. Nadaban desesperados en aquella tinaja rebosante de agua asentada a la orilla del mar. De pronto anunciaron con gritos que lo habían visto entre la penumbra del amanecer y las nubes encaprichadas. Por allí venía el buque, entre las olas bravas. Los pececillos, que habían nadado nerviosos por horas, revolotearon más en lo que todos creyeron era miedo presentido. Pero fue la tinaja la que se negó a ser cargada. Se convirtió en parte del suelo. Se unió a la arena en hermandad inquebrantable, relinchó en su propio peso, segura, anclada. Inmutable, se burló de los esfuerzos de todos los hombres por subirla al lanchón de Vicente para llevarla al buque. Una de las primeras ilusiones de Benigno, que había levantado el ánimo al pueblo entero, se encajaba en el suelo y rehusó navegar al buque. Se luchó con todo lo que la imaginación brindó: unos con maderos, otros con sogas largas de las que tiraban animales. Otros lo intentaron con los brazos desnudos y peleando con las piernas. Pero cada vez fueron menos los que conservaron el empeño. Algunos que permanecerían allí a pesar de estar convencidos de la que tinaja no se movería, lo hicieron por cariño al amigo de insólita terquedad. Por fin llegó el aviso final de que el gran barco había partido. Entonces Benigno quedó solo en infatigable batalla que se prolongó del anochecer a la noche plena. Sin escuchar los ruegos y advertencias seguía metiendo troncos debajo de la tinaja y picando el vientre de caballos para que tiraran. Él demostraría que la tinaja era transportable. Los peces esperaron el momento preciso, y cuando la fatiga en su inevitable visita saludó a Benigno, comenzaron ansiosos un baile nocturno hacia las aguas, cómplices de la tinaja que jamás navegó. Tal era la fatiga de Benigno que su mirada dejó de seguir el vuelo de los sonrientes pájaros momentáneos que volaban hacia el mar. De uno en uno, con alas cortas, vestidas de escamas que concedían tregua a las plumas. Se le conocía por Benigno. El Meñueco en él ni se nombraba. No era necesario. Con sólo mirarlo se sabía que era un Meñueco. Aseguran que Benigno amaneció, pero con los ojos abiertos. Junto a él una tinaja reía. Benigno movió los labios mientras lo cargaban para que durmiese con los ojos cerrados. Decía palabras inentendibles mientras lo llevaban a un sueño en el que sus ilusiones serían sin duda ligeras. De los Meñueco fue el único que dudó ser padre hasta que oyó aquél susurro: "Vivo, vivo."

"¿Por qué nunca pudimos reír de la locura de tu padre? El cuento me llevó a recordarlo. Primero me dio ternura. Lo recuerdo hablando, muy seriamente, de un asunto que yo no comprendía. Era muy parca su expresión y la firmeza con la que asentaba sus propuestas no dejaba duda, Manuel. Recuerdo también que mi padre apoyó alguna de sus aventuras. Lo recuerdo entusiasmado hablando de la fórmula para ganar en el dominó. Míralo así, Manuel: tu padre fue muy feliz, qué mayor logro puedes querer para él en la vida. La idea de fracaso la usas tú, para ti es muy importante. Él nunca se sintió un fracasado. No me parece que esa preocupación lo haya visitado con frecuencia. En el cuento digo que buscó cuadrar los números porque de algo así trataba su fórmula. Pasábamos frente a los portales, la imagen aparece en mis ojos ahora, era temprano por la tarde, después de dormir una siesta que ante todo protegía del calor, y allí estaba él, tu padre. Sentado plácidamente, con un café, esperando sin decirlo, con un cigarrillo entre los dedos, poder formar un cuarteto para iniciar la partida. Por la noche bebían cerveza. No era extraño verlo dormitando después de unas horas de apasionado juego. ¿Pero por qué no reímos tú y yo de las locuras de tu padre? ¿Por qué no logras verlo de frente como lo que era, un inmigrante ignorante, me dices en tus líneas, pero entusiasta, bebedor, jugador, con su honestidad muy particular? No quieras hacerlo a tu manera. Así fue él y terminó sus días feliz, sin graves enfermedades que lo aquejaran, sin preocupaciones o complejos que le causaran pesadumbre. Para él todo era ganancia, así viven los emigrados. Recuerda que vino de una tierra muy pobre, Almería si no mal recuerdo. Usó el dinero de Vicente y se lo bebió, es cierto, pero nunca mostró que eso le pesara, a ti te pesa, no a él. En tu moral ser hombre y no acumular es ser un fracasado. Ve tu catálogo de miedos. Dudo que tu padre hubiera podido enumerar tantos y algunos de ellos muy curiosos en verdad. Después de la ternura me vino risa, Manuel. Ocurrió cuando releí lo de la tinaja. Sólo a él se le pudo venir a la mente semejante disparate. Aunque, en el fondo, no era mala la idea de mandar pescados tropicales vivos en tinajas con agua de mar. Había hecho las pruebas necesarias allí en la playa. Sabía que tenía que agitar el agua para airearla. Todo está en mis apuntes. Me lo contó la tía Amanda. No deja de tener algún sentido su idea. No pudieron llevar la tinaja a la barcaza. Se quebró antes, justo al subirla al atracadero de Vicente. Los peces empezaron a salir y a caer. Algunos quedaron atrapados, pues la madera rota sólo permitía la salida de los pequeños. Tu padre quiso repararla con rapidez. El buque no esperó. Tu padre se emborrachó aquella noche. Tuvieron que ir por él a la mañana siguiente. Días después todo el mundo se reía del asunto, salvo tu padre, que para entonces ya tenía alguna otra idea que defendió con vehemencia. Tú tampoco reíste, ni entonces ni después. En el cuento traiciono la verdad. No pude pintar a Benigno borracho. Tampoco quise recordar aquel instante en que la tinaja se rompió. Tu padre y sus amigos se gritaron unos a otros con desesperación. Caí en lo que reclamo a tus narraciones. Aminoré los males y preferí al Benigno tierno. Algún día tú y yo deberíamos hablar de tu padre, recordarlo sin amargura, tal cual fue, y reír de la tinaja repleta de peces o de la fórmula para ganar en el dominó. Hoy me invade un ánimo de gratitud. Releer las notas de la tía Amanda llenó mi mente primero de añoranzas, Manuel, de recuerdos que abrazaron mi conciencia. Apareció una fotografía nuestra. Una sequedad terrible atacó mi garganta. Lloré, Manuel, lloré por lo mucho que te quise, por eso que me dio vida y alegría y que hoy no sé dónde quedó. No puede simplemente haber desaparecido. No está en casa, no cuelga de los muros, no lo toco en los muebles, no viene a mí en la vitrina. No está en quienes nos tuvieron y de los que nada sé hoy. Sólo puede estar en ti, Manuel, en algún recoveco de tus emociones debe estar esa misteriosa energía que nos llevó a tocarnos las manos, a besarnos y frotarnos, a reír sin sentido una y otra vez, a perseguirnos. Me veo ahora jugueteando contigo en la tina. Los dos reímos, tú también debes recordarlo. Tu querencia, Manuel, está en mí y hoy me llena de gratitud."

IX

Salimos de aquella ciudad dejándola envuelta en un sol que ya la quemaba desde temprano. Calentó con rapidez sus calles centrales de piedra y recinto, esas casas pintadas con cal, en azules plúmbago, amarillo canario y un blanco amenazado de convertirse en gris. La cal daba a las calles una sensación de opacidad. De pronto aparecieron rojos y azules brillantes, anuncios de cerveza o refrescos alrededor de marcos de cantera o un enrejado antiguo. Vi largas techumbres y tejabanes semiocultos entre cables y anuncios. Aparecieron calles repletas de gente que iniciaba con pasmosa lentitud sus actividades. Se abrían puertas, se quitaban protecciones laminadas, se limpiaban ventanas y mostradores ridículos, con pequeñas muñecas y cochecitos y objetos que no alcancé a distinguir. Las casas perdieron sus alturas señoriales y se transformaron en cubos sin gracia, rectángulos excesivamente largos que daban la sensación de que los techos estaban a punto de tocar cabezas y sombreros. Se vinieron encima ventanas de una monotonía sin par. Vi hombres con coches desvencijados buscando sitio frente a puertas bajísimas de casas hechas a la medida de seres pequeños, angostas y con ventanitas sin proporción alguna. Había sábanas y toallas floreadas colgando en patiecillos. Algunas mujeres volvían la cara al paso de los coches, que levantaron un polvo que se veía entrar en pequeñas nubes a aquellas habitaciones, reducidas salas de estar que en esos momentos eran aseadas. Otras con baldes de agua rociaban las aceras despersonalizadas. Buscaron con escobazos llevar hacía el arroyo toda la basura para dejar limpia, o por lo menos con apariencia de frescura, un área que delimitaba la entrada a su propiedad, frescura que seguramente duraría tan sólo unos minutos ante el uso intensivo por parte de cientos de pies mal calzados, con zapatos rotos y enlodados, algunos de plástico morado o rojo, que mal ocultaban pies sucios que de todas formas quedaron al aire para permitir que la tierra se prendiera a ellos y los incorporara a su color. Nos íbamos deteniendo por instantes. Miré a aquella gente, la vi reír, gritar, silbarse. Todo se inundó de un ánimo general de guasa, de falta de seriedad que iba de los empellones de muchachos lanzados a la vía de los automóviles, a las mujeres que caminaban con desparpajo y mordiendo burdamente algo que no pude identificar. Permitían que sus dentaduras descompuestas y amarillentas fueran al marco de risotadas sin recato. Chamacos de hombros anchos, fornidos y más altos que sus mayores, con camisetas ajustadas que permitían ver sus tórax bien formados, observaban amenazantes. Vi sus rostros con barbitas mal logradas, de unos días, cabelleras chinas, encrespadas, sin sentido. Miré hombres escupiendo una y otra vez sobre aquellas aceras, sin importarles la cercanía con sus propias suciedades, recargados en postes o automóviles. Perros deformes de largas colas y cuerpos delgados, orejas pequeñas y hocicos reducidos pululaban entre sus piernas. Otros caminando con gallardía extraña, bajando de vez en vez sus narices para encontrar olores que confirmaron áreas imperceptibles al ojo humano, delimitadas por medio de orines lanzados con prisa a la llanta de un automóvil, al muro de una tienda o a un poste. Algunos niños mordisqueaban, como jugando, panes. Daban sorbos a extraños refrescos de tintes color uva, naranja o rojo. Fernández Lizaur guardó un silencio que después supe se debía a un desayuno poco afortunado. No había fruta, me dijo, y el jugo era de lata. Meñueco, justo aquí que todo se consigue. El café era una pócima mal lograda que yo mismo había constatado en aquel hotel de alfombras de color morado mullidas pero sucias, muebles rústicos junto a lámparas con ambiciones de cursi afrancesamiento. Los baños eran de plástico imitación mármol. Las llaves tenían forma de ganso. En las habitaciones nos había visitado toda la noche el ruido en aceleración o desaceleración de coches y camiones provocando en ambos un pésimo sueño que no comentamos, pero nos hicimos saber por alguna mirada quejumbrosa. No supe que era aquel movimiento citadino en una población que delataba poca vida nocturna. Por la madrugada comenzaron motonetas, una tras otra. Me asomé por la ventana. Allí iban, transportaban periódico apilado en proporciones increíbles. Fernández Lizaur estaba cansado en aquella mañana y molesto por un trajín que alteró sus costumbres. A su edad son protección y seguridad, sobrevivencia.

Pocos minutos después cruzamos el lado oeste de aquel valle arrasado, donde ya sólo los espinos y algunos arbustos se defendían a los lados de sembradíos. Observamos esa tierra blancuzca que ya anuncia a los ojos su falta de fuerza, su impotencia para el cultivo. Piedras y rocas salían de entre los surcos, ahora resecos, con algo de carrizos en ellos. Algunos animales escuálidos, en ocasiones con rasgos de raza Holstein, de patas flacas y vientres caídos, reses de cuernos levantados, joroba insinuada y orejas informes, olfateaban la tierra y lanzaban mordidas de desesperación a alguna paja poco prometedora. Los animales eran chaparros y con los huesos salidos de un cuero que parecía restirarse. Detrás iban algunas crías cansadas, seguramente repletas de parásitos, dada una enjutez de carnes que los hacía parecer fantasmales esqueletos caminantes. Seguían a sus madres con paso lento, husmeando un suelo que ya nada tenía que brindarles. Vi a algún pastor escondido del sol bajo un espino crecido en forma de árbol que daba sus mejores esplendores en un ramerío de poco follaje. Pasamos entre dos campos que ya habían sufrido la quema y se mostraban renegridos, cubiertos de su propia ceniza, desolados, sin que un solo brote de verdor los visitara. Circularon pesados camiones cargados con todo tipo de verdura y fruta. Descendían de la sierra a la cual nos encaminamos a cumplir con una misión que difícilmente podría imaginar. Un aire caliente y seco entró por las ventanas. No supe si abrirlas aún más o cerrarlas totalmente. El beneficio no era evidente. Vimos pasar dos largos transportes cargados de enormes troncos de madera. Se veía rojiza y húmeda. Algunos remolinos se levantaron a lo lejos. No parecían tener un rumbo definido, pero ayudaron a acentuar la sensación de una atmósfera sucia con tierra levantada. Todo lo enmarcó una luminosidad excesiva, pues no había árboles que contuvieran la caída despiadada de un sol cada vez más fuerte. Ninguna sombra se veía en nuestro horizonte, que remataba en unos cerros desvestidos. Sus perfiles suaves, entre grises azulados y un color tierra, iban a un cielo abierto que permitía un sol sin piedad alguna. Saqué mis lentes oscuros y empecé a entrar en una somnolencia que sentí protegida por aquellos cristales. De pronto la mano de Fernández Lizaur cayó sobre mi pierna y lo escuché decirme colérico:

—Mire, mire Meñueco, esto es una porquería, hemos creado un país sucio.

Conocí en ese instante a otro Fernández Lizaur, desesperado y arrepentido de una acción común de la cual se sentía copartícipe, como si fuese un error de generación, como señalando la miopía de un tiempo. Atravesamos una nube pestilente que salía de un gran basurero que antes había sido una mina de arena. Era un barranca repleta de plásticos apilados entre botellas y latas, tiras de tela, bolsitas de comercio anudadas, cáscaras de naranjas entre puntiagudos vidrios, metales retorcidos, palos, una silla quebrada cuyo resto de mimbre ardía. Encima unos perros rascaban en busca de algún alimento. El olor permaneció en el automóvil lo suficiente como para invitar a contener la respiración. Una mujer y unos niños vestidos con harapos negros y grises, ellos descalzos y sentados en cuclillas, ella con un bebé prendido a uno de sus pechos, observaban inmutables cómo un hombre, con un saco de fibra natural oscurecida, recogía algunos objetos. Fernández Lizaur y yo volvimos el rostro para contemplar ese espectáculo, ya común en nuestro país, en el que la basura pareciera irse adueñando de todos los rincones.

—¿Se imagina usted las porquerías que se criarán allí? Mire, Meñueco, yo no soy de mano dura, pero al desorden y a la porquería sólo se les puede llamar así, porquería, desorden, mire eso.

Traté de dar una explicación de más largo alcance:

—Los costos de la urbanización, maestro. París debió haber sido una inmundicia a finales del siglo XVIII y el Londres dickensiano no era mucho mejor.

Él adoptó su tono profesoral:

—Sí, Meñueco, pero ellos no sabían a dónde iban y nosotros sí, y discúlpeme, esto no es Londres ni París. Este es un pueblo sucio —quedé en silencio, su argumento era irrebatible. Me fugué de su acoso. Con la mirada regresé a aquel desastroso paisaje—. No tenemos disculpa. Hemos creado un régimen de complacencias: complaciente con la porquería, con el desorden, con la ineficiencia, con la grosería. Es un monstruo que no atiende a la realidad. La mira como detalles nimios. Si el crecimiento trae basura, conviviremos con la basura. Si las mayorías son desordenadas, seremos orgullosos de nuestro desorden —Fernández Lizaur era identificado como un liberal progresista, no afiliado a partidos y que despotricaba igual en un sentido o en otro. El argumento me recordó su severidad en clase. Era un hombre profundamente ordenado que no podía concebir ni aceptar disculpas de ningún tipo, por eso para algunos su posición era demasiado rígida—. Desorden revolucionario, ¿o acaso todo orden es conservador? No, Meñueco, el desorden y la porquería, por más proletarios que sean, son desorden y porquería. La tolerancia en el fondo es un acto autoritario, porque en unos cuantos poderosos queda el ejercerla. No, Meñueco, la tolerancia es corruptela.

—Bueno —dije más bien para escuchar su versión de una ruta de argumentos que se veía él había transitado con frecuencia—, el desorden es parte de su cultura.

—Sí, pero aquí se le ha prohijado como si fuera un don. Desorden, Meñueco, desorden en los horarios, desorden en el transporte, desorden en la mente, la gente vive en el desorden y les hacemos creer que es lo normal, casi apetecible. Sé que suena maniático, quizá sea la edad. Todos quieren ser universitarios, pero ni siquiera saben asearse. Mis alumnos huelen, Meñueco, huelen por la boca, por los sobacos, son informales. Vivimos el reino de la informalidad aceptada. Llegan tarde, se roban los libros, no saben hablar, pero eso sí, quieren ser ingenieros y ganar fortunas. Y lo consiguen, Meñueco, pero ni el dinero ni los títulos les quitan lo ignorantes. Educación, pero educación en las casas, eso es lo que necesitamos.

Fernández Lizaur estaba maltrecho aquella mañana. Admitía en ese momento lo que quizá en otro jamás hubiera aceptado. Me quedé meditando sobre la enorme represión que el nacionalismo de nuestro país, las ideas de revolución y cambio social, dejaron caer sobre nosotros. Silenciosamente penetraron nuestras mentes cerrando a la discusión temas evidentes de nuestra malformación. En este caso Fernández Lizaur tenía razón y, sin embargo sus argumentos me sonaron a un conservadurismo inaceptable. Sentí que debía apoyarlo pues yo mismo cargaba una gran molestia contra mi país, molestia contenida. Traté de buscarle una salida:

—Bueno, lo mismo corre para estos campos. Vea el erial que nos rodea: es un erial campesino, de unos campesinos miserables que merecen toda nuestra consideración, pero al fin de cuentas es un caos que ellos, en buena medida, han creado. En las muy odiadas fincas hay orden productivo. Allí hay limpieza y cuidado. Suena burgués. Quizá lo es. Pero buena parte de la realidad entra por las narices —sentí extrañas mis palabras. Hacía tiempo no usaba el término burgués. Me incomodó la lengua.

—¿Qué me trata de decir, Meñueco?

—Simplemente eso, maestro, el desorden y la sinrazón revolucionarias, de las que usted habló —me refugié en sus palabras—, son dramáticos en el campo —pensé que el chofer debía ser de origen campesino. Su tez me lo indicaba. Pero era demasiado tarde—. He estado en algunas de las fincas y, le soy sincero, no dejan de generarme admiración. Con mi disfraz social me daría pena admitirlo, pero es lo que pienso. Allí hay trabajo, hay una concepción de largo plazo, por encima de las generaciones, en cambio esas laderas acabadas —las señalé con un movimiento de la cara— son resultado del inmediatismo, de la destrucción.

—Supervivencia, Meñueco, primero supervivencia, y también destrucción, lo acepto. Es nuestra sacra tradición agraria.

—Sí —respondí en ánimo de averiguar su auténtico sentir—, es esa tradición la que ha llevado a que cerca del setenta por ciento del país esté en proceso de erosión —la cifra sonó demasiado contundente. Era cierta. No supe cómo dar marcha atrás.

—Dígalo, Meñueco, dígalo.

—Estamos acabando con el país, maestro, esa es la verdad. El ganado trepa por donde quiere, arrasa todos los retoños. Quemamos año con año los campos de sembradío, incendiamos bosques, vemos con naturalidad vivir el estiaje en una bruma producto de las quemas que todo lo cubre, talamos en laderas para abrir al cultivo, así sea por unos cuantos años de vida útil, sacrificamos sin consideración selvas y bosques, animales, perdón por el desorden, pero esto verdaderamente me altera. Vea este valle: a donde ha llegado la población, allí se han acabado los recursos. La riqueza fácil, maestro.

—Dígalo, Meñueco —me provocó una vez más—, no se desvíe, hablaba usted de las fincas, del desorden que trae el campesino y sus costumbres.

—Eso lo dijo usted —repliqué con cierta brusquedad.

—¿Qué nos pasa, Meñueco? No nos atrevemos a decirlo, nuestro campesino depreda, destruye, lo cual no lo hace menos miserable. No hemos generado alternativas intermedias: o el orden productivo de los grandes propietarios o la miseria de la propiedad social, de la explotación y no cultivo de la tierra.

—No se puede simplificar tanto, hay zonas...
—¿Las más o las menos?

Me preguntó sin esperar respuesta. El auto siguió moviéndose con algunos golpes. Yo quedé silencioso. El nuevo conductor era un hombre muy delgado de cabello negro, con la cabeza inclinada permanentemente. Hacía su trabajo con cuidado. Yo no sabía bien a bien a dónde quería Fernández Lizaur llegar, pero era evidente que también guardaba dudas. Cierto oportuno golpeteo del automóvil interrumpió la conflictiva conversación. Quedamos en silencio unos minutos. Comenzamos un ascenso muy lento entre terrenos abiertos al cultivo que quedaron encerrados entre las curvas del camino. Unas crecidas y empolvadas yucas se mezclaban con espinos. Unas cuantas casuarinas y arbustos rodeaban pequeñas casuchas a los lados. Pregunté:

—¿Qué haremos del asunto de San Mateo? —el plural nos hermanaba en algo.

—He hablado por la mañana con Torreblanca. Hay otra invasión preparada. Va sobre los terrenos de Berruecos y los de Almada. Puede haber sangre —recordé las líneas que había leído en las oficinas de García Tamanes.

—¿Creen o saben que habrá sangre? —no me contestó—. ¿Quién gana?

Quedó en silencio. Tuve a Mariana en la mente, a sus padres. Seguimos el ascenso a las montañas. Los límites del poder de Fernández Lizaur estaban frente a mí. Lo sentí empequeñecerse, después me pregunté qué querría. Mi pregunta no pudo ser menos afortunada. Aquel viejo molesto por un mal desayuno y una mala noche soltó sus inquietudes más ocultas sobre algo que ahora pesaba sobre ambos. Y sin embargo nos encaminamos a San Mateo a ejecutar una instrucción sobre la cual teníamos enormes dudas. Éramos a partir de ese momento cómplices.

X

"Hoy me encontré unas líneas, Manuel. Las escribí dos días antes de mi partida. No supe qué hacer con ellas. Viajaron conmigo entre las páginas de un libro. Llegaron para permanecer escondidas y, por fin, caer aquí entre mis manos, con suavidad, cuando yo menos las esperaba, cuando ni siquiera de su existencia tenía noticia. Soy yo misma hace unos meses, tan sólo hace unos meses. Vi en ellas mi vida. Sentí que son honestas, que esa mujer estuvo detrás de ellas. Quise que las conocieras:

Hay noches que te extraño cuando te veo torcer mis cabellos, cuando muerdes con besos, cuando con furia encajas. Te extraño y huyo a tus ojos para encontrar lo que sé que llevas, pero que el tiempo ha ocultado en ti y yo sólo araño en el recuerdo. Te miro temiéndote ido y queriéndote de regreso. Porque estás prestado, nada más, a una turbulencia que te arrastra. Quise quebrarla primero con sonrisas, después con espinas. Ahora lo intento con un silencio de pieles que jamás había sido mi respuesta, negándome en sudores que tuvieron mis mejores días, que fueron plenos. Te extraño en la peor de las penas, te extraño en plena presencia.

¿Y si no hubiéramos escrito? ¿Cómo nos miraríamos hoy sin las líneas? Tú, por ellas, vienes a mí, quieres venir. Nada ni nadie te obliga. No son un saludo o despedida necesarios para comenzar un día o terminar una noche. Son y serán mientras las deseemos. Nos decimos ahora lo que en palabras fue imposible. ¿Será así en adelante? Recorremos un camino diferente hacia nosotros mismos. Mis líneas tocan recovecos que con ellas se plasman, les dan nombre. Quedan allí y se puede transitar a través de ellas una y otra vez. Los nombres los puedes hacer aún más certeros, hasta que de verdad dicen lo que quieres decir. Hurgas en las palabras, escudriñas en ti mismo. Te las envío. Léelas para comprender la víspera, las horas previas a mi partida. Yo las leo para saber lo que fui."

XI

Es de madrugada. Hace unas horas envié un sobre con unas notas. No sé, quizá sirvan para tu cuento. No fui sincero en esas líneas. No te digo lo que en verdad tengo en la mente. Anteayer por la noche leí alguno de tus envíos. Me platicas de tu amorío, no sé como llamarlo, con alguien. No puedo dejar de pensar en ello. Te veo besándolo, te veo desnuda, veo tus pechos entre sus manos, te veo jadeando, te veo gozando y allí mi mente se pierde. ¿Qué ha ocurrido?, me pregunto desesperado desde el momento que lo supe. Me doy una respuesta fría. Nada, ella ha sido de alguien más como millones, era una consecuencia lógica, me digo, tú has tenido lo tuyo. Es simplemente un ánimo posesivo, me repito, de propiedad y por allí continúo dándome explicaciones que poco me han ayudado. Estoy inquieto y ansioso. Repito mi frío análisis. Pero no me sirve de nada. Unos minutos después te vuelvo a ver en mi mente estirando tus piernas como sé que lo haces y miro a un hombre incrustándose en tus carnes. Te veo gozar. Eso me altera. Después reflexiono: ¿por qué te altera que goce con otro? ¿Cuántas veces no comentaste con ella que en eso no podía haber propiedad, cuando más posesión y reíste de tu juego de palabrería jurídica? Qué fácil fue decirlo. Qué difícil afrontarlo. ¿Cómo llegaste a ello, Elía? Cómo has cambiado. ¿Cómo serás ahora? Creo que la respuesta está en esas cartas que leí con descuido y desinterés. Las llevaré todas conmigo. Creo que en San Mateo tendré tiempo para revisarlas y encontrar tu camino. Me hirió conocerlo, me hirió más conocerlo con detalle, verlo por tus letras, imaginar tus axilas expuestas, ésas que tantas veces te pedí me mostraras, me dolió pensar en tus sudores privados, en tu piel en manos de otro. Quise romper tus envíos y dejar todo esto. Tuve coraje contra ellas, contra la mano que me lo platicó. A ti te odio por instantes. ¿Cómo pudiste hacerlo? Tú que incidías en la fidelidad casi por instinto. Qué mal te conocía, te conozco. Lo admito.

XII

Muy poco a poco nos fuimos introduciendo en las escasas sombras que provocaban unos oyameles y pinos. Fueron apareciendo salteados, en las orillas de las tierras de cultivo. Su presencia indicaba hasta dónde había llegado en algún momento aquel bosque que comenzó a cerrar al camino y a obligarlo a buscar su destino con cada vez mayor dificultad. Se volvió angosto y serpenteado, lo cual forzó al chofer a tomar precauciones. A los lados aparecieron con frecuencia deslaves de la tierra rojiza en medio de la cual había sido escarbada aquella ruta. El auto se encaminó directamente hacia los bosques del estado de donde se extraían grandes cantidades de madera que, sin ser clandestina, eran un tema delicado en la zona. La capa vegetal quedó a la altura de nuestro rostro lanzándonos las imágenes entrecortadas de raíces de árboles y arbustos, raíces rebanadas por la mano humana, raíces que se cogían de piedras y rocas en las cuales estaban incrustadas. La humedad fue en aumento. Seguíamos ascendiendo. Pesados camiones nos envolvieron en su nube pestilente hasta que el chofer podía dar algún quiebre y librar el obstáculo. La oscuridad aumentó hasta volverse una constante que hacía resaltar los diferentes rayos de luz que alcanzaron a colarse por entre los árboles. No había viento aquel día y el bosque nos mostró todo su esplendor y amenaza, que se hizo evidente cuando nos fuimos quedando solos. Las pequeñas brechas que salían a derecha e izquierda desaparecieron para marcar los alcances de los taladores que subían en busca de su mercancía. No volvimos a ver ningún otro caserío. Lo último fue una pequeñísima fonda donde se anunciaba conejo guisado. El lugar se veía de tal manera abandonado que el propio Fernández Lizaur, que había solicitado al chofer se detuviera por un instante, rechazó la oferta y pidió siguiéramos adelante. Conforme fuimos ascendiendo empezaron a aparecer pequeños conjuntos de encinos viejos que con sus amplias copas cubrían una flora intermedia en verdes claros. Fernández Lizaur me platicó, en un desplante culterano que le era natural, la historia de los druidas. Se trataba de una etnia con vínculos religiosos muy estrechos que habitó hasta el siglo II de nuestra era en los bosques de Britania y Galia. Se les recordaba por haber sido hombres de amplia cultura que habían dejado muestras de sus notables conocimientos en medicina y astrología. Provenían de clases poderosas; sin embargo, hacían votos de pobreza que los llevaron a una vida aislada, de retiro en los bosques. Los druidas, me platicó haciendo gala de expresión precisa, eran a la vez admirados y temidos por su función de árbitros: igual mediaban entre individuos por cuestiones de propiedad que entre familias. Para ellos los encinos eran árboles sagrados, bajo los cuales debían efectuarse las ceremonias religiosas, las de impartición de las grandes enseñanzas y los sacrificios de reses. Allí se pronunciaban las sentencias de los convictos condenados por sus severísimas leyes. El muérdago era un don de Dios salido de las entrañas de la encina. A través de él se daba la reproducción lenta, muy lenta, del árbol sagrado. "Algunos de los árboles que ve usted, deben de tener más de un siglo."

 Lancé una mirada sobre aquella riqueza natural tan imponente que, sin embargo, era frágil frente a la capacidad de destrucción que habíamos logrado. El aire se volvió cada vez más delgado y frío. Trajo aromas a los que sólo se accede en el encierro del bosque. Provocaron en mí recuerdos de juventud, cuando Elía y yo llegamos del pueblo y salíamos de la ciudad con frecuencia. Íbamos a los bosques cercanos. Siempre me impresionaron, quizá porque toda mi niñez había temido a la selva. El bosque me resultó menos amenazador, además de que su temperatura me permitía olvidarme del sudor. Elía se burlaba diciendo que yo había caído en un embrujo con la ciudad precisamente porque no quería pasar el resto de mi vida sudando. Se reía de mí las veces que regresamos al pueblo y terminé por lastimar mi piel de tanto limpiarme la cara con un pañuelo para levantar el interminable sudor. Ahora reía también de esa Elía que se había reído de mis espantos, cuando en algún viaje al norte yo había descubierto que el agua de mar podía ser terriblemente fría. Estaba encerrado en mis pensamientos cuando sentí que el auto se detenía con brusquedad. Miré al frente. Vi a tres hombres vestidos de militares, con armas largas colgando de los hombros, frente a nosotros. Con cierta violencia en los movimientos de sus manos exigían que el auto se detuviera. Tras ellos vi un vehículo en cuya parte posterior otros dos militares malencarados salían de un adormecimiento para, con sus simples miradas, respaldar la acción de sus compañeros. El auto se detuvo con la ventanilla del chofer justo frente a uno de ellos. Los otros dos nos rodearon y empezaron a mirar al interior. El chofer bajó la ventanilla.

—¿A dónde van? —preguntó sin mediar saludo.

—A San Mateo —contestó con suavidad el chofer.

De pronto escuché rugir a Fernández Lizaur desde su asiento.

—A usted eso ni le va ni le viene. Abogado —se dirigió a mí—, explíquele a este señor lo que implica la libertad de tránsito —quedé desconcertado. Vi molestia en el rostro del soldado—. Usted no tiene ningún derecho a detener la marcha de nuestro auto.

—Mire, no me provoque —se echó unos centímetros para atrás y de pronto oí un ruido sordo, había pateado el automóvil—. Bájese viejito respondón.

Los otros hombres se fueron sobre las ventanillas abiertas, quitaron los seguros de las portezuelas, las abrieron y en un instante vi cómo Fernández Lizaur estaba a punto de tirarle con el revés de su mano una bofetada débil y casi elegante a uno de los hombres y gritaba: "Desgraciados, asesinos"; también escuché la voz del chofer: "Es un vehículo oficial", y sentí que necesitaba gritar por encima de los dos: "Venimos por instrucciones del gobernador".

Los tres hombres me miraron al rostro. Uno tenía a Fernández Lizaur tomado de la ropa. El chofer acotó de inmediato:

—Es cierto, los señores son enviados del gobernador. Yo trabajo para el gobierno del estado.

—Eso no importa, lo que importa es la arbitrariedad que estos señores cometen con todo el mundo —a mí también me tenían tomado de la ropa, por la espalda. Los otros dos hombres habían salido del vehículo—. Suéltenos de inmediato —lancé con furia. Los hombres se miraron, pero no cedieron. Fernández Lizaur comenzó a tironear mientras gritaba:

—Desgraciados, sardos asesinos —vi la mano del chofer, que temblorosa presentaba un papel al militar que encabezaba la acción. Aproveché para retirar con violencia la mano que me tenía prendido.

—Es un vehículo oficial —dijo el hombre después de mirar los papeles.

—Eso no importa, volvió a repetir Fernández Lizaur —yo entendía su enojo, pero en ese momento me pareció imprudente y senil.

—Si no nos sueltan inmediatamente, en unas horas el ministro del Interior estará enterado de lo que ocurre —lancé para tener algo que negociar.

—Suéltenlos —dijo el hombre que encabezó todo—. ¿Quiénes son ustedes?

—¿Qué le importa? Mejor identifíquese usted primero —me pareció astuto de Fernández Lizaur, tomábamos la delantera.

—Es cierto, primero identifíquese —apoyé recuperando espacio. Sin más el hombre volvió a patear el auto y gritó:

—Sigan adelante —aventaron las portezuelas, vino otra patada.

—Siga —dije al chofer.

—Adelante —Fernández Lizaur empezó a gritar.

—No, no, deténgase —y abrió la portezuela. Por suerte el auto tomaba velocidad con cierta rapidez. Vio el suelo pasar por debajo y comprendió que a mí no me iba a amenazar. El chofer no cesó la marcha.

—Ya, maestro —dije en tono pausado. Me miró con cierto desprecio. Noté que mis manos temblaban. Me invadió una profunda rabia.

—¿Ve, Meñueco? De no haber sido un vehículo oficial, ¿que hubiera ocurrido, dígame, dígame? —permanecí en silencio. Fernández Lizaur tenía la razón y a la vez había sido imprudente. Vi su boca reseca con un resabio blanco en las comisuras. Yo seguía temblando entre rabia y susto.

—Qué bueno que nos tocó esto para que *usted* —hizo hincapié en la palabra— sepa de qué estamos hablando.

Era un acto de seguridad el suyo. Yo debía serenarme. Quizá Fernández Lizaur procedió así calculando que saldríamos adelante. Quizá sólo fue un impulso. Tenía la razón sólo en parte, pues él provocó al militar. Nos habían detenido, ese era el hecho. ¿Qué ocurriría con campesinos sobre los cuales recayera la sospecha de estar aliados con el movimiento? Pero la tropa también era asesinada por francotiradores. Fernández Lizaur era radical y eso lo llevó a la imprudencia. Permanecí en silencio. Se percató de mi molestia.

—Piénselo —dijo en tono de final—, de no haber sido un vehículo oficial, ¿qué hubiera sucedido? —lo miré asumiendo el papel de testigo que me asignó. Vi de nuevo su boca reseca. Sus anteojos habían quedado ladeados. Él no lo había notado.

—Sus anteojos, maestro —le dije con suavidad, que sin embargo le indicaba sus limitaciones.

Saqué unos caramelos de menta que llevaba en el bolsillo. Eran dos solamente. Ofrecí uno a Fernández Lizaur y otro al chofer, quien lo tomó quizá sin darse cuenta que yo me quedaría sin nada. El auto siguió ascendiendo en esa húmeda penumbra acompañado sólo del golpeteo de las piedras arrojadas por las llantas. Respiré profundo para relajarme. Había tenido temor, hacía tiempo no lo sentía. En el sitio más alto de aquella cordillera tuvimos la aparición súbita de unas vistas amplias que permitían admirar un valle encerrado por dos cadenas montañosas. En el fondo se veía el lecho de un río. Dos grandes peñascos saltaron a la vista de entre los bosques con acantilados oscuros, quizá por la humedad, que no habían sido cobijados por la flora. El bosque siguió acompañándonos en buena parte del descenso. En él no se abría espacio para un caminante. Profundas oscuridades se protegían unas a otras hasta ser infranqueables. Fernández Lizaur dormitó un rato. Se dio unos minutos después de despertar para decirme:

—De toda esta riqueza nada llega a San Mateo.

No dije palabra. La brecha era cada vez menos transitable y el chofer había tenido que reducir la velocidad notoriamente. La pavimentación nos había acompañado hasta donde llegaba la explotación forestal y la ruta era el trazo previsto para futuras incursiones. San Mateo estaba aislado de la capital del estado y también de la riqueza que tomó camino de la ciudad. El café tenía salida hacia el mar, a una exportación que se convirtió en un acto casi incomprensible por el cual se pagaron, en alguna época, fuertes sumas que se reflejaban en las fincas. El descenso fue abrupto por una ruta abierta sin mayores trazos. Fuimos dejando atrás las sombras continuas del bosque. La humedad desapareció poco a poco, junto con los arbustos y helechos que se enredaban a los pies de los árboles. Pronto sentimos un aire más grueso. Aparecieron terrenos de cultivo con pequeñas casitas de barro del color de la tierra. Los cedros comenzaron a mostrar sus troncos desnudos sin ninguna flora intermedia que previera la continuidad en la vida del bosque. Unos minutos más allá miramos las primeras ovejas y cabras. Pastaban trepadas en lo que había sido la cama de un bosque y que ahora sólo era una acumulación de piedras. Antes estuvieron tomadas por las raíces de árboles y arbustos, en medio de los cuales debió haber estado la tierra húmeda y rica, pero no abundante, que minutos antes nos rodeó. La distancia era corta de la capital a San Mateo y sin embargo el viaje llevaba unas cinco horas. La luminosidad y el calor volvieron a invadir el automóvil. A lo lejos, junto a la cuenca del río, avizoramos algunas casas que parecían estar a la espera de la carretera. La terracería mejoró un poco. Dos pequeños camiones de redilas llevaban pilas de rastrojo. El chofer se detuvo sin que percibiéramos el motivo. Junto al carro habían quedado unos tambos mal pintados de verde sin más advertencia. Era gasolina. Fernández Lizaur y yo descendimos para dar unos pasos.

—Aquí —me dijo con energía—, debajo de esa sierra que está en nuestras narices, no hay tierras de riego, Meñueco, ni una sola represa que retenga el agua. La escuela es sólo de nivel primario y un mismo maestro atiende todos los cursos. Dicen que ya está loco, que a unos les repite lo que ya aprendieron hace años y a otros les habla de temas que jamás han tratado. Para un cuento trágico, Meñueco.

Recordé a Elía. Fernández Lizaur conocía la zona. El viejo se quitó sus anteojos y los limpió cuidadosamente. Miré su rostro. Era diferente. Sus ojos muy claros buscaban inútilmente enfocar. Miré a la sierra. El proyecto de electrificación total pasó por mi mente. Sin pensarlo moví la cabeza por el absurdo. Frente a nosotros quedó una riqueza natural de grandes dimensiones, amenazada, lacerada y a la vez desaprovechada. Pero en el mismo horizonte la miseria, el desorden, la basura, de nuevo la basura, eran la regla. Mis ojos iban una y otra vez a aquellas montañas que acabábamos de cruzar. Me traían sensaciones de humedad y sombras y después bajaban a los terrenos depredados y sin futuro. "Ni una represa", había dicho Fernández Lizaur, y nosotros pensando en la electrificación total, viviendo las consecuencias de una inflación por desquiciamiento de la economía, por irresponsabilidad, por vanidad.

—*Small is beautiful* —le dije; me miró sin acceder a mi desplante—. Sí, no podemos dejar los proyectos faraónicos, ahora la electrificación total, y a la vez somos incapaces de conservar nuestros bosques, de hacer pequeñas represas para aprovechar el agua, no podemos cultivar nuestras tierras y cuidarlas parcela por parcela y producir miel, y leche, quizá soy un poco romántico, pero *small is beautiful.*

Le platiqué un poco sobre el texto. Fernández Lizaur escuchó. Un hombre joven y fornido servía la gasolina succionándola de un recipiente. El chofer nos preguntó si deseábamos beber algo, a lo cual ambos respondimos que no. Yo me arrepentiría después.

—En media hora estaremos en San Mateo.

—Nos detendremos primero en Cazadores —lanzó en tono de orden Fernández Lizaur. Lo miré intrigado—. Allí nos espera Torreblanca.

No haber sido consultado me generó molestia. Comprendí, sin embargo, que nada podía hacer.

XIII

Él nos dijo que los pájaros rasantes habían vuelto a volar. La amenaza era diaria: niños y mujeres, hombres de cuerpo ardiente. Nunca lo supimos con certeza, pero inventar la riqueza quizá no fue tal. En ese momento estábamos ciertos de poder tapar las venas, de lograr detener la caravana. Ahora los que ven para atrás y dicen saber, afirman que era una ficción generalizada. Pero el que manda y nosotros mismos vimos al pueblo agitarse, calzar, vestir y construir en un tiempo que era presente y era suyo. Eso fue parte de la realidad del país y nadie podrá borrarlo. ¿Cómo saber ahí, en aquél entonces, que el aire tropical escasearía? ¿Cómo saber que el azul del mar se acabaría?

"Tú no fuiste protagonista, Manuel. Pero igual hubieras podido serlo. Decidieron el proyecto de electrificación total unos entes abstractos que podrían ser como tú. Así los imagino. Embrujados por su propio poder, convencidos de la trascendencia de su mando, arrinconados por el tiempo que transcurre, por lo efímero de todo gobierno. ¿Qué les ocurre, Manuel, qué los trastorna? A ti también te ocurrió. Ellos decidieron transformar al país, dejar una huella imborrable. Dicen que los artistas somos vanidosos, pues queremos dejar al mundo nuestra visión de la realidad. Tú me lo reclamaste en varias ocasiones: ustedes no son mejores. Pero además el tiempo concedido a ustedes para dejar la huella es un préstamo. ¿Qué tiene el mando que trastorna, qué hace pensar a quien lo ejerce que está suspendido por encima de los males terrenales, que lo ilumina una luz divina? Quise imaginar tus palabras si hubieses sido responsable de la decisión. Quise escuchar tu justificación. De seguir en aquel torbellino, la hubieras construido. No me cabe duda. Mencionas la presión de los bombardeos y por tus letras sé que te esfuerzas en imaginar lo que es un niño ardiendo, un niño en llamas que no puede recibir explicación si todavía se guarda algo de humano. Te recuerdo argumentando con actitud de hielo que el país tal y su conflicto con el otro arrastraba a un tercero. Todo lo podías explicar, Manuel, como en un tablero de ajedrez, pero no comprendías, no lograbas sentir lo que tus labios soltaron con tal frío que me daba miedo. Te veo hoy repitiendo la misma escena con más dificultad. ¿Seré ingenua? Me enteré de que has dejado el Ministerio. Creo que caer en el vacío puede llevarte a ti mismo. No sé si lamento que ocurra después de mi partida. ¿Qué haría si estuviera allí? ¿Buscaría acaso darte seguridad sobre ti mismo que quizá no mereces? ¿Hubiera controlado mis impulsos de soledad para brindarte una compañía que, vista de lejos, me parece una cierta forma de engaño? No lo sé. Quizá tu salida del Ministerio y mi ausencia sean una buena coincidencia. ¿Buena para quién? ¿Qué acaso se oculta en mí alguna esperanza? ¿Esperanza de qué? No, no lo sé. Mejor no sigo adelante. Por hoy, y con sorpresa, las letras me han llevado demasiado lejos."

XIV

Leo las cifras, Elía, y trato de mirar en mi mente lo que dicen. No puedo. Lo intento de nuevo. Miles de personas devoradas por el mar. Los imagino apiñados, revueltos, unos junto a otros, sin poderse mover en aquel barco, prensados contra los hierros hoy hundidos. Me da pavor verme en una situación así. Los imagino, pobres miserables. Imagino familias cayendo al mar, lanzando una última mirada a quien no volverán a ver. Trato de imaginarlo todo para sentir un dolor que es parte de mi recuperación. ¡Vaya tratamiento! No dejo de preguntarme (¿deformación de abogados?) quién será el responsable de la tragedia. Somos una generación en peligro de perder sensibilidad. He pensado, quizá por las soledades en que ahora me encuentro, por la lejanía de San Mateo, que podemos ser la primera generación que cierre por voluntad sus ojos, sus emociones, a lo que llega a ella. Tanta información es difícil de asimilar. Recuerdo al locutor que mencionas en tu cuento haciendo la fría narración del bombardeo. Después recuerdo la voz estrujada del reportero que presenció aquellas llamas caer. Leo y releo notas que antes me cruzaban sin dejar huella. Quiero ir a esa pequeñez de la biografía, que tanto me reclamaste. Es caer en una dimensión en que la tragedia cobra sentido. Recupero el sentido de la tragedia en una vida para mirar la mía.

Se perdió contacto después de SOS de la nave; temen que Ruby haya arrasado pueblos enteros
Manila (AFP / UPI). El barco Doña Marylin, con más de mil personas a bordo, desapareció hoy en Filipinas en una posición que hasta ahora se desconoce, a causa del paso del tifón Ruby, que también ocasionó la muerte de más de 50 personas.

La empresa naviera Sulpicio Lines es propietaria del navío de 1,270 toneladas que transportaba a 431 pasajeros y 60 miembros de la tripulación. Anteriormente, la compañía naviera anunció la presencia de 1,012 pasajeros y 43 miembros de la tripulación a bordo.

Sulpicio Lines reconoció que perdió el contacto luego del SOS lanzado por la nave hacia las 4 GMT, según el cual el barco se inclinaba peligrosamente.

Pero el naufragio aún no ha sido confirmado. En estos casos, es frecuente que los barcos filipinos se refugien entre las 7,000 islas del archipiélago.

La naviera indicó que envió otros dos barcos de su propiedad hacia la zona donde supuestamente se hallaba el Doña Marylin, en los alrededores de la isla Masbate, a unos 300 kilómetros al sudeste de la capital.

La Sulpicio Lines era propietaria también del Doña Paz, que se hundió el año pasado antes de Navidad, arrastrando a la muerte a por lo menos 3,000 personas. Nunca se conoció la cifra exacta de víctimas debido a la carencia de una lista de pasajeros.

Asimismo, los guardacostas informaron de otros dos naufragios, el de un carguero y el de una pequeña embarcación de motor, en la misma zona. Por el momento sólo se informó de la desaparición de un marino.

Según la agencia oficial filipina PNA, el tifón causó la muerte de unas 50 personas y unos 20,000 damnificados, y las autoridades temen que pueblos enteros hayan sido barridos por los vientos, superiores a 175 kilómetros por hora.

La deficiencia y el mal estado de las telecomunicaciones impiden un balance preciso de los daños causados por Ruby.

El tifón Ruby es el más violento que ha llegado a Filipinas este año. Según una media estadística el país sufre anualmente 21 de estos fenómenos atmosféricos que nacen en las aguas recalentadas del Pacífico.

XV

El auto recorrió por algunos minutos aquel valle. Noté que el río llevaba todavía agua del mismo color de la tierra rojiza que habíamos dejado en el bosque. Le comenté a Fernández Lizaur la historia de aquel francés al que había paseado por nuestro país. Me preguntó por qué los ríos eran de color café. Tuve que meditar que no debían serlo, que la tierra debía permanecer en su sitio. Porque llevan tierra, le contesté. ¿Y a dónde va a dar?, me preguntó con ingenuidad. Fernández Lizaur escuchaba sin decir palabra. Recuerdo haber dicho, con inseguridad: primero a las presas y lagos y finalmente al mar, ¡como si nos sobrara! Terminé el relato. No hubo comentario. El auto se desvió por una brecha aún más angosta. Nos rodearon sembradíos de color rojizo donde una vez más se nos presentó el espectáculo de algunas reses de raza inadecuada para la altura y clima luchando contra la tierra por desprender un trozo de carrizo todavía prendido al suelo, pero ya sin ninguna humedad. Mucho polvo se levantó a nuestro paso. Miré los anteojos de nuevo sucios de Fernández Lizaur. Él, resignado, miraba a través de aquellas partículas. A lo lejos alcancé a ver un campanario pequeño y morado que destacaba dentro de un conjunto de casas de color tierra. Vi varias mujeres con rebozos sobre sus caras, descalzas, caminando como asustadas por el paso del coche, que las envolvió en una nube de polvo dejando a nuestra imaginación lo que había ocurrido a sus baldes de agua.

—Aquí a la derecha —dijo Fernández Lizaur. Terrenos baldíos y milpa entre las casas conformaban lo que debía ser una calle. Allí estaban esos habitantes permanentes, ovejas descriadas, cabras y cerdos conviviendo con gallinas de plumajes ralos que picoteaban el suelo—. Más adelante —dijo como para dar seguridad a una marcha excesivamente lenta—. Aquí.

Vi hacia la derecha un patio terregoso donde unos tabiques trataban de hacer un arriate a un árbol frutal, probablemente durazno. Todo lo demás era tierra apretada, casi lustrosa por un andar permanente. Descendimos. El calor se había prendido de mis piernas y espalda. Fernández Lizaur dio los primeros pasos hacia el interior de aquel patio. Frente a nosotros estaba una casita muy sencilla con una puerta metálica de dos hojas con vidrios traslúcidos y un par de ventanas también metálicas haciendo juego con la herrería de la puerta. De la oscuridad salió un hombre delgado, de piel oscura, vestido con unos pantalones color café claro y unas botas cortas negras, limpias pero sin lustrar. Llevaba una camisa blanca muy vieja y en su rostro se asentaban unos anteojos corrientes, plateados, con algo de color en ellos.

Dio unos pasos hacia nosotros. Miró a Fernández Lizaur a los ojos. Entrechocaron sus manos y se dieron un abrazo.

—Bienvenido, Santiago, ésta es tu casa.

—Lácides, te ves muy bien, el tiempo no pasa por ti.

—Sí pasa, y más de lo que te imaginas —asentí que mis anteojos oscuros eran impropios para el saludo a aquel hombre que de seguro buscaría algo en mi mirada. Me los quité justo a tiempo. El hombre se volteó hacia mí y dijo secamente:

—Lácides Torreblanca.

—Manuel Meñueco —y estreché una mano tensa y dura que no apretó la mía. Se dio la media vuelta y dijo a Fernández Lizaur:

—Pasa —el viejo entró en la oscuridad, después dudé si aquel hombre pasaría primero que yo, pero no, cumplió con la formalidad y me dijo:

—Después de usted, señor Meñueco.

—Gracias —contesté con firmeza. Mis ojos tardaron unos instantes en acostumbrarse a la oscuridad. El piso era de cemento llano. Había cuatro hombres más sentados en unas sillas de madera y palma. Torreblanca tomó la única silla vacía y dijo:

—Aquí, Santiago —Torreblanca y yo quedamos de pie. Uno de los otros hombres se paró y llevó su silla a Torreblanca, quien la aceptó marcando una jerarquía. Después nos presentó, sin que nadie estrechara manos.

—El compañero Martín Palomo, debes acordarte de él, Santiago —Fernández Lizaur asintió con la cabeza y no dijo palabra. Aquel otro hombre inclinó su cuerpo hacia delante. Tenía los brazos cruzados sobre las rodillas, sus manos tomaban su sombrero de materiales lustrosos. Su mirada era seca y fría. Una pequeña mesa de madera al centro había quedado sola. Torreblanca había marcado una diferencia, que yo comprendería después.

—Los compañeros García, Hernández y Flores —los tres hombres pronunciaron al mismo tiempo unas palabras parcas. Yo quedé fuera de la presentación. Fernández Lizaur se percató.

—El señor Meñueco viene en representación del ministro Gonzaga —pude entonces decir un "mucho gusto" que sonó hueco.

—La situación es difícil, Santiago —dijo Torreblanca en forma muy pausada—, la gente está cansada, tiene hambre, quieren tierra ya. No sé si podamos cumplir con lo que prometiste —Fernández Lizaur encogió la boca.

—Si me permites, Lácides —dijo Palomo.

—Don Santiago —pronunció con voz muy suave aquel hombre que mantenía la mirada baja—, ya no nos dan tiempo, se van a ir sobre algunas tierritas.

Fernández Lizaur de inmediato intervino:

—Si ustedes los dejan, señor Palomo.

—No, don Santiago, ya no depende de nosotros.

—¿Entonces qué hace usted aquí? —Palomo absorbió el golpe con dignidad.

—Yo le informo, don Santiago, trataremos de hacer lo que se pueda —dijo lentamente.

—Sí se puede, señor Palomo. Lácides, tú sabes que es por el bien de San Mateo. Nada de violencia, por ahora —acotó con aire arbitral.

—No sé si podamos, Santiago.

—Pues entonces yo tampoco les puedo garantizar que la tropa salga y que respeten las elecciones. Después vendrán las tierras.

Torreblanca quedó en silencio. Palomo volvió a intervenir:

—Don Santiago, la gente ya no cree en después.

—Habrá violencia —dijo Fernández Lizaur.

—Ya la ha habido y la gente va adelante —dijo Palomo.

—Pues entonces no tiene sentido platicar. Si ustedes no los controlan habré de hablar con los que sí lo logran.

Palomo retrocedió. Yo volví el rostro a la izquierda después de escuchar un llorido. Vi a través de una puerta entreabierta un camastro y en una orilla, contra la pared, un pequeño bultito al cual iba una mujer con el pelo suelto, descalza y con un vestido casi transparente de tanto uso. Era un bebé. El llorido continuó. Ayudó a bajar la tensión. Entró un aire con algo de humedad.

—Ustedes contengan a su gente, de no ser así, todo se habrá acabado. Propuse al gobernador a Valtierra, como alcalde interino.

—¿Y qué ocurrió? —preguntó Torreblanca con inquietud.

—Lo aceptó —dijo Fernández Lizaur—. Quería que fuera Benhumea o Aréchiga, imagínense. —El próximo paso es retirar a la tropa y ustedes lo saben. Mientras anden por aquí seguirá habiendo problemas. Pero eso sólo se puede si no hay violencia de su parte. Así es que, señor Palomo, detenga a su gente donde esté.

—Pero no tienen qué comer.

—Les conseguimos comida, ¿verdad, Meñueco? —y me miró casi enojado.

—Lo intentaré —dije como reacción. Sentí débil mi respuesta y agregué—.Tenemos que conseguirla.

—Deténgalos, Palomo —dijo Fernández Lizaur, después se dirigió a mí—. Así están las cosas, Meñueco —sus palabras no eran juego—, la tropa fuera en máximo una semana y alimentos —él jugaba su propia carta.

—¿De cuántos, Palomo, de cuántos estamos hablando?

—Ochenta familias.

—Comida para quinientas personas, Meñueco —yo era parte de la negociación frente a ellos y su tono así debía ser entendido.

—Son muchas, Palomo.

—Es casi toda Tierra Baja.

—Allí deténgalos.

—No hay agua —le contestó Palomo. Torreblanca estaba visiblemente molesto.

—Les llegará, por lo pronto, en baldes si es necesario. Tome nota, Meñueco. Yo mismo hablaré con Gonzaga —Fernández

Lizaur hablaba como si él todo lo pudiera. Comprendí que era su forma de ser y no un mero desplante de prepotencia.

—Estaré en San Mateo hasta que esto se solucione. El gobernador habló ya con Horcasitas. Él cocinará lo de Valtierra —Palomo no dijo una palabra. El bebé había entrado otra vez en arrullo. Fernández Lizaur aprovechó el momento de su pequeña victoria.

—Lácides, me voy porque estoy cansado. Nos vemos allá —se paró y caminó despacio. Se despidió de mano de aquellos hombres. Había un silencio que todo lo invadía. Yo había sido casi humillado. Ésa era una de las herramientas de Fernández Lizaur. Así debía yo comprenderlo, por encima de vanidades personales. Salimos de aquel cuarto. Quedé deslumbrado. No me puse los anteojos. Un olor pestilente me llegó a la cara. Torreblanca salió a acompañarnos. Fernández Lizaur y él se dieron un abrazo. Yo lo miré a los ojos con firmeza.

—Nos veremos pronto —le dije; aquel hombre pausadamente me llevó a sus territorios.

—Nos veremos con don Santiago —subimos al auto. Se inició la marcha entre aquel sol y el polvo inevitable.

—Bueno, Meñueco —me dijo sin esperar más—, ya tiene usted trabajo —con el índice izquierdo comenzó a contar—. Tropa fuera, alimentos rápido y agua, pero que sea un pozo o algo de largo plazo, para generar esperanzas, ¿me entiende? Tierra Baja es una inmundicia. Palomo quiere sustituir a Torreblanca. Tiene todo para tirarlo. Pero con él arriba no habrá diálogo. Tenemos poco tiempo, Meñueco —lo miré a la cara y asentí. Los tumbos del auto nos obligaron a mirar de frente. Nos perdimos en la tolvanera.

XVI

"Los había visto antes. La curiosidad me llevó a leerlos en alguna ocasión, Manuel. Te lo confieso así, por escrito. Me provocaban mucha curiosidad. Todavía me la provocan. Pero antes no eran para mí. Ahora lo son.

ESCAPARATE PERSONAL

Soy arquitecto con simpatía por las causas democráticas, gusto de la buena música, el cine y las artes plásticas. Te busco y no te encuentro, sé que existes: tienes menos de 35 años, eres atractiva, inteligente y con alguna preparación universitaria; escríbeme (68).

Busco una mujer de alrededor de 30 años, con buena posición, apasionada, sensual, que precise compañía erótica ocasional. Soy periodista, me gusta el jazz y el cine; tengo 27 años y estoy dispuesto a satisfacer tu curiosidad. Escríbeme (71).

Ingeniero en computación de 37 años, moreno, 1.83 m. y 85 Kg. de peso; uso anteojos. Si eres alta, delgada, blanca, profesionista (de entre 29 y 34 años), y radicas en el D.F., me gustaría que me escribieras, enviaras tu fotografía y nos conociéramos; y si armonizamos, casarnos (72).

Sólo para mujeres guapas y atractivas (de preferencia inteligentes): hombre joven y atractivo, culto, educado y deseoso de compartir momentos muy intensos. Te ofrezco máxima seriedad, total responsabilidad y discreción, absoluta entrega, solvencia moral y económica, completa salud y cien por ciento de sensibilidad. Por favor, si crees que podemos ser afines, ¡escríbeme y mándame tu fotografía para poder contactarnos pronto! (73).

Varón anhelante le dice a su posible compañera: ¿No te parece una injusticia que estés tú allá y yo acá? Somos atractivos, jóvenes, solteros, profesionistas, de buena posición social y con una gran sensibilidad y enormes deseos de construir una relación bella, madura, intensa y productiva. Comunícate conmigo, manda tu foto y ¡torzamos el destino a nuestro favor! (74).

Hombre treintañero abrumado por la cotidianidad de lo absurdo busca mujer —llena de vitalidad y alegría—, a quién satisfacer todos sus caprichos (75).

Mujer madura, sensible y juguetona, desea relacionarse con hombre de 30 a 38 años para intercambiar charlas y diversión, para empezar (76).

Mujer a la que todavía le gusta recibir rosas (a pesar de la crisis), romántica como las de antaño, espera próximo encuentro aunque sea con una margarita (77).

Solicito amistades masculinas para compartir afinidades: cine, lectura, periodismo y canofilia (78).

Mujer madura (52 años), honesta, agradable y cristiana, convoca a amistades masculinas sinceras. Repórtense solo caballeros (79).

Atención: sólo para hombres que conozcan en toda su extensión el significado de la palabra amistad. Gusto del cine, la lectura y el periodismo (80).

Mujer neófita, poética, lunática, romántica y erótica busca *meme chose*. Escríbeme (81).

Auxilio: Joven de 22 años, próximo a casarse, tímido e inexperto sexualmente. ¿Podrías ayudarme? Único requisito: mujer con deseos de enseñar. No importa edad, estado civil ni apariencia. Una esposa feliz te lo agradecerá (82).

Trato desde hace días de redactar el mío. ¿Cómo sería? Ayúdame. No hay en ellos pudor, Manuel. Vamos a intentarlo.

*Joven, ¿*será cierto? Mejor, *mujer madura.* Demasiada edad, ¿no crees? Quizá aún mejor. *Mujer joven,* eso suena bien, *escultora,* lo soy, ¿o no? *Mujer joven, escultora que gusta del sol y gozar los ratos libres,* eso me salió muy fácil, ni deseosa ni anhelante, sola, sola, eso es, *Mujer joven, escultora que gusta del sol y gozar los ratos libres,* no puedo decir sola aunque en verdad lo estoy, pues Octavio es una presencia en mi soledad, *busca compañía,* eso es, *busca compañía pues ha perdido a la suya,* eso es cierto, Manuel, pero no puedo decirlo. *Mujer joven, escultora que gusta del sol y gozar los ratos libres busca compañía,* no, compañía ya la obtuve y me encuentro sola. No puedo enviar mi mensaje. No sé qué quiero.

Y el tuyo, ¿cómo sería el tuyo? *Abogado joven,* burócrata suena mal ¿no crees?, *político joven,* demasiado vago y pretencioso, *abogado joven que gusta de la música clásica, la buena comida, los vinos, de leer siempre los periódicos y platicar mucho de política busca mujer joven y guapa.* No puedo entrar en detalles como de pies limpios, sin perfumes dulces y pechos recogidos, pero lo sé, Manuel, lo sé en ti, todo eso lo sé. *Joven abogado,* todavía más pertinente, *joven y ambicioso (muy ambicioso) abogado, que gusta de la música clásica, la buena comida y los buenos vinos, busca mujer joven que lea los periódicos y goce hablando de política.* Hoy te tengo coraje, Salvador Manuel, no puedo ni quiero ocultártelo. Creo, por tus líneas, que te estás enamorando de la tal Mariana y algo en mí no encuentra consuelo."

XVII

Fernández Lizaur se comunicaba con Torreblanca a través de una mujer. Su nombre era Rosa. Tenía teléfono. No sabía nada más de ella. Se veía que se conocían bien. Yo a mi vez hice varias llamadas. Primero a Gonzaga. Le pinté una situación explosiva en la cual los alimentos, el agua y la retirada de la tropa sólo nos alejaban un paso de la posibilidad de la violencia. Nada más amenazante para un ministro del Interior, violencia, violencia sin control, violencia que acaba con esa actividad sorda que busca evitarla y que se llama negociación. Para ellos, decía Fernández Lizaur, lo mejor que puede ocurrir es que nada ocurra. Relaté a Gonzaga el incidente con la tropa, con ese hecho traté de sembrarle la idea de que en cualquier momento podía suscitarse una explosión. Gonzaga a su vez habló con el ministro de Defensa. Una mañana sorpresivamente se presentó el Jefe de la Zona en la Quinta Michaux. Yo desayunaba tarde. Gozaba regresar a esa rutina de pueblo de tiempos acompasados que se extienden, de silencios anunciados e inquebrantables. Fernández Lizaur me acompañaba aquella mañana frente a un té de alguna hierba calmante. Siempre la pedía desde que llegamos a San Mateo. Toronjil, me repetía, se llama toronjil. El militar fue hosco, casi grosero, es un error, nos había dicho, tendremos que regresar y habrá aún más sangre. Tenía un rostro moreno y brillante. Me llamaron la atención sus quijadas musculosas. Creo que sintió mi mirada. Fernández Lizaur lo situó en su lugar, no se le piden sus consideraciones, usted cumpla órdenes. De mis superiores, lanzó para defenderse. Ya conocemos el tipo de seguridad que ustedes brindan. Sabe usted lo que nos ha ocurrido. No sé a qué se refiere, fue la respuesta. ¿Ya ve, Meñueco? Dígale a Gonzaga que ni siquiera el comandante sabe de las arbitrariedades y crímenes de los hombres a su mando. Yo miré al hombre. Permanecía parado junto a la silla. Le platiqué con cierta crueldad lo que habíamos vivido en el trayecto. Ustedes nada más ven un lado de la historia, me respondió, los invito una noche en que haya balacera. Acompáñenos a la sierra. Quedamos en silencio. Un camión con alimentos populares, granos, pastas, azúcar, aceite, leche en polvo, llegó a Tierra Baja setenta y dos horas después de mi llamada. Fernández Lizaur y yo fuimos allá. Torreblanca estaba parado sobre el capacete de un automóvil. Explicó que la ayuda se había conseguido por lo deplorable de las cosechas pasadas en ese sitio, pero que no habría más para los otros pueblos, ni para ellos en el futuro. La gente se arremolinó ansiosa e incrédula alrededor de nosotros, del vehículo que delató su contenido. Contra lo que yo había imaginado, el tono de Torreblanca era severo. Nunca levantó la voz, no fue a la arenga. Una mano la conservó permanentemente en el bolsillo. Observé aquellos cientos de personas. No había fiesta en sus rostros. Mujeres vestidas con faldones negros que algún día tuvieron brillo, rodeadas de niños que colgaban de sus manos o se untaban a sus piernas, descalzos, con manchas blancas en el rostro, en pieles sucias, ojos con lagañas, comisuras y orejas con tierra. Los hombres tenían caras adustas. Los que estaban cerca de mí no dejaban de observarnos y yo a ellos. Bajos y delgados. Fernández Lizaur miraba a Horcasitas tratando de ignorar que él a su vez, con su incomprensible chaqueta de lana y sus zapatos campiranos, franceses, según me había dicho, era objeto de miradas breves que no llegaron al cuchicheo. Yo me sabía observado, pero no podía quitar los ojos de aquellos campesinos enjutos. Trataba de imaginármelos con algún arma entre las manos acechando un camino. Solamente escuchaban, con sus ojos metidos en Torreblanca, sostenidos por movimientos lentos que pasaban el peso de una pierna a otra. Comprendí entonces que Torreblanca tampoco conducía. Trató de trazar algún rumbo. Pidió orden para acercarse al camión. Reprendió con suavidad, pero con firmeza, a una mujer que alegó pidiendo más. Fernández Lizaur me preguntó con cierta risa astuta plasmada en sus labios: ¿Y dentro de una semana qué? El silencio de mi parte fue la respuesta. Siglos se llevó llegar a esto y ahora queremos detenerlo con aspirinas, dijo. Uno de los últimos actos de Horcasitas fue dar instrucciones para que uno de los dos vehículos pipa con los que contaba la alcaldía hiciera un viaje nocturno a Tierra Baja para así no descuidar otros poblados. Lo pagaré de mi dinero, lanzó, que el próximo vea de dónde los paga. Terminé sintiendo algo de compasión por aquel buen hombre de grandes limitaciones. Fernández Lizaur habló entonces con el gobernador. Irabién aceptó a regañadientes dar una colaboración especial a San Mateo. Eso ocurrió un día antes de que unos ingenieros, uno de ellos con nombre sajón, Sartorius, llegaran en el helicóptero del gobierno del estado. Aterrizaron en Tierra Baja levantando un remolino que estuvo a punto de tirar a Fernández Lizaur y que a mí me hizo sacar tierra de oídos y nariz durante dos días. El pueblo entero miraba cómo aquellos hombres hacían sus mediciones con aparatos electrónicos complicadísimos. Cientos de personas, sobre todo mujeres y niños, ellas con los rostros tapados y salidas de esas casas color tierra, miraron silenciosas los movimientos incomprensibles de aquellos hombres que nada explicaban, que nada podrían explicar. Los niños también detuvieron sus juegos en un acto de asombro frente al descenso del aparato volador. La esperanza de otra vida que trataba de romper la apatía prendida a sus rostros se cifró en aquellos objetos con agujas que oscilaban bruscamente para propiciar una anotación de aquel hombre de ojos claros y pelo rubio entrecano. Martín Palomo estuvo presente, parado junto a Torreblanca, pero sin decir palabra. La gente, como ellos la nombraban, había detenido las invasiones que yo sabía venían preparando meses antes. Eso no lo platiqué con Fernández Lizaur por cierta pena frente al asunto de las grabaciones. Miré los rostros con vergüenza permanente de aquellas mujeres que observaban con fe producto de la ignorancia. El polvo y la tierra volaron incontenibles con impertinencia y se lanzaron sobre nuestros ojos. No pude usar los anteojos por pena de ocultar mi rostro. Traté de imaginarme, como me lo pedía Elía, todo lo que podría desprenderse para la vida de esos seres que tenía frente a mí. Fernández Lizaur había logrado su propia esfera de poder, que no era ni la del gobernador, ni la del ministro, ni la de Torreblanca, sino la de unir todos los cabos. El resultado estaba allí. Lo miré parado junto a mí, tratando de reconocer en ese pequeño hombre delgadísimo al arquitecto de un enredo en cierta medida irresponsable cuyo fin todos desconocíamos. Por la noche los ingenieros fueron a la Quinta Michaux. Fernández Lizaur, Michaux y yo tomábamos una cerveza. No hay agua, nos dijeron. Quedamos pasmados. En Tierra Baja no hay agua.

No puede ser, fue la respuesta de Fernández Lizaur y mía. Michaux bajó la cara. Una perforadora móvil venían en camino. Por un instante me sentí atrapado. De nada serviría toda la movilización. Tierra Baja está condenada a la miseria. Fue Michaux quien nos dio la salida, a la cual yo me prendí en plena inconciencia. ¿Y por qué no buscan a un varero?, nos dijo, aquí los pozos que se han perforado se han encontrado con vara. Los ingenieros se rieron. Escucharon unos minutos más y después se fueron a sus habitaciones. Michaux lo decía en serio, nos dio incluso el nombre del individuo que había sido contador público y ahora, retirado, se dedicaba a la rabdomancia, según nos dijo se llamaba su ciencia. Decidimos acudir a él. Usaba unos lentes delgados totalmente fuera de moda y hablaba mucho, pero no de su arte, de eso sólo dijo que lo había descubierto ya siendo adulto y que le había traído muchos amigos en la vida. Me acordé de Elía. Por la noche le escribí una nota para que la incluyera en su cuento. Ese hombre no cobra un centavo, según nos explicó Michaux. En caso de encontrar agua se tendría la obligación de hacer una comida, una fiesta, y lo advirtió con gran seriedad, una fiesta a la que debían ir todos los que de alguna forma hubieran estado involucrados en el inexplicable fenómeno. Yo no podía llamar a Gonzaga, no habían palabras que pudieran ser puente entre San Mateo y aquel hombre perfectamente vestido en sus delgadas lanas de importación. Ese día caminamos todo Tierra Baja. Yo sudé y por momentos sentí perder mi tiempo. El hombre, el contador, había cortado una rama de pirú, desprendió de ella las pequeñas hojas y le dio forma de horqueta. Comenzó silencioso su caminata. Fernández Lizaur no ocultó su fatiga después de haber hecho un esfuerzo para todos evidente de apoyo y credibilidad al contador. Siguió sin queja entre la tierra reseca a ese hombre, después declinó seguir en la peregrinación sin rumbo aparente detrás de la vara, no sin antes advertir que era él quien fallaba. Yo tuve que continuar, acompañado por Torreblanca, que no soltó un minuto aquella población y menos a un Martín Palomo que lo rondaba.

Caminábamos bajo un sol inclemente, pisando aquellos surcos resecos que soltaron polvo a cada paso. Sentía pesar sobre mí la carga de un acto casi pueril, que no podría comentar con seriedad, que no podía trasladar a ese otro mundo que allá me esperaba. Me sentí observado, volví la cara. De pronto vi cómo en las manos de ese hombre, que caminaba con pasos cortos pero fuera de toda duda, aquella rama de pirú se movía hacia el suelo. Pensé que era una ilusión mía. Todos guardamos silencio. Torreblanca se mantuvo distante, mi cercanía lo perjudicaba frente a *su gente*. No supe en quién refugiarme. Quería comentar con alguien. Regresé mis ojos a aquella vara. El hombre hacía un esfuerzo con las dos manos por volverla a levantar. Allí deténganse, nos dijo. Permanecimos observantes. Se alejó de nosotros en línea recta hacía ningún lugar. Se detuvo y encimó unas piedras en el sitio. Después regresó hacia nosotros y justo a la mitad se paró su indescifrable andar. Nos llamó y con gran seguridad nos dijo, aquí hay agua, está como a doscientos cincuenta metros, pero hay agua. Yo vi la vara entre sus manos agitarse respondiendo a no se qué fuerza. Señalaba de forma inhumana hacia aquel suelo terregoso. Regresamos a San Mateo después de comentarios muy breves que tenían origen en nuestra ignorancia. Cómo explicar a aquel hombre que lo que para él era evidente para nosotros se asentaba en un territorio cercano a la brujería. El propio Fernández Lizaur trató de ser convincente en la aceptación del veredicto. No lo logró. Aquella tarde Michaux nos invitó una comida tardía como en acto de apoyo a nuestra credibilidad fundada en sus palabras. ¿Y ahora, pregunté, cómo le explicaremos al perforador el porqué del sitio, con qué justificación? Fernández Lizaur golpeó sobre la mesa y dijo que no pidan razones que hagan lo que tienen que hacer. Yo asumo la responsabilidad. Además, dijo con energía, he recordado la denominación exacta, se le llama zahorí y existen desde que tenemos registro histórico, así que su ciencia es mucho más antigua que la de los ingenieros, Michaux y yo cruzamos miradas. El desplante culterano de Fernández Lizaur era útil a nuestro mellado ánimo. Continuó. Ellos no entenderían las razones políticas que están detrás. Lo dijo en tono severo. Yo lo miré serio y después sonreí. Me miró con algo de modestia. Alguien debía protagonizar sin debilidad que pudiera ser advertida. Yo asumo la responsabilidad, repitió. Yo me quedé pensando que no tenía ninguna responsabilidad. Tenemos que perforar ese pozo, dije a Gonzaga por teléfono, así sólo salga aire, es un pozo político, señor ministro. La palabra mágica funcionó. Terminó la conversación y me dijo con una aceptación que yo no esperaba, peores crímenes se han cometido a nombre de la película. Esos días los gocé porque los hechos me llevaron a las palabras, a contar lo incontable. Escribí a Elía con mayor frecuencia. Llevaba en la memoria lo que discutíamos. Un día, mientras comía con Fernández Lizaur, Michaux nos acompañaba, la muchacha bajita con cuerpo todavía de niña me dijo lo buscan, reaccioné con cierto asombro, sequé mi boca con una servilleta y levanté la cara. Era Mariana. Saludó a Michaux con cariño, después la presenté con Fernández Lizaur. Le dijo: es un honor, maestro. Miré a Fernández Lizaur inclinarse como pidiendo clemencia. Nos acompañó a la mesa un momento. Mi cuerpo había entrado en una tensión particular. Llevaba perfume. Observé sus ojos negros y me llamó la atención su maquillaje. Hacía tiempo no miraba una mujer en la cual las cejas se perfilaran con elegancia y las pestañas se rizaran con artificio. Terminé mi plato. Me tomó del brazo con cariño y dijo sin pena:

—¿Puedo platicar contigo?

Reaccioné sintiéndome observado como con extrañeza frente a la muestra de intimidad. Nos paramos pidiendo disculpas. Salimos a caminar por la calles de San Mateo. Había una vergüenza en mí de que fuera yo atrapado con la hija de Nicolás Almada. Ella se dio cuenta y no forzó la cercanía física. Yo estaba nervioso. Era muy bella. Iba de pantalones cocoa y chaquetín corto de gabardina echado con gracia sobre los hombros. Su blusa blanca tenía dos grandes bolsas a la altura de los pechos y estaba desabotonada justo hasta esa altura. No pude dejar de mirar intentando penetrar por alguna rendija. Creo que no llevaba sostén. Ella lo notó y no dijo nada. Miré una gargantilla metálica formada por pequeños rombos. Las mangas las había recogido hasta unos centímetros por arriba del codo. Vi sus uñas sin pintar, perfectamente cuidadas. Alcancé a observar sus diminutos vellos brillantes frente a su piel oscurecida por el sol. Me fascinó su presencia. Su pelo flotaba en el aire haciendo de su rostro algo cambiante. Caminábamos entre aquellas mujeres bajas con bolsas de comestibles y niños en los brazos. Ella brincaba un poco al caminar.

—Te da pena que te vean conmigo —dijo aclarando lo evidente.

—No —respondí mintiendo. Me dio sin más un beso en la boca y me estremecí. Delató mi mentira. Actuaba con seguridad, iba a mí, a enfrentarse, a exponerme en mis rincones de contrahechura. Yo le platiqué mis correrías en San Mateo, de las cuales ella ya estaba enterada. Después me preguntó abruptamente.

—¿Va a haber invasión?

—Esperemos que no —le respondí. En ese momento me percaté de una intención cuyo origen desconocía. Esperemos que no, pensé. Lo puse en palabras. Vi el perfil de Mariana caminando con las manos metidas en su chaquetín. Adelantaba un instante con su mirada a sus pasos. ¿Por qué no creía yo en la repartición? ¿Desde cuándo? ¿Qué pensaba Fernández Lizaur? ¿Hasta dónde Mariana había perforado mis pensamientos o la hacía culpable de algo que era mío en realidad?

—¿Estamos los Almada en la lista? ¿Está El Mirador en sus planes? —preguntó.

—Sí —le dije, no podría mentirle de nuevo. Bajó la cabeza. No se detuvo. Siguió caminando con unos ojos que querían ocultar su tristeza. Mordí mis labios.

XVIII

Omar supo un día que de los árboles, además de leña y muebles, brotaba papel. Lo supo por el relato que varios amigos le leyeron. Él padecía ceguera para las letras. Escuchó papel y le significó poco. De haberlo necesitado no guardaba una sola ocasión en los dobleces de su memoria. Su vida corría sin que el papel tuviera por qué estar en ella. Le dijeron que el árbol en papel se podía multiplicar, que sus dineros también podrían crecer. Por los ojos de Omar pasaron todos los árboles de su propiedad convertidos en moneda. Le platicaron que la madera, transformada en nata, se colaba y se colaba, una y otra vez. Después esa nata se tendía y prensaba transformándose en enormes telas delgadísimas que sin embargo se valoraban por palmas de la mano. Al auténtico y puro se le clareaba. Al que llevaba manchas se le volvía a colar. Pero lo más importante, le dijeron a Omar sus amigos, es que ese papel que no tiene sentido en tu vida, ése, allá en La Ciudad que crece por minutos, es como el aliento. La gente se levanta y toma de inmediato un fajo de papel que ha recibido letras durante la noche, después apunta en papelitos, mensajes, órdenes, instrucciones, lleva papel en sus bolsillos, su nombre lo dice y lo confirma después con papelitos, acumula en su casa libros, algunos los lee, los menos. Los niños tienen papel entre las manos desde pequeños. Lanzan allí rayas de colores, aprenden a pintar, lo doblan y con él envuelven, se disfrazan, juegan. Sobre él aprenden a escribir. A las casas llegan papeles de personas conocidas o desconocidas, llegan envueltos de papel. El papel lo rodea todo en La Ciudad y tú Omar eres dueño de muchos árboles, le dijeron. Le hablaron de imágenes que al papel se le unían de por vida. Bosques de letras en infinidad de libros, en lenguas distintas, que se asentaban donde su imaginación no podía tocar. Él conocía un solo libro que le habló, gracias a sus amigos, de la madera y de los árboles. En el mismo se decía que el papel podía nacer de un árbol. ¿Se podría confiar en los libros? La idea le quitó el sueño. Pidió entonces consejos. Se los dieron en tardes largas, de calor, sin brisa. Los amigos fueron los que tendieron letras que atravesaron el mar para ir al mar o a la tierra de nuevo en busca de un químico que hacía de la madera papel. Regresaron algunas que no encontraron destinatario. Otras cartas volvieron a salir en busca de ecos no correspondidos. Por el mar resonó la búsqueda inquieta. Omar, sin ceder un paso, rezó a sus altos amigos, prometiéndoles pronto un futuro más perdurable que el fuego o el mobiliario. Lanzó el hierro que provocó un largo tenderse con crujido que sólo en sus oídos retumbó. El químico que vendría algún día, y que manejaba el enojo oculto de los líquidos compartiría de cierto el rezo. Un árbol que se extendía en el blanco, que se desdoblaba una y otra vez y después se volvía menos en pequeñeces significativas que permanecían hasta siempre, tal el prodigio del papel que podía salir del árbol. El químico llegó. El papel llevó a Omar a La Ciudad.

Leo tu cuento. Veo tus mentiras. Te avergüenzas de decir que Omar era analfabeta. Dices que era ciego para las letras. Lo ocultas bien, Elía, pero la palabra es analfabeta. Es cierto, los papeles, el papel, nada tenían que ver en la vida de tu padre en el pueblo. Era un hombre ignorante, como el mío, sin distinción. Llevó sus cuentas en la mente. No dices en tu cuento de dónde provenían las grandes extensiones de tierra que poseía tu padre. O será que yo desde San Mateo sólo pienso en eso, en la tierra, su posesión y propiedad. Tu padre hizo sus primeros centavos en el comercio, traficando, como muchos en el pueblo, con los quesos holandeses, las aceitunas, el aceite de oliva, los jamones y embutidos. Pero a diferencia de los otros, siempre creyó en la tierra y las casas. Decía que las casas, como las mujeres feas, se defienden solas. Me lo repitió a mí en varias ocasiones. Compró terrenos que nadie valoraba. Comenzó a explotar la madera con su maquinita que, vista desde lejos, resulta casi infernal. Nunca quiso enseñar a nadie todo lo que había adquirido. Por eso iba solo al bosque, Elía, por eso no permitió durante años que nadie lo acompañara. Compró silenciosamente a hombres necesitados, a viudas que no sabían lo que tenían y las cuales quedaban engañadas, pero agradeciendo infinitamente a tu padre su generosidad. Compró a todo el que pudo terrenitos. Fue muy cuidadoso y astuto. Por los años que te conozco me doy cuenta que ni tu madre ni tú sabían de las extensiones de los terrenitos de tu padre. Tenía muy buen ojo, compró frente al río, cerca de los aguajes (qué curioso, esa palabra hoy me recuerda otro lugar). Después revendía, pero entonces sí hablaba de todas las ventajas del terreno, la brisa, la vista, el agua, los árboles. Elía, antes de ser papelero tu padre se dedicó al tráfico de tierras, actividad que tú ni siquiera reconoces. Yo te lo explicaría así: la acumulación, sobre todo en su inicio, es brutal. Nuestras familias estuvieron en ella. Así era este país, nada tenemos de qué avergonzarnos. Nada podemos ya remediar. Lo del libro no lo sé. Quizá sea parte de tu imaginación o un juego de tu cuento. Pero te recuerdo que cuando llegó el químico, Seanez si no me falla la memoria, y después se hizo socio de tu padre, ese día todo mundo salió a las calles a verle la cara a tan extraño individuo. Él armaría la papelera con los dineros de tu padre. Él conseguiría la maquinaria. Él haría los planos, él, en algún sentido, reconquistó al pueblo. No era químico. Así le decían. Algo debe haber estudiado y se dejó decir químico. La ignorancia generalizada le abrió un fácil camino. Él se aprovechó de Omar, pero Omar sin él no hubiera nunca salido del pueblo, eso es verdad también. Sé que es ahora muy rico, él o sus descendientes. ¿Habrá muerto? Dejó la industria del papel. Elía, te escribiré algo que nunca tuve la fuerza para decírte en la cara. Es cierto, mi padre tenía fama de jugador y bebedor, ahora lo admito, repienso mi biografía y la suya. Al ser él distinto en mí, yo mismo lo soy también. Bueno, pues a tu padre lo miras con una bonhomía que nunca tuvo. Quizá contigo y tu madre fue generoso. Pero allá en el pueblo tuvo fama de avaro, de multiplicar todo por centavos, de ser inmensamente rico a pesar de andar con camisas luidas. Nunca dio nada al pueblo. Quizá tú lo intuyes, por eso le inventas una generosidad excesiva a la leche de tu madre, eso no lo había pensado, pero el cuento me lo dice. Ya te lo dije. Tu ejercicio resulta en ocasiones difícil. No sé hasta dónde lo quieras llevar. Algo me intriga: ¿Qué hay de la marcha de tus campesinos? La real, hasta donde tengo noticia, está asentada como a trescientos kilómetros de la capital. Hay conversaciones con los líderes. Una comisión, seguramente, será la encargada. Ya ves, ese mecanismo ahora lo voy conociendo a fondo: una comisión. Yo formo parte de una comisión. Todavía en las noches te veo retorcerte con el otro y me duele, Elía. Pero hoy puedo hablarte sin que la víscera me domine.

  P.D. Tanto Fernández Lizaur, un viejo al que respeto y creo que hasta quiero, ya te contaré de él (¿lo haré?) como tú, me dicen que veo la vida como un tablero de ajedrez. Es mucha la coincidencia en la metáfora. Estoy meditando en ello.

XIX

A Mariana no podía evitarla. Quería estar con ella. Tenía que ser sincero. A la mañana siguiente hice todo lo necesario para no toparme ni con Michaux ni con Fernández Lizaur, que por fortuna tenían horarios fijos. Después me avergoncé de mi actitud. La tarde anterior yo mismo había reconocido no saber cuáles eran mis creencias y convicciones finales sobre el asunto y horas después evité ser visto con la hija de un cafetalero. Pero Mariana era ella con sus propias inquietudes. Eso quise pensar frente al aprieto. Lo reflexioné. No pude reírme. Aquella mañana me levanté intencionalmente temprano. Llegué como primero al comedor, a mi mesa, para asombro de quienes me atendían todos los días. Tomé un poco de café. Pensé en los Almada. Comí fruta para acelerar el paso. No quería que hubiera espera. Salí a la puerta presuroso. Recordé cómo se había suscitado todo en un nos vemos mañana acompañado de una sonrisa de preocupación. Yo paso por ti temprano. No supe si lo hacía para defenderme, aceptando mi vergüenza, o para protegerse ella de una vergüenza que yo no comprendía. Quiero que conozcas un lugar fue la advertencia que no pudo más que recibir un asentimiento de mi parte. Allí estaba yo mirando las calles de San Mateo muy de mañana. Vi a una anciana, pequeña y encogida, que lavaba o barría la acera frente a la Quinta. Lo hacía con un ritmo invariable que se había apropiado de ella después de mucho tiempo de hacer lo mismo. La escoba iba hacia el empedrado aventando quedamente alguna basurilla y el polvo. Una línea curva dominaba su perfil. Quería ver su rostro, pero ella miraba al piso. Sus vestimentas eran tristes, grisáceas. Nada parecía tocarla. De pronto llegó Mariana en su vehículo. Era un jeep amarillo claro. Me saludó sonriente y con malicia. Vi un cesto en el asiento trasero, quesos y un par de botellas de tinto. Le dije en plan de broma y sin que mediara saludo: ¿No olvidamos el sacacorchos? Ella cayó en cuenta de su error.

  Después rió con tranquilidad profunda. Compramos uno de pasada. Yo llevaba en mi mente la incógnita del rostro de aquella mujer. Recordé a Elía y su señalamiento sobre Petrita. Creo que primero recordé a Petrita y después a Elía. Salimos de San Mateo brincoteando guasonamente por aquel empedrado con rumbo al este. La mañana era fresca y sin embargo ya se dejaba sentir una resequedad generalizada. El sol nos caía en los ojos. Mariana llevaba unos botines bajos que abrazaban un pantalón negro medio decolorado y sin cinturón. Pensé que sólo con su cintura muy angosta, que recordé en ese momento, podía vestir así sin que se notara presión alguna. Sobre su torso caía una blusa blanca, calada a rayas. Pequeñas flores se formaban en esa transparencia que permitía ver su piel debajo. Encima miré un chaleco crema con grecas, me recordaron en algo los colores de Medio Oriente. No tenían botones y los costados cubrían sus pechos. Alcancé a observar el movimiento que producía en ellos el brincoteo. Me vio y sonrió. Entramos en el área de cafetales. Estaban totalmente limpios. A la mente me vinieron las arañas que se prenden a ellos poco antes del invierno. Pasamos frente a la brecha que conducía a El Mirador. Siguió de frente. El pavimento terminó poco después. Se desvió a la izquierda y nos encaminamos por una de las múltiples veredas rodeadas de cafetos. No era ya El Mirador. No había esos grandes árboles y menos tulipanes. Cierto descuido se hacía notar. Mariana conducía aprisa sin importar mis brincos y los suyos sobre los asientos. Lo tomamos a broma. No habló. Perdí la noción del rumbo que seguíamos pues todo era la continuación de lo anterior: un nuevo cafetal con plantas del mismo tamaño en las mismas condiciones seguido de otro cafetal también con los canales marcados. Duró un buen tiempo mi sensación de falta de rumbo. Mariana conducía en silencio gozando una relación casi carnal con la máquina, que nunca se oyó agobiada por un esfuerzo innecesario o solicitado de mayor aceleración para hacer frente al camino. Gocé que condujera bien. No era muy femenina la actitud, pero ello demandaba sensibilidad para un mundo de vibraciones y ruidos, de sensaciones de potencia. También requería algo de delicadeza imprescindible. De pronto se acabaron los árboles plantados con regularidad. La sombra y las matas desaparecieron. Mariana tuvo que torcer el volante para iniciar un descenso por una cañada angosta en la cual se hicieron presentes helechos que trepaban en los troncos de diversos árboles semitropicales. Había varios de hojas lanceoladas color mimosa cuyas ramas se curveaban hacia el piso. También vi arbustos cuyas varas ocuparon todo un primer plano, desplazando el verdor a un lugar donde mi vista no llegó. Otros, altos, de copa muy abierta, me llamaron la atención. Mariana me dio algunos nombres vernáculos que no me indicaron variedad o familia. Los había también bajos que abrían sus copas a pocos metros del piso, creo que para conservar la mayor humedad posible frente a un sol que dejaba sentir un ardor en la piel al segundo de haber caído. Los miré como a desconocidos con quienes quizá nunca volvería a toparme. Pero la mente de Mariana estaba puesta en otra parte. Detuvo el auto justo antes de que la brecha se estrechara de tal forma que impidiese seguir adelante.

Conocía el lugar muy bien, era evidente. Bajó de inmediato, sin que mediara preámbulo. Tomó el cesto que tuve que quitarle entre bromas por una caballerosidad de la cual no sé si quiero librarme o no puedo librarme. Caminamos por aquel sendero ligeramente marcado. Pisábamos una tierra negra prensada con hojas putrefactas que se asimilaban para enriquecer ese suelo. Se escucharon extraños trinos muy agudos y el crujir de nuestros pasos al pisar hojas que habían perdido humedad. Descendimos por varios minutos entre tropiezos y sustos por pies que resbalaron haciéndonos perder el control de nuestro andar. El trecho fue largo. Seguí a Mariana en todo momento sin que ella diera explicación de cuál era el objetivo. Por fin se detuvo delante de un pequeño abismo. Miré entonces a unos metros de nosotros una poza natural, de agua transparente. Varias rocas enormes conformaban una isla dentro de un mar de cafetos y árboles. Comprendí que nadaríamos. Me dio frío. El lugar era una afortunada casualidad de la naturaleza. El agua corría de un arroyo y se deslizaba por paredes enlamadas para quedar atrapada en una pequeña cavidad que hacía las veces de amplia tina. Saqué de la canasta una cobija de lana delgada con dibujo escocés en amarillos, negro y café. Ella la tendió con suavidad sobre el piso. Nos sentamos. Mariana soltó su pelo, respiró hondo. Miré su piel sin decir palabra. Tenía ya esas marcas que no indican la edad, pero acaban con la inocencia. Mariana sabía que el tiempo pasaba por ella, hora a hora. Lo primero que se le vino a la boca fue:

—¿Qué crees que ocurra? —rompía el acuerdo implícito de no hablar sobre San Mateo. Moví la cabeza de un lado a otro. Le dije:

—No lo sé —me miró a los ojos. No le mentía y ella lo percibió—. ¿Cómo podría yo saberlo? Pero aunque lo supiera, ¿podría decírtelo?

Guardó silencio. Dejó ir su mirada sobre mí. No era un juego. Ella ocupaba ya un lugar en mi vida. En sus ojos sentí que yo también en la suya. La única forma como habíamos podido estar juntos era atados por una atracción silenciosa que se frenaba justo antes de dejar la intuición sobre el otro para pasar al saber. Observé su rostro enmarcado por una sonrisa de tristeza pensando que todo aquello podía terminar en cualquier momento. Su pelo alborotado, revuelto, se había ladeado aquel día. Sus cejas eran gruesas y al centro se despeinaban, sobre todo en el lado izquierdo. Sintió mi mirada. Cierta vergüenza se apoderó de ella. Tomé su barbilla. Estábamos muy cerca.

—Déjame mirarte. Eres muy bella —se lo dije con seriedad que no me brotó naturalmente. Aceptó el reto de recibir mi observación de cerca y sin guasas. Por un momento perdió la sonrisa. Su mirada era joven. Sus ojos, casi negros, estaban sombreados en la parte superior. Su nariz tenía una elegante curvatura. Ella marcó el final.

—¿De qué podemos hablar? —me preguntó.
—Tú estableciste las reglas —le respondí.
—Estoy a punto de violarlas.
—No sé si te siga. ¿Podremos coexistir?

Ese día yo fui a Mariana. Creo que en el fondo tuve temor de que el sabernos nos separara. Comencé con algunas bromas para llevarle una sonrisa a la boca. Después le pregunté por qué me había llevado allí. Le dije que le tenía profunda desconfianza. Que ya una vez había caído en sus redes. Le hablé entonces de la femme fatal de San Mateo, de una joven mujer ardiente disfrazada de historiadora que usaba un perfume extraterrestre que atrapaba sin misericordia a los hombres. Le dije que era fabricado con café y sudores de mujer. Logré la primera sonrisa. Después le pregunté:

—¿O acaso estás conmigo para defender El Mirador? —me miró seria. Fue un exceso de confianza que funcionó.

—Peores cosas hizo la aristocracia francesa por defender su posición —le dije—, y además bienvenidos los placeres palaciegos para un plebeyo —volvió a reír. Descorché el vino. La verdad es que no tenía antojo, pero era el paso obligado. Leí Chambolle-Musigny 1er. Cru, 1969, cosecha numerada, y lancé entonces:

—La cava del señor Almada tiene muchas sorpresas interesantes —ella sonrió—. Habrá que dejarlo respirar un poco

—la advertencia nos daba tiempo a los dos. Serví las copas. Preparé un brindis bucólico. Lo rechazó. Elevó su copa y dijo:

—Por el imperio —quedé callado y desconcertado, continuó—; por el imperio de la razón sobre la fuerza.

Reí. Se recargó sobre mis piernas. Froté su cuello. La besé largamente. Lo gocé. Gocé ese juego en que algo habíamos soltado. Luego la desnudé arrojando sus prendas lo más lejos que pude en son de guasa. Una vergüenza la invadió. Soltó grandes risotadas producto de los nervios. Aquella noche en *Los Plateros* no la había yo mirado tan cerca, con tanta luz. Sus pechos se veían muy blancos junto a una piel ennegrecida por el sol en su cuello, sus brazos y hombros. Tuve mucha pena de que la luz me enseñara detalles que yo suponía, pero que la oscuridad había tenido la elegancia de guardar. De pronto fue al agua. Se lanzó al aire y alcancé a mirar los modales de una deportista firme y segura en sus impulsos. Yo me desnudé después. Hacía mucho tiempo que no me miraba desnudo. Sin ninguna protección. Tuve una gran vergüenza, pues ella lanzó un par de miradas pícaras que acentuaron mi desnudez. Me introduje en el agua como un citadino temeroso de la temperatura, cuidadoso de los pies. El juego había dado inicio. Después fue mía en silencio. No podríamos caminar más por ese sendero.

XX

El calor avanzó aquellos días en que la caravana caminó sin atender a ruegos e ilusiones. Entró a La Ciudad en forma de grandes ventarrones teñidos de colores. Había bañado con su tinta a villas enteras. Los miles que trabajaban en las venas y que recordaron haber tocado poco antes la lluvia que no mojó, sufrieron el embate de un calor en forma de círculo. Se detuvo justo allí, alrededor de la inmensa construcción, envolviendo en morado las miradas y los sudores. Sin aviso alguno el calor seco penetró el país lentamente. Entró por el mar a la izquierda. Se deslizó sin prisa tiñendo a su paso árboles, montes, animales y rostros. Todos ellos, al sentirse rodeados, se paralizaron sin explicación, como con enfermedad de movimiento. Cuadrúpedos con el vientre al aire y la mirada al infinito, pájaros reposando en arenales con las alas extendidas, hombres a la sombra de árboles que doblaron sus brazos ofreciendo débil refugio. Pero al llegar allí donde las venas eran enterradas, el calor pareció pasmarse. El morado se volvió aún más intenso. Hombres y mujeres empeñados por la paga en llevar la luz permanente a La Ciudad cedieron al calor y aflojaron los brazos o arrastraron los pies, o cerraron sus ojos. Los que cuidaban a los que cuidaban buscaron la frescura de los ríos y lagunas. Pero la frescura también se había vuelto morada, no existía más. Únicamente los pececillos en las profundidades se protegieron. Cautelosos nadaron a lo hondo huyendo del calor. Hubo fosas que quedaron a medio cavar. Tejados que cayeron sin que a nadie le viniera asombro o espanto. Todos yacían en sueño diurno que se contagiaba. La sangre misma se volvió espesa. No corría por las venas, no producía luz. Subió cada vez más lentamente a La Ciudad, que comenzó a vivir miedos crecientes por la muerte de la luz. El que manda gritó en varias ocasiones para alentar esos trabajos que habían llevado vida súbita al país, la misma que ahora desaparecía convirtiendo todo de nuevo en una parálisis sin fecha de salida. Pero de nada sirvieron arengas y exhortos, pues las palabras mismas se volvieron incomprensibles. Cayeron en un letargo morado, el mismo que visitó a los que enterraban a las venas. Se inició en el país por ello una larga espera. La caravana contempló desde un reposo obligado por el calor el triste espectáculo. Fue entonces cuando ella oró.

Dicen que iba con la caravana por hacer compañía a los que esperaban la lluvia año tras año, toda su vida. Había orado a las imágenes que el país entero cuida. El pueblo ora a las rocas cuando tiene necesidad de viento, a ciertas plantas cuando espera la cosecha, a las tumbas cuando el grano no quiere crecer. Se ora, en ocasiones, a un grillo o a un cabello, a una hoja seca, o un tallo roto. La nombraban Altagracia desde hacía tiempo.

Era de las muy escasas que todavía oraba con rutinas y sin pensar en festines posteriores. Altagracia acompañó a la caravana. Oró siempre por la seguridad de los que iban en ella. Oró por el buen arribo a la cuadrícula. Nunca perdió la esperanza de lograr el agua del cielo. Oró sola, de frente a la caravana, hincada, ataviada en blanco similar al de la tierra de esos campesinos. Oró mirando inmutable a los miles que con paso cierto se encaminaban al Norte. Altagracia oró con tal fuerza que le provocó temblores y estremecimientos. Lanzó miradas fervientes al firmamento. Permaneció con fe inexplicable por una noche entera frente a un pequeño grano que dicen brillaban aún en lo oscuro. Algunos pensaron que Altagracia estaba enferma o entumida hasta en el pensamiento. Le llevaron brebajes de campo, color hierba seca, pero no lograron respuesta, ni siquiera un parpadeo. Ese día hubo quien parió en la caravana. El descanso se prolongó. La gente, sin pensarlo, se amasó alrededor de la que oraba sin cansancio. Fue al día siguiente, en la madrugada, que el color tierra de su traje se volvió aún más blanco. Fue justo ese día en que todo el mundo esperaba un sol sin piedad, que la noche quebró al sol. El azul se volvió gris y negro. Se escucharon algunos alaridos celestes, como un advertencia que se hizo notar también en luces fugaces que plasmaron en los rostros un espanto. Dicen que Altagracia dejó de mover los labios. Reclinó la cabeza al suelo, tomó por respaldo al aire. De pronto, por fin, aquello comenzó a escurrir. Tocó primero la esquina de una montaña que al instante gritó de alegría, pues vio en espiral empaparse sus faldas. La tierra tomó insaciable aquel líquido. Se hermanó de nuevo expulsando a las grietas que de ella se habían apoderado. La caravana entera observó esperando que el flujo alcanzase a tocar la planicie. Aquello siguió escurriendo, llegó con luz interna ante agradecidos pastos que se frotaban en su estupor y árboles que en actitud de fiesta sacudían sus ramas en extraño baile y arrojaron al aire pequeñas sombras en forma de hojas. El agua escurrió a la planicie. Fueron días y noches las que el agua acarició con suaves oleajes de viento a la zona. Sobó rostros y cuerpos desnudos. Se le vio ir a la tierra desesperada entre sonrisas de agradecimiento, entre caras invadidas de felicidad. Al que manda y al Imperio viajó la nueva. Nunca se supo quién lo hizo, pero sí se recuerda la exclamación: "¡Altagracia enraizó la lluvia, Altagracia habló al cielo! El cielo respondió a Altagracia".

"Me preguntas por mi caravana. A mi caravana sólo la puede detener el agua. Millones esperan el agua año con año. De ella viven o sobreviven. Pero el agua en este país es capricho de los cielos. Llega tarde o temprano, cae en una brisa tan suave, Manuel, que no sirve para la siembra o se deja venir con trombas que arrasan lo que encuentran a lo largo de los ríos, elevan sin límite las aguas de los lagos y lagunas. Acuérdate el miedo que teníamos a los vientos del Norte allá en el pueblo. Llegaban con una furia tal que desprendían las casas de maderas y se llevaban familias enteras. Recuerdo a mi padre pidiéndome desesperado que subiera a un viejo armario en donde pasamos toda la noche mientras el agua subía haciendo flotar las camas y las sillas. Lo tengo en mis ojos ahora. Es tan real como eso. Ese pueblo, nuestro pueblo, está condenado a sufrir huracanes y tifones. Recuerda el último, hace unos años tan solo, levantó calles, tiró parte del puente, hizo naufragar a pescadores. Muchos murieron. Fueron a dar a una de esas cifras de decenas o centenas o millares que se pierden en una pequeña esquina de un diario dominguero repleto de anuncios de bellas travesías o muebles de oportunidad. Realidad, Manuel, ni exageración ni mentira. Pero esos mismos dioses, Manuel, no llevan el agua a las planicies. Allí los tiempos de secas son cada vez más largos. Meses enteros el país espera y no hay una sola nube que pueda penetrar hasta allá arriba. En este país hay dos estaciones: la de aguas y la de secas. Quien logre hacer llover, o lo finja, será cercano a un dios, Manuel. También quien contenga un tifón o un huracán recibirá bendiciones. Altagracia nació así. Me fui con mi mente a la caravana, a aquella que a ti tanto te preocupa. Traté de imaginarme las explicaciones que esos hombres, ignorantes dirías tú, se dan a sí mismos. Cómo explicarse que esas tierras que sembraron sus ancestros, sus padres, sus abuelos y aún más allá, ya no sirven para el cultivo. Tú dirías, casi te escucho, Manuel, porque son más, es cierto, porque son muchos, cierto, porque se han acabado las tierras, tú siempre me lo hiciste notar, es cierto. Qué frío puedes ser. Esa forma de ser tuya me lastima cuando la recuerdo. Pero regresemos. Habría que explicarles que tendrán que dejar de ser lo que siempre han sido. Lleva a tu mente la imagen de alguien que pudiera hablarle a la lluvia, traerla, ambición de siglos, Manuel, que no ha abandonado este país. Ya que tenemos santas para todo, la lluvia bien vale una santa. Allí está Altagracia. No sé todavía si ella en verdad hace llover, lo que sí es que aparenta lograrlo. Este país está a la espera de una Altagracia. Puede surgir en cualquier momento. Sí, mi querido abogado y burócrata, perdón, querido Manuel, en el país de lo que tú llamas en tono severo las instituciones muchos siguen esperando santos o redentores. Nosotros los pedimos, ellos responden. ¿O no es así? El calor lo imaginé morado. Fue el color que mayor pesadez trajo a mi mente. Tú sabes cómo es ese calor de sequía de nuestro país. La parálisis de mi cuento, Manuel, es la forma como han vivido muchos pueblos, como el nuestro. Ese calor que a ti tanto te molestó pues inundaba todo, todo lo calentaba, los vidrios, las puertas, las mesas, las sillas, las camas, las sábanas, todo estaba caliente, con un calor más allá del cuerpo. No había huida posible pues incluso el mar se entibiaba. Llegaste a odiar el calor. Cuántas veces no me lo dijiste. Yo, en cambio, en ocasiones lo extraño. En el calor puedo vestirme ligera. Dejar mis pechos sueltos debajo de un blusón. Los siento moverse y galopar con su propio ritmo que sigue a mis pasos. Puedo también ponerme una falda amplia que ventila mis piernas, usar unas de esas sandalias que tanto me alababas porque podías ver mis pies, mis talones, mis uñas. Por cierto, ¿qué debo hacer? ¿Platicarte de Octavio cuando sé que te hiero?

Dije sinceridad y hoy me doy cuenta, por mí misma, por lo que tú platicas, de hasta dónde puede ir ella. ¿Seguiremos hasta el final? ¿Cuál final? En mi caravana nació una Altagracia. De pronto estuvo allí y creo que tendrá mucho qué decir. Ojalá y en la otra no surja una similar, pues les daría un buen dolor de cabeza. O quizá mejor que surja, para que demos la cara a este país atado a los cielos que parecieran gobernados por dioses caprichosos."

XXI

El asunto de la risa de verdad me sacudió. Tienes razón. Yo debía, debo poderme reír de algunas de las manifestaciones de ignorancia de mi padre, de mi madre, de mi familia, de nuestro pueblo. No he podido hacerlo por una vergüenza que, parece, hasta ahora me empieza a quedar clara. Mi intención es entonces la risa, reírme de los míos, que en algún sentido es reírme de mí mismo. Demos comienzo.

Anecdotario familiar para la recuperación de la risa I. No puedo comer tortuga. Comprende uno que eso ocurra en quien jamás ha visto al animal o probado su carne. Es difícil iniciarse en nuevos hábitos alimenticios ya maduro. Pero yo no, yo crecí comiendo tortuga. El animal era mantenido húmedo o nadando en una enorme tina metálica. Trataba desesperado de salir de ella. Movía sus aletas inútilmente. Yo era un niño. Sabía que de llegar tortuga habría fiesta. Así se festejaba. El pobre animal tuvo la triste fortuna de convertirse en símbolo de fiesta. El símbolo está por costarle la vida a su especie. Para colmo, se cree que los huevos de tortuga son afrodisíacos. Por las noches el animal salpicaba el agua y revoloteaba angustiosamente. Yo escuché ese preámbulo a la agonía muchas veces. Hasta que por fin llegaba el gran día. Un caldero con no sé cuántos aceites y especies había sido preparado. Para el peor momento se requería la ayuda de mi padre, quien entraba preciso para tomar la resbalosa aleta de un lado. La cocinera, aquella mujer de vientre colgante y abultado, Agustina creo que era su nombre en un esfuerzo de memoria al que me has obligado, tomaba la tortuga del otro extremo. Juntos corrían con el animal levantado en vuelo involuntario y de un golpe lo aventaban al caldero hirviente. Yo miré aquello una vez y huí a mi cuarto a dolerme de aquel animal que para entonces seguramente ya se había incorporado al hervor. Yo sentía haber entablado una amistad efímera a partir de las pocas y dolorosas ocasiones en que los miré aleteando indefensos en la tina metálica. Siempre se buscaban animales jóvenes, tiernos, cuyo cuerpo aminorado por la pérdida de líquido cupiera en una charola de cocina. Se volteaba boca arriba. Su cabeza inerte golpeaba la mesa. Mi padre procedía a cortar el caparazón por las orillas, donde se permitía cierta flexibilidad a las aletas. Una vez abierto el animal, mi padre decía con júbilo: "Adelante".

Un día negué el plato. No pude condescender como en otras ocasiones. Mi padre estaba sentado a mi lado. Miró mi rechazo. Volvió la cara molesto y me reclamó no atender aquella delicia diciéndome: "Claro, como no has viajado…"

Yo tenía siete años. Sus aires mundanos sólo podían provenir del pobre barco que lo trajo miserable a la América. Desde entonces no puedo comer tortuga. Hasta hoy el reclamo me parece banal y absurdo. "Claro, como no has viajado…" Quizá por eso deseo viajar con insistencia inexplicable. No creo que estés riendo Elía. Yo tampoco lo hago. Pero fue un buen intento. ¿No lo crees?

XXII

"Sé que estás en San Mateo. Manuel, tu femme de chambre, Aurelia, es una delatora. No importa. Hoy recogí tres diarios acumulados. Creo que habla bien de mí no leer diarios. Pero, te diré la verdad, ahora los leo, los leo con entrega. Estoy cerca de empezar a reclamarte de nuevo. Había decidido no escribirte por unos días. Las líneas me están llevando demasiado a ti. Pero vi esta nota. No pude resistir enviártela. Allí están con esos otros cariños de los que no supimos tú y yo."

Mamá, dame más… corta otro dedo… Mamá, necesito beber.
EL DRAMA DE UNA MUJER QUE SALVÓ LA VIDA DE SU HIJA DURANTE EL TERREMOTO EN ARMENIA.
Erevan, Armenia.- Se hallaban sepultadas en total oscuridad; su único alimento, un frasco de dulce, se había acabado. Toneladas de concreto demolido las rodeaban y se habían convertido en los muros de su prisión.

"Mamá, tengo tanta sed, tengo ganas de beber algo", lloraba Gayaney, de cuatro años de edad. Susanna Petrosyan, de 26 años, relata cómo estaba inmovilizada de espaldas. Un panel de concreto prefabricado se hallaba a 50 centímetros de su cabeza, y un caño de agua aplastado sobre sus hombros le impedía ponerse de pie.

Vestía solamente una enagua, y el frío era terrible. A su lado, en la oscuridad, yacía el cadáver de su cuñada Karine. Pereció aplastada por muros desplomados un día después del terremoto que arrasó con gran parte de Linanakan y otras poblaciones del noroeste de Armenia.

"Mamá, necesito beber… por favor dame algo", sollozaba Gayaney, según cuenta su madre. "Creí que mi hija se iba a morir de sed. Yo no tenía agua, ni jugo de frutas, ningún líquido. Fue entonces que me acordé que contaba con mi propia sangre", dijo posteriormente Susanna. Aunque estaba atrapada en la oscuridad, podía mover su espalda de un lado a otro. Sus dedos, ateridos por el frío, hallaron un pedazo de vidrio con el que se hizo un tajo en el dedo índice, el que dio a chupar a su hija.

Las gotas de sangre no fueron suficientes. "Por favor, mamá, dame más… corta otro dedo", recuerda Susanna que le dijo su hija. La mujer se propinó más tajos, no sintiendo dolor a causa del intenso frío que se registró después del terremoto. Puso la mano en la boca de su hija, apretando los dedos para generar un mayor flujo de sangre. "Yo sabía que iba a morir, pero quería que mi hija viviese", dijo Susanna.

Susanna halló un frasco de 800 gramos de dulce de frambuesa que había caído del sótano desde la alacena de Karine. Al segundo día de su odisea, el día que Karine murió por sus heridas, le dio la totalidad del frasco a su hija para que se lo comiera.

Esperando atraer la atención, Susanna gritó: "Socorro, nos estamos muriendo de hambre, mi hija se muere de sed." Creía que nadie les oiría más allá de la barrera de concreto. Halló una falda e hizo de ella un lecho para que Gayaney se acostara. Pese al intenso frío, Susanna se quitó las medias y envolvió con ellas a su hija para mantenerla abrigada.

Con el paso de los días, los pedidos de Gayaney de algo de beber se hicieron más urgentes. Su madre recordó algo que había visto por televisión. "Era un programa acerca de un explorador del Ártico que estaba muriendo de sed. Su compañero se hizo un tajo en la mano y dio a su amigo sangre", relató. Habiendo perdido la noción del tiempo, a causa de la constantes oscuridad, Susanna no sabe qué día fue que se cortó los dedos, ni cuántas veces se los dio a su hija a chupar.

Sus pensamientos derivaban. Vio pasar escenas de su vida ante sus ojos, y padeció alucinaciones. "Cuando cerraba los ojos y volvía a abrirlos, veía cajas llenas de manzanas y botellas de limonada... Le dije a mi hija: 'Hija mía, hay tantas cosas para comer y beber', pero cuando extendía la mano para tocarlas, no estaban allí", recuerda Susanna.

Gayaney lloraba diciendo que quería ir a casa. "Quiero estar otra vez en mi cama y ver a mi papá", decía. "Perdí toda esperanza, simplemente estaba esperando morir", dice Susanna.

¿Cómo leer una nota así sin pensar en la propia pequeñez, Manuel? O a ti, ¿qué sentimientos te genera?

XXIII

Todo pareció encausarse. Miguel Valtierra tomo posesión de la alcaldía. Lloró durante la ceremonia, en la que no pudo pronunciar palabra. Todo mundo comentaría después la notoria debilidad de carácter de ese individuo a quien yo también había propuesto sin siquiera conocerlo. Horcasitas se mantuvo serio y con la mirada al piso. Vestía una camisola avejentada. Leyó un texto demasiado largo y mal redactado. Al final llegó la palabra renuncia. Los ediles escucharon respetuosos. Fernández Lizaur logró convencer a Zendejas de que asistiera. Allí estuvo del lado derecho de la vieja mesona que pedía cera por todas partes. Junto a él Torreblanca, con sus corrientes anteojos y una mirada de preocupación. Palomo se mantuvo a distancia observando todo, sin perder detalle, con su sombrero entre las manos y ocultando la astucia de sus ojos. Llegaron también Nicolás Almada y Carlos Berruecos. Era un hombre bajo de pelo entrecano y chino, de mirada nerviosa. Presenté a Berruecos y Almada con Fernández Lizaur. El viejo guardó su distancia y no dijo palabra. Su presencia ahí avalaba la gestión efímera de Valtierra. Un calor de cuerpos se instaló en la habitación. Sudé de forma muy molesta. Fernández Lizaur, parado a mi lado, permaneció inmutable, con la mirada fija primero en Horcasitas, después en Valtierra. Salimos de allí. Tuve que comentar a Fernández Lizaur lo patético del espectáculo, tanto de quien dejaba la alcaldía como de quien entraba. Ése es nuestro pueblo me dijo secamente. Sin dar pauta a un comentario más sobre el nuevo alcalde propuesto por él. Tierra Baja recibía agua cotidianamente, y poco a poco, la tropa había ido saliendo de la zona hasta que sólo quedaron unos cuantos elementos. Vi a Mariana en El Mirador. Platicamos con sus padres de la situación en San Mateo. Su madre, contra mi primera impresión, era una mujer de gran carácter, posesionada de su papel de esposa de cafetalero. No había fisura en su relación con Almada. Con Mariana no parecía ser demasiado cariñosa. Mariana también me acompañó en un par de ocasiones a la mesa de la Quinta Michaux. Después había tenido que regresar a la ciudad. Se hizo público lo que ninguno de los dos podía ocultar. Platiqué con ella sobre Elía. Me escuchó silenciosa. Preguntó si había pensado buscarla algún día. Le dije que tendría que hacerlo, que lo nuestro no había recibido su punto final. Actuó con madurez y me dijo dale tiempo, si ha de haber final que sea un buen punto final. No hubo ni presión, ni prisa. La máquina perforadora se había retrasado varios días. En algún momento Palomo insinuó que nunca llegaría. Le contesté severo que nosotros no mentíamos. Fernández Lizaur y yo seguíamos adelante con ese absurdo que no podíamos parar. Él mismo había dirigido a la moderna máquina hasta el punto indicado por el contador venido a mago localizador de aguas. Una piedra sobre la otra eran la única señal. Aquel día no corría nada de aire. Parados al centro de ninguna parte, en medio de un sembradío, observé a aquel viejo dar instrucciones con una seriedad y convencimiento que desconcertó a todos. Él ni siquiera había visto al contador, no tenía la menor explicación del porqué en ese lugar había que perforar y sin embargo caminó con firmeza hasta el sitio que le indicamos, siguiendo con precaución mis pasos y los de Torreblanca. Una vez que llegamos llamó a uno de los operadores y dijo aquí, justamente aquí. Aquellos hombres se vieron. Uno de ellos levantó los hombros y dijo donde usted quiera. La máquina dominaba el paisaje de Tierra Baja. Los niños y las mujeres, y poco a poco también los hombres, se fueron acercando, su timidez se fue rompiendo. Observaron el funcionamiento de aquella máquina que con distintos tipos de lodo lubricaba la brutal fricción sobre la roca. Por momentos, se estremecía todo como si fuera a explotar. Los operadores, encaramados sobre sus asientos, hacían que la broca girara. Las mangueras se hinchaban y movían, parecía que iban a reventar. Fernández Lizaur y yo íbamos con cierta frecuencia, más que por entender el funcionamiento del aparato, por salir de San Mateo, Fernández Lizaur gozó la materialización de su capricho, así lo entendí. Se trabajaba día y noche. Palomo estaba allí todos los días. Nos enteramos que comentó con gran pesimismo los trabajos. No encontrarán agua, esta tierra está seca. Un día, mientras observábamos, el operador principal dejó su sitio después de colocar las palancas, todas simétricamente, para permitir la marcha libre de la máquina. Descendió, caminó a nosotros, se quitó los guantes y nos dijo:

—Buenas tardes, señores —Fernández Lizaur y yo respondimos lo mismo casi simultáneamente.

—Buenas tardes...

—No sé cuales sean sus razones, pero más vale que vayan meditando hasta cuándo quieren seguir con esto —nos quedamos desconcertados.

—¿A qué se refiere? —pregunté.

—Llevamos setenta y cinco metros de pura roca, hemos quebrado mucho equipo —Fernández Lizaur sintió la ofensiva y reaccionó.

—Por eso usted no se preocupe.

—No, no me preocupo, el patrón sabrá, lo que quiero decirles es que aquí no hay agua, no hemos encontrado una sola capa de material poroso, no puede haber escurrimiento allá abajo —Fernández Lizaur y yo quedamos en silencio.

—¿Hasta cuántos metros quieren que nos bajemos? ¿Cuándo le dirán la verdad a esa gente?

—Usted siga perforando —le dijo Fernández Lizaur de mal modo en un acto de desesperación que yo comprendía, pero que en ese momento resultaba grosero.

Hice un gesto al operador como pidiendo disculpas ajenas. Nos dimos la vuelta. Vi un instante el rostro el rostro preocupado de Fernández Lizaur. Pasamos entre la gente que nos miró de arriba abajo, como siempre. Algunos, muy pocos, nos saludaron. Fernández Lizaur contestó de mala gana. De pronto se detuvo. No comprendí. Se dio la media vuelta y caminó de nuevo entre ese terregal reseco hacia la máquina. Le habló al operador, quien trepado de nuevo frente a los controles y metido en el ruido de la máquina no escuchaba nada. El hombre lo ignoró simplemente porque no escuchaba. Fernández Lizaur gritó en varias ocasiones. Yo, con cierta desesperación, comencé a agitar las manos hasta que por fin logré atrapar la mirada del operador. Volvió a detener la fuerza sobre la gran broca que muy lentamente dejó de girar. Descendió de nuevo con cierta mala gana que se transmitía en sus movimientos. Caminó despacio hacia nosotros. Se dejó los guantes puestos. Llegó cerca de Fernández Lizaur, que sin esperar le lanzó:

—De lo que nos dijo ni una palabra.

—La gente se acerca y pregunta —replicó.

—Mienta —el hombre lo miró seriamente. Fernández Lizaur se dio cuenta de que había sido demasiado duro.

—Mentiras de piedad, déles algo de esperanza.

—Cualquier cosa es demasiada esperanza en esto. El señor ese, Palomo, hasta donde yo he visto, es el primero que los desanima. Además, él sí entiende, él me pregunta, se acerca a ver los lodos, sabe.

—A él le pido que por favor lo engañe —le dijo Fernández Lizaur. Lo vi desesperado. Buscó con suavidad comprensión, le puso al operador la mano en el hombro—. La situación está muy complicada —dijo el viejo.

El hombre cerró la boca y asintió como dando por terminado el diálogo. La mano de Fernández Lizaur estuvo sobre aquel hombro unos instantes de más, hasta que el operador hizo un movimiento que obligó a interrumpir el contacto. Miré esa mano. Tenía varios lunares en café muy claro, de los que salen con la edad. Su piel era un poco reseca. Sin decir nada regresamos al auto. Yo conduciría. Le abrí la portezuela. No tomó mi gesto a bien.

—Yo cierro, yo cierro —me dijo. Di la vuelta. Subí del otro lado, encendí el auto. Miré la máquina perforadora, la miré diferente, con algo de rabia. Pasaron unos instantes de silencio, de pronto dijo:

—¿Sabe qué, Meñueco?, estamos en una trampa. Las elecciones son en doce semanas. Torreblanca será el candidato de la oposición y probablemente Benhumea, u otro de su calaña, el oficial. De cumplirse lo acordado ganará Torreblanca la alcaldía y será Palomo quien quede al frente de la gente. Palomo prepara todo para la invasión, pero será con Torreblanca en la alcaldía. Se da cuenta, lo estamos llevando a la hoguera. De nuevo la oposición fracasa.

—Es a Palomo a quien tenemos que meter al redil —dije. Escuché mis propias palabras y me sonaron terribles.

—¿Cómo? Es un líder honesto —dijo sin mayor reparo—. La gente cree en él, Meñueco, ya no en Torreblanca.

—Pero los está azuzando, habrá violencia ahora o después.

—Si no hay agua en Tierra Baja, ¿qué promesa puede lanzarles Torreblanca? ¿Perpetuar la miseria en la que viven? No, Meñueco, las cosas llevan así muchos años. Torreblanca fracasará en la alcaldía. Nuestro querido gobernador se encargará de seguir estrangulando la región.

Yo conducía muy lentamente por aquella brecha. El auto de Michaux era bajo, golpeaba sin que pudiera evitarlo. La aridez de los campos no podía ser mayor. Saqué mis lentes. Vi por el retrovisor la polvareda que quedaba detrás.

—Conseguir recursos —dije—, recursos para la alcaldía.

—O la invasión, Meñueco, las tierras, ¿o qué, la hija coqueta de Almada lo convenció? —yo sentí que la sangre me hervía contra aquel viejo. Sabía que en cualquier momento lo sacaría, pero nunca de una manera tan agresiva.

—Nada tiene que ver eso —dije.

—No, sí tiene que ver, Meñueco. La gente comenta que usted ve a la hija de Almada. ¿Cuántas veces ha usted ido a comer a la finca?

—Qué importa.

—Sí importa, Meñueco.

—Varias —dije molesto.

—Usted no cree en la invasión o en repartir las tierras. Dígalo. Sea honesto —lo miré con rabia. Me había acorralado. Fernández Lizaur estaba preocupado y me agredía.

—No, no creo que sea la solución —detuve el auto.

—Vea usted este erial, así estará El Mirador en unos años —sonrió. Me molestó que lo hiciera.

—Usted qué cree, ¿les irá acaso mejor recibiendo una extensión de su grillete?, porque de eso se trata —le lancé en tono ofensivo.

—A la corta sí, Meñueco, sí les iría mejor, un poco tan sólo.

—Pero, ¿y dentro de diez años, una vez que hayan arrasado con todo?

—Yo ya no viviré para verlo, Meñueco —Fernández Lizaur era muy hábil, pero en esta ocasión era además tramposo.

—Siga adelante, que tengo hambre —dijo. Reinicié la marcha.

—Mire, Meñueco. Vinimos a San Mateo a pacificar y eso es lo que haremos. Esos son nuestros alcances. ¿O qué quiere usted que solucionemos toda la historia agraria del país aquí en San Mateo? Por lo pronto, le pido que comprenda, no es conveniente que se le identifique con los Almada. Perderá usted toda credibilidad como mediador frente a Torreblanca y Palomo.

—Esa es mi vida privada.

—Yo no le dije que no la vea, véala, pero cuídese. Es una mujer muy guapa —dijo para suavizar.

—E inteligente —agregué ofendido.

—Ya le dije lo que tenía que decirle —afirmó en tono amistoso—. Tierras, Meñueco, necesitamos tierras, para Torreblanca, no para Palomo.

—Debe ser una entrega oficial, no invasión —repliqué defendiendo mi posición—. Están las de Silvestre Fuentes.

—¿Se hará eso, Meñueco? —preguntó incrédulo.

—Sí. Fuentes aceptó separar una parte de sus tierras.

—¿Pero cumplirá? ¿Por qué había de hacerlo? —preguntó con razón Fernández Lizaur.

—Estoy mintiendo, Fuentes vende sus tierras. Fue una transacción poco decorosa —dije a manera de disculpa.

—Es un hombre odiado en la región. Yo pensé que ese asunto no había fructificado. Ahora entiendo —repitió y se quedó meditando.

—Pero es un exgobernador, no lo olvide. Es un golpe duro para el partido. A lo mejor él acepta, pero habrá muchos que se opongan al golpe interno. Preferirían que fueran Almada o Berruecos las víctimas. Vamos, terratenientes tradicionales, no un exgobernador.

—Pero si Fuentes fue un corrupto, es un corrupto. ¿Quién lo puede defender? —vociferó Fernández Lizaur con cierto enojo.

—Además —dije—, él ya aceptó previa recompensa en dólares. En eso no habrá marcha atrás.

—¡Qué porquería! —dijo Fernández Lizaur, que jamás utilizaba ese tipo de palabras.

—Meñueco, si no actuamos rápido todo nos puede salir al revés —nos miramos a los ojos. Los dos lo sabíamos.

—Si quiere usted salvar El Mirador consiga esas tierras rápido. Palomo sólo está esperando que fracase el pozo y que Torreblanca tenga que asumir el papel de autoridad para después lanzarse.

A lo lejos, entre colores tierra, resaltó el campanario de San Mateo, atrapado por un sol sin obstáculo que cubría toda la zona. Fernández Lizaur cayó en un silencio que comprendí natural. El pozo era una ilusión que nos había arrastrado a ambos. No había una salida sencilla. Se trataba de evitar sangre. Hasta ese momento lo habíamos logrado, pero quedó detenido con alfileres. Fernández Lizaur había hecho su parte. No podría ir mucho más allá. Teníamos una miseria sin nombre, a un líder tambaleante, trescientas hectáreas de un importante corrupto, a un ambicioso esperando y un pozo desbordante de agua en nuestra imaginación.

XXIV

"¿Qué es la intimidad, Manuel? Hasta hace poco pensé que era esa otra persona que ibas descubriendo más allá de las ropas, de los perfumes, de las posturas calculadas, más allá de esa apariencia con que nos cubrimos. Para mí la intimidad estaba detrás, después de romper esas barreras. La intimidad era un riesgo de descubrir lo que desagrada pero no se puede evitar, lo que lleva la persona tras de sí como carga por existir. En la intimidad la gente se franquea, pues todas las debilidades son expuestas. Uno desea la intimidad y después la rehuye. La intimidad en los jóvenes es curiosidad empujada por la inocencia. La intimidad de los viejos es una agenda de dolencias del cuerpo y del corazón. Pero la intimidad en nosotros está a medio camino. Recuerdo cuando te miré desnudo por primera vez. Tuve algo de miedo, pero no podía quitar la vista de tu sexo. Quería verlo y me aterraba a la vez. Después conocí tus olores. Aquellos que desprendías cuando hacíamos el amor, después de bañarte o después de un día de trabajo. Olí tus axilas, tu entrepierna, tus pies. Conocí el olor de tu cuello después de sudar una noche de verano. Conocí el olor de tu boca después de que bebías alcohol o café. Lo recuerdo cuando amanecías y aún no te aseabas, cuando estabas nervioso. Recuerdo el olor del baño cuando lo dejabas. Recuerdo el olor que se prendía de la ropa que usabas. Tus olores, más allá de las lociones y talcos, no los podré olvidar. Tú debes recordar los míos. Siempre me negué en los días de menstruación. Al principio no insististe, te resultó un mundo ajeno. Después un amigo te dijo que le gustaba oler a su mujer cuando menstruaba y me lo pediste. Fui a la regadera y me lavé, esperando que no oliera a nada. Dijiste no huele mal. No supe más. Conocí tu piel de cerca. Te acicalé cuando me lo pediste. Siempre oponías resistencia, decías que el acicalarse mutuamente rompía el coqueteo. Creo que tenías razón. Tú a mí nunca me acicalaste. Nunca te lo pedí. Nunca te ofreciste a hacerlo. Te viví durante tus enfermedades. Toleré todos los ruidos desagradables que a veces son inevitables. Admito que para volver a caer en tus brazos y olvidarme de aquellos ruidos o imágenes, tardaba algún tiempo. Un día quise ver tu sexo de cerca. Lo tomé entre mis manos y lo miré. Ahora lo recuerdo perfectamente, te dije que era bello, reíste y te tapaste de inmediato con una sábana. Esa fue parte de nuestra intimidad, pero sólo parte. Pero esa intimidad es la que hoy menos me importa. Hoy convivo con otro hombre. Me ha pedido cosas extrañas. Yo me he rehusado a algunas y aceptado a otras. No te hablaré de ello. Hay otra intimidad contigo que sigue viva. No viene a mí por tus olores o por los recuerdos de la cercanía con tu cuerpo, tampoco viene a mí por esos detalles absurdos que miro ahora en ese sitio donde que creo fue nuestro hogar. Viene a mí porque reconozco algunos de tus impulsos, de tus tentaciones, de tus ambiciones, de tus reservas, de tus explicaciones, de tus miedos, de tus frustraciones. Eso te aterró siempre, Manuel. Pero tú también conoces las mías. A través de esa intimidad vamos uno al otro. Ese territorio es el nuestro y es difícil de llevar a las palabras. Quedará en nuestras miradas, en los tonos de nuestras voces, en ese lenguaje que construimos hasta agobiarnos y que sólo es tuyo y mío. Creo que a ustedes los hombres la intimidad carnal les dice poco. Ustedes llegan de visita y salen de nuevo a seguir siendo, sin mella. Nosotras en cambio nos quedamos con lo suyo, lo llevamos dentro así sea por un minuto o por toda una vida. Pero la otra intimidad creo que nos penetra por igual. La llevas dentro, en la entraña."

XXV

Anecdotario familiar para la recuperación de la risa II. Aquella cocinera era parte de la familia. Por momentos tenía más autoridad que mi madre. Era robusta y despiadada. Así la recuerdo. Sudaba mucho. Sudaba por la frente, por los brazos. Siempre me dio miedo que el sudor fuera a dar a las sopas de pescado o al guiso de carne sin que uno se diera cuenta. Esa cocinera parecía gozar su papel de verdugo. En una ocasión llegó un pavo o algo similar. Por lo menos así recuerdo al animal. Yo la había mirado torcerle el cuello a las gallinas con eficacia infalible. Un giro de mano y caían muertas. Sus cuellos colgaban flácidos. Pero el ave de ese día era diferente. No sé por qué decidió desplumarlo antes de matarlo. Todavía me lo pregunto. Así que tomó al animal por el pescuezo y comenzó. Por supuesto, se escucharon de inmediato los graznidos cargados de desesperación. Comenzó su letanía. Cada jalón de plumas llevaba a coro: "Hijo de puta para qué naciste pavo, hijo de puta para qué naciste pavo..."

Voy mejorando Elía, ¿o no?

XXVI

"Veamos con tranquilidad a tu madre y a tus tías. La gran mujer allí, según tus relatos, fue Flor. Ella le dio la calma vital a Vicente para lograr sus empeños. Siempre decías que tu abuela Flor llevó su hogar como ninguna, que conocía recetas muy especiales, que no entiendo de dónde conociste, pues eras un niño cuando ella murió. Ahora te lo digo: me dolía cuando nombrabas una ama de casa espléndida que hacía del mundo un Paraíso. Yo nunca quise ser ejemplo de entrega hogareña. Pero el mito de Flor me dolía. Quizá fue Carmen, tu madre, quien construyó esa imagen. Bien pudo ser. De la relación entre Carmen y Flor sé muy poco. Pero eso sí lo recuerdo, Flor está allí en tu memoria. No puedes explicar a tu abuelo sin ir primero a la criadita de Vicente. Ese hogar para ti es un ensueño donde los problemas se diluyen, donde la vista se levanta por encima de los tropiezos que llegan día con día. Pero sabemos también que fue Flor la que siempre dio las noticias importantes de la familia. Ella era una especie de reina madre que controló a sus hijas desde siempre. Ese silencio de Flor todavía no lo atraviesa mi cuento. Pero algo sí queda claro, Flor daba fuerza a Vicente."

Flor anunció que el puente al mar estaba terminado y regresó al silencio. Vicente siguió a Flor a la muerte. Flor siguió a Vicente en su ilusión. Entre ellos, se sabe, había un pacto que jamás fue violado. Él luchó contra los mares con imágenes que se transformaron en un instante en pasos hacia el oleaje. Ella contra el tiempo. Flor logró que la ilusión de Vicente retoñara mil veces en mil pasos. Flor dio la cara al tiempo.

"¿Qué le dio ese hogar a Vicente? Me lo pregunté tantas veces. Me lo pregunté por tu insistencia sobre la grandeza de Flor. Ella le manejaba el tiempo a Vicente. Nada menos. Nunca dejó que Vicente cayera en la desesperación o en la angustia de lo cotidiano. Por lo menos nunca se supo. Lo condujo a sus ilusiones haciendo de ese hogar puerto de la tranquilidad y de la satisfacción. Yo lo intenté y nunca lo logré: sacarte de tus viciadas conversaciones, de tus intriguitas de poder, de las mezquindades burocráticas que inundaron tu cabeza. Quizá por eso Flor resulta tan importante en mi cuento. Silenciosa porque no recuerdo sus palabras ni sus desplantes, pero su fuerza está allí. ¿Por qué das tanta importancia a la comida que preparaba Flor? ¿Qué significa, qué significó para Vicente, qué significa para ti?"

Cuando él tambaleó en sus pasos e ilusiones, ella le regaló tranquilidad para ser mordida, calma para que bebiera. Así Vicente se hizo amigo del tiempo. Flor lo domó para él. Si por alguna tempestad crujían las ilusiones de Vicente, por vía de Flor él cruzaba al tiempo e incluso compartía con él el alimento. Entonces la angustia se desmoronaba en Vicente, la ansiedad se desvanecía. Vicente tomó mucho tiempo hasta vencer a la marejada o a la debilitada ilusión. Flor invitó al tiempo a estar con ellos a través de grandiosos platillos y miradas silenciosas. Esos días, cuando la angustia se hizo presente, se comió en ese hogar peces rosados de los que nadan en el Golfo, cangrejos, ostras, quesos, aceitunas, bizcochos. Todo llegaba a esa mesa para agradar el ánimo de Vicente. Flor nunca tuvo cansancio para saber cómo aligerar la pesadumbre de Vicente. Flor, dicen, era siempre un remanso. Flor envolvía los peces en hojas de orgullo que desprendieron vapores generosos. Hacían que el pez creciera en su jugo y se abriera a Vicente dejándole carne blanca que se separaba con la mirada. Vicente, que llegaba vencido de retar al mar, aspiró muchas veces la hoja santa y saludó al tiempo, olió el orgullo, lo probó y le supo dulce, mordió a los peces olvidando la sal del mar. Flor, en silencio, le brindó brebajes que le acariciaron el pecho y sobaron sus carnes. Juntos por el bocado saludaron a la noche ahuyentando maldiciones. Se dejaron golpear por ráfagas cantantes de aire fresco que venían del mar. El tiempo perdía allí coraje, se volvía amigo. Vicente lo saludó y con sus saludos comenzó un desfile de ríos enormes de esperanza, de espacios en su vida para continuar con su ilusión a pasos que se alargarían cada vez más. Flor le brindó el silencio. Ella lo tenía adentro. Un silencio de calma profunda en que se refugió Vicente. Condimentó en ocasiones tiernas piernas de saltadores que con cuernos sonrientes brincaron hasta ser bocado. Flor hizo con su comida mucho tiempo en la vida de Vicente. Ella lo comió desde niña para calmar su sangre. Lo llevaba adentro y se lo dio a Vicente.

"¿A ti te molesta en verdad la historia de Flor? Creo que te molesta Manuel por no conocer el origen social de tu abuela, te molesta que digan en el pueblo que era su criadita. Pero a la vez admiras a esa mujer que tuvo una reciedumbre quizá superior a la de Vicente. Él trabajó en el rastro del pueblo y cargó animales durante los primeros años, recién llegado, pero a partir de que se lanzó al río con las barcazas hizo fortuna, mucha fortuna. Pero ella, ella, Manuel, estuvo allí, detrás de él, sin nunca saber qué era eso del éxito. Yo la recuerdo viviendo como una pobre del pueblo. ¿Le llegaría demasiado tarde la riqueza? Quizá no sabía vivir como rica. Nunca hablas de Flor como la esposa de Vicente. ¿Sabes que no sé casaron o lo intuyes? Acaso, Manuel, lo que más te duele es el destino fatal de la fortuna de tu abuelo Vicente, el saber que sus tres hijas no la conservaron, que por el contrario, la dilapidaron. Creo qué, además, lo que te lastima es que por lo visto Vicente buscó una descendencia masculina y fue femenina y supo que ninguna de sus hijas iría adelante con el negocio. Mi cuento tiene que decirlo."

Se apellidó Calzadías sin que nunca se supiera la cuna de su nombre. Tampoco el origen de su unión con Vicente Perullero, aquel que construyera un puente al mar con ilusiones y maderos y tomando a diario entre sus manos el tiempo que le brindara Flor como alimento. A ella le brotó el silencio como palabra. Quizá fue por la mucha calma de su sangre. Nunca se supo si Vicente tuvo de joven palabras o gritos y si ellos se le perdieron al comer a diario el alimento de Flor. Quizá Vicente nunca tuvo palabra y se casó en silencio uniéndose a la calma de sangre de Flor. Dicen que ella comenzó a morir de tristeza cuando nació Ananda. Fue la tercera hija, que llegó mucho después de que se terminó el puente que iba al mar. La ilusión de Vicente construyó un puente que le dio riqueza a esa familia. Al principio nadie quiso dar un paso sobre una ilusión que iba y venía con las olas, sin oponer resistencia y permitiendo el movimiento de un oleaje que incorporaba todo a su locura. Fue entonces que Vicente cargó arena en sacos, sobre sus hombros, para mostrar a quienes le veían desde la orilla que sus pasos eran igual de pesados que los de cualquiera, que la ilusión de sus maderos soportaba arena que pesaba lo mismo en la orilla que al centro del oleaje, sobre aquella ilusión. No fue sino hasta que Flor se quitó el ropaje de su mirada, levantó el rostro y caminó una y mil veces por aquel puente. Ella llevó brebajes que chorreaban, que escurrían de la boca de Vicente. Él los bebió dormido en el tiempo y sin inmutarse. Fue el día en que Flor, de pocas palabras, soltó a aquellos hombres: "¡Puede más la ilusión en una mujer, que los maderos vistos por los hombres!" que alguien la siguió. El primero fue un ofendido. El segundo, cobarde compañía.

Después el pueblo entero subió al puente y caminó sobre la fantasía. Fueron a saludar al Esperanza (¿Cómo debo llamarlo, Manuel?), que asombrado se inclinó y extendió sus brazos a una ilusión. Vicente no sonrió. Flor agravó su silencio. Con el puente llegó la riqueza. Llegaron también tres hijas, la una siguiendo a la otra, Nicolasa, Carmen y Ananda. Ellas, crecidas en fortuna, rechazaron el alimento de Flor. El tiempo las devoró a ellas y las apremió a crecer y a jugar y a pelear, de manera que nunca las visitó la calma. Ananda llegó tercera y a los pocos días mostró traer alegría liviana como sus hermanas, sangre con ansiedad de futuro. Flor criaría a las tres, pero moriría de tristeza. Flor comenzó su muerte por una sonrisa inútil y de mañana que miró en Ananda. Flor cerraría su vientre a la esperanza de procrear tiempo. Fue a Vicente para preguntarle si él algún día había tenido palabra.

"¿Será cierta esa historia de que subió bultos de arena a las barcazas porque nadie quería acompañarlo? Lo cuentan allá en el pueblo. Yo la he escuchado. Recuerdo con claridad que nadie quería subirse al primer lanchón de Vicente. Dicen que era muy frágil, que tenían miedo de que los buques lo fueran a hacer ir al mar con un coletazo. Que Flor fue la primera que subió, eso me lo contó mi madre. Decía que dio pie a burlas entre los hombres hasta que por fin uno tuvo las agallas de ir con Vicente en su lanchón. Sé de las frivolidades de Ananda y Nicolasa, sé de su desastre familiar, de sus hijos inútiles, crecidos de la idea de una fortuna enorme que nunca les habrá de llegar, sé de sus liviandades, sé de sus ligerezas y sólo me puedo imaginar el dolor de Vicente y de Flor al ver lo que criaron. Ellos fueron responsables. Ellos, con tanta fuerza interior, echaron al mundo a dos inútiles. A tu madre, Manuel, a tu madre, con la honestidad, la salvó que era sensible y apoyó las locuras de tu padre. ¿De qué murió tu abuelo Vicente? Nada dicen las notas que he revisado. Yo creo que, como Flor, murió de tristeza."

XXVII

Escucho un sonido lejano. Sé lo que es. No quiero que se repita. ¿Por qué a estas horas? Allí está otra vez. Escucho señor Meñueco, señor Meñueco...

—Sí.

—Le hablan por teléfono.

—Voy, voy.

Me levanto, tropiezo con una silla. Estoy medio dormido. Me pongo la bata. Veo el reloj. Son las 12:30, medianoche. Quién será. Pienso en Elía, en que esté bien. No encuentro mis pantuflas. Me pongo los zapatos del día anterior. Abro la puerta. Camino. Alcanzo a ver en el pasillo a una pequeña mujer que con paso agitado, como con pena, camina enfundada en un largo camisón que aparece debajo de una bata. Paso junto a las jaulas de los pájaros. Todas con capucha. Siento el fresco del sereno que entra por el patio. Sólo hay encendido un foco a la entrada del pequeño despacho de Michaux. Entro. Me tropiezo de nuevo, ahora con la puerta que está entreabierta. Tomo el teléfono.

—¿Sí?

Escucho una voz femenina muy ligera y de amabilidad excesiva.

—Buenas noches, disculpe, ¿el señor Manuel Meñueco?

—Él habla.

—Le comunico con el coronel García Tamames.

—Gracias, señorita.

—Meñueco.

—Sí.

—Perdón por la hora, gusto en saludarlo.

—Ni lo diga, qué se le ofrece.

—Escuche este párrafo, usted sabe, de los papelitos aquellos que le leí.

—Sí, claro —se me vienen a la mente aquellas conversaciones mal plasmadas en tiras de papel corriente.

—Habla Palomo con un tal Otilio Morayma —me dice.

—No sé quién sea.

—Pues más vale que lo averigüe. Dice Morayma: *Martín, ya no te vamos a esperar, te tienen embobado por el pocito ése y yo qué le digo a la gente... Espérate, por lo menos un par de meses...,* dice Palomo, ahora es el otro, le responde Palomo... *cuando llueva la gente se va a ir a sembrar, es ahora, Martín, o nunca, vámonos sobre El Mirador y sobre las tierras de Berruecos...* Se hace un silencio, Meñueco, después sigue Morayma... *con el ánimo de apaciguar que traen no nos van a dar nada, el viejito ése va a conseguir que nos deje la gente,* ahora viene Palomo, *no estés tan seguro... mira Martín,* dice Morayma, *la gente ya tiene instrucciones de irse sobre las tierras mañana por la noche al fin y al cabo no hay tropa y el maricón de Valtierra no va a poder hacer nada... espérate* dice Palomo, *a qué nos esperamos,* dice el otro, *el pozo lo van a seguir perforando y Lácides Torreblanca no va a querer una invasión, él quiere la alcaldía, tú sabes si nos sigues.* Hasta allí, Meñueco, pero además la llamada está hecha desde la casa de Torreblanca, así es que al pobre lo traen de tonto.

—¿Lo sabe el gobernador?

—No, todavía no.

—Le podría yo pedir que detenga la información —le digo—, porque si no quién sabe qué reacción tenga ese orangután —pienso que la expresión es inapropiada, pero se me vino a la boca.

—Pero, ¿qué va a hacer usted? Gonzaga quiere una respuesta.

—Berruecos tiene gente armada, y está dispuesta a todo.

—Pues entonces no queda mucho margen. Hay que proceder.

—¿Qué propone? —le digo con más confianza de la que debía tenerle a ese individuo que apenas conozco.

—Hay que detener a Torreblanca, a Palomo y a Morayma y le envío de regreso a la tropa.

—No, no espéreme —le respondo con brusquedad.

—Mire, Meñueco, una medida así sólo tiene sentido ahora, mañana será demasiado tarde. La invasión estará hecha

—Mariana atraviesa por mi mente. No quiero pensar en ella—. Decídase —escucho—, hay que enseñar los dientes para no tener que morder.

—¿Pero con qué motivo los detienen?

—Pues por lo que dice mi gente, al tal Morayma y a Palomo por posesión de armas reservadas, espéreme un momento, algo me dice aquí mi gente —aguardo uno instantes; debo decidirme—. Me dicen que Morayma cultiva una que otra matita —comprendo que se trata de mariguana—. ¿Qué dice, Meñueco? Tenemos unas cuantas horas.

—Proceda contra Morayma y envíe la tropa. Que se reporten de inmediato conmigo para que nada más sea enseñar los dientes, pero la detención será legal —le digo.

—Mire, Meñueco, nos puede fallar y que no tengan nada, pero si así ocurre ganamos unos días. En eso quedamos; yo se lo transmito ahora a Gonzaga.

—Pero nada más a Morayma.

—Sí, en eso quedamos, lo haremos por la mañana. Oiga, Meñueco, le voy a informar al gobernador.

—Señor viceministro —le digo en tono formal—, permítame que sea yo quien se lo diga, ese será mi único poder frente a ése… que es capaz de todo —casi repito el calificativo. Estaba todavía medio dormido.

—Llámeme temprano, Meñueco, para saber cómo va el asunto. Buenas noches.

—Buenas noches.

Escucho un ruido intermitente en la línea. Pongo la bocina en su sitio. Doy dos pasos. Estoy confundido. Me siento en la silla de Michaux. Veo algunos papeles y pienso que no debo leerlos. Eso nunca lo hago. Mi primer impulso fue despertar a Fernández Lizaur, pero qué decirle. Yo mismo no he ordenado mis pensamientos. Me quedo en silencio en aquel sitio.

XXVIII

Anecdotario familiar para la recuperación de la risa III. Era yo estudiante, Elía. Creo que ya finalizaba Leyes. Llamé por teléfono a mis padres. Gran novedad el aparato. Hablé con mi madre. La saludé y le envié cariños, después lo tomó mi padre. Venía un examen. Yo debía estudiar. Tenía sueño. Se lo comenté y muy serio me dijo: Con alcohol se te ha de quitar el sueño. Cómo, le dije. Sí, échate alcohol en los cojones, con eso se espanta el sueño. El truco me pareció inofensivo, así que al próximo bostezo me levanté, fui al baño, me bajé los pantalones y los calzoncillos, me senté en la taza con la botella de alcohol frente a mí, tomé una buena cantidad y la arrojé encima.

Elía, algo te garantizo: se me quitó el sueño y las ganas de vivir como por quince minutos. Un ardor sin pausa fue el dueño de mis partes blandas mientras me retorcía en el piso. Días después llamé de nuevo. Quería reírme con mi padre de su broma. Tomó la bocina y muy serio frente a mi reclamo me dijo: es una receta muy conocida, yo no sé que te enseñan allá. Estoy seguro de que rió con sus amigos. Debo de haber sido el hazmerreír aquella tarde en el dominó. Hoy sí me río, Elía, me río al recordar a mi padre.

XXIX

La caravana se detuvo por un tiempo atenida a Altagracia y a su lluvia. Se levantó un templo especial a la iluminada. Fue de hoja perdurable y leña que no se pudre. Quedaría justo allí donde los cielos atendieron a sus ruegos. Ella, rodeada siempre de sí misma y de su esperanza, observó entre extraños susurros cómo algunos abrían la tierra y la tallaban sobre sus vísceras para agitar su fuerza. El agua siguió cayendo para permitir que semillas fueran envueltas en una tierra ansiosa de empujar al cielo frutos y granos. De todo ello el que manda tuvo conocimiento. Lo supo por líneas. Lo conoció por imágenes contadas y transportadas a sus ojos. El país entero volvió la mirada a Altagracia. Con ella apareció una nueva riqueza súbita. Su poder era aún mayor que el del que manda. La gente se olvidó de los sustos de luz y de las venas. La fiesta de riqueza desatada por el que manda salió de sus mentes. Hasta Altagracia iban miles a verla, a escucharla, a besarle las manos. El que manda, con cierta desesperación, decidió recurrir a aquella que con ojos color pétalo imploraba arraigando el agua. El calor inundó con letargo la magna obra. No se vendía más madera para construir cunas. No se trasportaba más por carretas. El que manda comentó a aquellos que con él se reunían la necesidad de reiniciar el festín. Altagracia quizá podría refrescar las venas y llevar humedad que quitara el letargo y la somnolencia. Algunos coros podrían acompañarla en un recorrido. Serían consecuencia del eco que había provocado su contacto celestial. La invención de la riqueza lo justificaba. La maquinaria de la fiesta anunciada no podía parar. Romper aquel calor, que se había vuelto opaco en su moradez acentuada, era una necesidad del devenir nacional. Llamar a Altagracia era la respuesta requerida por las amenazas del Norte, era deseo y demanda. El flujo de sangre aletargado trajo confusión a La Ciudad que hasta ese momento había permanecido en festín. Esa Ciudad reclamó que las muertes de luz fueran controladas de inmediato, de manera tal que lo que antes ni en el sueño se imaginó era ya en esos días exigencia. El festín se había convertido en costumbre, nueva pero costumbre.

"Mi caravana se encuentra con la santa. Ella logra la lluvia. La lluvia cambia al país, así es, Manuel ¿o miento?, le da esperanza. Quien haga llover con regularidad en este país será Dios o algo similar. Por supuesto que el proyecto de electrificación es menos importante que hacer llover. ¿Qué haría el presidente si se le apareciera un santo así? Creo que nuestro pueblo se iría con el santo. El presidente tendría que ir al santo. Después de todo, perdona que te lo diga, Manuel, pero no está tan lejos el uno del otro. El presidente toma uno de los más grandes miedos del pueblo y anuncia que habrá de acabar con él. Agitó la esperanza del pueblo. Además declaró la fiesta. Pero por encima de la fiesta están los cielos. Altagracia sacudió uno de los miedos más arraigados, quizá el mayor miedo nacional. Por lo pronto mi caravana debería disolverse detrás de Altagracia, que parece controlar los cielos. Lo que no sé es qué ocurrirá entre la santa y el presidente."

Altagracia con su diálogo celestial podría resolver lo que no sería otra cosa más que tránsito al ensanchamiento nacional. Llegó el mensajero hasta aquélla. Dicen que con frutas y flores, otros que con letras del que manda. Altagracia no tomo más que su mirada y caminó cual si fuese ruta conocida. Un temor con huesos de extravío visitó la caravana, que por esos días comenzó a preguntarse si el viaje a la cuadrícula tendría sentido. Algunos habían encontrado ya una loma para rascar la tierra. Otros tenían ya amigos producto de la generosa agua. Al día siguiente de la partida de Altagracia, lo que quedaba de la caravana se sumergió en añoranzas. Altagracia no dijo adiós a nadie, como jamás saludó a su llegada. Su viaje a La Ciudad trajo allí días que fueron de lluvia sin control, sin rumbo, lluvia que asomaba por aquí y por allá sin dejar huella para siembra. Fue ataviada con blanco tierra que jamás ennegrecía y tampoco clareaba. Fue eso lo único que permitió reconocerla en medio de un morado ardiente. Saludó entre murmullos. Altagracia oró allá como siempre oraba, durmió manando ruegos. Comió aunque sin importarle el bocado. Incluso sus pasos tuvieron la cadencia de quien habla al cielo. Las líneas del que manda entraron al ropaje sin mostrar al aire su contenido. Para el día en que ella llegó, los hombres que en las venas trabajaban se habían hartado de su hartazgo. Odiaban cavar en medio de un aire morado y espeso que los devoró en minutos. Condenaron la inimaginable obra al verla como un sueño de grandeza sin sentido. Se dice que fueron los que cuidaban a los que cuidaban los que primero rociaron la noticia del arribo de Altagracia. Los coros aparecieron de lo informe con el mismo canto. Altagracia los recibió después de una mirada que rápido pasó de la intriga a la aceptación. El que manda sonrió por la vanidad de la Santa. Altagracia inició sus ruegos acompañada de una incredulidad preñada de esperanza y un morado que a todos había doblegado.

XXX

Entro al comedor. He pasado una mala noche, es más temprano de lo habitual. Escucho la voz amable de Michaux.
—Buenos días, Meñueco.
—Buenos días.
Está desayunando. Apenas comienza, come un poco de papaya frente a sus frascos de medicinas. Mi tensión nada tiene que ver con su estado de ánimo.
—¿Por qué tan tempranero?
No sé qué decirle. O no sabe de la llamada y yo me imagino cosas, o finge.
—¿No quiere sentarse conmigo? ¿Qué vamos a hacer uno frente al otro solos?
Acepto su invitación. Jalo la silla a su derecha. Es la de la señora. La vuelvo a su lugar.
—No, no Meñueco, allí está bien.
—De ninguna manera, es la de doña Ester.
—No importa.
—No, no.
Doy vuelta detrás de la cabecera, jalo la silla a su izquierda. Está medio desvencijada. Michaux lo nota.
—Mejor cámbiela por otra.
Clavo la mirada en sus medicinas sin querer. Se da cuenta.
—La vejez es un naufragio, Meñueco.
Sonrío. Pienso que las frases corren rápido. No puedo ir más allá. Mi mente está en otra parte. Se acerca la muchachita.

Pone con mano temblorosa un jugo frente a mí, el vaso está despostillado. Le suelto a Michaux sin más:

—Oiga, don Benigno —pienso que estoy por delatarme—, ¿qué tal es un Otilio Morayma?

—De lo peor —responde de inmediato. Se echa para atrás en su silla y levanta las cejas—. ¿Qué trae usted con él?

Hago una mueca. La muchachita me sirve café en un tazón enorme. Digo gracias fríamente. Me arrepiento. Recuerdo la consigna de la madre de Julio: trata bien a los que te sirven con las manos. Pienso en Petrita. Me molesta el recuerdo. Me esfuerzo en regresar a la voz de Michaux.

—Con él sí no trate, si me permite algún consejo.

—Por supuesto —le digo. Siento cierta tranquilidad.

—¿Por qué la pregunta? —me dice. Me quedo pensando hasta dónde debo ir.

—Me enteré que está azuzando a la gente —digo rápido para cubrirme—, parece que anda con armas y dicen que está metido en algo de droga.

—Lo de las armas no lo dudo, todos andan armados en San Mateo. Lo otro no lo sé.

—Y en Palomo ¿se puede confiar?

Lo miro a los ojos. Su mirada es de cansancio. Veo en sus ojos un arillo blancuzco que rodea un azul intenso.

—Palomo es un ladinito, lo que quiere es subir y tirar a Torreblanca. Lo odia aunque no lo diga. Pero hay sus diferencias entre Palomo y Morayma —no he dado un sorbo ni al jugo ni al café. Lo hago aprovechando un silencio que no sé muy bien para qué quiero quebrar. Miro el comedor desde ese sitio, que permite un total dominio—. Hay otros peores que Palomo, gente de la calaña de Morayma.

—¿Como quiénes?

—Hay un tipo Namorado, no recuerdo su primer nombre, a ése le gusta la balacera porque les vende las balas, él las trae. Y un tal Giordano, que ha dejado hijos por todas partes, de él sí creería que estuviera metido en algo de la droga porque tiene mucho dinero, Meñueco, dinero fácil, ya sabe usted, ese dinero que huele. De él si no dudaría que estuviera metido.

Veo entrar a esa viejita que me intriga. Lanza un buenos días con gran suavidad. Sé que la llamada de García Tamames rompió los cánones de la casa. Respondo con amabilidad. Pone un manojo de llaves frente a mi anfitrión.

—Don Benigno: ¿Torreblanca defiende a estos tipos?

—No, no, Torreblanca es honesto. Él cree en sus cosas, defiende a su gente. Ha causado muchos problemas, pero es un hombre de bien. Que no me oiga mi amigo Almada, pero esa es la verdad. Él debe ser el próximo alcalde. Probablemente allí se tranquilice. Pero Irabién no lo va a dejar. Imagínese entregar San Mateo a la oposición. Irabién va a querer sentar a Benhumea o Aréchiga, y entonces sí no se va a poder ni hablar en San Mateo.

Me entra prisa. Debo actuar con rapidez. Es cuestión de horas. Debo hablar con el gobernador. Debo hablar con García Tamames. Fernández Lizaur no me va a comprender ni a apoyar. De todas formas debo hablar con él antes. Darle las noticias. Enseñar los dientes.

—Don Benigno, ¿me permite su teléfono?

—Por supuesto.

Dejo el café caliente. Sé que algo intuye, disimula bien. Veo el reloj. Son las ocho diez de la mañana. García Tamames debe estar en casa. Marco el número. La conversación es brevísima. Veo pasar a Fernández Lizaur con amplia sonrisa de bien dormido. Pronto la perderá. Regreso al comedor. Michaux está a punto de levantarse, algo molesto por mi tardanza. Fernández Lizaur se ha ido a sentar a la otra mesa. Sus soledades son absurdas. Me acerco a él.

—Maestro, buenos días.

—Buenos días, Meñueco, ¿qué tal durmió?

—Mal, maestro, ¿y usted? —queda un poco desconcertado por mi respuesta.

—Yo muy bien. En San Mateo se duerme casi tan bien como en el pueblo en que nací —dice en tono de guasa que no puedo festejar. Camino a la mesa de Michaux. Fernández Lizaur no entiende.

—Don Benigno, ¿le puedo robar unos minutos?

—Sí, por supuesto —lo dice con cierto asombro. Está tomando sus píldoras.

—¿Le importaría si lo espero en otra mesa?

—De ninguna manera. Oye, niña, caliéntale el café al señor y llévale su jugo y su fruta a la mesa de don Santiago.

Algo de sol entra por la ventana. Siento las manos hinchadas por el poco sueño. Camino hacia la mesa de Fernández Lizaur. Él me mira serio mientras muerde cuidadosamente un pan dulce. Estoy tenso, pero emocionado. Hoy es el día en que tengo que demostrar si sirvo para algo en San Mateo. Mariana atraviesa por mi mente. Jalo la silla, también está floja de las patas. Pienso si no será un mal agüero. Desvío mi mente de la reflexión. La cambio por una de la mesa grande. Miro el mobiliario del comedor. Nada ha cambiado y sin embargo hoy lo veo aventajado.

—¿Qué le pasa, Meñueco? Tómese uno de esos almuerzos que tanto le envidio.

Guardo silencio. Lo dejo ir en su alegría matinal, que le durará unos minutos más.

—No, hoy mejor sólo unos huevos tibios, como usted acostumbra.

Veo venir a Michaux. Me entra desesperación por la lentitud de sus pasos. Por fin llega. Se incorpora a la mesa.

—¿Bien atendido? —pregunta a Fernández Lizaur.

—Como siempre, todo espléndido, don Benigno.

—Los interrumpo, señores —digo con seriedad—: hay una invasión planeada para hoy en la noche.

—¿Qué?

—¿Cómo?

—No me pregunten; lo sé.

—¿Cómo lo sabe? —dice Fernández Lizaur con impertinencia.

—No puedo decírselo. Usted tiene informantes, yo también.

La niña trae mi jugo y el café, doy un sorbo. Está demasiado cargado.

—Van a detener a Otilio Morayma, a Namorado y a Giordano.

Michaux voltea y me mira. No dice nada. Se lo agradezco.

—¿Quiénes son esos? —pregunta Fernández Lizaur.

—Morayma, hasta donde sé, y le pido que me corrija si me equivoco —digo a Michaux involucrándolo—, es el segundo de a bordo de Palomo y anda instigando la invasión. Eso lo sé con certeza —Michaux mueve la cabeza como asintiendo con dificultad—. Los otros dos de líderes tienen poco y pareciera que más bien son delincuentes. Palomo ha aceptado la invasión.

—No puede ser —dice Fernández Lizaur.

—Así es, maestro, y en el asunto van a arrastrar a Torreblanca.

—Eso es lo que quiere Palomo —dice Michaux y mueve su bigote blanco. Pienso que usa dentadura postiza y se le nota.

—La tropa viene para acá. Debe estar por llegar.

Fernández Lizaur avienta la servilleta sobre sus piernas y dice:

—Estamos igual que cuando comenzamos. Detenga a la tropa, son unos asesinos —levanta la voz. Me señala a la cara con el índice.

—No puedo hacerlo, maestro —debo guardar calma—. Usted quiere que les pongamos tapete rojo y les dejemos hacer lo que quieran.

Pienso en esa primera persona del plural. Elía viene a mi mente. "¿Quién va a resguardar la legalidad en San Mateo? ¿Valtierra y sus tres policías? ¿Nosotros?" Lo miro a los ojos. Fernández Lizaur guarda silencio. Poco después dice:

—¿Qué tan grave es el asunto?

—Mire: van sobre las tierras de Berruecos y de Almada —los dos me miran a la cara. Estoy seguro de que mi relación con Mariana atraviesa sus mentes. También la mía.

—Berruecos tiene gente armada. De llegar allí va a haber muertos. La alcaldía no tiene cómo controlarlos —dice Michaux—. Hay ocho policías mal comidos, mal pagados y coyones, que sólo sirven para hacer más lento el tránsito en las esquinas.

—Estamos metidos en una trampa. Nosotros mismos la creamos.

Al momento de decirlo me doy cuenta. El argumento es irrebatible. Recuerdo la conversación en que se comentó al respecto. Sin embargo, yo no lo comprendí en ese momento. Sólo ahora recapacito sobre la oportunidad que aprovechan, sobre nuestra indefensión. Estoy pensando en eso cuando escucho:

—A los que hay que controlar es a la tropa —dice Fernández Lizaur.

—Discúlpeme, maestro, hay que controlar a todos. La tropa no está aquí por gusto. Cometen arbitrariedades indefendibles, pero ellos no crearon el lío de San Mateo. Siempre les toca sacar las castañas del fuego. Ni santos ni mártires, simplemente soldados en acción. Hay que enseñar los dientes para no tener que morder —lo digo con gran naturalidad y pienso que nadie puede refutarme el plagio—. ¿Qué proponen? —digo con cierto reto. Fernández Lizaur guarda silencio. Creo que medita sobre la responsabilidad que tenemos ante nosotros. El juego del pozo y el reparto de frazadas y comida no sirvieron de nada.

—Hablemos con ellos —dice Michaux.

—¿Con quiénes? —pregunta Fernández Lizaur.

—Con todos —respondo de inmediato—, es lo que también he pensado, don Benigno, pero por separado —Fernández Lizaur deja el tenedor sobre el plato como en señal de respeto a la conversación—. Maestro —le digo con suavidad buscando recuperarlo después del golpe—, ¿podría usted reunir a Zendejas, a Torreblanca y a Palomo urgentemente? Le pediría que me apoyara.

Queda en silencio. No se compromete. No niega. Michaux me mira fijamente. En ese momento tengo más vigor que él. Creo que ambos lo reconocen. Tengo la información, voy un paso adelante.

—Don Benigno —me dirijo a él aún con mayor suavidad—, ¿le podría pedir que llamara a Almada, a Berruecos y a su vecino, cómo se llame?

—Arredondo —dice Michaux.

—Eso es —asiento.

—Se llevarán unas horas en llegar.

—Explíqueles que es urgente.

—Por supuesto —dice molesto y mira su reloj sin en verdad leer la hora—, pero de todas formas se llevaran unas horas. Quizá después del mediodía.

—Yo me encargo de la tropa. Debo hablar con Irabién... —me interrumpe Michaux:

—Hágalo después de hablar con todos. Ese hombre es capaz de provocar el enfrentamiento para poder irse contra Torreblanca y su grupo.

—Así lo haré —lanzo aceptando su consejo. Busco hacerle sentir mayor confianza hacia mí. Tomo mi jugo de un trago—. Don Benigno, discúlpeme si le dejo hoy el almuerzo, pero no tengo hambre —Michaux voltea y asume su papel de anfitrión del hostal.

—Niña, recógele el plato al señor.

XXXI

"Se ha instalado la carpa. Tú, Manuel, eres actor principal. Los reflectores esperan. Yo también seré estrella. El público seremos nosotros mismos. A la función llamaron diciendo: *Hoooy señooores, funciooón del gran CIRCO DE LAS FANTASÍAS. Elía y Manuel, Manuel y Elía en sus más riesgosas peripecias. Nooo se lo pierdan. Costo del boleto: honestidad.*

La función va a dar principio. En un circo, ilusión y realidad se mezclan. Hay riesgos que asumo. Mío será el primer acto.

Elía parece feliz y rozagante, ágil, dando largos brincos. Los reflectores la buscan en su incansable espectáculo. Primera suerte, será un acto sencillo. Nadie de su familia lo logró, no lo intentaron. Elía sube ahora la escalinata. Va hacia el trapecio. El acto será sin red. Deberá lanzarse hacia aquellos brazos que la esperan oscilando de un lado a otro. Señoras y señores, es Manuel quien sonriente la aguarda. Elía toma el trapecio se deja ir, segura de sí misma. Empieza a encontrar su ritmo. La suerte se llama dejar de ser pueblerina. Miles lo han logrado, será sencillo para Elía. Allí va. Se mece suavemente, se arroja y... toma el brazo de Manuel, pero un brazo queda en el aire, señores y señoras, eso demuestra los riesgos de la actividad circense.

Hoy ha llovido todo el día. Octavio hace días no me visita. Hoy no tendría sentido. El vientre se me desgarra. Siento cómo trozos de mí se desprenden. Entre calor y ardor. Buscan salida. Después del dolor hay un cierto alivio. Me he visto al espejo demacrada, blancuzca. Tú identificabas mis días con precisión asombrosa. Me los anunciabas. Me daba coraje. No mirabas el calendario. No llevabas la cuenta. Pero una reacción mía, el tono de una respuesta. ¡Cómo me reclamaste respuestas fuera de tono! Incluso por mi aliento me decías: ya te vas a enfermar. Recuerdo que en algún arranque te dije no es enfermedad, así soy. Me miraste con compasión que incrementó mi enojo. Hoy me veo a punto de resbalar en mi suerte. ¿Lo logré, Manuel? ¿Tú qué crees?"

XXXII

Recibo tus líneas, Elía. Algo ha cambiado en ti, en tu intención. Leo tu cuento. ¡Increíble! En San Mateo tengo tiempo de sobra hasta para tus cursilerías. Hemos conseguido que nos reserven periódico. Fernández Lizaur lee poco (tiene un problema serio en los ojos), pero padece del mismo vicio. Ya ves cómo no somos pocos. Leer el periódico es parte de la vida. Vivimos varios días atrasados del mundo. Pero eso no pareciera hacer mella ni al mundo ni a nosotros. De los campesinos, de los reales, sé que siguen asentados como amenaza latente para la capital. Hoy me topé con dos notas que todavía estoy digiriendo. Ésta la encontré perdida en una página interior.

SAQUEAN FURGONES QUE TRANSPORTAN ALIMENTOS

Cecilio Salas, corresponsal.- En el transcurso de las últimas semanas, varias decenas de familias que habitan sectores paupérrimos de la zona del altiplano se han visto obligadas a colocar durmientes sobre las vías de ferrocarril para detener su marcha y saquear los furgones que transportaban granos. Estos actos fueron considerados ayer por el jefe de los servicios especiales de ferrocarriles como "atracos de bandas de delincuentes bien organizados".

Sin embargo, el mismo hecho fue explicado como "producto de la crisis económica que afecta al país, y principalmente a los sectores campesinos de la zona semiárida y árida".

Se afirmó que lo están realizando familias enteras (hombres, mujeres y niños) del poblado de Bocas, no es un caso aislado en el estado ni el país, toda vez que la crisis ya está dando sus primeros frutos, "y no es nada lejano el día en que el estallido social se materialice, y éste se iniciará muy probablemente en el campo", se advirtió.

"El pueblo no entiende de medidas correctivas a la economía, es más, no entienden siquiera lo que es economía. Sólo ven si tienen qué comer o no; y esto es lo que regula su patrón de conducta", explicó más adelante el delegado del partido oficial.

Por su parte, el jefe de los servicios especiales insistió en que los saqueos colectivos en la zona del altiplano "obedecen a los actos vandálicos de delincuentes bien organizados, quienes extraen hasta dos toneladas en cada acción, principalmente de maíz y frijol".

Advirtió que el cuerpo especial de vigilancia ya está tomando medidas para frenar los actos de "delincuentes".

Por otra parte, un dirigente campesino advirtió que de no tomarse medidas adecuadas para aumentar el rendimiento de los recursos económicos de los campesinos "no sólo se corre el riesgo de propiciar el cultivo para el autoconsumo, sino el abandono de las tierras y su consecuente erosión y pérdida, producto del olvido. Algunos pueblos parecen verdaderamente fantasmas ahora y se debe evitar que proliferen".

La segunda no tiene que ver con campesinos. Tiene que ver más bien con la pareja, con ese laberinto que tú y yo hemos construido cuando para otros es un trámite más. Te la envío para el registro:

Miles de parejas contrajeron matrimonio en una ceremonia en masa efectuada ayer en la población de Yongi, al sur de Corea del Sur. Los aproximadamente 13,000 contrayentes se conocieron pocas horas antes de la boda por intervención de Sun Myun Moon, jefe de la Iglesia de Unificación.

¡Qué tal! ¡Para qué conocerse!

XXXIII

"Siempre me han llamado la atención los cohetes. Me producen cierto espanto. Tú lo sabes. No logro acostumbrarme a que del cielo brote sorpresivamente un estruendo. Allá en nuestro pueblo, por fortuna, los cohetes llegaron tarde. Pero en casi todo el país los poblados se hablan entre ellos con cohetes. Mi caravana tenía que festejar con cohetes."

Allí donde el cielo atendió a Altagracia, allá donde la caravana detuvo su marcha, se vino la fiesta del ruido. El júbilo por esos riachuelos que a la tierra untaron de humedad dio el motivo para la fiesta. Mostrar su felicidad con ruido fue la consigna en la caravana. Eran cuatro los que alistaron las cápsulas de fiesta.

Encerrados en lugares rodeados de lejanía prepararon, con extraños polvos, pequeños suicidas que irían al aire a volverse aire y provocar un estruendo que rebotaría de monte en monte, por cañadas y valles, anunciando el júbilo por la lluvia. Los campesinos, que del grano viven, tenían por costumbre participar al cielo su alborozo, anunciar a pueblos vecinos una fiesta de corazones, gritar al desconocido con sordos cantos la felicidad que los visita. Fue tal la alegría que se apoderó de ellos que pidieron se elaborara el mayor estruendo habido. Los instruidos mezclaron cada vez más peligro que quisieron llevar a cápsulas suicidas. Hasta que un día se oyó con cercanía lastimera un aviso. Fueron todos a mirar el lugar del estruendo y nada encontraron. Pasó el tiempo. El fabricante había desaparecido ante la incógnita de muchos que lo aguardaban. Después se supo que había ido al aire sin quererlo en uno de sus avisos. Tan potente, tan enorme fue la carga, que se lo había llevado consigo por ser sin duda el más grande aviso fabricado en su vida. Se recuerda aquel estruendo como único y sin lamentos. Se cuenta su historia, que no fue la única, con risa. Hubo otro que vio sus brazos hacerse ruido. La caravana sabe de dos a los que visitó para siempre la sordera después de aquella fiesta. Entregaron su oído a la fiesta, que duró varias noches. Fiesta repleta de imágenes de piedras, de hierbas y rezos. Por los montes, golpeteando, fueron esos avisos de estruendo sorpresivo que se multiplicó una y mil veces en eco infinito. Gritaban que el agua había llegado, que la tierra se surcaba, que el grano se tendía. Los montes se cimbraron, los valles también lo supieron, los pueblos lo escucharon. Las cañadas por fin callaron en noches que tuvieron humedad suficiente.

"Manuel, tú sabes que la historia es verdad. Te la recordaré. Hubo un cohetero, allá en el pueblo debajo de la peña, que murió así. La historia es macabra. Vivía solo. Era alcohólico y se desaparecía por temporadas, dos semanas, un mes fuera de casa. Después se aparecía a trabajar mientras duraba su sobriedad. Cuando vino la explosión la gente acudió de inmediato. No encontraron rastro de él, ni mancha de sangre, nada. La gente pensó que por fortuna estaba ausente y que la pólvora había explotado por el calor. Pero días después comenzaron a caer por aquí, por allá, trozos de cuerpo que habían quedado prendidos de los árboles, un codo, un pedazo de pie. La gente aún lo cuenta como algo gracioso. Yo no puedo olvidarlo. La caravana tenía que festejar con ruido. Como dijera el poeta, sólo lo imaginado es real. Qué locura, Manuel. Hoy podría verte."

XXXIV

Llego a casa de Zendejas. Es mediodía. El sol ha calentado la lámina del automóvil. Fernández Lizaur me insistió, casi al grado de la fricción, en ir él antes al lugar. Sentí cierta inquietud de que el viejo fuera a descomponer la situación aún más. Una indiscreción, un arranque podrían impedir un acuerdo. Volví a llamar a García Tamames para que fueran fuerzas federales las que aprehendieran a esos individuos cuya cara nunca vi. Se molestó de que no hubiera yo llamado a Irabién. No le dije que no lo haría sino hasta en la tarde. Supe que un helicóptero llegaba a San Mateo. Supuse serían los agentes que habrían volado temprano de la capital del estado. Se abre la puerta. Allí está esa mujer baja y enjuta, descalza. Digo un buenos días que ella no responde. Me conduce a través de extraña e incómoda vereda formada por piezas de barro a través de un jardín medio selvático. Unas piñanona añejas trepaban alrededor de un hule que exhibía sus hojas brillantes. Vi en sus talones callosidades enormes. Me molestó. Entro a una sala donde las bancas están incorporadas a la pared. La mesa de centro está muy retirada. Veo a Zendejas. Se para con parsimonia y sin más me dice:

—Siéntese.

Sentí que debía tomar la iniciativa y ser claro con aquel hombre que me había dado una primera lección de parquedad. Me mira a los ojos como esperando una explicación.

—Le vengo a pedir su ayuda, de nosotros depende que no haya sangre.

—¿De ustedes? —me responde molesto—. ¿Quién quiere a la tropa de regreso?

—Nadie, pero tampoco nuevas invasiones.

—No ha habido nada.

—Pero está planeada para hoy en la noche, planeada por sus amigos.

—Torreblanca no sabe nada —dice Fernández Lizaur.

—Pero Palomo sí —lanzo yo. Se quedan callados. Seguimos de pie. Me percato de que Fernández Lizaur ha dejado su boca abierta. Su amistad con Zendejas viene de mucho tiempo. Lo siento en sus miradas.

—Son invenciones suyas, Meñueco, cuentos para justificar que regrese la tropa. ¿De dónde lo sabe? —pregunta Zendejas.

—Usted verá si es cierto o no —subo los hombros y evado la pregunta. El silencio se apodera de la habitación—. No estoy jugando, señor Zendejas —le digo con tono severo.

—Siéntese —dijo con suavidad—. ¿Le ofrezco algo?

Tenía hambre, pero pedí un café. Sale a buscar a esa mujer. Fernández Lizaur, quizá presionado por el silencio, me dice:

—¿Y a qué horas es la reunión?

—Cuatro y media —respondo con sequedad.

—A la hora del calor —dijo haciendo un comentario que no venía al caso.

No respondí para acentuar su error. Regresa Zendejas. Le digo:

—La tropa vigilará la zona; mi compromiso es que no haya agresión, pero no les puedo pedir que no se defiendan. Saldrán en cuanto no haya amenazas.

De pronto los tres volvimos la vista. Vi la cara de Lácides Torreblanca. Venía con las mismas botas de caminar, un pantalón de mucho uso, bien lavado y una camisola azul pálido medio luída. Me saluda sin decir palabra. Es afectuoso con Zendejas, a quien da un cariñoso apapacho con la mano en la que lleva el sombrero. Detrás viene Martín Palomo con una mirada oculta, mirando al piso. Lleva unos bolígrafos en su bolsa y un reloj dorado que ya enseña la mala calidad de sus metales. Lo miro con detenimiento. La mujer pone tazas de café de la propia cerámica de la casa. Me llama la atención que todas sean distintas. Dos de ellas rotas. Pone también una jarra con agua de fruta. Pienso que ellos no consumen sus propios productos. Serían desechos cuando más, de ahí las diferencias. Nos sentamos de nuevo en las incómodas bancas de mampostería con un cojín. El cojín se mueve. El cuarto está pintado de blanco. La sensación de las manos rugosas de los dos hombres se quedó en mí. Pienso que debo intervenir.

—Quise hablar con ustedes... —me interrumpió Torreblanca:

—¿Qué pretende, Meñueco? Acaban de detener a un compañero —comprendí que no podía permitir que Torreblanca ganara espacio. Curiosamente, a él lo defendíamos.

—Y faltan dos más.

—¿Por qué, quiénes? —escucho cómo Fernández Lizaur golpea con ambas manos sus piernas, lo cual introduce mayor tensión.

—Ya se enterará —le digo—, los tres por posesión ilegal de armas y uno quizá por cultivo de enervantes.

—Lo que quieren es descabezarnos. Usarán cualquier pretexto o lo inventarán —pienso en García Tamames y su comentario sobre las detenciones.

—No, al contrario, queremos proteger a las buenas cabezas, como la suya —le dije en tono casi de advertencia—, no vamos a permitir que rompan de nuevo la legalidad.

—¿Quién la ha roto? —lanza Torreblanca en tono agresivo.

—Hasta el momento nadie, pero sin su intervención serán ustedes, hoy en la noche, y entonces sí, yo ya no podré hacerme responsable de lo que venga.

—¿De qué habla usted, Meñueco? —me espeta Torreblanca.

—Pregúntele al señor Palomo.

Torreblanca vuelve el rostro hacia Palomo. El sujeto se sacude levemente y con gran calma le dice a Torreblanca:

—No sé a qué se refiere, Lácides.

Sentí que era el momento de lanzar la estocada:

—¿Seguro, señor Palomo? ¿Cómo va a ser? ¿O ya no se acuerda usted de sus planes con Otilio Morayma para hoy en la noche? —Fernández Lizaur me mira asombrado. Zendejas permanece en silencio, con cautela. Torreblanca observa fijamente a Palomo—. Platíqueles —mi tono es retador— que están de acuerdo en que hoy en la noche la gente se lance contra las tierras de Almada y Berruecos —Palomo me mira con intriga. El coraje lleva brillo a sus ojos—. Si eso ocurre, les garantizo la sangre y el regreso definitivo de la tropa. No es amenaza, es descripción de algo que ni ustedes ni nosotros podemos evitar.

—Dime, Martín —dice Torreblanca, molesto—, ¿qué se traen?

—Nada, Lácides, por Dios.

—Mire, Palomo, yo no soy creyente, pero uno de los mandamientos ordena no utilizar el nombre de Dios en vano, si no mal recuerdo. Además, usted sabe que está... —no sabía cómo reaccionaría aquella gente ante la palabra mintiendo, así que cambié mi curso—. Nosotros hemos cumplido —me dirigí a Zendejas—, la tropa salió, es Valtierra quien está en la alcaldía, se trajeron alimentos y se está perforando un pozo.

—Faltan las elecciones limpias —arroja desde su débil figura Fernández Lizaur. Me molesta el comentario, pero trato de comprender su situación.

—Faltan las elecciones, pero con los planes de Palomo y Morayma dudo que podamos convencer a Irabién de permitir que Torreblanca llegue a la alcaldía —Torreblanca me mira. No podía ser yo más claro. Entendió perfectamente cómo lo había involucrado. Tenía que cerrar—. Lácides —dije a quien nunca había llamado por su nombre—, platique usted con el señor Palomo. Yo no puedo evitar la entrada de la tropa a la zona el día de hoy, ni les puedo pedir que sean presas en la cacería. Podríamos ver la posibilidad de que liberen a los detenidos pues aquí, por desgracia, casi todos andan armados. Podríamos también pedir que la tropa salga rápido, pero ustedes tienen que prometer —miré a Fernández Lizaur para incorporarlo— que no habrá invasión. Ya vienen las tierras de Fuentes y ustedes lo saben. No entiendo, Lácides, por eso no entiendo —el hombre quedó callado—. Nosotros vamos a ir a comer a la casa de Michaux. Platiquen y por allá los esperamos para el café —me paro. El café ni siquiera había sido servido. Tenía una sensación de vacío en el estómago—. ¿Me regala un poco de agua? —dije para suavizar las cosas.

—Adelante —contestó Zendejas. Bebí un vaso y el líquido calmó mi estómago. Me dirijo a Fernández Lizaur. Le digo en tono casi ceremonioso:

—Maestro, ¿nos vamos?

Fernández Lizaur se levanta con trabajo. Su retiro era un triunfo. Camino en dirección a la puerta. Escucho la voz de Zendejas:

—Los acompaño.

—No se moleste, conocemos el camino.

Zendejas regresa ansioso a ese cuarto. Fernández Lizaur y yo caminamos en silencio. Veo una llamarada colgando de un extraño arco metálico. Recuerdo que a Elía le gustaba por su color. Observo una extraña planta, revestida de unas flores pequeñas y carnosas, moradas con pistilos rojos. En la oscuridad de la entrada tuve que bajar la cabeza para descifrar cómo podía reaccionar a aquella vieja chapa. El lugar estaba fresco. Fernández Lizaur trató de auxiliarme, pero era aún más inútil que yo y se dio cuenta. Por fin logré abrir. Salimos al sol. Sentí con molestia cómo me deslumbraba. Recordé haber dormido mal. Dimos unos pasos. Le abrí la portezuela del automóvil. Se subió lentamente. No permanecí para cerrársela. Sabía que le molestaban los actos de amabilidad, pues sin quererlo señalaban sus debilidades. Subí al automóvil ardiente con cierta inseguridad disfrazada. Escuché al instante:

—Estuvo usted muy bien, Meñueco.

—Gracias, maestro —le respondí—, algo le he aprendido.

—Por favor —dijo en tono de autodesprecio. El comentario me alentó. Encendí el auto.

XXXV

"No he recibido líneas tuyas. Ayer se me desgarraba el vientre, pero también la entraña. Octavio me mandó una nota. Es cariñoso. Me habla de un pendiente. Intuyo lo que debo intuir. Me pide tiempo. Yo no he tenido ánimo últimamente para amarlo. Ahora lo pienso. Seguramente mi vientre me domina. Eso dirías tú. Promete regresar. Regresará esa parte de él que supongo debo compartir, esa que nunca será mía, esa carne que he gozado, esa presencia mesurada que agobia. No he ido a la Academia. No quiero verlo. No sé siquiera si esté allí. Hoy el pueblo de nuevo está triste. O será acaso que yo lo veo triste. Otro día te hubiera escrito de las bondades y hermosuras de la niebla. Hoy no puedo mirarla porque me absorbe. Mi circo de ayer me dejó meditabunda. Hoy quiero presentar tus fantasías."

Y ahora señoras y señores el gran Manuel y sus acrobacias celestes. Manuel se mece con ritmo. Intentará el lance de pueblerino capitalino. Lo hará solo. Allí va, se suelta, vuelta y media, señores y señoras, de inmediato ha tomado el paso de su nuevo trapecio, no hubo, ustedes son testigos, la menor inseguridad en esos movimientos. Ahora, señoras y señores, intentará una voltereta, también solo, de pueblerino a culterano, allí va, depende de la universidad, se prepara, compra libros, clasifica discos, ve cine, respira profundo, conversa con gracia, está casi listo, eso solamente él puede saberlo. Estemos atentos, en cualquier momento ejecutará el difícil acto. Toma vuelo y se lanza, escucha a Haydn, a Sibelius una y otra vez, Hegel, Kelsen, él vuela por los aires, conversa muy activamente, aparecen porcentajes, más porcentajes, ejercicios para cello, concierto para corno, se escuchan nombres de cineastas mientras él se enfila directamente a su objetivo y, señores y señoras, lo ha logrado. Un aplauso por favor.

"Discúlpame, Manuel, te tengo coraje. La mujer sencilla que reclamó sencillez te tiene coraje y escribió con saña."

XXXVI

Fue humillante. Es lo único que te sé decir. Llamó Aurelia, *mi femme de chambre*, como tú la llamas. En realidad es mucho más que eso. Quizá lo digo porque ahora soy consciente de lo injusto que fui, he sido, soy, con Petrita y quienes atienden con las manos. Ya empecé de nuevo. Hoy no quiero flagelarme. Aunque en verdad fuiste tú la que puso eso en mi mente. Elía, esa mujer nunca llama, es cuidadosa, ahora lo hizo. Un problema muy concreto la obligó: dinero. La gerente del banco, mujer por cierto, llamó. Los recursos se han ido. Claro, era lógico, cuatro meses de descuido y la tonta idea de que todo se resolvería, así, fácilmente, como siempre. ¿Por qué lo pensé? Que absurdo. Porque todo habría de resolverse, incluso eso. Fue tan abrupto. No toqué el tema con Gonzaga. Lo miré como algo pedestre. Ese asunto debería simplemente no existir para burócratas de altura, dirías tú burlándote. Pero recuerdo lo que decía Jaurés, el político debe estar por encima de sus necesidades. Yo no lo estoy, por lo visto. ¿Quién dijo que era yo político? Bueno, no sé contra quién argumentó. Siempre me reclamaste mi displicencia con los dineros. Yo a ti tu castrante terrenalidad. En fin, para qué discutimos, de nuevo el plural, con quién diablos discuto. No entiendo ya nada. Llamé a García Tamames, ¡yo pidiendo dineros! Verdaderamente humillante. Ya te podrás imaginar, discúlpeme que lo moleste con asuntos tan viles señor viceministro, pero resulta, resulta, resulta que necesito dinero, Meñueco, no se preocupe, déjeme tratarlo con el ministro, no señor, no creo que sea para tanto. Llamadas fueron, llamadas vinieron y yo pensando pues de qué quieren que viva uno, acá estoy refundido en San Mateo, es cierto, ellos cubren los gastos, pero lo demás, ¿de dónde debe salir? Por fin la última llamada.

¿Qué te imaginas? Sí, que le hablara yo a Alfonso, que el salario saldría de allá por no sé qué pretextos. Ahí me ves llamando a Alfonso, quien, por supuesto, faltaba menos, se tardó en tomar la bocina en acto de demostración de autoridad, así lo interpreto, por lo menos. Su tono fue, creo, de burla, cómo estás mi querido Manuel, te extrañamos por acá, qué dice la actividad política, sé que siguen las cosas muy tensas por allá, ¿verdad? Voy yo: oye Alfonso me dieron instrucciones del Ministerio del Interior de remitirme a ti para ver lo de mi sueldo. No sé nada Manuel, yo creo que eso debe salir del partido, yo no tengo recursos. Por allí se fue. Al fin y al cabo me van a pagar de las arcas federales, pero de mala gana y obligándome a revolcarme por un sueldo al cual me acostumbré y necesito. Se me vino a la mente mi catálogo de miedos. Creo que te lo envié. No lo recuerdo muy bien, pero no creo haber cambiado tanto. Continúa el catálogo.

Tengo miedo a quedarme entre dos mundos, entre la cómoda ficción de oficina en la que tanto tiempo de mi vida dejé y en algo añoro, lo admito, y esta realidad que todavía no sé cómo clasificar (superrealidad, hiperrealidad, subrealidad o simplemente realidad), este nuevo mundo tan lejano al mío en el cual la rutina burocrática se acabó, el comentario inteligente, o por lo menos informado, dejó hace tiempo de tener sentido. Fernández Lizaur, busca reseñas de libros, concentra su poca fuerza visual en asuntos de largo alcance. Michaux recibe el único ejemplar seguro del diario nacional pero rara vez lo lee, en fin, yo tengo miedo de que las nuevas pasiones no me llenen. ¿Cuáles son esas nuevas pasiones? Las que tuve se resquebrajan y tú, Elía, y las cartitas y cuentitos son en parte culpables de ello. Las nuevas pasiones no las veo con claridad, definidas. No soy nadie en el país. Desaparecí. Aquí soy personaje, pequeño personaje. Otra vez dos mundos. Mariana me da miedo porque no es mía, porque no la gobierno. Claro, ya te escucho, eso fue lo que nos destruyó, tu intento por gobernar mi vida. Creo que estoy pesimista el día de hoy, me tengo miedo, ¿sabes?, tengo miedo de no encontrar dónde anclarme. Estoy solo, sin mujer, sin familia. Perdón por el orden. Fernández Lizaur. Él la llama por teléfono con frecuencia, se queda a largos ratos sentado, muy erguido, eso sí, frente al incómodo escritorio de Michaux. Ahora también tengo miedo a perder mi capacidad inmediata de consumo. La seguridad del ingreso se ha roto. ¡Qué cómodo es recibir tu salario sin que eso esté en duda! Michaux se ocupa de las cuentas de la Quinta. Su nombre es inevitable en San Mateo. Tiene a doña Ester. Su mundo está completo a pesar de que no tuvieron hijos, según he entendido. Por las mañanas se sienta un par de horas y a él llegan hombres con papelitos entre las manos. Él cambia el tono de su voz, yo lo he escuchado; actúa como patrón, es patrón. Después tiene todo el día para sí, para gozar esa cadencia pueblerina en la cual nosotros somos una alteración. Pensándolo bien es bastante cómoda su posición. Además es independiente: es patrón de sí mismo. Eso es inteligencia, me dirías tú, o quizá no me dirías nada. No lo sé ya. ¿Será que me estoy imaginando a esa mujer que ya no existe? ¿Será acaso que inventé a esa mujer? Fernández Lizaur no gasta un centavo. No sale de la Quinta Michaux. Está en esa condición vital en la cual pareciera requerir cada vez más menos. Su ropa no se ensucia, por lo menos eso aparenta, trajo consigo varias enormes novelas, una de ellas en francés. Sin ser pedante deja sentir su superioridad cultural. Eso también me duele, la mía NO ES CULTURA, con mayúsculas, es culturita cuando más. Hoy me duele el orgullo Elía, me duele por todas partes. Él come como pájaro, un vaso de leche, una pieza de pan; bebe de vez en vez una copa de vino que disfruta enormemente, dos, tres, pero nada más, una cerveza que saborea y con la que se entretiene una hora. Sus anteojos parecieran haber estado sobre su nariz toda su vida y no corren ningún peligro, es como si sus necesidades se hubieran achicado, salvo sus medicinas, eso lo he notado, esos pequeños frasquitos que están encima de la mesa de noche, esos quizá sean los imprescindibles para él. ¿Qué te parece?: de burócrata acomodado, con sueldo pero sin quehacer, a desempleado entretenido. Mis miedos no tienen límite. No puede haber catálogo para ellos.

XXXVII

"Romárico Seanez, químico" fue lo único que pronunció al descender de la barcaza. Su semblante era blanco papel. Respondía temeroso al llamado de ultramar para instalar un lugar que de la madera hiciera telas, blancas y quebradizas, pero perdurables para poder en ellas plasmar líneas. "Romárico Seanez, químico", y extendió una mano débil, blancuzca y sudorosa, que fue a estrechar la de Omar Sadot, que rezaba a la madera viva antes de tenderla al suelo. Omar Sadot escribió al mundo sin conocer las letras. Solicitó un químico sin saber lo que química era. "Omar Sadot, maderero", y saltó al aire una mano oscura y pulcra, firme y noble. El químico había llegado.

Del tal Seanez, Manuel, no puedo decir nada. Entraba en mi casa varias veces por semana, amable y formal. Desayunaba, comía. Recuerdo su rostro, pero por más que trato de obtener su perfil, sus trazos para mi cuento, como que se desvanece. Se desvaneció de nuestras vidas. Fue socio de mi padre hasta que se fue. Después el químico simplemente desapareció. No existe en mi recuerdo. Tú sabes que en mi cuento hay personajes que ya escaparon de los registros de mi memoria, cobraron vida en el cuento. Otros, en cambio, tienen más vida en mi memoria que en la fantasía. Pero Seanez existió, fue real su historia y su aventura, conviví con él de niña mucho tiempo y no tengo nada que decir. Se volvió riquísimo, eso también lo recuerdo. ¿Qué fue del químico, Manuel, lo recuerdas?"

XXXVIII

Algo me llamó la atención a la izquierda. Vi entrar a Nicolás Almada. Venía con unos zapatos claros, un pantalón beige de gabardina y una cazadora delgadísima. En la mano izquierda llevaba un sombrero, similar a un Panamá. Michaux de inmediato se levantó. Nosotros tomábamos el café.

—Buenas tardes —dijo con parquedad.

Me incorporé sin quedar totalmente parado. Detuve la servilleta con la otra mano. Sentí un apretón fuerte en la mano. Lo miré a los ojos. Pensé en ese momento que Nicolás Almada estaría viendo al pretendiente, quizá al amante de su hija. Me pregunté qué tanta confianza se tendrían, cómo sería la relación entre ellos.

—Señor Almada qué gusto verlo de nuevo —dije agravando artificialmente mi voz para dar formalidad al momento. Almada saludó después a Michaux con ese afecto que casi lleva al desprecio.

—Benigno, cada vez más viejo, en cambio mírame a mí —Michaux no siguió la guasa. Almada extendía la mano a Fernández Lizaur. Fernández Lizaur miró a Almada detrás de sus espejuelos; no hizo un esfuerzo por pararse.

—Buenas tardes —dijeron al unísono. Miré a Fernández Lizaur junto a aquel hombre de elegancias campiranas.

—Mi hija me ha hablado de usted —dijo Almada con suavidad. Fernández Lizaur no hizo comentario.

—¿Un café, Nicolás?

—No, gracias, tú no sirves buen café.

—El tuyo es muy caro —dijo Michaux para defenderse.

—¿De qué se trata esto, señores? —dijo. Intervine para marcar el paso:

—Yo preferiría que esperáramos al señor Berruecos y al señor Arredondo. Deben estar por llegar.

—Ah, ese par también viene, caray, debe estar duro el asunto.

Justo en ese momento aparecieron dos individuos en la puerta. Berruecos, con el pelo entrecano y chino, con una chamarra de zíper sobre los hombros. El otro un poco más bajo y fornido, con una nariz aguileña y una camisola blanca. No alcancé a ver sus zapatos pero me pareció, por el ruido, que ambos calzaban botines. Michaux hizo las presentaciones. El segundo era Arredondo. Sus caras se volvieron inexpresivas cuando vieron a Almada. Quedé sentado a la derecha de Michaux, quien dijo:

—Niña, pon la jarra de café sobre la mesa, déjanos solos y cierra la puerta.

Berruecos y Almada intercambiaron algunos comentarios sobre ganado, sobre un toro en particular y su potencia reproductora. Esperé a que se hiciera silencio total. Michaux me dio la entrada.

—Aquí están con nosotros un viejo amigo de la zona, don Santiago, y el señor Meñueco, enviado del ministro Gonzaga, con el fin de mediar en los conflictos de San Mateo. Sin embargo, el señor Meñueco tiene algo bastante preocupante que decirles.

Expuse los pasos dados. Hablé del acuerdo y dije que gracias a la ascendencia de Fernández Lizaur habíamos logrado disminuir un poco la tensión. No dije nada de las tierras de Fuentes. Miré a cada uno a los ojos. Al llegar a Berruecos, éste bajó la cara y miró a la mesa.

—... pero por desgracia todo puede desmoronarse en unas cuantas horas.

—¿A qué se refiere? —me lanzó Berruecos con una curiosidad evidente.

—Uno de los lugartenientes, por llamarlo de alguna manera, de Torreblanca ha permitido que otros azucen a la gente y quieren lanzarse contra algunas propiedades.

—¿Cuáles? —dijo Almada de inmediato.

—No lo sé don, Nicolás —le dije en tono convincente—. Pero no lo vamos a permitir —me molestó el plural y pensé en Elía y en las múltiples ocasiones que me criticó ese plural de los burócratas.

—La tropa está de regreso y van a patrullar la zona. Además, se ha detenido a tres de los cabecillas y Torreblanca se comprometió —sentí la mirada de Fernández Lizaur sobre mí, me dio gran temor que fuera a delatarme— a desmontar cualquier... —Berruecos me interrumpió:

—¿Y usted le cree a ese agitador? Si vive de eso, de provocar miedo —pensé que había sido conveniente no mencionar que parte del acuerdo eran elecciones limpias y que yo estaba convencido de que ganaría Torreblanca.

—Sí, sí le creo —dije en tono retador. No podía permitir que echaran abajo a mi otro interlocutor.

—¿Y qué quiere usted de nosotros? —lanzó Arredondo, como sacando la conversación del atolladero.

—Sé —dije con seguridad impuesta— que en sus propiedades hay guardianes armados.

—No en la mía —dijo Almada. Le creí de inmediato, de hecho creía saberlo, pero de pronto ya estaba encima la expresión de Berruecos.

—¿Seguro, Nicolás? —traté de mirar los ojos de Almada. No lo conseguí. Me atrapó la duda.

—La petición del ministro del Interior —retomé la marcha de la conversación— es que hoy en la tarde nos entreguen, en custodia y con la garantía de nuestra absoluta discreción, el armamento de su gente. En caso de haber cualquier intento de tomar tierras, ustedes recibirán la protección... La protección que por ley merecen. Nuestra palabra está de por medio —Berruecos casi no esperó a que yo terminara.

—¿Usted nos cree idiotas o qué? Piensa que sabiendo que hay una invasión en puerta nos vamos a desarmar y a cruzar de brazos.

—Señor Berruecos —dije en tono subido—, de no ser así, tengo instrucciones del ministro del Interior y del de Guerra de revisar sus propiedades y detenerlos por posesión de armas reglamentarias del ejército. Son delitos federales graves. Las ordenes judiciales están en trámite. Llegarán en cualquier momento. Ustedes escogen.

—Berruecos perdió la sonrisa artificial que había llevado su rostro. Michaux me miró, serio. Fernández Lizaur parpadeó, nervioso. No sé si creyeron que era cierto o me acompañaron en mis necesarias mentiras.

—Creo que no es necesario recordarles que nuestra legislación lo contempla como un delito especial y que por ello la acción no sigue el curso normal. No hay fianza. Hay cárcel —vi mi reloj como haciendo una consulta.

—Dentro de quince minutos exactamente el teniente coronel Maraboto se va comunicar conmigo para saber si procede a la revisión, a la que por ley tiene derecho, o se detiene. Ustedes deciden —quedé en silencio. Sentí que necesitaba un último empujón.

—No hay tiempo de ir a las tres propiedades —dijo Berruecos.

—Discúlpeme que lo contradiga, señor Berruecos, pero hay tres individuos aquí que podemos empeñar nuestra palabra —Michaux me miró con rapidez y sin la menor inquietud.

—¿Nos dejarán armas para seguridad personal? —preguntó Arredondo.

—Tengo instrucciones de desarmar a sus guardias, no de hurgar en sus clósets —dije para tender un puente. Almada permaneció en silencio. Berruecos regresó al ataque, aunque muy reblandecido.

—Mire, Meñueco, ustedes vienen aquí, nos atan de manos frente a esos monos y se largan por su paga...

—Yo no cobro un centavo —exclamó Fernández Lizaur, indignado. Era mi turno.

—Yo tengo instrucciones del ministro del Interior, cumplo una misión, un trabajo y ojalá cobre —solté agresivo. Pensé en mi problema de liquidez. Siguió Berruecos.

—Pero los que nos quedamos aquí con el conflicto somos nosotros. Eso es lo que quería decir. Las explicaciones de por qué estamos armados están aquí, en San Mateo, no en la capital.

—¿Tú qué opinas? —preguntó Arredondo a Berruecos. Almada me pareció en ese momento un hombre derrotado, demasiado suave.

—¿Qué voy a opinar? Si no es por las buenas, es por las malas.

Retomé de inmediato el hilo:

—Yo le pediría a don Santiago que acompañara a don Nicolás. Iremos cada uno con un par de agentes federales. Don Benigno, ¿le podría pedir que fuese con el señor Arredondo?, y yo, si me lo permite el señor Berruecos, iría con él —todos asintieron—. Creo que debemos darnos prisa. Los agentes levantarán un inventario y, abusando de su amabilidad, don Benigno, podríamos aguardar las armas aquí, en su casa —asintió de nuevo. Nos levantamos. Escuché las sillas crujir, resbalarse con rechinidos por el piso. Salimos del comedor en silencio.

—Voy a hacer una llamada, si me disculpan. Señor Michaux, ¿me podría usted proporcionar su teléfono?— Michaux sacó sus llaves y se encaminó al despacho. Entré al cuarto primero. Fui desatento por la tensión y por distracción. Estuve a punto de sentarme detrás de su escritorio. Él entró detrás de mí.

—¿A dónde quiere hablar?

—A ninguna parte —le dije—, pero quiero dejarle un recado a Maraboto, que se va a reportar aquí. ¿Dónde me recomienda que concentre a la tropa?

—¿Pues qué no va a recorrer la zona? —preguntó intrigado.

—No, necesitamos enjaularlos. Para que de verdad nada ocurra. Sugiérame algún lugar para alejarlos de la pradera —me dijo Michaux, emocionado y sonriente:

—Mándelos a las ruinas del beneficio de café, el lugar se llama Riqueza Nueva. Está como a treinta kilómetros de San Mateo y como a cincuenta de las propiedades y de Tierra Baja. Mándelos allá —escribí la nota.

TENIENTE CORONEL MARABOTO:

Por instrucciones del ministro envíe usted a la tropa de inmediato a Riqueza Nueva (beneficio de café abandonado) para

pasar la noche. Usted, con unos cuantos efectivos, permanezca aquí para recuento de armamentos en un par de horas.
MANUEL MEÑUECO

Don Benigno llamó a su esposa y le dio la nota.

—Es muy importante —le dijo—, pero muy importante; en cuanto llegue de inmediato se la das.

—Sí, sí, no te preocupes —dijo aquella vieja mujer y miró a Michaux con ternura.

Me quedé preocupado, iniciamos la marcha de nuevo hacia la salida. Me seguían los pasos aquellos hombres amenazados con saliva. De pronto vi entrar por el portón a Torreblanca y a Palomo. Sentí un escozor que me recorría todo el cuerpo. Las citas habían coincidido. Ellos se detuvieron en la puerta. Nosotros nos acercamos. Iba a saludarlos cuando escuché:

—¡Cobardes, hijos de puta! —había sido Berruecos. Vi como Torreblanca cerraba el puño. Logré atraparle la mano y grité:

—¡Contrólese! Y usted, Berruecos, muestre su hombría callándose.

—No hagas caso —le dijo Fernández Lizaur a Torreblanca. Le temblaba el cuerpo. Michaux abrió el portón de inmediato haciendo un esfuerzo evidente. Palomo los miraba debajo de sus cejas negras. No solté a Torreblanca hasta que salieron.

—Detuvieron a ocho —me dijo—, no a tres —Torreblanca tenía la boca seca y mal aliento.

—En la última acción hubo balazos. Un niño está muy mal herido. Es hijo de un compañero que nada tenía que ver —sentí un dolor en el pecho. Era tensión. Solté el brazo de Torreblanca. No pude decir palabra durante unos instantes. Me sentí responsable. Después pregunté:

—¿Qué pasó?

—Se enteraron de las dos detenciones previas y trataron de fugarse. Meñueco, hay personas inocentes detenidas —vi como trataba de provocar salivación. Habíamos quedado solos. Martín Palomo me miraba con unos ojos semiocultos. Me volví a él.

—¿Cómo se enteraron de las detenciones? Sólo los que estuvimos hoy en casa de Zendejas podemos ser responsables —miré a Palomo.

—¿Qué hay de la invasión? —pregunté. Me contestó Torreblanca.

—No alcanzamos a Morayma y Martín dice que él no sabe nada.

—No mienta —le dije alterado. Palomo quedó en silencio. Torreblanca me plantó una mirada de escudriño.

—Mire, Lácides: Palomo, sí, él que es de su clase —acentué el *su*—, de su gente, él, lo está engañando. Quiere su liderazgo. No va a permitir que Morayma lo rebase. Palomo —dije tratando de ensartar el aguijón— aprobó ayer la invasión que le propusieron. Pregúntele, Lácides —lo miré a los ojos, después clavé mi mirada en Palomo y le dije—: No sea usted falso —hubo un momento de silencio. La duda quedó en los ojos de Torreblanca. Eso lo logré. Los dos me miraban a la cara; contemplé sus expresiones.

—Usted es un ingenuo, Lácides —sentí una mirada de desconfianza de Torreblanca a Palomo.

—Regresen en dos horas. Si hay muertos usted, Palomo, será el responsable. Todo por querer quedar en el sitio de usted —y señalé a Torreblanca.

No se dijo nada más. Salí a la calle. Sentía mis palpitaciones. Vi a una quinteta de hombres sudorosos enfundados en gruesas chamarras. Supuse serían los agentes. Junto a ellos estaban los escuálidos polizontes de Valtierra, que poco sabían de lo que estaba ocurriendo. Miré al cielo, algunas nubes de agua amenazaban a San Mateo. Pensé en Elía y su cuento, en su caravana.

XXXIX

"¿Te acuerdas de aquella amiga mía? ¡Qué celosa era de nuestra amistad! Un día dijo que lo nuestro era simplemente atracción. Creo que en algún sentido tuvo razón. Hoy no me importa. Cómo me atraías. Lo recuerdo. Mejor dicho, la nota que te envío me hizo recordarlo. ¡Cómo se recogió mi vientre el día que me besaste sin advertencia! Me estremecí entonces, y ahora al recordarlo."

XL

Cuando leí el bombardeo en tu cuento me pareció francamente fantasioso y exagerado, si algo así puede exagerarse. A la lluvia de fuego y a los hombres incendiados los vi como un recurso retórico, como una artimaña para lograr mi emoción que, debo decirte Elía, no obtuviste. En parte fue mi culpa, ahora lo veo. Pero también tus descripciones las miré como producto de un desconocimiento del oficio, de una cursilería sentimentaloide. El hecho es que ayer entré a mi recámara en la Quinta Michaux y allí estaba un muchacho con unos zapatos de deporte y una playera descolorida. Limpiaba los vidrios. Junto a él había una pila de periódico viejo. Él tomaba el periódico, hacía una bola de papel arrugado y se trepaba en una de esas sillas que se convierten en escaleras. En casa de mis padres había una, era verde, la debes recordar. Me senté en la cama para cambiarme de zapatos. Tú eso lo comprendes, los que traía los sentía calientes y sudados. En fin, me senté en la cama y miré la pila de periódicos y leí el encabezado.

Del lado norteamericano hubo mil soldados muertos
MURIERON EN LA INVASIÓN AL MENOS 3 MIL 550 PERSONAS

Después alcé mis ojos con curiosidad malévola. Admito que no lo hubiera hecho de no haber existido aquella incógnita sobre el cuento. Allí estaba la nota que creo, con todo respeto, Elía, rebasa los mejores desplantes de tu imaginación. Te la envío simplemente como testimonio, reconocimiento a tu sensatez literaria, si es que algo así existe. Que se asiente en actas. Declaro: Elía no se fue de bruces. Se quedó atrás. Lo digo sin reclamo, por el contrario, lo digo... ya no sé por qué te digo estas cosas.

EL PENTÁGONO USÓ POR PRIMERA VEZ UN AVIÓN BOMBARDERO SECRETO

Carmen Lira, enviada, 27 de marzo. Del vientre de aquella extraña nave salió de pronto una enorme lengua de fuego derritiendo todo lo que se encontraba a su paso. No, no echaba abajo los edificios —de eso se encargaron los "bombarderos pesados" que la precedieron—; en cambio, penetraba los muros, consumía mobiliario, maquinaria, vidas humanas... sin hacer un solo boquete.

Nada se sabe de estos artefactos, sólo de los efectos que su destructora "bola de fuego" causara a partir de aquella madrugada del 20 de diciembre en que con 37 mil efectivos militares, Estados Unidos invadió esa nación: familias enteras quemadas, calcinadas o quién sabe cómo pueda llamarse a lo que ocurrió con sus cuerpos que se deshacían entre los dedos cuando se pretendía recogerlos.

Sin que ningún ruido anunciara su presencia, aparecieron además, en el cielo panameño, dos enormes murciélagos de acero que en los primeros cuatro minutos de la invasión estadounidense arrojaron sesenta y siete bombas de una tonelada cada una, según un primer registro de la Estación Sismológica de la Universidad.

En total, en las primeras catorce horas posteriores a la invasión se registró la caída de 417 bombas, más otras cinco que provocaron efectos entre 1 y 1.7 de magnitud en la escala de Richter.

Unas seis mil personas, entre civiles, militares, dirigentes sindicales y políticos, funcionarios gubernamentales y colaboradores del depuesto general, pasaron por los campamentos de prisioneros del ejército de los Estados Unidos. Se ignora el número exacto de los que permanecen en ellos o en las cárceles Modelo y de Mujeres de la capital, y en la Pública de Colón. Asimismo, no se sabe cuántos de estos prisioneros han sido asesinados por sus captores estadounidenses.

Sofisticada tecnología bélica. Hasta hace unas semanas poco o nada se sabía también de esos aviones Murciélago que arrojaron su mortífera carga sobre la pequeña nación istmeña aquella noche... Entre otras cosas, porque su presencia no fue detectada ni siquiera por los radares de las bases de Estados Unidos en este país, y porque nunca aterrizaron; fueron abastecidos en vuelo por aviones cisterna.

El avión, mantenido en secreto desde su fabricación en 1982 y utilizado por primera vez por Estados Unidos en esta invasión, según reveló en días pasados el propio Comando en su publicación interna Tropic Times, es un caza F-117 Stealth de alas "ahusadas". No hace el menor ruido, de ahí que la gente lo haya bautizado con el nombre de "bombardero silencioso", pero su poder de destrucción es muy vasto.

Manzanas enteras donde no sólo se localizaban cuarteles, sino áreas habitacionales civiles, desaparecieron bajo el ininterrumpido bombardeo de casi 14 horas a que se les sometió. Unas veinte mil personas quedaron a la intemperie, sin hogar y sin sus pertenencias tras la operación de estos bombarderos.

El Pentágono admite poseer cuatro de esas naves. Dos de ellas salieron del desierto de Nevada, con rumbo al istmo, la noche del 19 de diciembre, donde habrían de ser probadas en un escenario de "guerra real." Supuestamente, llevaban la encomienda de realizar misiones "especiales" sobre la ciudad capital y sobre las barracas del Río Hato, donde la inteligencia del ejército norteamericano presumía que se encontraban una compañía de Expedicionarios y un batallón de Machos del Monte pertenecientes a las Fuerzas de Defensa (FD)...

Solicitud formal Elía: ¡Que tu imaginación trepe a la realidad! Te extraño.

    S. M. Meñueco

XLI

Hubo quien susurro que la lluvia llegó con enojo, se estrelló contra la tierra, contra árboles y arbustos. Pero día a día, tarde a tarde, llegó cada vez menos, se hacía menos y después menos de menos. Se dice que esa furia inútil continuó sólo por unos días porque el rezo fue mucho, pero falso. Se dice también que el rezo nada tuvo que ver. Que llovía menos, pues cada día menos verdor cubre esas tierras, volviéndolas inalcanzables para las nubes de agua. Se dice que la lluvia respondió a una acumulación de rezos, pero que ida Altagracia el agua se negó de nuevo. El estruendo de los avisos en el cielo calló. La advertencia de voz baja se coló entre el ruido cotidiano. El miedo ante la ausencia de Altagracia echó raíces de madera dura, sin ramas o tronco que se le vieran. La caravana se detuvo y lanzó semilla porque el agua estuvo allí para acogerla. La semilla brotó con fuerza que lanzó la mata al cielo. Altagracia había orado para que el agua llegara. Pero Altagracia se había ido.

"¿Qué hago Manuel? Si Altagracia de verdad trae el agua es santa, y yo no creo en los santos. Tú lo sabes. Pero también es cierto que a un pueblo fervoroso cualquier coincidencia le parece un acto de santidad. Nuestro pueblo lo es, es fervoroso. Altagracia llevó la lluvia a la caravana al igual que el niño aquel que llevó salud entre los moribundos. ¿Cómo explicar que no existe relación alguna entre lo uno y lo otro a quien vio llover y se alivió de algún mal? Mientras el pueblo quiera redentores, habrá redentores. ¿Qué hago con mi santa? ¿Que rece y no llueva? Sería una forma de aniquilarla. ¿Que le ayude al todopoderoso... presidente? ¿Que se subleve, convirtiéndose en la nueva encarnación del redentor? ¿La electrificación total no es otra cosa que una oración a la luz? ¿Te imaginas el terror por la desaparición de los redentores? No lo sé. Lo que sí creo es que esta aventura será más rica si la comparto contigo. Acompáñame."

El pueblo nació cuando algunos se acercaron temerosos a buscar la dulzura del río. Éste los recibió repleto de peces huidos del mar. El río saludó con estelas que fueron de una orilla a otra, sin cansancio, durante días. Dicen que se encontraba apacible, que ofreció amistad y que convenció a uno por uno de su nobleza. Su corriente será siempre fresca. Brindaría alimento que se extrañaba de la sal del mar. En sus bordes, que apenas se miraban uno a otro, aparecieron para ofrecerse algunos de aquellos a los que se les guisa al fuego poco después de ser atrapados. A ese lugar llegaron los primeros hombres para plantar un pueblo que se arrinconaría justo allí, donde el río en el mar moría. El río siempre llevó frescura para bañar a sus hombres y mujeres que por las tardes a él acudían. La sal de sus cuerpos salió a diario. Los primeros advirtieron a los segundos que el río en ocasiones se volvía hermano de la lluvia y tomaba el coraje de ésta. El apacible amigo que permitía se le cruzara nada más que con brazos, era al fin líquido voluble que encerraba fuerza hermana del sol y las nubes. Los primeros contaron cómo el pueblo, arrinconado, vio una noche llegar a la lluvia con saludos de viento y música de truenos, a invitar al río a crecer en su capricho. Se recuerdan golpes de agua que se extendieron para llevarse con ellos aves y reses, maderos y muebles, casas y hombres sin reconocer amistad alguna. Hubo una vieja que se trepó a la madera sobre la que comía y la abrazó con ansia cuando ésta atendió a los llamados del agua. Se le recuerda flotando encaramada en el mar frente a los hombres atravesados en su piel por unos truenos convertidos en rugido y unas nubes que se vaciaban de su húmeda víscera para azotar sin aviso a aquel pueblo nacido de la semilla.

"Eso me lo contó tu padre, Manuel. Creo recordar que fue una prima suya que no siguió los consejos de trepar a los techos y permaneció cuidando su ropero, donde guardaba algún tesorillo que sin duda era insignificante. Recuerdo, Manuel, que tu padre reía de ella al contarme la historia. Como pichones sobre un tejado, la vieron pasar sujeta a ese mueble que atendía los llamados del agua. La tragedia de aquella mujer hoy resulta anécdota pintoresca. Quizá nuestra vida, vista a lo lejos, sea anécdota pintoresca. ¿Por qué no reírnos desde ahora?"

Por eso, aquellos que siendo segundos actuaron como primeros para los que le siguieron decían que la lluvia se iba a la tierra para bañar al pueblo y arrastrarlo. Partían la tierra y paralizaban a todos. La lluvia llegó al pueblo sin aviso, como súbita manta que aparece para cubrirlo todo. Aquellos que al río abrazaron se escondían durante días enteros bajo techos que llegaron también a ser de agua. Se protegían detrás de muros que sudaban lluvia sin parar. A hombres y mujeres se les vio acurrucados, doblándose sobre sí mismos cuando la lluvia alcanzaba los huesos, después de atravesar pieles y carnes, para endurecer brazos y espaldas, piernas y ánimos.

"Manuel (quise decirte Salvador Manuel), tú recuerdas esos días en los cuales todo se volvía blando: el pan, los muros, los pisos. Esos días en que a la ropa interior le salía moho y una lluviecita casi imperceptible terminaba por doblegar cualquier fortaleza. Yo admito, Manuel, que esos días no los recuerdo con agrado. Miro al pueblo en mi memoria como un gran charco. Nada podía conservarse limpio, pues el agua todo lo penetraba. Allí ganas cuando dices que subir al Valle no fue más que un acto de supervivencia."

El pueblo se iba al mar de vez en vez de la mano de un río. Sólo quedaban las familias para platicar cómo había sido aquello que el río había arrastrado. Por dónde se habían tendido los caminos, por dónde se entretejían las casas. Entonces, sobre una arena extensa y sin más color que el suyo, arena que salpicaba recuerdos, allí, de nuevo se levantaba un muro de ramas, aparecía una ventana que miraba a lo verde, una vereda que se ensancharía con el tiempo. Flor Calzadías fincó más de dos veces, siempre en lo que creyó era el mismo lugar. Lo hizo en silencio y atrás de Vicente Perullero, que jamás exclamó inquietud por una ráfaga de agua que todo llevaba consigo. Flor lo platicó a Carmen que lo contó a Salvador Manuel. Ese pueblo siempre renacía. No debía perder la esperanza de algún día fincar para siempre, como el puente de Vicente que sobre ilusiones se sostuvo. En ese mismo río, amigable y sereno, Omar por las tardes talló a Elía, hasta que un día la cobijó con pena y ansia, con miedo y recóndita alegría. Ella, con el torso al aire, caminó hacia él cargada ya de tiempo.

"Hoy lo comentamos sin más, Manuel, pero trata de imaginar el esfuerzo de fincar, levantar casa varias veces, como le ocurrió a tus padres. Hacerlo con la esperanza de que el río no enfurecería y se llevara todo. Quizá por ello, sin decírnoslo, los dos, tú y yo, buscamos las alturas. ¿Será? ¿Por qué salir del pueblo? La verdad hubo muchas razones. Ahora lo veo, Manuel, con más claridad. Ese pueblo idílico del que platicamos no era edén sino infierno.

Hay días en que el cuento me avasalla Manuel. Me miro a mí misma allá, rodeada de ignorancia como dirías tú, pintoresca ignorancia, pero ignorancia al fin. Los dos salimos del pueblo y eso habla por nosotros. Yo salí hacia ti y salí contigo. Eso tampoco lo podré olvidar."

XLII

Anecdotario familiar para la recuperación de la risa IV. Hace tiempo, una tarde que conversábamos en el portal, mi padre dijo muy serio, ves esa calle tan plana y derecha, yo volví el rostros, sí, contesté, pues se logró hacer con todo el pueblo bailando. Yo quedé en silencio e imaginé a vecinos y amigos pisoteando con fuerza sobre el suelo, bailando sobre la calle. Por allí andaba mi imaginación. No dije nada. Quizá vio mi mirada perdida, Elía, cuando me dijo, ves la plaza, también se logró bailando. Un poco desconcertado, vi su cara. Con un gesto adusto me retaba con los ojos. Quedé de nuevo en silencio. Unos instantes después me dijo, ves la iglesia, entonces sí lo miré con intriga, también se hizo bailando. ¿Cómo es eso?, pregunté con cierta molestia. Claro, me contestó muy ufano: ¡Gran baile para la construcción de la plaza! Y allá íbamos todos a zapatear toda la noche pagando unos boletos carísimos. Que gran baile para esto, que gran baile para lo otro. Este pueblo se hizo bailando. Yo reí a mis anchas y él permaneció inmutable. Creo, Elía, que mi padre guaseó conmigo toda la vida. Hasta ahora me doy cuenta. Él se reía de mí y los demás se reían de él. Hoy puedo contártelo sin angustia. ¿Qué te parece?

XLIII

Conduzco de regreso a San Mateo. Está por anochecer. Atrás viene otro vehículo con los agentes y las armas. Berruecos estuvo a punto de arrollar a un niño en el viaje de ida a su finca. No pudo haber sido más majadero conmigo. No me dirigió la palabra. Al llegar a su finca caminó por enfrente. Me condujo a un extraño cuarto donde cuatro individuos de piel clara tomaban café largamente arrojados sobre unos sillones de pretensiones oficinescas. Al verlo entrar todos se levantaron y dijeron simplemente señor. Las armas, dijo él, pongan las armas en una caja. Se miraron entre ellos. Me observaron. Hubo desconcierto. Entendieron que tenían que obedecer. Los agentes se pararon detrás de mí. Empezaron a aparecer unas extrañas escopetas dobles con un cañón corto y una cacha de madera tallada de forma tal que pudiera amoldarse al hombro. Los agentes que levantaban el inventario respiraron cuando vieron cuatro pequeñas metralletas en forma de L, con un cortísimo cañón y un largo cargador. Daban la impresión de ser ligeras, casi de juguete. Estaban hechas de un metal negro mate. Dos de ellas se veían con mucho uso. En aquel cuarto maloliente había una vitrina de madera oscura. En ella colgaban unos rifles esbeltos con miras telescópicas. Noté que Berruecos no los incluía; comenté: aquellos. Esos son de cacería. No importa, señor Berruecos, le dije severo, le recuerdo que hay orden de cateo y revisión y que si yo no estoy satisfecho con la visita pediría..., ya, ya, me interrumpió; agregué para rematar, todas las armas o todos ustedes serán detenidos y sujetos a proceso. Berruecos, de mala manera, fue a la vitrina y la abrió. Los hombres miraban a su jefe como esperando instrucciones. Llamen al Machorro y a Ortega, ¿dónde andan? En el lindero sur. Llévate mi camioneta. Comprendí que dos hombres más andaban haciendo su rondín. Tuvimos que esperar casi una hora. Yo aproveché el tiempo. Pedí el radio prestado a Berruecos, me condujo a una oficina donde colgaba un plano de la propiedad, algunas fotos aéreas de los cafetales, trofeos de exposiciones ganaderas, listones de primer lugar, tercer lugar, etcétera. Había fotografías de Berruecos tomando del anillo a un semental o abrazado de otros individuos y carcajeándose. Traté de observar sin dar mayor importancia. Berruecos, mientras tanto, intentaba una y otra vez la comunicación por el radio. Yo quería comunicarme a la Quinta Michaux y cerciorarme de que doña Ester hubiera dado a Maraboto el recado. No conseguimos la comunicación. Quedé convencido de que Berruecos no hacía su último esfuerzo. Salimos con rumbo al cuartucho de los guardianes. Vi de lejos la casa de Berruecos, moderna, de vidrios oscurecidos, con grandes antenas en el techo. Varios dóberman ladraban desaforados. Había seis o siete vehículos, todos ellos de campo, y unas grandes lámparas de exterior aguardaban a ser encendidas. Pensé que Michaux estaría quizá en otra finca similar, despersonalizada y moderna, donde el dinero se siente, pero también el mal gusto. Fernández Lizaur, mientras tanto, seguramente estaría en El Mirador, que de lo poco que había yo conocido tenía mucho más tradición. Uno de los agentes que me acompañaron se acercó a mí y me preguntó, ¿y los revólveres, se los vamos a dejar? Yo había pactado que ciertas armas quedarían en cada finca, pero Berruecos me inspiraba tal desconfianza que pensé que lo peor podría ocurrir con unas cuantas pistolitas. Preguntémosles si tienen permiso para portar armas. Llegaron los otros hombres. Entregaron, sin más, una metralleta y una escopeta, entonces tomé la iniciativa, me permiten sus permisos para portar armas. Berruecos me agredió con la mirada. No seguí su curso. Uno de ellos introduce su mano en el bolsillo trasero de su pantalón, me desconcierto, y me muestra un extraño permiso. Me detengo a leerlo. Veo cómo dos de los hombres caminaban hacia una puerta, la abren. Hay un baño de azulejos ennegrecidos. Alcanzo a ver un excusado sucio sin tapa y una regadera sin uso, unas cajas están apiladas en ella. El permiso que tengo frente a mí está vencido, se lo digo al hombre y pido que se le recoja el arma. El hombre mira a su jefe, oiga Meñueco, me dice Berruecos, lo interrumpo, de no ser así en este momento detenemos al señor y digo en plan de retirada, que saque otro permiso y punto. Uno de los hombres que había ido al baño, cuya puerta había quedado abierta, regresa, me entrega dos piezas de cuero negro, las abro a la par y miro sendas credenciales metálicas con letras talonadas de la policía estatal, ¿son ustedes miembros del cuerpo de policía estatal?, pregunto con ironía, se miran entre ellos y miran a Berruecos, extraña comisión la que tienen asignada. Hablaré con el gobernador sobre su caso. Me dirijo al resto, supongo que ustedes no tienen nada que mostrar, recójanles las armas. Berruecos reacciona, nos va a dejar encuerados, Meñueco, eso no fue lo que pactamos, está usted violando... Yo no me estoy metiendo en su clóset, estoy desarmando a su gavilla, hablaré hoy mismo con el gobernador y si en verdad están comisionados se las devolveré, que me busquen en la Quinta Michaux por la noche. Los otros dos tendrán que encontrar otro acomodo. Salí de la finca con prisa. El trato de Berruecos me molestaba.

Llegué, por fin, a la Quinta Michaux. Sentí mi camisa mojada en la espalda. Recuerdo que eso me provoca gripe y dolores. Alcanzo a ver dos carros militares en la esquina. Pasa por mi mente que la señora de Michaux no dio el mensaje a Maraboto. Desciendo del automóvil. Jaló el cordel, abro la puerta. Veo dos militares con relucientes botas riéndose. Uno de ellos está cortándose las uñas, lo cual me da repugnancia. Camino hacia el despacho de Michaux. Veo la luz prendida, entro, allí está él.

—¿Cómo le fue? —le digo. Michaux levanta la mirada.

—Nunca había visto tantas armas juntas.

—Yo tampoco, don Benigno —y sonrío.

—Oiga, Meñueco, Maraboto lo está esperando. Lo envié al comedor porque ya me había puesto nervioso con su ir y venir por el pasillo.

—Voy para allá. Doña Ester, ¿le dio el mensaje?

—Sí, pero no se fue. Hizo una llamada y se puso a caminar, pero además, Meñueco, acaba de hablarle el gobernador y Torreblanca van dos veces que viene.

—¿Me permite su teléfono?

—Adelante —responde don Benigno y me deja su silla.

Cierta pena cae en mí, pero el auricular me obliga a sentarme en su silla. Está caliente. Él lo sabe. No cruzamos miradas. Marco el número.

—Con el señor gobernador, por favor... Manuel Meñueco...

—Oiga Meñueco, ¿qué pasa en San Mateo? Sé que hubo una balacera en la mañana, que detuvieron a varios de la gente de Torreblanca y que hay un niño muerto —escucho la palabra y pienso en Elía, en lo que diría de mis actos. Quedo en silencio, no puedo recapacitar. El gobernador espera.

—Señor gobernador, había una invasión planeada y el viceministro envió gente para hacer las detenciones. Sabíamos que tenían armas, quizá reglamentarias.

—Sí, sí, yo presté el helicóptero, pero además anda usted alebrestando a los cafetaleros, Berruecos dice que no tiene ni una resortera para defenderse y que usted es el responsable —me doy cuenta de que para él sí funcionó el radio—. Sé que la tropa ya está de regreso, pues ¿qué está ocurriendo?

—Hasta ahora, nada.

—Pues ya hay un muerto, eso es algo.

—Podría ser peor.

—Ya hablé con García Tamames, está furioso.

No le doy oportunidad de debilitar mi único apoyo:

—Tengo frente a mí dos credenciales de la policía de su estado.

—¿Y eso qué?

—Los traían los guardias de Berruecos, y dicen que usted las autorizó, luego usted da protección a esos tipos.

—Mire, Meñueco usted asuma lo que ocurra en San Mateo. Hablaré con Gonzaga.

Escucho el zumbido intermitente en el aparato. Michaux me mira. Las manos me tiemblan de coraje. Trato de controlarlas. Tomo una con la otra para que Michaux no se percate, creo que ya lo hizo.

—Voy a ver a Maraboto.

Camino al comedor. Entro pensando en el niño muerto y en García Tamames. Trato de imaginarme al niño. Veo al mismo militar que me amenazó unas semanas antes. Está fumando y tiene un refresco frente a él.

—Teniente coronel —le digo como saludo.

—Señor Meñueco, pues aquí, de regreso —me dice como retándome. Es alto, no se ha puesto de pie.

—¿Y por qué no ha salido usted rumbo a Riqueza Nueva?

—Con todo respeto, señor Meñueco, pero yo recibo órdenes del mando militar. Llamé a la oficina del ministro y las instrucciones que tengo es la de patrullar las zonas aledañas a San Mateo, no la de irme a dormir no sé dónde.

—Aguarde aquí, por favor —doy la media vuelta; antes de salir le pregunto—: Sus hombres, ¿dónde están?

—Seis vehículos andan patrullando, dos están conmigo.

Camino al despacho de Michaux. Él está de nuevo en su escritorio haciendo cuentas.

—¿Lo molesto de nuevo con el teléfono?

—Adelante.

Me vuelvo a sentar en su silla caliente. Michaux sale del despacho. Finge complacencia. Busco el número del Ministerio. Por fin pasa la llamada. Han transcurrido varios minutos.

—Con el viceministro, por favor. Es urgente, señorita... Manuel Meñueco.

—Meñueco, ¿qué está sucediendo en San Mateo?

—Todo va, dentro de lo que cabe, bien —pienso en el niño muerto—, ya desarmamos las gavillas de tres fincas y la gente de Torreblanca está desmontando la operación.

—El gobernador está muy molesto. ¿Por qué no le informó?

—Porque el gobernador es el primero en proteger a las gavillas. Tengo frente a mí dos credenciales estatales de dos pistoleros de Berruecos.

—Me lo hubiera dicho antes.

—No lo sabía, sólo intuía. Pero señor, ahora sí necesito su apoyo. La tropa no quiere salir de San Mateo.

—Pues claro que no, allá fueron. Ya me hablaron del Ministerio. Tienen razón.

—Señor —le digo conteniéndome—, puedo garantizarle, bueno creo qué lograré que no haya invasión y por ello que no haya enfrentamiento con las gavillas, pero lo que no puedo garantizarle es que la gente no le dispare a la tropa. Confíe usted en mí. La tropa hace muchas salvajadas cuando entra en acción. Por defenderse o por lo que sea, pero ocurren —se hace un silencio, recuerdo en ese momento que él fue militar—. Necesito que el ministro de Guerra dé instrucciones inmediatamente de que la tropa se retire a unos cuantos kilómetros, a Riqueza Nueva.

—Se lo comentaré al ministro y mañana le hablo.

—Discúlpeme, señor, pero no hay tiempo, esto es ahora, en este momento. La tropa ya anda afuera y no sé hasta dónde Torreblanca controle a su gente.

—Lo haré ahora mismo, pediré que den la instrucción. Usted es responsable, Meñueco, hasta luego.

Oigo ruidos fuera del despacho. Salgo. Me topo con la mirada pícara de Fernández Lizaur detrás de sus espejuelos. Hay varias cajas de madera en el piso. Unos hombres las acomodan. Michaux se agarra la barbilla.

—¿Todo eso tenía Nicolás en el Mirador?, no lo puedo creer —dice Michaux. Veo armas muchas armas. Pienso en Mariana. Veo venir las armas de Berruecos—. Torreblanca lo está esperando frente a las damas chinas.

Doy la vuelta en el patio y miro a la viejita colocando fundas a las jaulas de los pajaritos. Les está hablando cuando paso junto a ella. Guarda silencio. Allí están las botas de Torreblanca. Está solo.

—¿Y Palomo? —le pregunto sin esperar.

—Se fue a Tierra Baja para ir avanzando.

—¿Para ir avanzando en qué?

—Pues en hablar con la gente —siento un terrible coraje que me sube a la cabeza.

—Lácides, ¿no se da usted cuenta de que Palomo quiere su cabeza? ¿Es usted tan ingenuo? Él y Morayma planearon la invasión para que usted cayera. La conversación está grabada —Torreblanca parpadea.

—Vámonos de inmediato.

—Me doy la media vuelta. Veo a lo lejos que Michaux conduce a Maraboto a su despacho. Llegamos frente al cuarto. El militar está parado incómodamente detrás del escritorio y habla por teléfono. Mueve la mano molesto, Fernández Lizaur está en cuclillas observando el armamento. Lo veo frágil. Le digo con aprecio.

—Maestro, tenemos que ir a Tierra Baja.

—Meñueco yo estoy agotado.

—Por favor, maestro.

Se levanta y acomoda sus espejuelos. Escucho una voz, volteo la cara. Es Maraboto. No me mira a la cara.

—Llamaré a los vehículos por radio a ver si los localizo e iremos al sitio ese.

—Localícelos —le digo con autoridad inventada. Y con el índice lo señalo—, por el bien de sus hombres —se queda callado. Me lanza una mirada—. Don Benigno, ¿nos quiere usted acompañar?

—Prefiero quedarme a cuidar los juguetitos estos —con la cara señala las cajas.

Tomo a Fernández Lizaur por el brazo, Torreblanca camina detrás. Salimos. Varios agentes abren las portezuelas de los autos.

—No —les digo—, ustedes se quedan aquí. Vamos solos.

Abro la portezuela del frente a Fernández Lizaur. Recuerdo que le molesta. No dice nada. Torreblanca sube en la parte posterior, le pregunto:

—¿Hace cuánto que salió Palomo?

—Más de una hora —escucho. Arranco el automóvil.

XLIV

"Entre mis papeles apareció una nota que no sé muy bien por qué no te envié. Pensé en romperla, Manuel, pues hoy soy otra. Pero al leerla me vi retratada. Yo fui la mujer que te escribió esas líneas. Creo que fue poco después de partir. No, tienen que ser después de haber iniciado el cuento. ¿Tanto así nos ha cambiado? No me traicionan, me delatan en lo que fui y ya no soy."

Mira, Salvador Manuel, que lo que te rodea no lo tenías, mira que lo que te acompaña realmente no te pertenece. Saliste desnudo del pueblo y ahora ya eres de los que se ufanan de haber conquistado la ciudad. Hoy miras a los del pueblo como si miraras desde una ventana, como si un cristal te protegiera de regresar a lo que en realidad nos ha dejado. Salvador Manuel, tú no ascendiste sobre la espalda de nadie y de eso te enorgullecías. Tu padre acabó por beberse y jugarse lo que venía de las barcazas de Vicente y la lealtad de los Meñueco sirvió de poco para que treparas al mando. Tuviste la carga de que te dijeran rico en el pueblo y te supieras abandonado a tu propia suerte en la ciudad. Nunca has dejado de acercarte calzado y ropa, porque en algún momento supiste lo que era no calzar y vestir. Y ahora hay en ti un querer volver a nacer que no comprendo. Tu esfuerzo no lo ocultas, pero no lo hablas. Tu arrojo al retar en conocimiento y valentía a la ciudad, a los que de allá son, ha dejado de significar en ti un rasgo de nombrarse para convertirse en algo que quieres hacer creer trajiste de sangre, y que por ello, así como actuaste ayer, actuarás por siempre. Pero Salvador Manuel, el mando te ha obligado a querer verte del tamaño de los problemas que destejes todos los días. Quizá por eso has fabricado una enorme trampa no de querer ver el material que verdaderamente llevas, por imaginarte hecho de una roca que no es humana. Salvador Manuel, los pueblos chiquitos y los grandes pueblos se organizan y encargan para su solución muchos problemas sin medida a hombres que jamás los resolverán. Los pueblos no se engañan y tú lo sabes. A ninguno de los que ha mandado se le ha exigido que destierre la pobreza de un día para otro, o que se haga aparecer bosques que jamás existieron, o despejar rutas sin declives o laderas. No, Salvador Manuel, los pueblos son los primeros en saber lo que los que mandan pueden hacer, por ello también exigen cuando no se trabaja. Pero los que mandan quieren responder con paraísos extraordinarios que son ofrecidos una y otra vez y son también aplaudidos. ¿Quién rechaza el Paraíso? Pero los únicos que parecen embriagarse de ilusiones vecinas de las fantasías son ustedes. Porque estoy segura de que los que observan, y sólo quieren observar, están hechos en el desencanto de esas ilusiones y miran fijo lo que piensan terrenal. Yo recuerdo cuando vestías con contadas ropas que se repetían y mirabas con extrañeza a los que multiplicaban sus disfraz. Recuerdo cuando gritabas mi nombre al entrar al lugar en que construimos a diario nuestro calor. Yo corría sabiéndote uno más de los muchachos que en la ciudad querían el mando. Me causabas gracia. Ahora, te lo digo, me viene compasión. Pensé siempre que Salvador Manuel había de regresar repleto de palabras para ser lanzadas a sus amigos y a sus primos Meñueco que son (¿somos?) muchos. Imaginé a un Salvador Manuel que regresaría al río, regresaría con infinidad de fantasías futuras, como su padre. Fantasías que son un bocado de la mañana, que siempre es nueva. Un Salvador Manuel inquieto de piernas flacas, heridas por una expresión. Pero el mando brinda, ahora lo veo, la sensación de que sólo en él se está viviendo. Por ello hace pocos días, cuando extendiste tus brazos y me invitabas a nuestro mutuo refugio, por primera vez llegué a ellos y los sentí ajenos al rodearme. Por primera vez me percaté de su existencia cuando rozaron mi lomo insistentes, cuando tallaron mis piernas, todas ellas. Fueron manos y brazos. No fuiste tú. Vi que actuabas igual que en el mando, porque esos que de verdad habían sido tus metales, que yo tanto pulí y gocé, ahora tú los sabías tuyos frente a mí y querías enseñarlos con una brillantez falsa. Salvador Manuel, en el gobierno no se pasa una vida sino sólo un trecho de ella. Los pueblos como aquel del que venimos miran a muchos hombres que se suceden frente a ellos con sus sueños y sus incontables impotencias. Te veo montado en tus ilusiones que ahora quieres convertir en verdades, afirmando con una voz que tú mismo gozas al escuchar y que en nada es hija de aquella voz tímida del "Espantamuertos". ¿Qué será lo que encierra el mando que al primer bocado impregna de miedo, al segundo provoca domeñarlo y al tercero hace actuar como si jamás se le hubiera temido? Por eso, Salvador Manuel, he venido a escuchar las campanas, a mirarte de lejos y reconocerte, a vaciarme en su sonido y en mi intriga.

"Saca de ellas el rencor que ya no llevó, el enojo que me gobernaba. Lo demás, Manuel, sigue estando en mí. Mis dudas sobre lo que el mando te provocó, mi desprecio a esa frialdad que se adueñó de ti. De lo que no estoy cierta es de que sigas siendo el mismo. Me atraes y me das miedo. He vuelto a ver a Octavio. No hemos podido amarnos como lo hicimos antes. Pareciera que yo estoy en este pueblo para no existir. Mis tiempos son otros, no los de aquí. Amanezco pensando en tu infancia o en la mía y por ello quizá miro al sol con otros ojos. La laja me sirve para recordar la arena del río. La niebla me trae un frío que sólo yo siento porque pienso en nuestros sudores juveniles. A él lo miro y lo tengo para saberte a ti. Indago en este nuevo nosotros porque me interesa el nuestro. Llegué para olvidarte y hoy estoy aquí para imaginarme lo que eres. Hoy te veo distinto porque yo misma te he hecho diferente, nos hemos hecho diferentes. Regresar es la palabra que aparece en un cajón o brinca de una flor que me recuerda que este lugar no es mío. Pero, claro, regresar me arroja muchas preguntas. ¿Regresar a dónde? Acaso a ese sitio que yo creo que no es tuyo ni mío. Regresar a ti, a ese mismo Salvador Manuel que exigía sus camisas azules alineadas de forma impecable y no reparó nunca en las manos que había detrás, a ese hombre que me habló de abstractos para eludir la vida, a ese sujeto que inventó emociones domingueras que tenían un orden inquebrantable, a ese ser que no se fijaba en lo que comía y sólo pensaba en intriguillas palaciegas que muy poco me importan. No encuentro regreso. El nosotros hoy sólo me remite a esta fantasía que tú y yo hemos fraguado para comprender nuestra realidad. Quizá he de dejarme de nuevo, para no regresar."

XLV

Te envío unas líneas periodísticas con las que topé ayer. El diario es de hace cinco o seis días. Así vivimos en San Mateo, Elía, a destiempo. Mejor dicho, en otro tiempo. Las noticias aquí son como nuestras cartas, en las cuales las fechas no tienen mucho sentido, igual me entero el mismo día de tus amoríos que de tus desencantos del tal Octavio, mezclados con fantasías delatadoras de mi abuela o intrigantes cuestionamientos sobre la religiosidad de tu padre. Sin embargo, nunca he tenido duda del orden de las cosas, del orden interior en nosotros. Entiendo ahora por qué has regresado hasta Flor y Vicente y por qué después puedes decirme lo que me dices de tu padre. Es curioso, desprendo la cinta con las que vienen amarradas y las leo en el desorden en que llegan. No busco fechas, aunque están allí. Han sido ya muchos meses. Las he guardado en una caja de zapatos en el mismo desorden con que arriban. Reconozco que he tirado dos o tres en un desplante de desprendimiento totalmente artificial. En fin, hoy te envío una nota sobre la marcha. Quizá lo que allí se anuncia ya ocurrió. No, sin duda no ha ocurrido. La información aquí llega a destiempo cuando puede esperar. Pero algo de esa importancia ya hubiera trascendido. Llama la atención la cantidad de notas que se caen de las manos, que no tienen sentido cuando las lees a destiempo. Schopenhauer decía que los periódicos son como el segundero del reloj. Ésa no me la habías escuchado. La verdad, la soltó Fernández Lizaur el otro día. Fue en la mesa, después de comer su pan, Michaux y yo lo miramos en silencio. Vi un cierto gozo en Fernández Lizaur. Sus ojos brillaron, gozó su desplante culterano. Dos, tres veces por semana aparecen sobre la frágil mesa de Michaux pequeños bultitos encintados que me remite Aurelia, mi *femme de chambre* o periódicos recién desanudados, que todavía conservan forma tubular. También a Fernández Lizaur le llega una que otra comunicación. Nunca me ha comentado, pero me imagino que serán de su esposa. Me llama la atención la tranquilidad con la que el viejo ha tomado las cosas. Da la impresión de que no tiene prisa. Yo estoy aquí trabajando, pero Fernández Lizaur no trabaja para nadie. He llegado a la conclusión de que está aquí por dos motivos, primero por convicción, sabe que puede ayudar, y el otro motivo, Elía, cuál crees que es: está vacacionando. San Mateo le ha dado la oportunidad de salirse de la ciudad y hacer algo. El conflicto rompió su rutina y además le pagan sus gastos. Tiene el tiempo. Pero claro, el volumen de las cartas que llegan al viejo es normal, diría yo, una que otra, de vez en cuando. Michaux, en cambio, no ha podido contener su curiosidad. Oiga, Manuel, a usted lo quieren mucho, me dijo el otro día, ¿por qué?, le pregunté con un desconcierto que no correspondía a la pregunta y que sólo yo pude entender, pues le llegan muchas cartas y muy gruesas. Creo que sonreí, no lo recuerdo bien, eso ya no se acostumbra entre los jóvenes dijo, hay matrimonios que jamás se han escrito una sola carta, son romances telefónicos, dijo. Alguna respuesta tenía que darle, no se podía quedar así, doña Ester estaba enfrente, lo que pasa, don Benigno, es que traemos una discusión muy complicada. Pensé que usted era divorciado, dijo, sé que tenía en su mente a la hija de su amigo, pensó en protegerla, pensó en Mariana, estamos separados, dije, lo cual sonó muy contundente. Doña Ester me miró y casi escuché de su boca, podría jurar que lo pensó, ¿pero si no se ha divorciado, qué hace usted saliendo con Marianita? El hecho es que tantas cartas, tantas horas mías frente al escritorio y quizá también el pedirle una y otra vez papel a don Benigno ha traído confusión a este pueblo. Sus preguntas me incomodaron, Elía, pues me di cuenta que aquello que en un principio pensé definitivo en verdad no está resuelto. No sé como resolverlo. No me lo preguntes, no lo haces, perdóname, esta paginita me ha alterado.

LOS 16 MIL CAMPESINOS, A LAS PUERTAS DE LA CAPITAL
Rosa Rojas, enviada, San Juan, 27 de Mayo.- Ellos no vienen a dar lástima. Estos 16 mil campesinos vienen dando una pelea, una lucha metro a metro, por cada uno de los 300 mil que esperan. La mayoría son jóvenes, quizá un 25 por ciento mujeres, que vienen exigiendo tierra y a los que no hay que mirarles los

pies maltratados por diez semanas de caminata, sino la cara, el ánimo y su concepción de lucha.

Traen además un coraje desafiante con los periódicos, "publicaron que nosotros venimos cometiendo saqueos y quién sabe cuántas cosas más, y eso no es cierto", pero eso hace que su caravana, de tres kilómetros de largo, vaya precedida por un rumor amenazante que hizo que ayer, a su arribo a esta población, cerraran casi todos los comercios y se les impidiera la entrada a la ciudad.

Por la tarde, bajo un puente peatonal que cruza la carretera, se estaban concentrando elementos policiacos del estado. Aunque de hecho los que hoy llegarían hasta la caseta de cobro de la autopista, se manifestaban escépticos de que se les permitiera llegar a la ciudad.

Pese a la renuncia de muchos de los campesinos que participan en la caravana para hablar con periodistas, e incluso la agresividad hacia los reporteros, en un muestreo amplio entre la caravana sólo se encontró gente con mucha claridad de que necesitan tierras para producir, excepto dos jovencitas, que caminando cobijadas bajo una sombrilla multicolor, señalaron que iban acompañando a unas amigas "para hacer ejercicio".

Mario Aguilar, de 17 años, de Huipiltepec, indicó que en su pueblo están pidiendo ampliación desde hace siete años. Él terminó la secundaria. "Me metí a trabajar en una zapatería dizque para seguir estudiando, pero no pude porque apenas pagan 7 mil 500 pesos diarios. En cambio hay muchos potreros baldíos, hay poco ganado y los dueños ni son de ahí. Necesitamos tierras para trabajar."

De Huipiltepec vienen 154 en la marcha. Vicente Pérez, con 9.5 hectáreas, va apoyando la solicitud de tierras de sus hijos, de 18 y 19 años, también en la marcha. "La tierra que pedimos —hay un grupo que empezó la solicitud hace 20 años— es la de la finca del Zanjón, que tiene más de 200 mil hectáreas. Era de Basilio Sánchez y cuando se vendió la inafectabilidad ganadera en lugar de entregarnos la tierra, los hijos de

Sánchez la reclamaron como herencia y hace unos meses empezaron a fraccionarla entre unos franceses que viven en San Rafael para que no se les quiten. De los 190 solicitantes de tierras de El Higo, sólo vienen 57. Ahí nos dicen que se necesitan hasta 4 hectáreas por vaca, pero son terrenos agrícolas que cruzan los ríos El Fuerte y Tempoal. Nuestra solicitud es de 1946 y nos dicen que la tierra no es afectable porque es ganadera. Eso no es cierto", señalaron. Detrás de los marchistas va una hilera de 133 vehículos.

XLVI

El que manda y los que con él están supieron que el cielo se volvió agua allá en las venas, justo aquella noche en que a La Ciudad el cielo embrujó. Amaneció rodeada de los gigantes que la vigilan, observantes y enormes. Fue uno de esos días extraordinarios. Para donde la mirada va, al final de una calzada, o hacia la luz envolvente, aparece el rostro sereno de uno de los vigías. Con sólo estar allí llenan la existencia. No había bruma en La Ciudad. Los ojos podían viajar sin más limitaciones que las de ellos mismos. Los colores brincan a la vista porque el sol cae sobre ellos. A esos días corresponde una euforia interna de los que allí viven. El viento acaricia con la temperatura del cuerpo. El tiempo no apura, tranquiliza. Pasa señalando los motivos de gozo a los sentidos. Las pocas nubes que se aparecieron ese día revolotearon en loco juego. En esos días, que dicen que son de embrujo, los que allí viven dejaron prisa o negocios para ir a la calma. Ella se asentó en la contemplación de los serenos vigías. Los ruidos se convirtieron en música de árboles que se inclinaban empujados por el viento, señalando primero a un vigía a la derecha, a otro más allá a la izquierda. Vino entonces un encanto que serenó furias y en el que se gozaron las pasiones escondidas.

"¿Recuerdas, Manuel, cómo te insistí en que gozaras esos días maravillosos en que la ciudad revive? Las nubes venenosas se alejan. Entra la luz. Los colores brillan. Te busqué en la oficina. Te invité a un restaurante al aire libre. Me respondías seco. Me hacías sentir mi irrupción en uno de tus agitados días. Eran agitados porque tú los hacías agitados. No puedo, tengo que trabajar. Ven temprano a casa y vamos a uno de esos restaurantes que están trepados en la montaña. Imposible, mañana tengo que estar temprano con el ministro tal. Yo salía a pasear por las callejuelas. Miré una y otra vez los encinos caprichosos que se han defendido. Pero lo hice sola. No me detuve por tu ausencia. Fui a los parques. Me senté a gozar esa luz. Me quedé tendida en los prados y los gocé, Manuel. Pero esos días no fueron plenos, Manuel, estaba sola. La soledad impuesta es un estado imperfecto. He pensado mucho en la plenitud. La vida te arrolla en esa repetición que agota el ánimo. La plenitud ha estado allí por momentos que no pudieron ser mejores, momentos en que todo lo humanamente posible está allí. Momentos de plenitud, tuvimos muchos. Ahora que no puedo estar plena me doy cuenta. Tuve plenitud con mi padre. Cómo lo gocé. Recuerdo ahora esas charlas sin sentido, allá en el pueblo. Tardes enteras en que tomó mi mano y me llevó al ferretero o a la maderería. En el camino platicaba con él. No recuerdo qué, pero recuerdo que él me contestaba, que se dio a mí a ratos. Yo no podía querer más en la vida. Íbamos de un lado a otro, pero la plenitud era que él estaba conmigo para estar conmigo. Recuerdo también que silbaba mi nombre. Era una tonadita que no he podido atrapar. Cómo me cimbraría escucharlo por allí, en mi memoria. Plenitud hubo también en aquel columpio que colgó de un bellísimo y viejo mango. Mi padre me empujaba. Yo ya podía mecerme sola. Él lo sabía, sin embargo me empujaba. Él fingía, yo también. Lo hacíamos para estar juntos. Qué raro, Manuel, no recuerdo momentos de plenitud con mi madre. Mi memoria brinca a ti. Cuando me secuestrabas de la Escuela de Arte y clandestinamente íbamos a tomar nieve en la placita. Cuando caminábamos abrazados por los prados de la universidad, cuando me besaste incansable en aquella extraña cabañita del parque que está en el sur. La lluvia nos sorprendió, ¿lo recuerdas? Tuvimos muchos momentos de plenitud. También domingos en la mañana en que gocé que me explicaras a Sibelius. Pero esos momentos de plenitud desaparecen cuando le exiges más a la vida. Plenitud éramos tú y yo, sin necesidad de buscar más amigos, sin tener más responsabilidades, perdóname sin más éxito. He tenido algunos momentos de plenitud con mi escultura. Han sido pocos, Manuel. Lo admito, hoy lo admito. Exigir más a la vida vuelve inalcanzable la plenitud. Hoy que creo conocer un poco mejor la plenitud no puedo ser plena. Regresemos a mi cuento, a esos días maravillosos que también se viven en la ciudad. A los volcanes y montañas los presento (se presentan) como vigías. Allí están, siempre perdidos en la penumbra. De pronto aparecen para recordarnos su existencia. A las nubes las miré juguetonas, esas nubes sin intención de lluvia que surgen por allí. Acompáñame a mirar La Ciudad con ojos de plenitud."

La Ciudad se volvió naturaleza generosa. Embriagó a los moradores en baile de regocijo. El cielo era azul profundo. En un blanco rebelde las nubes se acariciaron. Los prados se mostraban complacientes para recibir enamorados que permanecían mañanas prolongadas que se volvían tardes sin inquietud. Los niños recibieron nuevas fuerzas para acompañar a las nubes en intrépidos saltos. A lo largo de anchas vías el trabajo también cargó euforia. La Ciudad se volcó en sí misma olvidando penurias y reclamos. Era en esos días, y sólo en ellos, que los habitantes se saludaban en fraternidad de cielos, que provocan colores en sus vestidos y sonrisas luminosas. Todo regresaba a una quietud de contemplación que partía la historia de los que allí se encuentran en días de embrujo o de rutina gris. Fue uno de esos días en que llegó la nueva. A nadie importó.

Allá donde las venas eran ocultadas, el cielo se convirtió en agua. Todos despertaron en un morado paralizante, despertaron de un sueño que se pensó sería permanente. Allá, de pronto, las nubes se reunieron en extraño enojo que se vertió con furia sobre la tierra. Los hombres recuperaron las fuerzas, saliendo así de su letargo. La gente renació. Por allá andaba una mujer. Se decía amiga de los dioses. Era la misma que llevó el agua a aquellos que corrían hacia la cuadrícula. El que manda lo supo un día en que el cielo embrujaba. Agradeció a los vientos que habían penetrado por una esquina del valle anunciando lluvia. Aquel día en que los cielos embrujaban el del mando lo había avisado: pronto saldremos del letargo morado, los científicos así lo habían predicho.

"Lloverá de nuevo, Manuel, tiene que llover. Claro, tú dirías que será menos que el año anterior, todo ello porque estamos acabando con el verde. Es cierto, Manuel, pero lloverá y la gente de la marcha regresará a sembrar, a lanzar esperanza y cosechar miseria. Nuestra tragedia es lenta, cada vez habrá menos humedad, cada vez brotará menos de la tierra, cada vez la miseria de los campesinos tendrá mayor presencia. Altagracia y mi marcha lo único que hacen es darle un nuevo nombre a lo que de todas formas ocurre todos los días. Dibujan el éxodo, le dan figura. Le dan un cuerpo a nuestro ánimo de redención, con una redentora. Ahora en mi cuento, Altagracia y el que manda se tendrán que enfrentar. ¿Quién trajo la lluvia, Manuel?¿Las nubes, según explican los científicos que alaba el que manda, o Altagracia? Un redentor así sacudiría al que manda. ¿No lo crees?"

XLVII

El camino se vuelve cada vez más estrecho. A los lados veo algunos matorrales y tierras de cultivo abiertas. Hay nubes que tapan la luz de la luna. Es una noche oscura. El automóvil ha golpeado en varias ocasiones. Traigo poco combustible. Torreblanca no ha abierto la boca. Mira a través del cristal. Fernández

Lizaur cabecea. Los brincos y tumbos no le permiten quedarse dormido. Escucho la voz de Torreblanca:

—Allí donde está el guayacán a la derecha.

Miro un árbol como a unos doscientos metros. Supongo que a él se refiere. Vamos por una ruta diferente. Al acercarme a ese árbol me percato que está cubierto de una flor de algún color que no alcanzo a distinguir. Freno. Veo que la terracería principal sigue de frente. Nosotros nos desviamos por un camino todavía más estrecho. El auto golpea de nuevo. Tengo que disminuir la velocidad. Hay piedras y hoyancos. Quiero imaginarme el paisaje de día. No hay flora visible. Los perfiles de los cerros desnudos se alcanzan a mirar por momentos. No entiendo hacia dónde nos conduce este camino. De pronto tengo que dar un viraje a la izquierda. Entramos en una pequeña pendiente. Aparece a lo lejos la iglesia, ridícula, de torres achatadas. Las luces del auto nos la muestran pintada en un color verde azuloso. Miro el extraño kiosco pegado al murete que la rodea. El kiosco está sin terminar. Está iluminado en su interior. Veo gente.

—Frente a la iglesia —dice Torreblanca.

Comprendo que iremos a ese sitio. Allí están las casuchas de lodo y teja vieja, puertas de madera desvencijadas. El coche camina por una calle insinuada por la colocación de las casas. Detengo el automóvil. Fernández Lizaur produce un desagradable sonido involuntario. No está dormido. Abrimos los tres la portezuela. Ha refrescado. Fernández Lizaur sigue a Torreblanca hacia el kiosco. Los veo subir las ridículas escaleras. Yo trato de sacar la arenilla que ha entrado a mis ojos. Por fin puedo caminar. Llego al kiosco. Al subir quedo asombrado, decenas de personas sentadas en bancas. Veo rostros de campesinos con la piel oscura y ojos negros, pelo mal peinado, mujeres con caras de sueño, algunos bebés en brazos. Hay sombreros en las manos. Tropiezo con un niño que está acurrucado junto a la mesa frente a las bancas. Un desagradable olor dulce, a sudor, me llega. Martín Palomo está detrás de la mesa con otros hombres. Se levanta y mueve algunas sillas para cederle el lugar a Torreblanca y a Fernández Lizaur. Me aproximo para no permitirle la grosería de dejarme sin asiento. Sin levantar la cara, Palomo pide groseramente más sillas. Alguien apresura sus pasos. Torreblanca queda al centro, a su lado Fernández Lizaur y yo junto a él. Siento la espalda del hombre junto a mí, pegada a mi hombro. Huele a humo. La gente nos mira fijamente. Hay cierto ruido por el movimiento de las manos para espantar moscas y mosquitos. Las bancas crujen. Varios focos sin más alumbran el lugar. Palomo toma la delantera.

—Lácides, aquí la gente está muy molesta. Se llevaron a Morayma y a otros siete compañeros —Torreblanca no se inmuta. Mira al aire.

—De nuevo los del gobierno agreden a los campesinos de la región —dice en voz alta y con tono retórico—. Nada ha cambiado. Es la misma lucha. Morayma, como tú, ha sido un hombre que ha sabido defendernos y ahora está encarcelado. Los compañeros opinan que de nada servirán el pozo y las promesas. Vamos a la lucha... —lo interrumpe Torreblanca:

—Martín, entonces mejor que hablen los compañeros.

Palomo se desconcierta. Torreblanca le arrebata la conducción de la mesa. Le da la palabra a un hombre de mirada agresiva que se levanta en la primera fila. Toma su sombrero en las manos. Se hace un silencio muy prolongado.

—Lácides, señores —el hombre mira al techo—, hace mucho tiempo que venimos soportando que nos maten a nuestros parientes y familias, hace mucho tiempo que vemos cómo gobernadores van, gobernadores vienen, se enriquecen, pero San Mateo y, sobre todo Tierra Baja, no salen de la miseria. En este pueblo no se puede caminar por las noches sin miedo de que los milicos o policías o guardias se lo lleven a uno. Hoy, al compañero Morayma lo sacaron a patadas de su casa y, según sabemos, lo han golpeado —el hombre me mira. Le sostengo la mirada. Pienso que en el fondo algo tengo de responsabilidad. Fernández Lizaur está a punto de volverse hacia mí. Lo noto en el movimiento de su cuello. Por fortuna, no lo hace—. Nos han pedido muchas veces que creamos en ellos, que los apoyemos, pero la verdad es que sólo se acuerdan cuando hacemos las cosas sin preguntar, no importa que haya muertos, que algunos de nosotros caigamos, tenemos que pelear por lo nuestro —se acerca Fernández Lizaur a mí y en voz baja, pero no lo suficiente, me dice:

—Nos la están anunciando...

El hombre aquel habla por unos minutos más y termina advirtiéndole a Torreblanca:

—Los que hace unos años lucharon con nosotros y ahora están del lado de los asesinos, a esos sólo los podemos llamar traidores.

Miro a Palomo. Él apaga aún más su expresión. Torreblanca le da la palabra a una mujer. Está descalza. Lleva una falda negra con flores y un blusón oscuro. Tiene un abdomen abultado, sus pechos enormes presionan el blusón. Le cuelga una papada excesiva. De su antebrazo cae una gordura carnosa. Con un acento extraño dice:

—Entre promesas y promesas nosotros con qué alimentamos a los hijos, nosotros no podemos esperar, necesitamos más tierra, para que los hombres tengan donde trabajar, para que saquen más cosechas —se voltea a la gente sin que nadie la mire—. ¿Por qué nos va a detener una cerca de sacar de la miseria a nuestras familias? Nada nos va a detener.

Algunos aplauden, otros asienten insistentemente con la cabeza. Viene después un joven, tutea a Torreblanca al grado de parecer irrespetuoso. Tiene un bigotillo relamido y un rostro anguloso y agresivo.

—Tú antes nos entendías, Lácides, pero ahora, yo no sé por qué, no sé qué haya cambiado en ti. Porque para nosotros nada ha cambiado, seguimos en las mismas, ya no estás con nosotros, no sé si será que de veras, o como dicen algunos, lo único que te interesa es llegar a la alcaldía.

Torreblanca mantiene su mirada al centro del kiosco y no mueve un músculo. Miro a una mujer que no me quita los ojos de encima. Se abanica el rostro con la mano. El olor del hombre de junto me molesta. Termina el alegato del joven. Se hace un silencio. Torreblanca respira profundamente. Echa su cabeza para atrás. Escucho ese ruido sordo de la gente apiñada. Alguien tose, ruidos guturales, narices que absorben, bocas que se abren. Los movimientos de los cuerpos reacomodándose. Comienza Torreblanca después de unos instantes que están sobre todos nosotros.

—Hace diez años, el día que enterrábamos a Gonzalo Cuenca, nuestro amigo Martín Palomo se acercó y me dijo con coraje: ¿para que tantos muertos, Lácides? Ya deja a la gente, nada has conseguido, ni vas a conseguir. Después Martín se alejó de nuestro movimiento. Se fue a vivir a la capital y regresó con coche. Mientras, en San Mateo entraba y salía la tropa y a nuestras gentes las mataban los cafetaleros. Nadie nos hacía caso. San Mateo no existía —mueve las manos de un lado al otro en horizontal, es un buen orador—. Llegó nuestra gente a la alcaldía. La echaron. Hubo más muertos. Pero nuestro movimiento siguió adelante. Nos querían dejar sin escuelas y se las arrancamos. No querían que se abriera la carretera a la capital del estado y nos impusimos. Había tierras en manos de cafetaleros que eran de las comunidades, dimos la batalla y las recuperamos; peleamos porque se respetara la ley, porque se respetara nuestro voto. Nos echaron encima todo tipo de calumnias, que si éramos agitadores, comunistas. No fue sino hasta que personas como don Santiago dieron la cara allá en la capital del país y contaron nuestra historia, que San Mateo apareció en el mapa. Hemos dicho siempre que nosotros no queremos violencia, que los que disparan es la tropa o los cafetaleros. Por eso venimos luchando desde hace diez años —se calla un instante y deja que el silencio enmarque sus palabras—. Pero también hemos cometido errores, y graves, hemos caído en la provocación. Algunos compañeros han utilizado el desorden para vengar líos personales. Hemos tomado tierras que nos gustaron sabiendo que no nos pertenecían y eso le ha costado la vida a varios y nos ha costado —alza la voz— que puedan decir que somos unos vándalos, unos rateros que tomamos lo ajeno. Algunos de nosotros se volvieron riquillos amenazando a cafetaleros, extorsionando, pues. Eso también lo hemos hecho. Hay compañeros, y en este pueblo sé de dos, que roban ganado a sabiendas de que los alcaldes no les pueden hacer nada. Venden las reses públicamente, tan campantes. Ha habido compañeros, y no digo sus nombres, pero sé quiénes son, que borrachos le han disparado a la tropa nada más por joderlos, esos son asesinos. Luego hay de todo en nuestro lado. Listillos que trepan usando a la gente, ladroncillos y asesinos...

Se hace un silencio. Torreblanca lo deja prolongarse unos segundos; luego continúa:

—Hace unas semanas logramos, gracias a don Santiago, un acuerdo con el gobierno federal. Miguel Valtierra, gente nuestra, está al frente de la alcaldía y no Aréchiga o Benhumea. No ha habido más tiros. Me consta que los señores aquí —y nos señala con desenfado— han desarmado a algunas de las gavillas y la tropa salió de San Mateo. Además, tenemos una promesa firme de que las elecciones de la alcaldía serán limpias. Y justo en ese momento Morayma y Palomo deciden que hay que invadir tierras —Palomo mueve el rostro y mira rápidamente a Torreblanca. La mirada de Torreblanca está en las caras de los hombres y mujeres que están frente a él. No va mal, se cubre con Fernández Lizaur—. Unas semanas antes de las elecciones les vamos a dar pretexto para que digan que somos unos rateros. Tanto tiempo hemos esperado, tantas vidas ha costado que nos escuchen, que sepan que simplemente queremos las tierras que les corresponden a las comunidades y que se respete la ley, tanta lucha para que Morayma y Palomo, y otros aquí, nos lleven contra la pared. Sé que tienen pensado tomar tierras por la noche. Me enteré hoy, y no por Palomo. Creo que es un error para nuestro movimiento y les pido que reflexionen —Palomo mira al exterior. Se abre un nuevo silencio. De pronto Fernández Lizaur se mueve. Se pone de pie. Veo cómo se abotona su cazadora. ¿Qué pretende?

—Hombres y mujeres de Tierra Baja... —me volteo asombrado. Su voz es débil, pero su excelente fraseo atrapa—.

Sé que la miseria los agobia, sufro —y mueve su mano derecha señalando a la mujer que había intervenido—, sufro y me enorgullezco por su lucha. Sufro porque sé lo poco que se ha logrado para que ustedes, sus familias, estos niños que nos rodean, vivan mejor, pero me enorgullezco de la fuerza, la entereza de su lucha —le brotan los años de experiencia de cátedra; es un gran orador, lo había olvidado—. Pero aunque ustedes no lo vean con claridad, su movimiento ha logrado mucho. Ha logrado que su lucha se reconozca, ha logrado que se sepan las injusticias que contra ustedes se cometen, ha logrado unidad para enfrentar al enemigo —el viejo es radical en su discurso—, pero sobre todo, han logrado que se les respete como ciudadanos. Ha habido errores. Esos ladrones, esos asesinos, esos no deben pertenecer al movimiento. Sé que Martín Palomo piensa que lo mejor para ustedes es ir por esas tierras —voltea la cara hacia Palomo, que mira de frente—, discúlpeme Martín, pero está usted equivocado. Lo más importante en este momento es que el movimiento llegue, por el voto, a la alcaldía de San Mateo, que derrote al oficialismo, que no tengan qué imputarle, qué señalarle. Discúlpeme, Martín, creo que sería un grave error que un movimiento honesto y auténtico se ensuciara con una acción así. Soy yo quien ahora tiene que pedirles un favor —Torreblanca mira a Fernández Lizaur quizá con la misma extrañeza que yo lo miro a él—: hemos recogido las armas de los asesinos a sueldo de los cafetaleros, los hemos dejado sin balas, hemos detenido a la tropa —lo miro de nuevo con intriga: ¿cómo lo sabe?—, pero sé que aquí hay hombres con armas en sus casas. Tanto la tropa como los agentes que se llevaron a Morayma tienen instrucciones de detener a todos los que tengan armas. Yo les pido, pido a este pueblo que me entregue las armas. Mi palabra de honor se quedará con ustedes. Si hubiera cualquier acto de violencia yo mismo tomaré el fusil —no puedo resistir voltear a verlo una vez más, el viejo me ha conquistado de nuevo—. Que nadie pueda decir que de Tierra Baja salió el primer disparo, que la tropa no tenga pretexto para llevarse a hombres que tienen que trabajar mañana para llevar alimento a sus familias. Es mi palabra. Aquí espero las armas…

Fernández Lizaur se desabotona la cazadora. La elegancia es parte de él. Se sienta con lentitud. Bajo la cara, emocionado. Lo único que puedo hacer es tomar su pierna con mi mano y apretársela con cariño. Sus ojos permanecen inmutables detrás de los espejuelos. Torreblanca me hizo un guiño. Palomo se levanta y sale del kiosco. Algunos hombres lo siguen discretamente. Me acerco a Fernández Lizaur, Torreblanca me dice algo. Temo por mi aliento, el suyo es pésimo. Me dice:

—Hay aquí algunos en los que puedo tener más confianza. Si traen las armas, nos retiramos y les voy a pedir que nos avisen de inmediato si hay cualquier movimiento.

Pasaron algunos minutos; Torreblanca fue visitado en su lugar por algunos hombres de miradas agudas. Fernández Lizaur cedió a su digno silencio y me dijo:

—¿Qué le parece Meñueco? Todavía se me da la *dema*.

—¿Perdón?

—No se me da mal la demagogia.

—Para todo hay su lugar. Pero estuvo usted extraordinario… —en eso escuché la voz de Palomo:

—Compañeros —dijo como llamando a reunión; algunos hombres dispersos dejaron su cuchicheo y miraron al frente—, a pesar de que aquí se han dicho algunas falsedades —Torreblanca y el suave Palomo habían roto lanzas—, que serán aclaradas en su oportunidad, la gente de Tierra Baja quiere que sobre todo quede clara su convicción de hombres de bien. Los hombres entregarán sus armas, que tienen para defenderse —aclaró de inmediato—, lo harán porque a don Santiago Fernández Lizaur no podemos negarle nada.

De nuevo el silencio. Un leve desconcierto invadió ese absurdo kiosco. Pasaron varios minutos, demasiados para mí. Apareció entonces el primer hombre, cargaba una vieja escopeta, oxidada, era doble pero uno de los gatillos estaba quebrado. Se paró frente a Fernández Lizaur y extendió sus brazos. El viejo se puso de pie, no supo que hacer con el arma y me la pasó. Yo tampoco supe que hacer con ella, así que la recargué con delicadeza extrema en el muro detrás de nosotros. Regresé a la mesa. Aquel hombre de ojos profundos estaba frente a mi sitio. Aguardaba. Me dijo algo que no entendí. Observé cómo Fernández Lizaur tomaba otro viejo rifle y procedía a pasármelo con cara de extrañeza. Le dije al primero:

—¿Perdón?

—¿No me da mi recibo?

—Claro, claro.

Reí por dentro. Durante un buen rato redacté recibos y apunté nombres extraños, marcas y números de serie. Fernández Lizaur se limitó a recibir armas y esperar a que yo extendiera los recibos. Se formó una hilera. Terminamos tarde. Fernández Lizaur mostraba cansancio por todas partes. Tenía un ojo muy irritado. Pusimos las armas en la cajuela, entre expresiones de cuidado, que no se raspe, mejor parada. Fernández Lizaur abrió la portezuela por sí mismo, aunque con esfuerzo. Vi a la gente esperando nuestra partida. Miré a Palomo, platicaba con algunos. Nos dio la espalda. Subí al auto. Buscaba a Torreblanca cuando escuché su voz por la ventanilla de Fernández Lizaur:

—Mejor me quedo —dijo—, Palomo está que hierve y yo ya aprendí mi lección de ingenuidad.

—¿Pero dónde va a dormir? —preguntó Fernández Lizaur, preocupado.

—Alguien me acogerá. Meñueco —me dijo—, ¿le puedo pedir un favor? —asentí con la cara—. Envíeme un vehículo discreto allá en el árbol, por si necesito irme o avisarles algo —me generó preocupación.

—¿Cree usted que *algo* —recalqué la palabra— pueda todavía ocurrir?

—Nunca sabe uno, ahora van a beber su descontento.

Arranqué el automóvil. Conduje despacio los primeros metros. Escuché de pronto.

—Manuel, me duele mucho un ojo y aquí no vamos a conseguir un oculista —recordé su drama. Traté de imaginar por lo que atravesaba aquel hombre, el esfuerzo que había hecho.

—Maestro, para usted conseguimos un oculista así lo saquemos de su tumba —apresuré la marcha. Quedamos en silencio.

Capítulo cuarto

I

"He querido ir a ti olvidándote. No sé cómo hacerlo. Lo intento una y otra vez, pero fracaso. Mi mente se lanza con furia a perseguir presas. Me las invento. Pero de pronto resbala, cae quebrada ante una sorpresiva y rebelde invasión de añoranzas. Un gesto tuyo y sólo tuyo aparece fugaz ante mí sin preguntar, una caricia que llevo y quizá llevaré, y que todavía me alimenta. También un pañuelo, la forma de atar los zapatos, esa sonrisa que sólo recuerdo en tu rostro, el rito de tomar café por la mañana, la expresión en un desconocido, cualquier insignificancia, que quizá no lo sea, hace que la furia por olvidarte se desvanezca al instante. Caigo entonces atrapada en el torbellino de mi memoria. A partir de nada tropiezo contigo. Estás en todas partes, estás en mi pasado. Es mío aunque pretenda ignorarlo. Eres ausencia que me gobierna, ancla que me detiene haciendo que mi mar siempre sea el mismo. Eres una red que no miro y no toco, pero me rodea sin dejarme escapatoria. Eres una entraña que se agita involuntariamente dentro de mí, un súbito dolor que se lleva mi mirada, un golpe que derrota sin más a mi pensamiento. Pero entonces ¿qué hacer? Si el olvido no me permitió escapar de ti, salir de la prisión de llevarte dentro, si el olvido no atiende a mis deseos, a mi empeño que quizá sea capricho, entonces debo ir a la memoria, no huir de ella, enfrentarla, hurgar en mí misma, permitir que brotes de no sé donde, que sacudas. No es revivir o vivir de nuevo, es vivir en un espacio, en un tiempo, que no gobernamos tú ni yo. Escarbo en mi días, en mi tiempo. Ya no corro a esconderme en una esquina de mi memoria, o detrás de un ropero para que los recuerdos no me vean. Ya no huyo por un pasillo interminable escuchando tus pasos detrás de mí. Resiembro un territorio vasto, rico, pero sobre todo mío. La cosecha está allí abrazándome, o entre mis piernas, frotándose contra mí, en mí, conmigo, está en el sabor de tu saliva, en un ir y venir en el que en ocasiones yo me montaba. Está en ese gozo por verte dominado, gobernado por una energía que creo sólo en mí explotaba. Sus expresiones eran un jadeo interminable, un sudor que me mojó, un calor que te envolvía todo y que permaneció en ambos más allá de los agitados latidos de tu corazón. Los escuché con mi cabeza sobre tu torso, una y mil veces. Esa energía nos llevaba después a un jugueteo absurdo, encantador. La música fue de risas y sonrisas que llenaron nuestro lecho, nuestro cuarto, nuestra casa, nuestro mundo. En esos momentos que sojuzgo a mi memoria y la obligo a darme un espectáculo con horario que yo miro, contemplo, gozosa, el desfile de mi vida siempre acompañada de ti. Pienso también en ese esfuerzo silencioso de todos los días que dio campanadas cuando nos hacíamos uno. Ahora soy yo quien arrincona a la memoria y con ella a ti, aliento que me invade, yo la invito a entrar en mi mente sabiendo que tú no te impones, no llegas a mi vida para arrastrarme. Yo entro a la tuya para quedármela. Has dejado de ser una imposición siempre inoportuna. Eres ya un escondido tesoro que sólo yo conozco. Al abrirlo arroja luz sobre mi vida, la nuestra, que nadie podrá quitarme, ni siquiera tú."

II

Veo a lo lejos algunas personas fuera de una casucha cubierta con una techumbre. Es un enramado extraño. Varios hombres están apoyados en una cerca de piedra. Supongo que es el lugar. Detengo el automóvil. Es el único en todo el horizonte polvoso. Siento mis pies hinchados, mis manos con una gordura ajena. La noche en vela no podía pasar inadvertida. Ver a Fernández

Lizaur postrado, tratar de imaginarme sus dolores, las múltiples llamadas para conseguir el aparato, todo ello dejó sus estragos. Lo vi tocarse la frente con intensidad y fuerza. Lo hizo una y otra vez como acción sustituta de frotarse el ojo. Por primera ocasión me permitió auxiliarlo. Quise imaginar lo que sufría. Colgué su extraña cazadora en el ropero. Estuvimos solos en su habitación. Se quitó unos botines bajos, pasados de moda, de buena calidad. Se recostó. Respiraba profundamente. Su dolor fue mío. Desciendo del automóvil. Pienso que Fernández Lizaur vuela en ese momento a la capital con rumbo a una clínica que ya conoce. El bimotor lanzó nubes de polvo sobre Michaux y sobre mí. No he podido asearme desde ayer. Lo padezco por todas partes. Ellos se despidieron con un abrazo cargado de una fraternidad que sólo entonces entendí: la edad. Fernández Lizaur no podía mantener el ojo abierto. De mí se despidió dándome unas palmadas que sentí casi paternales y sólo dijo suerte, Meñueco, suerte. Lo recuerdo mientras camino hacia esa casa. Me acerco a los hombres y lanzo un buenos días que no recibe respuesta. Pienso en lo absurdo de mis palabras. No sé hacia dónde dirigirme. Veo a una niña con cara de espanto. Mi presencia es la causa. Está como buscando protección junto a una hilera de troncos encajados en el piso de tierra apisonada que, me doy cuenta, conforman un corral. La chiquilla va descalza. Toca uno de los troncos como encontrando en ello seguridad. Lleva una falda larga con varias rasgaduras. Tiene una capa de tierra sobre ella. Está hecha de telas diferentes. Observo su blusa, algún día fue blanca. Es de manta y se recoge en su cintura con dobleces. Su mano derecha me permite ver una uña que resalta frente a lo oscuro de su piel. Su ceño está fruncido. Se provoca una sombra sobre sus ojos. No los alcanzo a ver. Del otro lado de los troncos están varios cerdos olfateando sobre la tierra, buscando lo que para mí es imperceptible. Un animal lleva una ubre colgante, casi roza el piso. Me parece anormal. Doy unos pasos más. Veo unos altos cactos que se yerguen como vegetación casi única en una luz de mañana soleada que sólo por eso es alentadora.

Entro a una tejavana. Estoy rodeado de gente. Noto que un silencio se apodera de todos, incluso algunos lamentos parecen cesar. Repito sin pensarlo un buenos días y el contrasentido de la expresión me da coraje. Nada mejor se me ocurrió. Un fuerte olor a humo y a encierro se viene sobre mí. No sé a quién dirigirme. Todas las personas son más bajas que yo. Soy el único de tez clara, el más alto, el único con vestimenta totalmente industrial. Todo lo que allí ocurre es ajeno a mí. La misma nacionalidad y nada en común. Veo varias mujeres descalzas. Dos de ellas con unos niños en los brazos. Una lo sacude sin cesar. Su pelo está ceniciento por el polvo. Junto a ellas hay una caja de madera. En ese momento comprendo que hacia allá debo dirigirme. Miro a tres mujeres hincadas alrededor. Una anciana se frota los ojos, que veo muy pequeños. De ellos sale humedad que no toma forma de lágrimas. Su rostro está inundado de arrugas profundas. Lleva en la cabeza un rebozo casi negro con unas delgadas líneas blancas. Junto a ella veo a otra mujer más joven. Inhala de manera entrecortada y me mira fijamente. Hay algo de coraje en su mirada, pero sobre todo de ellos brota tristeza. Un escalofrío me recorre. Me acerco a ella, supongo que es la madre. Me tropiezo con algo. Ella intenta levantarse. Con la mano derecha en su hombro la detengo para que no lo haga. ¿Por qué habría de hacerlo? Ella es mujer, ella es diferente. No creo que sepa quién soy. Es mi simple presencia la que le anuncia el poder, ese otro mundo que está lejos de ellos. Después, mis brazos la rodean buscando un abrazo que es imposible. No digo nada, prefiero no decir para no errar. El silencio me protege. Al incorporarme veo el cadáver. No puedo quitarle los ojos de encima. Un pelo negro, hirsuto y de fortaleza inocultable está allí, enmarcando un rostro redondo, de grandes mejillas. Después miro una nariz con dos hoyuelos ya inútiles y unos párpados cerrados. Pienso que la última persona muerta que he visto fue a mi madre. Quise observar su rostro pensando que nunca más lo vería. Me doy cuenta que mi respiración se ha alterado, que mi garganta se atora, pero no puedo quitarle la mirada de encima. Por qué él, me pregunto. Miro unas manos quietas, una sobre otra, pequeñas, de piel oscura.

Tiene sobre el cuerpo una camisita blanca muy limpia, pero que se ve ya no usaba, pues difícilmente le ha cerrado al frente; abajo vienen los pantalones grisáceos con un parche en la rodilla y una ancha valenciana que me brinca a la mirada. No tiene cinturón. Veo los dedos de sus pies y los imagino corriendo detrás de algo, imagino al niño, lo imagino vivo y tengo dificultad para respirar. Una sudoración fría está en mi frente, pero no puedo quitarle la mirada, algo me retiene. Debajo de él está lo que supongo es una sábana. Pero ¿qué me atrapa? Lo recorro de nuevo con ansiedad. Algo me sorprende, descubro una pequeña mancha de sangre en su costado izquierdo. Lo imagino recibiendo el impacto junto con el sonido. Poco debe haber comprendido de lo que le ocurrió. Qué estaría haciendo, qué edad tiene, tenía, cómo se le llamaba, seguramente era alegre, ¿tenía hermanos? Quién eres, quién fuiste, por qué tú, de todos por qué tú, quién pudo ser el salvaje. Toco de nuevo mi frente, está fría, húmeda. Pero no es la sangre la que me retiene, miro su oreja, su pelo y caigo atrapado de nuevo. Su boca está un poco entreabierta. Entre sus labios alcanzo a mirar unos dientes muy blancos y cortos y una resequedad que me molesta. Trago una, dos veces. Allí están esos labios, no muy gruesos, de ellos nace, brota, no sé por qué posición, no sé si por esos dientes cortos y alineados, pero es una sonrisa, hay algo de alegría en ese rostro, hay una alegría infantil, estática, rígida. Miro su boca. Dice vida, juego, oigo gritos que salen de ella, agudos e inentendibles. Lo veo retozar con esa boca todavía más abierta. Me imagino sus ojos, negros, de seguro negros, brillantes, los veo brillantes, fue lo último que miré, después escuché una voz ronca, mejor siéntese.

III

Aquí estoy de nuevo lleno de papelitos, todavía en San Mateo y escribiéndote. Tendré que explicártelo en otra ocasión. Es de mañana y tengo algunos minutos para nuestro juego, después habré de ir a ver una danza a la lluvia en un poblado cercano. No puedo mentirte, no por escrito, iré con Mariana. Pero iré a mirar danzas en las que no creo, sólo porque tú me llevaste a ellas. En fin, estoy confundido. Fracasé de nuevo, Elía, pero ahora no me duele. Entonces, ¿quizá no fracasé? ¿Será?, ya me obligaste a pensar. Tengo unos minutos y unos papelitos que quisiera comentar contigo, casi sonó burocrático. Veamos el primero. La columna se llama "Contornos" y la primera nota dice así:

ESTALLA UNA FÁBRICA DE FUEGOS ARTIFICIALES
Manila (UPI).- Por lo menos nueve muertos y 19 heridos dejaron una serie de explosiones que se registraron hoy y que prácticamente hicieron desaparecer una fábrica de fuegos artificiales propiedad de Taiwán, en las afueras de Manila, informaron las autoridades. El alcalde David Emralino, del poblado de Candelaria, dijo que nueve cadáveres carbonizados fueron rescatados de la fábrica de juegos pirotécnicos Tai Ma. La policía y autoridades de salud dijeron que 19 personas, la mayoría mujeres, fueron trasladadas a tres hospitales para recibir atención por mutilación de extremidades, fracturas y quemaduras.

En otra ocasión mis ojos la hubieran cruzado sin más o quizá hubiera reparado en el poco control legal en ese país. Pero hoy pienso en tu cuento, en el cohetero que se va a los aires, también en el del pueblo aquel que está junto a la peña. Bueno, es una tragedia que trato de registrar, mejor dicho ya registré. No somos el único país en el cual los cielos siguen siendo usados para mandar mensajes de alegría o para comunicar a los barrios o los pueblos. Por cierto, el otro día también me acordé de ti pues aquí, en San Mateo, hubo una retahíla de explosiones sin luces esplendorosas, simplemente ruido. Pregunté a don Benigno y me dijo que no sé qué barriada festejaba a un santo. Claro, me preguntarás qué santo, perdón Elía, no preguntarás nada. Recorté otras dos: una en un periódico reciente y otra en una revista vieja de ésas que están apiladas junto a la mesa de damas chinas. Te hablo como si conocieras el lugar. Es curioso Elía, ahora tomo esas revistas y las leo. Salvo por los estilos en los autos y por las modas en las vestimentas que de pronto me provocan carcajadas, hay ocasiones en que las leo como si fueran actuales. Pensar que al principio me burlé en mi interior de doña Ester, que se sienta por las tardes a leer momias hemerográficas y ahora yo también lo hago. Me distraen, en fin, debo ser honesto. Además ya no tengo ningún buen libro que me apasione, esa es la verdad. De sinceridad se trata. Creo que podremos reírnos un poco. ¿Podremos?

PREMIARÁN LA VIRGINIDAD DE JÓVENES
EN POLONIA
VARSOVIA, (EFE).- El Consejo de Barrio de la Cooperativa de Viviendas Chemik de Wroclaw, al suroeste de Polonia, convocó el certamen concurso de limpieza sexual para premiar a las jóvenes que demuestren ser vírgenes y a las casadas castas. Las parejas de novios y casados que deseen participar deberán inscribir su solicitud en un registro secreto, acompañada de certificados firmados por un ginecólogo, en el caso de los novios, o de una copia del acta de matrimonio. El reparto de premios se realizará cada 3 de mayo, y constará de bienes de consumo, vacaciones, viajes de novios y cantidades en metálico equivalentes al salario medio de un año. La asociación basa su reglamento del concurso en razones morales y religiosas para propagar la idea de la castidad, a las que añade la muerte biológica de la sociedad occidental europea y su sustitución por la llegada de otros países y razas.

En plena etapa de misiles y energía atómica hay certámenes de limpieza sexual. ¿Qué tan limpios fuimos tú y yo? Tú totalmente hasta que, ahora lo recuerdo con molestia, te lo debo decir, apareció Octavio. Pero claro, ya te escucho, eso también fue limpio. Tú fuiste limpia y creo que seguirás siéndolo aunque no te permitirían entrar al certamen ni creo que te interese. Yo no salgo tan bien. Algunos asuntillos los sabes, otros los intuyes y otros debería contártelos. ¿Debería? Adelante, la que sigue no tiene desperdicio.

PROSTITUTAS RECLAMAN TÍTULO DE EDUCADORA SEXUAL
BELÉM (EFE).- Centenares de prostitutas brasileñas reclamaron al gobierno de su país y a la Organización Internacional del Trabajo (OIT) que se les reconozca el título profesional de educadoras sexuales. Con esta reclamación concluyó el primer encuentro de prostitutas organizado con apoyo oficial en esta ciudad brasileña del estado de Para. Las prostitutas pidieron en el documento la reforma del Código Penal Brasileño, debido a la discriminación que padecen, y exigieron a las entidades oficiales brasileñas y a la OIT que reconozcan la prostitución como profesión.

Por lo pronto, algo lograste con tu cuentito y tus cartitas: ya no puedo leer el diario o las revistas igual que antes. ¿Dirá eso algo? No lo sé. Hoy estoy ligero y quiero permanecer ligero. Ojalá lo logre.

IV

Julián Benigno Urbalejo soñó un día con vender el nombre del tiempo. Fue después de que arribara al pueblo aquella máquina de asombro que al día dividía en mil para dar a cada fracción un nombre inconfundible. Llegada por error, sería descubierta de entre sus envoltorios ante la curiosidad de algunos cuya función desconocían. Levantada al centro del lugar en el que vientos y hombres se encontraban en revoltoso regocijo, tan alto como su equilibrio lo permitió, una mañana la máquina que daba nombre al tiempo, inició su marcha. Fue el mismo lector del libro de árboles y hojas encantadas quien, con su voz fuerte y sonora, dijera la cadena infinita de los nombres de aquello que a los niños volvía y después, sin cesar nunca en su arribo, los mutaba en viejos que irían a convertirse en verde o a perderse en el mar. Cuentan que ese día en que los ropajes de la máquina cayeron hubo miedo. Muchos huyeron, pues el tiempo estaba unido con el agua y ésta podría ir de la calma a la furia en un momento. Hubo otros que se internaron debajo de las grandes hojas que por las noches los cobijaban para huir del atrevimiento de comprar aquello que por algún motivo, sin nombre, había permanecido. Eso fue cuando todavía Vicente al mar no iba, pero sí antes de una furia, de un enojo del agua que en la memoria perdura.

"Las cosas no fueron así, Manuel, pero casi. Las palabras me obligan a buscar otra verdad. Ya no quiero un retrato de nuestro pueblo, creo que nunca lo quise, quiero un mapa de emociones con indicaciones precisas de mis afectos, de mis querencias, de mis dolores y mis dudas. Sí, eso es, un mapa claro que conduzca mi mente por mi vida y que me obligue a detenerme en aquello que en verdad apretó mi entraña y me dejó una huella. Los tiempos son los de mi cuento, por ello todo tiene que ser mentira, pues a esos tiempos, nuestros tiempos, no regresaremos jamás. No puede ser de otra forma. Me has enseñado cómo agrando e ignoro a la vez. Es cierto, Manuel, lo mismo que te critiqué de tus peroratas nocturnas existe en mi cuento. Creo que si quiero decir la verdad debo mentir, haciendo de lo que fue sin saberlo algo o alguien que vuelve a ser sabiéndose. Aquel objeto llegó al pueblo en alguno de los buques. Venía empaquetado perfectamente. Nadie lo rescató ni demandó su propiedad.

No recuerdo bien quién decidió que debía acabar con el misterio de la gran caja abandonada. Por fin apareció. Era un carillón. Eso lo explicó el químico Seanez. No era un simple reloj, era un carillón. En ello insistieron con vehemencia. Qué suerte la del pueblo, se pensó, un carillón sin dueño. Recuerdo al químico parado junto al aparato señalando con su dedo índice las piezas y su función. Después apareció tu padre, que de inmediato le encontró un uso: Se construiría una torre especial para el carillón. Éste anunciaría puntualmente las horas, las medias y los cuartos, con sonoras notas que imprimirían a nuestro pueblo un nuevo ritmo. Hasta entonces en el pueblo los horarios se manejaban atendiendo a la luz, al calor, a la marejada, a las nubes. Pensándolo bien, mediodía ocurría a la hora que había que refugiarse del calor. Los pescadores salían al amanecer y regresaban siempre con la luz de resguardo. Las mujeres sacaban sus mecedoras a las calles cuando el sol se ladeaba y el bochorno se había marchado. Recuerdo a mi madre decir: todavía no se va. Hablaba de algo que tardé en comprender, pero que ahora miro tan real como una piedra. El pueblo no tenía problemas de horarios, de puntualidad. Si había tormenta o amenazaba alguna nadie salía de su casa y la gente no se ofendía por no atender una cita. Pero en cambio, cuando la tarde refrescaba los hombres se dirigían puntuales a su cita para jugar con las fichas. Mi padre regresaba de la selva y encontraba sus alimentos esperándolo. Mi madre se levantaba y me despertaba diciendo, no sé si ahora lo recuerdo o lo imagino, hija ya se hizo tarde, pero no aparecía ninguna cifra. Cuando llegó el carillón con su enorme carátula de números romanos jamás imaginamos los cambios que ocurrirían en el pueblo."

Algunos dicen que olvidaron sus paseos guiados por la luz que venía después de la noche para hacer el día. Fueron muchos los que a diario se encontraron frente a la máquina. Allí estaban, idos, sólo para aventar una mirada que pusiera nombre inmediato a lo que vivían. Fueron ellos los que, después de mucho, aprendieron los nombres del tiempo para lanzarlos por cuenta propia, con seguridad de máquina. Hubo quien refutó en palabras, que llamaron a los golpes, por afirmar el nombre de un tiempo que al instante era otro. Hubo quien montó sobre una cólera en la que todos los hombres perdían la razón abrazados por una venas alzadas en sí mismas y unos músculos encogidos por pensamientos estrechos que se anudaban con vueltas de coraje. Fue poco tiempo después cuando el río entró en furia inaudita, yendo al cielo que bajó a él para ayudarlo a llevar al mar con fuerza de luces y embestidas no humanas, refugios y familias, peces que en el aire revolotearon y pájaros sumergidos en desesperado nado sin rumbo. Fue en esa ocasión en que bajó el cielo, cuando muchos en su espanto fueron al verde para trepar a los árboles que, como pasto, todos a la misma estrella se inclinaron, mientras el viento intentó llevarlos en su caprichosa visita que comenzó de la tierra al cielo y sin aviso de nubes.

A algunos se les vio caer dormidos en un mar hermanado con el río, incrustados, muy adentro en la tierra. De muchos se recuerda haberlos visto flotar en una mañana que se unió a otra y fue a la noche de nuevo. Aseguran que los nombres de la máquina se encimaron unos sobre otros para traer por fin un día en que el agua de cielo allí permaneció y el río sacó lentamente un rostro de amigo. Todo fue al mar para transformarse en agua que subió al cielo para bajar por el río. Hubo hermanos que convertidos en olas alisaron las que fueron calles. Pero la máquina que al tiempo daba nombres, detenida, les esperó tranquila en el lugar donde se le había plantado. Rodeada de ramas que habían extendido un brazo sobre una roca que a su vez se hacía arena que corría a la tierra para volverse más arena en las profundidades. Allí, sin mover su rostro, la máquina les esperó como guardián de una conciencia que jamás se desprendería de ese lugar. Fue a partir de entonces que a esa máquina se le negó amistad dejándola en abandono que la convirtió en un sin sentido que agitaba la memoria para llevar pensamientos a la furia del río y del cielo. Fue por ello que Julián Benigno condenara al lector el libro de árboles, reclamándole no haber conocido el primer nombre del que desprendieron los demás, irritando con ello a un cielo celoso de no ser llamado cual debiera.

"¿Por qué el carillón llegó entre huracán y huracán o tormenta y tormenta? No lo sé y creo que nunca lo sabremos. Casualidad me dirás tú, es cierto, pero nuestro pueblo no se explicaba a sí mismo entre casualidades. Todavía miro el carillón abandonado en aquella extraña torre que después fue demolida. Su faz observó a todos, entristecida, con las manecillas en un inmutable siete y cuarto u ocho y media, como amenaza o tatuaje de un desastre que costó muchas vidas. Todo mundo habla de la mala fortuna que el carillón trajo. ¿Cómo negarlo? La ciudad a ti te volvió frío, racional dirías tú, te transformó. Ahora no te lo reclamo, pero aquel pueblo vivió así y no podemos inventarlo de otra forma. ¿Te das cuenta?: tu realidad es un invento."

V

Se abre la puerta. Es la muchacha con cuerpo de niña. Deja un cesto de pan. Está nerviosa. Escucho un buenas tardes, como siempre amable. Regresa a la cocina. Creo que algo respondo mientras observo lo grueso de su trenza, que anuda perfectamente su generoso cabello negro. Ya viene de nuevo. Debajo de ese raro vestido con la cintura demasiado alta se ven ya dos pequeños bultos. Son sus pechos, que se insinúan apenas como gordura. Lleva puesto un delantal de cuadrillé rojo que también cuelga desde la mitad de su tórax. He pedido una cerveza. Creo que se le ha olvidado. Reviso las instrucciones de las pastillas para ver si no hay contraindicación. Arranco un trozo de pan que sé está caliente. Es agradable su temperatura. Lo pienso cuando escucho:

—¿Cómo se siente, Meñueco? —volteo el rostro. Es Michaux. Intento pararme.

—No se pare —me pone una mano en el hombro—. Usted coma bien y duérmase en la tarde.

—¿Cómo está usted, don Benigno?

—Pues mejor que usted sí —suelta en un tono de gran amabilidad.

—Cuántas molestias les he traído —le digo y me percato de que estoy triste, de que me siento solo. Me hace falta el humor culterano de Fernández Lizaur. Eso creo.

—Ningunas molestias, pero no se ande desmayando en cualquier parte —trata de ser gracioso, pero no se le da. Presiento que él también extraña a Fernández Lizaur.

—Había muy poco aire, don Benigno, muy poco.

—Además, no comió usted nada. Echó para atrás los huevos tibios y cuando llegaron Almada y Berruecos apenas había usted dado un bocado el día anterior. Así que —vuelve el rostro—, niña, tráele de comer bien al señor —sonrío y pienso en su generosidad.

—¿Cómo se sintió con el doctor Colmenero?

—Bien, es agradable —le respondo. Queda a la espera de mas información—. Me dijo que también tenía la presión baja. Me mandó estas píldoras —Michaux las mira. Estira el brazo. Creo que aún así no puede ver las pequeñas letras. Con gran naturalidad me dice:

—No las conozco —me quedo meditando sobre su relación casi íntima con muchas medicinas.

—¿Sabe usted algo de don Santiago? —le pregunto.

—Nada —me responde—, hablé con su esposa. Se quedó muy afligida. Llamó de inmediato al oculista. Él lo iba a esperar en la clínica —quedamos en silencio. Lo rompí diciendo.

—¿Hubo enfrentamientos?

—No, que yo tenga noticia —me respondió de inmediato. Vi mi cerveza, tuve auténtico antojo. Pero me contuve. Me sentí incómodo de beber frente a él.

—Tómese una copita, don Benigno, por nuestra aventura —le dije. Creo que se dio cuenta de mi incomodidad.

—Está bien, Meñueco, pero será a la salud de mis huéspedes. Niña, tráeme la botella de jerez que está en el refrigerador —él sonreía espontáneamente cuando detrás de nosotros escuchamos una voz débil.

—Señor Meñueco —era la viejita de los pájaros.

—¿Sí?

—¿Qué pasa, Josefina? —preguntó Michaux.

—Un señor Gonzaga le habla por teléfono —Michaux me mira. Trato de controlar mi inquietud. Pienso que era demasiada la tranquilidad para ser real.

—Con permiso, ¿me permite el teléfono de su despacho? —siento que la pregunta resulta innecesaria.

—Pase, pase.

Camino por el pasillo. Me escurro detrás del escritorio.

—¿Sí?

—Señor Meñueco, le va a hablar el ministro del Interior.

El sonido de unas extrañas campanitas entra por mi oído. Me quedo pensando cuál sería la actitud de Gonzaga. Se repite la melodía una y otra vez. Siento molestia. Hacía tiempo no estaba sometido a la disciplina de las jerarquías burocráticas. Además, mi mente está perturbada. De pronto, escucho sin más:

—Meñueco, buen lío ha armado usted allí —mi molestia se acrecienta. No puedo tolerar el tono.

—Buenas tardes, señor ministro —Gonzaga no sólo no admite su error, su falta de educación, sino que impone su grosería.

—Al grano, Meñueco: el gobernador Irabién me ha hecho un reclamo fuerte por la intromisión en su territorio en asuntos políticos de elementos con instrucciones federales —pienso en Elía, que siempre se burló de los burócratas que hablan de "mi gente", o de "nosotros" cuando se refieren a asuntos públicos. Ahora era el territorio de Irabién— ...pero además el ministro de Guerra está furioso por las órdenes y contraórdenes a su gente y, por si fuera poco, ya hay un hombre muerto.

—No fue un hombre, señor ministro, fue un niño, lo cual convierte al hecho en una verdadera tragedia, pero estoy convencido de que pudo haber sido mucho peor.

—Pues ese muertito —lo dice con sorna— ya llevó a San Mateo de nuevo a las primeras planas. Así que a la caravana se suman sus tonterías —la palabra cae cuando ya mi paciencia se había agotado.

—Disculpe, señor ministro, pero creo que está usted muy exaltado y está usted siendo muy injusto.

—Pero...

—Permítame, señor ministro: si no ha sido por la intervención del maestro Fernández Lizaur, quien quizá pierda un ojo por estas andanzas y la mía, San Mateo ya hubiera ocupado las primeras planas, que tanto le preocupan a usted, desde hace varios meses. Habría muchas más familias sangrando por aquí.

Pensé en la mujer que en la mañana había tratado de abrazar. Se me vino a la mente ese olor denso y caliente. El pensamiento provocó que mis palabras abrieran un espacio de silencio que, por supuesto, fue aprovechado por Gonzaga.

—Mire, Meñueco, yo lo que sé es que ustedes negocian y negocian y al final siempre de todas formas hay sangre...

—Claro —le respondí de inmediato—, nosotros no podemos acabar con la miseria, con el encono de siglos. Venga usted a Tierra Baja para que se percate de lo que se trata —mis palabras no son las de un subordinado—, entre usted a la casa del niño muerto para que vea su condición —pienso que en esto le llevo ventaja.

—Mire, Meñueco, los cafetaleros están molestos...

—Claro, pues los desarmamos...

—...el gobernador está furioso, el Ejército también, y para colmo ya hay un muertito —cambia el tono—, comprenda, mi tablero se me complica por todas partes...

En ese momento me di cuenta que mi mente ya no pensaba en tableros, ni en piezas, que San Mateo era mío, que

Mariana ocupaba un lugar en mi vida, que a Fernández Lizaur ya lo quería, esa era la palabra, que apreciaba a Michaux igual que a la viejita, Josefina. Guardo silencio y antes de que Gonzaga regrese al ataque le digo sin pensarlo mucho:

—Señor ministro, le suplico me releve de esta misión, más no puedo hacer.

Una profunda indiferencia me ha invadido. No tengo deseos ni fuerzas para explicarle. ¿Por dónde empezar? Gonzaga se queda en silencio. Pienso que fuma un habano. Recuerdo que nunca fumé el que me obsequió. Pienso en la cerveza que me espera en el comedor. ¿Habría sido lo suficientemente astuto como para bajarme antes de que ellos me bajaran de la misión? Quizá. ¿Habría aprendido la lección de Alfonso?

—¿Cómo está lo del ojo del viejito? —pregunta Gonzaga sin poder ocultar su indiferencia. Me lastima la expresión *viejito*.

—No lo sé, está en el hospital, pero algo le digo a usted, señor ministro, mucho le debe el país a ese *viejito* —la palabra la pronuncié lentamente con la misma sorna que él había usado en *muertito*. Creo que allí se dio la ruptura. Gonzaga creía hablarle a un subordinado y yo no sé cuando, no sé cómo, no sé por qué, ya no lo era.

—Pues sí, quizá sea lo mejor —¿lo habría pensado antes de la llamada, o sería acaso resultado de ella? Creo que nunca lo sabré.

—Compréndame, Meñueco, debo cambiar de estrategia.

—No he dicho una palabra, señor ministro. Le recuerdo que yo se lo pedí —algo de satisfacción me invade. La salida era perfecta para él. Cediendo a un peón se lavaba las manos del "muertito". Mi cabeza para limpiar su imagen. Ideal.

—Ahora que regrese le invito un café —una sonrisa vino a mi boca. Con artificial amabilidad le digo:

—Le agradezco, señor ministro, usted dirá cuándo —mi cara exagera los gestos.

—Nos vemos pronto, Meñueco.

—Hasta luego señor ministro.

Colgué. Estaba en el escritorio de Michaux. Vi sobre él un retrato cursi de su esposa. No me sentí incómodo. Nada tenía por enfrente. Todo se había acabado. Pero, curiosamente, me sentí libre, solo, pero libre. Me levanté. Cerré la puerta de dos hojas del despacho y caminé hacia el comedor meditando. Vi a lo lejos la mesa con las damas chinas. Los pájaros revolotearon produciendo un agradable escándalo. Observé cómo el sol penetraba al patio iluminando las múltiples macetas y macetitas que sin ningún orden aparente permitían la vida de florecillas multicolores. Respiré profundo. Las horas de calor intenso ya abrazaban a San Mateo. Entré al comedor. El piso crujió como siempre. Vi el lugar de Michaux, la cabecera, vacío. Junto a su sitio sus frascos de medicinas. Pensé en mí. Él me esperaba en la que yo consideraba mi mesa. Escuchó mis pasos. Vuelve el rostro.

—¿Cómo le fue? —pregunta con inquietud, lo hace con lógica burocrática que yo sé que no es suya. ¿Intuía acaso el regaño?

—¿A quién?

La pregunta resultaba absurda. Tenía una inevitable concepción de equipo, de grupo, de individualidad.

—Mire, don Benigno, hasta hoy hay un muerto. Para unos es una pequeña pero importantísima nota, de unos cuantos centímetros cuadrados, en un diario. Para otros es la debilidad de un gobernador, o un ministro. Para usted y para mí es una terrible desgracia, para otros es la muerte de un hijo. ¿Cómo describirlo? —recordé el rostro de Elía. Los ojos azules de Michaux me capturaron. Me perdí en ellos.

VI

"El silencio se ha apoderado de mi vida. Escucho ahora lo que nada me decía. Si leo en el sillón de la esquina llega a mí el sonido de mis dedos al tocar el papel y voltear la hoja. Mi ropa cruje sólo para mí. Escucho cómo mi brazo se frota contra mi cuerpo. Las lanas producen un sonido como con chispas. Los algodones son opacos. Cuando mis piernas se cruzan las telas se acomodan, graban el movimiento. La fricción es suave, pero inevitable. Los cojines responden a mi inquietud con maullidos dolorosos. El cuero de mis zapatos golpetea agudo sobre el barro. Los collares que tú conoces, Manuel, van conmigo cascabeleando incesantemente. Hay días en que me molestan. Los tragos de saliva dejan huella en los oídos. Al abrir la puerta viene a mí un sonido mecánico que rebota en las paredes y delata el movimiento. La puerta de la recámara rechina. No lo soporto. Por las noches me atormenta, pues enmarca mi soledad. Mi boca produce ruidos, como fluidos interminables que se detienen sólo un instante. Antes nunca los había escuchado. A lo lejos están los borbotones del agua hirviendo, la misma que susurra cuando la dejo caer sobre el café molido. Los cubiertos rasgan y se arrastran sobre los platos. De pronto caen y para mí hay un estruendo. La madera de cajones y puertas retumba cuando los toco. El agua cae ruidosa a mi alrededor cuando me baño. Ahora la miro escurrirse casi imperceptible, es una y la misma, Manuel. El jabón tiene también un sonido. Cuando se vuelve espuma, es juguetón. De mis manos al frotarse nace algo que me es ajeno. Soy yo misma pero estoy sola, frotándome las manos. Cuando me rasco, y ahora me doy cuenta que lo hago con mucha frecuencia, escucho esa fricción reconfortante que viene acompañada de cierto alivio. He intentado dejar de hacerlo, es imposible. No quiero reconocer que todos esos ruidos soy yo. Antes, ese silencio ruidoso se venía a mí sólo por las noches. Primero fueron ruidos lejanos. Perros, campanas, puertas que se cerraban, los solitarios caminantes del pueblo, borrachos de vez en vez. Cuando llegué al pueblo las madrugadas no existían en mis noches. Ahora tienen una presencia inevitable. Mi sueño se ha vuelto ligero. Por esas horas aparecen pájaros y gallos, agua y silbidos. Primero, lo he descubierto, es agua que sirve para lavar pisos, lavar gente. Mis vecinos, sin reparar en el frío, salen descamisados a una regadera que está después de un patio. No he logrado establecer el parentesco. Tres hombres, dos mujeres, todos jóvenes. Una pareja de ancianos enmarca el evento. Ella es la primera. Él es el último. ¿Serán hermanos, primos acaso? Los espío. Me entretengo imaginando su convivencia. Cada quién lleva entre sus brazos una pequeña dotación de jabones y lociones. No los comparten. A la entrada, cuando se topan, casi no se saludan. Lo he observado. Después, ya acicalados, con el pelo alisado y las cejas húmedas, regresan a sus habitaciones a terminar de vestirse. Los silbidos sustituyen a los aldabones y timbres que también escucho. Allí estoy, Manuel, como postrada, escuchando a las sábanas acompañarme en mi inquietud de mañana, en mi ansiedad permanente. Escucho un flujo, Manuel. Sucede cuando duermo o lo intento. Es un zumbido muy agudo, muy lejano. Nada lo interrumpe. Busco acabar con él y me muevo. Por un instante funciona, el zumbido desaparece. Pero poco después regresa, está ahí de nuevo, me envuelve. Me he parado de la cama para dejar de escucharme. Un día mi mano quedó debajo de mi costado. Sentía en ella mis palpitaciones, caí en un sueño pobre. De pronto mis palpitaciones se fueron haciendo cada vez más lentas, pensé que moriría, soñé que moría. Desperté sollozando en plena soledad. Me pregunto: ¿dónde estuvo todo ese mundo de sonidos cuando éramos dos en mi vida? ¿Estaré enloqueciendo? Manuel, la compañía ahuyenta el silencio. Escuchas al otro, te vuelves de él y él se vuelve tuyo. Lo propio escapa, se pierde. Cepillar mi cabello es algo inevitable que antes gozaba. Allí está el ruido de ese tirón que hoy escucho, porque nadie más charla o comenta o simplemente está allí y sin darse cuenta hace ruido. La toalla seca y raspa zumbando al frotar porque nadie se cepilla los dientes o llena de agua el lavabo. Mi ansiedad nocturna existe porque nadie la comparte. Escucho a mis pies encogerse dentro de los zapatos. En este instante escucho cómo raspa la pluma sobre el papel. Después habré de oír una vez más cómo se dobla el papel bajo mi dedo, cómo entra en el sobre que habrá de caer en esta mesa. Las únicas palabras que llegan a mí son éstas. Quiero imaginar tu voz dentro de ellas, pero es cada día más difícil. Mi voz nace sólo para poder ir a sí misma, es decir, a ninguna parte. He tratado de ser todo silencio. No puedo, algo de ruido me acompaña siempre. Perdóname Manuel, pero ir a la música es negarme, negar mis ruidos, negar mi profunda soledad."

VII

Leí lo del carillón, no agregas nada que no sea real. Tu preocupación epistemológica me parece francamente admirable. Me estoy burlando indebidamente de ti. Perdón. Lo que expresan tus palabras yo lo viví así. Simplemente eslabonas a tu capricho. Tomas lo que fue nuestra gente en ese momento. Yo de niño le tuve miedo al carillón. Una de mis tías, no recuerdo si la China o la Lichona, perdió a un pariente en aquella marejada. No tengo claro qué papel tuvo mi padre, pero, es cierto, algo hizo en torno del reloj, perdón, carillón. ¿Te parece la palabra promotor? Algo promovió. Tú lo transformas en vender la hora, el anuncio del tiempo, los nombres del tiempo. No tengo en la mente si fue eso lo que propuso, pero seguramente lo intentó, de eso estoy convencido. Mejor llevemos el asunto al *Anecdotario familiar para la recuperación de la risa*. Elía, se vería así: mi padre se topó con un reloj sin dueño, bien mostrenco, diríamos los abogados, perdón por la petulancia profesional, en fin, se topó con el reloj. Imagínatelo negociando quedarse con él, con la propiedad del mismo, que no logró, de eso estoy seguro porque no se decía que el reloj, perdón, carillón, fuera nuestro. Después negoció cobrar cuota por la venta de ese anuncio. Hacerlo en un pueblo que no necesita ni de relojes de ni de carillones es más que ingenuidad. ¿Cómo lo llamarías tú? Con razón fracasó en su vida. Hablando de relojes, te envío esta joyita desprendida de una de las revistas de doña Ester.

AFECTA UNA OLA DE CALOR AL BIG BEN
LONDRES (EFE).- La ola de calor que afecta a Gran Bretaña parece ser la única explicación a los misteriosos paros que ha sufrido en las últimas 36 horas el Big Ben, el reloj que corona la torre del Parlamento británico. El Big Ben elige siempre las cinco para dejar de funcionar. Hoy se paró a las 5:11 horas de la mañana, y en los últimos dos días a las 5:20 horas de la tarde, tiempo local. Los relojeros encargados del mantenimiento del Big Ben no han encontrado aún la causa de la avería, pero la opinión general es que el calor es el responsable de estos paros.

Dime, Elía, ¿no es una belleza? Bueno, perdida en una revista de modas y de decoración no cobra mucho sentido, pero inserta en nuestro juego de invención de realidades, es francamente una joya. El calor lo imaginé morado. ¿Cómo más podría imaginarlo?

VIII

"¿Era tanta nuestra ignorancia Manuel, la mía, la tuya, la de mi padre? Quizá. Me dolió cuando lo dijiste la primera vez, pero las palabras química o químico muy poco le decían a mis padres. Lo admito. Trataré de seguir adelante en ese mapa de emociones que estoy trazando."

Metales, vidrios y extraños polvos se unieron a Romárico Seanez, el químico. De él se supo fue a una jaula a iniciar su encierro. Allí los líquidos brincaban de pronto para anunciar su cambio de color y fuerza. Después descendían, se tranquilizaban para quedar dispuestos a aceptar la entrada de otros que de por allá se deslizaban para un sorpresivo encuentro que terminó en un calor que acudió al aire en busca de auxilio. Esos líquidos reposaron en un frío penetrante que rodeó de recia piedra. Romárico Seanez dobló metales que fueron rectos suavizando sus formas.

Gobernó lo que era un laberinto del entendimiento. En el cual se escupía vapor al aire y se llevó animales a un cansancio de muerte del cual jamás volvieron. Algunos dicen que el químico creció en poco tiempo hasta llegar a ser un gigante en lo que a palabras del futuro se refería. Otros dicen que empequeñeció y usó ropa perenne que no conocía estación.

"Es curioso, Manuel, en las notas de la Tía el tal Seanez pasa de sabio a gusano. La tía, que era mesurada en sus expresiones, dice cosas horrendas de él, que si era un degenerado y que por ello era tan blanco, que si sus misteriosas desapariciones tenían que ver con ritos extraños. Yo lo recuerdo blanco, eso sí, con unos ojos muy pequeños, y ahora que lo pienso, inexpresivo. Pero tienes razón, Manuel, la papelera transformó al pueblo."

Del mar llegaron nuevos líquidos seguidores de aquellos que al verde habían ido en carreta. Ésta para entonces regresaba ya sin enormes viejos tendidos sobre ella. Que el químico nunca comía sólido, dijeron, porque, al fin maestro de los líquidos, de ellos se sustentaba. Pero también se afirma que del verde se alimentó conociendo las hojas que mutaban su color para convertirse en potente alimento. Alguna vez se le vio por el pueblo arrastrar su mirada que huía con su cuerpo. En poco tiempo de nuevo lo verde pareció acorralarlo. Se sabe que mandó letras viajeras al otro lado del mar, cartas infinitas e indescifrables. Se sabe que recibió líquidos, vidrios y libros, que como ola de poco a lo mucho iban para después decrecer. Así llegaron al pueblo. Omar, durante el encierro del químico, no habló de los metales, menos aun de los líquidos cuyos nombres desconocía. Pero sus rezos se hicieron más en lo que se creyó sería oración enraizada con una vejez prematura. Por las mañanas se le recuerda mirar con frecuencia al cielo. Después emprendía la marcha con un rostro de tristeza con esperanza. Se sabe que un día Romárico Seanez llegó de tarde al pueblo, después incluso que Omar, casi de noche. Llegó cargando bajo el brazo un tronco delgadísimo y llevado al blanco, que se doblaba con el aire. Era terso, con movimiento de tela. Romárico Seanez se alimentó como todos esa noche y bebió. Amaneció repleto de olores a madera que de Omar con fuerza brotaron. Risas, carcajadas fueron a la boca de Omar. Junto, en silencio estaban Eva y Elía que sonriente en su juventud se acariciaba. Fue justo al día siguiente que Omar llamó a los hombres de espaldas anchas para asegurarles que el verde no los devoraría, que los líquidos a los aires a nadie llevaban, que Romárico Seanez también de aves y carnes se alimentaba.

"Esa noche la recuerdo con claridad. El químico (sería acaso vegetariano, no lo sé, nunca lo sabré) hizo algunas pruebas de blancura con las maderas de los terrenos de mi padre. Eso lo comprendo ahora. Llegó jubiloso y comentó en voz alta. Nunca hablaba en voz alta, mejor dicho nunca hablaba. Aquella noche mi padre montó en júbilo. Se abrieron botellas y ellos bebieron. Así nació la papelera y con ella las preocupaciones de mi padre. Sabes, Manuel, la papelera lo llevó a la muerte. La maderería terminó gobernándolo. La papelera lo sojuzgó. Nuestro cuento debería también de decirlo."

Con los blancos pliegos se inició la muerte de Omar.

"Sobre la papelera poco tengo que decir. No está en mi memoria, nunca fue la mía."

IX

Han de estar bailándole a la lluvia, por eso no se puede transitar por allí. De inmediato busqué la voz. Había sido Michaux. Lo dijo con motivo de las mejores rutas para detectar el movimiento de la tropa. Miré al centro de la mesa para no delatarme. Recordé a Elía y los avatares de su cuento, recordé a su santa.

Me oculté con una mirada baja. Noté cierto desprecio en las palabras de Michaux. La conversación era incómoda. Torreblanca, Zendejas y el pobre hombre de Miguel Valtierra, cuya misión de conducir unas elecciones convincentes me parecía cada vez más difícil, escucharon el anuncio. Los pájaros siguieron su canto. Hacía algo de bochorno. Miré a la pared. Vi un pequeñísimo cuadro de una santa colgado sin sentido. La desproporción entre el muro y el cuadro era tal que me provocó risa interna. Pretendí estar inmerso en la conversación. El asunto del baile a la lluvia no me permitía concentrarme. La reacción de Torreblanca fue de incredulidad, don Santiago se enferma y usted se larga, compréndame Lácides, no me voy por voluntad, me han pedido que deje el asunto, me despidieron, ya está claro. Cuando lo dije no sentí afrenta. Yo mismo lo había propiciado. Eso pensé. Así nada más, me dijo, así nada más, le repetí. Pues permanezca por su cuenta, lanzó, compréndame, le dije, si algo podía yo hacer por San Mateo era por contar con el apoyo del centro, ahora de nada sirvo. Ya no soy útil. Me sacaron del juego. En el momento que lo dije sentí un estremecimiento. Cómo pude utilizar la palabra. Había caído de nuevo. Miré las damas chinas que estaban al centro. Se hizo un silencio. Pensé que mi error lo había provocado. Los botines enlodados de Torreblanca se cruzaron por mis ojos. No podía mirarles el rostro. Ellos lo ven así, dije para salir del apuro. Los pájaros lanzaban un ruido informe. Levanté la cara. No puede ser, dijo Torreblanca. Zendejas movía la cara de un lado a otro, como lanzando una condena amplia. No pude ver sus ojos, sí los de Michaux, siempre cargados de un dejo de tristeza. Me percaté de que la palabra juego sólo había tenido un efecto en mí. Que sus preocupaciones estaban mucho más lejos. Era evidente que yo no miraba a San Mateo como un juego. Esa discusión era con Elía. La palabra tablero cruzó por mi mente. Encontré una salida, ustedes cuentan conmigo, pero yo ya no valgo aquí. Cuando escuché mis palabras salir con un tono no meditado pero grave, me sentí solo. Vi la mano blanca y pulcra de Michaux sobre mi pierna. Me daba una palmada cariñosa y me miraba con un intento de sonrisa lastimera en su boca. ¿Por qué provoqué a Gonzaga? ¿Habían sido mis palabras en verdad una provocación? ¿Por qué no toleré más?, me pregunté. Lo siento, señores, dije, creo que tampoco sirvo para esto. En ese momento me percaté de que la expresión nada les decía, que en realidad no estaba dialogando con esas personas sino conmigo. Decidí guardar silencio.

Vi que cierto desánimo se iba a sus rostros. Me halagó. Zendejas frunció el ceño y me miró creo con más respeto del que tuvo la primera vez que nos tratamos, en que casi fue grosero. El alcalde Valtierra no pronunció palabra. Movía una pierna con una inquietud que se contagiaba. Miré hacia el patio en un acto de fuga. Una gran luminosidad se colaba entre los verdes de las múltiples plantas. Los pájaros revoloteaban en sus jaulas. Mi mirada quedó atrapada en ese movimiento. Me dieron ganas de salir. Regresé al centro. Sentí la mirada de todos sobre mí. Un prologando silencio se había apoderado de nosotros. Yo estuve ausente algunos instantes. Cruzamos miradas y sin decir palabra comprendimos que la reunión había acabado. Nos paramos. Fue Zendejas el que dio el primer impulso a la acción. En medio de nosotros quedaron las damas chinas encima de una madera gastada de tanto uso. Michaux y yo los acompañamos en silencio al portón. Alcancé a observar de cerca los ojos oscuros y profundos de Zendejas. Pasé por su nariz angulosa. Pensé que sería la última vez que lo vería. Dábamos pasos largos hacia la salida. Ellos se volverían a ver. Yo desaparecía. Pasamos juntos a esa enjuta mujer de nombre Josefina. Una falda excesivamente larga colgaba de su cintura. Una pequeña parte de su tobillo delgado detrás de una media blancuzca y floja, con pliegues, aparecía por instantes. Sus manos frotaban con energía las enormes hojas de una planta de hule que yo había visto resplandeciente siempre. En ese momento reflexioné. Las pulía. Recordé a Elía y a Petrita. Su mano iba a un frasco que tenía un líquido blanco. Tomé su codo y sentí sus huesos. Traté de ignorarlos. Le pregunté, buscando ser amable con ella, qué es. No sé qué esperaba, una respuesta distinta, más prolongada, leche dijo, ¿leche?, pregunté, sí, leche. Le lancé una sonrisa y me quedé pensando en mi desdén por lo cotidiano. Yo lo sabía, debía saberlo pero lo dejé caer de mis recuerdos por considerarlo banal. ¿Fingí al preguntarle a esa mujer? No lo supe. Seguimos caminando al portón, bello en su vejez. Estaba abierto. De pronto escuché la voz de Zendejas. Fue parco: adiós, Meñueco. Una ligera sorpresa. Había llegado el momento. Era el final. Después tocó el turno a Valtierra, pequeño y con una gordura inocultable prendida a él por todas partes. Lácides Torreblanca buscó ser el último. Michaux le extendió su mano sin dar oportunidad a nada. Después lo vi venir hacia mí. Sentí un leve jalón. Nos fuimos al abrazo. Lo dijo una sola vez, gracias. No respondí nada. Estaba desconcertado. Me había emocionado. Después escuché de más lejos: Mándele todo nuestro respeto a don Santiago. Así lo haré, dije en uno de esos actos de cortesía automática. Le enviaban respeto. Mi mente se quedó prendida de la expresión. Era un amable fin de historia. Michaux y yo quedamos quietos y en silencio. Los vi subirse a un auto desvencijado, con lodo medio amarillento sobre la lámina. Observé la calle empedrada. Las aceras del recinto, limpias. Pensé en aquella mujer que había visto barrer. Mis pensamientos de nuevo se fueron por otra parte. Cuando volví la cara, el coche ya había dado vuelta a la izquierda. Noté que Michaux hacía un movimiento, cerraba el gran portón con dificultad. De inmediato lo auxilié. Dimos unos pasos. ¿Cuándo hay vuelo a la capital del estado?, pregunté para romper el silencio, yo ya lo sabía y creo que él lo intuía. Hoy llega el avión, dijo meditando, el jueves de nuevo habrá vuelo. Pero dé usted un paseo antes de irse, Meñueco, dijo sin mirarme. Él mismo me dio la salida. Don Benigno, cómo está eso del pueblo donde le bailan a la lluvia, pregunté. Es aquí cerca, respondió mientras caminábamos sin rumbo, sin prisa. Cada año lo hacen, igual si llueve mucho que si no llueve. Me podría prestar su carro, dije, le prometo cuidárselo; por supuesto, Meñueco, si le interesan esas locuras, yo le explico cómo llegar. Vi su rostro con las cejas muy levantadas y los ojos artificialmente grandes, por lo menos así lo retenemos en San Mateo otras cuarenta y ocho horas. Hacía un esfuerzo. Estimé su gesto.

X

A ver, Elía, razonemos. Si las novelas de caballería decían mentiras, ¿por qué prohibirlas? Hoy tengo tiempo para esto, pensándolo bien Elía, es lo mejor que tengo que hacer. Esas mentiras enloquecían a la gente. No enloquecía decir o contar las verdades, sino las mentiras que hacen que el mundo se vea pequeño, amargo. Treparse a las fantasías ha sido con frecuencia una salida que el mundo no puede permitirse. El regreso a la realidad siempre será triste. Pero ¿no son acaso esas fantasías las que nos alimentan para imaginarnos un mundo diferente? Hasta dónde nuestras fantasías son parte de nuestros sueños, de lo que deseamos y no podemos. Vamos detrás y empequeñecidos. Tú te preocupas por comprobar que dices la verdad y lo más grave son precisamente las mentiras con las que iluminas, enmarcas, nuestra realidad.

Tu marcha hacia la cuadrícula aterra porque en su espacio la marcha no tiene solución. Allá hay agua organizada, controlada, aquí estamos sujetos a la veleidades de nuestros cielos. Allá hay tierra cultivada, cuidad. Aquí depredación sin límite. ¿Cómo detener la marcha? ¿Cómo detenerla cuando los cielos son reales? Tu marcha deberá seguir. Pero, además, tu santa es una subversiva por naturaleza. Cualquiera que pudiera hacer llover o que estableciera contacto con los dioses sería más poderoso que el más poderoso de este país. Tu santa me da pavor. Además creemos y necesitamos de esos héroes. Ve a la siguiente nota, por supuesto recortada de un amarillento periódico.

ANTESALA
Adiós a Guillermo Tell

Orson Welles introdujo en su película "El Tercer Hombre" la más célebre morcilla de la historia. Según Welles, Italia, en dos mil años de caos, crisis, inestabilidad, ha producido Roma y el Renacimiento; Suiza, en dos mil años de paz, ha producido sólo el reloj cucú.

Falso, contestaron los suizos: tenemos a Guillermo Tell. En 1984 están a punto de quedarse en la intemperie con sus relojes, sus quesos, sus chocolates y sus depósitos tercermundistas protegidos por el secretario bancario: en los cantones de lengua francesa los nuevos libros de texto afirman que Guillermo Tell no existió nunca. Se trata de una leyenda patriótica, sin base documental.

Sin perdonar al mismo San José, el Vaticano descontinuó en 1969 a los santos de los que no existe evidencia histórica. Muchos países han convertido en deporte nacional el halagar la villanía de sus héroes. Pero la muerte civil de Guillermo Tell es una pérdida planetaria.

En 1308 se niega a saludar un símbolo del dominio austriaco en la plaza de Altdorf. El gobernador Gessler lo obliga a derribar de un flechazo una manzana colocada en la cabeza de su hijo. Tell realiza la hazaña, mata de otro flechazo a Gessler e inicia la rebelión suiza contra sus opresores extranjeros.

No hay arte en que no aparezca el arquero de Uri. Una tragedia de Schiller (1804) lo consagra como el flechador y libertador que rompió las cadenas de los siervos. Sigue la ópera de Rossini (1829). En 1964 Alfonso Sastre en *Guillermo Tell tiene los ojos tristes* lo hace un emblema de la lucha antifranquista. Usted y yo lo descubrimos en cómics o dibujos animados cuando teníamos tres años. Quitarnos a Tell significa pisotear nuestra historia.

Ya en *Guillermo Tell, una historia ejemplar* (1971) el gran escritor suizo de habla alemana Max Frisch había cesado a Tell como héroe y libertador: fue el "asesino de Kussnacht"; nunca hubo niño ni manzana: todo es una adaptación de leyendas nórdicas. Veamos otro signo de los tiempos en el eclipse de Guillermo Tell. Los mitos derechistas ganan terreno, las leyendas de la izquierda se esfuman.

Resulta ahora que Tell no existió. Pero cómo afirmarlo si esa mentira estuvo en la cabeza de millones durante siglos y en la mía toda mi infancia. Decía mi madre que yo siempre preguntaba a su oído cuando iba a mi cuarto, a intentar dormirme, seguramente desesperada pero amorosa, decía que yo preguntaba: ¿historia o cuento? Me imagino que de ser historia pondría una cara de mayor seriedad o que cierto relajamiento entraba en mí al escuchar cuento. De Don Quijote siempre supe era personaje que, por cierto, me ayudó a creer. A Tell lo hacía yo mito fundador de la independencia y ahora resulta que no existió. Yo a Altagracia la mantendría viva como una amenaza permanente a nuestra vida política. Altagracia no puede desaparecer. Lo mismo ocurre con la marcha. Vive en su propio espacio y en el nuestro. De la otra marcha no he sabido nada. Seguramente los buenos oficios de la comisión lograron su cometido. A los otros personajes los has ido matando o, mejor dicho, explicando su muerte de acuerdo con el propio relato. A otros más los has desaparecido o porque no te interesan o porque como personajes no tienen vida. Pero el problema, Elía, es que tú y yo también estamos en tu relato. Quiero recordarte que lo iniciaste para explicarme a mí, para explicar mi vida en mis propios términos. Ahora tienes que contarme a mí y a ti misma en tu espacio. Pero cuando desciendas a la realidad quizá no te sea muy cómodo. Porque tú y yo ya somos otros. Así que a Altagracia la quiero viva y a la marcha como amenaza.

XI

Que los ruegos de Altagracia habían sido atendidos se supo horas antes del aviso oficial. Aquella pequeña peña, que flota en el turquesa caribeño, era pisada por el Imperio. Se supo que por los aires llegaron miles descolgándose en agresivas caídas que se suavizaban al final para emprender todos una caminata. Caminaron por cerros desde siempre lanzados al cielo intempestivamente. Caminaron cantando el nombre del Imperio. Detrás venía el fuego, llevado allá como sostén para perseguir a aquellos que, bañados en su piel de color carbón, corrían hablando una lengua que ni era de ellos ni tampoco la del Imperio. Se dijo que los pájaros parieron el fuego, volaron en círculos y después se hicieron uno solo. Los que llegaron por las aguas tendieron pasadizos fríos, de metal, que permitieron envolver de una vez y por todas a aquellos que lo único que habían hecho fue gritar atendiendo a un idioma que no era el del Imperio. Altagracia oró mientras algunos de sus corifeos pedían silencio. Ella, con el color tierra, blanco tierra, tierra-tierra, empezó a brillar en remolino de rumores que la elevaron en un vuelo de esperanza para tranquilidad del que manda y los que lo acompañan. Pero aquel mismo día en que la isla que flota en el turquesa recibió sin anuncio a los que del aire se descolgaron, se pidió al que manda llevar a Altagracia abajo a la izquierda, a orar por una lluvia que también se volvía huidiza. El que manda preguntó por el agua en las venas y le respondieron que las oraciones eran allá suficientes, porque el cielo había ido de blanco a gris y de ahí al color agua que se queda. Fue esa la primera vez que Altagracia levantó la mirada. Los vio de frente.

XII

"Hoy miré por la ventana. Su marco es de madera, una esquina está podrida. Observé ese patio que tanto me intriga. Era el final de la mañana. Las nubes se alejaron unas de otras. El sol entró al pueblo. Miré la hilera de macetas que tiene la anciana. Siempre están rodeadas, a esa hora, de infinidad de mariposas blancas.

Todas contienen la misma flor. Algunas son amarillas, otras naranja que llega a un rojo quemado. Mastuerzo, la llaman. Por ella están las mariposas allí. Te lo escribo porque quiero decirte algo diferente. Miro ahora mi mano sobre el papel, está a punto de decirte lo que mi voz es incapaz. Hoy he mirado esas mariposas, blancas casi todas, quise volver el rostro y gritarlo, llamar a alguien y señalarle, dejar salir la palabra mastuerzo y comentar el color y las macetas y a la anciana. Quise también decirle que mi mente estaba clara, que mi cuerpo estaba limpio, que había desayunado fruta y que tenía deseos de caminar y quizá de bailar por las aceras, pero de hacerlo con alguien que entendiera mi humor, que festinara mi falda y mi collar, también mis uñas limpias, Manuel, que ahora miro pensando en ti. Quería que ese alguien saliera conmigo, a mi lado, yo con él, a su lado, por allí, a la plaza quizá, detrás de mí por unos minutos, quizá fuera de mi vista pero mirando esas extrañas casitas de madera, pequeñas, como castillitos sin sentido, ésas que aquí venden y también esas aves extrañas hechas de raíz que dicen son garzas, pero más bien parecen pelícanos mal formados. Ese alguien quizá estaría delante, ese alguien miraría para poder decirme, preguntaría para poder contarme, caminaría siguiéndome, lo haría quizá sin pensarlo, pero sabiendo lo que para mí significa. Estaría allí, Manuel, para que fuéramos. Seríamos estando juntos. Caminaríamos debajo de las mantas, tropezaríamos con los cordeles, nos miraríamos sin pretender más, o quizá sí, pretendiendo mucho más. No lo sé, Manuel. Tal vez él secaría su sudor con un pañuelo popular y tomaríamos una cerveza para, sin decir palabra, inundarnos uno al otro, inundarnos de emociones, de dudas, de angustias, de insignificancias dirías tú, eso tampoco lo sé ya muy bien. ¿Qué dirías? Antes de eso hubiera podido predecir tu respuesta, hoy esas palabras que me dibujaban se han ido para convertirte en incógnita, en intriga que no resuelvo. Quizá ese fue nuestro error Manuel. Tú dejaste de dudar de mí. Yo pretendí saberlo todo. ¿Lo sabría acaso? La duda debió ser invitada permanentemente, debió estar sentada entre tú y yo. Debí haber puesto siempre un individual más sobre la mesa, con cubiertos y platos, de tal forma que cuando nos mirábamos solos y afirmando, ella interviniera para desconcierto de ambos. Me hubiera dicho no, Elía, Manuel puede llegar a sentir la emoción de unas mariposas volando alrededor de los mastuerzos. No Manuel, Elía sí puede llegar a enamorarse de otro, y tú, Elía, piensa que Manuel puede encontrarse otra mujer, llámala como quieras, por ejemplo Mariana. Hoy me intrigas. No te poseo más y creo, que no debería poseerte. Miro mis manos. Siempre quisiste que me pintara las uñas. Yo argumenté que mis manos eran demasiado grandes, que mis uñas lo eran también. No las he pintado, Manuel. Debajo de ellas está mi piel que tú conoces, hoy la recuerdas, la puedes recordar. Pero ya no quiero ser en ti sólo un recuerdo, ni que tú seas en mí un enorme trozo de memoria. ¿Quién podría ser ese que caminara junto a mí, que escuchara mis necesidades sobre el mastuerzo? Traté de imaginarlo con todas mis fuerzas y sólo apareces tú. Allí estás, en mi memoria, es cierto. Pero también en mi imaginación. Igual te miro arrojando patadas al aire que enfundado en tu traje formal. Pero de pronto te desvaneces, te pierdes en un pueblo que desconozco y descargas por tu mano señales de vida, de la mía, de la tuya, señales que reconozco tuyas y sólo tuyas. Entonces quiero imaginarme a Manuel, a ese otro Manuel que deseo. Dejaré las campanas, la laja, la neblina, que me ha envuelto. No podré mirar más por esa ventana o escuchar los pasos vecinos. No tendré esos cojines que me acompañen en mi aterrador silencio, tampoco mis días para gozarlos porque ¿sabes, Manuel?, los mastuerzos de hoy sólo han podido ser míos porque quiero dártelos. Regreso a la ciudad, no sé a dónde. Regreso para encontrarte, no, perdón, para buscarte, para enfrentarte, para enfrentarme a mí misma. No, Manuel creo que éstas no habré de enviártelas. A partir de hoy invitaré siempre a la duda. Ella irá conmigo."

XIII

La noche anterior había recibido la llamada de Mariana. Estaba en San Mateo. Quería verme, quería platicar conmigo. Yo ya no tengo nada que ver, le dije. Se hizo un silencio. Con tono sarcástico, consciente de lo que decía, lancé, ya estoy fuera de la jugada. De nuevo un silencio. Quiero verte a ti, Manuel, no al enviado de la paz. Captó mi susceptibilidad. Pensaba yo ir mañana a un pueblo donde le bailan a la lluvia, será en la Santa Cruz me dijo, sí creo que sí, de inmediato escuché te acompaño. Quedó claro, sin embargo, que el impulso inicial de Mariana había sido hablarme por lo que ocurría en San Mateo. Cómo podría ella imaginar todo lo que había cruzado por mi mente, esa actitud casi altanera que había utilizado con Gonzaga, mi rebelión interior, la sensación de libertad que me había invadido. Paso por ti a las diez, dijo, tengo el coche de Michaux, respondí en un desplante de independencia. ¿Acaso quieres dejar a mi tía Ester y a mi tío Benigno sin transporte?, es toda una excursión. Sus palabras se me quedaron en la cabeza ¿Por qué tenía la tropa que andar en un lugar retirado? Entro al comedor. Miro el lugar de Michaux. Está vacío. Es demasiado tarde. Doña Ester desayuna aún más temprano. Me siento en mi lugar. La niña se asoma por la puerta de doble acción que queda en movimiento. Se que vendrá pronto. Alcanzo a mirar, en uno de los ires y venires de la puerta, cómo se coloca el delantal. Pienso en esa extraña formalidad pueblerina. Escucho un buenos días, respondo con toda calma creyendo por fin manejar bien los ritmos de esa casa. Todo lo echo a perder cuando digo se me ha hecho un poco tarde así que sólo tomaré café y un poco de pan dulce. Sin decir nada la niña desaparece. Mariana debe estar por llegar. Es puntual. Pienso que es una costumbre citadina. Veo venir mi café. He dormido con una tranquilidad profunda a pesar de que mi situación personal hoy se desdibuja más que nunca. No tengo empleo, ni salario, ni quehacer. No tengo pareja. Estoy solo. Doy un sorbo a la gruesa taza, a la que me he acostumbrado. Tengo los ojos sobre ese mantel blanco que lleva consigo esa suavidad producto del uso. Miro mis manos. De pronto escucho:

—¿Por qué tan meditabundo?

Es Mariana. Veo su rostro venir hacia mí. Siento sus labios contra los míos. Juegan un poco. Me invade una pena de que la niña nos vaya a ver. El pueblerino soy ahora yo. Me muerde un labio suavemente. Me estremezco. Pienso que debe agradarme. Escucho el movimiento de la puerta. Entra la niña. Intento separarme. Me detiene un instante. Veo su cara de cerca, sus ojos negros y brillantes, Mariana ríe, me juega una guasa. Mi nerviosismo es la trampa. Truena un beso como punto final de la escena. La niña ha dejado la canasta de pan sobre la mesa y se retira. Creo que lo hace más rápidamente de lo normal.

—¿Te da pena? —no sé qué contestarle—. ¿No eres tú el mundano? —me monto en su ánimo.

—Pero ustedes en San Mateo son muy recatados. Salvo algunas excepciones —intento pellizcarle la pierna. Me evade con gracia. Estoy tranquilo.

—¿Recatados? —siento su mano caminar por mis costillas.

—La invito a sentarse, señorita —me vuelve a besar con intensidad. No respondo, y cuando voy a hacerlo la escucho decirme.

—Veo que necesita usted ir al campo para entusiasmarse.

—Auxilio, auxilio por favor —lanzo en tono de broma, por fin se sienta—. ¿Cómo está tu padre? —el cambio de tema y tono ha sido abrupto. La pregunta nos lleva a San Mateo. Veo su reacción de inmediato.

—No, hoy no hablaremos de San Mateo.

Ha comprendido la encrucijada: San Mateo o yo. Tomo un trozo de pan. Está caliente. Recuerdo mi desmayo, pienso que debo llevar algo en el estómago. En mi mesa de noche quedó un frasco de píldoras. Debo tomar una. Lo he olvidado. Vienen a mi mente los frascos de Michaux. Muerdo el pan mirando a Mariana. La veo muy hermosa. Dejo que mi detallada observación tenga sus efectos. Su piel es fresca, se ve fresca con los efectos del sol sobre ella. Siempre es así. Observo, detrás de sus labios entreabiertos, sus dientes perfectamente alineados.

—¿Qué le pasa, señor Meñueco, acaso no está bueno el pan?

Me doy cuenta que no como nada. Miro su pelo generoso y libre, juguetón. Sus cejas son abundantes, y caen en un acomodo perfecto. Sobre sus labios lleva un color café suave. Se me vienen a la mente las líneas de Elía sobre los tiempos femeninos. Pienso que Mariana es igual, que debe sufrir la misma angustia. Ella toma mi brazo, intenta reclinar su cabeza. Una risa artificial sale de su rostro.

—Marianita —es Michaux—, ¿qué sorpresa, cuándo llegaste? Mariana se levanta y le da un beso.

—Ayer, tío, en el avión de ayer. Perdón. Buenos días.

—Viniste por el lío este —sé que Michaux esquiva mirarme. Me he levantado. Michaux abraza a Mariana cariñosamente.

—En parte —dice ella haciendo alusión, así lo siento, a mí. Es cuidadosa en su respuesta.

—Meñueco, buenos días, desayune bien para que no se nos desmaye.

—¿Cómo? —pregunta Mariana.

—Después te explico —digo en tono serio. Michaux no deja escapatoria.

—No es tan fuerte ni tan joven como aparenta —deja su aguijón sobre la edad.

—Gracias, don Benigno —digo en tono serio. No necesité ir más lejos.

—Hablé con la esposa de Fernández Lizaur, me dijo que ya está en su casa —su expresión nos abre una nueva pista.

—Pero, ¿está bien? —pregunto con una inquietud que me asombra.

—No me dijo más —quedamos en silencio. Mariana lo aprovecha.

—Vámonos, Manuel —dice sin percatarse de la importancia del asunto. Quiere salir del embrollo. La entiendo. Pienso que Michaux también.

—Don Benigno, creo que su carro se libró de otra tortura. Mariana trajo su artefacto ese.

Michaux la mira fijamente. Mariana no pronuncia palabra. Pienso que en el fondo hay algo de condena a nuestra relación. Michaux sabe que el diálogo con Elía continúa. Las cartas son el registro. Me despido tratando de ser afectuoso. Se queda en silencio. El crujido del piso lo agrava. Caminamos por el patio. Los pájaros están tranquilos. Mariana me toma del brazo. Lleva unos pantalones caqui que delinean su figura. Siento el movimiento de uno de sus pechos cerca de mi codo. Qué quiere Mariana, me pregunto. Cerramos el portón. Subimos al jeep. Arranca con cierta brusquedad. Los dos ponemos anteojos contra el sol sobre nuestras narices. Cruzamos las calles de San Mateo. Miro el rostro de Mariana. Ella lo siente. Una sonrisa con algo de tristeza está en ella. Vuelvo la cara. En una esquina, debajo de una techumbre, veo a un par de mujeres conversando. Las dos llevan amplios faldones coloridos que rematan con un bordado blanco. Sólo asoma el ancho pie de una de ellas, de la que habla con energía. Sus gruesos brazos se mueven con fuerza casi masculina. Sobre la cabeza de ambas están asentadas esas como coronas de flores. La que escucha tiene el brazo apoyado sobre su rodilla y lleva un collar largo. No puedo mirar más, pues nuestro vehículo avanza. Sentada frente a una puerta abierta, una mujer amamanta debajo de su blusón a un niño que me parece demasiado grande para ser lactante. Al fondo alcanzo a ver un foco desnudo que cuelga al centro del cuarto.

—¿Cómo te fue en la ciudad? —pregunto a Mariana mientras dejamos los empedrados y nos lanzamos por una terracería. Me percato de que me he referido a la ciudad sin usar su nombre, como un espacio único e indeterminado.

—Lo mismo de siempre. La rutina de la clase y discutir, discutir, discutir. Pareciera que para eso nos pagan. Discusiones que a nadie interesan. Muchos de nosotros mentimos, ni siquiera logramos aparentar pasión —se queda unos segundos en silencio—. Después sólo te queda regresar por la noche y la televisión. Allá está lloviendo mucho, Manuel —no veo el entusiasmo de Mariana por su oficio. Me muestra un cansancio lejano a cualquier glamour profesional.

—Qué absurdo, allá llueve y llueve y nosotros buscando danzas para convocar a la lluvia —pienso en Elía y su santa. Creo que en el fondo vamos a ese pueblo no por mi vocación antropológica, sino porque quiero ver lo que Elía ha imaginado—. ¿Y la marcha? —le pregunto.

—¿Cuál? —me responde. Me doy cuenta que la marcha es importante sólo para mí.

—La de los campesinos —ella medita unos segundos.

—Creo que siguen parados en algún sitio.

A Mariana no le interesa mayormente el asunto. La marcha no es San Mateo. Creo que la marcha sólo existe en la cabeza de Elía y en la mía. La conversación se corta. No va a ninguna parte. El jeep da varios tumbos que obligan a Mariana a tomar con fuerza el volante. Estamos rodeados de tierras calizas abiertas, con los surcos marcados. Curiosamente, el jeep rueda por debajo del nivel de las tierras. La capa vegetal tendrá cuando más treinta centímetros. El horizonte tintinea por el calor que se desprende. Veo un caballo amarrado a un madero encajado en el piso. Poco hay que el animal pueda levantar como alimento. A lo lejos alcanzo a mirar a un niño debajo de un arbusto. Recuerdo el sepelio. Esos párpados cerrados vienen a mi mente. Regreso a mi mirada. Tiene un palo en la mano. Algo mordisquea. No hay una nube que se oponga al sol, que ha calentado ya la lámina del vehículo. Miro la blusa de Mariana, que se mueve por el movimiento de sus pechos. Siento deseo por esta mujer. Algunos olores suyos se hacen en se momento presentes. No los atrapo con exactitud. Me aproximo a ella, froto su pierna cerca del pubis. Sonríe y sigue manejando.

—¿Hasta cuándo te quedas? —le pregunto.

—Debiera regresar de inmediato.

—¿De qué depende? —Mariana guarda silencio. Pienso en Nicolás Almada, en la posible invasión.

—No me contestes —digo para no regresar al tema—. Yo me voy mañana —su rostro pierde su expresión. Deja de acelerar. Los dos lo reflejamos en una sacudida de nuestros cuerpos. Detiene el coche lentamente. El polvo nos alcanza.

—¿De verdad se acabó todo?

—No sé a que te refieres —digo con falsa seguridad—. San Mateo sigue allí, el conflicto está allí, pero a mí me sacaron, Mariana.

—¿Qué harás ahora? —me mira con severidad.

—No lo sé —su pregunta me incomoda. No tengo qué decir. Pienso en Elía.

—Para algo te llamarán —lanza sin imaginar las consecuencias.

—Yo no quiero *algo* —le respondo con enojo. Me doy cuenta de mi exceso—. No volveré a depender de sus caprichos —la conversación se ha enconado. Quiero aligerarla—. Algo podré hacer por mi cuenta, ¿o acaso soy tan inútil?

Nos miramos detrás de los cristales oscuros. No podemos fingir. A ella le brota San Mateo, a mí el pasado. Mariana sonríe, no quiere ir a la confrontación. Arranca de nuevo. Yo pienso que muy poco sé hacer por mi cuenta. Reflexiono en que necesito un escritorio, un teléfono, una red de personas a quien mandar. Sólo así me imagino a mí mismo haciendo algo. La burocracia crea adicción. La dependencia es total. ¿Cuál es mi quehacer?, me pregunto. Inútil fue la última palabra que quedó en el aire. Mariana no ha dicho nada, un coraje me invade. El jeep da tumbos. Mariana conduce concentrada.

—Contéstame —le digo con desesperación.

—¿Perdón? —Mariana responde sin entender mi tono. Frena con brusquedad.

—¿Soy tan inútil?

—¿Qué te ocurre, Manuel? —con su mano derecha desliza suavemente mis anteojos. Me mira a los ojos un instante.

Sé que comprendió algo de mí que quizá yo mismo no haya logrado aprehender. Tiene el control de la situación—. Hablemos —me dice. Lo admito al no negarme. Miro el campo reseco. Me evado unos instantes. Voy a su rostro. Se ha quitado los lentes y sin permitir que yo escape a su mirada se acomoda el cabello. Miro sus ojos oscuros. Es otra.

Capítulo quinto

I

Vi en el atrio a varias mujeres sentadas en el piso. Mascaban burdamente algo que nunca supe lo que era. Llevaban puestas unas extrañas faldas con tiras moradas de las cuales se desprendían destellos. Observé a un niño dormitando con la cara sucia sobre la espalda de una de ellas. Me llamó la atención la forma con la que estaba casi anudado a la espalda. Todas iban descalzas. Lanzaron carcajadas después de hablarme en un lenguaje que nos era desconocido. La iglesia no podía ocultar las distintas etapas de construcción. A la nave de piedra y cantera se le habían agregado dos cursis columnas de ladrillo que pretendían ser un campanario. Miré, parados en el atrio, a tres hombres con unos trajes de costal amarrados a la cintura con un cordel. El colorido me recordó las vestimentas franciscanas. Dos de ellos llevaban una máscara como de felino sobre la cual se asentó un amorfo y enorme sombrero de palma con el alero doblado al frente. Uno de ellos llevaba las sandalias tradicionales, el otro calzaba unos zapatos deportivos de hule. El tercero vestía el mismo atuendo, pero en lugar de máscara de madera su rostro estaba cubierto con una máscara de luchador. Hacía calor. Mariana parecía observar, pero en silencio. Entramos al templo. Una atmósfera viciada nos recibió. Miré decenas de velas encendidas, de diversos tamaños, agrupadas cerca del altar. La oscuridad contrastaba con la deslumbrante luz externa. Alrededor de las pequeñas flamas, muchas mujeres sentadas en el piso. Todas llevaban blusones. Su peinado era el mismo: dos trenzas unidas al final por un listón azul claro. Al frente había una mesa con objetos que comprendí eran ofrendas. Botes de aceite para automóvil y frascos de refrescos y jugos contenían unas flores escuálidas y resecas. Muchas ollas formaban un pequeño montículo sobre la mesa. El olor a sudor y a humo volvía la atmósfera interior pesada. En el altar había un santo. Mariana me dijo que era San Sebastián. Ocultaban su figura las dos mesas de ofrenda, sobre las cuales había un arco con flores de papel. Eran moradas, amarillas, azules. Tomé la mano de Mariana y la miré. Subió la comisura de sus labios como tratando de sonreír. Le fue imposible. En el interior del templo no había ningún danzante. Una mujer lanzaba unos lamentos sistemáticos que llenaron todo el templo. Se encontraba en una esquina, frente a otra pequeña figura religiosa. La mujer no tenía lágrimas en los ojos, simplemente miraba la figura. La vi hincada, con el rosario entre las manos. Los lamentos eran continuos y parecieron automatizados por momentos. Regresé la mirada a las mesas de ofrenda. Allí estaban esas ollas, encima de ella, debajo, alrededor, incluso colgadas del mal formado arco. Mariana miró el piso. Salimos al atrio. Debajo de una débil casuarina escuchamos a un hombre tocar un tambor. Lo hacía como un autómata. Lanzó sus manos una y otra vez sin atender a las múltiples imprecisiones en sus cortes del tiempo. Movía la cabeza de un lado a otro, carente de sincronía entre el movimiento de cabeza y el de los brazos. Bajé también la mirada. Junto a uno de sus pies había una botella transparente, tapada con un pedazo de tela sucia. Atrás del extraño banquito alcancé a ver tirada otra más. Me llamaron la atención unos pequeños objetos negros en su interior. ¿Qué es?, pregunté a Mariana. Ella respondió lo que me imaginaba: aguardiente. Sí, ¿pero los pequeños objetos? Ah, son granos de café. Me los quedé mirando sin poner demasiada atención a la flauta de carrizo que tocaba un muchacho junto a aquel hombre que, comprendí, estaba totalmente alcoholizado. Así se pueden quedar una semana, dijo Mariana con cierto desprecio. Estas también son nuestras sacras costumbres, abogado Meñueco. Su tono mostró una ira que poco tenía que ver con lo que allí observábamos. Era un coraje profundo por una realidad que a ambos nos molestó en ese momento, a la cual ella se enfrentaba con frecuencia. Un hombre disfrazado burdamente de tigre, con una máscara desproporcionadamente grande, brincoteó del otro lado, supuestamente siguiendo el incomprensible ritmo del tambor. Mariana se percató de mi extrañeza. Con cierta ironía me dijo, ¿querías ver danzas para traer la lluvia?, y levantó los hombros, éstas son. Emprendimos la marcha hacia el jeep. Mariana había comprendido de nuestra primera plática qué tenía yo un interés particular por observar a los danzantes. No sabía bien por qué. Era casi imposible explicárselo. El sol doblegó nuestra plática en aquel jeep detenido al centro de un páramo. Dábamos pasos escuchando la fricción de nuestros zapatos sobre una arenilla fina. Abordamos el jeep. Iniciamos nuestro camino hacia San Mateo. Mariana llevaba prendida cierta seriedad en su rostro. El mío tampoco podía ir a la risa ligera.

Aquel día comeríamos en una fonda para evitar la presencia de los Michaux. Tomaríamos varias cervezas tibias frente a unas piezas de pollo grasientas y pequeñas. Ella hablaría, porque tenía que hacerlo, sobre la presión de ser la única hija, la responsabilidad frente a la anunciada vejez de sus padres, la inquietud de su padre por dar continuidad a esos cafetos, la exigencia soterrada de que hubiera descendientes, la imposibilidad de desprenderse totalmente de la finca y, por último, la edad, su edad, que ya no permitía juegos y escarceos inútiles. Su fertilidad tenía un calendario preciso. Yo recordé a Elía. Al final vino la pregunta, ¿y tú? Yo, dije, aquí sin saber qué quiero y qué puedo hacer, harto de la burocracia y sus enredos, sin un oficio cultivado y que me atrape. Ella me miró con una quietud en sus ojos muy particular. Pero además, dije y respiré profundo, con un pendiente serio, cada vez más serio. Ella guardó silencio. Mi relación con Elía no ha terminado. Ella permaneció inmutable. No ha podido terminar. No la he visto, dije, como para evitar que la palabra traición apareciera. La mesa olía mal, el sitio olía mal. No la he visto, pero nos escribimos con frecuencia, con mucha frecuencia. Miré su rostro, sus ojos negros brillaban, pero no había reacción perceptible por lo que yo había dicho. Se hizo un silencio. No sé qué vaya a pasar, pero no puedo eludirlo, nunca antes te lo dije porque… No, me interrumpió, no te disculpes, nosotros establecimos estas reglas del juego. Acuérdate de "Aguajes". Además, Manuel, y rió, en San Mateo todo se sabe, mi tía Ester se encargó de poner a mis padres al corriente sobre tu intensísima relación epistolar. Yo sonreí. El silencio de "Aguajes" había sido un paréntesis, un intento de muralla para contener nuestras biografías que nada había logrado. Tenía frente a mí a Mariana, con sus recovecos y ataduras, sin falsas declaraciones de libertad, y ella miraba a un Manuel que por fin pudo decirle el enjambre de emociones confusas que lo anudaban. Tomé su mano sobre la mesa. Vi esa piel teñida por el sol. Me acerqué para darle un beso. Me fijó su mirada. Llegó a mí su perfume. Toqué por un instante con mi boca sus labios. La intención ya era otra. Pedí la cuenta.

II

Giré la perilla pensando en las llaves de Elía. Sentí el lugar frío. Encendí la luz. Aparecieron los haces perfectamente calculados sobre los cuadros. Miré la charola de las llaves. No estaban las de Elía, lo cual me hubiera normalmente llevado a pensar: salió o no ha llegado. Pero Elía no regresaría. Esas llaves no volverían a ser anuncio de su presencia. Registré su ausencia. Caminaba hacia el sillón blanco cuando escuché la voz del portero que traía mi extraño equipaje. Vi entrar mi maleta negra de cuero opaco seguida de dos cajas anudadas con cordel. Allí viajaron revistas, periódicos, una máscara que difícilmente encontraría lugar en la perfección urbana del lugar. Pensé que uno acumula por sistema. Los meses en la Quinta Michaux no habían sido la excepción. Fue entonces cuando dije gracias a Arnaldo, nos vemos mañana, su respuesta me dejó sorprendido, perdón señor pero tengo que volver a traerle el sobre que me dejó la señora para usted. Temí preguntar lo obvio: ¿qué señora? Una emoción profunda me sacudió, ¿llegó por correo?, pregunté, no, dijo muy seguro, no es igual a las otras, ésta no llegó por correo, la trajo ella personalmente hoy por la mañana. Sé que hace dos días pidió hablar con Aurelia. Ella le debe de haber informado de su arribo hoy. Pero entonces, pensé decir, ¿está aquí?, pero me quedé callado. ¿Es un sobre grande?, pregunté sin dar más pista de mi emoción, como si supiera de que se trataba, asintió con la cabeza sin mucha seguridad, por favor deslícelo por debajo de la puerta, ahora vengo dijo. Escuché cómo cerraba la puerta. Respiré profundo. Encendí la lámpara junto al sillón. Mis dedos lo hicieron como si lo hubiera practicado toda mi vida. Me senté en el sillón, mi sillón que mira hacia el estudio. Quise no pensar en el sobre, ¿sería acaso una cuenta pendiente? Recordé voluntariamente el despegue del pequeño bimotor que salió vibrando de San Mateo, dejando atrás una estela de polvo. A los pocos minutos el aparato hacía un viraje de procedimiento sobre aquellos acantilados entre los que se encontraba la playa que había yo visitado. Vinieron a mi memoria las muchachas negroides. Mi mente estuvo por unos instantes con ellas, de pronto apareció la imagen en mi ventanilla de aquel pueblo que ahora ya me pertenecía. Mi recuerdo era preciso, techumbres y tejados, cables, algo de verde al centro del pueblo, lo demás era sequía, una tierra empobrecida hasta llegar a las montañas o al océano. Adiós, me dije a mí mismo, nunca más volveré. Pensé en Fernández Lizaur, en Michaux, que por la mañana me diera un abrazo emocionado en el aeropuerto antes de decirme, en los Michaux, señor Meñueco, tiene usted amigos. La Quinta es su casa. No recuerdo qué respondí. Doña Ester me había besado la frente en un acto casi maternal. Lamenté no haber platicado más con ella. Cuando vi a Michaux desde el aparato, parado, esperando el despegue, tuve que tragar en dos ocasiones, pues una resequedad provocada por la emoción me había invadido. Algo de mí se quedaba en San Mateo, en ese patio con el ruidero de los pájaros, en esa mujer, Josefina, en aquella niña que deslizó sus manos frente a mí. Apareció en mi mente la recámara que fue mi refugio durante tantos meses y que nada tenía que ver con el lujoso sillón sobre el que estaba en ese momento. De pronto escuché una suave fricción. Me levanté, caminé al sillón y pensé que un buen trago de whisky oscuro podría servirme para darme tiempo y ordenar mis ideas. Todo estaba en su lugar, impecable, vasos, licores, hielo. ¿Quién lo hacía? Regresé a escuchar el tintineo en el vaso... Volví a tomar aire. Di un trago, hacía meses no bebía ese licor. Vi su letra: S. Manuel Meñueco. Le di un pequeño golpeteo al sobre para poder descubrir el canto que de él quedaba libre. Me detuve. Creo que una sonrisa se me fue al rostro. No podía eludirla, esa decisión ya estaba tomada, incluso se lo comuniqué a Mariana. Había que intentarlo.

Cenaré hoy en Los Nardos. Espero que la noche esté tibia, como la de ayer, Manuel. Si es así pediré una mesa afuera. Llegaré a las nueve. Creo que algo de vino blanco me caerá bien. ¿Te acuerdas de él? A ti también te gustaba. Si estoy sola esperaré quince minutos. Después, quizá ordenaré una ensalada y algo de pasta. Las sillas son un poco incómodas, duras. La comida es buena y siempre hay alguien conocido. Allí no me sentiré sola, aunque no lo esté. Pero quizá pudiéramos comentar la nota que te envío. Es de apenas hace unas semanas. La santa sigue adelante. Ahora ya es real. Ella también permanecerá, Manuel. Creo que estamos de acuerdo en que mi cuento no puede desaparecerte. De verdad que lo he intentado y tampoco puedo mirarme sin ti, así que habremos de escribir juntos el final. ¿Cómo será, Manuel?

...Y un día, en que la ciudad estaba inundada de grises y Salvador Manuel se reunía con el que manda y los que le acompañan, Elía le dijo adiós para siempre.

No sé, Manuel, pero creo que ese final no había lector que lo entendiera. Quizá otro pudiera ser:

Salvador Manuel, nieto de Flor que comenzó su muerte cuando Ananda llegó al mundo, se topó con Mariana en un pueblo que lleva el nombre de San Mateo y cayó en sus brazos y olvidó para siempre a Elía, de quien nunca más sabría nada.

Éste sería demasiado cruel y tú quedarías como un hombre de amores fáciles, y ese personaje no es Salvador Manuel. Tampoco pienses que te amenazo con un final de caramelo, algo así como:

Elía, hija de Omar y Eva, vio crecer sus pechos después de una corta separación de Salvador Manuel, nieto de Vicente y Flor, hijo de Carmen y del gran inventor y negociante que fue su padre.

A lo de los pechos creo que ya me acostumbré. Me lo enseñó el cuento. ¿Cuál debe ser el final, Manuel? Además del final para ti mismo y para mí, me preocupa la santa. Lee la nota. Si tienes interés en buscar un final adecuado podrías quizá alcanzarme, claro, si tu agenda te lo permite. Perdón, Manuel, esto último no debí de haberlo, dicho. Escribamos el final juntos.
Te espero. Te quiere
    Elía

Con un mensaje de paz
VIENE LA QUE HABLA CON LA VIRGEN
* La Ciudad Expectante por el Arribo de María Pavlovic
* Se le Considera Intérprete de Nuestra Señora de Medugorie
    Por: Claudia Velásquez Enríquez
    Gran expectación causa la visita que hará a esta ciudad la vidente María Pavlovic, quien supuestamente recibirá un mensaje de paz para el mundo de la Virgen María el próximo Miércoles de Ceniza, 4 de Marzo.
    El mariano religioso, se llevará a cabo en la parroquia de la Natividad del Señor.
    En referencia al acto, dijo que el arribo de una gran comitiva de yugoslavos se espera para inicios de la próxima semana,

ya que el evento cumbre se realizará el día 4 de Marzo, fecha en que se celebra el Miércoles de Ceniza, o inicio de la Cuaresma, encabezados por la vidente María Pavlovic y el sacerdote Slavco Barbaric, quienes "mantienen el contacto directo con la Virgen de Medugorie", como se le denomina a la Virgen María en Yugoslavia.

Así como, según ellos, tienen la encomienda de esparcir por todo el mundo los mensajes de amor que la Virgen les hace llegar.

Tras la oración preparatoria, el evento continuara con una santa misa y posteriormente se planea realizar una peregrinación a la ermita de la Virgen Shoenstat, ubicada en las faldas del cerro de las Mitras "para que la conozcan los yugoslavos, ya que la configuración del terreno y la vegetación se parece a Medugorie".

El anuncio del evento ha causado una gran conmoción entre los feligreses, ya que tienen la esperanza de ver a la Virgen, y se estima que se congregaran más de 25 mil personas tanto nacionales como extranjeras a recibir las bendiciones.

III

Qué me pasa, tengo poco más de una hora para llegar. La regadera está corriendo, pero no me he afeitado. Debería cerrarla. ¿Necesitaré afeitarme de nuevo? Allí están las camisas azules. Pienso en Petrita. Debo ir sport, tampoco demasiado estudiado, algo que se sienta natural. Aquellos zapatos cómodos y anchos, un pantalón de gabardina beige, un blazer azul y una camisa juguetona, nada de corbata, ya no soy burócrata. El cuello al aire. El coche, hace meses que no muevo el coche, debo preguntar por él. Bueno, Arnaldo... mi coche está limpio, no lo está, hace una semana que no se lava, podría conseguir un taxi, no para ahora, para dentro de una hora, sí, claro, lo espero, 8:45.

La nota es increíble, una santa, bueno, pero y Elía, cómo irá vestida, seguramente con uno de sus faldones y una blusa típica, amplia. Llevará sostén, aunque ella sabe que me atrae que se lo quite. Cómo olerá, no recuerdo su olor ahora, qué perfume llevará. Ya sé, si lleva uno muy oloroso pero seco, ese que le regalé, es porque quiere algo, no, Manuel, no te hagas ilusiones es simplemente una charla, pero ella dio el pretexto, pero también acuérdate del odio de sus líneas sobre todo de las primeras, las de hace meses. En las últimas no había tanto. Pero se tomó el trabajo de hablar con Aurelia y de venir a dejar el sobre, luego quiere verme, de eso no hay duda, si no, qué sentido tendría. Dónde estará viviendo, no lo sé. Es claro que no podía venir a la casa después de la descripción que me hizo, entiendo que le pese, a mí también me pesa. Quizá no deberías de ir, pero dejarla sola en el restaurante sería quebrar algo más, no, eso ya lo decidí, lo hice mientras platicaba con Mariana, bueno, ya lo sabe, sabe una parte. ¿Deberé acaso mantener el asunto de Mariana como amenaza?, no, sería un juego sucio; debo decirle todo; no, tampoco, sería suicida, en algo sirvió que se enterara de mis capacidades de conquista, además lo de Mariana fue mucho más, eso creo ahora. Y ella, a ver, tendrá que hablarme de Octavio; no, no puedo reclamarle nada, adulterio diría el abogado, y usted qué señor fiscal, usted también tiene una colita que le pisen y quizá más conocida. Quiero verla, quiero platicar con ella. Qué le diré de entrada, parezco quinceañero en su primera cita. No debe aparecer la palabra perdón, no hay de qué pedirlo, pero tampoco de qué darlo. No hay perdón, de acuerdo. Qué bueno que encontró la nota en la prensa, por cierto increíble, bueno, fue una excelente salida para no comenzar por lo más duro, pero lo más duro ya nos lo dijimos en nuestro carteo, ese que parecía no tener fin, sigue corriendo el agua, ¿debo rasurarme o no? A ver, mírate en el espejo, sí, debes darte otra afeitada, no es cualquier noche, es una noche muy especial, lo es o te atreves a negarlo, si ni siquiera puedo concentrarme, ¿qué me pasa? ¿Deberé llevar la nota periodística?, sí, ese será el comienzo, algo ajeno a nuestra discusión, bueno, tampoco lo es del todo porque si alguien nos oyera discutiendo sobre la santa, no comprendería todos los vericuetos de razonamiento que nos trajo el cuento y la Santa Altagracia, si no mal recuerdo, en fin, aféitate, después a la regadera. El blazer es demasiado pretencioso, mejor ese viejo saco de ante delgado que tienes, pero apresúrate, concéntrate, qué te pasa.

IV

No iré ni de faldón ni de blusa típica ni llevaré collares. Esa es justo la mujer que él espera y yo ya soy otra. ¿Lo soy? Creo que sí, pero si no tienes otra cosa qué ponerte debiste haber sacado ropa. No, porque hubiese yo tenido que entrar a la casa y eso me habría perturbado. Si en quince minutos no llega, me iré. Pero, ¿por qué irme, a dónde ir? Quizá no vaya, quizá no llegó hoy. Deberías hablar por teléfono y preguntar a Arnaldo si ha llegado, si se le entregó el sobre. Sí haz eso, no seas ingenua, que no andas para soledades expuestas en público, pero entonces qué, de no haber llegado me quedaré aquí, no, eso no puede ser, no lo soportaría. Iré a cenar a Los Nardos como lo quiero hacer, pero, claro, si no ha llegado a la ciudad cenaré sola, sin esperar a nadie. No tendré la pena de pedir que quiten un lugar. Sí, había; cuál es el número, tú te lo sabías de memoria, el del portero, haz un esfuerzo. Camina al teléfono, es tarde ya y no te has arreglado, cómo te reclamaba Salvador Manuel que te tardaras en arreglarte, y eso que eres bastante sencilla. Sí, es el número. Quién habla, ¿Arnaldo?, buenas noches, habla la señora Elía, buenas noches, sí, nada más quería yo saber si… ah, sí se lo dio, está arriba, preguntó por su… coche. ¿Taxi? Gracias, Arnaldo eso es todo, gracias. Pero, claro, no estés segura, puede tener otro compromiso. Irá, Elía, confía en que irá, tendrás que pedir una mesa para dos, pues si llega y no tiene lugar sería terrible, además, si llega antes y no estás, acuérdate que es un obsesivo de la puntualidad, por lo menos lo era cuando iba al Ministerio. Tienes cuarenta minutos, qué locura, y no tengo más que faldones. Iré de pantalones, pero si sabes que le gustan los faldones, sí pero la duda debe siempre acompañarte. ¿Brasier o no brasier? ¿Quieres atraerlo? Entonces sin brasier, así se lo anuncias. Los pies desnudos, eso también lo excita. A tu pelo debes hacerle algo, se me ha hecho tarde, pero cómo es posible si todo el día no he hecho otra cosa que esperar las nueve de la noche. Necesitas bañarte aunque sea muy rápidamente, dejarás un botón abierto, uno más de la cuenta, quieres conquistarlo ¿verdad?, acuérdate, las uñas siempre muy limpias; lástima, no tengo el perfume que me regaló. Iré sin perfume, el otro es un aroma demasiado dulce. ¿Pero cómo sin perfume? Tu cara está muy bien, claro el agua del pueblo le ayudó. Qué dirás de Octavio, pero si ya lo sabe, no hablaré de Octavio, pero qué, mentirás diciéndole que sigue en tu mente, sería falso mentirle, pero tampoco puedo llegar como una fracasada, Octavio existe, sí, la duda debe acompañarme, ¿o hablaré del cuento?, claro el cuento, nos va a ayudar. Date prisa, llegarás tarde.

V

Este taxista maneja muy despacio. No, lo que ocurre es que no puede ir más rápido. Los problemas de vialidad en la ciudad no se solucionarán hasta que... Pero en qué piensas. Llevas el sobre, es un buen pretexto para dar inicio a la conversación. Faltan diez para las nueve. Llegaré antes. Qué harás, ¿estará sentada allí? No, no estará, dijo después de las nueve, llegará puntual, sí deberá llegar puntual, es muy importante para ella, ¿lo es realmente? Caminaré afuera del restaurante, la esperaré así, caminando. No, es absurdo; llegarás y te sentarás, preguntarás si ha hecho una reservación, además, te dijo que buscaría una mesa afuera, si la noche estaba tibia. ¿Está tibia la noche? No las entiendo. ¿Qué quiere decir tibia? Le preguntaré al taxista si está tibia la noche, es absurdo, decide si está tibia o no porque si no está tibia deberías pedir una mesa adentro. Debiste haber llamado a Fernández Lizaur, pero por andar en esto lo olvidaste. Tú llegarás antes, eso queda claro. Debí ponerme el blazer, este saco es demasiado pesado para este tipo de noches, pero claro, no querías parecer excesivamente atildado. Ya estamos cerca del lugar. Llegarás antes de la nueve, qué vas a hacer.

VI

Increíble, llegarás tarde, Elía, ni siquiera para esto puedes ser puntual. Camina más aprisa, estás a unas cuantas cuadras y llegarás tarde. Él de seguro llegará primero. Sientes tus pechos cómo brincan, eso es justo lo que a él le excita. Ojalá y mis pies no se ensucien con la caminata. Pero en qué cosas piensas, mujer, y si ya está allí, ¿qué harás?, eso va a ocurrir: va a estar allí, ¿qué le dirás? No, no va a asistir. Toda esta carrera es una locura.

VII

—Aquí está bien, gracias, ¿cuánto le debo?
—Ocho.
Qué parco, debe estar cansado, tienes un billete de diez, dale diez y bájate. Faltan cinco minutos para las nueve. Ojalá y no haya nadie conocido, eso sí sería incómodo. Acércate, ya mojaste el sobre de tanto apretarlo en tu mano, no la veo, claro, es que llegaste antes. Ella dice que esperará, llegará entonces a las nueve y esperará, quiere decir que entendía que llegarías después de las nueve, pero tú asististe como si fuera una cita en el Ministerio o la salida de un tren inglés. ¿Está la noche tibia? Abre la puerta. Algo se atora, no, lo que ocurre es que ese costalito de allá arriba la regresa automáticamente. Allí está la señorita de la caja, tú la conoces, creo que no te reconocerá.
—Buenas noches —está ocupada, no te ha mirado, ahora sí.

—Ah, buenas noches, qué milagro, que gusto verlo.

—Perdone, ¿mi esposa no ha llegado?

—No lo creo, pero pase usted al fondo.

Ah claro, si tienen el nuevo saloncito. Camina firme. No, no está. Había mesas afuera. Decide, ¿es una noche tibia o no? Sí, lo es.

—Perdone, ¿podría yo tomar una de las mesas de afuera?

—Sí, claro, pase usted.

Qué suerte. Hay mesas afuera. ¿Será que la noche no es tibia? Este asunto del costalito es nuevo. Sólo hay una mesa ocupada. Definitivamente, no todos piensan que es una noche tibia, eso es evidente, señor abogado. Pero ya decidiste. Ésta es la apropiada. Elía allá y yo aquí. Qué incómodas son estas sillas. Pon el sobre en la otra. Quizás deberías sacar la nota para que cuando llegue esté sobre la mesa y de inmediato se hable de ese asunto. Sí, sácala.

—Perdone.

—¿Sí? —es la mesera, tú la conoces, siempre ha sido amable. Haz olvidado su nombre... ¿doña qué?—. Gusto en verla —la esquivaste.

—¿Qué le puedo ofrecer?

—Una garrafa de vino blanco, por favor —pero tú quieres whisky. Ya se va. Pide lo que quieres—. Señorita... —ya regresa—, ¿sabe?... para mí por favor un whisky oscuro.

—¿Más el vino?

—Sí, por favor, ese es para mi mujer.

Qué absurda expresión, ¿tuya de verdad? Nueve y seis, vaya, la puntualidad no ha mejorado. Cuidado, Manuel, no empieces con reclamos.

VIII

Ya está allí. Míralo. Qué sientes. Estás muy emocionada. Está de espaldas. No te puede ver. Algo lee. Camina más despacio, si no llegarás sofocada, lo cual, por lo pronto, es poco elegante. Eso, así es, más despacio. No era una cita formal sino un encuentro. Eres impuntual, admítelo. Allí está, lo ves. Trae su saco viejo, pero por qué, es demasiado grueso. Fíjate cómo mueve la pierna bajo la mesa. Está muy nervioso. Él no acostumbra mover la pierna. Eso lo sabes. Más despacio, ya casi no se nota la alteración en tus respiros. Allí va una garrafa de vino blanco y algo más. Despacio para que no haya nadie enfrente. ¿Qué le pide a la mesera? No puede estar ordenando. Algo charla. Por fin. Está solo. Hace un poco de fresco para estar afuera, pero él pidió la mesa pensando en ti. Ya llegaste, Elía, ¿qué vas a decir?

IX

¿Manuel? Quedé detrás de él.(Es Elía, párate.) Le daré un beso, ¿debo? Cómo no lo pensé antes. Por supuesto. Míralo. Está bronceado. Ahora. Su olor. (Qué linda está. Un beso. La había olvidado, es ella, qué sensación.)

—Te ves muy bien, Elía. (No trae faldón creo que tampoco brasier. Se ve extraña en pantalones. Te tiemblan las manos, contrólate.)

—Siéntate por acá. Está tibia la noche.

—Sí, sí muy bien.

—¿Quieres vino?

—Sí, gracias. (Debo encauzar el asunto.)

—¿Qué hacemos con la santa? (Mírala a los ojos. Son los mismos, está triste en el fondo.)

—Pues en mi cuento la dejo viva, Manuel, porque está viva. ¿Y nosotros?

(Qué directa ha sido.) Fui demasiado abrupta. Qué me va a decir. Me pasé de lista.

—No podemos desaparecernos, ¿verdad, Elía?

—No.

—Pues entonces, contémonos, para sabernos.

Este libro se terminó de imprimir en marzo de 2007, en Mhegacrox, Sur 113-9, núm. 2149, col. Juventino Rosas, 08700, México, D.F.